U0601501

李劍國 輯校

唐五代傳奇集

第五册

中華書局

唐五代傳奇集第三編卷四十

封陟傳

裴鉶 撰

寶曆中，有封陟孝廉者〔一〕，居於少室。貌態潔朗，性頗貞端，志在典墳，僻於林藪。探義而星歸腐草，閱經而月墜幽窗。兀兀孜孜〔二〕，俾夜作晝。無非搜索隱奥，未嘗暫縱愒時日〔三〕也。書堂之畔，景像可窺。泉石清寒，桂蘭雅淡。戲猱每竊其庭果，唳鶴頻棲於澗松。虚籟時吟，纖〔四〕埃晝闃。烟鎖篔簹之翠節，露滋躑躅之紅葩。薜蔓衣垣，苔茸毯砌。時夜將午，忽飄異香酷烈，漸布於庭際。俄有輜軿自空而降，畫輪軋軋，直凑簷楹。見一仙姝〔五〕，侍從華麗，玉珮敲磬，羅裙曳雲。體欺皓雪之容光，臉奪芙蕖之濯豔〔六〕。正容斂衽而揖陟曰："某籍本上仙，謫居下界。或遊人間五岳，或止海面三峰。月到瑶階，愁莫聽其鳳管；蟲吟粉壁，恨不寐於鴦衾。燕浪語而徘徊，鸞虚歌而縹緲。寶瑟休泛，虬觥懶斟。紅杏豔枝，激含嚬於綺殿；碧桃芳萼〔七〕，引凝睇於瓊樓。既厭曉粧，漸融春思。伏見郎君坤儀濬潔〔八〕，襟量端明，學聚流螢，文含隱豹，所以慕其真樸，愛以〔九〕孤標，特謁光容，願持箕箒，又不知郎君雅旨如何？」陟攝衣朗燭，正色而坐，言曰：「某家本貞廉，性唯孤介，貪古人之糟粕，究前聖之指歸。編柳苦辛，燃糠〔一〇〕幽暗，布被糲食，燒蒿茹藜，但自固〔一一〕窮，終不斯濫，必不敢當神仙降顧。斷意如此，幸早迴車。」姝曰：「某乍造門牆，未申懇迫，輒有詩一章奉留，後七日更來。」詩曰：「謫居蓬島〔一二〕別瑶池，春媚烟花有所思。爲愛君心能潔白〔一三〕，願操〔一四〕箕箒奉屏幃。」陟覽之，若不聞。雲軿既去，窗户遺芳，然陟心中不可轉也。

後七日夜，姝又至，騎從如前時。麗容潔服，豔媚巧言，入〔一五〕白陟曰：「某以業緣遽縈，魔障欻〔一六〕起，蓬山瀛島，繡帳錦宫，恨起紅茵，愁生翠被。難窺舞蝶於芳草，每妬流鶯於綺叢，靡不雙飛，俱能對跱。自矜孤寢，轉懵空閨。秋却銀釭，但凝眸於片月；春尋瓊圃，空抒〔一七〕思於殘花。所以激切前時，布露丹懇，幸垂採納，無阻精誠。又不知郎君意竟如何？」陟又正色而言曰：「某身居山藪，志已顓蒙。不識鉛華，豈知女色。幸垂速去，無相見尤。」姝曰：「願不貯其深疑，幸望容其陋質。輒更有詩一章，後七日復來。」詩曰：「弄玉有〔一八〕夫皆得道，劉綱〔一九〕兼室盡登仙。君能仔細窺朝露，須逐雲車拜洞天。」陟覽，又不迴意〔二〇〕。

後七日夜，姝又至。態柔容冶，靚衣明眸。又言曰：「逝波難駐，西〔二一〕日易頹；花木不停，薤露非久。輕漚泛水，只得逡巡；微燭當風，莫過瞬息。虛争意氣，能得幾時。恃賴〔二二〕韶顔，須臾槁木。所以君誇容鬢，尚未凋零，固止綺羅，貪窮典籍。及其衰老，何以任持？我有還丹，頗能駐命，許其依托，必寫襟懷。能遣君壽倒三松〔二三〕，瞳方兩目〔二四〕，仙山靈府，任意追遊。莫種槿花，使朝晨而騁豔；休敲石火，尚昏黑〔二五〕而流光。」陟乃怒目而言曰：「我居書齋，不欺暗室。下惠爲證，叔子爲師。是何妖精，苦相凌逼，心如鐵石，無更多言。儻若遲迴，必當窘辱。」侍衛諫〔二六〕曰：「小娘子迴車。此木偶人，不足與語。況窮薄當爲下鬼，豈神仙配偶耶？」姝長吁曰：「我所以懇懇〔二七〕者，爲是青牛道士之苗裔。況此時一失，又須曠居六百年，不是細事。於戲！此子大是忍人。」又留詩曰：「蕭郎〔二八〕不顧鳳樓人，雲澀〔二九〕迴車淚臉新。愁想蓬瀛歸去路〔三〇〕，難窺舊苑〔三一〕碧桃春。」乃云：「好住，好住，無異日追悔〔三二〕。」輜軿出户，珠翠響空，泠泠簫笙，杳杳雲露〔三三〕。然陟意不易。

後三〔三四〕年，陟染疾而終，爲太山所追。束以大鎖，使者驅之，欲至幽府。忽遇神仙騎從，清道甚嚴，使者躬身於路左，曰：「上元夫人遊太山耳。」俄有仙騎，召使者與囚俱來。陟至彼，仰窺金輅中〔三五〕，乃昔日求偶仙姝也，但左右彈指悲嗟。仙姝遂索追狀，曰：「不能於此人無情。」遂索大筆判曰：「封陟性〔三六〕雖執迷，操惟堅潔，實由樸戇，難責風情。宜更延一紀。」左右令陟跪謝。使者遂解去鐵鎖，曰：「仙官已釋，則幽府無敢追攝。」使者却引歸，良久蘇息。後追悔昔日之事，慟哭自咎而已。（據中華書局版汪紹楹點校本《太平廣記》卷六八引《傳奇》校録）

〔一〕有封陟孝廉者　《醉翁談録》己集卷二《封陟不從仙姝命》作「封陟，字少登」。按：此當爲宋人增飾之詞，非原文所有，正如《醉翁談録》癸集卷二《李亞仙不負鄭元和》所稱「字亞仙，舊名一枝花」者也。

〔二〕兀兀孜孜　《古今説海》説淵部别傳十四《少室仙姝傳》、《豔異編》卷四《少室仙姝傳》、《逸史搜奇》戊集九《少室仙姝》作「矻矻孜孜」。

〔三〕未嘗暫縱愒時日　「愒」原譌作「揭」，據《四庫》本、《説海》、《豔異編》、《逸史搜奇》改。愒，曠費時間。孫校本作「未嘗暫縱日於時餉」。按：時餉，謂短時間。蔣禮鴻《敦煌變文字義通釋》第五篇《釋情貌》：「王昭君變文：『若道一時一餉，猶可安排；歲久月深，如何可度？』……維摩詰經講經文：『便須部領衆人行，不要遲疑住時餉。』葉淨能詩：『不經時向中間，張令妻即再甦息。』……『時餉』、『時向』就是『一時一餉』的省説。『餉』和『向』，當以前者爲本字；『一餉』就是吃一頓飯的時間。」。

〔四〕纖　《説海》、《逸史搜奇》作「凝」。

〔五〕姝　孫校本、《説海》、《逸史搜奇》譌作「姝」，《説海》《四庫》本改作「姝」。《説海》、《逸史搜奇》下文皆作「姝」。

〔六〕濯豔　原作「豔冶」，據明鈔本、孫校本、《説海》、《豔異編》、《逸史搜奇》改。

〔七〕蕚　《説海》、《豔異編》、《逸史搜奇》作「藻」。

〔八〕坤儀濬潔　孫校本、《豔異編》「坤」作「神」，《會校》據孫校本改。《説海》《四庫》本改作「丰」。按：坤儀，儀表，非謂母儀。《漢語大詞典》釋云：「相術家以地上的五嶽、四瀆比喻人的五官及臉上各部位，故稱人的容貌儀表爲『坤儀』。」引《傳奇·封陟》爲例。《緑窗新話》卷上引《傳奇》（題《封陟拒上元夫人》）「濬」作「清」。

〔九〕以　《豔異編》作「此」。

〔一〇〕燃糠　「糠」原譌作「粕」，據明鈔本、孫校本、《四庫》本，《説海》、《豔異編》、《逸史搜奇》改。按：《南齊書》卷五四《高逸傳》載，顧歡「躬耕誦書，夜則燃糠自照」。

〔一一〕固　《説海》、《豔異編》、《逸史搜奇》作「困」。

〔一二〕島　《醉翁談録》作「岳」。

〔一三〕爲愛君心能潔白　《醉翁談録》作「久稔高名先德望」。

〔一四〕操　《類説》卷三二《傳奇·封陟》作「持」。

〔一五〕入　明鈔本、《説海》、《豔異編》、《逸史搜奇》作「又」，《會校》據明鈔本改。

〔一六〕歘　原譌作「剡」，據孫校本、《説海》、《豔異編》、《逸史搜奇》改。

〔一七〕抒　《説海》、《豔異編》、《逸史搜奇》作「杼」。杼，通「抒」。

〔一八〕有　《醉翁談録》作「與」。

〔一九〕劉綱　原譌作「劉剛」，據《四庫》本、《類説》、《醉翁談録》、《萬首唐人絶句》卷六四上元夫人《贈封陟》、《全唐詩》卷八六三上元夫人《贈封陟》改。按：劉綱，漢代仙人，妻樊夫人。事見《神仙傳》卷六《劉綱》、《樊夫人》。

〔二〇〕迴意　《説海》、《豔異編》、《逸史搜奇》作「過意」。按：《醉翁談録》作：「觀其詩了，陟又曰：『《詩》云：「娶妻如何？匪媒不得。」《易》曰：「君子非幣之交不親。」其所以然者，正欲名分之正也。今輒與仙姝講好，人其謂我何？毋勞再三。』」此爲增飾之詞。

〔二一〕西　《緑窗新話》作「紅」。

〔二二〕賴　原譌作「頑」，據明鈔本、孫校本、《説海》、《豔異編》、《逸史搜奇》改。《廣記》《四庫》本作「此」，乃妄改。

〔二三〕能遣君壽倒三松　「遣」孫校本作「遺」。「倒」原作「例」，誤，據《紺珠集》卷一一《傳奇·壽倒三松》、《類説》、《孔帖》卷一〇〇引《太平廣記》、《海録碎事》卷九下引《傳奇》、《永樂大典》卷一九六三六引《太平廣記》改。按：張邦基《墨莊漫録》卷五亦云：「世謂子瞻詩多用小説中事，而介甫詩則無有也。予謂介甫詩亦爲用之，比子瞻差少耳。如《酬王賢良松》詩云：『世傳壽可三松倒，此語難爲常人道。』『壽倒三松』見裴鉶《傳奇》。」陸佃《埤雅》卷六《烏》：「舊説烏性極壽，三鹿死後能倒一松，三松死後，能倒一烏。」倒，倒下，指死亡。

〔二四〕瞳方兩目　《大典》、《説海》、《豔異編》、《逸史搜奇》「方」作「芳」，誤。按：道教謂仙人爲方形瞳孔。《雲笈七籤》卷一九引《老子中經》：「故百歲之人黄頭髮，二百歲之人兩顴起，三百歲之人萬物耳，四百歲之人面縱理，五百歲之人方瞳子，六百歲之人脅肋胼，七百歲人骨體填，八百歲之人腸爲筋，九百歲之人延耳生，千歲之人飛上天，上謁上皇太一，爲仙真。人重瞳子，故能徹視八方，食芝服丹，即不老。」葛洪《神仙傳》卷一〇《李根》：「時年計根已七百餘年也。又太丈説根兩目瞳子皆方。按仙經説，八百歲人瞳子方也。」

〔二五〕黑　《説海》、《豔異編》、《逸史搜奇》作「墨」。

〔二六〕諫　孫校本作「謂妹（姝）」，《緑窗新話》作「謂姝」。

〔二七〕懇懇　孫校本、《説海》、《豔異編》、《逸史搜奇》只一「懇」字。《類説》作「懇禱」。《醉翁談録》作「致懇」。

〔二八〕郎　《類説》作「君」。

〔二九〕澀　《類説》《四庫》本作「漢」。

〔三〇〕愁想蓬瀛歸去路　「想」《類説》、《唐人絶句》、《醉翁談録》作「殺」，「瀛」《醉翁談録》作「萊」。

〔三一〕苑　《廣記》《四庫》本作「院」。

〔三二〕乃云好住好住無異日追悔　此十一字原無，據《類説》補。又《施注蘇詩》卷二九《介亭餞楊傑次公》

注引《傳奇·封陟傳》：「仙姝謂陟曰：『好住，好住，無異日追悔。』」《醉翁談録》作：「又曰：『好留住，他日相逢，悔之已暮。』」

〔三三〕露　《四庫》本、《説海》、《豔異編》、《逸史搜奇》作「路」。按：作「雲露」不誤，《張燕公集》卷二一《鄎國長公主神道碑》：「降恩禮於雲露，寫哀詞於金石。」《白氏長慶集》卷一九《秋房夜》：「雲露青天月，漏光中庭立。」

〔三四〕三　《緑窗新話》作「二」。

〔三五〕金輅中　此三字原無，據《類説》、《醉翁談録》補。

〔三六〕性　原譌作「往」，據《類説》、《醉翁談録》、《説海》、《豔異編》、《逸史搜奇》改。

按：《施注蘇詩》卷一四《芙蓉城》注引裴硎（鉶）《封陟傳》：「雲軿既去，牕户遺芳。」又卷二九《介亭餞楊傑次公》注引《傳奇·封陟傳》：「仙姝謂陟曰：『好住，好住，無異日追悔。』」所據非《類説》節文，乃原書，可證《傳奇》各篇題目皆有「傳」字也。

《新編醉翁談録》己集卷二《封陟不從仙姝命》係節文，文句與《廣記》、《類説》頗異，平易乏辭采，且有增益之詞。封陟故事宋代市井流傳，宋官本雜劇段數有《封陟中和樂》（周密《武林舊事》卷一〇），頗疑此乃據宋代民間話本節録。

《古今説海》説淵部别傳十四據《廣記》採入，改題《少室仙姝傳》，後又收入《豔異編》卷四、

《逸史搜奇》戊集九，後書題去「傳」字。《舊小説》乙集亦收入。

薛昭傳

裴鉶 撰

薛昭者，元和末〔一〕爲平陸尉，以氣義自負〔二〕，常慕郭代公、李北海之爲人〔三〕。因夜直宿，因有爲母復仇殺人者，與金而逸之，故縣聞于廉使，廉使奏之，坐謫爲民于海康〔四〕。敕下之日，不問家産，但荷鋃鐺〔五〕而去。有客田山叟者，或云數百歲矣，素與昭洽〔六〕，乃賫酒攔道而飲餞之，謂昭曰：「君義士〔七〕也，脱人之禍，而自當之，真荆、聶之儔也，吾請從子。」昭不許，固請乃許之。至三鄉，夜，山叟脱衣貰〔八〕酒，大醉其左右〔九〕，謂昭曰：「可遁矣。」與之攜手出東郊，贈藥一粒，曰：「非唯去疾，兼能絶穀〔一〇〕。」又約曰：「此去但遇道北有林藪繁翳處，可且暫匿，不獨逃難，當獲美姝。」

昭辭行，過〔一一〕蘭昌宫，古木修竹，四合其所。昭踰垣而入，追者但東西奔走，莫能知踪矣。昭潛于古殿之西間。及夜，風清月皎，見階前〔一二〕有三美女，笑語而至，揖讓升于花茵，以犀杯酌酒而進之。居首女子酹之曰：「吉利吉利〔一三〕，好人相逢，惡人相避。」其次曰：「良宵〔一四〕宴會，雖有好人，豈易逢耶？」昭居窗隙間聞之，又誌田生之言，遂跳出曰：「適聞夫人云好人豈易逢耶，昭雖不才，願備好人之數。」三女愕然，良久曰：「君是何人，而匿于此？」昭具以實對。乃設座于茵之南，昭詢其姓字，長曰雲容，張氏〔一五〕，次曰鳳臺，蕭氏，次曰蘭翹〔一六〕，劉氏。飲將酣，蘭翹命骰子，謂二〔一七〕女曰：「今夕佳賓相會，須有匹偶，請擲骰子，遇采强者，得薦枕席。」乃遍擲，雲容采〔一八〕勝。翹遂命薛郎近雲容姊坐，又持雙盃而獻曰：「真所謂合巹矣。」昭拜謝之。

遂問夫人何許人，何以至此，容曰：「某乃開元中楊貴妃之侍兒也，妃甚愛惜，常令獨舞《霓裳》於繡嶺宮，妃贈我詩曰：『羅袖動香香不已，紅蕖裊裊秋煙裏〔一九〕。輕雲嶺上〔二〇〕乍摇風，嫩柳池邊〔二一〕初拂水。』詩成，明皇〔二二〕吟詠久之，亦有繼和，但不記耳。遂賜雙金扼臂，因此寵幸愈於群輩。此時多遇帝與申天師談道，予獨與貴妃得竊聽。亦數侍天師茶藥，頗獲天師憫之。因閑處，叩頭乞藥，師云：『吾不惜，但汝無分〔二三〕，不久處世，如何？』我曰：『朝聞道，夕死可矣。』天師乃與絳雪丹一粒，曰：『汝但服之，雖死不壞，但能大其棺〔二四〕，廣其穴，含以真〔二五〕玉，疏而有風，使魂不蕩空〔二六〕，魄不沉寂〔二七〕，有物拘制，陶出陰陽，後百年〔二八〕，得遇生人交精之氣，或再生，便爲地仙耳。』我没蘭昌之時，同輩〔二九〕具以白貴妃，貴妃恤之，命中貴人陳玄造〔三〇〕受其事，送終之器，皆得〔三一〕如約。今已百年矣，仙師之兆，莫非今宵良會乎？此乃宿分，非偶然耳。」昭因詰申天師之貌，乃田山叟之魁梧也。昭大驚曰：「山叟即天師明矣，不然，何以委曲使予符曩日之事哉？」又問蘭、鳳二子，容曰：「亦當時宮人有容者，爲九仙媛所忌，毒而死之，藏吾穴側。與之交游，非一朝一夕耳。」

鳳臺請擊席而歌，送昭、容酒，歌曰：「臉〔三二〕花不綻幾含幽，今夕〔三三〕陽春獨换秋。我守孤燈〔三四〕無白日，寒雲隴〔三五〕上更添愁。」蘭翹和曰：「幽谷啼鶯整羽翰，犀沉玉冷自長歎〔三六〕。月華不忍〔三七〕扃泉户，露滴松枝一〔三八〕夜寒。」雲容和曰：「韶光不鑒〔三九〕分成塵，曾餌金丹忽有神〔四〇〕。不意薛生攜舊律〔四一〕，獨開幽谷一枝春。」昭亦和曰：「誤入宮垣漏網人〔四二〕，月華静〔四三〕洗玉階塵。自疑飛到蓬萊頂〔四四〕，瓊豔〔四五〕三枝半夜春。」詩畢，旋聞雞鳴，三人曰：「可歸室矣。」昭持其衣，超然而去。初覺門户至微，及經閾，亦無所妨。蘭、鳳亦告辭而他往矣。

但燈燭熒熒，侍婢凝立，帳幄綺繡，如貴戚家焉。遂同寢處，昭甚慰喜，如此覺〔四六〕數夕，但不知昏旦。容曰：「吾體已蘇矣，但衣服破故，更得新衣，則可起矣。今有金扼臂，君可持往近縣易衣服。」昭懼不敢去，曰：「恐爲州邑所執。」容曰：「無懼，但將我白綃〔四七〕去，有急即蒙首，人無能見矣。」昭然之，遂出三鄉貨之，市其衣服。夜至穴，則〔四八〕容已迎門而笑，引入曰：「但啓櫬，當自起矣。」昭如其言，果見容體已生。及回顧帷帳，但一大穴，多冥器〔四九〕服玩金玉，唯取寶器而出。遂與容同歸金陵幽棲，至今見在，容鬢不衰，豈非俱餌天師之靈藥耳〔五〇〕？申師名元也〔五一〕。（據中華書局版汪紹楹點校本《太平廣記》卷六九引《傳記》校録，明鈔本作《傳奇》）

〔一〕元和末　前原有「唐」字，今删。南宋温豫《續補侍兒小名録》引裴鉶《薛昭傳》作「元和中」，無「唐」字。

〔二〕負　明鈔本、孫校本、《古今説海》説淵部别傳四十七《薛昭傳》、《豔異編》卷四仙部《薛昭傳》、秦淮寓客《緑窗女史》卷一〇神仙部仙姬門《薛昭傳》、《逸史搜奇》丁集八《薛昭》、《才鬼記》卷五《張雲容》（末注《傳奇·薛昭傳》）、《情史類略》卷二〇《張雲容》作「喜」。

〔三〕人　《説海》、《豔異編》、《緑窗女史》、《逸史搜奇》作「心」。《説海》《四庫》本改作「人」。

〔四〕海康　原作「海東」，明鈔本、孫校本、《類説》卷三二《傳奇·薛昭》、南宋周守忠《姬侍類偶》卷上引《傳奇》、《説海》、《豔異編》、《緑窗女史》、《逸史搜奇》、《才鬼記》、《情史》、《山堂肆考》卷七九《節義自許》作「海康」。按：唐地名無海東而有海康縣，雷州治所，即今廣東海康市。據明鈔本等改。

〔五〕鋃鐺　「鋃」原譌作「銀」，據《四庫》本及《才鬼記》改。按：鋃鐺，鐵鎖鏈。

〔六〕或云數百歲矣素與昭洽　《説海》、《豔異編》、《緑窗女史》、《逸史搜奇》、《才鬼記》作「或云數百歲，時來，平生正與昭洽」，孫校本同，「生」譌作「陸」。《情史》作「或云數百歲人，平日與昭契洽」。

〔七〕士　明鈔本、孫校本、《説海》、《豔異編》、《緑窗女史》、《逸史搜奇》、《才鬼記》作「夫」。

〔八〕貰　明鈔本、孫校本、《説海》、《豔異編》、《緑窗女史》、《逸史搜奇》、《才鬼記》、《情史》作「易」。貰，買也。

〔九〕大醉其左右　「其」原作「屏」，據明鈔本、《説海》、《豔異編》、《緑窗女史》、《逸史搜奇》、《才鬼記》、《情史》改。按：左右指押解薛昭去海康之差吏，田山叟貰酒醉之，故下文云「可遁矣」。

〔一〇〕絶穀　明鈔本、《姬侍類偶》、《説海》、《豔異編》、《緑窗女史》、《逸史搜奇》、《才鬼記》、《情史》作「去食」，孫校本作「却食」。

〔一一〕過　明鈔本、孫校本、《姬侍類偶》、《説海》、《豔異編》、《緑窗女史》、《逸史搜奇》、《才鬼記》、《情史》作「遇」。

〔一二〕前　《姬侍類偶》、《説海》、《豔異編》、《緑窗女史》、《逸史搜奇》、《才鬼記》、《情史》作「間」。

〔一三〕吉利吉利　《類説》作「吉吉利利」。

〔一四〕霄　《四庫》本、《説海》、《豔異編》、《緑窗女史》、《逸史搜奇》、《才鬼記》、《情史》、《太平廣記鈔》卷九作「宵」。霄，通「宵」。

〔一五〕雲容張氏　《廣記》卷三三引五代杜光庭《仙傳拾遺·申元之》（《三洞群仙録》卷一〇亦節引）、《真仙通鑑》卷三九《申元之》作「趙雲容」。按：《仙傳拾遺》雲容事取自《傳奇》而稱姓趙，疑杜光庭或《廣記》誤書姓氏。《真仙通鑑》所載乃取自《廣記》卷三三。

〔一六〕蘭翹 《紺珠集》卷一一《傳奇·絳雪丹》作「翹翹」，疑誤。

〔一七〕二 原譌作「三」，據《四庫》本、《小名録》、《姬侍類偶》、《説海》、《豔異編》、《緑窗女史》、《逸史搜奇》、《才鬼記》、《情史》改。

〔一八〕采 《類説》、《小名録》作「數」。

〔一九〕紅蕖褭褭秋煙裏 《醉翁談録》己集卷二《薛昭娶雲容爲妻》「褭褭」作「照水」，《小名録》「秋」作「青」。

〔二〇〕上 《全唐詩》卷八九九楊貴妃《阿那曲》作「下」。

〔二一〕嫩柳池邊 《類説》「池」作「堤」，《全唐詩》卷八九九「邊」作「塘」，《醉翁談録》「池邊」作「柳池」。

〔二二〕明皇 《類説》、《小名録》、《姬侍類偶》、《説海》、《豔異編》、《緑窗女史》、《逸史搜奇》、《才鬼記》、《情史》均作「皇帝」。按：皇帝即指明皇。

〔二三〕無分 《小名録》作「無今日之分」。

〔二四〕棺 《小名録》作「壠」。按：《仙傳拾遺》、《真仙通鑑》作「棺」。壠，墳墓，與下文「穴」意同，作「壠」誤。

〔二五〕真 《群仙録》引《仙傳拾遺》、《真仙通鑑》作「珠」。

〔二六〕空 《廣記》引《仙傳拾遺》作「散」。

〔二七〕沉寂 《廣記》引《仙傳拾遺》作「潰壞」，《群仙録》作「淪翳」，《真仙通鑑》作「淪湑」。

〔二八〕後百年　《小名録》「後」作「數」。按：開元初（七一三）至元和末（八二〇）百餘年，作「數」誤。

〔二九〕同輩　此二字原無，據《説海》、《豔異編》、《緑窗女史》、《逸史搜奇》、《才鬼記》、《情史》補。

〔三〇〕陳玄造　《仙傳拾遺》作「徐玄造」，《真仙通鑑》作「陳元造」。

〔三一〕得　《説海》、《豔異編》、《緑窗女史》、《逸史搜奇》、《才鬼記》、《情史》作「荷」。

〔三二〕臉　《類説》、《醉翁談録》作「眠」。

〔三三〕夕　《類説》作「日」。

〔三四〕燈　《類説》、《醉翁談録》、南宋洪邁《萬首唐人絶句》卷六六蕭鳳臺《送張雲容酒》作「烟」。

〔三五〕隴　黄本、《四庫》本、《唐人絶句》作「嶺」，《類説》作「壠」，《豔異編》、《情史》作「壟」，《醉翁談録》作「堆」，當是「壠」之譌字。按：隴，通「壟」，又作「壠」，高地、高丘。

〔三六〕犀沉玉冷自長歎　《類説》「犀沉」作「沉泥」。《醉翁談録》全句作「埋金殞玉冷長灘」，頗異。

〔三七〕忍　《全唐詩》卷八六三作「向」，注：「一作忍。」

〔三八〕一　《醉翁談録》作「夜」。

〔三九〕鑒　原作「見」，據《類説》、《唐人絶句》卷六六、《醉翁談録》、《説海》、《緑窗女史》、《逸史搜奇》、《才鬼記》改。按：鑒，照也。

〔四〇〕曾餌金丹忽有神　《類説》作「曾遇金丹或有神」，《醉翁談録》作「曾遇金丹突有神」。

〔四一〕不意薛生攜舊律　《醉翁談録》作「不意薛郎緣夙契」。

〔四二〕誤入宫垣漏網人　《類説》、《唐人絶句》、《説海》、《豔異編》、《緑窗女史》、《逸史搜奇》、《才鬼記》、《情史》「垣」作「牆」。《醉翁談録》全句作「誤入宫牆遇至人」。

〔四三〕静　《類説》、《唐人絶句》、《醉翁談録》、《説海》、《豔異編》、《緑窗女史》、《逸史搜奇》、《才鬼記》、《情史》作「清」。

〔四四〕自疑飛到蓬萊頂　《類説》「萊」作「山」，《唐人絶句》「飛」作「來」，「萊」作「山」，《醉翁談録》「萊」作「山」，「頂」作「上」。

〔四五〕豔　《類説》、《醉翁談録》作「樹」。

〔四六〕覺　此字原無，據孫校本、《説海》、《豔異編》、《緑窗女史》、《逸史搜奇》、《才鬼記》、《情史》補。按：覺，感覺。墓内不知昏旦，但覺同寢數夕耳。

〔四七〕綃　《説海》、《豔異編》、《緑窗女史》、《逸史搜奇》、《才鬼記》、《情史》作「絹」。

〔四八〕則　《説海》、《豔異編》、《緑窗女史》、《逸史搜奇》、《才鬼記》、《情史》作「側」，連上讀。

〔四九〕冥器　《説海》、《緑窗女史》、《逸史搜奇》、《才鬼記》作「盟器」，《姬侍類偶》作「明器」。冥器、盟器、明器，意同。

〔五〇〕耳　《類説》、《姬侍類偶》、《説海》、《豔異編》、《緑窗女史》、《逸史搜奇》、《才鬼記》、《情史》作「乎」。《四庫》本改作「耶」。

〔五一〕元也　黄本、《四庫》本、《筆記小説大觀》本作「元之」。按：《姬侍類偶》、《説海》、《豔異編》、《緑窗女史》、《逸史搜奇》、《才鬼記》、《情史》「之」並作「也」。六朝人名作「某之」者，常省略「之」字，申元之稱作申元蓋亦此故，未必「也」字乃「之」字之譌。《説海》《四庫》本亦改爲「元之」。

按：《廣記》題《張雲容》，《續補侍兒小名録》引裴鉶《薛昭傳》，當據《傳奇》原書而引，《薛昭傳》乃原題。《廣記》標目多自擬，薛昭事編在女仙門，故以《張雲容》爲目。本篇《古今説海》説淵部別傳四十七採入，題《薛昭傳》，無撰人，《豔異編》卷四仙部《薛昭傳》、《緑窗女史》卷一〇神仙部仙姬門《薛昭傳》、《逸史搜奇》丁集八《薛昭》、《才鬼記》卷五《張雲容》（末注《傳奇·薛昭傳》）、《舊小説》乙集《薛昭傳》，皆本《説海》，《豔異編》偶有個別文字不同，《情史類略》卷二〇《張雲容》即取《豔異編》本。《新編醉翁談録》己集卷二《薛昭娶雲容爲妻》，乃節文，大體依據《類説》卷三二《傳奇·薛昭》，但文句改易頗劇，多有增飾之詞。疑南宋民間或有此俗本，而爲羅燁所採也。

金剛仙傳

裴　鉶　撰

開成中〔一〕，有僧金剛仙者，西域人也，居於清遠峽山寺。能梵音，彈舌摇錫而呪物，物無不應。善囚拘鬼魅，束縛蛟螭。動錫杖一聲，召雷立震。是日，峽山寺有李朴者，持斧翦巨木，刳而爲舟。忽登山，見一磐石，上有穴，覩一大蜘蛛，足廣尺〔三〕餘，四馳嚙卉窒其穴而去。俄聞林木有聲，暴猛吼驟〔三〕。工人懼而緣木伺之，果覩枳首〔四〕之虺，長可數十丈，屈曲蹙怒，環其蛛穴，東西其首。俄而躍西之首，吸穴之卉，團〔五〕而飛去，穎脱俱盡。後迴東之首〔六〕，大劃其目，大呀其口，吸其蜘蛛。蜘蛛馳出，以足擒穴之口，翹屈毒，丹然若火，焌虺之咽喉，去虺之目。虺懵然而復蘇，舉首又吸之。蛛不見，更毒虺，虺遂倒於石而殞。蛛躍出，緣虺之腹，咀內齒折二頭，俱出絲而囊之，躍入穴去。

朴訝之，返峽山寺，語金剛仙。仙乃祈朴驗穴，振環杖而呪之，蛛即出於僧前，儼若神聽。及引錫觸之，蛛乃殂於穴側。及夜，金剛仙夢見老人，捧匹布〔七〕而前曰：「我即蛛也，復能織耳。」禮金剛仙曰：「願爲福田之衣。」語畢遂亡。僧及覺，布已在側，其精妙奇巧，非世繭絲之所能製也。僧乃製而爲衣，塵垢不觸。

後數年，僧欲〔八〕往番禺，泛舶歸天竺，乃於峽山金鎖潭畔，摇錫大呼而呪水。俄而水闢見底矣，以澡餅張之。有一泥鰍魚，可長三寸許，躍入餅中。語衆僧曰：「此龍矣，吾將至海門，以藥煮爲膏，塗足，則渡海若履坦途。」是夜，有白衣叟挈轉關榼，詣寺家人傳〔九〕經曰：「知金剛仙好酒，此榼一邊美醞，一邊毒醪，其榼即晉帝曾用酖牛將軍者也。今有黄金百兩奉公，爲持此酒，毒其僧也。是僧無何取吾子，欲爲膏，恨伊之深，痛貫骨髓，但無計而奈何！」傅經喜，受金與酒，得轉關之法，詣金剛仙。仙持盃向口次，忽有數歲〔一〇〕小兒躍出，就手覆之曰：「酒是龍所將來而毒師耳。」僧大駭，詰傅經，傅經遂不敢隱。僧乃問小兒曰：「爾何人，而相救耶？」小兒曰：「吾昔日之蛛也，今已離其惡業，而託生爲人，七稔矣。吾之魂稍靈於常人，知師有難，故飛魂而來〔一一〕奉救。」言訖而没。衆僧憐〔一二〕之，共禮金剛仙，求捨其龍子，僧不得已而縱之〔一三〕。後仙果泛舶歸天竺矣。（據中華書局版汪紹楹點校本《太平廣記》卷九六引《傳奇》校録）

〔一〕開成中　前原有「唐」字，今删。

〔二〕尺　明鈔本、孫校本作「丈」。

〔三〕暴猛吼驟　明鈔本、孫校本作「若暴猛之吼驟」，《會校》據改。

〔四〕枳首　汪校本據下文改「枳」作「雙」。《會校》亦據孫校本及下文改作「歧」。《四庫》本改作「九」，乃是因《楚辭·天問》「雄虺九首，儵忽焉在」而妄改。按：枳首即雙首也。《爾雅·釋地》：「中有枳首蛇焉。」郭璞注：「歧頭蛇也。或曰今江東呼兩頭蛇爲越王約髮。亦名弩絃。」今回改。

〔五〕團　明鈔本、孫校本作「圓」，當譌。

〔六〕首　明鈔本、孫校本作「元」。按：元，首也。

〔七〕布　原作「帛」，明鈔本、孫校本作「布」。按：下文作「布」，據改。

〔八〕欲　此字原無，據明鈔本、孫校本補。

〔九〕傳　孫校本譌作「傳」，下同。

〔一〇〕數歲　談本原爲闕字，汪校本據陳校本補。《會校》據明鈔本、孫校本、陳校本補。《四庫》本作「青衣」，妄補也。

〔一一〕而來　此二字原無，據孫校本補。

〔一二〕憐　明鈔本、孫校本作「聆」。

〔一三〕僧不得已而縱之　孫校本「縱」作「從」。明陳士元《江漢叢談》卷一引裴鉶《傳奇》作「金剛仙傾鰍於潭」，徐應秋《玉芝堂談薈》卷八《馴虎制龍》引裴硎（鉶）《傳奇》作「乃傾鰍於潭」，卷二三《宛委山》及卷三三《守藏龍》引裴鉶《傳奇》作「金剛仙傾鰍於潭」，皆轉述之語，非原文。

鄭德璘傳

裴　鉶　撰

貞元中，湘潭尉鄭德璘〔一〕，家居長沙，有親表居江夏，每歲一往省焉。中間涉洞庭，歷湘陰〔二〕，多遇老叟，棹舟而鬻菱芡，雖白髮而有少容。德璘與語，多及玄解〔三〕。詰曰：「舟無糗糧，何以爲食？」叟曰：「菱芡耳。」德璘好酒，長挈松醪春過〔四〕江夏，遇叟無不飲之〔五〕，叟飲亦不甚媿荷。

德璘抵江夏，將返長沙，駐舟於黄鶴樓下。傍有鹾〔六〕賈韋生者，乘巨舟，亦抵於湘潭，其夜，與鄰舟告别飲酒。韋生有女，居於舟之柁樓〔七〕，鄰舟〔八〕女亦來訪别，二女同處笑語。夜將半，聞江中有秀才吟詩曰：「物觸輕舟心自知，風恬浪〔九〕静月光微。夜深江上〔一〇〕解愁思，拾得紅蕖香惹衣。」鄰舟女善筆札，因覩韋氏粧奩中有紅箋一幅，取而題〔一一〕所聞之句，亦吟哦良久，然莫曉誰人所製也。

及旦，東西而去。德璘舟與韋氏舟，同離鄂渚。信宿，及暮又同宿，至洞庭之畔，與韋生舟楫，頗以相近。韋氏美而豔，瓊英膩雪〔一二〕，蓮蕊瑩波，露濯蕣姿，月鮮珠彩，於水窗中垂鈎〔一三〕。德璘因窺見之，甚悦，遂以紅綃一尺，上題詩曰：「纖手垂鈎對水窗，紅蕖秋色豔〔一四〕長江。既能解珮投交甫〔一五〕，更有明珠乞一雙。」彊以紅綃惹其鈎，女因收得，吟翫久之。然雖諷讀，即不能曉其義。女不工刀札〔一六〕，又恥無所報，遂以鈎〔一七〕絲而投夜來鄰舟女所題紅牋者。德璘謂女所製，凝思頗悦，喜暢可知。然莫曉詩之意義，亦無計遂其款曲。由是女以所得紅綃繫臂，自愛惜之。明日順風〔一八〕，韋舟遽張帆而去。風勢將緊，波濤恐人，德璘小舟，不敢同越，然意殊恨恨〔一九〕。

將暮，有漁人語德璘曰：「向者賈客巨舟，已全家殁〔二〇〕於洞庭耳。」德璘大駭，神思恍惚，悲惋〔二一〕久之，不能排抑。將夜，爲《弔江〔二二〕姝詩》二首，曰：「湖面狂風〔二三〕且莫吹，浪花初綻月光微〔二四〕。沉潛暗想横波淚，得共鮫人相對垂。」又曰：「洞庭風軟〔二五〕荻花秋，新没青蛾〔二六〕細浪愁。淚滴白蘋君不見〔二七〕，月明江上有輕鷗。」詩成，酹而投之。精貫神祇，至誠感應，遂感水神，持詣水府。府君覽之，召溺者數輩曰：「誰是鄭生所愛？」而韋氏亦不能曉其來由。有主者搜臂，見紅綃，而語府君曰：「德璘異日是吾邑之明宰，況曩有恩義相及〔二八〕，不可不曲活爾命。」因召主者，攜韋氏送于〔二九〕鄭生。韋氏熟〔三〇〕視府君，乃一老叟也。逐主者疾趨，而無所礙。道將盡，覩一大池，碧水汪然，遂爲主者推墮其中，或沉或浮，亦甚困苦。時已三更，德璘未寢，但吟紅箋之詩，悲而益苦。忽覺有物觸舟〔三一〕，然舟人已寢，德璘遂秉炬照之，見衣服綵〔三二〕繡，似是人物〔三三〕，驚而拯之，乃韋氏也，繫臂紅綃尚在，德璘喜駭〔三四〕。良久，女蘇息。及曉，方能言，乃説：「府君感君而活我命。」德璘曰：「府君何人也？」終不省悟。遂納爲室，感其異也，將歸長沙。

後三年，德璘常調選〔三五〕，欲謀醴陵令。韋氏曰：「不過作巴陵耳。」德璘曰：「子何以知？」韋氏曰：「向者水府君言〔三六〕：『是吾邑之明宰。』洞庭乃屬巴陵，此可驗矣。」德璘志之。選，果得巴陵令。及至巴陵縣，使人〔三七〕迎韋氏。舟楫至洞庭側，值逆風不進，德璘使邑吏〔三八〕傭篙工者五人而迎之。内一老叟，挽舟若不爲意，韋氏怒而叱〔三九〕之。叟回顧曰：「我昔水府活汝性命，不以爲德，今反生怒！」韋氏乃悟，恐悸，召叟登舟，拜而進酒果，叩頭曰：「吾之父母，當在水府，可省覲否？」曰：「可。」須臾，舟楫似没於波，然無所苦。俄到往時之水府，大小倚舟號慟。訪其父母，父母居止儼然，第舍與人世無異。韋氏詢其所須，父母曰：「所溺之物，皆能至此，但無火化，所食唯菱芡耳。」持白金器數事而遺女，曰：「吾此無用處，可以贈爾。」叟曰：「爾〔四〇〕不得久停。」促其相别。韋氏遂哀慟，别其父母。叟以大筆〔四一〕書韋氏巾曰：「昔日江頭菱芡人，蒙君數飲松醪春。活君家室以爲報，珍重長沙鄭德璘。」書訖，叟遂爲僕侍數百輩，自舟迎歸府舍。俄頃，舟却出於湖畔，一舟之人，咸有所覩。德璘詳詩意，方悟水府老叟，乃昔日鬻菱芡者。

歲餘，有秀才崔希周投詩卷於德璘，内有《江上夜拾得芙蓉》詩，即韋氏所投德璘紅牋詩也。德璘疑訝〔四二〕，乃詰希周，對曰：「數年前，泊輕舟於鄂渚。江上月明，時當未寢，有微物觸舟，芳馨襲鼻，取而視之，乃一束芙蓉也。因而製詩。既成，自爲得意，吟於江上者數四，餘無他爾。」德璘詰韋氏，韋氏具以實對〔四三〕。」德璘歎曰：「命也。」然後更不敢越洞庭。德璘官至刺史。（據中華書局版汪紹楹點校本《太平廣記》卷一五二引《德璘傳》校録，朝鮮成任編《太平廣記詳節》卷一一注作出《傳奇》）

〔一〕鄭德璘　《紺珠集》卷一一《傳奇·松醪香》作「鄭德鄰」。

〔二〕湘陰　原作「湘潭」，《緑窗新話》卷上《德璘娶洞庭韋女》（注出《傳奇》）、委心子《新編分門古今類事》卷五《德璘巴陵》（注出《靈異傳奇》，《四庫》本作《靈異傳》，脱「奇」字）作「湘陰」。按：鄭德璘居長沙，北往江夏（今湖北武漢市武昌區），歷湘陰縣（今湖南湘陰縣西）、巴陵縣（今湖南岳陽市），而湘潭縣（今湖南湘潭市下攝司）在長沙南，不得謂「歷湘潭」也，據改。孫校本、《廣記詳節》、朝鮮成任編《太平通載》卷一九引《太平廣記》作「湘中」。湘中，泛言今湖南之地，不及湘陰爲確。北宋晏殊《晏元獻公類要》卷二《荆湖北路・岳》引《太平廣記》譌作「湘史」。

〔三〕解　《類要》作「談」。

〔四〕過　《廣記詳節》、《太平通載》作「而適」。按：過，往也。

〔五〕遇叟無不飲之　明鈔本、《廣記詳節》、《太平通載》前有「每」字。《會校》據明鈔本及《廣記詳節》補。

〔六〕醝　《類要》作「行」。

〔七〕柁樓　「樓」談本原作「檴」，同「櫓」。《廣記詳節》、《太平通載》作「櫓」。柁，即「舵」。舵櫓乃行船工具，非居止之所，據《四庫》本《古今説海》説淵部别傳六《鄭德璘傳》、《豔異編》卷二《鄭德璘傳》改。大船後艙室曰舵樓，以舵在船之後部也。唐劉恂《嶺表録異》卷下：「余嘗登海艒，入舵樓。」宋王讜《唐語林》卷八：「凡大船必爲富商所有，奏聲樂，役奴婢，以據舵樓之下。」《情史類略》卷八《鄭德璘》，《唐人説薈》第十二集、《龍威秘書》四集、《藝苑捃華》、《晉唐小説六十種》之《龍女傳・鄭德璘傳》作「艫」，實應爲「艣」字，亦即「櫓」。

〔八〕舟　此字原無，據《説海》、《豔異編》、《逸史搜奇》丙集五《鄭德璘傳》、《稗家粹編》卷四《鄭德璘傳》、《情史》、馮夢龍《增補燕居筆記》卷九《鄭德璘傳》、《雪窗談異》卷四《龍女傳·鄭德璘》、《唐人説薈》、《龍威秘書》、《藝苑捃華》、《晉唐小説六十種》補。

〔九〕浪　《廣記詳節》、《太平通載》、《全唐詩》八六四水府君《與鄭德璘奇遇詩》作「烟」，《全唐詩》注：「一作『浪』。」

〔一〇〕上　《稗家粹編》、《燕居筆記》作「水」。

〔一一〕題　孫校本作「札」，《廣記詳節》、《太平通載》作「扎」。扎，同「札」，書寫。

〔一二〕雪　原作「雲」，明鈔本、陳校本、《廣記詳節》、《太平通載》作「雪」，義勝，據改。

〔一三〕鈎　《類説》卷三二《傳奇·鄭德璘》、《緑窗新話》、《情史》、《龍女傳》、《歷世真仙體道通鑑》後集卷五《韋氏》作「釣」。下文「惹其鈎」《類説》、《緑窗新話》亦作「釣」（《緑窗新話》作「惹其釣綵」）。

〔一四〕豔　《廣記詳節》、《太平通載》作「灔」。

〔一五〕交甫　《類説》譌作「蛟府」，《四庫》本作「交甫」。《真仙通鑑》蓋取自《類説》，亦作「交甫」。按：交甫即鄭交甫，《列仙傳》卷上《江妃二女》載，江妃二女出遊於江漢之湄，逢鄭交甫，見而悦之，請其佩，遂手解佩與交甫。交甫悦受而懷之，趨去數十步，視佩，空懷無佩。又見《初學記》卷二引《韓詩外傳》。

〔一六〕即不能曉其義女不工刀札　孫校本、《廣記詳節》、《太平通載》作「即不能曉其刀札」，《廣記詳節》、

《太平通載》「札」作「扎」。

〔一七〕鈎　《廣記詳節》作「釣」，《太平通載》譌作「鈞」。

〔一八〕明日順風　原作「明月清風」，據《廣記詳節》、《太平通載》改。

〔一九〕意殊恨恨　明鈔本、孫校本作「意若恨恨耳」。

〔二〇〕殁　《類説》、《緑窗新話》、《真仙通鑑》、《説海》、《豔異編》、《逸史搜奇》、《稗家粹編》、《情史》、《龍女傳》作「没」。按：殁，通「没」。李公佐《南柯太守傳》：「因殁虜中，不知存亡。」《李太白全集》卷二二《安州應城玉女湯作》：「神女殁幽境，湯池流大川。」

〔二一〕惋　原作「婉」，據《廣記詳節》、《太平通載》、《類説》、《説海》、《豔異編》、《逸史搜奇》、《稗家粹編》、《燕居筆記》、《情史》、《龍女傳》、《真仙通鑑》改。

〔二二〕江　《類説》作「韋」。按：《真仙通鑑》亦作「江」。

〔二三〕狂風　《廣記詳節》、《太平通載》、《稗家粹編》、《燕居筆記》、《情史》作「征風」，《萬首唐人絶句》卷六二鄭德璘《弔江姝》作「征帆」。

〔二四〕浪花初綻月光微　《廣記詳節》、《太平通載》「綻」作「定」。《唐人絶句》「微」作「輝」。

〔二五〕軟　《類説》作「勁」。

〔二六〕青蛾　《廣記詳節》、《太平通載》、《類説》、《古今類事》、《説海》、《豔異編》、《逸史搜奇》、《稗家粹編》、《燕居筆記》、《情史》、《龍女傳》作「青娥」。按：青娥、青蛾意同。女子以黛青畫蛾眉，故云青蛾，亦指年輕美女。白居易《小庭亦有月》：「左顧短紅袖，右命小青蛾，長跪謝貴客，蓬門勞見過。」韋莊《陪金陵府相中堂夜宴》：「却愁宴罷青蛾散，楊子江頭月半斜。」

〔二七〕見　《古今類事》《四庫》本作「采」。

〔二八〕況曩有恩義相及　「恩」字原無，據《廣記詳節》、《太平通載》補。《類要》作「況前者有息于韋」，有誤。

〔二九〕于　此字原無，據孫校本、《廣記詳節》、《太平通載》補。

〔三〇〕熟　此字原無，據《廣記詳節》、《太平通載》、《類要》補。

〔三一〕舟　《類要》譌作「衣」。

〔三二〕綵　《類要》作「鮮」。

〔三三〕物　《類要》作「形」。

〔三四〕喜駭　「駭」原作「驟」，據《廣記詳節》、《太平通載》、《古今類事》改。《豔異編》、《稗家粹編》、《燕居筆記》、《龍女傳》作「喜且駭」。

〔三五〕常調選　《説海》、《豔異編》、《逸史搜奇》、《稗家粹編》、《燕居筆記》、《情史》、《龍女傳》「常」作「當」，《廣記詳節》、《太平通載》作「常調選集」，《古今類事》作「當調集」。按：常調選即常選，又稱常調。即按照常規選調官吏。唐代官吏選任實行銓選制度，任滿現職六品以下官員及其他獲得任職資格人員（皆稱爲選人），每年冬季集中於吏部參加考核，合格者另授新職。《唐大詔令集》卷二《順宗即位赦》：「左降官量移近處，如復資者，任依常調選。」《册府元龜》卷六三二哀帝天祐三年十一月制：「今年冬常調選人，宜委三銓，並准舊例處分。」《新唐書》卷一六三《楊於陵傳》：「於是有詔，三考官止較科目選，至常調，悉還吏部。」《唐會要》卷七五：「其常選人，自今已後，宜委所司，依常例銓注。」作「當調選」或「當調集」、「常調選集」皆通。《會校》疑「常調選」誤，似應作「當調選」，説非。

〔三六〕君言　《廣記詳節》、《太平通載》作「言君」。

〔三七〕使人　孫校本作「邑吏人」。按：邑，縣，指巴陵縣。

〔三八〕邑吏　此二字原無，據《廣記詳節》、《太平通載》補。

〔三九〕叱　原作「唾」，據《廣記詳節》、《太平通載》改。孫校本作「吐」。

〔四〇〕叟曰爾　此三字原脱，據《廣記詳節》、《太平通載》補。

〔四一〕大筆　原作「筆大」，據孫校本、《廣記詳節》、《太平通載》乙改。

〔四二〕訝　原譌作「詩」，據《廣記詳節》、《太平通載》改。

〔四三〕「自爲得意」至「具以實對」　原作「諷詠良久，敢以實對」，據《廣記詳節》、《太平通載》改。

按：《廣記》所引《鄭德璘》，末注「出《德璘傳》」，而《太平廣記引用書目》有《鄭德璘傳》。《情史類略》卷八《鄭德璘》末注「出本傳」，本傳即指《鄭德璘傳》，據《廣記》爲説。《太平廣記詳節》卷九作出《傳奇》。《類説》卷三二《傳奇》節録《鄭德璘》，《紺珠集》卷一一《傳奇》節録《松醪香》，蘇軾《仇池筆記》卷上《酒名》云：「裴鉶《傳奇》亦有酒名松醪春。」南宋吴曾《能改齋漫録》卷六《事實・松花酒》云：「裴鉶《傳奇》載酒名松醪春。」《緑窗新話》卷上《德璘娶洞庭韋女》，注出《傳奇》。《分門古今類事》卷五《德璘巴陵》，注出《靈異傳奇》，即裴鉶《傳奇》之異稱。是則裴鉶撰成《鄭德璘傳》，曾單行於世，待其乾符中在成都編訂《傳奇》，遂收編書中也。

《古今説海》説淵部别傳六收入本篇，題《鄭德璘傳》，無撰人。後又收入《豔異編》卷二、《逸史搜奇》丙集五、《稗家粹編》卷四、《情史類略》卷八、《增補燕居筆記》卷九，民國吴曾祺《舊小説》乙集亦收，撰人署薛瑩。《雪窗談異》卷四、《唐人説薈》第十二集（同治八年刊本卷一四）、《龍威秘書》四集《晉唐小説暢觀》、《藝苑捃華》、《晉唐小説六十種》有《龍女傳》，妄託唐薛瑩撰，其中《鄭德璘傳》（《雪窗談異》無「傳」字）亦同《説海》。《舊小説》署作薛瑩者，即據此也。

崑崙奴傳

裴鉶　撰

大曆中〔一〕，有崔生者，其父爲顯僚，與蓋代〔二〕之勳臣一品者熟。生是時爲千牛，其父使往省一品疾。生少年，貌瑩寒玉，性禀孤雲〔三〕，舉止安詳，發言清雅。一品命妓軸簾，召生入室。生拜傳父命，一品忻然愛慕，命坐與語。時三妓人，豔皆絶代，居前，以金甌貯含桃〔四〕而擘之，沃以甘酪而進。一品遂命衣紅綃妓者，擎一甌與生食。生少年，赧妓輩，終不食。一品命紅綃妓以匙而進之，生不得已而食，妓哂之，遂告辭而去。一品曰：「郎君閑暇，必須一相訪，無間老夫也。」命紅綃送出院。時生回顧，妓立三指，又反掌者三〔五〕，然後指胸前小鏡子云：「記取，記取〔六〕。」餘更無言。

生歸，達一品意。返學院，神迷意〔七〕奪，語減容沮，怳然凝思，日不暇食。但吟詩曰：「誤到蓬山〔八〕頂上遊，明璫玉女動星眸。朱扉半掩深宫月，應照瓊芝〔九〕雪豔愁。」左右莫能究其意。時家中有崑崙奴磨勒，顧瞻郎君曰：「心中有何事，如此抱恨不已？何不報老奴？」生曰：「汝輩何知，而問我襟懷間事。」磨勒曰：「但言，當爲郎君釋解，遠近必能成之。」生駭其言異，遂具告知。磨勒曰：「此小事〔一〇〕耳，何不早言之，而自苦耶？」生又白其隱語，勒曰：「有何難會？立三指者，一品宅中有十院歌姬，此乃第三院耳。反〔一一〕掌三者，數十五指，以應十五日之數。胸前小鏡子，十五夜月圓如鏡，令郎來耶〔一二〕。」生大喜，不自勝，謂磨勒曰：「何計而能導達，釋〔一三〕我鬱結？」磨勒笑曰：「後夜乃十五夜，請深青絹〔一四〕兩疋，爲郎君製束身之衣。一品宅有猛犬，守歌妓院門外〔一五〕，常人不得輒入，入必噬殺之。其警如神，其猛如虎，即曹州孟海之犬〔一六〕也。世間非老奴不能斃此犬耳〔一七〕，今夕當爲郎君撾殺之。」遂宴犒以酒肉。

至三更，攜鍊椎〔一八〕而往。食頃而回，曰：「犬已斃訖，固無障塞耳。」是夜三更，與生衣青衣，遂負而逾十重垣，乃〔一九〕入歌妓院内，止〔二〇〕第三門。繡户不扃，金釭微明，惟聞妓長嘆而坐，若有所俟〔二一〕。翠環〔二二〕初墜，紅臉纔舒，玉恨無妍，珠愁轉瑩〔二三〕。但吟詩曰：「深洞鶯啼恨阮郎〔二四〕，偷來花下解珠璫。碧雲飄斷音書絶，空倚玉簫愁鳳凰。」侍衛皆寢，鄰近〔二五〕闃然。生遂緩搴簾〔二六〕而入。姬默然〔二七〕良久，驗是生，躍下榻，執生手曰：「知郎君穎悟，必能默識，所以手語耳。又不知郎君有何神術，而能至此？」生具告磨勒之謀，負荷而至。姬曰：「磨勒何在？」曰：「簾外耳。」遂召入，以金甌酌酒而飲之。姬白生曰：「某家本富，居在朔方。主人擁旄，逼爲姬僕。不能自死，尚且偷生，臉雖鉛華，心頗鬱結。縱玉筯舉饌，金鑪泛香〔二八〕，雲屏而每近〔二九〕綺羅，繡被而常眠珠翠，皆非所願，如在桎梏。賢爪牙既有神術，何妨爲脱狴牢。所願既申，雖死不悔。請爲僕隸，願侍光容，又不知郎君高意如何？」生愀然不語。磨勒曰：「娘子既堅確如是，此亦小事耳。」姬甚喜。磨勒請先爲姬負其囊橐粧奩，如此三復焉。然後曰：「恐遲明。」遂負生與姬，而飛出峻垣十餘重。一品家之守禦，無有警者。遂歸學院而匿之。及旦，一品家方覺，又見犬已斃，一品大駭曰：「我家門垣，從來邃密，扃鎖甚嚴。勢似飛騰〔三〇〕，寂無形〔三一〕跡，此必俠士而挈之〔三二〕。無更聲聞，徒爲患禍耳。」

姬隱崔生家二歲，因花時，駕小車而遊曲江，爲一品家人潛誌認，遂白一品。一品異之，召崔生而詰之。生〔三三〕懼而不敢隱，遂細言端由，皆因奴磨勒負荷而去。一品曰：「是姬〔三四〕大罪過。但郎君驅使踰年，即不能問是非，某須爲天下人除害。」命甲士五十人，嚴持兵仗，圍崔生院，使擒磨勒。磨勒遂持匕首，飛出高垣，瞥若翅翎，疾同鷹隼。攢矢如雨，莫能中之。頃刻之間，不知所向〔三五〕。然崔家大驚愕。後一品悔懼，每夕多以家童持劍戟自衛，如此周歲方止。後十餘年，崔家有人見磨勒賣藥於洛陽市〔三六〕，容顏如舊耳〔三七〕。

（據中華書局版汪紹楹點校本《太平廣記》卷一九四引《傳奇》校録。按：談本原倒作《奇傳》，汪校改。《太平廣記詳節》卷一四作《傳奇》）

〔一〕大曆中　前原有「唐」字，《紺珠集》卷一一《傳奇·紅綃》無「唐」字，據删。

〔二〕代　《古今説海》説淵部别傳五《崑崙奴傳》、《豔異編》卷二四《崑崙奴傳》、《劍俠傳》卷三《崑崙奴》、《緑窗女史》卷九《崑崙奴傳》、《逸史搜奇》丁集十《崑崙奴》、朝鮮人編《删補文苑楂橘》卷一《崑崙奴》作「天」。

〔三〕貌瑩寒玉性稟孤雲　原作「容貌如玉，性稟孤介」，據《廣記詳節》改。按：裴鉶《傳奇》喜用駢語，此二句對仗工整，當爲原文。

〔四〕含桃　《説海》、《豔異編》、《劍俠傳》、《緑窗女史》、《逸史搜奇》、《稗家粹編》卷一《崑崙奴傳》、《無一是齋叢鈔·崑崙奴傳》、《文苑楂橘》、《新編古今奇聞類紀》卷七《摩勒》（末注《崑崙奴傳》）作「緋桃」。按：緋桃，紅色桃子。含桃，桃之别名。《呂氏春秋·仲夏》：「仲夏羞以含桃，先薦寢廟。」高誘注：「鶯鳥所含食，故言含桃。」

〔五〕反掌者三　原作「反三掌者」，據《類説》卷三二《傳奇·崔生》、《説海》、《豔異編》、《劍俠傳》、《逸史搜奇》、《稗家粹編》、《無一是齋叢鈔》、《奇聞類紀》、《情史類略》卷四《崑崙奴》（引《傳奇》）、《文苑楂橘》改。《紺珠集》作「三反掌」。

〔六〕記取記取　原作「記取」，據《類説》補二字。

〔七〕意　《廣記詳節》作「氣」。

〔八〕蓬山　《情史》、《全唐詩》卷八〇〇作「蓬萊」。

〔九〕璚芝　《廣記詳節》、《説海》、《豔異編》、《劍俠傳》、《緑窗女史》、《逸史搜奇》、《稗家粹編》、《無一是齋叢鈔》、《文苑楂橘》、《奇聞類紀》、《全唐詩》「璚」作「瓊」。璚，同「瓊」。《全唐詩》「芝」作「枝」。

〔一〇〕小事　《類説》作「細事」。

〔一一〕反　原作「返」。按：前文作「反」，《類説》、《説海》、《豔異編》、《劍俠傳》、《緑窗女史》、《逸史搜奇》、《稗家粹編》、《無一是齋叢鈔》、《文苑楂橘》、《奇聞類紀》皆作「反」，據改。

〔一二〕令郎來耶　孫校本、《廣記詳節》「郎」作「郎君」，《會校》據補「君」字。《類説》作「令郎君來」，《情史》、《太平廣記鈔》卷二九作「令郎來耳」，《説海》、《豔異編》、《劍俠傳》、《緑窗女史》、《逸史搜奇》、《稗家粹編》、《無一是齋叢鈔》、《文苑楂橘》、《奇聞類紀》作「令郎君來耳」。疑「耶」原當作「耳」，然作「耶」亦通，表判斷也。

〔一三〕釋　此字原無，據《廣記詳節》補。

〔一四〕絹　《廣記詳節》作「綃」。

〔一五〕外　原譌作「非」，屬下讀，據孫校本、《説海》、《豔異編》、《劍俠傳》、《緑窗女史》、《逸史搜奇》、《稗家粹編》、《無一是齋叢鈔》、《文苑楂橘》、《奇聞類紀》改。明鈔本無此字。

〔一六〕曹州孟海之犬　《説海》、《豔異編》、《劍俠傳》、《緑窗女史》、《逸史搜奇》、《稗家粹編》、《文苑楂橘》作「曹孟海州之犬」，按：《説海》等誤。張讀《宣室志》卷九《唐休璟門僧》云曹州多善犬。王洙《東陽夜怪録》寫到犬之「曹州房」，犬怪敬去文云「詠雪有《獻曹州房》一篇」。孟海，城名，在曹州。《元和郡縣圖志》卷一一《曹州・乘氏縣》：「孟海公南北二城，在縣東四十五里。隋末賊帥孟海公所築。」

〔一七〕耳　黄本、《四庫》本、《筆記小説大觀》作「兒」，屬下讀。按：兒，奴僕自稱。猶言「小子」、「小人」。

〔一八〕鍊椎　《廣記詳節》作「鍊搥」，《類説》作「鍊鎚」，《紺珠集》作「大鐵椎」。按：搥，同「槌」。椎、鎚、槌，音義皆同。

〔一九〕乃　明鈔本、孫校本、《廣記詳節》作「始」，《會校》據改。

〔二〇〕止　《廣記詳節》作「至」。

〔二一〕俟　《廣記詳節》、《説海》、《豔異編》、《劍俠傳》、《緑窗女史》、《逸史搜奇》、《稗家粹編》、《無一是齋叢鈔》、《文苑楂橘》、《奇聞類紀》作「伺」。

〔二二〕環　《説海》作「鬟」。

〔二三〕玉恨無妍珠愁轉瑩　《廣記詳節》「無」作「唯」。《説海》、《豔異編》、《劍俠傳》、《緑窗女史》、《逸史搜奇》、《稗家粹編》、《無一是齋叢鈔》、《文苑楂橘》作「幽恨方深，殊愁轉結」。

〔二四〕深洞鶯啼恨阮郎　《説海》、《豔異編》、《劍俠傳》、《緑窗女史》、《逸史搜奇》、《稗家粹編》、《文苑楂橘》作「深谷鶯啼恨阮香」。《四庫》本《説海》改作「深谷鶯啼恨阮郎」。《全唐詩》校：「洞」「一作谷」。

〔二五〕近　孫校本作「廷」。

〔二六〕緩搴簾　《説海》、《豔異編》、《劍俠傳》、《緑窗女史》、《逸史搜奇》、《稗家粹編》、《無一是齋叢鈔》、《文苑楂橘》、《奇聞類紀》作「掀簾」。

〔二七〕姬默然　此三字原無，據《説海》、《劍俠傳》、《緑窗女史》、《豔異編》、《逸史搜奇》、《稗家粹編》、《無一是齋叢鈔》、《文苑楂橘》、《奇聞類紀》補。下文「姬躍下榻」，蒙上删「姬」字。

〔二八〕香　《豔異編》、《劍俠傳》、《緑窗女史》、《逸史搜奇》、《稗家粹編》、《無一是齋叢鈔》、《文苑楂橘》、《奇聞類紀》作「漿」，《説海》譌作「槳」。

〔二九〕近　原作「進」，據明鈔本、孫校本、《廣記詳節》、《説海》、《劍俠傳》、《緑窗女史》、《豔異編》、《逸史搜奇》、《稗家粹編》、《無一是齋叢鈔》、《文苑楂橘》改。

〔三〇〕騰　《説海》、《豔異編》、《劍俠傳》、《緑窗女史》、《逸史搜奇》、《稗家粹編》、《無一是齋叢鈔》、《文苑楂橘》、《奇聞類紀》作「蹻」。

〔三一〕形　《廣記詳節》作「影」。

〔三二〕此必俠士而挈之　《説海》、《劍俠傳》、《緑窗女史》、《豔異編》、《逸史搜奇》、《稗家粹編》、《無一是齋叢鈔》、《文苑楂橘》、《奇聞類紀》作「此必是一大俠矣」。

〔三三〕生　原作「事」，連上讀，據《類説》改。按：《廣記詳節》上句「之」作「其事」，《會校》據改。《廣記》作「之事」。

〔三四〕姬　《四庫》本改作「奴」。

〔三五〕「命甲士五十人」至「不知所向」　明鈔本「十」作「千」，當譌。《類説》作「一品命甲士擒磨勒，三持之，頃刻不知所向」。按：《類説》删削頗多，然云「三持之」，乃交手多有回合，《廣記》有闕。

〔三六〕洛陽市　《類説》作「番市」，明鈔本、孫校本、《廣記詳節》無「洛陽」二字。

〔三七〕容顔如舊耳　明鈔本、孫校本、《廣記詳節》作「容髮如舊矣」。

按：《廣記》所引題《崑崙奴》，《類説》卷三二《傳奇》題《崔生》，或原題作《崔生傳》亦未可知。《古今説海》據傳本《廣記》編入説淵部别傳五，題《崑崙奴傳》，此本後又收載於《豔異編》卷二四、《劍俠傳》卷三（題《崑崙奴》）、《緑窗女史》卷九、《逸史搜奇》丁集十（題《崑崙奴》）、

《稗家粹編》卷一、《無一是齋叢鈔》、《舊小説》丙集（五代）。朝鮮《删補文苑楂橘》卷一亦收，題《崑崙奴》，當據《豔異編》。《説海》、《豔異編》、《劍俠傳》、《逸史搜奇》、《稗家粹編》、《文苑楂橘》均無撰人，而《緑窗女史》題唐楊巨源，《無一是齋叢鈔》題唐段成式撰，《舊小説》題馮延巳，殊爲僞妄。《新編古今奇聞類紀》卷七《摩勒》（末注《崑崙奴傳》）亦據《説海》本，有所删略。《情史類略》卷四《崑崙奴》（引《傳奇》）、《太平廣記鈔》卷二九《崑崙奴》，皆據談愷刻本《廣記》鈔録，文有删削。

聶隱娘傳

裴　鉶　撰

聶隱娘者，貞元〔一〕中魏博大將聶鋒之女也。年方十歲，有尼乞食于鋒舍，見隱娘悦之，云：「問押衙乞取此女教〔二〕。」鋒大怒，叱尼。尼曰：「任押衙鐵櫃中盛，亦須偷去矣。」及夜，果失隱娘所向。鋒大驚駭，令人搜尋，曾無影響。父母每思之，相對涕泣而已。

後五年，尼送隱娘歸。告鋒曰：「教〔三〕已成矣，子却〔四〕領取。」尼欻亦不見。一家悲喜，問其所學，曰：「初但讀經念呪，餘無他也。」鋒不信，懇詰。隱娘曰：「真説又〔五〕恐不信，如何？」鋒曰：「但真説之。」曰：「隱娘初被尼挈，不知行幾里。及明，至大石穴，中〔六〕嵌空數十步，寂無居人。猿狖〔七〕極多，松蘿益邃。尼先〔八〕已有二女，亦各十歲，皆聰明婉麗，不食，能於峭壁上飛走，若捷猱登木，無有蹶失。尼與我藥一粒喫〔九〕，兼令長執寶劍一口，長二尺〔一〇〕許，鋒利，吹毛令剸〔一一〕。逐二女攀緣〔一二〕，漸覺身輕如風。一年後，刺猿狖，百無一失。二年〔一三〕後，刺虎豹，皆決其首而歸。三年後能飛〔一四〕，使刺鷹隼，無不中。劍之刃漸減五寸，飛走〔一五〕遇之，不知其來也。至四年，留二女守穴，挈我於都市，不知何處也。指其人者，一一數其過，曰：『爲我刺其首來，無使知覺。定其膽，若飛鳥之容易也。』受〔一六〕以羊角匕首，刃〔一七〕廣三寸，遂白日刺其人於都市，人莫能見。以首入囊，返主人舍〔一八〕，以藥化之爲水。五年，又曰：『某大僚有罪，無故害人若干。夜可入其室，決其首來。』又攜匕首入室，度其門隙，無有障礙，伏之梁上。至瞑〔一九〕，持〔二〇〕得其首而歸。尼大怒曰：『何太晚如是？』某云：『見前人戲弄一兒，可愛，未忍便下手。』尼叱曰：『已後遇此輩，先斷其所愛，然後決之。』某拜謝。尼曰：『吾爲汝開腦後，藏匕首而無所傷，用即抽之。』曰：『汝術已成，可歸家。』遂送還，云：『後二〔二二〕十年，方可一見。』」鋒聞語甚懼。後遇〔二三〕夜即失蹤，及明而返。鋒亦〔二三〕不敢詰之，因茲亦不甚憐愛。

忽值磨鏡少年及門〔二四〕，女曰：「此人可與我爲夫。」白父，父〔二五〕不敢不從，遂嫁之。其夫但能淬鏡，餘無他能。父乃給衣食甚豐〔二六〕，外室而居。數年後，父卒。魏師〔二七〕稍知其異，遂以金帛署〔二八〕爲左右吏。如此又數年。至元和間，魏師與陳許節度使劉昌裔不協〔二九〕，使隱娘賊其首。隱〔三〇〕娘辭師之許。劉能神筭，已知其來，召衙將令曰〔三一〕：「來日〔三二〕早至城北，候一丈夫、一女子，各跨白黑衛，至門，遇有鵲前〔三三〕噪，丈夫〔三四〕以弓彈之不中，妻奪夫彈，一丸而斃鵲者，揖之云：『吾欲相見，故遠相祇迎也。』」衙將受約束，遇之，隱娘夫妻曰：「劉僕射果〔三五〕神人，不然者，何以洞吾〔三六〕也。願見劉公。」劉勞之，隱娘夫妻拜曰：「得罪僕射，合萬死〔三七〕。」劉曰：「不然，各親其主，人之常事。魏今與許何異，顧請〔三八〕留此，勿相疑也。」隱娘謝曰：「僕射左右無人，願舍彼而就此，服公神明也。」知魏師之不及劉〔三九〕。劉問其所須，曰：「每日只要錢二百文足矣。」乃依所請。忽不見二衛所之，劉使人尋之，不知所向。後潛搜〔四〇〕布囊中，見二紙衛，一黑一白。

後月餘，白劉曰：「彼未知住〔四一〕，必使人繼至。今宵請剪髮，繫之以紅綃〔四二〕，送于魏帥枕前，以表不迴。」劉聽之。至四更却返，曰：「送其信了。後夜〔四三〕必使精精兒來殺某及賊僕射之首。此時亦萬計殺之，乞不憂耳。」劉豁達大度，亦無畏色。是夜明燭，半宵之後，果有二幡子，一紅一白，飄飄然如相擊于牀四隅。良久，見一人自空而踣，身首異處。隱娘亦出曰：「精精兒已斃。」拽出于堂之下，以藥化爲水，毛髮不存矣。隱娘曰：「後夜當使妙手空空兒繼至。空空兒之神術，人莫能窺其用，鬼莫得躡其蹤。能從空虛入冥〔四四〕，善〔四五〕無形而滅影。隱娘之藝，故不能造其境，此即繫僕射之福〔四六〕耳。但以于闐玉周其頸，擁以衾，隱娘當化爲蠛蠓，潛入僕射腸中聽伺，其餘無逃避處。」劉如言。至三更，瞑目未熟，果聞項上鏗然，聲甚厲。隱娘自劉口中躍出，賀曰：「僕射無患矣。此人如俊鶻，一搏不中，即翩然遠逝，恥其不中，纔未逾一更，已千里矣。」後視其玉，果有匕首劃處，痕逾數分。自此劉轉厚禮之。

自元和八年，劉自許入覲，隱娘不願從焉。云：「自此尋山水，訪至人，但乞一虚給與其夫〔四七〕。」劉如約。後漸不知所之。及劉薨于統軍，隱娘亦鞭驢而一至京師柩前，慟哭而去。開成年，昌裔子縱，除陵州刺史。至蜀棧道，遇隱娘，貌若當時，甚喜相見，依前跨白衛如故。語縱曰：「郎君大災，不合適此。」出藥一粒，令縱吞之。云：「來年火急抛官歸洛，方脱此禍。吾藥力只保一年患耳。」縱亦不甚信。遺其繒綵，隱娘一無所受，但沉醉而去。後一年，縱不休官，果卒于陵州。自此無復有人見隱娘矣。（據中華書局版汪紹楹點校本《太平廣記》卷一九四引《傳奇》校録）

〔一〕貞元　前原有「唐」字，今删。今本《甘澤謡》（《津逮祕書》本）誤輯入此篇，亦删「唐」字。

〔二〕教　明鈔本、孫校本無此字，《會校》據删。按：教，教導。

〔三〕教　《甘澤謡》作「數」。數，術數，法術。

〔四〕子却　《古今説海》説淵部别傳三十六《聶隱娘傳》、《豔異編》卷二四《聶隱娘》、《劍俠傳》卷二《聶隱娘》、《緑窗女史》卷九《聶隱娘傳》、《逸史搜奇》己集十《聶隱娘》、《無一是齋叢鈔·聶隱娘傳》、《甘澤謡》作「可自」。舊題蘇軾《漁樵閒話録》下篇引裴硎（鉶）《傳奇》作「却」。

〔五〕又　《甘澤謡》作「父」。

〔六〕中　原作「之」，據《説海》、《豔異編》、《劍俠傳》、《緑窗女史》、《逸史搜奇》、《無一是齋叢鈔》、《甘澤謡》改。

〔七〕狖　《説海》、《豔異編》、《劍俠傳》、《緑窗女史》、《逸史搜奇》、《甘澤謡》作「猱」。下同。《漁樵閒話録》下文亦作「猱」。

〔八〕尼先　此二字原無，據《説海》、《豔異編》、《劍俠傳》、《緑窗女史》、《逸史搜奇》、《無一是齋叢鈔》、《甘澤謡》補。

〔九〕喫　此字原無，據《太平廣記詳節》卷一四補。

〔一〇〕二尺　明鈔本、孫校本、《説海》、《豔異編》、《劍俠傳》、《緑窗女史》、《逸史搜奇》、《無一是齋叢鈔》、《甘澤謡》作「一二尺」。

〔一一〕令剸　《説海》、《豔異編》、《劍俠傳》、《緑窗女史》、《逸史搜奇》、《甘澤謡》作「可斷」。《廣記詳節》、《太平廣記鈔》卷二九「剸」作「專」。剸，斷也。

〔一二〕逐二女攀緣 《説海》、《豔異編》、《緑窗女史》、《逸史搜奇》作「遂令二女教某攀緣」，《劍俠傳》、《無一是齋叢鈔》「某」作「其」，《甘澤謡》「緣」作「援」。

〔一三〕二年 此二字原無，各本皆脱，據《四庫》本《説海》補。按：館臣雖以意補之，然頗合文意。

〔一四〕三年後能飛 明鈔本、孫校本、《説海》、《豔異編》、《劍俠傳》、《緑窗女史》、《逸史搜奇》、《無一是齋叢鈔》無「飛」字，《説海》《四庫》本有「飛」字，當據《廣記》補。《甘澤謡》《津逮》本作「三年」，《學津討原》本補「後能飛」三字。《漁樵閒話録》作「三年漸能飛騰」。

〔一五〕飛走 「走」字原作「禽」，據孫校本、《説海》、《豔異編》、《劍俠傳》、《緑窗女史》、《逸史搜奇》、《無一是齋叢鈔》、《甘澤謡》《津逮》本改。《甘澤謡》《學津》本據《廣記》改作「禽」。飛走，飛禽走獸。

〔一六〕受 《説海》《四庫》本、《豔異編》、《甘澤謡》《學津》本作「授」。受，通「授」。《甘澤謡》《津逮》本譌作「彼」。

〔一七〕刃 原作「刀」，據明鈔本、《廣記詳節》、《説海》、《豔異編》、《劍俠傳》、《緑窗女史》、《逸史搜奇》、《廣記鈔》、《無一是齋叢鈔》、《甘澤謡》改。

〔一八〕主人舍 《説海》、《豔異編》、《劍俠傳》、《緑窗女史》、《逸史搜奇》、《無一是齋叢鈔》、《甘澤謡》作「命」。孫校本「舍」作「則」，連下讀。按：主人，指逆旅店主。

〔一九〕瞑 孫校本、《説海》、《豔異編》、《劍俠傳》、《逸史搜奇》、《無一是齋叢鈔》作「暝」。瞑，通「暝」。

〔二〇〕持 孫校本、《説海》、《豔異編》、《劍俠傳》、《緑窗女史》、《逸史搜奇》、《無一是齋叢鈔》、《甘澤謡》

作「時」，屬上讀。

〔二一〕二　明鈔本作「三」。

〔二二〕遇　《廣記詳節》作「十」。

〔二三〕亦　原作「已」，據《廣記詳節》改。

〔二四〕及門　《廣記詳節》作「焦岌」，乃人名。

〔二五〕父　《説海》、《豔異編》、《劍俠傳》、《緑窗女史》、《逸史搜奇》、《無一是齋叢鈔》、《甘澤謡》作「又」，《學津》本在「父」下加「又」字。

〔二六〕父乃給衣食甚豐　《説海》、《豔異編》、《劍俠傳》、《緑窗女史》、《逸史搜奇》、《無一是齋叢鈔》、《甘澤謡》《津逮》本「父」譌作「夫」。《説海》《四庫》本改作「父」，《四庫全書考證》卷五七《古今説海》云：「『父乃給衣食甚豐具』，刊本『父』訛『夫』，據《豔異編》改。」然明刊四十卷本《豔異編》實作「夫」。《學津》本改作「父」。「豐」下《説海》、《豔異編》、《劍俠傳》、《緑窗女史》、《逸史搜奇》、《無一是齋叢鈔》、《甘澤謡》有「具」字。

〔二七〕師　汪校本作「帥」，談本原作「師」，明鈔本、孫校本、《廣記詳節》亦作「師」。按：師，通「帥」，此指節度使。今回改。下同。

〔二八〕署　《説海》、《豔異編》、《劍俠傳》、《緑窗女史》、《逸史搜奇》、《無一是齋叢鈔》、《甘澤謡》前有「召」字。

〔二九〕與陳許節度使劉昌裔不協　《説海》、《豔異編》、《緑窗女史》、《逸史搜奇》作「與陳許節度使劉悟參商不協」。按：陳許節度使，貞元三年（七八七）置，領陳、許二州，治許州。十年，號忠武軍。劉昌裔貞元十六年爲陳州刺史，十八年改充陳許節度使行軍司馬。十九年節度使上官涚卒，代爲檢校工部尚書、許州刺史、陳許節度使。元和八年（八一三），徵爲檢校尚書左僕射、左龍武統軍（按：韓愈《唐故檢校尚書左僕射右龍武軍統軍劉公墓誌銘》作右龍武軍），未及上任病卒。贈太尉，謚威。見《舊唐書》卷一五一本傳及《德宗紀》、《憲宗紀》。劉悟元和十四年二月爲滑州刺史、義成軍節度使，十五年十月爲潞州刺史、昭義軍節度使。長慶元年（八二一）七月授幽州盧龍節度使，未之任，寶曆元年（八二五）九月卒。見《舊唐書》卷一六一本傳及《憲宗紀》、《穆宗紀》。劉悟未曾任陳許節度使，《説海》等誤，後文則作「昌裔」。《劍俠傳》、《無一是齋叢鈔》改「劉悟」爲「劉昌裔」。《甘澤謡》《津逮》本乃據《説海》，而譌作「劉悟參軍不協」，以「參商」而爲「參軍」，頗謬，《學津》本據《廣記》改。《湖海新聞夷堅續志》前集卷二《斬人魂魄》叙隱娘事云：「後至陳許，鄧帥之事尤更怪異。」按：《夷堅續志》取自《漁樵閒話録》，「鄧」原作「節」。

〔三〇〕隱　原譌作「引」，據孫校本、《四庫》本、《廣記詳節》、《説海》、《豔異編》、《劍俠傳》、《緑窗女史》、《逸史搜奇》、《廣記鈔》、《無一是齋叢鈔》、《甘澤謡》改。

〔三一〕召衙將令曰　「衙將」《説海》、《豔異編》、《劍俠傳》、《緑窗女史》、《逸史搜奇》、《甘澤謡》作「牙將」，意同，指節度使府將領。「曰」字原無，據孫校本、《説海》、《豔異編》、《劍俠傳》、《緑窗女史》、《逸史搜奇》、《無一是齋叢鈔》、《甘澤謡》《津逮》本補。《學津》本據《廣記》删「曰」字。

〔三二〕來日　《説海》、《豔異編》、《劍俠傳》、《緑窗女史》、《逸史搜奇》、《無一是齋叢鈔》、《甘澤謡》《津逮》本無此二字，《學津》本據《廣記》補。

〔三三〕前　孫校本、《説海》、《豔異編》、《劍俠傳》、《緑窗女史》、《逸史搜奇》、《無一是齋叢鈔》、《甘澤謡》作「來」，《會校》據孫校本改。

〔三四〕丈夫　原譌作「夫夫」，據孫校本、《廣記詳節》、《四庫》本、《説海》、《豔異編》、《劍俠傳》、《緑窗女史》、《逸史搜奇》、《廣記鈔》、《無一是齋叢鈔》、《甘澤謡》改。黄本、《筆記小説大觀》本作「夫先」。

〔三五〕果　《廣記詳節》作「真」。

〔三六〕洞吾　明鈔本、孫校本「洞」作「動」，《會校》據改。《説海》、《豔異編》、《劍俠傳》、《緑窗女史》、《逸史搜奇》、《無一是齋叢鈔》、《甘澤謡》作「動召」，「召」當爲「吾」字之譌。按：洞，洞察。

〔三七〕得罪僕射合萬死　原作「合負僕射萬死」，據《説海》、《豔異編》、《劍俠傳》、《緑窗女史》、《逸史搜奇》、《無一是齋叢鈔》、《甘澤謡》改。

〔三八〕顧請　《廣記詳節》「顧」作「固」。明鈔本、孫校本、《説海》、《豔異編》、《劍俠傳》、《緑窗女史》、《逸史搜奇》、《無一是齋叢鈔》、《甘澤謡》作「請當」。按：顧請，請求。

〔三九〕知魏師之不及劉　《説海》、《豔異編》、《劍俠傳》、《緑窗女史》、《逸史搜奇》、《無一是齋叢鈔》、《甘澤謡》作「蓋知魏帥之不及劉也」，語氣順暢。

〔四〇〕搜　原作「收」，當譌，據《廣記詳節》改。孫校本、《説海》、《豔異編》、《劍俠傳》、《緑窗女史》、《逸史搜奇》、《無一是齋叢鈔》、《甘澤謡》作「於」，《會校》據孫校本改。

〔四一〕住　明鈔本作「佳」，《説海》、《逸史搜奇》、《甘澤謡》作「止」，《劍俠傳》、《豔異編》、《緑窗女史》、《無一是齋叢鈔》作「信」。

〔四二〕綃　談本原譌作「銷」，汪校本徑改。《四庫》本、《筆記小説大觀》本及《説海》、《豔異編》、《劍俠傳》、《緑窗女史》、《逸史搜奇》、《無一是齋叢鈔》、《甘澤謡》俱作「綃」。

〔四三〕後夜　《説海》、《豔異編》、《劍俠傳》、《緑窗女史》、《逸史搜奇》、《無一是齋叢鈔》、《甘澤謡》《津逮》本作「是夜」。《學津》本改作「後夜」。

〔四四〕入冥　前原有「之」字，據孫校本、《廣記詳節》、《説海》、《豔異編》、《劍俠傳》、《緑窗女史》、《逸史搜奇》、《無一是齋叢鈔》、《甘澤謡》删。《廣記》《四庫》本「之」字改作「直」。《説海》、《豔異編》、《劍俠傳》、《緑窗女史》、《逸史搜奇》、《無一是齋叢鈔》、《甘澤謡》「冥」作「冥莫」，乃以下句「善」字作「莫」。

〔四五〕善　黄本、《四庫》本、《筆記小説大觀》本作「然」。

〔四六〕福　明鈔本作「禍」，誤。

〔四七〕但乞一虚給與其夫　孫校本「乞一」作「一一」，《四庫》本「虚」作「盧」。《説海》、《豔異編》、《劍俠傳》、《緑窗女史》、《逸史搜奇》、《無一是齋叢鈔》、《甘澤謡》作「但一一請，給與其夫」。按：虚給，掛名差事。

按：《古今説海》説淵部别傳三十六《聶隱娘傳》，輯自《廣記》，無撰人。後又取入《豔異編》卷二四（題《聶隱娘》）、《劍俠傳》卷二（題《聶隱娘》）、《緑窗女史》卷九、《逸史搜奇》己集十（題《聶隱娘》）、《無一是齋叢鈔》、《舊小説》乙集。《緑窗女史》妄署撰人爲唐鄭文寶（按：實爲北宋人），《無一是齋叢鈔》妄署唐段成式撰。

明人重輯唐袁郊《甘澤謡》，濫輯《聶隱娘》充數。或以爲明刻《甘澤謡》乃舊本，《聶隱娘》應出袁郊手。然舊題蘇軾《漁樵閒話録》下篇引述隱娘事而稱裴硎（鉶）《傳奇》，此可爲《廣記》之佐證。且《甘澤謡》八篇皆涉樂事，唯《聶隱娘》獨無，其非屬《甘澤謡》明矣。其文實取自《古今説海》之《聶隱娘傳》，文句全同。

唐五代傳奇集第三編卷四十一

張無頗傳

裴　鉶　撰

長慶中，進士張無頗，居南康。將赴舉，遊丐番禺。值府帥改移，投詣無所，愁疾卧于逆旅，僕從皆逃。忽遇善《易》者袁大娘，來主人舍，瞪〔一〕視無頗曰：「子豈久窮悴耶？」遂脱衣買酒而飲之，曰：「君窘厄如是，能取某一計，不旬朔〔二〕，自當富贍，兼獲延齡。」無頗曰：「某困餓如是〔三〕，敢不受教。」大娘曰：「某有玉龍膏一合子，不惟還魂起死，因此亦遇名姝〔四〕。但立一表白曰：『能治業疾〔五〕。』若常人求醫，但言不可治；若遇異人請之，必須持此藥而一往，自能富貴耳。」無頗拜謝受藥，以暖金合盛之，曰：「寒時但〔六〕出此合，則一室暄熱，不假爐炭矣。」

無頗依其言，立表數日，果有黄衣若宦者，扣門甚急，曰：「廣利王知君有膏，故使召見。」無頗誌大娘之言，遂從使〔七〕者而往。江畔有畫舸，登之甚輕疾。食頃，忽覩城宇極峻，守衛甚嚴。宦者引無頗入〔八〕十數重門，至殿庭，多列美女〔九〕，服飾甚鮮，卓然侍〔一〇〕

立。宦者趨而言曰：「召張無頗至。」遂聞殿上使軸〔一一〕簾，見一丈夫，衣王者之衣，戴遠遊冠，二紫衣侍女扶立而臨砌，招無頗曰：「請不〔一二〕拜。」王曰：「知秀才非南越人，不相統攝，幸勿展禮。」無頗彊拜，王罄折而謝曰：「寡人薄德，遠邀大賢，蓋緣愛女有疾，一心鍾念。知君有神膏，儻獲痊平，實所媿戴。」遂令阿監二人〔一三〕，引入貴主院。無頗又經數重户，至一小殿，廊宇皆綴明璣，翠瑠楹楣〔一四〕，焕燿若布金鈿，異香氳鬱，滿其庭户。俄有二女褰簾，召無頗入。覩真珠繡帳中，有一女子，纔及笄年，衣翠羅縷金之襦。無頗切其脉，良久曰：「貴主所疾，是心之所苦。」遂出龍膏，以酒吞之，立愈。貴主遂抽翠玉雙鸞篦而遺〔一五〕無頗，目成〔一六〕者久之。無頗不敢受，貴主曰：「此不足酬君子，但表其情耳，然〔一七〕王當有獻遺。」無頗媿謝。阿監遂引之見王，王出駭雞犀、翡翠盌〔一八〕、麗玉明瑰，而贈無頗，無頗拜謝。宦者復引送于畫舸，歸番禺，主人莫能覺。纔貨其犀，已巨萬矣。

無頗覩貴主華豔動人，頗思之。月餘，忽有青衣扣門而送紅牋，有詩二首，莫題姓字。無頗捧之，青衣倏忽不見。無頗曰：「此必仙女〔一九〕所制也。」詞曰：「羞解明璫尋漢渚，但憑春夢訪天涯。紅樓日暮〔二〇〕鶯飛去，愁殺深宮落砌花〔二一〕。」又曰：「燕語春泥墮錦筵，情愁無意整花鈿。寒閨欹枕不成夢，香炷金爐自裊煙。」頃之，前時宦者又至，謂曰：「王令復召，貴主又〔二二〕疾如初。」無頗忻然復〔二三〕往，見貴主，復切脉次，左右云：「王后至。」無頗降階，聞環珮〔二四〕之響，宮人〔二五〕侍衛羅列。見一女子，可三十許，服飾如后妃。無頗拜之，后曰：「再勞賢哲，實所懷慙。然女子所疾，又是何苦？」無頗曰：「前所疾耳，心有擊觸而復作焉。若再餌藥，當去根幹〔二六〕耳。」后曰：「藥何在？」無頗進藥合，后覩之默然，色不樂，慰喻貴主而去。后遂白王曰：「愛女非疾，私其〔二七〕無頗矣。不然者，何以宮中暖金合，得在斯人處耶？」王愀然〔二八〕良久曰：「復爲賈充女耶？吾亦當繼〔二九〕其事而成之，無使久苦也。」

無頗出，王命延之別館，豐厚宴犒。後王召之曰：「寡人竊慕君子之爲人，輒欲以愛女奉託，如何？」無頗再拜辭謝，心喜不自勝。王〔三〇〕遂命有司擇吉日，具禮待之〔三一〕。王與后敬仰〔三二〕，愈於諸壻。遂止〔三三〕月餘，懽宴俱極。王曰：「張郎不同諸壻，須歸人間。昨夜檢〔三四〕於幽府，云當是冥數，即寡人之女，不至苦矣。番禺地近，恐爲時〔三五〕人所怪。南康又遠，況別封〔三六〕疆，不如歸韶陽甚便。」無頗曰：「某意亦欲如此。」遂具舟楫，服飾異珍，金珠寶玉無限〔三七〕，曰：「唯侍衛輩即須自置，無使陰人，此減算耳〔三八〕。」遂與王別，曰：「三〔三九〕年即一到彼，無言於人。」

無頗挈家居於韶陽，人罕知者。住月餘，忽袁大娘扣門見無頗。無頗大驚，大娘曰：「張郎今日賽口〔四〇〕，及小娘子酬媒人可矣〔四一〕。」二人各具珍寶賞之，然後告去。無頗詰妻，妻曰：「此袁天綱〔四二〕女，程先生妻也。暖金合即某宮中寶〔四三〕也。」後每三歲，廣利王必夜至張室，佩金鳴玉，騎從闐咽，驚動閭里〔四四〕。後無頗稍畏人疑訝〔四五〕，乃攜適他室〔四六〕，於是去之，不知所適。（據中華書局版汪紹楹點校本《太平廣記》卷三一〇引《傳奇》校録）

〔一〕瞪　明馮夢龍《增補燕居筆記》卷九《張無頗傳》下有「目」字。

〔二〕旬朔　《豔異編》卷二《張無頗傳》、《燕居筆記》作「旬日」。按：旬指十日，朔指一月，合指不長時間。《藝文類聚》卷三五引魏應璩《與尚書諸郎書》：「壁立之室，無旬朔之資。」

〔三〕困餓如是　明鈔本「如是」作「無聊」。《豔異編》作「困餓無似」。無似，無比。《燕居筆記》作「困苦無依」。

〔四〕因此亦遇名姝　《類説》卷三二《傳奇·張無頗》「遇」作「偶」。《燕居筆記》作「亦且能醫異人」，當爲馮夢龍所改。

〔五〕能治業疾　《燕居筆記》作「善治逆疾」。

〔六〕但　《歲時廣記》卷四引裴鉶《傳奇》作「值」。

〔七〕使　《燕居筆記》作「宦」。

〔八〕入　《類説》上有「東」字。

〔九〕多列美女　《燕居筆記》作「傍立美女數人」。

〔一〇〕侍　明鈔本作「衛」，《豔異編》、《燕居筆記》作「衙」。

〔一一〕軸　《合刻三志》志幻類、《雪窗談異》卷七《稽神録·暖金合》譌作「輜」。

〔一二〕不　《燕居筆記》改作「下」，誤。

〔一三〕阿監二人　《類説》作「二内豎」。

〔一四〕楣　《燕居筆記》作「檻」。

〔一五〕翠玉雙鸞篦而遺　明鈔本作「翠玉雙螭篦以遺」。

〔一六〕成　《豔異編》、《燕居筆記》作「視」。

〔一七〕然　明鈔本作「父」，《會校》據改。

〔一八〕盌　《合刻三志》、《雪窗談異》作「鴛鴦」。

〔一九〕仙女　《燕居筆記》作「神女」。按：《類説》：「忽有青衣送神女詩」，亦作「神女」。

〔二〇〕暮　《類説》作「過」。

〔二一〕落砌花　清雍正修《江西通志》卷一五九《雜記》引《太平廣記》作「妒落花」。

〔二二〕又　原作「有」，據《合刻三志》改。

〔二三〕復　明鈔本作「隨」。

〔二四〕環珮　《燕居筆記》作「玩服」。

〔二五〕宮人　孫校本、《古今説海》説淵部別傳二十《張無頗傳》、《逸史搜奇》丁集九《張無頗》、《合刻三志》作「逼人」，從上讀。

〔二六〕根幹 《類説》上有「病」字。

〔二七〕私其 《四庫》本、《説海》、《豔異編》、《逸史搜奇》、《合刻三志》、《雪窗談異》、《情史類略》卷一九引《傳奇》（題《廣利王女》）、《燕居筆記》作「其私」。

〔二八〕愀然 《燕居筆記》作「默然」。

〔二九〕繼 《燕居筆記》作「記」。

〔三〇〕王 此字原無，據明鈔本補。

〔三一〕待之 明鈔本作「成之」，《豔異編》、《燕居筆記》作「成婚」。

〔三二〕仰 《燕居筆記》作「之」。

〔三三〕止 明鈔本作「至」，《會校》據改。按：止，停留，居住。

〔三四〕昨夜檢 《情史》作「昨簡」。

〔三五〕時 《豔異編》作「它」，《燕居筆記》作「他」。

〔三六〕封 明鈔本作「畫」。

〔三七〕無限 原謁作「無頗」，據孫校本、《説海》、《逸史搜奇》、《合刻三志》、《雪窗談異》改。《説海》《四庫》本據《廣記》改作「無頗」，大謬。《豔異編》、《燕居筆記》删「無頗」二字，下文「曰」上《燕居筆記》有「王」字。

〔三八〕無使陰人此減算耳　《黠異編》作「無使此陰人減算耳」，《燕居筆記》同，「無」作「毋」。

〔三九〕三　《説海》、《逸史搜奇》、《合刻三志》、《雪窗談異》作「五」，誤。後文作「三」。

〔四〇〕賽口　明鈔本前有「得」字，《會校》據補。

〔四一〕可矣　《類説》作「時也」。

〔四二〕袁天綱　《歲時廣記》、《天中記》卷五引裴鉶《傳奇》、《江西通志》「綱」作「罡」。按：《舊唐書》卷一九一、《新唐書》卷二〇四有《袁天綱傳》，作「罡」譌。

〔四三〕寶　明鈔本作「至寶」。

〔四四〕佩金鳴玉騎從闐咽驚動閭里　此十二字原無，據《類説》補。

〔四五〕稍畏人疑訝　原作「爲人疑訝」，據《類説》改。《類説》「訝」譌作「誅」。

〔四六〕乃攜適他室　此句原無，據《類説》補。

按：本篇又載《古今説海》説淵部別傳二十，題《張無頗傳》。《逸史搜奇》丁集九《張無頗》，全同《説海》。又《黠異編》卷二《張無頗傳》，與《廣記》、《説海》相覈均有異辭。《情史類略》卷一九引《傳奇》，題《廣利王女》，據談愷刻《廣記》而文有删削。《增補燕居筆記》卷八《張無頗傳》，則文字多有改易。又《合刻三志》志幻類及《雪窗談異》卷七題唐雍陶撰《稽神録》亦據《廣記》輯入本篇，題《暖金合》。

蕭曠傳

裴鉶撰

太和中〔一〕，處士蕭曠，自洛東遊，至孝義館，夜憩于雙美亭。時月朗風清〔二〕，曠善琴，遂取琴彈之。夜半〔三〕，調甚苦。俄聞洛水之上，有長嘆者。漸相逼〔四〕，乃一美人。曠因捨琴而揖之，曰：「彼〔五〕何人斯？」女曰：「洛浦神女也。昔陳思王有賦，子不憶耶？」曠曰：「然。」曠又問曰：「或聞洛神即甄皇后，后〔六〕謝世，陳思王遇其魄於洛濱，遂爲《感甄賦》。後覺事之不正，改爲《洛神賦》，託意於宓妃，有之乎？」女曰：「有之〔七〕，妾即甄后也，爲慕陳思王之才調，文帝怒而幽死。後精魄遇王洛水之上，叙其冤抑，因感而賦之。覺事不典，易其題，乃不繆矣。」

俄有雙鬟，持茵席，具酒殽而至。謂曠曰：「妾爲袁家新婦時，性好鼓琴，每彈至《悲風》及《別鶴操》〔八〕，未嘗不玉箸滴乾，金缸耗盡，庭月色苦，壁蛩吟悲〔九〕。適聞君琴韻清雅，願一聽之。」曠乃彈《別鶴操》及《悲風》。神女長嘆曰：「真蔡中郎〔一〇〕之儔也。」問曠曰：「陳思王《洛神賦》如何？」曠曰：「真體物瀏亮，爲梁昭明之精選爾。」女微笑曰：「狀妾之舉止，云『翩若驚鴻，婉若游龍』，得無疏矣。」曠曰：「陳思王之精魄今何在？」女曰：「見爲遮須國〔一一〕王。」曠曰：「何爲遮須國？」女曰：「劉聰子死而復生，語其父曰：『有人告某云，遮須國久無主，待汝父來作主。』即此國是也。」

俄有一青衣，引一女，曰：「織綃娘子至矣。」神女曰：「洛浦龍王之愛女〔一二〕，善織綃于水府，適令召之爾。」曠因語織綃曰：「近日人世或傳柳毅靈姻之事，有之乎？」女曰：「十得其四五爾，餘皆飾〔一三〕詞，不可惑也。」曠曰：「或聞龍畏鐵，有之乎〔一四〕？」女曰：「龍之神化，雖鐵石金玉，盡可透達，何獨畏鐵乎？亢龍，世之老聃，畏者蛟螭輩也〔一五〕。」曠又曰：「雷氏子佩豐城劍，至延平津，躍入水，化爲龍，有之乎？」女曰：「妄也〔一六〕。龍木類，劍乃金。金既尅木，而不相生，焉能變化？豈同雀入水爲蛤，雉〔一七〕入水爲蜃哉！但寳劍靈物，金水相生，而入水雷生，自不能沉于泉耳。其下搜劍不獲〔一八〕，乃妄言爲龍。且雷焕只言化去，張司空但言終合，俱不説〔一九〕爲龍。任劍之靈異〔二〇〕，且〔二一〕人之鼓鑄鍛鍊，非自然之物，是知終不能爲龍，明矣。」曠又曰：「梭化爲龍，如何？」女曰：「梭，木也，龍本屬木，變化歸本〔二二〕，又何怪也？」曠又曰：「龍之變化如神，又何病而求馬師皇療之？」女曰：「師皇是上界高真，哀馬之負重引遠，故爲馬醫，愈其疾者萬有餘〔二三〕匹。上天降鑒，化其疾於龍脣吻間，欲驗師皇之能，龍後負而登天。天假之，非龍真有病也。」曠又曰：「龍之嗜燕血，有之乎？」女曰：「龍之清虚，食飲沆瀣。若食燕血，豈能行藏？蓋嗜者乃蛟蜃輩。無信造作，皆梁朝四公誕妄之詞爾。」曠又曰：「龍何好？」曰：「好睡。大即千年，小不下數百歲。偃仰于洞穴，鱗甲間聚其〔二四〕沙塵。或有鳥銜木實，遺棄其上，乃甲拆生樹，至于合抱。龍方覺悟，遂振迅修行，脱其體而入虛無，澄其神而歸寂滅。自然形之與氣，隨其化用，散入真空，若未胚腪，若未凝結，如物在〔二五〕恍惚，精寄〔二六〕杳冥。當此之時，雖百骸五體，盡可入于芥子之内。隨其〔二七〕舉止，無所不之。自得還元返本之術，與造化争功矣。」曠又曰：「龍之修行〔二八〕，向何門而得？」女曰：「高真所修之術何異。上士修之，形神俱達；中士修之，神超形沉；下士修之，形神俱墮。且當修之時，氣爽而神凝，有物出焉。即《老子》云『恍兮惚兮〔二九〕，其中有物』也。其於幽微，不敢洩露，恐爲上天譴謫爾。」

神女遂命左右，傳觴叙語，情況昵洽。蘭豔〔三〇〕動人，若左瓊枝而右玉樹。繾綣永夕，感暢冥懷〔三一〕。曠曰：「遇二仙娥於此，真所謂雙美亭也。」忽聞雞鳴，神女乃留詩曰：「玉筯凝腮憶魏宫，朱絲〔三二〕一弄洗清風。明晨追賞應愁寂，沙渚煙銷翠羽空。」織綃詩曰：「織綃泉底少歡娱，更勸蕭郎盡酒壺〔三三〕。愁〔三四〕見玉琴彈《別鶴》，又將清淚滴真珠。」曠答二女詩曰：「紅蘭吐豔鬥〔三五〕夭桃，自喜尋芳數已遭。珠珮鵲橋從此斷，遥天空恨碧雲高。」神女遂出明珠、翠羽二物贈曠，曰：「此乃陳思王賦云『或採明珠，或拾翠羽』，故有斯贈，以成《洛神賦》之詠也。」龍女出輕綃一疋贈曠，曰：「若有胡人購之，非萬金不可。」神女曰：「君有奇骨異相，當出世，但淡味薄俗，清襟養真，妾當爲陰助。」言訖，超然躡虚而去，無所睹矣。後曠保〔三六〕其珠綃，多遊嵩嶽。友人嘗遇之，備寫其事。今遁世不復見焉。

（據中華書局版汪紹楹點校本《太平廣記》卷三一一引《傳記》校録，明鈔本作《傳奇》）

〔一〕太和中　原無「中」字，據孫校本、《永樂琴書集成》卷一七引《傳奇》、《古今説海》説淵部別傳二《洛神傳》、《豔異編》卷二《洛神傳》、《逸史搜奇》丙集二《洛神》、《雪窗談異》卷四、《唐人説薈》第十二集、《龍威秘書》四集、《藝苑捃華》、《晉唐小説六十種》之《龍女傳·洛神傳》補。按：裴鉶《傳奇》叙事，常以年號加「中」字開篇，如「廣德中」、「貞元中」、「開成中」等等。

〔二〕月朗風清　《琴書集成》作「風月澄爽」。

〔三〕夜半　明鈔本前有「至」字，《會校》據補。

〔四〕漸相逼　《琴書集成》作「稍相即」。

〔五〕彼　《琴書集成》作「此」。

〔六〕后　此字原無，據孫校本、《類説》卷三二《傳奇·洛浦神女感甄賦》、《説海》、《豔異編》、《逸史搜奇》、《雪窗談異》、《唐人説薈》、《龍威秘書》、《藝苑捃華》、《晉唐小説六十種》補。

〔七〕有之　此二字原無，據《類説》補。

〔八〕別鶴操　原作「三峽流泉」，據《類説》改。按：下文作《別鶴操》，作「三峽流泉」誤。《別鶴操》，古琴曲，乃離別悲傷之曲。晉崔豹《古今注》卷中《音樂》：「《別鶴操》，商陵牧子所作也。娶妻五年而無子，父兄將爲之改娶。妻聞之，中夜起，倚户而悲嘯。牧子聞之，愴然而悲，乃歌曰：『將乖比翼隔天端，山川悠遠路漫漫，攬衾不寐食忘餐。』後人因爲樂章焉。」《三峽流泉》亦爲琴曲，郭茂倩《樂府詩集》卷六〇《琴曲歌辭四·三峽流泉歌》解題引《琴集》：「《三峽流泉》，晉阮咸所作也。」阮咸爲竹林七賢之一，其曲當抒發隱逸之情。李白《答杜秀才五松見贈》：「袖拂白雲開素琴，彈爲三峽流泉音。從兹一別五陵去，去後桃花春水深。」岑參《秋夕聽羅山人彈三峽流泉》：「皤皤岷山老，抱琴鬢蒼然。衫袖拂玉徽，爲彈三峽泉。此曲彈未半，高堂如空山。」李季蘭《從蕭叔子聽彈琴賦得三峽流泉歌》：「妾家本住巫山雲，巫山流泉常自聞。玉琴彈出轉寥敻，直是當時夢裏聽。三峽迢迢幾千里，一時流入幽閨裏。……憶昔阮公爲此曲，能令仲容聽不足。一彈既罷復一彈，願作流泉鎮相續。」皆爲表達曠遠超然之情懷者。是則《三峽流泉》與甄后心情不合，而《別鶴操》言離別乃頗切近。另一琴曲《悲風》，《永樂琴書集成》前集卷一一《曲調上》引《琴操》曰：「《悲風》者，孔子之所作也。説者謂奔騰蕭颯之態，雖能盡風之變，而窮制作之妙。」恐係附會。觀其名，亦悲苦之調也。

〔九〕未嘗不玉箸滴乾金釭耗盡庭月色苦壁蛩吟悲　原作「未嘗不盡夕而止」，據《類説》改。

〔一〇〕蔡中郎　《説海》、《逸史搜奇》、《雪窗談異》誤作「蔡郎中」，《説海》《四庫》本改作「蔡中郎」。按：蔡邕，漢末名士。靈帝時爲議郎，校書東觀。董卓當權時，歷任侍御史、左中郎將。故後人稱蔡中郎。

〔一一〕遮須國　《晉書》卷一〇二《劉聰載記》：「時聰子約死，一指猶暖，遂不殯殮。及蘇，言見元海於不周山，經五日，遂復從至崑崙山，三日而復返於不周，見諸王公卿將相死者悉在，宫室甚壯麗，號曰蒙珠離國。元海謂約曰：『東北有遮須夷國，無主久，待汝父爲之，汝父後三年當來。……』」

〔一二〕龍王之愛女　「愛」原作「處」，據孫校本、《類説》、《琴書集成》、《説海》、《豔異編》、《逸史搜奇》、《龍女傳》改。按：處女，未嫁之女。作「愛女」義勝。孫校本及《説海》等書「王」作「君」。

〔一三〕飾　明鈔本作「謬」。

〔一四〕曠曰或聞龍畏鐵有之乎　《類説》作「曠問龍之作用且畏鐵是乎」，當有脱譌。

〔一五〕亢龍世之老聃畏者蛟螭輩也　「亢龍，世之老聃」原無，據《類説》補。「畏者蛟螭輩也」《類説》作「惡鐵者乃蛟螭輩」。

〔一六〕妄也　明鈔本作「妄聞」，《會校》據改。

〔一七〕雉　原作「野雞」，據明鈔本、《説海》、《豔異編》、《逸史搜奇》、《龍女傳》改。按：《禮記·月令》：「爵（同雀）入大水爲蛤。……雉入大水爲蜃。」

〔一八〕自不能沉于泉耳其下搜劍不獲　「自不能」明鈔本作「不能自」。「耳」原作「信」，連下讀。按：「信其下」費解，據《説海》、《豔異編》、《逸史搜奇》、《龍女傳》改。《説海》等書「下」作「後」。按：下，下水中也。《晉書》卷三六《張華傳》：「焕卒，子華爲州從事。持劍行經延平津，劍忽於腰間躍出墮水。使人没水取之，不見劍，但見兩龍，各長數丈，蟠縈有文章。没者懼而反，須臾，光彩照水，波浪驚沸，於是失劍。」

〔一九〕俱不說　明鈔本作「未聞」。

〔二〇〕任劍之靈異　明鈔本作「夫劍雖靈異」，《會校》據改。

〔二一〕且　明鈔本作「乃」，《說海》、《豔異編》、《逸史搜奇》、《唐人說薈》、《龍威秘書》、《藝苑捃華》、《晉唐小說六十種》作「亦」。且，却。

〔二二〕本　原作「木」，據《說海》、《豔異編》、《逸史搜奇》、《龍女傳》改。

〔二三〕餘　此字原無，據孫校本、《四庫》本及《說海》、《豔異編》、《逸史搜奇》、《龍女傳》、《太平廣記鈔》卷五四補。

〔二四〕其　《說海》、《豔異編》、《逸史搜奇》、《龍女傳》作「積」。

〔二五〕在　原作「有」，據《說海》、《豔異編》、《逸史搜奇》、《龍女傳》改。

〔二六〕寄　各本均作「奇」，當作「寄」，與上句「在」相對。今改。

〔二七〕其　此字原無，據明鈔本、《說海》、《豔異編》、《逸史搜奇》、《龍女傳》補。

〔二八〕行　明鈔本作「道」。

〔二九〕恍兮惚兮　原作「恍恍惚惚」，《說海》等本「惚」作「忽」。按：《老子》上篇第二十一章：「惚兮恍兮，其中有象；恍兮惚兮，其中有物。」據改。《四庫》本亦改。

〔三〇〕蘭豔　《類說》、《琴書集成》「蘭」作「華」。按：蘭豔，語本南齊蘇侃《塞客吟》：「蘭涵風而瀉豔，菊籠泉而散英。」

〔三二〕冥懷　《説海》、《豔異編》、《逸史搜奇》、《雪窗談異》「冥」作「其」。按：冥懷，深懷。

〔三三〕絲　《琴書集成》、《全唐詩》卷八六六甄后《與蕭曠冥會詩》作「絃」，《全唐詩》注：「一作『絲』。」

〔三四〕更勸蕭郎盡酒壺　「勸」明鈔本作「歎」。「酒」《説海》、《豔異編》、《逸史搜奇》、《龍女傳》作「此」。

〔三五〕愁　《説海》、《豔異編》、《逸史搜奇》、《龍女傳》作「悲」。

〔三六〕鬥　原作「間」，據孫校本改。鬥，争豔。

〔三七〕保　《廣記》及《説海》《四庫》本、《廣記鈔》、《情史類略》卷一九《洛神》作「寶」。保，通「寶」。

按：《廣記》談愷刻本注出《傳記》，誤，明鈔本作《傳奇》。《類説》卷三二《傳奇》節録此篇，題《洛浦神女感甄賦》。又《紺珠集》卷一一《傳奇》亦摘《感甄賦》片斷。

《古今説海》説淵部别傳二一《洛神傳》，乃據傳本《廣記》鈔録，無撰人，後又收入《豔異編》卷二、《逸史搜奇》丙集二(題《洛神》)、《舊小説》乙集。《雪窗談異》卷四、《唐人説薈》第十二集(同治八年刊本卷一四)輯録《龍女傳》，妄題唐薛瑩(《唐人説薈》有撰字)，其中《洛神傳》亦取自《説海》。《唐人説薈》本後又收入《龍威秘書》四集《晉唐小説暢觀》，而《藝苑捃華》、《晉唐小説六十種》皆取《龍威秘書》。《情史類略》卷一九據談本《廣記》採録，題《洛神》，有删節。

曾季衡傳

裴 鉶 撰

大和四年春，鹽州〔一〕防禦使曾孝安有孫曰季衡，居使宅西偏院，室屋壯麗，而季衡獨〔二〕處之。有僕夫告曰：「昔王使君女暴終於此，乃國色也，晝日其魂或見於此〔三〕，郎君慎之。」季衡少年好色，願覩其靈異，終不以人鬼爲間，頻炷〔四〕名香，頗疏凡俗，步遊閑處〔五〕，恍然凝思。

一日晡時，有雙鬟前揖曰：「王家小娘子遣某傳達厚〔六〕意，欲面拜郎君。」言訖，瞥然而没。俄頃，有異香襲衣，季衡乃束帶伺之。見向〔七〕雙鬟引一女而至，乃神仙中〔八〕人也。季衡揖之，問其姓氏，曰：「某姓王氏，字麗真〔九〕。父今爲重鎮，昔侍〔一〇〕從大人牧此城，據〔一一〕此室，無何物故。感君思深杳〔一二〕冥，情激幽壤，所以不間存没，頗思神〔一三〕會，其來久矣。但非吉日良時，今方契願，幸垂留意。」季衡留之款會〔一四〕，移時乃去，握季衡手曰：「翌日此時再會，慎勿泄於人。」遂與侍婢俱不見。

自此每及晡一至，近六十餘日。季衡不疑，因與大父麾下將校，説及豔麗，誤言之。將校驚懼〔一五〕，欲實〔一六〕其事，曰：「郎君將及此時，願一扣壁，某當與一二〔一七〕輩潛窺焉。」

季衡亦終不肯〔一八〕扣壁。是日，女郎一見季衡，容色慘怛〔一九〕，語聲嘶咽，握季衡手曰：「何爲負約而洩於人？自〔二〇〕此不可更接歡笑矣。」季衡慚〔二一〕悔，無詞以應。女曰：「殆非君之過，亦冥數盡耳。」乃留詩曰：「五原分袂真胡越〔二二〕，燕拆鶯離芳草竭〔二三〕。年少煙花處處〔二四〕春，北邙空恨〔二五〕清秋月。」季衡不能詩，恥無以酬，乃强爲一篇曰：「莎〔二六〕草青青雁欲歸，玉腮珠淚洒臨歧。雲鬟飄去香風盡，愁見鶯啼紅樹枝。」女遂於襦帶解蹙金結花合子，又抽翠玉雙鳳翹一隻贈季衡，曰：「望異日覩物思人，無以幽冥爲隔。」季衡搜書篋中，得小金鏤〔二七〕花如意酬之。季衡曰：「此物雖非珍異，但貴其名如意，願長在玉手操持耳。」又曰：「此別何時更會？」女曰：「非一甲子，無相見期。」言訖，嗚咽而没。

季衡自此寢寐求思，形體羸瘵。故舊丈人王回，推其方術，療以藥石，數月方愈。乃詢五原紉針婦人，曰：「王使君之愛女，不疾而終於此院，今已歸葬北邙山。或陰晦而魂遊於此，人多見之。」則女詩云「北邙空恨清秋月」者，言其葬處耳〔二八〕。（據中華書局版汪紹楹點校本《太平廣記》卷三四七引《傳奇》校録）

〔一〕鹽州　原作「監州」，《太平通載》卷六五引《太平廣記》、《古今説海》説淵部別傳三十八《曾季衡傳》、《逸史搜奇》辛集一《曾季衡》、《全唐詩》卷八六六作「鹽州」。按：下文兩處言及五原。《類説》卷三二《傳奇·曾季衡》述大意云：「曾季衡侍大夫任五原。」唐代鹽州曾改五原郡，治五原縣（今陝西榆林市定邊縣）。作「監州」譌，據《太平通載》等改。《豔異編》卷三八《曾季衡》，梅鼎祚《才鬼記》卷五《王麗真》（末注《傳奇》），《情史類略》卷八《曾季衡》，《合刻三志》志鬼類、《唐人説薈》第十五集、《龍威秘書》四集、《晉唐小説六十種》之《才鬼記·曾季衡》皆從《廣記》之譌未改。

〔二〕獨　《太平通載》作「迥」。迥，長久。

〔三〕或見於此　明鈔本作「或時出現」，《會校》據改。

〔四〕炷　原譌作「注」，據明鈔本、《類説》、《太平通載》、《説海》、《豔異編》、《逸史搜奇》、《情史》、《合刻三志》、《唐人説薈》、《龍威秘書》、《晉唐小説六十種》改。炷，點也，燒也。

〔五〕步遊閑處　孫校本、《太平通載》、《説海》、《逸史搜奇》、《才鬼記》作「閒遊閒處」，《會校》據孫校本改。

〔六〕厚　孫校本作「願」。

〔七〕向　明鈔本、孫校本、《太平通載》、《説海》、《豔異編》、《逸史搜奇》、《才鬼記》、《情史》、《合刻三志》、《唐人説薈》、《龍威秘書》、《晉唐小説六十種》下有「者」字。按：向、向者義同，剛才。

〔八〕中　孫校本、《太平通載》、《説海》、《逸史搜奇》作「之」。

〔九〕真　《豔異編》、《情史》、《合刻三志》、《唐人説薈》、《龍威秘書》、《晉唐小説六十種》、《全唐詩》作「貞」。

〔一〇〕侍　《説海》、《逸史搜奇》作「時」。

〔一一〕據　《説海》、《逸史搜奇》、《才鬼記》作「處」。

〔一二〕杳　明鈔本、孫校本、《太平通載》、《説海》、《豔異編》、《逸史搜奇》、《情史》、《合刻三志》、《唐人説薈》、《龍威秘書》、《晉唐小説六十種》作「窈」，《會校》據明鈔本、孫校本改。按：杳、窈，音義皆同，深遠。

〔一三〕神　明鈔本作「相」，《會校》據改。

〔一四〕款會　明鈔本作「款昵」，《會校》據改。

〔一五〕驚懼　孫校本、《太平通載》「懼」作「怛」。《説海》、《逸史搜奇》、《才鬼記》作「怛然」。

〔一六〕欲實　談本原作「然」，汪校本據明鈔本改作「欲實」，《豔異編》、《情史》、《合刻三志》、《唐人説薈》、《龍威秘書》、《晉唐小説六十種》同。《四庫》本改作「異」。《説海》、《逸史搜奇》、《才鬼記》作「驚」。

〔一七〕二三　明鈔本、孫校本、《太平通載》、《説海》、《豔異編》、《逸史搜奇》、《情史》、《合刻三志》、《唐人説薈》、《龍威秘書》、《晉唐小説六十種》作「一二」。

〔一八〕肯　原作「能」，據明鈔本、《豔異編》、《情史》、《合刻三志》、《唐人説薈》、《龍威秘書》、《晉唐小説六十種》改。

〔一九〕怛　明鈔本、孫校本、《説海》、《逸史搜奇》、《才鬼記》、《情史》、《唐人説薈》、《龍威秘書》、《晉唐小說六十種》作「沮」，《會校》據明鈔本、孫校本改。

〔二〇〕自　《類説》作「直」。

〔二一〕慚　明鈔本作「追」。

〔二二〕五原分袂真胡越　「胡」原作「吴」，據明鈔本、《類説》、《太平通載》、《説海》、《豔異編》、《逸史搜奇》、《情史》、《合刻三志》、《唐人説薈》、《龍威秘書》、《晉唐小説六十種》、《萬首唐人絶句》卷六六王使君女《贈崔（曾）季衡》改。《説海》《四庫》本乃據《廣記》改爲「吴」，不當。按：古以「胡越」喻指相隔遥遠。《淮南子·俶真訓》：「六合之内，一舉而千萬里。是故自其異者視之，肝膽胡越，自其同者視之，萬物一圈也。」高誘注：「肝膽喻近，胡越喻遠。」李白《送友人遊梅湖》：「莫惜一雁書，音塵坐胡越。」薛據《出青門往南山下别業》：「懷抱曠莫伸，相知阻胡越。」王麗真葬洛陽北邙山，與五原相隔遥遠，故言「胡越」。若言「吴越」，二國相鄰，不得喻遠也。此句《類説》作「無緣分袂各胡越」。

〔二三〕竭　《類説》、《才鬼記》、《全唐詩》卷八六六作「歇」。

〔二四〕處處　《類説》作「在處」。

〔二五〕恨　《情史》作「悵」。

〔二六〕莎　《類説》作「江」，當譌。

〔二七〕鏤　原譌作「縷」，據明鈔本、《太平通載》、《説海》、《豔異編》、《逸史搜奇》、《情史》、《合刻三志》、《唐人説薈》、《龍威秘書》、《晉唐小説六十種》改。

〔二八〕則女詩云北邙空恨清秋月者言其葬處耳　原作「則女詩云『北邙空恨清秋月』也」，據《説海》、《逸史搜奇》、《才鬼記》補改。《合刻三志》、《唐人説薈》、《龍威秘書》、《晉唐小説六十種》作「則知女詩『北邙空恨清秋月』也」。

按：本篇採入《古今説海》説淵部别傳三十八、《豔異編》卷三八、《逸史搜奇》辛集一、《才鬼記》卷五、《情史類略》卷八。《説海》題《曾季衡傳》，《才鬼記》題《王麗真》，其餘題《曾季衡》，皆不著撰人，《才鬼記》末注《傳奇》。又《合刻三志》志鬼類、《唐人説薈》第十五集（同治八年刊本卷一九）、《龍威秘書》四集《晉唐小説暢觀》、《晉唐小説六十種》收有《才鬼記》一卷，託名唐鄭蕡纂，中亦有《曾季衡》。

趙合傳

裴鉶　撰

進士趙合，貌温氣直，行義甚高。大和初，遊五原，路經沙磧，覩物悲歎〔一〕。遂飲酒，與僕使並醉。因寢於沙磧，中宵半醒，月色皎然。聞沙中有女子悲吟曰：「雲鬟消盡轉蓬稀，埋骨窮荒無所依〔二〕。牧馬不嘶沙月白，孤魂空逐雁南飛。」合遂起而訪焉。果有一女子，年猶未笄，容〔三〕色絶代。語合曰：「某姓李氏，居於奉天，有姊嫁洛源鎮帥，因往省焉。道遭黨羌所虜，至此擿殺，劫其首飾而去。後爲路人所悲，掩於沙內，經今三載。知君頗有義心〔四〕，儻能爲歸骨於奉天城南小〔五〕李村，即某家枌榆耳，當有奉報。」合許之，請示其掩骼處，女子感泣告之。合遂收其骨，包於橐中。

伺旦，俄有紫衣丈夫〔六〕，躍騎而至，揖合曰：「知子仁而義，信而廉。女子啓〔七〕祈，尚有感激。我李文悦尚書也，元和十三年〔八〕，曾〔九〕守五原。爲犬戎三十萬圍逼城池之四隅，兵各厚十數〔一〇〕里。連弩洒雨，飛梯排雲，穿壁決濠，晝夜攻擊。城中負户而汲者，矢如蝟毛〔一一〕。當其時，禦捍之兵，纔三千。激厲〔一二〕其居人，婦女老幼負土而立者，不知寒餒。犬戎於城北造獨脚樓，高數十丈。城中巨細，咸得窺之。某遂設奇定計，中其樓立碎〔一三〕。羌酋愕然，以爲神功。又語城中人曰：『慎勿拆屋燒，吾且爲汝取薪，積於城下。』許人釣〔一四〕上。又太陰〔一五〕稍晦，即聞城之四隅，多有人物行動，聲言云〔一六〕：『夜攻城耳。』城中懾慄，不敢暫安。某曰：『不然。』潛以鐵索下燭而照之，乃空驅牛羊行脅〔一七〕其城，兵士稍安。又西北隅被攻，摧十餘丈。將〔一八〕遇昏晦，群胡大喜，縱酒狂歌，云：『候明晨而入。』某以馬弩五百張而擬之，遂下皮牆障之。一夕，併工暗築，不使有聲。滌〔一九〕之以水，時寒，來日冰堅，城之瑩〔二〇〕如銀，不可攻擊。又羌酋建大將之旗，乃贊普所賜，立之於五花營內。某夜穿壁，而奪之如飛〔二一〕。衆羌號泣，誓請還前擄掠之人，而贖其旗。縱〔二二〕其長幼婦女百餘人，待〔二三〕其盡歸，然後擲旗而還之。時邠、涇救兵二〔二四〕萬人臨其境，股慄不進。如此相持三十七日〔二五〕，羌酋乃遥拜曰：『此城内有神將，吾今不敢欺〔二六〕。』遂卷甲而去。不信宿達宥州，一晝夜〔二七〕而攻破其城，老少三萬人，盡遭擄去。以此利害，則余之功及斯城不細。但當時時相，使余不得仗節出此城〔二八〕，空加一貂蟬耳。余聞鍾陵韋大夫〔二九〕，舊築一隄，將防水潦。後三十年，尚有百姓及廉問周公，感其功而奏立德政碑峨然。若余當時守壁不堅，城中之人，盡爲羌胡之賤隸，豈存今日子孫乎？知子有心，請白〔三〇〕其百姓，諷其州尊，與立德政碑足矣。」言訖，長揖而去〔三一〕。

合既受教，就五原，以語百姓及刺史，俱以爲妖，不聽。合〔三二〕惆悵而返，至沙中，又逢昔日神人，謝合曰：「君爲言，五原無知之俗，刺史不明。此城當有大〔三三〕災，方與祈求幽府。吾言於〔三四〕五原之事不諧，此意亦息，其禍不三旬而及矣。」言訖而没。果如期災生，五原城鐘死萬人，老幼相食。

合挈女骸骨至奉天，訪得小李村而葬之。明日，道側合遇昔日之女子來，謝而言曰：「感君之義，吾大父乃貞元中得道之士，有《演參同契》、《續混〔三五〕元經》，子能窮之，龍虎之丹，不日而成矣。」合受之，女子已没。合遂捨舉〔三六〕，究其玄微，居於少室。燒之一年，能〔三七〕使瓦礫爲金寶。二年，能起斃者。三年，餌之能度世〔三八〕。今時有人遇之於嵩嶺

耳〔三九〕。（據中華書局版汪紹楹點校本《太平廣記》卷三四七引《傳奇》校録）

〔一〕歎　孫校本、《古今説海》説淵部別傳九《趙合傳》、《逸史搜奇》庚集二《趙合》、《廣豔異編》卷三二《趙合》、《續豔異編》卷一三《趙合》作「歡」。《説海》《四庫》本改作「歎」。

〔二〕埋骨窮荒無所依　《全唐詩》卷八六六沙磧女子《五原夜吟》注：「荒」「一作鄉」。「無」作「失」，注：「一作無。」

〔三〕容　此字原脱，據孫校本、《説海》、《逸史搜奇》、《廣豔異編》、《續豔異編》、《才鬼記》卷五《沙中女子》（末注《傳奇》）補。

〔四〕義心　明鈔本、孫校本、《説海》、《逸史搜奇》、《廣豔異編》、《續豔異編》作「心義」。

〔五〕小　明鈔本作「少」。

〔六〕夫　《説海》、《逸史搜奇》、《廣豔異編》、《續豔異編》作「人」。

〔七〕啓　明鈔本、孫校本、《説海》、《逸史搜奇》、《廣豔異編》、《續豔異編》、《才鬼記》作「咨」。

〔八〕元和十三年　《舊唐書》卷一六一《李光顔傳》：「（元和）十四年，西蕃入寇，移授邠寧節度使。時鹽州爲吐蕃所毁，命李文悦爲刺史，令光顔充勾當修築鹽州城使。」《册府元龜》卷九九三作元和十五年，云：「十五年正月乙未，以邠寧節度使李光顔充都勾當修築鹽州城及防遏等使，鹽州刺史李文悦爲副。」《舊唐書》卷一九六下《吐蕃傳下》：元和十四年十月，「吐蕃節度論三摩及宰相尚塔藏、中書令尚綺心兒，共領軍約十五萬衆，圍我鹽州數重，党項首領亦發兵驅羊馬以助。閲歷二旬，賊以飛梯、鵝車、木驢等四面齊攻，城欲陷者數四。刺史李文悦率兵士乘城力戰，城穿壞不可守，撤屋版以禦之，晝夜防拒，或潛兵斫營，開城出戰，約殺賊萬餘衆。諸道救兵無至者。凡二十七日，賊乃退。」郁賢皓《唐刺史全編》卷一九以爲《傳奇》之元和十三年「當爲『十五年』之誤」。按：元和十四年吐蕃犯鹽州（又稱五原郡，治五原縣），則李文悦守五原不當在元和十五年（八二〇）。《舊唐書·李光顏傳》云在十四年，此作十三年，似不合。然此事當爲裴鉶於鹽州一帶所聞，文悦於元和十三年即已刺鹽亦屬可能。《舊唐書·李光顏傳》之云「時」者，泛言耳，未必定爲元和十四年。此年文悦破吐蕃，五原未毀也，毀城當在元和十四年前。本文云「元和十三年曾守五原，爲犬戎三十萬圍逼城池」，二事連言，非一年之事也。

〔九〕曾　《説海》、《逸史搜奇》、《廣豔異編》、《續豔異編》作「分」。

〔一〇〕十數　《説海》、《逸史搜奇》、《廣豔異編》、《續豔異編》、《才鬼記》作「數十」。

〔一一〕城中負户而汲者矢如蝟毛　《説海》《四庫》本作「城危若累卵，大有瓦解之勢」，疑爲妄改。

〔一二〕厲　明鈔本作「勵」，《會校》據改。按：厲，同「勵」。「厲」、「勵」爲古今字。

〔一三〕設奇定計中其樓立碎　「定計」原乙，據《説海》、《逸史搜奇》、《廣豔異編》、《續豔異編》、《才鬼記》改。

〔一四〕釣　《説海》、《逸史搜奇》、《廣豔異編》、《續豔異編》、《才鬼記》作「鈎」。

〔一五〕太陰　明鈔本作「太陽」，《會校》據改。黄本、《四庫》本、《筆記小説大觀》本、《才鬼記》作「天陰」。

按：太陰，月也。

〔一六〕云　明鈔本作「即」，《會校》據改。

〔一七〕脅　明鈔本作「匝」。

〔一八〕將　《四庫》本下有「入」字，蓋爲臆補。

〔一九〕滌　明鈔本作「濯」，《會校》據改。

〔二〇〕瑩　原譌作「瑩」，據《四庫》本、《説海》、《逸史搜奇》、《廣豔異編》、《續豔異編》、《才鬼記》改。

〔二一〕如飛　明鈔本作「而還」，《會校》據改。

〔二二〕縱　《説海》、《逸史搜奇》、《廣豔異編》、《續豔異編》、《才鬼記》作「納」。縱，釋放。納，接收。縱言胡人釋放所掠之人，納言接入城中。

〔二三〕待　原作「得」，據孫校本、《説海》、《逸史搜奇》、《廣豔異編》、《續豔異編》、《才鬼記》改。

〔二四〕二　明鈔本作「五」，孫校本作「三」。

〔二五〕三十七日　《舊唐書·吐蕃傳下》作二十七日。

〔二六〕今不敢欺　明鈔本作「再不敢犯」，《會校》據改。

〔二七〕夜　此字原脱，據《説海》、《逸史搜奇》、《廣豔異編》、《續豔異編》、《才鬼記》補。

〔二八〕但當時時相使余不得仗節出此城　明鈔本「出」作「有」，《會校》據改，誤。《説海》、《逸史搜奇》、《廣豔異編》、《續豔異編》作「但當時賞罰無章，不得仗節出此城」，亦作「出」字。按：仗節即持節、使持節。節指旌節，爲皇帝所賜調度軍事之信符。唐制，諸州都督、總管、刺史，加號使持節，然實不帶節，唯節度使帶節（參見《中國歷史大辭典·隋唐五代史卷》）。李文悦爲鹽州刺史，空有持節之名，其感歎「不得仗節出此城」者，乃謂不得升遷爲節度使也。文悦後歷右金吾將軍、天德軍防禦使，大和二年（八二八）六月始爲靈武節度使（見《舊唐書·敬宗紀》及《文宗紀上》）。

〔二九〕韋大夫　「大夫」原譌作「夫人」，據《説海》、《逸史搜奇》、《廣豔異編》、《續豔異編》、《才鬼記》改。按：韋大夫即韋丹，字文明，元和二年（八〇七）任江南西道觀察使，主持築堤等，爲當地人民稱頌。事見杜牧撰《唐故江西觀察使武陽公韋公遺愛碑》（《全唐文》卷七五四）。韋丹任江西觀察使時兼御史大夫，許志雍《唐故江南西道觀察判官監察御史裏行太原王公墓誌銘》（《全唐文》卷七一三）有「江南西道廉帥御史大夫韋公丹」語，故稱韋大夫。杜牧《進撰故江西韋大夫遺愛碑文表》（《全唐文》卷七五〇）亦稱「韋大夫」。

〔三〇〕白　明鈔本作「示」，《會校》據改。

〔三一〕去　原作「退」，據孫校本、明鈔本、《説海》、《逸史搜奇》、《廣豔異編》、《續豔異編》、《才鬼記》改。

〔三二〕合　此字原無，據孫校本補。

〔三三〕大　原作「火」，據明鈔本、《説海》、《逸史搜奇》、《廣豔異編》、《續豔異編》、《才鬼記》改。

〔三四〕吾言於　明鈔本作「君言」，《會校》據改。

〔三五〕混　此字《説海》、《逸史搜奇》、《廣豔異編》、《續豔異編》無。

〔三六〕舉　明鈔本作「家」。按：舉，應舉，參加科考。趙合爲進士，當參加來年省試。作「家」誤。

〔三七〕能　原作「皆」，據明鈔本、孫校本、《説海》、《逸史搜奇》、《廣豔異編》、《續豔異編》改。

〔三八〕能度世　明鈔本、孫校本、《説海》、《逸史搜奇》、《廣豔異編》、《續豔異編》無「能」字。度世，出世成仙也。

〔三九〕嵩嶺耳　明鈔本作「嵩山云」。

按：《古今説海》説淵部别傳九《趙合傳》，當據宋元傳本《廣記》輯録，故不同於談愷刻本。《舊小説》乙集取入。《逸史搜奇》庚集二《趙合》、《廣豔異編》卷三二《趙合》、《續豔異編》卷一三《趙合》，皆據《説海》。《才鬼記》卷五《沙中女子》，末注《傳奇》，乃據《説海》及《廣記》輯録。

顔濬傳

裴　鉶　撰

會昌中，進士顔濬下第遊廣陵，遂之建業。賃小舟，抵白沙。同載有青衣，年二十許，服飾古朴，言詞清麗。濬揖之，問其姓氏，對曰：「幼芳，姓趙。」問其所適，曰：「亦之建業。」濬甚喜。每維〔一〕舟，即買酒果，與之宴飲。多説陳、隋間事，濬頗異之。或諧謔〔二〕，即正色斂衽不對。及〔三〕抵白沙，各遷舟航，青衣乃謝濬曰：「數日承君深顧，某陋拙，不足奉歡笑。然亦有一事，可以奉酬。中元必遊瓦官閣〔四〕，此時當爲君類會〔五〕一神仙中人。況君風儀才調，亦甚相稱，望不渝〔六〕此約，至時，某候于彼。」言訖，各登舟而去。

濬誌其言。中元日，來〔七〕遊瓦官閣，士女闐咽。及登閣，果有美人，從二女僕，皆雙環〔八〕而有媚態。美人倚欄獨語，悲歎久之。濬注視〔九〕不易，雙環笑曰：「憨措大，收取眼〔一〇〕！」美人亦訝之，乃〔一一〕曰：「幼芳之言不謬矣。」使雙鬟傳語曰：「西廊有惠鑒〔一二〕閣黎院，則某舊門徒。君可至是〔一三〕，幼芳亦在彼〔一四〕。」濬甚喜，躡其蹤而去，果見同舟青衣，出而微笑。濬遂與〔一五〕美人叙寒暄，言語竟日。僧進茶果。至暮〔一六〕，謂濬曰：「今日偶此登覽，爲惜高閣，痛〔一七〕兹用功，不久毀除，故來一別，幸接歡笑。某家在清溪〔一八〕，頗多松月，室無他人，郎君〔一九〕今夕必相過。某前往，可與幼芳後來。」濬然之，遂乘軒而去。

及夜，幼芳引濬前行，可數里而至。有青衣〔二〇〕數輩，秉燭迎之，遂延入内室，與幼芳環坐。曰：「孔家娘子相鄰，使邀之，曰：『今夕偶有佳賓相訪，願同傾觴，以解煩憒。』」少頃而至，遂延入，亦多説陳朝故事〔二一〕。濬因起白曰：「不審夫人復何姓第，頗貯疑訝。」答曰：「某即陳朝張貴妃，彼即孔貴嬪。居世之時，謬當後主采〔二二〕顧，寵幸之禮，有過嬪嬙。不幸國亡，爲楊廣所殺。然此賊不仁可〔二三〕甚！昔劉禪亦有后妃，魏君不罪〔二四〕。孫皓豈無嬪御，晉帝不誅〔二五〕。獨有斯人，行此冤暴〔二六〕。且一種亡國，我後主實即風流，詩酒追歡，琴樽取樂而已。不似楊廣，西築長城，東征遼海，使天下男冤女曠，婦〔二七〕寡子孤。途窮廣陵，死于匹夫之手，亦上天降鑒，爲我報讎耳。」孔貴嬪曰：「莫出此言，在坐有人不欲〔二八〕。」美人大笑曰：「渾忘却。」濬曰：「何人不欲斯言耶？」幼芳曰：「某本江令公家嬖者，後爲貴妃侍兒。國亡之後，爲隋宫御女〔二九〕。煬帝幸〔三〇〕江都，爲侍湯膳者。及化及〔三一〕亂兵入，某以身蔽帝，遂爲所害。蕭后〔三二〕憐某盡忠于主，因使殉葬吴宫臺下〔三三〕。後改葬於雷塘側，不得從焉，時〔三四〕至此謁貴妃耳。」

孔貴嬪曰：「前説盡是閑事，不如命酒，略延曩日之歡耳。」遂命雙鬟持樂器，洽飲久之。貴妃題詩一章，曰：「秋草荒臺響夜螿〔三五〕，白楊聲盡〔三六〕減悲風。綵牋曾擘〔三七〕欺江摠，綺閣塵消〔三八〕玉樹空。」孔貴嬪曰：「寶閣排空〔三九〕稱望仙，五雲高豔擁朝天。清溪猶有當時月〔四〇〕，曾〔四一〕照瓊花綻綺筵。」幼芳曰：「皓魄初圓恨翠娥〔四二〕，繁華濃豔竟如何〔四三〕。兩〔四四〕朝唯有長江水，依舊行人作逝波〔四五〕。」濬亦和曰：「簫〔四六〕管清吟怨麗華，秋江寒月綺窗斜〔四七〕。慙非後主題牋〔四八〕客，得〔四九〕見臨春閣上花。」俄聞叩門曰：「江脩容、何婕好、袁昭儀，來謁貴妃。」曰：「竊聞今夕嘉賓幽會，不免輒窺盛筵。」俱豔其衣裾，明其璫珮而入坐。及見四篇，捧而泣曰：「今夕不意再逢三閣之會，又與新狎客題詩也。」

頃之，聞雞鳴，孔貴嬪等俱起，各辭而去。濬與貴妃就寢。欲曙而起，貴妃贈辟塵犀簪一枚，曰：「異日覩物思人。昨宵値客多，未盡歡情，别日終更卜一會〔五〇〕，然須諮祈幽府。」嗚咽而别。濬翌日懵然，若有所失。信宿，更尋曩日地〔五一〕，則近清溪，松檜〔五二〕丘墟。詢之于人，乃陳朝宫人墓，濬慘〔五三〕惻而返。數月，閤因寺廢而毁。後至〔五四〕廣陵，訪得吴公臺煬帝舊陵，果有宫人趙幼芳墓，因以酒奠之。（據中華書局版汪紹楹點校本《太平廣記》卷三五〇引《傳奇》校録）

〔一〕維　孫校本作「住」。

〔二〕或諧謔　此三字明鈔本原脱，據孫校本，《歲時廣記》卷三〇引《傳奇》，《太平通載》卷六六引《太平廣記》，《古今説海》説淵部别傳十九《顔濬傳》，《豔異編》卷三八《顔濬》，《逸史搜奇》戊集四《顔濬》，《才鬼記》卷六《張貴妃》（末注《顔濬傳》），《情史類略》卷二〇《張貴妃孔貴嬪》，《合刻三志》志鬼類，《雪窗談異》卷八，《唐人説薈》第十六集，《龍威秘書》四集，《晉唐小説六十種》之《靈鬼志·顔濬》補。《歲時廣記》上有「濬」字。

〔三〕及　此字原無。據孫校本，《歲時廣記》，《太平通載》，《説海》，《逸史搜奇》，《才鬼記》補。

〔四〕必遊瓦官閣　《太平通載》「必」下有「決」字。按：必決，必定。《説海》，《逸史搜奇》，《才鬼記》「官」作「棺」，下同，《類説》卷三二《顔濬》作「瓦官寺」，《新編分門古今類事》卷一八引《傳奇》（《四庫》本作《蜀異志》）作「瓦棺寺」。按：南宋周應合《景定建康志》卷四六《祠祀志三·寺院》：「崇勝戒壇院，即古瓦官寺，又爲昇元寺，在城西南隅。」《考證》：「晉哀帝興寧二年，詔移陶官於淮水北，遂以南岸窑地施僧慧力造瓦官寺。」注：「舊志曰瓦棺者非也，蓋據俗説云，瓦棺寺之名，起自西晉。時長沙城隅，忽陸地生青蓮兩朵。民以聞官，掘得一瓦棺，見一僧形皃儼然，其花從舌根生。父老云：昔有一僧，不説姓名，平生誦《法華經》萬餘部，臨死遺言曰：『以瓦棺葬之。』遂以寺名爲瓦棺，而本于此。其説頗涉怪誕，縱果有此事，亦在長沙，於此無與也。不知陶官之爲瓦官，而以官爲棺，殆傳會而爲之説耳。」本名爲瓦官寺，譌傳爲瓦棺寺。寺有閣，稱瓦官閣，李白《横江詞六首》其一：「一風三日吹倒山，白浪高於瓦官閣。」

〔五〕類會　原無「類」字，據孫校本、《歲時廣記》、《太平通載》、《説海》、《逸史搜奇》、《才鬼記》補。按：類會，會見，相會。《舊唐書》卷一四《憲宗紀上》：「神策行營節度使高崇文、神策兵馬使李元奕，率步騎之師，與東川、興元之師類會進討。」五代孫光憲《北夢瑣言》卷五：「薛廷珪少師，右族名流，仕於衰世。梁太祖兵力日强，朝廷傾動，漸自尊大，天下懼之。孤卿爲四鎮官告使，夷門客將劉翰先來類會，恐申中外，孤卿佯言不會，謂謁者曰：『某無德，安敢輒受令公拜。』竟不爲屈。」

〔六〕渝　原譌作「踰」，據孫校本、《太平通載》、《説海》、《豔異編》、《逸史搜奇》、《才鬼記》、《情史》、《靈鬼志》改。

〔七〕來　孫校本、《歲時廣記》、《太平通載》、《説海》、《逸史搜奇》、《才鬼記》作「決」。決，決定。

〔八〕環　孫校本、《歲時廣記》、《太平通載》、《説海》、《豔異編》、《逸史搜奇》、《才鬼記》、《情史》、《靈鬼志》作「鬟」。明鈔本下文皆作「鬟」。按：環即鬟也，環形髮髻。元稹《襄陽爲盧竇紀事》(《全唐詩》卷四二二）：「依稀似覺雙環動，潛被蕭郎卸玉釵。」袁不約《病宫人》）（《全唐詩》卷五〇八）：「四體强扶藤夾膝，雙環慵整玉搔頭。」《全唐詩録》卷七三杜牧《張好好詩》：「雙環可高下，纔過青羅襦。」《全唐詩》卷五二〇作「鬟」。

〔九〕視　《類説》作「眸」。

〔一〇〕雙環笑曰憨措大收取眼　此十字明鈔本、孫校本並無，據《類説》補。

〔一一〕乃　原作「又」，孫校本同，據《歲時廣記》改。

〔一二〕惠鑒　孫校本、《説海》、《逸史搜奇》、《才鬼記》作「惠監」，《豔異編》、《情史》、《靈鬼志》作「惠覽」。

〔一三〕是　孫校本、《太平通載》、《説海》、《逸史搜奇》、《才鬼記》作「彼」。

〔一四〕彼　孫校本、《太平通載》、《説海》、《逸史搜奇》、《才鬼記》作「此」。

〔一五〕與　《説海》、《逸史搜奇》、《才鬼記》作「逐」。《歲時廣記》上有「併」字。

〔一六〕至暮　《歲時廣記》作「少頃而」。

〔一七〕痛　原作「病」，當譌，據孫校本、《太平通載》、《説海》、《逸史搜奇》、《才鬼記》改。

〔一八〕清溪　孫校本、《歲時廣記》作「青溪」。按：青溪，又作清溪。清修《江南通志》卷一一《輿地志·山川一·江寧府》：「青溪在府治東七里，《南史》作清溪。」作清溪者頗多，不獨《南史》也。

〔一九〕郎君　此二字原無，據《類説》補。

〔二〇〕青衣　《歲時廣記》作「女童」。

〔二二〕亦多説陳朝故事　《類説》作「多説陳、隋間事」。

〔二三〕采　孫校本、《歲時廣記》、《説海》、《逸史搜奇》、《才鬼記》作「眷」。

〔二三〕可　孫校本、《太平通載》、《説海》、《豔異編》、《逸史搜奇》、《才鬼記》、《情史》、《靈鬼志》作「何」。按：可，通「何」。

〔二四〕昔劉禪亦有后妃魏君不罪　「昔」字原譌作「于」，據孫校本、《類説》、《太平通載》、《説海》、《逸史搜奇》、《才鬼記》改。《靈鬼志》作「乎」，連上讀。「亦有后妃，魏君不罪」八字原脱，據《類説》補。

〔二五〕晉帝不誅　此四字原脱，據《類説》補。

〔二六〕獨有斯人行此冤暴　《類説》作「此賊不仁，獨此冤暴」。

〔二七〕婦　原作「父」，《説海》、《逸史搜奇》、《才鬼記》作「婦」。按：《詩經·小雅·鴻雁》「哀此鰥寡」毛傳：「老而無妻曰鰥，偏喪曰寡。」《小爾雅·廣義》：「凡無妻無夫通謂之寡。」然後世專以指妻喪夫。且上句「男冤女曠」男女相對，此處不宜父子相對，據《説海》等改。

〔二八〕欲　孫校本、《太平通載》、《説海》、《逸史搜奇》、《才鬼記》作「肯」。按：下文作「欲」，是應以「欲」爲是。《説海》《四庫》本改作「樂」，《豔異編》、《情史》、《靈鬼志》下有「聞」字。

〔二九〕御女　孫校本、《説海》、《逸史搜奇》、《才鬼記》作「侍女」，《太平通載》作「侍御女」。按：御女，内宫女官名，始置於北魏，隋唐因之。《隋書》卷三六《后妃傳》：「至文獻崩後，始置貴人三員，增嬪至九員，世婦二十七員，御女八十一員。……煬帝時，后妃嬪御，無釐婦職，唯端容麗飾，陪從醼遊而已。帝又參詳典故，自製嘉名，著之於令。貴妃、淑妃、德妃，是爲三夫人，品正第一。順儀、順容、順華、修儀、修容、修華、充儀、充容、充華，是爲九嬪，品正第二。婕妤一十二員，品正第三，美人、才人一十五員，品正第四，是爲世婦。寶林二十四員，品正第五，御女二十四員，品正第六，采女三十七員，品正第七，是爲女御。總一百二十，以叙於宴寢。」

〔三〇〕幸　此字原脱，據孫校本、《太平通載》、《説海》、《逸史搜奇》、《才鬼記》補。

〔三一〕及化及　《説海》、《逸史搜奇》、《才鬼記》作「宇文化及」。

〔三二〕后　原譌作「後」，據孫校本、《説海》、《豔異編》、《逸史搜奇》、《情史》、《靈鬼志》改。孫校本、《説海》、《逸史搜奇》、《才鬼記》作「皇后」，《太平通載》作「皇氏」，「氏」字譌。

〔三三〕吴公臺下　此四字原無，據《類説》補。後文亦言吴公臺有趙幼芳墓。按：隋煬帝葬於江都吴公臺。《隋書》卷四《煬帝紀下》：「（義寧）二年三月，右屯衛將軍宇文化及，武賁郎將司馬德戡、元禮，監門直閣裴虔通，將作少監宇文智及，武勇郎將趙行樞，鷹揚郎將孟景，内史舍人元敏，符璽郎李覆、牛方裕，千牛左右李孝本、弟孝質，直長許弘仁、薛世良，城門郎唐奉義，醫正張愷等，以驍果作亂，入犯宫闈。上崩于温室，時年五十。蕭后令宫人撤牀簀爲棺以埋之。化及發後，右禦衛將軍陳稜，奉梓宫於成象殿，葬吴公臺下。發斂之始，容貌若生，衆咸異之。大唐平江南之後，改葬雷塘。」北宋樂史《太平寰宇記》卷一二三《揚州·江都縣》：「吴公臺，在縣西北四里。將軍沈慶之攻竟陵王誕所築弩臺也。後陳將吴明徹，圍北齊東廣州刺史敬子猷增築之，以射城内，號吴公臺。」又云：「雷塘，在縣東北十里，煬帝葬于其地。」雷塘乃唐初煬帝改葬處。趙幼芳初從煬帝殉葬於吴公臺，煬帝遷葬雷塘未能隨葬，故自廣陵（今揚州市）至建業（今南京市）謁舊主人張貴妃。

〔三四〕時　孫校本作「特」，《類説》作「暫」。

〔三五〕蛩　明鈔本作「蛩」，同「蛩」，蟋蟀。《歲時廣記》、《説海》、《逸史搜奇》、《才鬼記》作「蟲」。

〔三六〕聲盡　孫校本、《類説》、《歲時廣記》、《萬首唐人絶句》卷六六張麗華《示顔濬》、《太平通載》、《説海》、《逸史搜奇》、《才鬼記》、《情史》、《全唐詩》卷八六六陳宫妃嬪《與顔濬宴會詩》「聲」作「凋」，《全唐詩》注：「凋」「一作『聲』」。《類説》「盡」作「歇」。

〔三七〕擘　孫校本、《類説》、《唐人絶句》、《太平通載》作「襞」。襞，折疊。擘，裁開。

〔三八〕塵消　「消」原作「清」，據《類説》、《歲時廣記》、《説海》、《逸史搜奇》、《才鬼記》、《全唐詩》改。《全唐詩》注：「消」「一作『清』」。《唐人絶句》作「銷」，義同。孫校本作「沉消」。

〔三九〕空　原作「雲」。按：下句有「雲」字，據《類説》、《歲時廣記》改。

〔四〇〕清溪猶有當時月　《歲時廣記》、《唐人絶句》「清」作「青」。《太平通載》「當時月」作「常時闕」，「闕」字譌。

〔四一〕曾　原作「夜」，據《類説》改。孫校本、《歲時廣記》、《唐人絶句》、《太平通載》、《説海》、《逸史搜奇》、《才鬼記》、《全唐詩》作「應」。

〔四二〕皓魄初圓恨翠娥　《唐人絶句》、《全唐詩》「皓」作「素」，《全唐詩》注：「一作『皓』。」《類説》、《唐人絶句》、《豔異編》、《情史》「娥」作「蛾」。

〔四三〕繁華濃豔竟如何　《類説》「濃」作「穠」，「竟」作「更」。《歲時廣記》「濃」作「穠」。孫校本、《説海》、《逸史搜奇》、《才鬼記》「竟」作「昔」。

〔四四〕兩朝唯有長江水　《類説》作「南朝惟有空流水」，《歲時廣記》、《唐人絶句》、《全唐詩》「兩」作「南」，《全唐詩》注：「一作『兩』。」按：兩朝指陳、隋。

〔四五〕依舊行人作逝波　「作逝」二字原倒，據孫校本、《類説》、《歲時廣記》、《唐人絶句》、《太平通載》、《説海》、《逸史搜奇》、《才鬼記》、《全唐詩》乙改。《類説》「行人」作「人間」，《唐人絶句》、《全唐詩》作「門前」。

〔四六〕簫　原譌作「蕭」，據孫校本、《類説》、《歲時廣記》、《唐人絶句》、《太平通載》、《説海》、《逸史搜奇》、《豔異編》、《才鬼記》、《情史》、《全唐詩》改。

〔四七〕秋江寒月綺窗斜　「綺」原譌作「倚」，據孫校本、《類説》、《歲時廣記》、《唐人絶句》、《太平通載》、《説海》、《豔異編》、《逸史搜奇》、《才鬼記》、《情史》、《靈鬼志》、《全唐詩》改。《類説》「江」作「空」。

〔四八〕牋　《豔異編》、《情史》、《靈鬼志》作「詩」。《全唐詩》注：「一作『詩』。」

〔四九〕得　《類説》作「時」。

〔五〇〕終更卜一會　原作「更當一小會」，據孫校本、《太平通載》、《説海》、《逸史搜奇》、《才鬼記》改。《歲時廣記》作「更卜一會」。

〔五一〕地　《歲時廣記》作「第」。

〔五二〕檜　孫校本、《歲時廣記》、《太平通載》、《説海》、《逸史搜奇》、《才鬼記》作「桂」。

〔五三〕慘　孫校本、《太平通載》作「愴」，《歲時廣記》作「驚」。

〔五四〕後至　《歲時廣記》作「迴過」。

按：《廣記》談本此篇有目無文，汪校本據明沈與文野竹齋鈔本補。清孫潛校本亦不闕，嚴一萍全録於《太平廣記校勘記》。《古今説海》説淵部别傳十九《顔濬傳》、《豔異編》卷三八《顔濬》、《逸史搜奇》戊集四《顔濬》、《才鬼記》卷六《張貴妃》（末注《顔濬傳》）、《情史類略》卷二〇《張貴妃孔貴嬪》，即此篇。《逸史搜奇》、《才鬼記》據《説海》，《情史》則據《豔異編》。又《合刻三志》志鬼類，中有《靈鬼志》，託名唐常沂撰，後收入《雪窗談異》卷八、《唐人説薈》第十六集、《龍威秘書》四集《晉唐小説暢觀》、《晉唐小説六十種》等，中有《顔濬》。

韋自東傳

裴鉶　撰

貞元中，有韋自東者，義烈之士也。嘗遊太白山，棲止段將軍莊，段亦素知其壯勇者。一日，與自東眺望山谷，見一徑甚微，若舊有行跡。自東問主人曰：「此何詣也？」段將軍曰：「昔有二僧，居此山頂，殿宇宏壯，林泉甚佳，蓋開元〔一〕中萬迴師弟子之所建也。似驅役鬼工，非人力所能及。或聞〔二〕樵者説，其僧爲怪物〔三〕所食，今絶踪二三年矣。又聞人説，有二夜叉在〔四〕於此山，亦無人敢窺焉。」自東怒曰：「余操心在平侵暴，夜叉何類，而敢噬人！今夕必挈夜叉首，至於門下。」將軍止之〔五〕，曰：「暴虎馮〔六〕河，死而無悔。」自東不顧，仗劍奮衣而往，勢不可遏。將軍悄然曰：「韋生當其咎耳。」

自東捫蘿躡石，至精舍，悄寂無人。覩二僧房，大敞其户，履錫俱全〔七〕，衾枕儼然，而塵埃凝積其上。又見佛堂内，細草茸茸，似有巨物偃寢之處。四壁多掛野彘玄熊之類，或庖炙之餘，亦有鍋鑊柴薪〔八〕，自東乃知是樵者之言不謬耳。度其夜叉未至，遂拔柏樹，徑大如碗〔九〕，去枝葉，爲大杖，扃其户，以石佛拒之。是夜，月白如晝。夜未分〔一〇〕，夜叉挈鹿而至，怒其扃鐍，大叫，以首觸户，折其石佛而踣於地。自東遂〔一一〕以柏樹撾其腦，再舉而死之。拽之入室，又闔其扉。頃之，復有夜叉繼至，似怒前歸者不接己，亦哮吼，觸其扉，復踣于户閾，又撾之，亦死。自東知雌雄已殞，應無儕類，遂掩關烹鹿而食。及明，斷二夜叉首，挈餘鹿而示段。段大駭曰：「真周處之儔矣。」乃烹鹿飲酒盡歡，遠近觀者如堵。

有道士出於稠人中，揖自東曰：「某有衷懇，欲披告於長者，可乎？」自東曰：「某一生濟〔一二〕人之急，何爲不可？」道士曰：「某棲心道門，懇志靈藥，非一朝一夕耳。三二年前，神仙爲吾配合龍虎丹一爐，據其洞而修之，有日矣。今靈藥信宿〔一三〕將成，而數有妖魔入洞，就爐擊觸，藥幾飛〔一四〕散。思得剛烈之士，仗劍衛之〔一五〕。靈藥倘成，當有分惠，未知能一行否？」自東踊躍曰：「乃平生所願也。」遂仗劍從道士而去。

躋〔一六〕險躡峻，當太白之高峰，將半，有一石洞，可百餘步，即道士燒丹之室，唯弟子一人。道士約曰：「明晨五更初，請君仗劍，當洞門而立。見有怪物，但以劍擊之，無懼也〔一七〕。」自東曰：「謹奉教。」久立燭於洞門外，以伺之。俄頃，果有巨虺，長數丈，金目雪牙，毒氣氤鬱，將欲入洞。自東以劍擊之，似中其首，俄頃若輕霧而化去。食頃，有一女子，顔色絶麗，執芰荷之花，緩步而至。自東又以劍拂之，若雲氣而滅。食頃，將欲曙，有道士乘雲駕鶴，玉童執節〔一八〕，導從甚嚴，勞自東曰：「妖魔已盡，吾弟子丹將成矣，吾當來爲證也。」盤旋候明而入，語自東曰：「喜汝道士丹成，今有詩一首，汝可繼和。」詩曰：「三秋稽顙〔一九〕叩真靈，龍虎交時金〔二〇〕液成。絳雪既凝身可度，蓬壺頂上彩〔二一〕雲生。」自東詳詩意曰：「此道士之師。」遂釋劍而禮之〔二二〕。俄而突入，藥鼎爆烈〔二三〕，更無遺在。道士慟哭，自東悔恨自咎而已。二人因以泉滌其鼎器而飲之。自東後更有少容，而適南岳，莫知所止。今段將軍莊，尚有夜叉骷髏見在〔二四〕。道士亦莫知所之。（據中華書局版汪紹楹點校本《太平廣記》卷三五六引《傳奇》校録）

〔一〕開元　前原有「唐」字，據明鈔本、孫校本、陳校本、《古今説海》説淵部別傳八《韋自東傳》、《逸史搜奇》辛集九《韋自東》、《新編古今奇聞類紀》卷九《韋自東》（末注「《奇傳》及《説淵》」）删。

〔二〕聞　原譌作「問」，據明鈔本、陳校本、南宋沈氏《鬼董》卷一、《説海》、《逸史搜奇》、清修《陝西通志》卷一〇〇引《太平廣記》改。

〔三〕怪物　明鈔本、孫校本、陳校本、《説海》、《逸史搜奇》作「野叉」，《奇聞類紀》作「夜叉」，《鬼董》則作「怪物」。按：野叉即夜叉。

〔四〕在　此字原無，據《鬼董》、《説海》、《逸史搜奇》、《奇聞類紀》補。

〔五〕之　此字原脱，據《説海》、《逸史搜奇》，《奇聞類紀》補。按：脱此字則下文「暴虎馮河，死而無悔」乃段將軍所言，「曰」者實自東也。《鬼董》作「段曰」，誤。

〔六〕馮　原作「憑」，據《鬼董》、《説海》、《逸史搜奇》，《奇聞類紀》改。按：《詩經·小雅·小旻》：「不敢暴虎，不敢馮河。」毛傳：「馮，陵也。徒涉曰馮河，徒搏曰暴虎。」《吕氏春秋·安死》高誘注：「無兵搏虎曰暴，無舟渡河曰馮。」

〔七〕履鴇俱全　陳校本「全」作「在」，《會校》據改。《説海》、《逸史搜奇》作「履舄俱在」。《説海》《四庫》本改「舄」爲「鴇」。

〔八〕鍋鑊柴薪　「鑊」明鈔本作「釜」。「柴」字原脱，據孫校本、陳校本、《鬼董》、《説海》、《逸史搜奇》、《奇聞類紀》補。

〔九〕碗 孫校本譌作「枕」。按：《鬼董》、《説海》、《逸史搜奇》皆作「椀」，形譌而爲「枕」也。
〔一〇〕夜未分 明鈔本作「將至夜分」。
〔一一〕遂 此字原無，據孫校本、陳校本、《説海》、《逸史搜奇》補。
〔一二〕濟 明鈔本、陳校本、《鬼董》、《説海》、《逸史搜奇》作「急」。
〔一三〕信宿 此二字原無，據《類説》卷三二《傳奇·韋自東》、《三洞群仙録》卷九引《傳奇》補。
〔一四〕飛 原作「廢」，據陳校本、《鬼董》、《説海》、《逸史搜奇》改。
〔一五〕思得剛烈之士仗劍衛之 《類説》作「須得勇夫烈士拔劍攔截」，《群仙録》「拔」作「仗」，餘同。
〔一六〕躋 原譌作「濟」，據孫校本、陳校本、《鬼董》、《説海》、《逸史搜奇》改。
〔一七〕無懼也 此三字原無，據《類説》、《群仙録》補。
〔一八〕玉童執節 此四字原無，據《類説》補。
〔一九〕顙 原作「顡」，《四庫》本作「顙」，乃「顙」之俗字。據《類説》、《萬首唐人絶句》卷六四大白山道士《贈韋自東》、《説海》、《逸史搜奇》、《全唐詩》卷八六七太白山魔誑道士詩改。
〔二〇〕金 《類説》作「丹」。
〔二一〕彩 《全唐詩》注：「一作『有』。」
〔二二〕之 《類説》作「次」。
〔二三〕藥鼎爆烈 《類説》作「聞藥鼎爆聲」。

〔三四〕今段將軍莊尚有夜叉骷髏見在　《鬼董》作「今洞尚有怪物，骷髏尚在」。

按：《廣記》談本注出《奇傳》，汪校本徑改。《古今説海》説淵部别傳八《韋自東傳》，不著撰人，即本篇，《逸史搜奇》辛集九據而採入，題删「傳」字。《新編古今奇聞類紀》卷九《韋自東》，末注「《奇傳》及《説淵》」，則據《廣記》及《説海》採録，《奇傳》乃《傳奇》之譌。《奇聞類紀》非全文，删去自東隨道士入太白峰洞中守丹一節。《鬼董》卷一亦採此篇，不著出處，且删「貞元中」以没其時，實爲剽竊，文字小有改易。

盧涵傳

裴　鉶　撰

開成中，有盧涵學究，家於洛下，有莊于萬安山之陰。夏麥既登，時果又熟，遂獨跨小馬造其莊。去十餘里，見大柏林之畔，有新潔室數間，而作店肆。時日欲沈，涵因憩焉〔一〕。覩一雙鬟，甚有媚態，詰之，云是耿將軍守塋青衣，父兄不在。涵悦之，與語，言多巧麗，意甚虚襟，盼睞明眸，轉資態度。謂涵曰：「有少許家醖，郎君能飲三兩杯否？」涵曰：「不惡。」遂捧古銅罇而出，與涵飲極歡。青衣遂擊席而謳，送盧生酒曰：「獨持巾櫛掩玄關，小帳〔二〕無人燭影殘。昔日羅衣今化盡，白楊風起隴頭寒〔三〕。」涵惡其詞之不稱，但不曉其理。

酒盡，青衣謂涵曰：「更與郎君入室添杯去。」秉燭挈罇而入。涵躡足窺之，見懸大烏虵，以刀刺虵之血，滴于樽中，以變爲酒。涵大恐慄，方悟怪魅。遂擲〔四〕出户，解小馬而走。青衣連呼數聲，曰：「今夕事〔五〕，須留郎君一宵，且不得去。」知勢不可〔六〕，又呼：「東邊〔七〕方大，且與我趁〔八〕，取遮郎君。」俄聞柏林中，有一大漢應聲甚偉。須臾迴顧，有物如大枯樹而趨，舉足甚沈重，相去百餘步，涵但疾加鞭。又經一小柏林中，見〔九〕有一巨物。隱隱雪白處，有人言云：「今宵必須擒取此人，不然者，明晨君當受禍〔一〇〕。」涵聞之，愈怖怯。及莊門，已三更，扃户闃然，唯有數乘空車在門外，群羊方咀草次，更無人物。涵棄馬，潛跧〔一一〕于車箱之下。窺見大漢徑抵門，牆極高，只及斯人腰跨，手持戟，瞻視莊内，遂以戟刺莊内小兒，但見小兒手足撈空于戟之巔，只無聲耳〔一二〕。良久而去。涵度其已遠，方能起扣門。莊客乃啓關，驚涵之夜至，喘汗而不能言。

及旦，忽聞莊院内客哭聲，云三歲小兒因昨宵寐而不蘇〔一三〕矣。涵甚惡之，遂率家僮及莊客十餘人，持刀斧弓矢而究之。但見夜來飲處，空逃户壞〔一四〕屋數間而已，更無人物。遂搜柏林中，見一大盟器〔一五〕婢子，高二〔一六〕尺許，傍有烏虵一條，已斃。又東畔柏林中，見大方相一具〔一七〕，遂俱毁拆〔一八〕而焚之。尋夜來白處物〔一九〕而言者，即是人白骨一具，肢節筋綴，而不欠分毫。鍛〔二〇〕以銅斧，終無缺損，遂投之于壍〔二一〕而已。涵本有風疾，因飲虵酒而

愈焉。（據中華書局版汪紹楹點校本《太平廣記》卷三七二引《傳奇》校録）

〔一〕焉　原作「馬」，據明鈔本改。

〔二〕小帳　《類説》卷三二《傳奇·盧涵》作「山帳」，《類説》《四庫》本作「山館」。

〔三〕白楊風起隴頭寒　「起」《類説》作「送」。周楞伽《裴鉶傳奇》校改「隴」爲「壠」，謂「壠頭」就是墳頭，和隴山無關。按：隴，通「壠」、「壟」，即墳墓。《墨子·節葬下》：「葬埋必厚，衣衾必多，文繡必繁，丘隴必巨。」孫詒讓《閒詁》：「《禮記·曲禮》鄭注云：『丘，壟也。壟，冢也。隴，壟之假字。』《淮南子·説林訓》云：『或謂冢，或謂隴，名異實同也。』」《全唐詩》卷一五一劉長卿《見故人李均所借古鏡恨其未獲歸府斯人已亡愴然有作》：「所恨平生還不早，如今始掛隴頭枝。」卷一三六儲光羲《陸著作挽歌》：「華亭有明月，長向隴頭懸。」

〔四〕擲　明鈔本、孫校本作「躑」，《會校》據改。按：擲、躑同義，跳躍。

〔五〕事　《類説》無此字。

〔六〕可　明鈔本作「回」。

〔七〕邊　《類説》作「家」。

〔八〕趁　《類説》作「趕」。按：趁，追趕。

〔九〕見　此字原無，據明鈔本補。

〔一〇〕君當受禍　明鈔本作「當受其禍」。

〔一一〕跧　《類説》、《廣豔異編》卷二二《盧涵》作「拴」。按：作「跧」是，跧，蜷伏也。

〔一二〕只無聲耳　明鈔本前有「怪」字，《會校》據補。

〔一三〕因昨宵寐而不蘇　「因」明鈔本作「自」，《會校》據改。「不蘇」《類説》作「卒」。

〔一四〕壞　原作「環」，當譌，據明鈔本改。

〔一五〕盟器　《類説》作「明器」，《廣豔異編》作「冥器」。按：盟器、明器、冥器意同，隨葬器物，以竹木陶土製成。

〔一六〕二　孫校本作「三」。

〔一七〕大方相一具　原作「一大方相骨」，誤。據《類説》改。按：方相乃古之神靈，民間常裝扮象之，或以竹木紙帛扎製其像，以驅鬼辟邪也。

〔一八〕拆　黄本、《四庫》本、《筆記小説大觀》本作「折」。

〔一九〕白處物　原作「白物」，據《類説》補「處」字。按：前文云「隱隱雪白處，有人言云」，有「處」字。

〔二〇〕鍛　明鈔本作「假」。鍛，敲擊。

〔二一〕壍　《類説》上有「深」字。

按：《廣豔異編》卷二二據《廣記》輯入此篇，亦題《盧涵》。

唐五代傳奇集第三編卷四十二

陳鸞鳳傳

裴　鉶　撰

元和〔一〕中，有陳鸞鳳者，海康人也。負氣尚義〔二〕，不畏鬼神，鄉黨咸呼爲「後來周處」。海康〔三〕有雷公廟，邑人虔潔祭祀。禱祝既淫，妖妄亦作。邑人每歲聞新雷日，記某甲子，一旬復值斯日，百工不敢動作，犯者不信宿必震死，其應如響。

時海康大旱，邑人禱其無應。鸞鳳大怒曰：「我之鄉，乃雷鄉也。爲神不福，況受人奠酹〔四〕如斯。稼穡既焦〔五〕，陂池已涸，牲牢饗盡，焉用廟爲！」遂秉炬爇之。其風俗，不得以黄魚、彘肉，相和食之，亦必震死。是日，鸞鳳持竹炭刀，於野田中，以所忌物相和啖之，將有所伺。果怪雲生，惡風起，迅雷急雨震之。鸞鳳乃以刃上揮，果中雷左股而斷。雷墮地，狀類熊猪〔六〕，毛角，肉翼，青色，手執短柄剛刀〔七〕石斧，流血注然，雲雨盡滅。鸞鳳知雷無神，遂馳赴家，告其血屬曰：「吾斷雷之股矣，請觀之。」親愛愕駭，共往視之，果見雷折股而已。又持刀欲斷其頸，齧其肉，爲群衆共執之，曰：「霆〔八〕是天上靈物，爾爲下界庸人，輒害雷公，必我一鄉受禍。」衆捉衣袂，使鸞鳳奮擊不得。逡巡，復有雲雷，裹其傷者和斷股而去〔九〕。沛然雲雨，自午及酉，涸苗皆立矣。

遂被長幼共斥之，不許還舍。於是持刀行二十里，詣〔一〇〕舅兄家。及夜，又遭霆震，天火焚其室。復持刀立於庭，雷終不能害。旋有人告其舅兄向來事，又爲逐出。復往僧室，亦爲霆震，焚爇如前。知無容身處，乃夜秉炬，入於乳穴嵌孔之處。後雷不復能震矣，三暝然後返舍。自後海康每有旱，邑人即醵金與鸞鳳，請依前調二物食之，持刀如前，皆有雲雨滂沱，終不能震。如此二十餘年。俗號鸞鳳爲「雨師」。

至大和中，刺史林緒知其事，召至州，詰其端倪。鸞鳳云：「少壯之時，心如鐵石，鬼神雷電，視之若無當者。願殺一身，請蘇萬姓，即上玄焉能使雷鬼敢騁其凶臆也〔一一〕？」遂獻其刀於緒，厚酬其值。（據中華書局版汪紹楹點校本《太平廣記》卷三九四引《傳奇》校録）

〔一〕元和　前原有「唐」字，今删。

〔二〕負氣尚義　「尚」字原無，據明鈔本補。《四庫》本「氣義」改作「義氣」。

〔三〕海康　原下有「者」字，據明鈔本、《廣豔異編》卷六《陳鸞鳳》、《太平廣記鈔》卷六二删。

〔四〕酹　《廣豔異編》作「酹」。

〔五〕焦　明鈔本、孫校本作「燋」，《會校》據改。按：燋，同「焦」。清王念孫《讀書雜志·管子弟九·火暴》：「燋，與焦同。」

〔六〕猪　孫校本作「猶」，連下讀。疑譌。

〔七〕刀　此字原無，據孫校本補。

〔八〕霆　《廣豔異編》作「雷」。

〔九〕復有雲雷裹其傷者和斷股而去　「雷」孫校本作「雹」。「裹」談本原作「哀」，汪本據明鈔本改。孫校本、《廣記鈔》亦作「裹」。《廣豔異編》此二句作「復有雷若哀其傷者，挾斷股而去」。

〔一〇〕詣　談刻本原譌作「諸」，孫校本作「諧」，亦譌，汪校本據明鈔本改。《四庫》本、《廣豔異編》皆作「詣」。

〔一一〕即上玄焉能使雷鬼敢騁其凶臆也　明鈔本無「即上玄」三字，《會校》據删。按：上玄，上天也。《文選》卷七揚雄《甘泉賦》：「惟漢十世，將郊上玄。」李善注：「上玄，天也。」「雷鬼」孫校本作「鬼神」。

按：《廣豔異編》卷六取入此篇，題《陳鸞鳳》。

江叟傳

裴　鉶　撰

開成中，有江叟者，多讀道書，廣尋方術，善吹笛〔一〕，能作龍吟〔二〕，往來多在永樂縣靈仙閣。時沈飲後〔三〕，適閿鄉〔四〕，至〔五〕盤豆館東官道大槐樹下醉寢。及夜艾稍醒，聞一巨物行聲，舉步甚重。叟闇窺之，見一人，崔嵬高數丈，至槐側坐，而以毛手捫叟曰：「我意是槐畔鉏麑〔六〕，乃瓮邊畢卓爾。」遂敲大槐〔七〕數聲曰：「可報荆山館〔八〕中二郎來省大兄。」大槐乃語云：「勞弟相訪。」似〔九〕聞槐樹上有人下來與語。須臾，飲酌之聲交作。荆山槐曰：「大兄何年抛却兩京道上槐王耳〔一〇〕？」大槐曰：「我三甲子後〔一一〕，當棄此位。」荆山槐曰：「大兄不知老之將至，猶顧此位，直須至火入空心，膏流節斷，而方知退，大是無厭之士。何不如今因其震霆，自拔於道，必得爲材用之木，搆大厦之梁棟，尚存得重重碎錦，片片真花。豈他日〔一二〕作朽蠹之薪，同入爨爲煨燼耳！」大槐曰：「雀鼠尚貪生，吾焉能辦此事邪？」槐〔一三〕曰：「老兄不足與語。」告别而去。

及明，叟方起。數日，至閿鄉荆山館〔一四〕中，見庭槐森聳，枝榦扶疏，近欲十圍，如〔一五〕附神物。遂伺其夜，以酒脯奠之，云：「某昨夜，聞槐神與盤豆官道大槐王論語云云〔一六〕，某卧其側，並歷歷記其説，今請樹神與我言語。」槐曰：「感子厚意，當有何求？殊不知爾夜爛醉於道，夫乃子邪〔一七〕？」叟曰：「某一生好道，但不逢其師，樹神有靈，乞爲指教，使學道有處，當必奉酧。」槐神曰：「子但入荆山，尋鮑仙師，脱得見之。或水陸之間，必獲一處度世。蓋感子之請，慎勿泄吾言也。君不憶華表告老狐：『禍及余矣。』」叟感謝之。

明日，遂入荆山，緣巘循水，果訪見〔一八〕鮑仙師，即匍匐而禮之。師曰：「子何以知吾而來〔一九〕師也？須實言之。」叟不敢隱，具陳荆山館之樹神言也。仙師曰：「小鬼焉敢專輒指人！雖〔二〇〕未能大段誅之，且飛符殘其一枝。」叟拜乞免。仙師曰：「今不誅，後當繼有來者。」遂謂叟曰：「子有何能？一一陳之。」叟曰：「好道，癖於吹笛。」仙師因令取笛而吹之，一氣清逸，五音激越，驅泉迸出，引雁行低，槁葉辭柯，輕雲出岫〔二一〕。仙師歎曰：「子之藝至矣，但所吹者，枯〔二二〕竹笛耳。吾今贈子玉〔二三〕笛，乃荆山之尤者。但如常笛吹之，三年，當召洞中龍矣。龍既出，必銜明月之珠而贈子。子得之，當用醍醐煎之三日，凡〔二四〕小龍已腦疼矣，蓋相感使其然也。小龍必持化水丹而贖其珠也，子得，當吞之，便爲水仙，亦不減萬歲〔二五〕，無煩吾之藥也，蓋子有琴高之相耳。」仙師遂出玉笛與之。叟曰：「玉笛與竹笛何異？」師曰：「竹者青也，與龍色相類，雖〔二六〕肖之吟，龍不爲怪也。玉者白也，與龍相尅，忽聽其吟，龍怪也，所以來觀之，感君之有能變耳。義出於玄〔二七〕。」叟受教乃去。

後三年，方得其音律。後因之岳陽，刺史李虞館之〔二八〕。時大旱，叟因出玉〔二九〕笛，夜於聖善寺經樓上吹，果洞庭之渚，龍飛出而降，雲繞其樓者不一。遂有老龍，果銜珠贈叟。叟得之，依其言而熬之三晝夜〔三〇〕，果有龍化爲人，持一小藥合，有化水丹，匍匐請贖其珠，叟乃持合而與之珠。餌其藥，遂變童顔，入水不濡。凡天下洞穴，無不歷覽。後居於衡陽，容髮〔三〕如舊耳。（據中華書局版汪紹楹點校本《太平廣記》卷四一六引《傳奇》校録）

〔一〕笛　《類説》卷三二《傳奇·江叟》、《真仙通鑑》卷四四《江叟》作「長笛」。

〔二〕能作龍吟　此句原無，據《類説》、《三洞群仙録》卷一八引《傳記》（《傳奇》）、《真仙通鑑》補。

〔三〕後　原作「酒」，據明鈔本、陳校本、《太平廣記詳節》卷三五改。

〔四〕閿鄉　《類説》作「閔鄉」，《四庫》本乃作「閿鄉」。《真仙通鑑》、《群仙録》所記皆據《類説》（《群仙録》有删節），《真仙通鑑》亦譌作「閔」，《群仙録》不誤。按：閿鄉，縣名。唐屬虢州，今河南靈寶市西北閿鄉西南。《新唐書·地理志二·虢州》：「閿鄉，望。貞觀元年來屬。」

〔五〕至　《類説》、《真仙通鑑》譌作「玉」。

〔六〕槐畔鉏麑　原作「樹畔鋤兒」，《廣記詳節》作「樹畔鋤倪」，《類説》作「槐畔霓鋤」，《真仙通鑑》作「槐畔鉏麑」。按：《左傳》宣公二年：「晉靈公不君……宣子（即趙盾）驟諫，公患之，使鉏麑賊之。晨往，寢門闢矣，盛服將朝，尚早坐而假寐。麑退，歎而言曰：『不忘恭敬，民之主也。賊民之主不忠，棄君之命不信，有一於此，不如死也。』觸槐而死。」杜預注：「鉏麑，晉力士。」「槐，趙盾庭樹。」據《真仙通鑑》改。

〔七〕大槐　原作「大樹」，明鈔本、陳校本、《廣記詳節》作「大槐」，據改。《類説》、《真仙通鑑》作「槐」。

〔八〕荆山館　原脱「山」字，據陳校本、《廣記詳節》、《類説》、《群仙録》、《真仙通鑑》補。按：荆山在虢州湖城縣（即今河南靈寶市西北閿鄉）南。湖城縣在閿鄉縣東，二縣緊鄰。《新唐書・地理志二・虢州》：「湖城……有熊耳山，覆釜山，一名荆山。」《元和郡縣圖志》卷七《虢州・湖城縣》：「荆山在縣南，即黄帝鑄鼎之處。」此地設館驛，稱荆山館。

〔九〕似　陳校本、《廣記詳節》作「乃」，《類説》、《群仙録》、《真仙通鑑》作「便」。

〔一〇〕耳　王夢鷗《傳奇校補考釋》（《唐人小説研究》）：「『耳』字當爲『耶』，字壞成『耳』。」按：《廣記詳節》亦作「耳」。楊樹達《詞詮》卷一〇《耳》：「語末助詞，與『邪』『乎』用法同。」

〔一一〕後　此字原無，據陳校本改。

〔一二〕他日　陳校本作「不勝日」，疑脱「他」字。

〔一三〕槐　上疑脱「荆山」二字。

〔一四〕館　此字原脱，據陳校本、《廣記詳節》、《類説》、《群仙録》、《真仙通鑑》補。

〔一五〕如　《類説》、《群仙録》、《真仙通鑑》作「疑」。

〔一六〕云云　《四庫》本作「維時」，疑爲妄改。

〔一七〕殊不知爾夜爛醉於道夫乃子邪　明鈔本作「殊不知爾夜攔道，醉夫乃子邪」，《廣記詳節》同，「攔」字不清楚。

〔一八〕見　此字原無，據《廣記詳節》補。

〔一九〕來　《四庫》本改作「求」。

〔二〇〕雖　此字原無，據陳校本補。

〔二一〕一氣清逸五音激越驅泉迸出引雁行低槁葉辭柯輕雲出岫　此二十四字原脱，據《類説》、《真仙通鑑》補。「出」《類説》譌作「山」。「逸」《真仙通鑑》作「虚」。

〔二二〕枯　《廣記詳節》作「枉」。

〔二三〕玉　《類説》、《群仙録》、《真仙通鑑》作「美玉」。

〔二四〕凡　陳校本作「則」。

〔二五〕歲　《廣記詳節》作「世」。

〔二六〕雖　原作「能」，據陳校本、《廣記詳節》改。

〔二七〕感君之有能變耳義出於玄　「君」原作「召」，據陳校本、《廣記詳節》改。按：此處疑有脱譌。

〔二八〕館之　《廣記詳節》作「舊知」。

〔二九〕玉　此字原脱，據《廣記詳節》補。

〔三〇〕三晝夜　原作「二晝」，當有脱譌。前文云「當用醍醐煎之三日」，姑改如此。

〔三一〕髮　明鈔本作「顔」，《會校》據改。《廣記詳節》作「鬢」。

周邯傳

裴鉶 撰

貞元中，有處士周邯，文學豪俊之士也。因夷人賣奴〔一〕，年十四五，視其貌〔二〕甚慧黠，言善入水，如履平地。令其沉潛，雖經日移時，終無所苦。云蜀之溪壑潭洞無不屈也。邯因買之，易〔三〕其名曰水精，異其能也。邯自蜀乘舟下峽，抵江陵，經瞿塘灩澦〔四〕，遂令水精沉而視其邃遠。水精入，移時而出，多探金銀器物。邯喜甚，每艤船於江潭，皆令水精沉之，復有所得。沿流抵江都，經牛渚磯，古云最深處，是温嶠爇犀照水怪之濱，又使没入。移時復得寶玉，云：「甚有水怪，莫能名狀，皆怒目戟手，身僅免禍。」因兹邯亦至富贍。

後數年，邯有友人王澤，牧相州，邯適河北而訪之。澤甚喜，與之遊宴，日不能暇。因相與至州北隅八角井，天然盤石，而甃成八角焉，闊可三丈餘〔五〕。旦暮煙雲蓊鬱，漫衍百餘步。晦夜，有光如火紅〔六〕，射出千尺，鑒物若晝。古老相傳云，有金龍潛其底，或亢陽禱之，亦甚有應。澤曰：「此井應有至寶，但無計而究其是非耳。」邯笑曰：「甚易。」遂命水精曰：「汝可與我投此井到底，看有何怪異，澤亦當有所賞也。」水精已久不入水，忻然脱衣沉之。良久而出，語邯曰：「有一黄龍極大，鱗如金色，抱數顆明珠〔七〕熟寐。水精欲劫之，但手無刃〔八〕，憚其龍忽覺，是以不敢觸。若得一利劍，如龍覺，當斬之，無憚也。」邯與澤大喜，澤曰：「吾有劍〔九〕，非常之寶也，汝可持往而劫之。」水精飲酒，伏劍而入。移時，四面觀者如堵。忽見水精自井面躍出數百步，續有金手〔一〇〕，亦長數百尺，爪甲鋒穎，自空拏攫水精，却入井去。左右懾慄，不敢近覩，但邯悲其水精，澤恨失其寶劍。

逡巡，有一老人，身衣褐裘，貌甚古朴，而謁澤曰：「某土地〔一一〕之神，使君何容易而輕其百姓！此亢金龍〔一二〕，是上玄使者，宰其瑰璧，澤潤一方。豈有信一微物，欲因睡〔一三〕而劫之！龍忽震怒，作用神化，摇天關，擺地軸，搥山岳而碎丘陵，百里爲江湖，萬人爲魚鼈，君之骨肉焉可保〔一四〕？昔者鍾離不愛其寶，孟嘗自返其珠，子罕不貪，老氏垂戒〔一五〕。子不之效，乃肆其貪婪之心，縱使猾覬〔一六〕之徒，取寶無憚。君雖二千石，不如海畔漁翁而鍛其珠矣〔一七〕。」澤赧恨，無詞而對。又曰：「君須火急悔過而禱〔一八〕焉，無使甚〔一九〕怒耳。」老人倏去。澤〔二〇〕遂具牲牢奠之。（據中華書局版汪紹楹點校本《太平廣記》卷四二一引《傳奇》校録）

〔一〕因夷人賣奴　汪校本「夷」作「彝」，各本及《永樂大典》卷八五二七引《傳奇》俱作「夷」，今回改。

「賣」《大典》作「買」。

〔二〕視其貌　《大典》作「無他能」。

〔三〕易　《大典》作「見」。

〔四〕瞿塘灩澦　原誤作「瞿灩塘澦」，孫校本作「瞿塘灩澦」，汪校本徑改。

〔五〕三丈餘　《大典》作「三數丈」。

〔六〕火紅　《東坡先生詩集注》卷三《仙遊潭五首》其一趙次公注引《傳奇》、《大典》作「虹」。元納新《河朔訪古記》卷中《魏郡部》：「寺有八角井，父老相傳，井中嘗有雲氣如虹。」亦作「虹」。

〔七〕數顆明珠　《類説》卷三二《傳奇·周邯》作「明月寶珠」。

〔八〕刃　《類説》作「利刃」。

〔九〕劍　《大典》作「寶劍」。

〔一〇〕手　汪本據陳校本改作「龍」，《會校》亦改。按：《類説》卷三二《傳奇·周邯》、《大典》皆作「手」，手指龍爪，作「龍」誤，今回改。

〔一一〕地　《大典》作「疆」。

〔一二〕亢金龍　「亢」原作「穴」，《大典》同，《類説》作「亢」。按：宋陸佃《埤雅》卷一《蛟》云：「俗説虎中有真虎，龍中有真龍。《星禽衍法》曰：『角木蛟，亢金龍……』按角木曰蛟，亢金爲龍……之類，是皆以類相從，特其氣數有深淺爾。」據《類説》改。

〔一三〕欲因睡　《類説》作「持寸劍」，《大典》作「持寸刃」。

〔一四〕可保　《類説》作「能迯」，《大典》作「得逃之」。迯，同「逃」。

〔一五〕子罕不貪老氏垂戒　此八字原無，據《大典》補，「罕」原作「産」。按：《左傳》襄公十五年：「宋人或得玉獻諸子罕，子罕弗受，獻玉者曰：『以示玉人，玉人以爲寶也，故敢獻之。』子罕曰：『我以不貪爲寶，爾以玉爲寶，若以與我，皆喪寶也。』」前文「鍾離不愛其寶，孟嘗自返其珠」，皆爲不貪珠寶典故，故「子産」乃「子罕」之誤，今改。子罕，春秋宋國人，名樂喜。「老氏垂戒」當指《老子》如下言論：第四十四章：「名與身孰親？身與貨孰多？得與亡孰病？是故甚愛必大費，多藏必厚亡。」第六十二章：「善人之寶，不善人之所保。」第六十七章：「夫我有三寶，持而寶之：一曰慈，二曰儉，三曰不敢爲天下先。」

〔一六〕猾蝨　《四庫》本改作「奸猾」。

〔一七〕君雖二千石不如海畔漁翁而鍛其珠矣　原作「今已啗其軀而鍛其珠矣」，言金龍吃掉水精並敲碎其珠。按：《大典》所引無「子不之效，乃肆其貪婪之心，縱使猾蝨之徒，取寶無憚」，而於「老氏垂戒」下接叙「君雖二千石，不如海畔漁翁而鍛其珠矣」。典出《莊子·列禦寇》：「河上有家貧恃緯蕭而食者，其子没於淵，得千金之珠。其父謂其子曰：『取石來鍛之。夫千金之珠，必在九重之淵而驪龍頷下，子能得珠者，必遭其睡也。使驪龍而寤，子尚奚微之有哉！』」裴鉶誤記爲海畔漁翁。推以清理，金龍啖水精自可，而未必鍛其珠，當有譌誤，據《大典》改。

〔一八〕禱　《大典》作「敬龍」。

〔一九〕甚 《類説》作「其」。《大典》上有「拗」字。

〔二〇〕澤 《類説》作「郉」，疑誤。

按：《廣記》出處誤作《奇傳》，汪校本徑改。

馬拯傳

裴鉶撰

長慶〔一〕中，有處士馬拯，性沖淡，好尋山水，不擇嶮峭，盡能躋攀。一日居湘中，因之衡山祝融峰，詣伏虎師。佛室内道場嚴潔，果食馨香，兼列白金皿于佛榻上。見一老僧，眉毫雪色〔二〕，朴野魁梧，甚喜拯來。使僕挈囊，僧曰：「假君僕使，近縣市少鹽酪。」拯許之。僕乃挈金下山去，僧亦不知去向。俄有一馬沼〔三〕山人，亦獨登此來。見拯，甚相慰悦，乃告拯曰：「適來道中，遇一虎食一人，不知誰氏之子。」説其服飾，乃拯僕夫也。拯大駭，沼又云：「遥見虎食人盡，乃脱皮〔四〕，改服禪衣，爲一老僧也。」拯甚怖懼。及沼見僧，曰：「只此是也。」拯白僧曰：「馬山人來云，某僕使至半山路，已被虎傷，奈何〔五〕？」僧怒曰：「貧道此境，山無虎狼，草無毒螫，路絶蛇虺，林絶鴟鴞，無信妄語耳。」拯細窺僧吻，猶帶殷血。

向夜，二人宿其食堂〔六〕，牢扃其户，明燭伺之。夜已深，聞庭中有虎怒，首觸其扉者三四，賴户壯而不隳。二子懼而焚香，虔誠叩首於堂内土偶賓頭盧尊者〔七〕。良久，聞土偶吟詩曰：「寅人但溺〔八〕欄中水，午子須分艮畔金〔九〕。若教特進重張弩，過去〔一〇〕將軍必損心。」二子聆之，而解其意曰：「寅人，虎也。欄中即井。午子即我耳。艮畔金，即銀〔一一〕耳。」其下兩句未能解。及明，僧叩門曰：「郎君起來食粥。」二子方敢啓關。食粥畢，二子計之曰：「此僧且在，我等何由〔一二〕下山？」遂詐僧云井中有異〔一三〕，使〔一四〕窺之。細窺次〔一五〕，二子推僧墮井，其僧即時化爲虎，二子以巨石鎮之而斃矣。

二子遂取銀皿下山。近昏黑，而遇一獵人，於道旁張弶弓〔一六〕，樹上爲棚〔一七〕而居。語二子曰：「去山下猶〔一八〕遠，諸虎方暴，何不且上棚來？」二子悸怖，遂攀緣而上。將欲人定〔一九〕，忽三五十人過，或僧，或道，或丈夫，或婦女，歌唫者，戲舞者，前〔二〇〕至弶弓所。衆怒曰：「朝來被二賊殺我禪和尚〔二一〕，方今追捕之，又敢有人張我將軍！」遂發其機而去。二子並聞其說，遂詰獵者，曰：「此是倀鬼，被虎所食之人也，爲虎前呵道耳。」二子因徵獵者之姓氏，曰：「名進，姓牛。」二子大喜曰：「土偶詩下句〔二二〕有驗矣，特進乃牛進也，將軍即此虎也。」遂勸獵者重張其箭，獵者然之。張畢登棚，果有一虎哮吼而至，前足觸機，箭乃中其三班，貫心而踣。逡巡，諸倀奔走却回，伏其虎，哭甚哀，曰：「誰人又殺我將軍？」二子怒而叱之曰：「汝輩無知下鬼，遭虎齧死，吾今爲汝報仇，不能報謝，猶敢慟哭，豈有爲鬼不靈如是！」遂悄然。忽有一鬼答曰：「某等爲虎食啖，固當刻心以報冤，然都不知禪師、將軍乃虎也〔二三〕。聆郎君之説，方大醒悟。」蹴〔二四〕其虎而罵之，感謝而去。及明，二子分銀與獵者而歸耳。（據中華書局版汪紹楹點校本《太平廣記》卷四三〇引《傳奇》校録）

〔一〕長慶　前原有「唐」字，今删。《類説》卷三二《傳奇·馬拯》、《漁樵閒話録》下篇、明陳繼儒集《虎薈》卷二、王穉登《虎苑》卷上無「唐」字。

〔二〕眉毫雪色　《類説》、《漁樵閒話録》、《湖海新聞夷堅續志》後集卷二《倀鬼引虎》作「古貌龐眉」。

〔三〕沼　《漁樵閒話録》作「紹」，《夷堅續志》作「沾」。

〔四〕皮　孫校本、《太平廣記詳節》卷三七作「鞹」，《會校》據孫校本改。鞹，獸皮之去毛者，亦指皮。《虎薈》卷四譌作「鞹」。

〔五〕奈何　《廣記詳節》、《虎薈》卷四作「如何」。

〔六〕食堂　明鈔本作「堂」。

〔七〕賓頭盧尊者　原脱「尊」字，據《廣記詳節》補。按：賓頭盧尊者，十八羅漢之一。《雜阿含經》卷二三：「時尊者賓頭盧，將無量阿羅漢，次第相隨，譬如雁王乘虚而來，在於上座處坐，諸比丘僧各修禮敬，次第而坐。」

〔八〕但溺　《夷堅續志》作「且入」。

〔九〕午子須分艮畔金　《虎薈》卷四「午」作「牛」，「畔」作「伴」。按：午指馬，馬拯、馬沼也，作「牛」譌。

〔一〇〕去　《夷堅續志》作「後」。

〔一一〕銀　下原有「皿」字，據《廣記詳節》、《虎薈》卷四删。

〔一二〕何由　《廣記詳節》作「無敢」，《虎薈》卷四作「無已」。

〔一三〕異　《類説》、《漁樵閒話録》、《夷堅續志》、《虎薈》卷二、《虎苑》作「怪物」。

〔一四〕使　孫校本、《廣記詳節》作「召僧往」，《會校》據孫校本改。《虎薈》卷四作「召僧」。

〔一五〕細窺次　《虎薈》卷四作「有頃」。

〔一六〕彇弓　《四庫》本作「窩弓」。下同。按：彇弓即窩弓，捕獵之伏弩。

〔一七〕棚　《虎薈》卷四作「柵」，下同，當譌。

〔一八〕猶　談本原作「有」，汪校本徑改作「猶」。黄本、《四庫》本、《筆記小説大觀》本作「猶」。陳校本作「尚」，《會校》據改。孫校本作「又」。

〔一九〕人定　《四庫》本譌作「入定」。按：人定，夜間入睡人静之時。《資治通鑑》卷四一漢光武帝建武五年十二月胡三省注：「昏後謂之人定時。」卷四二建武十一年六月注：「日入而群動息，故甲夜謂之入定。」入定則指佛徒趺坐修行。

〔二〇〕前　孫校本作「忽」，《會校》據改。按：前已云「忽」，此不當重複。

〔二一〕禪和尚　原無「尚」字，據孫校本、《廣記詳節》、《虎薈》卷四補。《類説》、《漁樵閒話録》作「禪師」。按：禪和尚，或曰禪和子，或省作禪和，亦即禪師。《五燈會元》卷一三《曹山寂禪師法嗣》：「蜀川西禪和尚，僧問：『佛是摩耶降生，未審和尚是誰家子？』」卷二〇《大隨静禪師法嗣・梁山師遠禪師》：「這公案直須還他透頂徹底漢，方能了得。此非止禪和子會不得，而今天下叢林中，出世爲人底，亦少有會得者。」卷一六《慧林深禪師法嗣・國清普紹禪師》：「靈雲悟桃花，玄沙傍不肯，多少癡禪和，擔雪去填井。」

〔二二〕下句　《廣豔異編》卷二八《馬拯》作「下二句」。

〔二三〕某等爲虎食啖固當刻心以報冤然都不知禪師將軍乃虎也　原無「某等爲虎食啖固當刻心以報冤然」十四字及「禪師」二字。《類説》作「某等爲虎食啖，固當刻心以報冤，然終不知所謂禪師者乃虎也」。《漁樵閒話録》作「某等性命，既爲虎之所食啗，固當拊心刻志以報冤，今又左右前後以助其殘暴，誠可愧恥，而甘受責矣，然終不知所謂禪師將軍者乃虎也」。按：《漁樵閒話録》前文「漁曰」引裴鉶（譌作硎）《傳奇》聶隱娘事，接又引述馬拯事，蓋亦出《傳奇》，故略而不提。《漁樵閒話録》所引多有增飾發揮之詞，非徑鈔原文，然與《類説》所摘接近，可互爲印證，故據《類説》、《漁樵閒話録》補十六字。

〔二四〕蹴　原作「就」，據《廣記詳節》改。蹴，踢也，踏也。

按：《虎薈》卷四、《廣豔異編》卷二八均輯入此篇，後書題《馬拯》。《漁樵閒話録》下篇、《虎薈》卷二、《虎苑》卷下及《湖海新聞夷堅續志》後集卷二亦略載其事，《夷堅續志》題《倀鬼引虎》。

甯茵傳

裴鉶　撰

大中年〔一〕，有甯茵〔二〕秀才，假大寮〔三〕莊於南山下，棟宇半墮〔四〕，牆垣又缺。因夜風清月朗，吟咏庭際。俄聞叩門聲，稱桃林斑〔五〕特處士相訪。茵啓關，睹處士形質瓌瑋〔六〕，言詞廓落，曰：「某田野之士，力耕之徒，向畎畝而辛勤，與農夫而齊類。巢居側近，睹風月皎潔，聞君吟咏，故來奉謁。」茵曰：「某山林〔七〕甚僻，農具爲鄰，蓬蓽既深，輪蹄罕至，幸此見訪，頗慰羈懷。」遂延入，語曰：「然處士之業何如？願聞其説。」特曰：「某少年之時，兄弟競生頭角。每讀《春秋》至潁考叔挾輈以走〔八〕，恨不得佐輔其間。讀《史記》至田單破燕之計，恨不得奮擊其間。讀《東漢》至光武新野之戰〔九〕，恨不得騰躍〔一〇〕其間。此三事俱快意，俱不能逢，但〔一一〕恨恨耳。今則老〔一二〕倒，又無嗣子，空懷舐犢之悲。況〔一三〕又慕徐孺子弔郭林宗言曰：『生芻一束，其人如玉。』其人如玉，即不敢當；生芻一束，堪令諷味〔一四〕。」

俄又聞人扣關〔一五〕曰：「南山斑寅將軍奉謁。」茵遂延入。氣貌嚴聳，旨趣剛猛。及二斑相見，亦甚忻慰。寅曰：「老兄知得姓之根本否？」特曰：「昔吴太伯爲荊蠻，斷髮文身，因茲遂有斑姓。」寅曰：「老兄大妄，殊不知根本。且斑氏出自鬭穀於菟，有文斑之像，因以命氏。遠祖固、婕妤〔一六〕，好詞章，大有稱於漢朝，皆〔一七〕有傳於史。其後英傑間生，蟬聯不絶。後漢有班超，投筆從戎，相者曰：『君燕頷虎頭，飛而食肉萬里〔一八〕，公侯相也。』後果守玉門關，封定遠侯〔一九〕。某世爲武賁中郎將，官在武班〔二〇〕。因有過，竄於山林，晝伏夜遊，露跡隱形，但偷生耳。適聞松吹月高〔二一〕，牆外閑步，聞君吟咏，因來追謁〔二二〕。況遇當家，尤增慰悦。」

寅因覩棊局在牀，謂特曰：「願接老兄一局。」特遂欣然爲之。良久，未有勝負。茵翫〔二三〕之，教特一兩著〔二四〕。寅曰：「主人莫是高手否？」茵曰：「若管中窺豹，時見一斑兩斑。」寅笑曰〔二五〕：「大有微機〔二六〕，真一發兩豝〔二七〕。」茵傾壺請飲〔二八〕，及局罷〔二九〕而飲。數巡，寅請備脯修以送酒。茵出鹿脯，寅嚙決，須臾而盡。特即不茹〔三〇〕，茵詰曰：「何故不茹？」特曰：「無上齒，不能咀嚼故也。」數巡後，特稱小户〔三一〕，便不敢過飲〔三二〕。寅曰：「談何容易，有酒如澠，方學紂爲長夜之飲。」覺面已赤。特曰：「弟大是鐘鼎之户，一坐耽更不動。」後二斑〔三三〕飲過，使酒作劇，言語紛拏〔三四〕，特曰：「弟倚〔三五〕爪牙之士，而苦相凌，何也？」寅曰：「兄憑有角之士，而苦相抵，何也〔三六〕？」特曰：「弟誇猛毅之軀，若值人如卞莊子〔三七〕，當爲虀〔三八〕粉矣。」寅曰：「兄〔三九〕誇壯勇之力，若值人如庖丁，當爲頭皮〔四〇〕耳。」茵前有削脯刀，長尺餘，茵怒而言曰：「甯老有尺刀〔四一〕，二客不得喧競，但且飲酒〔四二〕。」二客悚然〔四三〕。久之〔四四〕，特吟曹植詩曰：「『萁在釜下燃，豆在釜中泣』，此一聯甚不惡。」寅曰：「鄙諺云：鵓鳩樹上鳴，意在麻子地〔四五〕。」俱大笑。

茵曰：「無多言，各請賦詩一章。」茵曰：「曉讀雲水静〔四六〕，夜吟山月高。焉能履虎尾，豈用學牛刀。」寅繼之曰：「但得居〔四七〕林嘯，焉能當路蹲。渡河何所適，終是怯劉琨。」特曰：「無非悲甯戚〔四八〕，終是怯庖丁。若遇龔爲守，蹄涔向北溟〔四九〕。」茵覽之，曰：「大是奇才。」寅見茵稱特奇才，大怒〔五〇〕，拂衣而起曰：「甯生何黨此輩！自古即〔五一〕有班馬之才，豈有斑牛之才！且我生三日，便欲噬人。此人況偷我姓氏，但未能共語〔五二〕者，蓋惡〔五三〕傷其類耳。」遂怒曰〔五四〕：「終不能摇尾於君門下。」乃長揖而去。特亦怒曰：「古人重者白眉，君今白額，豈敢有人言譽耳〔五五〕！何相怒〔五六〕如斯！」特遂告辭。

及明，視其門外，唯虎跡牛踪而已，甯生方悟。尋之數百步，人家廢莊内，有一老牛卧〔五七〕，而猶帶酒氣。虎即〔五八〕入山矣。茵後更〔五九〕不居此而歸京矣。（據中華書局版汪紹楹

點校本《太平廣記》卷四三四引《傳奇》校録）

〔一〕大中年 《永樂大典》卷一三四五二引《太平廣記》誤作「大中祥符中」，此乃宋真宗年號。

〔二〕茵 《古今説海》説淵部别傳六十《山莊夜怪録》，《逸史搜奇》辛集五《甯茵》，《廣豔異編》卷二六及《續豔異編》卷一二《山莊夜怪録》，《虎薈》卷二，《虎苑》卷上，《合刻三志》志怪類、《雪窗談異》卷六及《唐人説薈》第十六集《物怪録·班處士》作「菌」。《説海》《四庫》本改作「茵」。下同。

〔三〕寮 《孔帖》卷九六、《古今事文類聚》後集卷三九、《錦繡萬花谷》後集卷三九、《古今合璧事類備要》别集卷八二引《廣記》，《説海》，《逸史搜奇》，《廣豔異編》，《續豔異編》，《虎薈》，《虎苑》，《物怪録》作「僚」。寮，同「僚」，官僚。

〔四〕墮 明鈔本、《説海》、《逸史搜奇》、《物怪録》作「隳」，《廣豔異編》、《續豔異編》作「壞」。

〔五〕斑 《紺珠集》卷一一《傳奇·班特班寅》、《類説》卷三二《傳奇·甯茵》、《孔帖》、《萬花谷》、《事類備要》作「班」，下同。《物怪録》亦作「班」，下文作「斑」。按：「班」、「斑」古字通，班姓亦可作「斑」。

〔六〕瑋 明鈔本作「偉」。瑋，美也。

〔七〕山林 明鈔本、陳校本、《説海》、《逸史搜奇》、《廣豔異編》、《續豔異編》、《物怪録》作「山居」，《會校》據明鈔本、陳校本改。按：山林指莊園。杜甫《陪鄭廣文遊何將軍山林》之四：「詞賦工無益，山林跡未賒。」

〔八〕至潁考叔挾輈以走　「至」原作「之」，據明鈔本、陳校本、《類説》、《説海》、《逸史搜奇》、《廣豔異編》、《續豔異編》、《物怪録》改。「潁」原作「潁」。按：《左傳》隱公十一年：「公孫閼與潁考叔争車，潁考叔挾輈以走。」隱公元年：「潁考叔爲潁谷封人。」《史記》卷四二《鄭世家》《集解》：「賈逵曰：潁谷，鄭地。」《正義》：「《括地志》云：潁水源出洛州嵩高縣東南三十里陽乾山，今俗名潁山泉，源出山之東谷。其側有古人居處，俗名爲潁墟。故老云是潁考叔故居，即酈元注《水經》所謂潁谷也。」據改。《四庫》本《廣記》及《説海》改作「潁」。「輈」《説海》、《逸史搜奇》、《廣豔異編》、《續豔異編》、《物怪録》作「轅」。按：《左傳》杜預注：「輈，車轅也。」《説海》《四庫》本改作「輈」。

〔九〕至光武新野之戰　「至光武」原作「於」，據《類説》、《説海》、《逸史搜奇》、《廣豔異編》、《續豔異編》、《物怪録》改。按：《後漢書》卷一上《光武帝紀上》：「光武初騎牛，殺新野尉，乃得馬。」光武新野之戰指此。明鈔本、陳校本作「至於光武」，《會校》據改。按：上文兩處俱作「至」，此處不當有「於」字。

〔一〇〕躍　《類説》作「擲」。擲，躍也。

〔一一〕但　原作「今」，據《説海》、《逸史搜奇》、《廣豔異編》、《續豔異編》、《物怪録》改。明鈔本作「爲」。

〔一二〕老　《説海》《四庫》本改作「潦」。

〔一三〕況　《説海》、《逸史搜奇》、《廣豔異編》、《續豔異編》、《物怪録》作「耳」，連上讀。

〔一四〕味　《説海》、《逸史搜奇》、《廣豔異編》、《續豔異編》、《物怪録》作「咏」。《四庫》本改作「咏」。

〔一五〕關　明鈔本作「門」。按：關，門門。「門」爲其引申義。

〔一六〕固婕妤　明鈔本「固」作「故」，《會校》據改，誤。《説海》、《逸史搜奇》、《廣豔異編》、《續豔異編》、《合刻三志》、《雪窗談異》「固」作「姑」，與「婕妤」連讀。按：固指班固，婕妤指班婕妤，班固祖姑。「故」指亡故，既爲遠祖，即已亡故，費詞也。下文云「皆有傳於史」，既曰「皆」，則不得單指班婕妤。作「姑」亦誤。《唐人説薈》改作「固及姑婕妤」。

〔一七〕皆　前原有「及」字，《四庫》本改作「又」。據《説海》、《逸史搜奇》、《廣豔異編》、《續豔異編》、《物怪録》删。

〔一八〕飛而食肉萬里　陳校本作「鳶飛而食肉萬里外」，孫校本無「外」字，《會校》據陳校本改。按：《後漢書》卷四七《班超傳》：「相者指曰：『生燕頷虎頸，飛而食肉，此萬里侯相也。』」無「鳶」字。

〔一九〕定遠侯　《説海》、《逸史搜奇》、《合刻三志》、《雪窗談異》作「威遠侯」，誤。《廣豔異編》、《續豔異編》、《四庫》本《説海》、《唐人説薈》皆改「威」爲「定」。按：《後漢書·班超傳》：「其封超爲定遠侯，邑千户。」注：「《東觀記》曰：『其以漢中郡南鄭之西鄉户千封超爲定遠侯。』故城在今洋州西鄉縣南。」

〔二〇〕某世爲武賁中郎將官在武班　原無「將官」二字，據《説海》、《逸史搜奇》、《廣豔異編》、《續豔異編》、《物怪録》補。《説海》、《逸史搜奇》、《廣豔異編》、《續豔異編》無「世」字，「武」作「虎」，《會校》據《説海》改「武」爲「虎」。按：《後漢書·百官志二》：「虎賁中郎將，比二千石。本注曰：主虎賁宿衛。……虎賁中郎，比六百石。」唐初避李淵祖父李虎諱，改「虎」爲「武」。如《晉書》卷二四

《職官志》：「光禄勳，統武賁中郎將、羽林郎將……」大曆貞元間杜佑修《通典》亦避諱稱作「武賁」，卷七六《禮三十六·軍一·出師儀制》：「武賁中郎將袁紹爲中軍校尉。」然初唐以後一般不避「虎」字。開元中李林甫等撰《唐六典》卷二四《親府勳一府勳二府翊一府翊二府等五府》云：「秦、漢有五官中郎將、左右中郎將，並比二千石，掌領三署郎侍衛也。又有虎賁中郎將，漢平帝置，比二千石。後漢因之。」晚唐不應仍避「虎」字，然此處乃隱喻斑寅爲虎，不宜露出「虎」字，作「武」是也。虎賁中郎乃虎賁中郎將下屬，斑寅既自高其門，宜以「武賁中郎將」爲是。

〔二一〕松吹月高　明鈔本作「松風吹月」，「高」字連下讀，《會校》據補「風」字，誤。按：松吹，謂松林之風。《元次山集》卷一〇《唐廎銘》：「目所厭者遠山清川，耳所厭者水聲松吹。」《皎然集》卷二《七言酬秦系山人題贈》：「雲林出空鳥未歸，松吹時飄雨浴衣。」若云松風吹月，頗乖物理。

〔二二〕追謁　明鈔本作「進謁」，《會校》據改。按：追謁，趕來（或趕去）謁見。明張聯元輯《天台山全志》卷一三鄒迪光《由寒明歷桃源記》：「洞口有帽影馬跡，相傳太守閭丘蔭追謁寒山、拾得，二人長嘯入巖。」

〔二三〕翫　明鈔本作「觀」。翫，觀賞。

〔二四〕一兩著　《類説》無「兩」字。

〔二五〕時見一斑兩斑寅笑曰　談本原作「時見一班兩班笑曰」，汪校本改「班」爲「斑」。據孫校本、陳校本、《説海》、《逸史搜奇》補改。明鈔本「寅」作「大」，餘同。《類説》、《廣豔異編》、《續豔異編》「斑」皆作「班」，亦有「笑」字。《類説》「時」作「特」。

〔二六〕機　《類説》作「譏」，誤。按：機者，機關、機巧也。

〔二七〕真一發兩豝　「豝」原作「中」，《説海》、《逸史搜奇》、《廣豔異編》、《續豔異編》、《合刻三志》、《雪窗談異》作「豹」。《説海》《四庫》本及《唐人説薈》改作「中」。《類説》全句作「亦一發雨葩耳」。「雨」乃「兩」之譌，「葩」當亦譌字，《四庫》本作「豝」，按：《詩經·召南·騶虞》：「彼茁者葭，壹發五豝。」鄭玄箋：「豕，牝曰豝。」此處套用《騶虞》語調侃，當作「豝」字，今改。《説海》等乃譌「豝」爲「豹」。

〔二八〕茵傾壺請飲　《説海》、《逸史搜奇》、《廣豔異編》、《續豔異編》、《物怪録》作「遂傾菌壺請飲」。

〔二九〕及局罷　陳校本、《説海》、《逸史搜奇》、《廣豔異編》、《續豔異編》、《物怪録》作「及罷局」。明鈔本作「乃罷局」，《會校》據改。

〔三〇〕茹　《説海》、《逸史搜奇》、《廣豔異編》、《續豔異編》譌作「如」，下一「茹」字作「食」。《説海》《四庫》本改作「茹」。明鈔本、陳校本下一「茹」字亦作「食」，《會校》據改。按：茹，食也。

〔三一〕小户　「户」原作「疾」，據明鈔本、孫校本改。按：小户，酒量小也。白居易《醉後》：「猶嫌小户長先醒，不得多時住醉鄉。」陸游《對酒》：「賦性雖耽酒，其如老病身。氣衰成小户，酯濁號賢人。」反之則稱大户。《敦煌變文集》卷二《葉浄能詩》：「皇帝聞，謂浄能曰：『是何飲流，性得朕意？』浄能奏曰：『還是一箇道士，妙解章令，又能飲宴……』陛下詔道士，道士奉奏。……帝又問：『尊師飲户大小？』浄能奏曰：『此尊大户，直是飲流，每巡可加三十五十分，卒難不醉。』其道士巡到便飲，都不推辭。」

〔三二〕便不敢過飲　明鈔本作「不敢廣飲」。

〔三三〕斑　談本原作「班」，汪校本改作「斑」，下同。

〔三四〕使酒作劇言語紛拏　原作「語紛拏」，據《説海》、《逸史搜奇》、《廣豔異編》、《續豔異編》、《物怪録》補。明鈔本亦有「言」字。

〔三五〕倚　此字下原有「是」字，明鈔本、陳校本作「恃」，《會校》據改。《説海》、《逸史搜奇》、《廣豔異編》、《續豔異編》、《物怪録》無此字。按：此句與下句對應，不當有「是」字，據《説海》等删。

〔三六〕兄憑有角之士而苦相抵何也　「兄」上原有「老」字，據陳校本删。《説海》、《逸史搜奇》、《廣豔異編》、《續豔異編》、《物怪録》作「老憑軾之士，苦相詆，何也」。按：「老」下或脱「兄」字，或「兄」譌作「老」。晉左思《魏都賦》：「憑軾捶馬，袖幕紛半。」憑軾，隱喻斑特乃駕車之牛。

〔三七〕卞莊子　《類説》作「卞莊」。按：卞莊子，春秋魯大夫，食邑卞，謚莊。《荀子·大略篇》：「齊人欲伐魯，忌卞莊子，不敢過卞。」唐楊倞注：「卞，魯邑，莊子卞邑大夫，有勇者。」《史記》卷七〇《張儀列傳》：「亦嘗有以夫卞莊子刺虎聞於王者乎？莊子欲刺虎，館豎子止之曰：『兩虎方且食牛，食甘必争，争則必鬭，鬭則大者傷，小者死，從傷而刺之，一舉必有雙虎之名。』」

〔三八〕虀　此字原脱，據《類説》補。

〔三九〕兄　明鈔本作「老兄」，《會校》據補「老」字。

〔四〇〕當爲頭皮　明鈔本、《説海》、《逸史搜奇》、《合刻三志》、《雪窗談異》「爲」作「其」，《説海》《四庫》本及《唐人説薈》改「其」爲「爲」，《廣豔異編》、《續豔異編》改作「碎」。《類説》作「不存其皮」。

〔四一〕甯老有尺刀　《説海》、《逸史搜奇》、《廣豔異編》、《續豔異編》、《物怪録》「甯老」作「某」。明鈔本「有尺刀」作「尺刀在」。

〔四二〕但且飲酒　明鈔本作「今後如有酗酒者，請試之」。《説海》、《逸史搜奇》、《合刻三志》、《雪窗談異》「但且飲酒」下有「勿喧觀」三字，《廣豔異編》、《續豔異編》作「勿喧也」，《唐人説薈》作「勿喧」。按：此與前文「二客不得喧競」重複。

〔四三〕二客悚然　明鈔本作「二班聞之悚然」，《説海》、《逸史搜奇》、《廣豔異編》、《續豔異編》、《物怪録》作「二客懷悚」。

〔四四〕久之　此二字原無，據《説海》、《逸史搜奇》、《廣豔異編》、《續豔異編》、《物怪録》補。

〔四五〕鄙諺云鵓鳩樹上鳴意在麻子地　明鈔本、陳校本、《物怪録》「鵓」作「鵠」。《説海》、《逸史搜奇》、《廣豔異編》、《續豔異編》「諺」作「詩」，「鵓」作「鵠」，《説海》《四庫》本改作「諺」、「鵓」。按：宋陸佃《埤雅》卷七《鵓鳩》：「陸璣云：鶻鳩，一名斑鳩。蓋斑鳩似鵓鳩而大。鵓鳩，灰色，無繡項。陰則屏逐其匹，晴則呼之，語曰『天將雨，鳩逐婦』者是也。」作「鵠」誤。《全唐詩》卷八七七《甯茵事諺》「意在麻子地」注：「一作『意在麻畬裏』。」

〔四六〕曉讀雲水静　《類説》作「晚讀雲水浄」。

〔四七〕居　《類説》作「空」。

〔四八〕無非悲甯戚　「無非」明鈔本作「非無」。按：「無非」與下句中「終是」相對，作「非無」誤。「悲」明鈔本、陳校本、《類説》、《説海》、《逸史搜奇》、《廣豔異編》、《續豔異編》、《物怪録》、《萬首唐人絶句》卷二二作「憐」。按：《吕氏春秋·離俗覽·舉難》：「寧戚欲干齊桓公，窮困無以自進，於是爲商旅，將任車以至齊，暮宿於郭門之外。桓公郊迎客，夜開門，辟任車，爝火甚盛，從者甚衆。寧戚飯牛居車下，望桓公而悲，擊牛角疾歌。桓公聞之，撫其僕之手曰：『異哉！之歌者非常人也！』命後車載之。」西漢劉安《淮南子·道應訓》、劉向《新序·雜事》亦載，文字大同，皆有「望桓公而悲」語（《淮南子》作「望見」），作「悲」爲是。

〔四九〕蹄涔向北溟　《説海》、《逸史搜奇》、《廣豔異編》、《續豔異編》、《物怪録》「涔」作「踄」，《説海》《四庫》本改作「涔」。按：《集韻》「侵」韻：「踄，蹏蹟停水也，通作涔。」《淮南子·氾論訓》：「夫牛蹏之涔，不能生鱣鮪。」高誘注：「涔，雨水也，滿牛蹏迹中，言其小也。」「溟」明鈔本作「行」，下有「吟罷」二字。

〔五〇〕寅見茵稱特奇才大怒　原作「寅怒」，據《説海》、《逸史搜奇》、《廣豔異編》、《續豔異編》、《物怪録》補七字。

〔五一〕即　明鈔本、陳校本、《説海》、《逸史搜奇》、《廣豔異編》、《續豔異編》、《物怪録》作「只」。

〔五二〕共語　明鈔本作「明言」。

〔五三〕惡　明鈔本作「恐」，《會校》據改。

〔五四〕遂怒曰　明鈔本作「吾」。

〔五五〕豈敢有人言譽耳　明鈔本作「豈敢要譽於人耶」，《會校》據改。《説海》、《逸史搜奇》、《廣豔異編》、

《續豔異編》、《物怪録》作「豈復有人延譽邪」。

〔五六〕怒　明鈔本作「欺」。

〔五七〕人家廢莊内有一老牛卧　「人家」明鈔本作「見」。「老牛」明鈔本作「瘦牛」，陳校本、《説海》、《逸史搜奇》、《廣豔異編》、《續豔異編》、《物怪録》作「老瘦牛」。

〔五八〕即　明鈔本作「已」。

〔五九〕後更　明鈔本作「自爾」，陳校本作「後遂」。

按：本篇《古今説海》説淵部别傳六十採入，别製篇名曰《山莊夜怪録》，無撰人。後又收入《逸史搜奇》辛集五、《廣豔異編》卷二六、《續豔異編》卷一二、《舊小説》乙集，《逸史搜奇》題《甯菌》。又《合刻三志》志怪類、《雪窗談異》卷六《物怪録》，託名唐徐嶷撰，後又收入《唐人説薈》第十六集（或卷二〇），中《班處士》即本篇，文取《説海》，《唐人説薈》有校改。《虎薈》卷二、《虎苑》卷上亦採事略。

蔣武傳

裴　鉶　撰

寶曆中，有蔣武者，循州河源人也。魁梧偉壯，膽氣豪勇，獨處山巖，惟求獵射而已。

善於蹶張，每賫弓挾矢〔一〕，遇熊羆虎豹，靡不應弦而斃。剖視其鏃，皆一一貫心焉。忽有物叩門，甚急速。武隔扉而窺之，見一猩猩，跨白象。武知猩猩能言，而詰曰：「與象叩吾門，何也？」猩猩曰：「象有難，知我能言，故負吾而相投耳。」武曰：「汝有何苦？請話其由。」猩猩曰：「此山南二百餘里，有嵌空之大巖穴，中有巴蛇〔二〕，長數百尺，電光而閃其目，劍刃而利其牙。象之經過，咸被吞噬，遭者數百，無計避匿。今知山客善射，願持毒矢而射之。除得此患，衆各思報恩矣。」其象乃跪地，灑涕如雨。猩猩曰：「山客若許行，便請挾矢而登。」

武感其言，以毒淬矢而登。果見雙目在其巖下，光射數百步。猩猩曰：「此是蛇目也。」武怒，蹶張端矢，一發而中其目，象乃負而奔避。俄若穴中雷吼，蛇躍出蜿蜒，或掖〔三〕或踴，數里之内，林木草芥如焚。至暝蛇殞，乃窺穴側，象骨與牙，其積如山。於是有十象，以長鼻各捲其紅牙〔四〕一枝，跪獻於武。武受之，猩猩亦辭而去。遂以〔五〕前象負其牙而歸，武乃大有資産。

忽又有猩猩跨虎，持金釵釧數十事而告曰：「此虎一穴雌雄三子，遭一黄獸擒其耳，醢其腦。昨見山客脱象之苦，因來相投。」武挾矢欲行，見前者跨象猩猩至曰：「昨五虎凡噬數百人，天降其獸〔六〕，食其四矣。今山客受賂，欲射獸，是養虎噬人。覩其釵釧，可知食婦人多少。跨虎猩猩，同惡相濟。」武慚曰：「吾當留意。」回矢殞虎，踣其猩猩，懸釵釧於門。村人多來認，云爲虎所食，武一無所取〔七〕。（據中華書局版汪紹楹點校本《太平廣記》卷四四一引《傳奇》校録）

〔一〕賫弓挾矢　《太平廣記詳節》卷三九作「賫一隻矢」。

〔二〕巴蛇　明天啓刊本《類説》卷三二《傳奇·蔣武》作「邑蛇」，誤，《四庫》本改作「巴蛇」。按：《山海經·海内南經》：「巴蛇食象，三歲而出其骨。」

〔三〕掖　《四庫》本改作「挾」。

〔四〕紅牙　《類説》作「孔牙」。孔，大也。

〔五〕以　《廣記詳節》作「而」。

〔六〕其獸　《類説》《四庫》本作「黄獸」，蓋據上文改。

〔七〕「忽又有猩猩跨虎」至「武一無所取」　此節《廣記》無，據《類説》補。按：《廣記》所引編在象門，此節爲虎事，不涉象，故《廣記》編者删之。《類説》乃節文，原文當詳。

孫恪傳

裴鉶　撰

廣德中，有孫恪秀才者，因下第，遊于洛中。至魏王池畔，忽有一大第，土木皆新被〔一〕，路人指云：「斯袁氏之第也。」恪逕往叩扉，無有應聲〔二〕。户側有小房，簾帷頗潔，謂伺客之所，恪遂褰簾而入。良久，忽聞啓關者，一女子光容鑒物，艷麗驚人，珠初滌其月華，柳乍含其烟媚，蘭芬靈濯，玉瑩塵清。恪疑主人之處子，但潛窺而已。女摘庭中之萱草，凝思久立，遂吟〔三〕詩曰：「彼見是忘憂，此看同腐草〔四〕。青山與白雲，方展我懷抱。」吟諷既畢，容色慘然〔五〕。後因來褰簾，忽覩恪，遂驚慚入户，使青衣詰之曰：「子何人，而夕〔六〕向于此？」恪乃語以税居之事〔七〕，曰：「不幸衝突，頗益慚駭，幸望陳達于小娘子。」青衣具以告。女曰：「某之醜拙，况不修容，郎君久盼〔八〕簾帷，當盡所覩，豈敢更迴避耶？願郎君少佇内廳，當暫飾裝而出。」

恪慕其容美，喜不自勝，詰青衣曰：「誰氏之子？」曰：「故袁長官之女，少孤，更無姻戚，惟與妾輩三五人據此第耳。小娘子見求適人，但未售也〔九〕。」良久，乃出見恪，美艷愈于向者所覩。命侍婢進茶果，曰：「郎君既〔一〇〕無第舍，便可遷囊橐于此廳院中。」指青衣謂恪曰：「少〔一一〕有所須，但告此輩。」恪愧荷而已。恪未室，又覩女子之妍麗如是，乃進媒而請之。女亦忻然相受，遂納爲室。袁氏贍足，巨有金繒。而恪久貧，忽車馬焕赫〔一二〕，服翫華麗，頗爲親友之疑訝，多來詰恪，恪竟不實對。恪因驕倨，不求名第，日洽豪貴，縱酒狂歌。如此三四歲，不離洛中。

忽遇表兄張閒雲處士，恪謂曰：「既久暌間，頗思從容，願攜衾裯〔一三〕，一來〔一四〕宵話。」張生如其所約。及夜半〔一五〕將寢，張生握恪手，密謂之曰：「愚兄于道門曾有所授〔一六〕，適觀弟詞色，妖氣頗濃，未審别有何所遇？事之巨〔一七〕細，必願見陳，不然者，當受禍耳。」恪曰：「未嘗有所遇也〔一八〕。」張生又曰：「夫人稟陽精，妖受陰氣。魂掩魄盡，人則長生；魄掩魂消，人則立死。故鬼怪無形而全陰也，仙人無影而全陽也。陰陽之盛衰，魂魄之交戰，在體而微有失位，莫不表白于氣色。向觀弟神采，陰奪〔一九〕陽位，邪干正腑〔二〇〕，真精已耗，識用漸隳，津液傾輸，根蒂蕩〔二一〕動，骨將化土，顔非渥丹，必爲怪異所鑠，何堅隱而不剖其由也？」恪方驚悟，遂陳娶納之因。張生大駭曰：「只此是也，其奈之何！」又〔二二〕曰：「弟忖度之，有何異焉〔二三〕？」恪〔二四〕曰：「豈有袁氏海内無瓜葛之親哉？又辨慧多能，足爲可異矣〔二五〕。」遂告張曰：「某一生邅迍〔二六〕，久處凍餒，因兹〔二七〕婚娶，頗似蘇息。不能負義〔二八〕，何以爲計？」張生怒曰：「大丈夫未能事人，焉能事鬼？《傳》云：『妖由人興，人無釁〔二九〕焉，妖不自作。』且義與身孰親？身受其災，而顧其鬼怪之恩義，三尺童子，尚以爲不可，何況大丈夫乎？」張又曰：「吾有寶劍，亦干將之儔亞也。凡有魍魎，見者滅没。前後神驗〔三〇〕，不可備數。詰朝奉借，倘攜密適〔三一〕，必覩其狼狽，不下昔日王君攜寶鏡而照鸚鵡也。不然者，則必被恩愛所迷〔三二〕耳。」

明日，恪遂受劍，張生告去，執手曰：「善伺其便。」恪遂攜劍，隱于室内，而終有難色。袁氏俄覺，大怒而責恪曰：「子之窮愁，我使暢泰，不顧恩義，遂興〔三三〕非爲。如此用心，則犬彘不食其餘，豈能立節行于人世也？」恪既被責，慚顔惕〔三四〕慮，叩頭曰：「受教于表兄，非宿心也。願以歃〔三五〕血爲盟，更不敢有他意。」汗落伏地〔三六〕。袁氏遂搜得其劍，寸寸〔三七〕折之，若斷輕藕耳。恪愈懼，似欲奔迸。袁氏乃大〔三八〕笑曰：「張生一小子，不能以道義誨其表弟，使行其兇險〔三九〕，來當辱之。然觀子之心，的應不如是，然吾匹君已數歲也，子何慮哉？」恪方稍安。後數日，因出遇張生，曰：「奈何〔四〇〕使我撩虎鬚，幾不脱虎口耳。」張生問劍之所在，具以實對。張生大駭曰：「非吾所知也。」深懼而不敢來謁。

後十餘年，袁氏已鞠育二子。治家甚嚴，不喜參雜。後恪之長安，謁舊友人王相國縉，遂薦于南康張萬頃大夫，爲經略判官，挈家而往。袁氏每遇青松高山，凝睇久之，若有不快意。到端州，袁氏曰：「去此半程，江壖有峽山寺〔四一〕。我家舊有門徒僧惠，幽居于此寺。别來數十年，僧行夏臘極高，能别形骸，善出塵垢，倘經彼設食，頗益南行之福。」恪曰：「然。」遂具齋蔬之類〔四二〕。及抵寺，袁氏欣然，易服理粧〔四三〕，攜二子詣老僧院，若熟其逕者，恪頗異之。遂將碧玉環子以獻僧曰：「此是院中舊物。」僧亦不曉。及齋罷，有野猿數十，連臂下于高松，而食于生臺〔四四〕上，後悲嘯捫蘿而躍。袁氏惻然，俄命筆題僧壁曰：「剛被恩情役此心〔四五〕，無端變化幾湮沉。不如逐伴歸山去，長嘯〔四六〕一聲烟霧深。」乃擲筆于地，撫二子咽泣數聲，語恪曰：「好住，好住，吾當永訣矣！」遂裂衣化爲老猿，追嘯者躍樹〔四七〕而去。將抵深山，而復返視。恪乃驚懼，若魂飛神喪。良久，撫二子一慟。乃詢于老僧，僧方悟：「此猿是貧道爲沙彌時所養。開元中，有天使〔四八〕高力士經過此，憐其慧黠，以束帛而易之〔四九〕。聞抵洛京，獻于天子。時有天使來往，多説其慧黠過人，長〔五〇〕馴擾于上陽宫内。及〔五一〕安史之亂，即不知所之。於戲！不期今日更覩其怪異耳。碧玉環者，本訶陵胡人所施，當時亦隨猿頸而往。今方悟矣。」恪遂惆悵，艤舟六七日，攜二子而迴棹，不復能之任也〔五二〕。（據中華書局版汪紹楹點校本《太平廣記》卷四四五引《傳奇》校録）

〔一〕被　此字原無，據《太平廣記詳節》卷四〇、《古今説海》説淵部別傳十三《袁氏傳》、《豔異編》卷三二《袁氏傳》、《緑窗女史》卷八妖豔部猿裝門《袁氏傳》、《合刻三志》志妖類《袁氏傳》、《逸史搜奇》乙集十《袁氏》補。孫校本作「彼」，連下讀，當爲「被」字形譌。按：被，加也。此指構建。

〔二〕路人指云斯袁氏之第也恪逕往叩扉無有應聲　《廣記詳節》作：「路人指云：『斯有居可税。』恪遂扣門扉，無有應者。」

〔三〕吟　《廣記詳節》、《説海》、《豔異編》、《緑窗女史》、《合刻三志》、《逸史搜奇》、《稗家粹編》卷七《袁氏傳》、《唐人説薈》第十六集《袁氏傳》、《龍威秘書》四集《袁氏傳》、《晉唐小説六十種·袁氏傳》作「製」或「制」。

〔四〕此看同腐草　《類説》卷三二《傳奇·孫恪》、《古今事文類聚》後集卷三七引《續世説》及《傳奇》、明王罃《群書類編故事》卷二四引《續世説》「此」作「我」。《事文類聚》、《類編故事》「腐」譌作「萱」。

〔五〕吟諷既畢容色慘然　原作「吟諷慘容」，據《説海》、《豔異編》、《緑窗女史》、《合刻三志》、《逸史搜奇》、《稗家粹編》、《唐人説薈》、《龍威秘書》、《晉唐小説六十種》改。

〔六〕夕　《説海》、《豔異編》、《緑窗女史》、《合刻三志》、《逸史搜奇》、《稗家粹編》無此字，疑是。

〔七〕以税居之事　《説海》、《豔異編》、《緑窗女史》、《合刻三志》、《逸史搜奇》、《稗家粹編》、《唐人説薈》、《龍威秘書》、《晉唐小説六十種》作「是税居之士」，《廣記詳節》「士」作「事」。

〔八〕盼　《廣記詳節》作「眄」。盼，看也。

〔九〕小娘子見求適人但未售也　《説海》、《豔異編》、《緑窗女史》、《合刻三志》、《逸史搜奇》、《稗家粹編》、《唐人説薈》、《龍威秘書》、《晉唐小説六十種》作「小娘子見未適人，且求售也」。

〔一〇〕既　原作「即」，據《説海》、《豔異編》、《緑窗女史》、《合刻三志》、《逸史搜奇》、《稗家粹編》、《唐人説薈》、《龍威秘書》、《晉唐小説六十種》改。

〔一一〕少　《廣記詳節》、《説海》、《豔異編》、《緑窗女史》、《合刻三志》、《逸史搜奇》、《稗家粹編》、《唐人説薈》、《龍威秘書》、《晉唐小説六十種》作「小」。

〔一二〕焕赫　原作「焕若」，據孫校本、《廣記詳節》、《説海》、《豔異編》、《緑窗女史》、《合刻三志》、《逸史搜奇》、《稗家粹編》、《唐人説薈》、《龍威秘書》、《晉唐小説六十種》改。孫校本作「赤」，同「赫」。按：「焕赫」與下句「華麗」相對。

〔一三〕衾裯　「裯」原譌作「絧」，《説海》、《豔異編》、《緑窗女史》、《合刻三志》、《逸史搜奇》、《稗家粹編》作「綃」，亦誤。《廣記詳節》、《太平廣記鈔》卷七六作「裯」，據改。按：衾裯，被褥等卧具。語本《詩經·召南·小星》：「肅肅宵征，抱衾與裯。」毛傳：「衾，被也。裯，襌被也。」鄭玄箋：「裯，牀帳也。」

〔一四〕來　《説海》、《豔異編》、《緑窗女史》、《逸史搜奇》、《稗家粹編》、《唐人説薈》、《龍威秘書》、《晉唐小説六十種》作「永」。

〔一五〕半　《廣記詳節》、《説海》、《豔異編》、《緑窗女史》、《合刻三志》、《逸史搜奇》、《唐人説薈》、《龍威秘書》、《晉唐小説六十種》作「永」，《稗家粹編》作「深」。

〔一六〕愚兄于道門曾有所授　《説海》、《豔異編》、《緑窗女史》、《合刻三志》、《逸史搜奇》作「老兄於通門曾有所援」，《説海》《四庫》本據《廣記》改。孫校本、《廣記詳節》、《稗家粹編》「愚」亦作「老」。

〔一七〕巨　《説海》、《豔異編》、《緑窗女史》、《合刻三志》、《逸史搜奇》、《稗家粹編》、《唐人説薈》、《龍威秘書》、《晉唐小説六十種》作「周」。

〔一八〕未嘗有所遇也　《廣記詳節》作「未省有其所遇」，《説海》、《豔異編》、《緑窗女史》、《合刻三志》、《逸史搜奇》、《稗家粹編》作「不肖未有所遇」。

〔一九〕奪　《説海》、《豔異編》、《緑窗女史》、《合刻三志》、《逸史搜奇》、《稗家粹編》、《唐人説薈》、《龍威秘書》、《晉唐小説六十種》作「侵」。

〔二〇〕腑　《説海》、《豔異編》、《緑窗女史》、《合刻三志》、《逸史搜奇》、《稗家粹編》、《唐人説薈》、《龍威秘書》、《晉唐小説六十種》作「府」。

〔二一〕蕩　《説海》、《豔異編》、《緑窗女史》、《合刻三志》、《逸史搜奇》、《稗家粹編》、《唐人説薈》、《龍威秘書》、《晉唐小説六十種》作「浮」。

〔二二〕又　原作「恪」，誤，據《廣記詳節》、《説海》、《豔異編》、《緑窗女史》、《合刻三志》、《逸史搜奇》、《稗家粹編》、《唐人説薈》、《龍威秘書》、《晉唐小説六十種》改。

〔二三〕弟忖度之有何異焉　孫校本作「弟之忖度，何異爲□」，《廣記詳節》、《説海》、《豔異編》、《緑窗女史》、《合刻三志》、《逸史搜奇》、《稗家粹編》、《龍威秘書》、《晉唐小説六十種》作「弟之忖度，何以爲異」。

〔二四〕恪　原作「張」，誤，據《廣記詳節》、《説海》、《豔異編》、《緑窗女史》、《合刻三志》、《逸史搜奇》、《稗家粹編》、《唐人説薈》、《龍威秘書》、《晉唐小説六十種》改。《説海》《四庫》本改作「張」，頗謬。

〔二五〕足爲可異矣　孫校本、《廣記詳節》作「如此以爲驗」，《説海》、《豔異編》、《緑窗女史》、《合刻三志》、《逸史搜奇》作「如是以爲驗」，《稗家粹編》作「如是爲驗」。

〔二六〕遭迍　《説海》、《豔異編》、《緑窗女史》、《合刻三志》、《逸史搜奇》、《稗家粹編》、《唐人説薈》、《龍威秘書》、《晉唐小説六十種》作「邅迍」。按：遭迍、邅迍意同，困頓之謂。

〔二七〕茲　原作「滋」，據《廣記詳節》、《説海》、《豔異編》、《緑窗女史》、《合刻三志》、《逸史搜奇》、《稗家粹編》、《唐人説薈》、《龍威秘書》、《晉唐小説六十種》改。

〔二八〕義　《説海》、《豔異編》、《緑窗女史》、《合刻三志》、《逸史搜奇》、《稗家粹編》作「意」。

〔二九〕釁　《説海》、《豔異編》、《緑窗女史》、《合刻三志》、《逸史搜奇》、《稗家粹編》作「妖」，誤。《左傳》莊公十四年：「妖由人興也，人無釁焉，妖不自作。」《説海》《四庫》本改作「釁」。釁，過失。

〔三〇〕驗　《説海》、《豔異編》、《緑窗女史》、《合刻三志》、《逸史搜奇》、《稗家粹編》、《唐人説薈》、《龍威秘書》、《晉唐小説六十種》作「奇」。

〔三一〕適　原作「室」，據《廣記詳節》、《説海》、《豔異編》、《緑窗女史》、《合刻三志》、《逸史搜奇》改。《説海》《四庫》本改作「室」，誤。

〔三二〕必被恩愛所迷　原作「不斷恩愛」，據《説海》、《豔異編》、《緑窗女史》、《合刻三志》、《逸史搜奇》、《稗家粹編》、《唐人説薈》、《龍威秘書》、《晉唐小説六十種》改。

〔三三〕興　孫校本作「與」。

〔三四〕惕　《説海》、《豔異編》、《緑窗女史》、《合刻三志》、《逸史搜奇》、《稗家粹編》、《唐人説薈》、《龍威秘書》、《晉唐小説六十種》作「息」。

〔三五〕歃　原作「飲」，據《廣記詳節》、《説海》、《豔異編》、《緑窗女史》、《合刻三志》、《逸史搜奇》、《唐人説薈》、《龍威秘書》、《晉唐小説六十種》改。《稗家粹編》譌作「軟」。

〔三六〕汗落伏地 《説海》、《豔異編》、《緑窗女史》、《合刻三志》、《逸史搜奇》作「因雨泣伏地」。

〔三七〕寸寸 原作「寸」，據《類説》補一「寸」字。

〔三八〕大 此字原無，據明鈔本、孫校本、《廣記詳節》、《説海》、《豔異編》、《緑窗女史》、《合刻三志》、《逸史搜奇》、《稗家粹編》、《龍威秘書》、《晉唐小説六十種》補。

〔三九〕險 《説海》、《豔異編》、《緑窗女史》、《合刻三志》、《逸史搜奇》、《稗家粹編》、《唐人説薈》、《龍威秘書》、《晉唐小説六十種》作「毒」。

〔四〇〕奈何 原作「無何」，據《説海》、《豔異編》、《緑窗女史》、《合刻三志》、《逸史搜奇》、《稗家粹編》、《唐人説薈》、《龍威秘書》、《晉唐小説六十種》改。按：王瑛《唐宋筆記語辭匯釋》（修訂本）云無何有無故、無事、無奈等義。諸義均不合此處之無何，作「奈何」是。

〔四一〕峽山寺 《説海》、《豔異編》、《緑窗女史》、《合刻三志》、《逸史搜奇》、《稗家粹編》作「決山寺」，誤。《説海》《四庫》本改作「峽山寺」。《廣記詳節》作「峽山寺」。按：孫恪自長安赴廣州經略使幕府任，當沿漢、湘、桂、鬱諸水南行，途中經端州（治今廣東肇慶市），其東即廣州。南宋王象之《輿地紀勝》卷九六《廣南東路·肇慶府·景物上》：「峽山，在縣（按：高要縣，端州及肇慶府治所，即今肇慶市）西二百里，群峰列岫，連延環繞，水流其下，多良材美竹。」所謂峽山寺當即在此。峽山在高要西二百里，下臨鬱水（又名西江水）。孫恪自西往東去端州，先至峽山，故袁氏云「去此半程，江壖有峽山寺」。唐沈佺期自驩州北歸過峽山寺，作有《峽山寺賦》，序云：「峽山寺者，名隸端州，連山夾江，頗有奇石。」賦云：「峽山精舍，端溪妙境。」唐康州有端溪縣（即今廣東肇慶市德慶縣），端溪縣置於西漢，以境内端溪水得名。康州在端州西，端溪當亦流經峽山，故沈賦言及。此可證孫恪所過峽山寺，與沈佺期所賦者爲同一寺，在端州西也。然歷來誤傳孫恪所過乃清遠縣之峽山寺。清遠縣唐宋屬廣州，即今廣東清遠市。南宋祝穆《方輿勝覽》卷三四《廣東路·廣州·山川》：「峽山，在清遠縣東三十里。崇山峻峙，如擘太華，中通江流。廣慶寺居峽山之中，有殿甚古，梁武帝時物也。」又《寺觀》：「廣慶寺，在峽山。」下引《傳奇》小説載「廣德中」云云。《東坡先生詩集注》卷二三《峽山寺》自注：「《傳奇》所記孫恪袁氏事即此寺，至今有人見白猿者。」詩云：「忽憶嘯雲侶，賦詩留玉環。」趙次公注引《傳奇》。東坡貶惠州，過大庾嶺經韶州、英州、廣州水路南下轉東抵惠，路經清遠峽山寺作此詩，以爲此即《傳奇》之峽山寺。其實孫恪南行非此路綫，與清遠了不相涉。故南宋袁文《甕牖閒評》卷五云：「蘇東坡作英州《峽山寺》詩所載孫恪化猿事，乃端州峽山寺，非英州峽山寺也。」（按：袁氏有誤，清遠北宋不屬英州。）然自東坡後沿其説者甚多，明王臨亨《粤劍編》卷一《志古蹟》云：「峽山，據清遠之上游三十里。」其古蹟有「歸猿洞」，下載孫恪事，乃又附會出「歸猿洞」矣。

〔四二〕遂具齋蔬之類　孫校本、《廣記詳節》作「遂以齋蔬之具」，《説海》、《豔異編》、《緑窗女史》、《合刻三志》、《逸史搜奇》、《稗家粹編》、《唐人説薈》、《龍威秘書》、《晉唐小説六十種》作「遂辦齋蔬之具」。

〔四三〕粧　《廣記詳節》、《東坡詩集注》、《施注蘇詩》卷三五《峽山寺》注引《傳奇》、《方輿勝覽》、《説海》、《豔異編》、《緑窗女史》、《合刻三志》、《逸史搜奇》、《稗家粹編》作「鬟」。

〔四四〕生臺　《説海》、《豔異編》、《緑窗女史》、《合刻三志》、《逸史搜奇》、《稗家粹編》、《唐人説薈》、《龍威秘書》、《晉唐小説六十種》脱「生」字。按：生臺，寺院中投放食物飼喂鳥獸之臺案。唐鄭綮《老僧》：「齋鐘知漸近，枝鳥下生臺。」（《全唐詩》卷五九七）崔塗《贈休糧僧》：「生臺無鳥下，石路有雲埋。」（《全唐詩》卷六七九）又稱餵生臺、施生臺。《海録碎事》卷一三下：「薛逢遊廢寺，草荒，留客院，泥卧餵生臺。」郭茂倩《石橋》：「石橋庵下少徘徊，雪暗松林撥不開。坐久無人天向午，雙烏飛上施生臺。」（《天台續集》卷中）

〔四五〕剛被恩情役此心　《廣記詳節》「被」作「彼」，《説海》、《豔異編》、《緑窗女史》、《合刻三志》、《逸史搜奇》、《稗家粹編》、《唐人説薈》、《龍威秘書》、《晉唐小説六十種》「剛被」作「剖破」。《類説》、《東坡先生詩集注》、《施注蘇詩》、《事文類聚》、《類編故事》此句與下句互倒，不合格律，誤。

〔四六〕嘯　《廣記》《四庫》本、《廣記鈔》、《全唐詩》卷八六七袁長官女詩作「笑」，誤。

〔四七〕樹　《方輿勝覽》作「附」。

〔四八〕天使　《類説》作「中使」。

〔四九〕以束帛而易之　《孔帖》卷九七引《廣記》、《事文類聚》、《古今合璧事類備要》别集卷七九引《續世説》及《傳奇》、《類編故事》作「强以束帛易之」。

〔五〇〕長　《説海》、《豔異編》、《緑窗女史》、《合刻三志》、《逸史搜奇》、《稗家粹編》、《唐人説薈》、《龍威秘書》、《晉唐小説六十種》作「常」。

〔五一〕及　孫校本、《廣記詳節》、《説海》、《豔異編》、《緑窗女史》、《合刻三志》、《逸史搜奇》、《稗家粹編》作「聞」。

〔五二〕不復能之任也　孫校本、《廣記詳節》、《説海》、《豔異編》、《緑窗女史》、《合刻三志》、《逸史搜奇》、《稗家粹編》、《唐人説薈》、《龍威秘書》、《晉唐小説六十種》作「更不能之任矣」。

按：本篇採入《古今説海》説淵部別傳十三，改題《袁氏傳》，其後《豔異編》卷三二、《緑窗女史》卷八妖豔部猿裝門、《合刻三志》志妖類、《逸史搜奇》乙集十、《稗家粹編》卷七、《唐人説薈》第十六集（同治八年刊本卷二〇）、《龍威秘書》四集《晉唐小説暢觀》、《晉唐小説六十種》、《舊小説》乙集均有收録。除《逸史搜奇》題《袁氏》外均題《袁氏傳》。《説海》、《豔異編》、《逸史搜奇》不著撰人，其餘皆妄題唐顧敻撰。

唐五代傳奇集第三編卷四十三

姚坤傳

裴鉶 撰

太和中，有處士姚坤，不求榮達，常以釣漁〔一〕自適。居於東洛萬安山南，以琴尊自怡。居之〔二〕側有獵人，常以網取狐兔爲業。坤性仁，恒收贖而放之，如此活者數百。坤舊有莊，質〔三〕於嵩嶺菩提寺，坤持其價而贖之。其知莊僧〔四〕惠沼行兇，率常於闃處鑿井，深數丈，投以黄精數百斤，求人試服，觀其變化。乃飲坤大醉，投於井中，以磑石咽〔五〕其井。坤及醒，無計躍〔六〕出，但饑茹黄精而已。

如此數日〔七〕夜。忽有人於井口召坤姓名，謂坤曰：「我狐也，感君活我子孫不少，故來教〔八〕君。我狐之通天者。初穴於塚，因上竅，乃窺天漢星辰，有所慕焉。恨身不能奮飛，遂凝眄注神，忽然不覺飛出，躡虛駕雲，登天漢，見仙官而禮之。君但能澄神泯慮〔九〕，注眄玄虛，如此精確，不三旬而自飛出。雖竅之至微，無所礙矣。」坤曰：「汝何據耶？」狐曰：「君不聞《西昇經》云：『神能飛形，亦能移山。』君其努力。」言訖而去。坤信其説，依而行之。約一月，忽能跳出於磑孔中。遂見僧，大駭，視其井依然。僧禮坤，詰其事〔一〇〕，坤紿〔一一〕曰：「但於中餌黄精，一月，身輕如神，自能飛出，竅所不礙〔一二〕。」僧然之，遣〔一三〕弟子以索墜下，約弟子一月後來窺。弟子如其言，月餘來窺，僧已斃於井耳。

坤歸旬日，有女子自稱夭桃，詣坤，云是富家女，誤爲年少誘出，失蹤不可復返，願持箕帚。坤見其〔一四〕妖麗冶容，至于篇什筆札〔一五〕，俱能精至，坤甚念〔一六〕之。後坤應制，挈夭桃入京，至盤豆館〔一七〕。夭桃不樂，取筆題竹簡，爲詩一首，曰：「鉛華久御向人間，欲捨鉛華更慘顔。縱有青丘今夜月〔一八〕，無因重照舊雲鬟〔一九〕。」吟諷久之，坤亦瞿然。忽有曹牧遣人執良犬，將獻裴度。入館，犬見夭桃，怒目掣鎖〔二〇〕，蹲〔二一〕步上階。夭桃亦〔二二〕化爲狐，跳上犬背〔二三〕，抉其目〔二四〕。犬〔二五〕驚，騰號出館，望荆山而竄。坤大駭，逐之行數里，犬已斃，狐即不知所之。坤惆悵悲〔二六〕惜，盡日不能前進。及夜，有老人挈美醖詣坤，云是舊相識。既飲，坤終莫能達相識之由。老人飲罷，長揖而去，云：「報君亦足矣。吾孫亦無恙。」遂不見〔二七〕。坤方悟狐也。後寂無聞矣。（據中華書局版汪紹楹點校本《太平廣記》卷四五四引《傳記》校録，《太平廣記詳節》卷四一作《傳奇》）

〔一〕釣漁　明鈔本、《四庫》本作「釣魚」。釣漁，釣魚捕魚。明仁孝皇后《勸善書》卷一四作「醫卜」。

〔二〕居之　原作「其」，據《廣記詳節》、《勸善書》改。《豔異編》卷三三《姚坤》、憑虚子《狐媚叢談》卷四《狐能飛形》作「居」。

〔三〕質　《豔異編》、《狐媚叢談》作「賣」，當謁，《廣記詳節》、《勸善書》作「質」。質，抵押。

〔四〕其知莊僧　《豔異編》「其」作「其如」，《狐媚叢談》「知」作「買」，並謁。按：知莊僧，即管理莊之僧人。

〔五〕咽　《勸善書》作「揜」。

〔六〕躍　明鈔本作「可」，《會校》據改。

〔七〕日　明鈔本作「十」。

〔八〕教　明鈔本作「救」，《會校》據改。

〔九〕泯慮　明鈔本作「凝慮」，《會校》據改。按：泯，消除，泯滅。吕温《吕和叔文集》卷一《䌛鹿賦》：「彼泯慮於猜信，此無情於誠僞。」

〔一〇〕事　《豔異編》、《狐媚叢談》作「妙」。

〔一一〕給　原作「告」，據明鈔本改。

〔一二〕但於中餌黄精一月身輕如神自能飛出竅所不礙　《豔異編》作「某無爲，但於中有黄精餌之。漸覺身輕，游颺其間，如處寥廓，雖欲安戻，不能禁止。偶爾升騰，竅所不礙。特黄精之妙如此，它無所知」。《狐媚叢談》同，唯「游」作「浮」，「間」作「中」。

〔一三〕遣　《豔異編》作「諸」。

〔一四〕見其　談愷刻本「其」原作「之」，汪校本據明鈔本改。《豔異編》、《狐媚叢談》作「納之」。

〔一五〕筆札　談本原作「等禮」，汪校本據明鈔本改作「書札」。《廣記詳節》作「筆札」，《勸善書》作「筆扎」，「扎」通「札」。《豔異編》、《狐媚叢談》作「等札」。按：「等」字顯係「筆」字形譌，今據《廣記詳節》、《勸善書》改。

〔一六〕甚念　「甚」原作「亦」，據明鈔本改。「念」《豔異編》、《狐媚叢談》作「愛」。

〔一七〕盤豆館　《豔異編》、《狐媚叢談》作「盤頭館」，誤。《廣記詳節》作「磐豆館」。按：《傳奇·江叟傳》：「適閿鄉，至盤豆館東官道大槐樹下醉寢。」清朱鶴齡《李義山詩集注》卷二上《出關宿盤豆館對叢蘆有感》注：「《甘棠志》：盤豆館在湖城縣西二十里。昔漢武帝過此，父老以牙豆盤獻，因名焉。」

〔一八〕青丘今夜月　《全唐詩》卷八六七天桃詩作「青明吟夜月」。按：青丘暗示天桃乃狐精。《山海經·南山經》：「又東三百里曰青丘之山。……有獸焉，其狀如狐而九尾。」《海外東經》：「青丘國在其北，其狐四足九尾。」

〔一九〕雲鬟　明鈔本作「姻緣」，誤。

〔二〇〕鎖　《豔異編》、《狐媚叢談》作「額」。

〔二一〕蹲　《勸善書》作「連」。

〔二二〕亦　明鈔本作「即」，《會校》據改。

〔二三〕背　《廣記詳節》作「耳」，當譌，《勸善書》作「首」。

〔二四〕目　《豔異編》、《狐媚叢談》作「視」。

〔二五〕犬　原譌作「大」，據明鈔本、《廣記詳節》、《勸善書》改。

〔二六〕悲　《廣記詳節》作「懇」，《勸善書》作「嘆」。

〔二七〕不見　《豔異編》、《狐媚叢談》上有「倏」字。

按：《廣記》引作《傳記》，乃《傳奇》之譌，《太平廣記詳節》則作《傳奇》。《廣記》所引《張雲容》、《蕭曠》，皆亦譌作《傳記》。本篇首云「太和中」，與《傳奇》他作同一筆法，而敘狐精大桃野性之萌，亦類猿精袁氏，其出裴鉶無疑。《豔異編》卷三三《姚坤》、《狐媚叢談》卷四《狐能飛形》，即此篇。

鄧甲傳

裴　鉶　撰

寶曆中，鄧甲者，事茅山道士峭巖。峭巖者，真有道之士，藥變瓦礫，符召鬼神。甲精懇虔誠，不覺勞苦，夕少交〔一〕睫，晝不安牀。峭巖亦念之，教其藥，終不成，受〔二〕其符，竟無應。道士曰：「汝於此二般無分，不可强學。」授之禁天〔三〕地蛇術，寰宇之内，唯一人而已，甲得而歸焉。

至烏江，忽遇會稽宰遭毒蛇螫其足，號楚之聲，驚動閭里。凡有術者，皆不能禁，甲因爲治之。先以符保其心，痛立止。甲曰：「須召得本色蛇，使收其毒。不然者，足將刖矣。」是蛇疑人禁之，應走數里。遂立壇於桑林中，廣四丈，以丹素周之，乃飛篆字，召十里内蛇。不移時而至，堆〔四〕之壇上，高丈餘，不知幾萬條耳。後四大蛇，各長三丈，偉如汲桶，蟠其堆上。時百餘步草木，盛夏盡皆黄落。甲乃跣足攀緣，上其蛇堆之上，以青蓧〔五〕敲四大蛇腦，曰：「遣汝作王，主掌界内之蛇〔六〕，焉得使毒害人？是者即住〔七〕，非者即去。」甲却下，蛇堆崩倒，大蛇先去，小者繼往，以至於盡。只有一小蛇，土色，肖筯〔八〕，其長尺餘，懵然不去。甲令舁宰來，垂足，叱蛇收其毒。蛇初展縮難之，甲又叱之，如有物促之，只可長數寸耳。有膏流出其背，不得已而張口，向瘡吸之。宰覺其腦内有物如針走下，蛇遂裂皮成水，只有脊骨在地。宰遂無苦，厚遺之金帛。

時維揚有畢生者〔九〕，常弄蛇千〔一〇〕條，日戲于闤闠，遂大有資産，而建大第。及卒，其子要〔一一〕鬻其第，無奈其蛇，因以金帛召甲。甲至，與一符，飛其蛇過城垣之外，始貨得宅。甲後至浮梁縣，時逼春，凡是茶園之内，素有蛇毒〔一二〕，人不敢掇其茗，斃者已數十人。邑人知甲之神術〔一三〕，斂金帛，令去其害。甲立壇，召蛇王。有一大蛇如股，長丈餘，焕然錦色，其從者萬條。而大者獨登壇，與甲較其術。蛇漸立，首隆數尺，欲過甲之首，甲以杖〔一四〕上拄其帽而高焉。蛇首竟困，不能逾甲之帽，蛇乃踣爲水，餘蛇皆斃。儻若蛇首逾甲，即甲爲水焉。從此茗園遂絶其毒虺。甲後居茅山學道，至今猶在焉。（據中華書局版汪紹楹點校本《太平廣記》卷四五八引《傳奇》校録）

〔一〕交　原作「安」，據明鈔本、孫校本改。

〔二〕受　明鈔本作「授」，《會校》據改。按：「受」、「授」互通。

〔三〕天　明鈔本無此字。

〔四〕堆　《四庫》本譌作「推」。

〔五〕蓧　周楞伽《裴鉶傳奇》改作「篠」。按：此字非「篠」之譌。蓧，用同「條」，枝條也。《全唐詩》卷六三六聶夷中《題賈氏林泉》：「輕流逗密蓧，直榦入寬空。」南宋王明清《揮麈後録》卷二載曹組《艮嶽賦》：「煙梢露蓧，交翠低昂。」

〔六〕遣汝作王主掌界内之蛇　「王主」原譌作「五主」，據《太平廣記鈔》卷六七改。明鈔本作「主土」，《會校》據改。

〔七〕住　《四庫》本譌作「往」。

〔八〕肖筯　孫校本「肖」作「青」，誤，《會校》據改。按：肖筯，像筷子。

〔九〕者　原作「有」，據明鈔本改。

〔一〇〕千　孫校本作「十」。

〔一一〕要　此字原無，據孫校本補。按：要，求也。

〔一二〕素有蛇毒　《廣記鈔》「有」作「患」。明鈔本、孫校本作「皆有毒蛇」，《會校》據改。按：蛇毒，言毒蛇之害也。

〔一三〕術　明鈔本作「符」。

〔一四〕杖　孫校本作「叉」。

高昱傳

裴　鉶　撰

元和中，有高昱處士，以釣魚爲業。嘗艤舟於昭潭，夜僅三更不寐。忽見潭上有三大芙蕖，紅芳頗異，有三美女各踞其上〔一〕，俱衣白，光潔如雪，容華豔媚，瑩若神仙，共語曰：「今夕闊水波澄，高天月皎，怡情賞景，堪話幽玄〔二〕。」其一曰：「旁有小舟，莫聽我語否？」又一曰：「縱有人〔三〕，非濯纓之士，不足憚也。」相謂曰：「昭潭無底橘洲浮，信不虛耳。」又曰：「各請言其所好何道。」其次曰：「吾性習釋。」其次曰：「吾習道。」其次曰：

「吾習儒。」各談本教道義，理極精微。一曰：「吾昨宵得不祥之夢。」二子曰：「何夢也？」曰：「吾夢子孫[四]倉皇，竄宅流徙，遭人斥逐，舉族奔波，是不祥也。」二子曰：「遊魂偶然，不足信也。」三子曰：「各筭來晨得何物食[五]。」久之曰：「從其[六]所好，僧道儒耳。吁！吾適來所論，便成先兆，然未必不爲禍也。」言訖，逡巡而没。昱聽其語，歷歷記之。

及旦，果有一僧來渡，至中流而溺。昱大駭曰：「昨宵之言不謬耳。」旋踵，一道士艤舟將濟，昱遽止之。道士曰：「君妖也，僧偶然耳。吾赴知者所召，雖死無悔，不可失信。」叱舟人而渡，及中流又溺焉。續有一儒生，挈書囊徑渡，昱懇曰：「如前去[七]，僧道已没矣。」儒正色而言：「死生命也。今日吾族祥齋，不可虧其弔禮。」將鼓棹，昱挽書生衣袂曰：「臂可斷，不可渡。」書生方叫呼於岸側，忽有物如練，自潭中飛出，繞書生而入。昱與渡人遽前，捉其衣襟，漦[八]涎流滑，手不可制。昱長吁曰：「命也，頃刻而没三子，如神[九]。」

俄而[一〇]有二客，乘葉舟而至，一叟一少。昱遂謁叟，問其姓字[一一]，叟曰：「余祁陽山唐勾鼈，今適長沙，訪張法明威儀。」昱久聞其高道，有神術，禮謁甚謹。俄聞岸側有數人哭聲，乃三溺死者親屬也。叟詰之，昱具述其事。叟怒曰：「焉敢如此害人！」遂開篋，取丹筆篆字，命同舟弟子曰：「爲吾持此符入潭，勒其水怪，火急他適。」弟子遂捧符而入，如履平地。循山脚行數百丈〔一二〕，睹大穴明瑩，如人間之屋室。見三白魚寐於石榻，有小魚數十，方戲於旁。及持符至，三魚忽驚起，化白衣美女，小者亦俱爲童女〔一三〕，捧符而泣曰：「不祥之夢果中矣。」大女〔一四〕曰：「爲某啓天師〔一五〕，住此多時，寧無愛戀，容三日徙歸東海。」各以明珠爲獻。弟子曰：「吾無所用。」不受而返，具以白叟。叟大怒曰：「汝更爲我語此畜生，明晨速離此，不然，當使六丁就穴〔一六〕斬之。」弟子又去，三美女號慟曰：「敬依處分。」弟子歸。明晨，有黑氣自潭面而出，須臾，烈風迅雷，激浪如山，有三大魚長數丈，小魚無數周繞，沿流而去。叟曰：「吾此行甚有所利，不因子，何以去昭潭之害！」遂與昱乘舟東西耳〔一七〕。（據中華書局版汪紹楹點校本《太平廣記》卷四七〇引《傳奇》校録）

〔一〕各踞其上　《類説》卷三二《傳奇·高昱》作「各倨其一」。倨，通「踞」，《四庫》本作「踞」。

〔二〕堪話幽玄　《類説》作「堪詰幽冥」，《四庫》本「詰」作「話」。

〔三〕人　此字原無，據《類説》補。

〔四〕孫　《廣豔異編》卷二四及《續豔異編》卷八《昭潭三妹》作「夜」，當誤。

〔五〕各筭來晨得何物食　《類説》作「各算明日合得何物」。

〔六〕從其　《類説》作「各從」。

〔七〕昱懇曰如前去　孫校本作「昱懇白如前云」。

〔八〕襚　原作「襚」，應爲「襚」，涎沫也。今改。《會校》作「聚」，誤。

〔九〕頃刻而没三子如神　「没」明鈔本作「溺」，《會校》據改。没，淹没。「如神」二字原無，《類説》作「皆不逾時而溺三子如神」，據補「如神」二字。《類説》《四庫》本作「昱驚爲神」。

〔一〇〕俄而　原作「而俄」，據清汪森編《粤西叢載》卷一三引《太平廣記》乙改。《類説》、《廣豔異編》、《續豔異編》無「而」字。

〔一一〕姓字　明鈔本作「姓氏」，《會校》據改。按：姓字，即姓氏與名字，義同姓名。

〔一二〕丈　明鈔本作「步」，《會校》據改。

〔一三〕「睹大穴明瑩」至「小者亦俱爲童女」　「睹」原作「覩」，據明鈔本、《類説》改。三「魚」字原作「猪」。按：《類説》作「睹大蟠石，有三女同卧石上，見符至，化三魚」。是三女乃魚精，非猪也，而下文亦云「有三大魚長數丈，小魚無數」。《廣記》引此篇編在水族門，猪非水族。當是「猪」、「魚」音近而譌，據《類説》改。

〔一四〕大女　此二字原無，據《類説》補。

〔一五〕天師　原作「先師」，《類説》作「天師」，「先」乃「天」之形譌，據改。《四庫》本及《廣豔異編》、《續豔異編》作「仙師」。

〔一六〕就穴　《類説》作「仗劍」。

〔一七〕東西耳　《廣豔異編》、《續豔異編》作「東去」。

按：本篇取入《廣豔異編》卷二四、《續豔異編》卷八，題《昭潭三姝》。

文簫傳

裴鉶　撰

太和末〔一〕，有書生文簫〔二〕者，海内無家，因萍梗抵鍾陵郡。生性柔而洽〔三〕道，貌清而出塵，與紫極宫道士柳棲乾善，遂止其宫，三四年矣。鍾陵有西山，山有遊帷觀，即許仙君遜上昇地〔四〕也。每歲至中秋上昇日，吴、越、楚、蜀人，不遠千里而至，多〔五〕攜挈名香珍果，繒〔六〕繡金錢，設齋醮，求福祐。時鍾陵人萬數，車馬喧闐，士女櫛比，數十里若闤闠。其間有豪傑，多以金召名姝善謳者，夜與丈夫閒立，握臂連踏而唱，其調清，其詞豔，惟對荅敏捷者勝。時文簫亦往觀焉，覩一姝，幽蘭自芳，美玉不豔，雲孤碧落，月淡寒空。聆其詞理，脱塵出俗，意諧物外。其詞〔七〕曰：「若能相伴陟仙壇，應得〔八〕文簫駕綵鸞。自有綵〔九〕襦并甲帳，瓊臺不怕雪霜寒。」生久味之，曰：「吾姓名其兆乎？此必神仙之儔侶也。」竟植足不去，姝亦盼生。生詰左右，或云洪井青衣女子也，其居洪崖壇側，亦不得其實。

生伺之歌罷，已四更矣，姝與三四輩告别〔一〇〕，獨〔一一〕秉燭穿大松徑將盡，陟山捫石，冒險而昇焉〔一二〕。生亦潛躡其蹤。燭將盡，有仙童數輩，持松炬而導之〔一三〕，生因失聲，姝乃覺，回首而詰：「莫非文簫耶？」生曰：「然。」姝曰：「吾與子數未合，何遽至此〔一四〕？」遂相引至絶頂，坦然之地，侍衛甚嚴，有几案帷幄，金爐國香。與生坐定，有二仙娥各持簿書，請姝詳斷，其間多江湖沉溺之事〔一五〕。適至一婦女名，而姝意有不得所。又云：「某日滄湖風濤，亦有誤殺孩稚者。」姝怒曰：「豈容易而誤邪？」執簿書曰：「但嬰孩氣弱未足，自不禁也，非不救，莫奈之何！」生聞之，因詰其事，姝竟不對。生又請益堅，姝答曰：「此陰機，不合泄於子，吾當與子受禍爾〔一六〕。」

仙娥持書既去，忽天地黯晦，風雷震怒，擺裂帳帷，傾覆香〔一七〕几。生恐懼，不敢傍視。姝倉皇披〔一八〕衣秉簡，叩齒肅容〔一九〕，伏地待罪。俄而風雨帖息〔二〇〕，星宿陳布，有仙童自天而降，持天判〔二一〕宣曰：「吴綵鸞以私慾而泄天機，謫爲民妻一紀。」姝遂號泣，與生攜手下山，竟許成婚〔二二〕，而歸鍾陵，遂止生所居之室〔二三〕。生方知姝姓名，因詰曰：「夫人之先，可得聞乎〔二四〕？」姝曰：「我父吴仙君諱〔二五〕猛，豫章人也。《晉書》有傳。常持孝行，濟人利物，立正祛邪，今爲仙君〔二六〕，名標洞府。吾亦〔二七〕爲仙，主陰籍，僅六百年矣。睹色界而興心，俄遭其謫〔二八〕，然子亦因吾，可出世矣。」

生素窮寒，不能自贍〔二九〕。姝曰：「君但具紙，吾寫孫愐《唐韻》。」日一部，運筆如飛。每鬻獲五緡，緡將盡，又爲之。如此僅十載。至會昌二年，稍爲人知，遂與文生潛奔新吴縣越王山側百姓鄒舉〔三〇〕村中，夫妻共訓童子數十人。主人相知甚厚，欲稔姝，因題筆作詩曰：「一斑〔三一〕與兩斑，引入越王山。世數今逃盡，烟蘿得再還。簫聲宜露滴，鶴翅向雲間。一粒仙人藥，服之能駐顔。」是夜，風雷驟至，聞二虎咆哮於院外。及明，失二人所在。凌晨，有樵者在越王山〔三二〕，見二人各跨一虎，行步如飛，陟峰巒而去。鄒生聞之驚駭，於案上見玉合子，開之，有神丹一粒。敬而吞之，却皓首而返童顔。後竟不復見二人。今鍾陵人多有吴氏所寫《唐韻》在焉。（據清陸心源《十萬卷樓叢書》本南宋陳元靚《歲時廣記》卷三三引《傳奇》校録，又元趙道一《歷世真仙體道通鑑》後集卷五《吴綵鸞》）

〔一〕太和末　《歲時廣記》原作「太和末歲」，《古今事文類聚》前集卷一一引《傳奇》、《古今合璧事類備要》前集卷一七引《傳奇》、胡穉《增廣箋注簡齋詩集》卷一〇《中秋不見月》注引《傳奇》、《天中記》卷五引《傳奇》、《全唐詩》卷八六三作「太和末」，《真仙通鑑》後集卷五《吴綵鸞》作「唐文宗太和末」，《山堂肆考》卷一五〇（無出處）作「唐太和末」。按：依《傳奇》行文，不當有「歲」字，據删。「唐文宗」、「唐」字亦引録者加。

〔二〕簫　《紺珠集》卷一一《傳奇·鬻唐韻》、《類説》卷三二《傳奇·文蕭》、《錦繡萬花谷》後集卷一七引《傳奇》、《三洞群仙録》卷一一引《仙傳拾遺》、《真仙通鑑》作「蕭」。《事文類聚》、《事類備要》、《箋注簡齋詩集》、明陶宗儀《書史會要》卷五（無出處）、《天中記》、《山堂肆考》、《全唐詩》及《四庫》本《類説》作「簫」。

〔三〕洽　《真仙通鑑》作「治」。

〔四〕許仙君遜上昇地　《真仙通鑑》作「許真君遜上昇之第」，《類説》、《萬花谷》作「許真君上升第」。

〔五〕至多　此二字原無，據《真仙通鑑》補。

〔六〕繪　《真仙通鑑》作「繒」。

〔七〕詞　《類説》作「歌」。

〔八〕應得　《萬花谷》作「應與」，《山堂肆考》作「贏得」。

〔九〕綵　《類説》、《萬花谷》、《事文類聚》、《事類備要》、《箋注簡齋詩集》、《群仙録》、《天中記》、《山堂肆考》、《全唐詩》作「繡」。

〔一〇〕「生詰左右」至「姝與三四輩告别」　此數語原只作「久之歌罷」，據《真仙通鑑》補。「生」皆作「蕭」，從前文改作「生」。

〔一一〕獨　此字原無，據《事文類聚》、《事類備要》、《箋注簡齋詩集》、《真仙通鑑》、《天中記》補。

〔一二〕昇焉　原作「去」，據《真仙通鑑》改。《事文類聚》、《事類備要》、《箋注簡齋詩集》、《天中記》作「升」。

〔一三〕而導之　《真仙通鑑》作「出迎之」。

〔一四〕吾與子數未合何遽至此　原作「吾與子數未合而情之忘，乃得如是也」，「忘」字當譌，無從校改，姑據《真仙通鑑》改。

〔一五〕其間多江湖沉溺之事　《真仙通鑑》作「其間多指射江湖覆溺之事」。

〔一六〕「適至一婦女名」至「吾當與子受禍爾」　此節原無，據《真仙通鑑》補，「生」原作「蕭」。按：《類説》摘作：「某曰（日）風波誤殺孩稚，姝怒曰：『豈容易而誤耶？』」正在此節中，是則此節爲《傳奇》原有者，《歲時廣記》略去耳。

〔一七〕香　《真仙通鑑》作「案」。

〔一八〕披　《真仙通鑑》作「著」。

〔一九〕容　《真仙通鑑》作「恭」。

〔二〇〕風雨帖息　《真仙通鑑》作「風雲貼息」。

〔二一〕判　《真仙通鑑》作「書」。

〔二二〕竟許成婚　此四字原無，據《真仙通鑑》補。

〔二三〕遂止生所居之室　此句原無，據《真仙通鑑》補，「生」原作「蕭」。

〔二四〕因詰曰夫人之先可得聞乎　《真仙通鑑》作「因詰姝先世之譜系」。按：《類説》摘作「因詰夫人之先」，是則《真仙通鑑》非原文，自作改易。

〔二五〕諱　此字原無，據《真仙通鑑》補。《類説》作「字」，誤。按：吴猛字世雲，見《廣記》卷一四引《十二真君傳》。

〔二六〕君　《真仙通鑑》作「官」。

〔二七〕亦　《真仙通鑑》作「昨」。

〔二八〕睹色界而興心俄遭其謫　《真仙通鑑》作「但無何得罪於帝，俄遭謫也」。按：《類説》作「覩色界興心遭責」，然則《真仙通鑑》乃其自改，蓋欲掩飾吴綵鸞之動凡心也。

〔二九〕生素窮寒不能自贍　《真仙通鑑》作「蕭處清貧，不能自給」。

〔三〇〕鄒舉　「鄒」原作「郡」。按：無郡姓，據《真仙通鑑》改。下文「郡生聞之驚駭」，亦改。

〔三一〕斑　《類説》作「班」。按：班，通「斑」，毛皮之斑紋，此指虎。

〔三二〕越王山　原作「越山」，據《真仙通鑑》補「王」字。按：《江西通志》卷七《山川志一·南昌府》：「藥王山，在奉新縣西五十里。《豫章記》：晉吴猛騎虎入山處。或云文簫、吴綵鸞寄食鄒舉家，俄跨虎仙去，留藥一粒與主人，且遺以詩。一作越王山。」

按：本篇《廣記》未引，《紺珠集》卷一一《傳奇·鬻唐韻》、《類説》卷三二《傳奇·文蕭》，均爲摘録，前者僅爲片斷。《錦繡萬花谷》後集卷一七、《古今事文類聚》前集卷一一、《古今合璧事類備要》前集卷一七等所引亦略。《歲時廣記》卷三三《入仙壇》引自《傳奇》，文字頗詳。《歷世真仙體道通鑑》後集卷五《吳綵鸞》，文字與《歲時廣記》大同，而二本互有詳略，知《真仙通鑑》非取自《歲時廣記》，殆採自《傳奇》原書，或轉據他書，惟文字微有改易耳。

楊通幽傳

裴鉶　撰

楊通幽，本名什伍，廣漢什邡〔一〕人。幼遇道士，教以檄召之術，受三皇天文役命鬼神，無不立應。驅毒厲，翦邪氛〔二〕，禳水旱，致風雨，是皆能之。而木訥疏傲，不拘於俗。其術數變異，遠近稱之。明皇〔三〕幸蜀，自馬嵬之後，屬念貴妃，往往輟食忘寐。近侍之臣，密令求訪方士，冀少安聖慮。或云楊什伍有考召之法，徵至行朝。上問其事，對曰：「雖天上地下，冥寞〔四〕之中，鬼神之內，皆可歷而求之。」上大悦，於内置場，以行其術。是夕奏曰：「已於九地之下，鬼神之中，遍加搜訪，不知其所。」上曰：「妃子當不墜于鬼神之伍矣。」二日夜，又奏曰：「九天之上，星辰日月之間，虛空杳冥之際，亦遍尋訪，而不知其處。」上悄然不懌，曰：「未歸天，復何之矣？」炷香冥祝〔五〕，彌加懇至。三日夜，又奏曰：「於人寰之中，山川岳瀆祠廟之内，十洲三島江海之間，亦遍求訪，莫知其所。

「後於東海之上，蓬萊之頂，南〔六〕宫西廡，有群仙所居，上元女仙張太真者〔七〕，即貴妃也。謂什伍曰：『我太上侍女，隸上元宫，聖上太陽朱宫真人。偶以宿緣世念，其願頗重，聖上降居〔八〕於世，我謫於人間，以爲侍衛耳。此後一紀，自當相見。願善保聖體，無復憶〔九〕念也。』乃取開元中所賜金釵鈿合各半，玉龜子一，寄以爲信，曰：『聖上見此，自當醒憶矣。』言訖，流涕而别。」

什伍以此物進之，上潸然良久，乃曰：「師昇天入地，通幽達冥，真得道神仙之士也。」手筆賜名「通幽」，賜物千段，金銀各千兩，良田五千畝，紫霞帔，白玉簡，特加禮異。暇日，問其所受之道，曰：「臣師乃西城王君青城真人，昔於後城山中，教以〔一〇〕召命之術，曰：『可以輔贊太平之君，然後方得飛昇之道。』戒以護氣希言，目不妄視，絶聲利，遠囂塵，則可以凌三界，登太清矣。」又問：「昇天入地，何門而往？何所爲礙？」曰：「得道之人，入火不爇〔一一〕，入水不濡，躡虚如履實，觸實如蹈虚。雖九地之厚，巨海之廣，八極之遠，萬方之大，應念倏忽〔一二〕，何所拘滯乎？所以然者，形與道合，道無不在，毫芒之細，萬物之衆，道皆居之。」上善其對。居數載，乃登後城山，葺静室於其頂，時還其家。門人言，天真累降於静室。一旦，與群真俱去。（據中華書局版汪紹楹點校本《太平廣記》卷二〇引《仙傳拾遺》校録，《太平廣記詳節》卷三作《神仙傳拾遺》）

〔一〕廣漢什邡　「邡」原作「邠」，據《四庫》本、《廣記詳節》、明曹學佺《蜀中廣記》卷七三《神仙記》引《仙傳拾遺》改。按：什邡，縣名。今爲市，屬四川德陽市。唐屬漢州，漢州又曾改德陽郡。西漢以降什邡屬廣漢郡，隋廢此郡。此用舊稱。

〔二〕邪氛　原作「氛邪」，據《廣記詳節》改。按：「邪氛」與上「毒厲」相對。

〔三〕明皇　原作「玄宗」，據《紺珠集》卷一一《傳奇·金釵玉龜》改。按：唐人言玄宗，多曰明皇、上皇，「玄宗」者蓋爲《廣記》編者所改。北宋董逌《廣川畫跋》卷一《書馬嵬圖》云：「予在蜀時，見《青城山録》記當時事甚詳。上皇嘗占廣漢陳什邡（按：當作『伍』）行朝廷齋場，禮牲幣，求神於冥漠。」《青城山録》當據《傳奇》或五代杜光庭《仙傳拾遺》，稱作「上皇」，亦不作「玄宗」。

〔四〕寞　《廣記詳節》作「漠」。

〔五〕冥祝　「祝」原譌作「燭」，據明鈔本、陳校本、《廣記詳節》、《蜀中廣記》改。《廣記》《四庫》本妄改作「燃燭」。

〔六〕南　《紺珠集》作「高」。

〔七〕上元女仙張太真者　「女仙」《廣川畫跋》作「玉女」。原無「張」字，據明鈔本、孫校本、《廣記詳節》、

《紺珠集》、《廣川畫跋》、《蜀中廣記》補。按：貴妃姓楊，然諸書皆作張，非文字之譌，蓋貴妃謫前爲太上侍女之時姓張也。

〔八〕居　《廣記詳節》、《廣川畫跋》作「理」。按：理，治也。唐人避高宗諱，改「治」爲「理」。

〔九〕憶　原作「意」，據明鈔本、陳校本、《廣記詳節》、《蜀中廣記》改。

〔一〇〕以　《蜀中廣記》作「臣」。

〔一二〕爇　明鈔本、孫校本、《廣記詳節》、《蜀中廣記》作「灼」。

〔一三〕忽　孫校本、《蜀中廣記》作「欻」。

按：《紺珠集》卷一一摘録《傳奇》，中有《金釵玉龜》一節，檢其文，皆在《太平廣記》卷一〇所引《仙傳拾遺》中，《廣記》題曰《楊通幽》。《仙傳拾遺》前蜀道士杜光庭撰。杜氏所撰仙傳多種，大抵據前人書採録，《仙傳拾遺》、《神仙感遇傳》、《墉城集仙録》、《王氏神仙傳》等皆是也。此事必取自裴鉶《傳奇》，第當有删改耳。

虬鬚客傳

裴　鉶　撰

隋煬帝之幸江都，命司空楊素守西京。素驕貴，又以時亂，天下之權重望崇者，莫我若也，奢貴自奉，禮異人臣。每公卿入言，賓客上謁，未嘗不踞牀而見。令美人捧出，侍婢羅列，頗僭於上。末年愈甚，無復知所負荷，有扶危持顛之心。一日，衛公李靖以布衣上謁，獻奇策，素亦踞見。公前揖曰：「天下方亂，英雄競起。公爲帝室重臣，須以收羅豪傑爲心，不宜踞見賓客。」素斂容而起，謝公。與語，大悦，收其策而退〔一〕。當公之騁辨也，一妓有殊色，執紅拂，立於前，獨目公。公既去，而執拂者臨軒指吏曰：「問去者處士第幾〔二〕，住何處。」公具以對，妓誦〔三〕而去。

公歸逆旅。其夜五更初，忽聞叩門而聲低〔四〕者，公起問焉。乃紫衣戴帽人，杖〔五〕一囊。公問：「誰？」曰：「妾，楊家之紅拂妓也。」公遽延入。脱衣去帽，乃十八九佳麗人也。素面畫〔六〕衣而拜，公驚，答拜。曰：「妾侍楊司空久，閲天下之人多矣，無如公者。絲蘿非獨生，願托喬木，故來奔耳。」公曰：「楊司空權重京師，如何？」曰：「彼屍居餘氣，不足畏也。諸妓知其無成，去者甚衆矣，彼亦不甚逐也。計之詳矣，幸無疑焉。」問其姓，曰張，問其伯仲之次，曰最長。觀其肌膚儀狀、言辭氣語〔七〕，真天人也。公不自意獲之，愈喜愈懼，瞬息萬慮不安，而窺户者無停履〔八〕。數日〔九〕，亦聞追討之聲，意亦非峻。乃雄服乘馬，排闥而去。

將歸太原，行次靈石旅舍〔一〇〕。既設牀〔一一〕，爐中烹肉且熟。張氏以髮長委地，立梳牀前。公方刷馬。忽有一人，中形，赤鬚如虬〔一二〕，乘蹇驢而來。投革〔一三〕囊於爐前，取枕欹卧，看張梳頭。公怒甚，未決，猶親刷馬〔一四〕。張氏〔一五〕熟視其面，一手握髮〔一六〕，一手映身搖示公，令勿怒。急急梳頭畢，斂袵前問其姓，卧客答曰：「姓張。」對曰：「妾亦姓張，合是妹。」遽拜之。問第幾，曰：「第三。」因問：「妹第幾？」曰：「最長。」遂喜曰：「今多幸〔一七〕逢一妹。」張氏遥呼曰〔一八〕：「李郎，且來拜〔一九〕三兄。」公驟拜之。

遂環坐。客〔二〇〕曰：「煮者何肉？」曰：「羊〔二一〕肉，計已熟矣。」客曰：「饑〔二二〕。」公出市胡餅。客抽腰間匕首，切肉共食〔二三〕。食竟，餘肉亂切，送驢前食之〔二四〕，甚速〔二五〕。客曰：「觀李郎之行，貧士也，何以致斯異人？」曰：「靖雖貧，亦有心者焉。他人見問，故〔二六〕不言。兄之問，則不隱耳。」具言其由。客〔二七〕曰：「然則將何之？」曰：「將避地太原。」客〔二八〕曰：「然故非君所致也〔二九〕。」客〔三〇〕曰：「有酒乎？」曰：「主人西則酒肆也。」公取酒一斗。既巡，客曰：「吾有少下酒物，李郎能同之乎？」曰：「不敢。」於是開革〔三一〕囊，取一人頭并心肝，却頭囊中〔三二〕，以匕首切心肝，共食之。曰：「此人天下負心者，銜之十〔三三〕年，今始獲之，吾憾釋矣。」又曰：「觀李郎儀形器宇，真丈夫也。亦聞太原有異人乎〔三四〕？」曰：「嘗識一人，愚謂之真人也，其餘將帥〔三五〕而已。」曰：「其人〔三六〕何姓？」曰：「靖〔三七〕之同姓。」曰：「年幾？」曰：「僅二十〔三八〕。」曰：「今何爲？」曰：「州將之子〔三九〕。」

曰：「似矣，亦須見之〔四〇〕。李郎能致吾一見乎？」曰：「靖之友劉文靜〔四一〕者，與之狎〔四二〕，因文靜見之可也。然兄欲〔四三〕何爲？」曰：「望氣者言，太原有奇氣，使吾訪之〔四四〕。李郎明發〔四五〕，何日到太原？」曰〔四六〕：「靖計之，某日當到〔四七〕。」曰：「達之明日，日方曙，候我於汾陽橋〔四八〕。」言訖，乘驢而去，其行若飛，迴顧已失〔四九〕。公與張氏且驚且喜，久之，曰：「烈士不欺人，固無畏〔五〇〕。」促鞭而行。

承期〔五一〕入太原，果復〔五二〕相見，大喜。偕詣劉氏，詐謂文靜曰：「有善相者〔五三〕，思見郎君〔五四〕，請迎之。」文靜素奇其人，方議匡輔〔五五〕，一旦聞有客善相，其心可知〔五六〕，遽致酒，使迎之〔五七〕。使迴而至〔五八〕，不衫不履，裼裘〔五九〕而來，神氣揚揚，貌與常異。虬鬚默然居末坐〔六〇〕，見之心死。飲數杯，起招靖曰〔六一〕：「真天子也！」公以告劉，劉益喜自負〔六二〕。既出，而〔六三〕虬鬚曰：「吾見之〔六四〕，得十八九矣〔六五〕，然須道兄見之〔六六〕。李郎宜與一妹復入京，某日午時，訪我於馬行東酒樓，下有此驢及一瘦騾〔六七〕，即我與道兄俱在其上矣，到即登焉。」又別而去。

公與張氏復應之，及期訪焉，宛見二乘。攬衣登樓，虬鬚與一道士方對飲。見公驚喜，召坐。圍〔六八〕飲十數巡，曰：「樓下櫃中有錢十萬，擇一深穩處駐一妹〔六九〕，某日復會於汾陽橋。」如期至，即道士與虬鬚已到矣。俱謁文靜，時方弈棋，揖而話心焉〔七〇〕。文靜飛書〔七一〕，迎文皇看〔七二〕碁。道士對弈〔七三〕，虬鬚與公傍待焉〔七四〕。俄而文皇到來，精采驚人，長揖而坐，神氣清朗〔七五〕，滿坐風生，顧盼煒〔七六〕如也。道士一見慘然，下〔七七〕棊子曰：「此局全輸矣〔七八〕！於此失却局，奇〔七九〕哉！救無路矣！復〔八〇〕奚言！」罷弈而請去。既出，謂虬鬚曰：「此世界非公世界，他方圖之可也〔八一〕。勉之，勿以爲念。」因共入京。虬鬚曰：「計李郎之程，某日方到。到之明日，可與〔八二〕一妹同詣某坊曲小宅相訪。愧李郎往復相從〔八三〕，一妹懸然如磬〔八四〕，欲令新婦祗謁，兼〔八五〕議從容，無前却也。」言畢，吁嗟而去。

公策馬而歸，即到京〔八六〕，遂與張氏同往。乃一小版門子〔八七〕，叩之，有應者，拜曰：「三郎令候李郎、一娘子久矣。」延入重門，門愈壯麗〔八八〕。奴婢四十人〔八九〕，羅列庭前。奴〔九〇〕二十人，引公入東廳。婢二十人，引張氏入西廳〔九一〕。廳之陳設，窮極珍異，巾箱、粧奩、冠鏡〔九二〕、首飾之盛，非人間之物。巾櫛粧飾畢，請更衣，衣又珍異。既畢，傳云：「三郎來。」乃虬鬚，紗帽褐裘〔九三〕而來，亦〔九四〕有龍虎之狀。歡然相見，催〔九五〕其妻出拜，蓋亦天人耳。遂延中堂，陳設盤筵之盛，雖王公家不侔也〔九六〕。于是四人對坐，牢饌畢陳〔九七〕，陳女樂二十人〔九八〕，列奏其前〔九九〕。飲食妓樂，若從天降，非人間之物〔一〇〇〕。食畢行酒。

家人自堂東舁出兩牀〔一〇一〕，各以錦繡帊覆之〔一〇二〕。既陳〔一〇三〕，盡去其帊，乃文簿、鑰匙耳。虬鬚指謂〔一〇四〕曰：「此盡寶貨泉貝之數，吾之所有，悉以充贈。向者某本欲於此世界求事〔一〇五〕，當或龍戰三二十載〔一〇六〕，建少功業。今既有主，住亦何爲。太原李氏，真英主也，三五年内，即當太平。李郎以奇特之材，輔清平之主，竭心盡善〔一〇七〕，必極人臣。一妹以天人之姿，藴不世之藝〔一〇八〕，從夫之貴，榮極〔一〇九〕軒裳。非一妹不能識李郎，亦不能存李郎〔一一〇〕；非李郎不能遇一妹，亦不能榮一妹〔一一一〕。聖賢起陸之漸〔一一二〕，際會如斯〔一一三〕，虎嘯風生，龍吟雲萃〔一一四〕，固非偶然〔一一五〕也。持予之贈，以佐真主，贊功業也，勉之哉！此後十餘〔一一六〕年，當東南數千里外有異事，是吾得事〔一一七〕之秋也。一妹與李郎可瀝酒東南相賀。」因命家童列拜〔一一八〕，曰：「李郎、一妹，是汝主也〔一一九〕。」言訖，與其妻戎裝〔一二〇〕，從一奴，乘馬而去。數步，遂不復見。

公據其宅，乃爲豪家，得以助文皇締構之貲〔一二一〕，遂匡天下〔一二二〕。貞觀十年〔一二三〕，公以左僕射平章事〔一二四〕。適東南蠻〔一二五〕入奏曰：「有海船千艘，甲兵十萬〔一二六〕，入扶餘國，殺其主自立，國已定矣。」公心知虬鬚得事〔一二七〕也，歸告張氏，具衣拜賀〔一二八〕，瀝酒東南祝拜之。

乃知真人之興也，非英雄所冀〔一二九〕，况非英雄者乎？人臣之謬思亂者，乃螳臂之拒走輪耳〔一三〇〕。我皇家垂福萬葉，豈虚然哉！或曰：衛公之兵法，半乃虬鬚所傳耳。信哉〔一三一〕！（據上海涵芬樓景印明顧元慶《顧氏文房小説》本校録，又《太平廣記》卷一九三引《虬髯傳》、《説郛》卷三四《豪異祕纂・扶餘國主》、《唐語林》卷五）

〔一〕退　《豪異祕纂》作「對」。汪季清藏《説郛》明抄殘本作「退」（張宗祥《説郛校勘記》）。

〔二〕執拂者臨軒指吏曰問去者處士第幾　「指吏曰問」《廣記》作「指吏問曰」，乃是紅拂妓問吏，而非指使吏問李靖，故下文「公具以對」作「吏具以對」。按：吏或可知靖姓名行第，但未必知其居處，《廣記》當誤。

〔三〕誦　《廣記》、《豪異祕纂》作「頌」。《劍俠傳》卷一《扶餘國主》譌作「領」。

〔四〕低　《豪異祕纂》作「泣」，誤。明抄殘本作「低」。

〔五〕杖　《廣記》、《無一是齋叢鈔·虬髯客傳》下有「揭」字。揭，挑也。

〔六〕晝　《廣記》作「華」。

〔七〕語　《廣記》作「性」。

〔八〕無停履　《廣記》上有「足」字。

〔九〕數日　《廣記》前有「既」字。

〔一〇〕靈石旅舍　顧本「石」作「右」，明陸采《虞初志》卷二《虬髯客傳》（凌性德刊七卷本卷一）、《豔異編》卷二三《虬髯客傳》、《五朝小説·唐人百家小説》傳奇家《虬髯客傳》、《重編説郛》卷一一一《虬髯客傳》、《合刻三志》志奇類《豪客傳·虬髯客》、朝鮮人編《删補文苑楂橘》卷一《虬髯客》同。據杜光庭《神仙感遇傳》卷四《虬鬚客》，《廣記》，《豪異祕纂》，《劍俠傳》，《唐人説薈》第十集及《龍威秘書》四集、《藝苑捃華》、《無一是齋叢鈔》、《晉唐小説六十種》之《虬髯客傳》改。按：靈石，縣名，隋屬西河郡，今屬山西，在太原西南。隋唐時，從長安到太原之驛道，靈石是必經之路。宋王讜《唐語林》卷五作「靈橋驛」，不詳。嚴耕望《唐代交通圖考》未載此驛。

〔一一〕設牀　《豪異祕纂》「設」作「就」，明抄殘本作「設」。《劍俠傳》「牀」作「火」。

〔一二〕赤鬚如虬　「鬚」顧本原作「髮」，《感遇傳》、《雲笈七籤》卷一一二《神仙感遇傳·虯鬚客》、《廣記》明鈔本、孫校本作「鬚」，《廣記》談本、《豪異祕纂》、《劍俠傳》、《虞初志》、《豔異編》、《唐人百家小説》、《重編説郛》、《合刻三志》、《雪窗談異》卷五《豪客傳·虯髯客》、《唐人説薈》、《龍威秘書》、《藝苑捃華》、《無一是齋叢鈔》、《晉唐小説六十種》、《文苑楂橘》作「髯」。《唐語林》作「赤髮而虯鬚」，亦言爲虬鬚。按：作「鬚」是，説詳下，據《感遇傳》等改。「如」《感遇傳》、《廣記》、《豪異祕纂》、《七籤》、《劍俠傳》作「而」。

〔一三〕革　顧本原作「草」，據《廣記》、《唐語林》、《豪異祕纂》、《唐人説薈》、《龍威秘書》、《藝苑捃華》、《晉唐小説六十種》、《文苑楂橘》改。《感遇傳》作「布」。

〔一四〕猶親刷馬　顧本、《豔異編》、《文苑楂橘》「親」原作「覰」，據《豪異祕纂》、《劍俠傳》、《雪窗談異》、《唐人説薈》、《龍威秘書》、《藝苑捃華》、《無一是齋叢鈔》、《晉唐小説六十種》改。《廣記》無此字。《感遇傳》作「時時側目」。按：《神仙感遇傳》雖據此傳採録，但有删改，此非原文。

〔一五〕氏　此字顧本原無，據《廣記》、《唐語林》補。按：前後文均作「張氏」。

〔一六〕一手握髮　此句顧本原無，據《感遇傳》、《廣記》、《雪窗談異》補。

〔一七〕今多幸　《豪異祕纂》、《唐人百家小説》、《重編説郛》、《合刻三志》、《雪窗談異》、《唐人説薈》、《龍威秘書》、《藝苑捃華》、《無一是齋叢鈔》、《晉唐小説六十種》「多」作「夕」，《唐語林》作「日」，《廣記》作「今日多幸」，《感遇傳》作「今日幸得」。

〔一八〕曰　此字顧本原無，據《感遇傳》、《廣記》、《唐語林》補。

〔一九〕拜　顧本原作「見」，據《感遇傳》、《廣記》、《唐語林》改。

〔二〇〕客　此字顧本原無，據《豪異祕纂》、《唐語林》補。

〔二一〕羊　明鈔本、孫校本作「牛」。

〔二二〕饑　《廣記》下有「甚」字。

〔二三〕共食　《豪異祕纂》作「食之」。

〔二四〕餘肉亂切送驢前食之　《廣記》「送驢」作「爐」，誤。

〔二五〕速　顧本譌作「遠」，據《豪異祕纂》、《廣記》、《豔異編》、《虞初志》七卷本、《唐人百家小説》、《重編説郛》、《合刻三志》、《雪窗談異》、《唐人説薈》、《龍威秘書》、《藝苑捃華》、《無一是齋叢鈔》、《晉唐小説六十種》、《文苑楂橘》改。

〔二六〕故　《廣記》作「固」。

〔二七〕客　此字顧本原無，據《感遇傳》、《唐語林》補。

〔二八〕客　此字顧本原無，據《廣記》補。

〔二九〕然故非君所致也　《廣記》作「然吾故非君所能致也」，王夢鷗《唐人小説校釋》上集：「故，疑爲

『知』字之訛。此謂吾固知紅拂自來，非李靖所能招致之也。」

〔三〇〕客　此字顧本原無，據《唐語林》補。

〔三一〕革　顧本原作「草」，《廣記》汪校本譌作「華」，據《豪異祕纂》、《唐語林》、《廣記》、《豔異編》、《雪窗談異》、《唐人説薈》、《龍威秘書》、《藝苑捃華》、《無一是齋叢鈔》、《晉唐小説六十種》、《文苑楂橘》改。

〔三二〕却頭囊中　《廣記》作「却收頭囊中」，《唐語林》作「却以頭貯囊中」。

〔三三〕十　《唐語林》作「二十」。

〔三四〕亦聞太原有異人乎　《感遇傳》作「嘗知太原之異人乎」，《廣記》作「亦知太原之異人乎」。《豔異編》、《文苑楂橘》「亦聞」作「抑知」。

〔三五〕帥　《廣記》、《唐語林》、《豔異編》、《文苑楂橘》作「相」。

〔三六〕其人　此二字顧本原無，據《廣記》、《唐語林》、《豔異編》、《文苑楂橘》補。

〔三七〕靖　《唐語林》作「某」。

〔三八〕僅二十　《廣記》「僅」作「近」。《感遇傳》作「可十八來」，《七籤》本作「年可十八」。按：僅，只也。李世民隋開皇十八年（五九八）十二月生（《舊唐書·太宗本紀上》），大業十三年（六一七）李淵拜太原留守起兵（《舊唐書·高祖本紀》），時年二十。

〔三九〕子　《廣記》上有「愛」字。

〔四〇〕似矣亦須見之　《感遇傳》作「似則似矣，然須見之」。

〔四一〕劉文静　《感遇傳》、《唐人百家小説》、《虞初志》七卷本、《重編説郛》、《合刻三志》、《唐人説薈》、《龍威秘書》、《藝苑捃華》、《晉唐小説六十種》「静」作「靖」，誤，下同。《錦繡萬花谷》前集卷四〇引《太平廣記》亦譌作「靖」。《七籤》本《感遇傳》、《無一是齋叢鈔》作「静」。按：劉文静，《舊唐書》卷五七、《新唐書》卷八八有傳。

〔四二〕狎　《唐語林》作「善」。按：狎，親近。

〔四三〕欲　此字顧本原無，據《廣記》、《唐語林》、《豔異編》、《文苑楂橘》補。

〔四四〕使吾訪之　「吾」字顧本原無，據《感遇傳》、《豪異祕纂》、《廣記》、《唐語林》、《劍俠傳》、《唐人説薈》、《龍威秘書》、《藝苑捃華》、《晉唐小説六十種》補。《豔異編》、《文苑楂橘》作「吾將訪之」。

〔四五〕明發　此二字顧本原無，據《廣記》、《雪窗談異》補。

〔四六〕曰　此字顧本原無，據《唐語林》補。

〔四七〕某日當到　顧本原作「日」，有脱文，據《廣記》、《豔異編》、《文苑楂橘》補。《唐語林》「到」作「達」。

〔四八〕候我於汾陽橋　《廣記》、《豔異編》、《文苑楂橘》作「我於汾陽橋待耳」。

〔四九〕失　《廣記》、《豔異編》、《文苑楂橘》作「遠」。

〔五〇〕固無畏　《豔異編》、《文苑楂橘》作「固無傷也」。

〔五一〕承期　《虞初志》、《劍俠傳》同，其餘諸書皆作「及期」。按：承期，如期。

〔五二〕果復　《廣記》、《唐語林》、《豔異編》、《文苑楂橘》作「候之」。

〔五三〕有善相者　《感遇傳》前有「吾」字，《廣記》作「以善相」。

〔五四〕郎君　《唐人説薈》、《龍威秘書》、《藝苑捃華》、《晉唐小説六十種》前有「李」字。

〔五五〕方議匡輔　此句顧本原無，據《感遇傳》、《唐語林》補，《廣記》作「方議論匡輔」，《豔異編》、《文苑楂橘》作「方與客議論匡輔」。

〔五六〕聞有客善相其心可知　《廣記》、《唐語林》、《豔異編》、《文苑楂橘》「聞有客善相」作「聞客有知人者」。「其心可知」四字顧本原無，據《廣記》、《唐語林》補。《豔異編》作「其心喜之」。按：其心可知，意謂通過相面可以了解李世民之志向。

〔五七〕遽致酒使迎之　顧本原作「遽致使迎之」，《感遇傳》作「遽致酒迎之」，《廣記》作「遽致酒延焉」，《唐語林》作「遽致酒延之」，《豔異編》、《文苑楂橘》作「遂致酒延焉」，《豪異祕纂》作「遽迎致之」，《劍俠傳》、《唐人説薈》、《龍威秘書》、《藝苑捃華》、《晉唐小説六十種》作「遽遣使迎之」。按：諸書或言酒或言使，以情理推之，則置酒遣使迎之爲是，今補「酒」字。

〔五八〕使迴而至　《廣記》作「既而太宗至」，乃編纂者所改，《豔異編》、《文苑楂橘》同《廣記》。

〔五九〕裼裘　《感遇傳》作「褐裘」，誤。按：裼裘，敞開裘服，露出裏衣，乃瀟灑不拘之態。下文「裼裘」，《感遇傳》及《廣記》亦譌。

〔六〇〕虬鬚默然居末坐　顧本「鬚」原作「髯」，《豪異祕纂》、《虞初志》、《劍俠傳》、《唐人百家小説》、《重編說郛》、《合刻三志》、《唐人說薈》、《龍威秘書》、《藝苑捃華》、《無一是齋叢鈔》、《晉唐小說六十種》并同。《廣記》此句作「虬髯默居坐末」，《豔異編》、《文苑楂橘》同。按：《廣記》明鈔本、孫校本標題及正文俱作「鬚」，《太平廣記詳節》目録卷一四及正文（只殘存末五行）與末注亦作「鬚」。南宋謝采伯《密齋筆記》卷二云：「《太平廣記》所載，乃李靖遇虬鬚客。」《錦繡萬花谷》前集卷四〇引《太平廣記》云「李靖於旅中遇一虬鬚客」，是則《廣記》原應作「鬚」。南宋陳振孫《直齋書録解題》卷一一小說家類著録《豪異祕纂》云：「其《扶餘國王（主）》一則，即所謂虬鬚客者也。」則《豪異祕纂·扶餘國主》原亦作「鬚」。《說郛》本末注：「『髯』一本作『髭』。」「髭」當爲「鬚」之譌。《感遇傳·虬鬚客》及《唐語林》全文均作「鬚」，《唐語林》此句作「虬鬚默然于坐末」。唐人多有虬鬚者，唐太宗即虬鬚，段成式《酉陽雜俎》前集卷一《忠志》云：「太宗虬鬚，嘗戲張弓掛矢。」北宋錢易《南部新書》癸卷：「太宗文皇帝虬鬚，上可掛一弓。」舊題陶穀《清異録·肢體》：「唐文皇虬鬚壯冠，人號髭皇。」杜甫《八哀詩》：「虬鬚似太宗。」（影印宋本《分門集注杜工部詩》卷二二、影印宋麻沙本《杜工部草堂詩箋》卷二四、貴池劉氏影宋本《王十朋集百家注杜陵詩史》卷二一）又《張說之文集》卷一七《右羽林大將軍王氏（王君㚟）神道碑》：「小頭鋭上，猿臂虬鬚。」五代《鐙下閑談》卷一《神仙雪冤》中有異人虬鬚叟。宋以後多誤「虬鬚」爲「虬髯」，如《文苑英華》卷九〇七張說《右羽林大將軍王公神道碑》作「猿臂虬髯」，周必大、彭叔夏校云：「集作『鬚』。」明鈔本唐李伉《獨異志》卷上：「唐太宗皇帝虬髯，可以掛弓。」杜詩「虬鬚似太宗」，清仇兆鰲《杜少陵集詳注》卷一五作「髯」。杜詩《送重表侄王砅評事使南海》：「次問最少年，虬鬚十八九。」《分門集注杜工部詩》卷九作

「髯」，趙次公注：「虬髯乃太宗也。有《虬髯公傳》。」而南宋謝采伯《密齋筆記》卷二、馬永卿《懶真子》卷一皆作「鬚」。鬚、髯有別。清錢曾《讀書敏求記》卷二著録《虯髯客傳》，云：「楊彥淵《筆録》云：『口上曰髭，頤下曰鬚，在耳頰旁曰髯，上連髮曰鬢。』髯之不能混鬚也明矣。《漢·朱博傳》：『奮髯抵几。』……古人描寫髯之修美，並未言其虬也。老杜《八哀詩》：『虬鬚似太宗。』……蓋虬鬚字之有本。若此，今人安得妄改爲虬髯客乎？」王應奎《柳南隨筆》卷一説同，亦謂：「若虬髯，則吾於書史中未之見也，安得妄爲改易乎？」「虬髯」之爲「虬鬚」之譌明甚，今改，下同。

〔六一〕飲數杯起招靖曰　顧本原無「起」字，據《廣記》、《豔異編》、《文苑楂橘》補。「杯」《廣記》、《豔異編》、《文苑楂橘》作「巡」。《唐語林》作「飲數杯而起，招靖曰」。

〔六二〕自負　《感遇傳》作「賀」。

〔六三〕而　此字《感遇傳》、《豔異編》、《虞初志》七卷本、《唐人百家小説》、《重編説郛》、《合刻三志》、《唐人説薈》、《龍威秘書》、《藝苑捃華》、《晉唐小説六十種》、《文苑楂橘》無。

〔六四〕見之　此二字顧本原無，據《感遇傳》、《廣記》、《唐語林》、《豔異編》、《文苑楂橘》補。

〔六五〕得十八九矣　《感遇傳》作「十得八九也」，《唐語林》作「十得八九矣」，《廣記》作「十八九定矣」，《豔異編》、《文苑楂橘》作「十得八九」，《唐人百家小説》、《重編説郛》、《合刻三志》、《唐人説薈》、《龍威秘書》、《藝苑捃華》、《無一是齋叢鈔》、《晉唐小説六十種》作「得八九矣」。按：十八九，即十之八九。

〔六六〕見之　「之」字原無，據《感遇傳》、《廣記》、《豪異祕纂》、《唐語林》、《萬花谷》、《豔異編》、《唐人説薈》、《龍威秘書》、《藝苑捃華》、《無一是齋叢鈔》、《晉唐小説六十種》、《文苑楂橘》補。《豔異編》、《文苑楂橘》「見」作「決」。

〔六七〕一瘦騾　顧本原作「瘦驢」，據《廣記》、《唐語林》、《豔異編》、《文苑楂橘》改，《唐語林》無「一」字。

〔六八〕圍　《唐語林》、《廣記》、《豔異編》、《文苑楂橘》作「環」，義同。《劍俠傳》作「同」。

〔六九〕擇一深穩處駐一妹　顧本「駐」字原無，據《豪異祕纂》、《廣記》、《唐語林》、《豔異編》、《虞初志》七卷本、《唐人百家小説》、《重編説郛》、《合刻三志》、《雪窗談異》、《唐人説薈》、《龍威秘書》、《藝苑捃華》、《無一是齋叢鈔》、《晉唐小説六十種》、《文苑楂橘》補。《廣記》、《唐語林》、《豔異編》「穩」作「隱」。《廣記》、《豔異編》「妹」下有「畢」字。《劍俠傳》作「擇一深穩安妹處」。

〔七〇〕揖而話心焉　《廣記》作「揖起而語心焉」，《唐語林》作「揖起而話心焉」。《豔異編》、《文苑楂橘》作「揖起而語，少焉」，《劍俠傳》、《虞初志》七卷本、《唐人百家小説》、《重編説郛》、《合刻三志》、《唐人説薈》、《龍威秘書》、《藝苑捃華》、《無一是齋叢鈔》、《晉唐小説六十種》作「起揖而語，少焉」，《雪窗談異》作「揖而語，少焉」，「少焉」連下讀。

〔七一〕飛書　《豪異祕纂》上有「時爽」二字，明抄殘本「爽」作「弈」。

〔七二〕看　《廣記》孫校本作「着」，《會校》據改，誤。按：觀下文，文皇乃看下棋，非下棋也。

〔七三〕道士對弈　《豔異編》、《劍俠傳》、《唐人説薈》、《龍威秘書》、《藝苑捃華》、《晉唐小説六十種》「對」下有「文静」二字。按：《豔異編》等蓋據意所補，《神仙感遇傳》作「道兄與劉文静對棊」，言之甚明。

〔七四〕傍侍焉　《豪異祕纂》「侍」上有「立」字，《唐語林》「侍」作「立」，《廣記》作「旁立爲侍者」，《豔異編》、《劍俠傳》、《文苑楂橘》作「旁立而視」。

〔七五〕神氣清朗　《感遇傳》作「神清氣爽」，《廣記》、《豔異編》、《文苑楂橘》作「神清氣朗」。

〔七六〕煒　《廣記》作「暐」，《唐語林》、《豔異編》、《劍俠傳》、《文苑楂橘》作「偉」。

〔七七〕下　《唐語林》作「失」，《豔異編》、《劍俠傳》、《唐人百家小説》、《重編説郛》、《合刻三志》、《雪窗談異》、《唐人説薈》、《龍威秘書》、《藝苑捃華》、《無一是齋叢鈔》、《晉唐小説六十種》、《文苑楂橘》作「斂」。

〔七八〕輸矣　《廣記》重複，孫校本只二字。

〔七九〕奇　此字顧本無，據《感遇傳》、《廣記》、《唐語林》補。

〔八〇〕復　《感遇傳》、《廣記》上有「知」字。

〔八一〕他方圖之可也　「圖之」二字顧本原無，據《唐語林》補。《廣記》作「他方可圖」，《豔異編》、《劍俠傳》、《文苑楂橘》作「它方可勉圖之」，《劍俠傳》「它」作「他」。

〔八二〕與　顧本原作「以」，據《豪異祕纂》、《廣記》、《唐語林》、《豔異編》、《劍俠傳》、《雪窗談異》、《唐人説薈》、《龍威秘書》、《藝苑捃華》、《無一是齋叢鈔》、《晉唐小説六十種》、《文苑楂橘》改。

〔八三〕媿李郎往復相從　顧本原作「李郎相從」，據《廣記》補三字。《豪異祕纂》作「娌李郎相從」，「娌」爲「媿」字形譌，明抄殘本無此字。《豔異編》、《劍俠傳》、《文苑楂橘》作「爲李郎往復相從」。

〔八四〕懸然如磬　《廣記》談本「如」作「知」，汪校本改作「如」。明鈔本、孫校本作「懸然知鑒」，《會校》據改，誤。《豪異祕纂》「磬」亦譌作「鑒」，明抄殘本作「罄」，通「磬」。按：懸然如磬，形容貧窮。出《國語·魯語上》：「室如懸磬，野無青草，何恃而不恐？」此言張氏資産全無，無以助李靖成事，故下文有贈金之事。

〔八五〕兼　《廣記》作「略」。

〔八六〕公策馬而歸即到京　《廣記》作「靖亦策馬遄征，俄即到京」，《豔異編》、《劍俠傳》、《文苑楂橘》作「靖亦馳馬速征，俄即到京」。

〔八七〕乃一小版門子　「乃」字原無，據《廣記》補。《唐語林》作「見」，《豔異編》、《劍俠傳》、《唐人説薈》、《龍威祕書》、《藝苑捃華》、《晉唐小説六十種》、《文苑楂橘》作「至」。「版」《豪異祕纂》、《廣記》、《唐語林》、《劍俠傳》、《無一是齋叢鈔》作「板」。按：「版」、「板」同義，木板門也。

〔八八〕麗　此字顧本原無，據《豪異祕纂》、《廣記》、《唐語林》、《豔異編》、《劍俠傳》、《唐人説薈》、《龍威祕書》、《藝苑捃華》、《無一是齋叢鈔》、《晉唐小説六十種》、《文苑楂橘》補。

〔八九〕奴婢四十人　「奴」字顧本原無，據《廣記》、《唐語林》、《豔異編》、《劍俠傳》、《無一是齋叢鈔》、《文苑楂橘》補。「四十」《廣記》、《豔異編》、《劍俠傳》、《文苑楂橘》作「三十」。《唐語林》作「四十餘」。

〔九〇〕奴　《豔異編》、《劍俠傳》、《文苑楂橘》作「青衣」。

〔九一〕婢二十人引張氏入西廳　此十字顧本原無，據《唐語林》補。

〔九二〕冠鏡　《唐語林》作「冠蓋」。

〔九三〕紗帽褐裘　《感遇傳》作「紗巾褐裘挾弾」。《黷異編》、《劍俠傳》、《文苑楂橘》「褐裘」作「紫衫」。

〔九四〕亦　《黷異編》、《劍俠傳》、《文苑楂橘》作「趨走」，「亦」上無「而來」二字。

〔九五〕催　《感遇傳》、《黷異編》、《劍俠傳》、《唐人説薈》、《龍威秘書》、《藝苑捃華》、《晋唐小説六十種》、《文苑楂橘》作「命」。

〔九六〕遂延中堂陳設盤筵之盛雖王公家不侔也　此數句顧本原無，據《廣記》、《黷異編》、《劍俠傳》、《文苑楂橘》補。《廣記》明鈔本「王公」作「公主」。《黷異編》、《劍俠傳》「家」作「亦」。按：《感遇傳》亦有「相與入中堂」語。

〔九七〕于是四人對坐牢饌畢陳　顧本原作「四人對饌訖」，《廣記》作「四人對坐，牢饌畢」，《黷異編》、《劍俠傳》、《文苑楂橘》作「四人對坐陳饌」，據《唐語林》改補。

〔九八〕二十人　此三字顧本原無，據《廣記》、《黷異編》、《劍俠傳》、《文苑楂橘》補。《感遇傳》作「三十餘人」。

〔九九〕列奏其前　《黷異編》、《劍俠傳》作「旅奏于庭」。

〔一〇〇〕物　顧本原作「曲」，《廣記》、《黷異編》、《劍俠傳》、《文苑楂橘》作「曲度」，據《唐語林》改。

〔一〇一〕家人自堂東舁出兩牀　「家人」《黷異編》、《劍俠傳》、《文苑楂橘》作「蒼頭」。「堂東」《廣記》、《黷異編》、《劍俠傳》、《文苑楂橘》作「西堂」，《唐語林》作「堂來」。「兩牀」顧本原作「二十牀」，《感遇傳》、《豪異祕纂》、《虞初志》等並同，唯《唐語林》作「兩牀」。按：牀，放置器物之坐架。文簿、鑰匙二十牀不合事理，據《唐語林》改。

〔一〇二〕各以錦繡帊覆之　「各」字顧本原無，據《唐語林》、《廣記》、《豔異編》、《劍俠傳》、《文苑楂橘》補。「帊」顧本及諸本俱作「帕」，《感遇傳》作「帊」。按：帊，布單。《資治通鑑》卷一六五梁元帝承聖三年：「詧（梁王蕭詧）使以布帊纏屍。」胡三省注引《通俗文》：「三幅爲帊。」而帕乃手帕、手巾，幅小不足以覆牀，據《感遇傳》改。下同。

〔一〇三〕陳　《廣記》、《唐語林》作「呈」，《豔異編》、《劍俠傳》、《文苑楂橘》作「列」。

〔一〇四〕指謂　此二字顧本原無，據《唐語林》補。《豔異編》、《文苑楂橘》作「虬髯舉杯告靖」，《劍俠傳》脱「舉」字。

〔一〇五〕向者某本欲於此世界求事　顧本原作「何者？欲以此世界求事」，《廣記》作「何者？某本欲於此世界求事」，《感遇傳》作「吾本欲中華求事」，據《唐語林》改。

〔一〇六〕三二十載　《感遇傳》作「三五年」，《豪異祕纂》作「三二載」（明抄殘本有「十」字），《廣記》作「三二年」，《唐語林》作「一二十年」，《豔異編》、《劍俠傳》、《文苑楂橘》作「二三年」，《唐人百家小説》、《虞初志》七卷本、《重編説郛》、《合刻三志》、《唐人説薈》、《龍威秘書》、《藝苑捃華》、《無一是齋叢鈔》、《晉唐小説六十種》作「二三載」。《感遇傳》「三五年」下有「以此爲經費」一句。

〔一〇七〕竭心盡善　《豔異編》、《劍俠傳》、《唐人説薈》、《龍威秘書》、《藝苑捃華》、《晉唐小説六十種》、《文苑楂橘》「善」作「力」。《唐語林》作「竭忠盡行」。

〔一〇八〕藝　《廣記》作「略」。

〔一〇九〕榮極　顧本原作「以盛」，據《豪異祕纂》、《廣記》、《唐語林》、《唐人説薈》、《龍威秘書》、《藝苑捃華》、《晉唐小説六十種》改。

〔一一〇〕亦不能存李郎　此句各本皆無，據《唐語林》補。

〔一一一〕非李郎不能遇一妹亦不能榮一妹　顧本原作「非李郎不能榮一妹」，《廣記》、《豔異編》、《劍俠傳》、《唐人百家小説》、《虞初志》七卷本、《重編説郛》、《唐人説薈》、《龍威秘書》、《藝苑捃華》、《無一是齋叢鈔》、《晉唐小説六十種》、《文苑楂橘》「榮」作「遇」，據《唐語林》補「遇一妹亦不能」六字。

〔一一二〕聖賢起陸之漸　顧本原無「聖賢」二字，「漸」作「貴」，據《廣記》、《豔異編》、《劍俠傳》、《唐人説薈》、《龍威秘書》、《藝苑捃華》、《無一是齋叢鈔》、《晉唐小説六十種》、《文苑楂橘》補改。《豪異祕纂》、《唐語林》、《唐人百家小説》、《虞初志》七卷本、《重編説郛》、《合刻三志》、《雪窗談異》亦作「漸」。

〔一一三〕斯　顧本原譌作「期」，各本俱同，據《唐語林》改。

〔一一四〕龍吟雲萃　《廣記》作「龍騰雲萃」，《唐語林》作「龍吟雲起」，《豔異編》、《劍俠傳》、《文苑楂橘》作「龍騰雲合」。

〔一一五〕非偶然　《廣記》、《唐語林》作「當然」。

〔一一六〕餘　此字顧本原無，據《廣記》、《唐語林》、《豔異編》、《劍俠傳》、《文苑楂橘》補。按：下文云貞觀十年虬髯殺扶餘國主自立，自大業末（六一八）到貞觀十年（六三六），已十八年。

〔二一七〕事　《豪異祕纂》、《廣記》、《唐語林》、《唐人説薈》、《龍威秘書》、《藝苑捃華》、《晉唐小説六十種》作「志」，《豔異編》、《劍俠傳》、《文苑楂橘》作「意」。《廣記》明鈔本、孫校本則作「事」。

〔二一八〕因命家童列拜　《劍俠傳》「因」上有「復」，《豔異編》、《文苑楂橘》「因」作「復回」。《感遇傳》作「因呼家僮百餘人出拜」，《廣記》作「顧謂左右」。

〔二一九〕是汝主也　《豔異編》、《劍俠傳》、《文苑楂橘》下有「可善事之」四字。

〔二二〇〕戎裝　此二字顧本原無，據《感遇傳》、《廣記》、《唐語林》補。《豔異編》、《劍俠傳》、《文苑楂橘》作「戎服」。

〔二二一〕得以助文皇締構之貲　「締構」二字顧本原作「帝」，據《廣記》、《唐語林》、《雪窗談異》改。《感遇傳》作「得此事力，以助文皇締搆大業」。《豔異編》、《劍俠傳》、《文苑楂橘》「構」作「緱」。《唐人百家小説》、《虞初志》七卷本、《重編説郛》、《唐人説薈》、《龍威秘書》、《藝苑捃華》、《無一是齋叢鈔》、《晉唐小説六十種》於「帝」下補「締構（或緱、搆）」二字。

〔二二二〕遂匡天下　《豪異祕纂》「匡」作「臣」。《感遇傳》、《廣記》、《唐語林》、《豔異編》、《劍俠傳》、《唐人説薈》、《龍威秘書》、《藝苑捃華》、《晉唐小説六十種》、《文苑楂橘》「天下」作「大業」。

〔二二三〕十年　《感遇傳》、《廣記》、《豔異編》、《劍俠傳》、《文苑楂橘》作「中」。

〔二二四〕公以左僕射平章事　《廣記》作「靖位至僕射」。按：《舊唐書》卷六七、《新唐書》卷九三《李靖傳》，李靖貞觀七年拜尚書右僕射，八年加授特進，每三兩日便到門下、中書二省平章政事。靖非左僕射，乃右僕射。

〔二五〕適東南蠻　「適」《豪異祕纂》作「果」。「東南蠻」原作「南蠻」，據《感遇傳》、《廣記》、《唐語林》補「東」字。《感遇傳》「蠻」作「夷」。

〔二六〕十萬　《感遇傳》作「十餘萬」，《豔異編》、《劍俠傳》、《文苑楂橘》作「數十萬」。

〔二七〕得事　《感遇傳》、《豪異祕纂》、《廣記》、《豔異編》、《劍俠傳》、《唐人説薈》、《龍威秘書》、《藝苑捃華》、《文苑楂橘》作「成功」，《唐語林》作「得志」。

〔二八〕具衣拜賀　《豪異祕纂》作「具衣冠賀」，《廣記》、《唐語林》作「具禮相賀」。按：具衣即穿戴官服。

〔二九〕非英雄所冀　「非」顧本誤作「由」，據《廣記》、《唐語林》、《雪窗談異》、《唐人説薈》、《龍威秘書》、《藝苑捃華》、《無一是齋叢鈔》改。《唐語林》「冀」作「覬」。

〔三〇〕乃螳臂之拒走輪耳　《廣記》「臂」作「蜋」。《唐語林》作「乃螳臂扼轍耳」。

〔三一〕信哉　此二字各本皆無，據《唐語林》補。

按：《虬鬚客傳》最早版本爲《太平廣記》本。卷一九三《虬髯客》，末注《虬髯傳》，明鈔本、孫校本「髯」作「鬚」。《太平廣記詳節》目録卷一四作《虬鬚客》，末注作《虬鬚傳》。《廣記》引用書目列作《虬髯（鬚）客傳》。此後爲《豪異祕纂》本，《説郛》卷三四選録《豪異祕纂》兩篇，其一爲《扶餘國主》，撰人署張説。據《説郛》注，《豪異祕纂》又名《傳記雜編》，一卷，載五事。《直齋書録解題》小説家類著録有《豪異祕纂》，稱「無名氏所録五事」。《宋史·藝文志》傳記類亦注「不知作者」。其中鄭文寶《歷代帝王傳國璽》，《説郛》有目無文。明顧元慶《廣四十家小説》收之，題《歷代帝王傳國璽譜》，作於至道三年。宋末王應麟《玉海》卷八四云「至道中鄭文寶爲《玉璽記》一卷」，《玉璽記》即《歷代帝王傳國璽》。至道乃宋太宗年號（九九五—九九七），然則《豪異祕纂》編成於太宗之後，或在真宗朝。《豪異祕纂》本題作《扶餘國主》，當爲改題。冉後爲《唐語林》本，北宋王讜纂輯唐人五十家小説成《唐語林》，今本（係《四庫全書》館臣據明嘉靖初齊之鸞刻殘本及《永樂大典》所引校補而成）卷五載有虬鬚客事，删去前部分李靖見楊素、紅拂奔靖一段，其餘相當完備，當係全録原文。《唐語林》所列五十家小説序目，今本只存四十八家，中有《異聞集》，疑虬鬚客事即採自晚唐陳翰《異聞集》。（説詳拙著《唐五代志怪傳奇叙録》）此外杜光庭《神仙感遇傳》卷四有《虬鬚客》，乃據原作删改而成。《太平廣記》、《豪異祕纂》、《唐語林》三本文字多有不同，蓋各據傳本所録，非互有蹈襲也。

明嘉靖間，先是陸采編《虞初志》八卷（凌性德編刊本爲七卷），卷二（凌本卷一）收《虬髯客傳》，題唐張説撰，末有跋語。嗣後顧元慶編刊《顧氏文房小説》亦收，題唐杜光庭撰，二本只個別文字不同，與《豪異祕纂》本頗近。此外又收録於《劍俠傳》卷一、《豔異編》卷二三義俠類、《五朝小説·唐人百家小説》傳奇家、《重編説郛》卷一一二、《唐人説薈》第十集（同治八年刊本卷一二）、《龍威秘書》四集、《藝苑捃華》、《無一是齋叢鈔》、《晉唐小説六十種》、《舊小説》乙集等。《劍俠傳》、《豔異編》二本依其體例俱不著撰人，《唐人百家小説》以下各本皆題唐張説撰。其中《唐人百家小説》本與《重編説郛》本全同，當從《虞初志》本而來，《唐人説薈》本蓋亦據《虞初志》本，而略有校改，《龍威秘書》等本乃取《唐人説薈》本，《藝苑捃華》、《晉唐小説六十種》則取《龍威秘書》本。《劍俠傳》、《豔異編》二本文字相同而多異於他本，所據不詳。汪辟疆《唐人小説》、魯迅《唐宋傳奇集》均據顧本校録，題《虬髯客傳》，署杜光庭撰。又者，明冰華居士《合刻三志》志奇類及舊題楊循吉《雪窗談異》卷五《豪客傳》，題唐杜光庭撰（《雪窗談異》無「撰」字），凡三篇，首爲《虬髯客》，同顧本。朝鮮活字本《删補文苑楂橘》卷一亦收，無撰人，題《虬髯客》，蓋取自《豔異編》。

《虬鬚客傳》最先著録於《崇文總目》傳記類，一卷，無撰人，《通志·藝文略》傳記類冥異目同。《宋志》小説類著録杜光庭《虬鬚客傳》一卷，乃以唐末前蜀杜光庭爲撰人。明清書目亦多有其目，《文淵閣書目》卷八雜附類有《虬鬚客傳》一部一册，焦竑《國史經籍志》小説家有《虬鬚客》一卷。高儒《百川書志》卷五傳記類有《虬鬚客傳》一卷，云：「唐杜光庭撰，又爲張説，未詳孰是。」晁瑮《寶文堂書目》卷中子雜類有《虬髯客傳》，清錢曾《述古堂藏書目》卷一傳記類及《讀書敏求記》卷二傳記類有《虬髯客傳》一卷，前書云是宋本。孫從添《上善堂宋元板精鈔舊鈔書目》、陳揆《稽瑞樓書目》亦有《虬髯客傳》。所著《虬髯客傳》，乃明清傳世本也。

明清本作《虬髯客傳》皆誤，實應作《虬鬚客傳》。《太平廣記》之明鈔本、孫校本及《太平廣記詳節》卷一四「髯」均作「鬚」，《神仙感遇傳》、《唐語林》皆同。唐末蘇鶚《蘇氏演義》云：「近代學者著《張虬鬚傳》，頗行於世。」宋人程大昌《考古編》卷九稱作《虬鬚傳》，洪邁《容齋隨筆》卷一二《王珪李靖》云「又有杜光庭《虬鬚客傳》」。《崇文總目》、《通志略》、《宋志》、《文淵閣書目》、《百川書志》等所著，皆其本名。宋人已常誤「虬鬚」爲「虬髯」，而於《虬傳》，《説郛》本《豪異祕纂》已誤於前，而《虞初志》、《顧氏文房小説》本繼之於後，其誤沿及今日，不可不辨也。

《虬傳》撰人，題作張説或杜光庭皆誤。《宋志》題杜光庭，前此洪邁《容齋隨筆》已有此説。然杜光庭所作實乃《神仙感遇傳》之《虬鬚客》，係取《虬鬚客傳》删改而成，并非原創。汪辟疆《唐人小説》以爲杜作是祖本，流傳宋初經文人潤飾而成今本，實顛倒本末。張説之説肇始於《豪異祕纂》，《虞初志》等因之。按《虬鬚客傳》多乖史實，如云隋煬帝幸江都，命司空楊素守西京，實則煬帝大業元年八月首次幸江都，楊素官尚書令、太子太師，並非司空。且正奉命營建東京，並不在西京。大業二年七月楊素卒時官司徒，亦非司空。李淵大業十三年拜太原留守，其時楊素早已死去，而李靖時爲馬邑郡丞，亦非布衣。據《舊唐書》卷六七、《新唐書》卷九三《李靖傳》載，李淵擊突厥，李靖在馬邑察其有非常之志，欲赴江都上報急變，至長安道阻，李淵定京師，執靖將斬之，因壯其言，太宗又固請，遂得釋，世民召入幕府，安有在太原輔佐世民之事！程大昌、洪邁、《虞初志》跋皆有辨，顯然出於傳聞，如《虞初志》跋所云，「其爲子虚烏有之説無疑」。張説開元宰相，一代文豪，號稱「大手筆」，雖亦著稗家小説，且如《梁四公記》多詼詭之言，然於太宗、衛公似不宜夸誕騁肆如此。觀傳末之論，警誡人臣之思亂者，非開元盛世人語，頗見晚唐亂世憂患之情。至若侈談豪俠，尤爲晚唐風氣。

今考《紺珠集》卷一一裴鉶《傳奇》，摘有《紅拂妓》一節，文云：「李靖微時，見楊素白事，有紅拂妓目靖久之。其夜來奔曰：『我楊家紅拂妓也，閲天下人多矣，未有如公者。松蘿願托，故來奔耳。』」此後葉廷珪《海録碎事》卷七下引《傳奇》亦云，惟删去「松蘿願托」四字。周守忠《姬侍類偶》卷下《紅拂擇主》，亦引《傳奇》，全同《海録碎事》。《紺珠集》摘《傳奇》十七條，有十五條分别摘自《蕭曠》、《薛昭》、《鄭德璘》、《文簫》、《元柳二公》（兩條）、《崑崙奴》（兩條）、《江叟》、《裴航》、《崔煒》、《金剛仙》、《封陟》、《陶尹二君》、《甯茵》十三傳，惟《金釵玉龜》（《楊通幽》）與《紅拂妓》不見《太平廣記》及《類説》。大部既皆可靠，此二事似亦無疑。

裴鉶《傳奇》各篇隨時而作，《虬傳》撰成單篇行世，待乾符中鉶於成都編纂《傳奇》，方入書中，故乾符中陳翰編《異聞集》時，即便《傳奇》未成，亦可收録焉。《虬傳》開篇，既非如「貞元中，有崔煒者」之類——此爲《傳奇》叙事常見之法，亦非「薛昭者，元和末爲平陸尉」之類，而以「隋煬帝之幸江都，命司空楊素守西京」之叙述背景開篇。然事有不同，叙事亦異，若「進士趙合，貌温氣直，行義甚高。大和初，遊五原」云云，較之他篇亦自有變。傳末繫以議論，尤爲他篇所無，蓋鉶作此傳，心繫社稷，有感不得不發，非他篇之單純屬意於奇人異事可比也。

唐末蘇鶚《蘇氏演義》云：「近代學者著《張虬鬚傳》，頗行於世。」蘇氏不知此傳作者，但知是近世流傳，時間未爲久遠。蘇鶚與裴鉶同時而較晚，《演義》撰作之時《虯傳》蓋已行世，故得云「近代」也。而裴鉶早歲修道於洪州西山，後久在幕府，並非聞人，蘇鶚不知《虯傳》出自鉶手，固不足怪。若果爲張説撰，以説之大名，則不得但稱「學者」，亦不得稱作「近代」。

《虯傳》作者考爲裴鉶，理由申説如右，似無枘鑿扞格之處。然《紺珠集》之説尚爲孤證，《海録碎事》、《姬侍類偶》均承《紺珠集》，是故難成定讞，姑備一説耳。

中元傳

羅隱撰

羅隱（八三三—九一〇），原名横，字昭諫。行十五。杭州新城（今浙江杭州市桐廬縣東北）人。少能詩，與宗人虯、鄴齊名，時號「三羅」。大中十三年（八五九）始舉進士，因恃才傲物，譏諷朝政，十餘年屢不中第，遂改名隱。懿宗咸通十一年（八七六），入湖南觀察使于瓌幕，爲掌書記、衡陽縣主簿。不久復先後入淮南節度使李蔚、鎮海軍節度使周寶幕，皆不得意。僖宗廣明中寓池州，刺史竇潏營墅居之，自號江東生，凡居六七年。光啓三年（八八七）錢鏐爲杭州刺史，隱投之，表爲錢塘縣令。昭宗景福二年（八九三）錢鏐爲鎮海軍節度使、潤州刺史，隱拜祕書省著作郎、節度掌書記。哀帝天祐三年（九〇六）轉司勳郎中，充鎮海軍節度判官。梁開平元年（九〇七），封錢鏐爲吴越王，召隱爲右諫議大夫，不行，授給事中。三年遷鹽鐵發運使。是年冬十二月病卒。羅隱著述頗豐，據《崇文總目》、《郡齋讀書志》、《宋史·藝文志》等，凡有《羅隱集》二十卷，《吴越掌記集》三卷（或作一卷），《江東後集》十卷（或作五卷、二十卷），《甲乙集》十卷，《羅隱賦》一卷，《羅隱啓事》一卷，《讒書》五卷，《讒本》三卷，《湘南應用集》三卷（或作二卷），《淮海寓言》七卷，《吴越應用集》三卷，《兩同書》二卷，《外集詩》一卷，《汝江集》三卷，《歌詩》十四卷等。今存《甲乙集》十卷、《讒書》五卷、《兩同書》二卷。清人輯《羅昭諫集》八卷，今人雍文華校輯《羅隱集》最備。（據《羅氏宗譜·羅給事墓誌》、《羅隱集》、《舊唐書》卷一八一《羅威傳》、《舊五代史》卷二四《羅隱傳》、《全唐文》卷八二三黄滔《與羅隱郎中書》、《吴越備史》卷一、五代王定保《唐摭言》卷二及卷一〇、孫光憲《北夢瑣言》卷六、《唐詩紀事》卷六九《羅隱》、《郡齋讀書志》卷一八、《直齋書録解題》卷一六、潛説友《咸淳臨安志》卷五一、韓淲《澗泉日記》卷下、《唐才子傳》卷九《羅隱》、《十國春秋》卷八四《羅隱傳》，參考汪德振《羅隱年譜》、陶敏《全唐詩作者小傳補正》卷六五五）

王勃〔一〕，字子安，太原〔二〕人也。六歲能文，詞章蓋世。年十三，侍父宦遊江左〔三〕。舟次馬當，寓目山半古祠，危闌跨水，飛閣懸崖。勃乃登岸閑步，見大門當道，榜曰「中元水府之神〔四〕」，禁庭嚴肅，侍衛猙獰。勃詣殿砌瞻仰，稽首返回。歸路遇老叟，年高貌古〔五〕，骨秀神清，坐於磯上，與勃長揖曰〔六〕：「子非王勃乎？」勃曰：「與老丈昔非親舊，何知勃之姓名？」叟曰：「知之〔七〕。」勃心驚異，虚己正容，談論款密。

叟曰：「來日重九，南昌都督命客作〔八〕《滕王閣序》，子有清才，盍往賦之？垂名後世〔九〕。」勃曰：「此去南昌七百餘里，今日已九月八矣，夫復何言〔一〇〕？」叟曰：「子誠能往，吾當助清風一席。」勃欣然再拜，且謝且辭，問叟：「仙耶？神耶？心祛〔一一〕未悟。」叟笑曰：「吾中元水府君也〔一二〕，歸帆當以濡毫均甘〔一三〕。」

勃即登舟張帆〔一四〕，舟去如飛〔一五〕，翌日昧爽，已抵南昌〔一六〕，乃彈冠詣府下〔一七〕。會府帥〔一八〕閻公宴僚屬於滕王閣，召江左名賢畢集〔一九〕。時公有婿吴子章，善爲文詞，公欲誇之賓友，乃宿搆《滕王閣序》，俟賓合而出爲之，若即席而就者。既會，公果授簡諸客〔二〇〕，諸客辭，遞相推遜〔二一〕。次至勃，勃輒受〔二二〕。公大怒曰：「吾新帝子之舊閣，乃洪都之絶景，悉集英俊，俾爲記，以垂萬古。何小子，輒當之〔二三〕？」起〔二四〕歸内閣，密囑數吏，伺勃下筆，當以口報。勃引紙，方書兩句〔二五〕，一吏即報曰：「南昌故郡，洪都新府。」公曰：「此亦儒生常談耳〔二六〕。」一吏復報曰：「星分翼軫，地接衡廬。」公曰：「故事也。」又報曰：「襟三江而帶五湖，控蠻荆而引甌越。」公即不語。俄而數吏沓至以報，公但頷頤而已。至「落霞與孤鶩〔二七〕齊飛，秋水共長天一色」，公矍然拊几〔二八〕曰：「此天才也。」頃而文成，閻公閲之，大悦〔二九〕，復出主席，謂勃曰：「子之文章，必有神助〔三〇〕，使帝子聲流千古，老夫名聞他年，洪都風月增輝，江山無價，皆子之力也。」偏示坐客，嘆服。

俄子章卒然叱勃曰：「三尺小童兒，敢將陳文，以誑主公！」因對公覆誦，了無遺忘。

坐客驚駭，公亦疑之。王勃湛然徐語曰：「陳文有詩乎？」子章曰：「無詩。」勃亦了不締思，揮毫落紙作詩曰：「滕王高閣臨江渚，佩玉鳴鑾罷歌舞。畫棟朝飛南浦雲，珠簾暮捲西山雨。閒雲潭影日悠悠，物换星移幾度秋。閣中帝子今何在？檻外長江空自流。」子章聞之，大慚而退。公私讌勃，寵渥荐臻，既行，謝以五百縑〔三一〕。

遂至故地，而叟已先坐磯石矣。勃拜以謝曰：「府君既借好風，又教不敏，當具菲禮，以荅神庥〔三二〕。」叟笑曰：「幸毋相忘，儻過長蘆祠〔三三〕，焚陰錢十萬，吾有未償薄債也〔三四〕。」勃領命，復告叟曰：「某之窮通壽夭何如？」叟曰：「壽夭係陰司，言之是泄陰機而有陰禍。子之窮通，言亦無患〔三五〕。子氣清體羸，神澂〔三六〕骨弱，腦骨虧陷，目精不全〔三七〕。雖有高才，秀而不實〔三八〕，終不貴矣，况富貴自有神主之乎？請與子别〔三九〕。」言畢，冉冉没於水際。勃聞此，厭厭不樂。過長蘆而忘叟之祝，俄有群烏集檣，拖櫓弗進。勃曰：「此何處？」舟師曰：「長蘆也。」勃恍然，取陰錢如數焚之而去〔四〇〕。

羅隱詩曰：「江神〔四一〕有意憐才子，欻忽威靈助去程。一席清風雷電疾，滿碑佳句雪冰清。焕然麗藻傳千古，赫爾英名動兩京。若非幽冥祐詞客，至今佳景絶無聲。」（據清陸心源《十萬卷樓叢書》本南宋陳元靚《歲時廣記》卷三五引《摭言》校録，又南宋曾慥《類説》卷三四《摭遺·滕王閣記》，委心子《新編分門古今類事》卷三引羅隱《中元傳》，祝穆《古今事文類聚》前集卷一一

引《摭言》，按：《摭言》乃《摭遺》之譌）

〔一〕王勃　前原有「唐」字，乃《歲時廣記》所加，今删。

〔二〕太原　明胡文焕《稗家粹編》卷四《王勃遇水神助風》作「唐高宗時」。

〔三〕侍父宦遊江左　「侍父」《古今類事》作「隨舅」。《稗家粹編》作「省父」，無「宦遊江左」四字。按：《舊唐書》卷一九〇上《王勃傳》：「時勃父福畤爲雍州司户參軍，坐勃左遷交趾令。上元二年，勃往交趾省父。」作「父」是。

〔四〕中元水府之神　《類説》、《古今類事》《四庫全書》本「中元」作「中源」。按：當塗采石磯亦有中元水府，北宋米芾《畫史》載：「嘉祐中，一貴人使江南，攜韓馬一匹行。及回渡采石磯，風大作，三日不可過，欲過又大作，於是禱於中元水府廟，典祀也。是夕夢神告，留馬當相濟。翌日詣廟獻之，風止乃渡。」南宋祝穆《方輿勝覽》卷一五《太平州・山川》：「采石山，在當塗北三十里。山下有磯。《江源記》：人於此取石，因名。上有蛾眉亭，下有廣濟寺、中元水府廟及承天觀。」南宋真德秀《西山文集》卷五二《中元水府廟祝文》即采石磯之廟。《分門集注杜工部詩》卷四《太平寺泉眼》注：「小説：潤州爲中源水府。」則作「中源」，廟在潤州。中元水府雖有三處，然均瀕臨長江，實爲一神。「元」、「源」同音，而諸書所記，以「中元」爲多。《事文類聚》、《稗家粹編》「神」作「殿」。

〔五〕年高貌古　《古今類事》作「容服純古」。

〔六〕與勃長揖曰　《古今類事》作「異之，因就揖焉，叟曰」。

〔七〕勃曰與老丈昔非親舊何知勃之姓名叟曰知之　此數語原無，據《古今類事》補。

〔八〕命客作　《稗家粹編》作「會客欲作」。

〔九〕垂名後世　此句原無，據《類説》補。

〔一〇〕此去南昌七百餘里今日已九月八矣夫復何言　《類説》作「此去洪水六七百里，今晚安可至也」。《稗家粹編》作「此去南昌八百餘里，今已是九月八日矣，安能至彼」。

按：「洪水」當作「洪州」，洪州治南昌縣。

〔一一〕心祛　《古今類事》作「以開」。

〔一二〕吾中元水府君也　《類説》作「中源水府，吾主此祠」，《古今類事》作「中元水府，吾所主也」。

〔一三〕歸帆當以濡毫均甘　《古今類事》作「子回幸復過此」。《稗家粹編》「甘」作「耳」。

〔一四〕張帆　此二字原無，據《類説》補。《稗家粹編》作「順風張帆」。

〔一五〕舟去如飛　此四字原無，據《古今類事》補。《稗家粹編》作「舟行如飛」。

〔一六〕翌日昧爽已抵南昌　「日」原作「旦」，據《事文類聚》、《稗家粹編》改。《類説》作「未曉抵洪」。

〔一七〕乃彈冠詣府下　此句原無，據《古今類事》補。

〔一八〕府帥　《稗家粹編》作「都督」。

〔一九〕召江左名賢畢集　此句原無，據《古今類事》補。

〔二〇〕公果授簡諸客　《古今類事》作「命吏以筆硯授之」。

〔二一〕諸客辭遞相推遜　「遞相推遜」四字原無，據《古今類事》補。《稗家粹編》作「客皆不敢當」。

〔二二〕勃輒受　《稗家粹編》作「勃最年少，輒受不辭」。

〔二三〕「公大怒曰」至「輒當之」　原作「公既非意，色甚不怡」，《稗家粹編》同，此據《古今類事》。

〔二四〕起　此字原無，據《事文類聚》、《稗家粹編》補。

〔二五〕勃引紙方書兩句　此七字原無，據《古今類事》補。

〔二六〕此亦儒生常談耳　《古今類事》作「老儒常談」。

〔二七〕鶩　原作「凫」，據《古今類事》、《事文類聚》、《稗家粹編》改。按：《王子安集》卷五《滕王閣詩序》、《文苑英華》卷七一八《秋日登洪府滕王閣餞别序》、《唐摭言》卷五、《古今事文類聚》續集卷七《秋日燕滕王閣詩序》、《全唐文》卷一八一《秋日登洪府滕王閣餞别序》等均作「鶩」。

〔二八〕矍然拊几　《古今類事》作「不覺引手鳴几」。

〔二九〕閻公閱之大悦　原作「公大悦」，《稗家粹編》同，據《古今類事》補三字。

〔三〇〕子之文章必有神助　《古今類事》作「子落筆似有神助」。

〔三一〕五百縑　《類説》、《唐才子傳》卷一《王勃》作「百縑」。

〔三二〕當具菲禮以荅神庥　《事文類聚》、《稗家粹編》「庥」作「休」。庥、休，庇祐。《古今類事》作「當修牢酒，以報神賜」。

〔三三〕祠　此字原無,據《類説》補。

〔三四〕未償薄債也　原作「未償薄價」,據《事文類聚》、《稗家粹編》改。《類説》作「博債未償也」,「博」乃「薄」字之譌。

〔三五〕「壽夭係陰司」至「言亦無患」　此數句原無,據《古今類事》補。

〔三六〕澂　《類説》、《古今類事》作「强」。

〔三七〕腦骨虧陷目精不全　此八字原無,據《類説》、《古今類事》補。《類説》「陷」作「害」,「精」作「睛」,明嘉靖伯玉翁舊鈔本作「陷」。

〔三八〕雖有高才秀而不實　《古今類事》作「雖有不羈之才、高世之俊」。

〔三九〕終不貴矣況富貴自有神主之乎請與子别　此數句原無,據《古今類事》補。

〔四〇〕取陰錢如數焚之而去　《古今類事》結尾作「勃聞之不悦,後果如言」。按:「後果如言」乃引録者語,此《古今類事》之體也,今不取。

〔四一〕江神　原爲闕字,末聯「祐詞」同。按:馮夢龍《醒世恒言》卷四〇《馬當神風送滕王閣》據本篇改編,引有此詩,詞語有所改動,姑據補,「詞」原作「祠」,當誤。

按:《分門古今類事》卷三《王勃不貴》,《十萬卷樓叢書》本末注出羅隱《中元傳》,《四庫全書》本作《感定録》。《感定録》五代無名氏撰,已佚。《歲時廣記》卷三五《記滕閣》所引末有羅隱詩曰云云，其出羅隱手無疑。檢《分門古今類事》前條《孝叔蛇鏡》出《感定録》，疑《四庫》本涉前而誤也。《類説》卷三四《摭遺》有《滕王閣記》一條，《摭遺》即《青瑣摭遺》，乃《青瑣高議》續書，北宋劉斧編著。劉斧多採前人書，此事當取羅隱之作。《歲時廣記》引作《摭言》，《古今事文類聚》前集卷一一亦引《摭言》，乃删節《歲時廣記》而成。《唐摭言》卷五《以其人不稱才試而後驚》載王勃事云：「王勃著《滕王閣序》，時年十四。都督閻公不之信，勃雖在座，而閻公意屬子壻孟學士者爲之，已宿構矣。及以紙筆延讓賓客，勃不辭讓。公大怒，拂衣而起，專令人伺其下筆。第一報云：『南昌故郡，洪都新府。』公曰：『亦是老生常談。』又報云：『星分翼軫，地接衡廬。』公聞之，沈吟不言。又云：『落霞與孤鶩齊飛，秋水共長天一色。』公矍然而起曰：『此真天才，當垂不朽矣。』遂亟請宴所，極歡而罷。」《唐摭言》所載如是，遠略於《歲時廣記》，則《歲時廣記》之《摭言》，必是《摭遺》之誤。《歲時廣記》引文最備，然《類説》、《古今類事》亦頗有可校補者。雖羅隱原傳已不可見，經諸書校補，大體猶存焉。

馬當山在江州彭澤縣，横枕大江。羅隱曾數遊江州，作有詩篇。其《上江州陳員外》詩，據《唐刺史考全編》，乾符三年（八七六）陳韙刺江。又有《贈無相禪師》詩，提及馬當山。疑王勃事即聞於江州而作此傳，姑定於乾符中。

《稗家粹編》卷四《王勃遇水神助風》，未著出處，文字與《歲時廣記》大同，而多有删略。

唐五代傳奇集第四編卷一

襄陽公

范攄撰

范攄，蘇州吴縣（今江蘇蘇州市）人。寓居越州會稽（今浙江紹興市）若耶溪，自號五雲溪人、雲溪子。有子七歲能詩，十歲而卒。一生未仕，少遊秦、吴、楚、宋，後曾往遊巫峽。乾符六年己亥歲（八七九）曾客于湖州霅川。約卒於中和、光啓中，李咸用作《悼范攄處士》詩。撰《詞林》一卷，佚。（據《雲溪友議》，《唐李推官披沙集》卷五《悼范攄處士》，《詩話總龜》前集卷一三引《青瑣集》，又卷三四引《郡閣雅談》，《唐詩紀事》卷七一《范攄之子》，《吴郡志》卷二六引《延賓佳話》、《唐宋遺史》，《宋史·藝文志》古文史類）

鄭太穆郎中爲金州刺史，致書於襄陽于司空頔。鄭書傲倪自若〔一〕，似無郡吏〔二〕之禮。書曰：「閤下爲南溟之大鵬，作中天之一柱，騫騰則日月暗，摇動則山嶽頹，真天子之爪牙，諸侯之龜鏡也。太穆孤幼二百餘口，飢凍兩京。小郡俸薄，尚爲衣食之憂〔三〕，溝壑之期，斯須至矣。伏惟賢公息雷霆之威，垂特達之節，賜錢一千貫，絹一千疋，器物一千事〔四〕，米一千石，奴婢各十人。」且曰：「分千樹一葉之影，即是濃陰；減四海數滴之泉，便爲膏澤。」于公覽書，亦不嗟訝，曰：「鄭使君所須，各依來數一半，以戎旅〔五〕之際，不全副其本望也。」又有匡廬符載〔六〕山人，遣三尺童子，齎數幅之書〔七〕，乞買山錢百萬。公遂與之，仍加紙墨衣服等。

又有崔郊秀才者，寓居於漢上，蘊積文藝，而物産罄懸。無何，與姑婢通，每有阮咸之從〔八〕。其婢端麗，饒彼音律之能，漢南之最〔九〕也。姑貧，鬻婢於連帥，連帥愛之，以類無雙，無雙即薛太保愛妾，至今圖畫觀之。給錢四十〔一〇〕萬，寵眄〔一一〕彌深。郊思慕無已，即强親〔一二〕府署，願一見焉。其婢因寒食來從事家〔一三〕，值郊立於柳陰，馬上連〔一四〕泣，誓若山河。崔生贈之以詩曰：「公子王孫逐後塵，緑珠垂淚滴〔一五〕羅巾。侯門一入深如海，從此蕭郎是路人。」或有嫉郊者，寫詩於于座。公覩詩，令召崔生，左右莫之測也。郊則憂悔而已，無處潛遁也。及見郊，握手曰：「『侯門一入深如海，從此蕭郎是路人。』便是公製作也？四百千小哉，何靳一書，不早相示？」遂命婢同歸，至於幃幌奩匣，悉爲增飾之，小阜崔生矣。

初，有客自零陵來，稱戎昱使君席上有善歌者，襄陽公遽命召焉。戎使君豈敢違命，逾月而至。及至，令唱，歌乃戎使君送妓之什也。公曰：「丈夫不能立功立業，爲異代之所稱，豈有奪人姬愛〔一六〕，爲己之嬉娱？以此觀之，誠可竄身於無人之地。」遂多以繒帛賷行，手書遜謝於零陵之守也。

雲溪子曰：王敦驅女樂，以給軍士。楊素歸徐德言妻，臨財莫貪。於色不悋者罕矣，時人用爲雅譚。歷觀國朝[一七]挺特英雄，未有如襄陽公者也。戎使君詩曰：「寶鈿香蛾[一八]翡翠裙，粧成掩泣欲行雲。殷懃好取襄王意[一九]，莫向陽臺夢使君[二〇]。」（據民國劉承幹《嘉業堂叢書》本《雲溪友議》卷上校録，又《太平廣記》卷一七七引《雲溪友議》、《唐語林》卷四《豪爽》）

〔一〕鄭書傲倪自若 《唐語林》、《廣記》無「書」字。《稗海》本（卷一）作「睨」。倪，通「睨」。

〔二〕吏 《唐語林》作「僚」，《廣記》作「使」，《太平通載》卷二九引《太平廣記》作「吏」。

〔三〕尚爲衣食之憂 《廣記》「憂」作「節」。按：談愷刻本脱「憂溝壑之期斯須至矣伏惟賢公息雷霆之威垂特達之」二十二字，遂使「之」與「節」相連。《合刻三志》志奇類、《唐人説薈》第十集、《龍威秘書》四集、《藝苑捃華》之《英雄傳・于頔》亦脱，而改作「衣食不給，乞」，與下句「賜錢一千貫」相連。《廣記》清孫潛校本不脱，「賢」作「明」。

〔四〕事 《廣記》、《合刻三志》、《唐人説薈》、《龍威秘書》、《藝苑捃華》作「兩」，《廣記》孫校本作「事」。

〔五〕旅 《廣記》、《合刻三志》、《唐人説薈》、《龍威秘書》、《藝苑捃華》作「費」，《廣記》孫校本、《太平通載》作「旅」。

〔六〕符載　《廣記》、《合刻三志》、《唐人説薈》、《龍威秘書》、《藝苑捃華》「載」譌作「戴」，《太平通載》作「載」。按：《唐才子傳》卷四：「楊衡字仲師，雲人。天寶間避地西來，與符載、崔群、李渤同隱廬山，結草堂于五老峰下，號山中四友。」

〔七〕數幅之書　「幅」《廣記》、《合刻三志》、《唐人説薈》、《龍威秘書》、《藝苑捃華》作「尺」，《太平通載》作「幅」。「之」《稗海》本作「文」。

〔八〕從　《稗海》本、《廣記》、《合刻三志》、《唐人説薈》、《龍威秘書》、《藝苑捃華》作「縱」，《太平通載》作「從」。從，同「縱」。

〔九〕最　《廣記》、《合刻三志》、《唐人説薈》、《龍威秘書》、《藝苑捃華》下有「姝」字，《廣記》孫校本、《太平通載》無此字。

〔一〇〕四十　《唐詩紀事》卷五六《崔郊》、《古今事文類聚》後集卷一六引《唐宋遺史》（按：北宋詹玠撰）作「四十一」。

〔一一〕眄　《稗海》本作「盻」，《廣記》作「盼」。盻，同「盼」。

〔一二〕親　《唐語林》作「就」。

〔一三〕來從事家　《唐語林》下有「還」字。《廣記》、《合刻三志》、《唐人説薈》、《龍威秘書》、《藝苑捃華》作「果出」。《稗海》本、《廣記》孫校本作「來從事冢」，「冢」字似譌，張國風《太平廣記會校》據孫本改。按：從事，指山南東道節度使于頔之文職幕僚。

〔一四〕連　《唐詩紀事》、《事文類聚》作「漣」。

〔一五〕緑珠垂淚滴羅巾　《詩話總龜》前集卷二六引《唐宋遺史》「垂」作「重」，周本淳校：「明鈔本作『垂』，似勝。」《紺珠集》卷五及《類説》卷二七《唐宋遺史·侯門深似海》、《錦繡萬花谷》後集卷一五引《酉陽雜俎》（按：書名誤）「滴」作「裛」，《事文類聚》作「濕」，《萬首唐人絶句》卷六八崔郊《贈去妾》作「滿」。

〔一六〕姬愛　《稗海》本、《太平通載》、《唐語林》作「愛姬」。

〔一七〕國朝　《稗海》本、《太平通載》作「國相」，《廣記》作「相國」。

〔一八〕香蛾　《稗海》本「蛾」作「娥」。《唐語林》作「青蛾」。

〔一九〕意　《唐語林》作「夢」。

〔二〇〕按：戎昱詩《稗海》本、《唐語林》均在「歌乃戎使君送妓之什也」（《唐語林》作「歌乃戎使君送妓之詩」）之下。

按：《崇文總目》小説類著録《雲溪友議》三卷，范攄撰，《新唐書·藝文志》小説家類、《郡齋讀書志》、《通志·藝文略》小説類同。《新唐志》注：「咸通時，自稱五雲溪人。」《讀書志》云：「記唐開元以後事。攄五谿人，故以名其書。」《直齋書録解題》作十二卷，云：「自稱五雲溪人，咸通時，《唐志》三卷。」《宋史·藝文志》小説類誤作十一卷。《遂初堂書目》小説類無撰人卷數。

今存三卷、十二卷本。三卷本有《四部叢刊續編》景印明刊本、《四庫全書》本、民國十九年（一九三〇）吴興劉承幹刊《嘉業堂叢書》本。皆有自序，題五雲谿（或作溪）人范攄纂，六十五條，各三字標目。《四部叢刊》本有《校勘記》及張元濟民國二十三年（一九三四）跋。《校勘記》原爲徐紹乾咸豐戊午（八年，一八五八）用宋本對校所作，張元濟擇而列表。嘉業堂本有劉承幹《校勘記》，頗詳。十二卷本當係南宋人所析，内容無異，有明商濬刻《稗海》本、《筆記小説大觀》本、《叢書集成初編》本。清振鷺堂重刊《稗海》本亦有自序，題同三卷本，無標目。《叢書集成初編》據《稗海》本排印，序題唐雲谿范攄纂。《筆記小説大觀》本無自序，題唐雲溪范攄著。振鷺堂《稗海》本文字與明刊本互有優劣，《四庫全書》本多據《稗海》本校改。一九五七年上海古典文學出版社據《四部叢刊》本排印，削去《校勘記》及張跋。一九五九年中華書局上海編輯所復以《稗海》本核勘排印。二〇〇〇年上海古籍出版社《唐五代筆記小説大觀》即以上海編輯所排印本爲底本，又據《稗海》本、《四庫全書》本、《太平廣記》校改。據唐雯《〈雲溪友議〉十二卷本考述——以復旦大學圖書館所藏兩部鈔本爲中心》（《中國典籍與文化》，二〇一一年第四期）介紹，復旦大學圖書館藏有明嘉靖十四年（一五三五）王良棟鈔本與清褚德彝過録勞權校清鈔本，二本皆有自序。王本末有傅增湘跋，云：「丙辰（一九一六）八月以稗海本對勘一過，余别有舊抄三卷本，覆亦大同小異。」

又，《紺珠集》卷四摘録十五條，《類説》卷四一摘二十九條。《説郛》卷五選録六條，乃據十二卷本。《重編説郛》卷二一録一卷，五條，全見《説郛》本，「顧況」條無，文句或有差異。清蓮塘居士《唐人説薈》二集（同治八年刊本卷四）亦爲一卷，凡四十一條，大都輯自《太平廣記》。「山上有葱」一條乃濫去《紺珠集》卷六《酉陽雜俎》及《類説》卷四二《酉陽雜俎》。「李義琛」條輯自《廣記》卷四九三，不見今本，出處當誤。《唐人説薈》本後又取入馬俊良《龍威秘書》二集、顧之逵《藝苑捃華》（用《龍威秘書》版片印）。

范攄自序未具年代，《新唐志》注云「咸通時」，似謂書成之時，誤也。考卷下《江客仁》云：「乾符己丑歲客于霅川。」《四庫全書總目提要》謂：「乾符元年爲甲午，六年爲己亥，次年庚子，改元廣明，中間無己丑，己丑實爲咸通十年。疑書中或誤咸通爲乾符，否則誤己亥爲己丑。」己亥爲乾符六年（八七九）。《唐詩紀事》卷五《李彙征》引范攄語，作乾符辛丑，而乾符亦無辛丑，辛丑乃中和元年（八八一）。余嘉錫《四庫提要辨證》卷一七謂其誤不在年號，而在干支，説是，當爲乾符己亥也。卷中《彰術士》又云：「楊損尚書三十年來兩爲給事，再任京尹，防禦三峰、青州節使。」楊損兩度出任京兆尹，據郁賢皓《唐刺史考全編》，首次在乾符元年，二次在中和元年、二年間。防禦三峰指任陝虢觀察使，時在乾符四年至五年。爲淄青節度使約在乾符五、六年。是則書成約在中和中（八八一—八八五）。或謂定稿於廣明（八八〇—八八一）前（湯華泉《范攄二考》，《文獻》一九九六年第二期），非也。

本篇原題《襄陽傑》。三卷本之三字標目多牽强拙陋，疑爲後人加。《廣記》題《于頔》。今擬如題。

明冰華居士《合刻三志》志奇類輯《英雄傳》四篇，妄題唐雍陶撰。此書後又收入《唐人説薈》第十集（同治八年刊本卷一三）、《龍威秘書》四集《晉唐小説暢觀》及《藝苑捃華》、《晉唐小説六十種》。《英雄傳》中有《于頔》，乃取自《廣記》，略有删節。

李相公紳

范攄撰

李相公紳督大梁日，聞鎮海軍進健卒四人，一曰富蒼〔一〕龍，二曰沈萬石，三曰馮五千，四曰錢子濤，悉能拔橛〔二〕角觝之戲。既至，果然趫徑也。翌日，於毬場内犒勞，以駕車老牛筋皮爲炙，狀〔三〕瘤魁之臠，魁，酒罇也，盛一斗二升。多以楢槐瘤〔四〕爲之，或銅鑄也。坐四輩於地茵，大柈〔五〕令食之。萬石等三人視炙堅麤，莫敢就食，獨五千瞋目張口，兩手捧炙，如虎啖肉。丞相曰：「真壯士也，可以撲殺西域健胡〔六〕。」又令試於觝戲，蒼龍等亦不利，獨五千勝之，十萬之衆，爲之披靡。於是獨進五千，蒼龍等退還本道，語曰：「壯兒過大梁，如上龍門也。」大梁城北門，常扃鎖不開，開必有事。公命開之，騾子營騷動，軍府乃悉誅之，自此平泰也。

李公既治淮南，決吴湘之獄，而持法清峻，犯者無宥，有嚴、張之風也。狡吏姧豪，潛形疊迹〔七〕。然出於獨見，寮佐莫敢言〔八〕之。李元將評事及弟仲將，僑寓江都。李公羈旅之年，每止於元將之館，而叔呼焉。榮達之後，元將稱弟稱姪，皆不悦也。及爲孫子，方似相容。又有崔巡官者，昔居鄭圃也，與丞相同年之舊，特遠來謁。纔到客舍〔九〕，不意家僕與市人有〔一〇〕競，詰其所以，僕人曰：「宣州館驛崔巡官。」下其僕與〔一一〕市人，皆抵極法。令捕崔至，曰：「昔嘗識君，到此何不相見也？」崔生叩頭謝曰：「適憩旅舍，日已遲晚，相公尊重，非時不敢具陳卑禮。伏希哀憐，獲歸鄉里。」遂縻留服罪，笞股二十。送過秣陵，貌若死灰，莫敢慟哭。時人相謂曰：「李公宗叔翻爲孫子，故人忽作流囚。」邑客黎人，懼罹不測之禍，渡江過淮者衆矣〔一二〕。主吏啓曰：「户口逃亡不少。」丞相曰：「汝不見淘〔一三〕麥乎？秀者在下，糠粃隨流，隨流者不必報來。」自此一言，竟無踰境者。

又忽有少年，勢似疏簡，自云：「辛氏郎君，來謁丞相。」於晤對之間，未甚周至。懸車白尚書先寄元相公詩曰：「悶勸迃〔一四〕辛酒，閒吟短李詩。」蓋〔一五〕辛大丘度性迃嗜酒，李二十〔一六〕紳短而能詩。辛氏郎君，即丘度之子也。謂李公曰：「小子每憶白廿二丈詩曰：『悶勸疇〔一七〕昔酒，閒吟廿丈詩。』」李公笑曰：「辛大有此狂兒，吾敢不存舊矣。」凡是〔一八〕官族，相快辛氏子之能忤誕，丞相之受侮，剛腸暫屈乎〔一九〕！

有一曹官到任，儀質頗似府公，府公見而惡之，書其狀曰：「着青把笏，也請料錢，覩此形骸，足可傷〔二〇〕嘆。」左右皆竊笑焉。又有宿將，有過請罰，且云：「臭老兵，倚恃年老而刑不加，若在軍門，一百也決。」竟不免其檟楚。凡所書判，或〔二一〕是卒然，故趨事皆驚神破膽矣。

初，李公赴薦，常以古風求知吕化光温〔二二〕，謂齊員外煦〔二三〕及弟恭曰：「吾觀李二十秀才之文，斯人必爲卿相。」果如其言。詩曰：「春種一粒粟，秋收〔二四〕萬顆子。四海無閒〔二五〕田，農夫猶餓死。」「鋤禾日當午，汗滴禾中〔二六〕土。誰知盤中飡，粒粒皆辛苦。」

先是，元相公廉察江東之日，修龜山寺魚池，以爲放生之銘〔二七〕，戒其僧曰：「勸汝諸僧好護〔二八〕持，不須垂釣引青絲。雲山莫厭看經坐，便是浮生得道時。」李公到鎮，遊于野寺，覩元公之詩而笑曰：「僧有漁罟之事，必投於鏡湖，後有犯者，堅而不恕焉。」復爲二絶而示之云：「剃髮多緣是代耕，好聞人死惡人生。祇園説法無高下，爾輩何勞尚世情。」「汲水添池活白蓮，十千鬐鬣盡生天。凡庸不識慈悲意，自葬江魚入九泉。」忽有老僧詣謁，願以因果喻之。丞相問：「阿師從何處來？」答云：「貧道從來處來。」遂決二十，曰：「任從去處去。」至如浮薄賓客，莫敢候門〔二九〕，三教所來，俱有區別。海内服其才俊，終于相者〔三〇〕也。

初貧，遊無錫惠山寺，累以佛經爲文藁，致主藏僧毆打，終身所憾焉。後之剡川天宮精舍，凭笈而晝寢。有老僧齋罷，見一大〔二〕虵，上刹前李樹，食其子焉。恐其遺毒而人誤食之，徐徐驅下，虵乃望東序而去，遂入李秀才懷中，倏而不見矣。公乃驚覺，老僧曰：「秀才睡中有所覩否？」李公曰：「夢中上李樹，食李甚美。」似有一僧相逼，及寤，乃見上人。」老僧知此客非常，延歸本院。經數年而辭赴舉，將行，贈〔三〕以衣鉢之資，酷〔三〕喻之曰：「郎君身必貴矣，然勿以僧之尤過，貽於禍難。」及領會稽，僧有犯者，事無巨細，皆至極刑。唯憶無錫之時也，遂更剡川爲龍宮寺額。嗟老僧之已逝，爲其營塔立碑。平生之修建，只於龍宮一寺矣。

雲溪子曰：蕭相國立殊勳，方明昴宿；《前漢史》謂酇侯昴星之精爾。杜元凱因醉吐，始見虵形。則李公食李於龍宮，其不謬矣。（據民國劉承幹《嘉業堂叢書》本《雲溪友議》卷上校録，又《太平廣記》卷一七〇及二六九引《雲溪友議》、《唐語林》卷四《豪爽》）

〔一〕蒼　《唐語林》作「倉」，下同。

〔二〕摫　《稗海》本（卷一）作「撅」。

〔三〕狀　此字原脱，據《稗海》本、《四庫》本、《唐語林》補。

〔四〕 楕槐瘤 原譌作「猶槐榴」，據《唐語林》改。《四部叢刊》本「楕」作「栖」，《四庫》本作「楕」。楕，木名。

〔五〕 柈 原譌作「拌」，據《稗海》本、《四部叢刊》本、《四庫》本、《唐語林》改。柈，同「盤」。

〔六〕 西域健胡 《稗海》本作「西胡醜夷」。《四庫》本作「西域健兒」，乃館臣所改。

〔七〕 潛形疊迹 《稗海》本作「爲之斂跡」，《四庫》本作「潛形斂迹」，《唐語林》作「潛形匿迹」。

〔八〕 言 《唐語林》作「諫」。

〔九〕 纔到客舍 《廣記》卷二六九作「纔及旅次」。

〔一〇〕 有 《稗海》本、《四庫》本作「争」。

〔一一〕 與 此字原脱，據《稗海》本、《四庫》本、《廣記》、《唐語林》補。

〔一二〕 衆矣 《稗海》本、《四庫》本作「日衆」。

〔一三〕 淘 《廣記》、《唐語林》齊之鸞本、《歷代小史》本作「掬」。

〔一四〕 迃 《稗海》本、《廣記》、《唐語林》作「迂」，字同。

〔一五〕 蓋 原作「且曰」，誤，據《稗海》本改。《廣記》作「蓋謂」。

〔一六〕 二十 《稗海》本誤作「十二」。下同。按：李紳行第二十。

〔一七〕 疇 《詩話總龜》前集卷四一引《雲溪友議》作「平」。

〔一八〕 是 《唐語林》作「諸」。

〔一九〕丞相之受侮剛腸暫屈乎　《四庫》本無「乎」字。《稗海》本作「丞相受侮，剛腸爲之暫屈矣」。

〔二〇〕傷　《稗海》本、《唐語林》作「駭」。

〔二一〕或　《稗海》本、《四庫》本作「多」。

〔二二〕吕化光温　「化光」原誤作「光化」，據周勛初《唐語林校證》乙改。按：吕温字化光，見《舊唐書》卷一三七、《新唐書》卷一六〇《吕温傳》。

〔二三〕齊員外煦　《廣記》卷一七〇「煦」作「照」。按：林寶《元和姓纂》卷三「齊」姓「河間」下載：江西觀察使齊映「兄昭、皎，弟暤、照、煦」。《唐代墓誌彙編》貞元十八年《唐故相州臨河縣尉張府君墓誌銘并序》載：「齊氏有三子，長曰暤，試秘書省校書郎；次曰炅，監察御史……次曰煦，又膺秀士之選。」岑仲勉《元和姓纂四校記》卷三謂「照」應正作「炅」。而《廣記》引《雲溪友議》之「照」應爲「炅」譌。《會校》據《元和姓纂四校記》改作「炅」。究竟此齊員外（即尚書省員外郎）是齊煦還是齊炅，姑存疑。

〔二四〕收　《廣記》、《唐語林》作「成」。

〔二五〕閒　原譌作「間」，據《四部叢刊》本、《稗海》本、《四庫》本、《唐語林》、《廣記》改。

〔二六〕中　《廣記》、《唐詩紀事》卷三九《李紳》作「下」。

〔二七〕銘　《稗海》本、《四庫》本、《唐語林》作「所」。嘉業堂本作「銘」，劉承幹校：宋本作「名」。

〔二八〕護　《唐語林》作「自」。

〔二九〕門　《唐語林》作「問」。

〔三〇〕者　《稗海》本、《四庫》本作「位」。

〔三一〕大　《稗海》本、《四庫》本、南宋高似孫《剡録》卷一〇、張淏《寶慶會稽續志》卷四作「黑」。

〔三二〕贈　原作「減」，據《稗海》本、《四庫》本改。

〔三三〕酷　《稗海》本、《四庫》本作「因」。

按：原題《江都事》，今擬如題。

嚴黄門

范攄　撰

武后朝，嚴安之、挺之〔一〕，昆弟也。安之爲長安戎曹〔二〕，權過京尹，至今爲寮者，願得〔三〕安之之術焉。挺之則登歷臺省，亦有時名。娶裴卿之女，纔三夕，其妻夢一人，佩服金紫，美鬚鬢，曰：「諸葛亮也，來爲夫人兒。」既妊，而産嬰孩，其狀端偉，頗異常流。

挺之薄其妻而愛其子。武年八歲，詢母曰：「大人常厚玄英，玄英，挺之妾也。未常慰省阿母，何至於斯乎？」母曰：「吾與汝母子也，以汝尚幼，未之知也。汝父薄幸〔四〕，嫌吾寢陋，枕席數宵，遂即懷汝，自後相棄如離婦焉。」其母悽咽，武亦憤惋難處〔五〕。候父既出，玄英方睡，武持小鐵鎚，擊碎其首。及挺之歸，驚愕視之，乃斃矣。左右曰：「小郎君戲運鐵鎚而致之。」挺之呼武至，曰：「汝何戲之甚矣？」武曰：「焉有大〔六〕朝人士，厚其侍妾，困辱兒之母乎？故須擊殺，非戲之也。」父曰：「真嚴挺之之子。」而每抑遏，恐其非器〔七〕。

武年二十三，爲給事黄門侍郎〔八〕。明年，擁旄西蜀，累於飲筵，對客騁其筆札。杜甫拾遺乘醉而言曰：「不謂嚴挺之有此兒也。」武恚目久之，曰：「杜審言孫子，擬捋虎鬚。」合座皆笑，以彌縫之。武曰：「與公等飲饌謀歡，何至於祖考矣？」房太尉琯亦微有所忤〔九〕，憂怖成疾。武母恐害賢良，遂以小舟送甫下峽。母則可謂賢也，然二公幾不免於虎口乎！李太白爲《蜀道難》，乃爲房、杜之危也。略曰：「劍閣峥嶸而崔嵬，一夫當關〔一〇〕，萬夫莫開，所守或非人，化爲狼與豺。此謂武之酷暴矣。朝避猛虎，夕避長蛇，磨牙吮血，殺人如麻。錦城雖云樂，不如早還家。蜀道之難，難於上青天，側身西望長咨嗟。」杜初自作《閬中行》：「豺狼當路，無地遊從。」或謂章仇大夫兼瓊爲陳拾遺雪獄，陳冕字子昂〔一一〕。高適侍御與王江寧昌齡申冤，當時用〔一二〕爲義士也。李翰林作此歌，朝右聞之，疑嚴武有劉焉之志。支屬刺史章彝，因小瑕，武遂棒殺〔一三〕。後爲彝外家報怨，嚴氏〔一四〕遂微焉。（據民國劉承幹《嘉業堂叢書》本《雲溪友議》卷上校録，又《唐語林》卷四《豪爽》）

〔一〕挺之　原譌作「定之」，據《稗海》本（卷二）、《四庫》本、《唐語林》改，下同。按：嚴武父名挺之，見《舊唐書》卷九九《嚴武傳》、《新唐書》卷一二九《嚴挺之傳》。
〔二〕戎曹　《唐語林》作「兵曹」。按：戎曹即兵曹，全稱兵曹參軍事。
〔三〕願得　《唐語林》作「賴」。
〔四〕幸　《稗海》本、《唐語林》作「行」。
〔五〕難處　《稗海》本、《唐語林》無此二字。
〔六〕大　《稗海》本作「天」。
〔七〕恐其非器　《稗海》本作「恐小其器耳」。
〔八〕給事黄門侍郎　《唐語林》無「侍郎」二字。按：兩《唐書》本傳作給事中。給事黄門侍郎隋置，後改黄門侍郎、門下侍郎。給事中位次於侍郎。
〔九〕房太尉琯亦微有所忤　「琯」原譌作「綰」，據《唐語林》改。按：房琯，《舊唐書》卷一一一、《新唐書》卷一三九有傳。「忤」原譌作「誤」，據《稗海》本、《四庫》本、《唐語林》改。
〔一〇〕闕　原作「門」，據《稗海》本、《唐語林》改。
〔一一〕陳冕字子昂　「冕」原作「晃」，據《稗海》本、《四庫》本改。「冕」與「昂」相關也。按：《新唐書》卷一〇七本傳：「陳子昂，字伯玉。」與此異。
〔一二〕用　《稗海》本、《四庫》本、《唐語林》作「同」。用，以也。

〔一三〕武遂棒殺　《稗海》本作「武一杖殺之」。

〔一四〕嚴氏　《唐語林》下有「之後」二字。

玉簫

范攄　撰

西川韋相公皋，昔〔一〕遊江夏，止於姜使君之館。姜輔相公之從兄也。姜氏孺子曰荆寶，已習二經，雖兄呼於韋，恭事之禮如父叔也。荆寶有小青衣曰玉簫，年纔十〔二〕歲，常令祗候侍韋兄，玉簫亦勤於應奉。後二〔三〕載，姜使君入關求官，而家累不行。韋乃易居，止頭陁寺，荆寶亦時遣玉簫往彼應奉。玉簫年稍長大，因而有情。

時廉使陳常侍得韋君季父書云：「姪皋久客貴州，切望發遣歸覲。」廉察啓緘，遺以舟楫服用。仍恐淹留，請不相見。泊舟江渚〔四〕，俾篙工促行。韋〔五〕昏暝拭淚，乃裁〔六〕書以別荆寶。寶頃刻與玉簫俱來，既悲且喜。寶命青衣從往，韋以違〔七〕覲日久，不敢俱行，乃固辭之。遂爲言約，少則五載，多則七年，取玉簫。因留玉〔八〕指環一枚，并詩一首遺之〔九〕。五年〔一〇〕既不至，玉簫乃静〔一一〕禱於鸚鵡洲。又逾二〔一二〕年，洎八年春，玉簫歎曰：「韋家郎君一別七〔一三〕年，是不來耳。」遂絶食而殞。姜氏愍其節操，以玉環着於中指而同殯焉。

後韋公鎮蜀，到府三日，詢鞫獄情，滌其冤濫輕重之繫，近〔一四〕三百餘人。其中一輩，五器所拘，偷視廳事，私語云：「僕射是當時韋兄也。」乃厲聲曰：「僕射，僕射，憶得姜家荆寶否？」韋公曰：「深憶之。」姜曰〔一五〕：「即某是也。」公曰：「犯何罪而重羈縲？」答曰：「某辭違之後，尋以明經及第，再選青城縣〔一六〕令。家人誤爇廨舍庫牌印等。」韋公曰：「家人之犯，固非己尤。」便與雪冤，仍歸墨綬〔一七〕，乃奏授〔一八〕眉州牧。敕下，未令赴任，遣人監守，朱紱其榮，留連賓幕。

時〔一九〕屬大軍之後，草創事繁，經蓂莢數凋〔二〇〕，方問〔二一〕：「玉簫何在？」姜牧曰：「僕射維舟之夕，與伊留約，七載是期。逾時不至，乃絶食而殞。」因吟《留贈玉環》詩云：「黄雀銜〔二二〕來已數春，别時難解〔二三〕贈佳人。長吟不見魚書至〔二四〕，爲遣〔二五〕相思夢入秦。」韋公聞之，益增悽歎。廣修經像，以報夙心。且想念之懷，無由再會。時有祖〔二六〕山人者，有少翁之術，能令逝者相親。但令府公齋戒七日。清夜，玉簫乃至，謝曰：「承僕射寫經供佛〔二七〕之力，旬日便當託生。却後十二〔二八〕年，再爲侍妾，以謝鴻恩。」臨訣〔二九〕微笑曰：「丈夫薄情，令人死生隔矣！」

後韋以〔三〇〕隴右之功，終德宗之代，理蜀不替。是故年深，累遷中書令、同平章事。天下嚮〔三一〕附，瀘僰歸心。因作生日，節鎮所賀，皆貢珍奇。獨東川盧八座〔三二〕，送一歌姬，未當破瓜之年，亦以「玉簫」爲號。觀之，乃真姜氏之玉簫也，而中指有肉環隱出，不異留别之玉環也。京兆公〔三三〕曰：「吾乃知存殁之分，一往一來。玉簫之言，斯可驗矣！」

議者以韋中書脱布衣不五秋而擁旌鉞，皇朝之盛，罕有其倫。然鎮蜀近二紀，雲南諸蕃部落，悉遣儒生教其禮樂，易衽歸仁，彼我以鹽鏟貨賂，悉無怨焉。後司空杜公〔三四〕，弛其規准，别誘言化〔三五〕，復通其鹽運而不贍金帛，遂令部落懷二，猾悍邦君，蝨蠆爲群，侵逼城壘，俘掠士庶妻子，其萬人乎〔三六〕！雍陶先輩《感亂後》詩曰：「錦城南面遥聞哭，盡是離家别國聲。」或謂〔三七〕黜韋帥之功，削成都之爵，且淮陰叛國，名居定難之始〔三八〕，竇融要君，迹踐諸侯之列，蓋録其勳，而不廢其名乎！所讓〔三九〕不合教戎濮詩書，致閑兵法。考其銜怨有以，而莫敢斥言，故〔四〇〕乃削爵黜功，是爲大謬矣。（據民國劉承幹《嘉業堂叢書》本《雲溪友議》卷中校録，又《太平廣記》卷二七四引《雲溪友議》）

〔一〕昔　《廣記》、《唐詩紀事》卷四八《韋皋》、南宋委心子《分門古今類事》卷四引《逸史》（按：書名誤，《四庫》本作《遺史》，即北宋詹玠《唐宋遺史》）、《錦繡萬花谷》前集卷一七引《雲溪友議》、明曹學佺《蜀中廣記》卷七七引《雲溪友議》、舊題王世貞《豔異編》卷二〇及胡文焕《稗家粹編》卷六、詹詹外史《情史類略》卷一〇《韋皋》作「少」。

〔二〕十　《萬花谷》作「七」，當誤。

〔三〕二　《四庫》本作「一」。

〔四〕渚　《廣記》、《蜀中廣記》、《豔異編》、《稗家粹編》、《情史》作「瀨」。

〔五〕韋　此字原無，據《廣記》、《蜀中廣記》、《豔異編》、《稗家粹編》、《情史》補。

〔六〕裁　此字原無，據《稗海》本（卷三）、《廣記》、《古今類事》、《蜀中廣記》、《豔異編》、《稗家粹編》、《情史》補。

〔七〕違　《稗海》本作「曠」。

〔八〕玉　《萬花谷》作「白玉」。

〔九〕并詩一首遺之　「詩」《古今類事》作「書」。「遺之」二字原無，據《稗海》本、《廣記》、《古今類事》、《蜀中廣記》、《豔異編》、《稗家粹編》、《情史》補。

〔一〇〕五年　《古今類事》作「七年」。

〔一一〕静　《稗海》本、《四庫》本作「默」，《古今類事》作「潛」。

〔一二〕二　《廣記》明鈔本、《古今類事》無此字。

〔一三〕七　《古今類事》作「八」。

〔一四〕近　《稗海》本作「僅」。僅，近也。

〔一五〕姜曰　此二字原無，據《稗海》本、《四庫》本補。《古今類事》作「曰」。

〔一六〕青城縣　「青」原作「清」，據《稗海》本、《四庫》本、《廣記》、《古今類事》、《蜀中廣記》、《豔異編》、《稗家粹編》、《情史》改。按：開元十八年（七三〇），改蜀州清城縣爲青城縣。見《新唐書·地理志六》。在今四川都江堰市東南。

〔一七〕墨綬　《稗海》本「墨」作「璽」，誤。按：秦漢縣長縣令皆銅印黑綬，見《漢書·百官公卿表上》。此指縣令印綬。

〔一八〕授　此字原無，據《稗海》本、《四庫》本補。

〔一九〕時　此字原無，據《稗海》本、《廣記》、《蜀中廣記》、《豔異編》、《稗家粹編》、《情史》補。

〔二〇〕經蓂莢數凋　《廣記》改作「凡經數月」，《蜀中廣記》、《豔異編》、《稗家粹編》、《情史》同。按：蓂莢，傳説中之瑞草，每月從初一至十五，每日結一莢；從十六至月終，每日落一莢。

〔二一〕問　原作「謂」，據《稗海》本、《廣記》、《蜀中廣記》、《豔異編》、《稗家粹編》、《情史》改。

〔二二〕銜　曹學佺《石倉歷代詩選》卷一一三玉簫《别外詩》作「含」。

〔二三〕難解　「難」《稗海》本、《廣記》、《詩話總龜》前集卷四三引《古今詩話》、《唐詩紀事》、《古今類事》、《萬花谷》、《蜀中廣記》、《歷代詩選》卷一一三又卷一二三韋皋《贈玉簫青衣名玉指環》、《豔異編》、《稗家粹編》、《情史》、《全唐詩》卷三一四韋皋《憶玉簫》作「留」。南宋洪邁《萬首唐人絶句》卷四三韋皋《贈玉簫》作「留醉」。按：難解謂離情難以排解，留解謂解環留贈。此詩多以爲韋皋作，實爲玉簫相思之作。

〔二四〕長吟不見魚書至　「吟」《廣記》、《唐詩紀事》、《詩話總龜》、《古今類事》、《唐人絶句》、《萬花谷》、《蜀中廣記》、《歷代詩選》卷一一三又卷一二三、《豔異編》、《稗家粹編》、《情史》、《全唐詩》作「江」。「魚書」《詩話總龜》作「雙魚」。

〔二五〕遺　《歷代詩選》卷一一三作「見」。

〔二六〕祖　《類説》卷四一《雲溪友議·玉簫指環》作「相」。

〔二七〕供佛　「供」原作「僧」，據《稗海》本、《四庫》本改。《廣記》、《古今類事》、《豔異編》、《稗家粹編》、《情史》作「造像」。

〔二八〕二　《稗海》本、《廣記》、《蜀中廣記》、《豔異編》、《稗家粹編》、《情史》作「三」。朝鮮成任編《太平廣記詳節》卷二三作「二」。

〔二九〕臨袂　《稗海》本、《四庫》本「袂」作「訣」，《廣記》、《情史》作「去」，《蜀中廣記》作「別」，《古今類事》作「決」。決，通「訣」。《豔異編》、《稗家粹編》譌作「被」。按：臨袂，臨別，分袂之意。本書卷下《江客仁》：「李博士涉，諫議渤海之兄。嘗適九江看牧弟，臨袂，凡有囊裝，悉分匡廬隱士。」

〔三〇〕以　原作「公」，據《稗海》本、《廣記》、《古今類事》、《蜀中廣記》、《豔異編》、《稗家粹編》、《情史》改。

〔三一〕嚮　《稗海》本、《廣記》、《蜀中廣記》、《豔異編》、《稗家粹編》、《情史》作「響」。

〔三二〕東川盧八座　《紺珠集》卷五摘録詹玠《唐宋遺史》之《玉簫之約》條作「東川盧尚書」。按：唐以尚書省左右丞及六部尚書爲「八座」（見《中國歷史大辭典・隋唐五代史》）。東川指劍南東川節度使，盧某，名不詳。

〔三三〕京兆公　《廣記》、《古今類事》、《蜀中廣記》、《豔異編》、《稗家粹編》、《情史》作「韋歎」。按：韋皋京兆萬年（今陝西西安市）人，故稱京兆公。

〔三四〕杜公　「杜」原譌作「林」，今改。按：杜公即西川節度使杜元穎。長慶三年（八二三）至大和三年（八二九）出鎮西川，實行惡政，引起南詔入侵大掠。被貶循州司馬。見《舊唐書》卷一六三、《新唐書》卷九六本傳。

〔三五〕化　《稗海》本、《四庫》本作「往」。

〔三六〕其萬人乎　《稗海》本、《四庫》本作「不啻萬人」。

〔三七〕或謂　《稗海》本、《四庫》本作「于是」。

〔三八〕始　《稗海》本、《四庫》本作「動」。

〔三九〕讓　《稗海》本、《四庫》本作「失」。讓，責備，指責。

〔四〇〕故　《稗海》本、《四庫》本作「顧」。

按：原題《玉簫化》，今擬題《玉簫》。《豔異編》卷二〇、《稗家粹編》卷六、《情史類略》卷一〇據《廣記》輯録，題《韋皋》。

苗夫人

范攄　撰

張延賞相公累代台鉉，每宴賓客選子聟，莫有入意者。其妻苗氏，太宰苗公晉卿之女也。夫人有才鑒，甚别英鋭，特選韋皋秀才，曰：「此人之貴，無與比儔。」既以女妻之，不二三歲，以韋郎性度高廓，不拘小節，張公稍悔〔一〕之，至不齒禮。一門婢僕，漸見輕怠，惟苗氏待之常厚矣。其於衆多視之〔二〕，悒怏而不能制遏也。皋妻張氏垂泣而言曰：「韋郎七尺之軀，學兼文武，豈有沉滯兒家，爲尊卑見誚！良時勝境，何忍虚擲乎？」韋乃遂辭東遊，妻罄粧匳贈送。清河公喜其往也，賚以七驢馱物。每之一驛，則附遞一馱而還。行經七驛，所送之物，盡歸之也。其所有者，清河氏所贈粧匳及布囊書册而已。清河公覩之，莫可測也。

後權隴右軍事，會德宗幸奉天，在西面之功，獨居其上也。聖駕旋復之日，自金吾持節西川，替妻父清河公。乃改易姓名，以韋作韓，以皋作翺，莫敢言之也。至天回驛，去府城三十里，天回驛，上皇發駕，因以爲名〔三〕。有人特報相公曰：「替相公者，金吾韋皋將軍，非韓翱也。」苗夫人曰：「若是韋皋，必韋郎也。」張公笑曰：「天下同姓名者何限，彼韋生應已委棄溝壑，豈能乘吾位乎？婦女之言，不足云爾。」初，有昝嫗，巫者，每述禍祟，其言多中。乃云：「相公當直〔四〕之神漸減，韋郎擁從之神日增。」皆以妖妄之言，不復再召也。苗夫人又曰：「韋郎比雖貧賤，氣凌霄漢，每以相公所誚，未嘗一言屈媚，因而見尤。成事立功，必此人也。來早入州，方知不誤。」

張公憂惕，莫敢瞻視，曰：「吾不識人。」西門而出。凡是舊時婢僕曾無禮者，悉遭韋公棒殺，投於蜀江，展男子平生之志也。獨苗氏夫人無愧於韋郎，賢哉！賢哉！韋公侍奉外姑，過於布素之時。海内貴門〔五〕，不敢忽於貧賤東床者乎！所以郭泗濱圓詩曰：「宣父從周又適〔六〕秦，昔賢多少出風塵〔七〕。當時甚〔八〕訝張延賞，不識韋皋是貴人。」（據民國劉承幹《嘉業堂叢書》本《雲溪友議》卷中校録，又《太平廣記》卷一七〇引《雲溪友議》）

〔一〕悔　《稗海》本（卷四）作「侮」。

〔二〕其於衆多視之　《稗海》本「多」作「侍」。《廣記》明鈔本作「其餘賤視」。

〔三〕天回驛上皇發駕因以爲名　原作「上皇發駕日以爲名」，據《稗海》本補「天回驛」三字，改「日」爲「因」。《稗海》本「爲名」作「名焉」。《廣記》作「上皇旋駕，因以爲名」。

〔四〕當直　《稗海》本作「擁護」。

〔五〕門　原作「人」，據《四部叢刊》本、《稗海》本、《四庫》本、《廣記》改。

〔六〕適　《萬首唐人絶句》卷六二郭圓《譏張延賞》作「過」。

〔七〕昔賢多少出風塵　《廣記》、《唐詩紀事》卷五九《郭圓》、《唐人絶句》、《全唐詩》卷五四七郭圓《詠韋皋》「多」作「誰」。《紺珠集》卷四《雲谿友議·韋皋代張延賞》作「昔賢誰不困風塵」。

〔八〕甚　《唐人絶句》作「亦」。

崔涯

范攄　撰

崔涯者，吴楚之狂生也，與張祜齊名。每題一詩於倡肆，無不誦之於衢路，譽之則車馬繼來，毁之則盃盤失錯〔一〕。嘲一妓〔二〕曰：「雖得蘇方木〔三〕，猶貪玳瑁皮。懷胎十箇月，生下崑崙兒。」又：「布袍披襖火燒氈，紙補〔四〕箜篌麻接絃。更着一雙皮屐子〔五〕，紇梯紇榻出門前〔六〕。」又嘲李端端〔七〕：「黄昏不語不知行，鼻似煙窗〔八〕耳似鐺。獨把象牙梳插鬢〔九〕，崑崙山上月初生〔一〇〕。」端端得此詩，憂心如病。使院飲迴〔一一〕，遥見二子，躡屐而行，乃道傍再拜，兢惕〔一二〕曰：「端端祇候三郎、六郎，伏望哀之。」又重贈一絶句粉飾之，於是大賈居豪，競臻其户。或戲之曰：「李家娘子，纔出墨池，便登雪〔一三〕嶺，何期〔一四〕一日黑白不均！」紅樓以爲倡〔一五〕樂，無不畏其嘲謔也。祜、涯久在維揚，天下晏清，篇詞縱逸，貴達欽憚，呼吸風生，頗〔一六〕暢此時之意也。贈端端〔一七〕詩曰：「覓得黄騮被繡鞍〔一八〕，善和坊裏取端端。揚州近日渾成差〔一九〕，一朵能行白牡丹。」

《雜嘲》二首：「二年不到宋家東，阿母深居僻巷中。含淚向人羞不語，琵琶絃斷倚屏風。」又〔二〇〕：「日暮迎來畫閣中〔二一〕，百年心事一宵〔二二〕同。寒雞鼓翼紗窗外，已覺恩情逐曉風。」又《悼妓〔二三〕》詩曰：「赤板橋西小竹籬，槿〔二四〕花還似去年時。淡黄衫子都無色〔二五〕，腸斷丁香畫雀兒。」

崔生之妻雍氏者，乃揚州總效〔二六〕之女也，儀質閑雅，夫婦甚睦。雍族以崔郎甚有詩〔二七〕名，資贍每厚。崔生常於飲食之處，略無禆〔二八〕敬之顔，但呼妻父「雍老」而已。雍久之而不能容，勃然仗劍，呼女而出，謂〔二九〕崔秀才曰：「某河朔之人，惟襲〔三〇〕弓馬，養女合嫁軍門，徒慕士流之德，不情乃爾〔三一〕。小女違公，不可别醮，便令出家。女〔三二〕若不從，吾當揮劍。」立令涯妻剃髮爲尼〔三三〕。涯方悲泣悔過，雍亦不聽分疏〔三四〕。親戚揮慟，别易會難。涯不得已，裁詩留贈。至今江浦離愁，莫不吟諷是詩而惜别也。詩曰：「隴上流泉〔三五〕隴下分，斷腸〔三六〕嗚咽不堪聞。姮娥一日宮中去〔三七〕，巫峽千秋空白雲。」（據民國劉承

幹《嘉業堂叢書》本《雲溪友議》卷中校録，又《太平廣記》卷二五六引《雲溪友議》）

〔一〕錯　《廣記》作「措」。

〔二〕嘲一妓　「一妓」二字原無，據《稗海》本（卷五）補。《四庫》本作「嘲妓」。《詩話總龜》前集卷四一引《雲溪友議》作「嘗戲贈營妓」。

〔三〕雖得蘇方木　「雖」原誤作「誰」，據《稗海》本、《四庫》本、《廣記》改。《廣記》明鈔本作「准」。《類説》卷四一《雲溪友議·娼肆題詩》作「惟得蘇子面」。按：蘇方即蘇枋，木名，可入藥。蘇子即紫蘇及白蘇之種子，可入藥。

〔四〕補　《類説》作「被」。

〔五〕更着一雙皮屐子　「着」《詩話總龜》作「有」，「屐」《類説》作「靸」。「子」原作「了」，據《稗海》本、《四庫》本、《詩話總龜》、《類説》改。

〔六〕紇梯紇榻出門前　《類説》「梯」作「蹄」，「榻」作「蹋」。

〔七〕端端　《萬首唐人絶句》卷四九作「湍湍」，當譌。

〔八〕煙窗　《詩話總龜》周本淳校點本據明鈔本改「窗」爲「囱」。按：煙窗即煙囱。

〔九〕獨把象牙梳插鬢　《詩話總龜》「獨」作「猶」。《類説》「鬢」作「髮」，《紺珠集》卷四《雲豀友議·才出墨池便登雪嶺》作「髩」。《古今事文類聚》後集卷一七引《雲溪友議》作「愛把蕫芽梳掠鬢」。

〔一〇〕生 《全唐詩》卷八七〇作「明」。

〔一一〕使院飲迴 《四庫》本前加「涯」字，誤。

〔一二〕兢愓 原譌作「競灼」，《四部叢刊》本作「兢灼」，據《廣記》改。《稗海》本、《四庫》本作「戰愓」。

〔一三〕雪 《事文類聚》作「雲」。

〔一四〕期 《廣記》作「爲」，《類説》、《事文類聚》作「其」。

〔一五〕倡 《四庫》本改作「笑」。

〔一六〕頗 此字原無，據《稗海》本、《四庫》本補。

〔一七〕端端 此二字原無，據《稗海》本補。

〔一八〕覓得黄騮被繡鞍 「黄騮」《詩話總龜》作「驊騮」。「被」《稗海》本作「鞁」，《詩話總龜》作「備」，《類説》作「鞴」。

〔一九〕渾成差 「差」《稗海》本作「錯」，《事文類聚》作「異」，《紺珠集》譌作「羌」。《紺珠集》《四庫》本此三字改作「渾無價」。

〔二〇〕又 此字原無，據《稗海》本補。

〔二一〕日暮迎來畫閣中 「迎」《稗海》本作「追」，「畫」《詩話總龜》、《唐人絶句》、《全唐詩》作「香」。

〔二二〕宵 《詩話總龜》作「朝」。

〔二三〕妓 《詩話總龜》作「人」。

〔二四〕㨖　《詩話總龜》作「插」。

〔二五〕都無色　「都」南宋陳景沂《全芳備祖》前集卷二〇引崔涯、《唐人絶句》、《全唐詩》作「渾」。「色」原作「也」，據《稗海》本、《四庫》本、《唐人絶句》、《全芳備祖》、《全唐詩》改。

〔二六〕總效　《類説》卷四一《雲溪友議·雍女剃髮爲尼》「效」作「教」，《唐詩紀事》卷五二《崔涯》作「校」。

〔二七〕詩　《稗海》本作「才」。

〔二八〕禪　《稗海》本、《四庫》本作「憚」，《類説》作「恭」。

〔二九〕謂　此字原脱，據《稗海》本、《四庫》本補。

〔三〇〕襲　《稗海》本、《四庫》本作「習」。按：《楚辭·九歌·少司命》：「緑葉兮素枝，芳菲菲兮襲予。」王逸注：「襲，及也。」

〔三一〕不情乃爾　此句諸本皆無，據《類説》補。

〔三二〕女　原作「汝」，誤，據《稗海》本改。

〔三三〕立令涯妻剃髮爲尼　《稗海》本此句在「便令出家」下。據劉承幹校，宋本同《稗海》本。

〔三四〕疏　《稗海》本、《四庫》本作「訴」。

〔三五〕流泉　《唐詩紀事》、《全唐詩》作「泉流」。

〔三六〕斷腸　《唐詩紀事》作「腸斷」。

〔三七〕姮娥一日宫中去 《稗海》本作「姮娥一入雲中去」，「雲」與下句「白雲」字重，《四庫》本改作「月」。《類説》作「嫦娥一入月宫去」，《唐詩紀事》、《全唐詩》作「嫦娥一入月中去」，《唐人絶句》作「姮娥一入月宫去」。

按：原題《辭雍氏》，今擬如題。

婁呂二術士

范攄撰

昔許負謂薄姬必貴，何顒謂曹瞞必傑，是挾天子而號令諸侯。其言所驗，編於簡牘。夫藝術於時者，不可不申揚讚。淛東李尚書褒〔一〕，聞婺女二人有異術，曰婁千寶、吕元芳，發使召至。既到，李公便令止從事家〔二〕。從事問曰：「府主八座更作何官？」元芳對曰：「適見尚書，但前淛東觀察使，恐無别拜。」千寶所述亦爾。從事默然罷問。

及再見李公，李公曰：「僕他日何如？」二術士曰：「稽山竦翠，湖柳垂陰，尚書畫鷁百〔三〕艘，正堪遊觀。昔人所謂人生一世，若輕塵之著草，何論異日之榮悴？榮悴定分，莫敢面陳。」因問幕下諸公，元芳曰：「崔副使芻言、李推官正範，器度相似，但作省郎，止於郡守〔四〕。團練李判官服古，自此大醉不過數場，何論官矣！觀察判官任轂，止於小諫，不換朱衣。楊損支使評事，雖骨體清瘦，幕中諸賓，福壽皆不如。盧判官纁，雖即狀貌光澤，若比團練李判官，在世日月稍久，壽亦不如。副使與楊、李三人，禄秩區分矣。」二術士所言，咸未之信，無〔五〕以證焉。是後，李服古不過五日而逝，誠大醉不過數場也。李尚書及諸從事，驗其所説，敬之如神。

時羅郎中紹權，赴任明州，竇弘餘少卿，常之子也。赴台州。李公於席上問：「台、明二使君如何？」婁千寶曰：「竇使君必當再醉望海亭〔六〕，羅使君此去，便應求道四明山，不遊塵世矣。」竇少卿罷郡，再之府庭，是重醉也。羅郎中遷〔七〕於海島，故以學道爲名，知其不還也。

李尚書歸義興，未幾薨變，是無他拜。盧纁判官〔八〕校理，明年逝於宛陵使幕。比〔九〕李服古判官稍久矣，爲少年也。任轂判官纔爲補闕，休官歸圃〔一〇〕，是不至朱紫也。崔芻言郎中止於吴興郡，李正範郎中止於九江，二侯皆自南宫止於〔一一〕名郡，是乃禄秩相參。獨楊損尚書，三十年來兩爲給事，再任京尹，防禦三峰，青州節使，年逾耳順，官歷藩垣，浙東同院諸公，福壽悉不如也。皆依婁、吕二生所説焉。

又杜勝給事在杭州之日，問婁千寶曰：「勝爲宰相之事何如？」曰：「如筮得《震》

卦，有聲而無形也。《周易》卜得《震》卦，如聞雷不見其形，凡事皆不成遂也。當此之時，或陰人之所譖也。若領大鎮，必憂悒成疾，可以修禳之〔二〕。」後杜公爲度支侍郎，有直上之望。草麻待宣，府吏已上於杜公門搆板屋，將布沙堤。忽有東門驃騎，奏以小疵，而承旨以蔣伸侍郎拜相，杜出鎮天平，憂悒不樂，失其大望也，乃歎曰：「金華婁山人之言，果應矣。」欲令招千寶、元芳，又曰：「婁、吕二生，孤雲野鶴，不知棲宿何處。」杜尚書尋亦薨于鄆州。鍾離侑少詹，昔歲閒居東越，覩斯異術，每求之二生，不可得也。

雲谿子曰〔三〕：自童騃之年知之，方敢備録。（據民國劉承幹《嘉業堂叢書》本《雲溪友議》卷中校録，又《太平廣記》卷二二三引《雲溪友議》）

〔一〕李尚書褒　「褒」《稗海》本（卷六）作「襄」，誤。按：《會稽志》卷二《太守》：「李褒，大中三年自前禮部侍郎授，六年八月追赴闕。」又卷七《宫觀寺院》：「淳化寺，在縣南三十里。……會昌毁廢。大中六年，觀察使李褒奏再建，號大中拯迷寺。」浙東觀察使兼越州刺史。

〔二〕家　《廣記》作「廳」。

〔三〕百　《稗海》本作「千」。

〔四〕守　此字原脱，據《稗海》本、《廣記》補。

〔五〕無　《廣記》作「默」。

〔六〕亭　原作「庭」，據《稗海》本、《四庫》本、《廣記》改。
〔七〕遷　《廣記》作「没」。
〔八〕判官　《廣記》作「巡官」，與前不合，誤。
〔九〕比　此字原脱，據《稗海》本補。《廣記》譌作「北」，汪校本徑改作「比」。
〔一〇〕圃　《廣記》作「圃田」。
〔一一〕止於　《廣記》作「出爲」。
〔一二〕之　原作「乎」，據《稗海》本、《四庫》本、《廣記》改。《廣記》明鈔本、孫校本作「乎」，《會校》據改。
〔一三〕曰　《稗海》本無此字，《四庫》本作「蓋」。

按：原題《彰術士》，《廣記》題《婁千寶》，今擬如題。

二妃廟

范攄撰

明皇幸岷山，百官皆竄辱，積屍滿中原，士族隨車駕也。伶官張野狐觱栗，雷海清〔一〕琵琶，李龜年唱歌，公孫大娘舞劍。初，上自擊羯鼓，而不好彈琴，言其不俊也。又寧王吹簫，薛王彈琵琶，皆至精妙，共爲樂焉。唯李龜年奔迫江潭，杜甫以詩贈之曰：「岐王宅裏尋常見，崔九堂前幾度聞。正值江南好風景，落花時節又逢君。」龜年曾於湘中採訪使筵上唱：「紅豆生南國，秋來發幾枝。贈君多採擷〔二〕，此物最相思。」又：「清風朗〔三〕月苦相思，蕩子從戎十載餘。征人去日殷勤囑，歸雁來時數附書。」此詞皆王右丞所製，至今梨園唱焉。歌闋，合座莫不望行幸〔四〕而慘然。龜年唱罷，忽悶絶仆地。以左耳微暖，妻子未忍殯殮。經四日乃蘇，曰：「我遇二妃，令教侍女蘭苕唱祓禊畢放還。且言主人即復長安，而有中興之主也。謂龜年：『有〔五〕何憂乎？』」

後李校書〔六〕群玉，既解天禄之任，而歸涔陽。經湘中乘舟，題二妃廟詩二首。曰：「小孤洲〔七〕北浦雲邊，二女明粧共〔八〕儼然。野廟向江春〔九〕寂寂，古碑無字草芊芊。東風近暮〔一〇〕吹芳芷，落日深山〔一一〕哭杜鵑。猶似含嚬望巡狩，九疑如黛〔一二〕隔湘川。」又：「黄陵廟前莎〔一三〕草春，黄陵女兒茜裙新。輕舟小檝唱歌去〔一四〕，水遠山長〔一五〕愁殺人。」後又題曰：「黄陵廟前春已空，子規滴血啼松風〔一六〕。不知精爽落〔一七〕何處，疑是行雲秋色中。」李君自以第三篇「春空」便到「秋色」，踟躕欲改之，乃有二女郎見曰：「兒是娥皇、女英也，二年後，當與郎君爲雲雨之遊。」李君乃悉具〔一八〕所陳，俄而影滅，遂禮其神塑〔一九〕而去。

重涉湖嶺，至于潯陽。潯陽太守段成式郎中，素爲詩酒之交，具述此事。段公因戲之曰：「不知足下是虞舜之辟陽侯也。」群玉題詩後二年，乃逝於洪井〔二〇〕。段乃爲詩哭李四校書也〔二一〕：「酒裏詩中三十年，縱横唐突世喧喧。明時不作禰衡死，傲盡公卿歸九泉。」又曰：「曾話〔二二〕黄陵事，今爲白日催。老無男女〔二三〕累，誰哭到〔二四〕泉臺？」（據民國劉承幹《嘉業堂叢書》本《雲溪友議》卷中校録，又《太平廣記》卷四九八引《雲溪友議》）

〔一〕雷海清　《稗海》本（卷六）「清」作「青」。按：《類説》卷四一《雲溪友議·彈琴不俊》、卷一六《明皇雜録·王維以詩免罪》作「青」。《太平廣記》卷四九五引《明皇雜録》、《資治通鑑》卷二一八至德元載、《唐詩紀事》卷一六《王維》作「清」。

〔二〕採擷　原譌作「綵纈」，據《唐詩紀事》、南宋姚寬《西溪叢語》卷上引《雲溪友議》改。

〔三〕朗　《稗海》本、《唐詩紀事》作「明」。

〔四〕行幸　《稗海》本作「南幸」，《西溪叢語》作「行在」。

〔五〕有　《西溪叢語》作「汝」。

〔六〕李校書　《稗海》本下有「男」字，當爲衍字。

〔七〕小孤洲　「孤」《廣記》明鈔本作「哀」，《唐詩紀事》卷五四《李群玉》作「袁」。《文苑英華》卷三二〇李群玉《黄陵廟二首》校：「一作『袁』。」《永樂大典》卷六五二三引《太平廣記》、《石倉歷代詩選》卷九八、《全唐詩》卷五六九《黄陵廟》作「姑」，《全唐詩》校：「一作『孤』，一作『袁』。」按：清蔣驥《山帶閣注楚辭·楚辭餘論》卷下《招魂》：「今覽圖經，湘陰有大小哀洲，二妃哭舜而名。」似作

「哀」爲是。

〔八〕共 《李群玉詩後集》卷三《黄陵廟》作「自」。《廣記》、《大典》作「尚」，明鈔本作「共」。《唐詩紀事》一本作「玉」。

〔九〕春 原作「空」，據《稗海》本、《四庫》本、《李群玉詩後集》、《廣記》、《文苑英華》、《詩話總龜》前集卷四九引《百斛明珠》、《唐詩紀事》、《歷代詩選》、《全唐詩》改。

〔一〇〕東風近暮 《稗海》本、《四庫》本、《廣記》、《大典》「暮」作「墓」，當譌，二妃廟非墓也。《李群玉詩後集》作「回風日暮」，《文苑英華》作「東風日暮」，《唐詩紀事》作「風迴日暮」，《歷代詩選》作「東風迎墓」，《全唐詩》作「風迴日暮」。

〔一一〕落日深山 《歷代詩選》「日」作「月」。《李群玉詩後集》作「落月山深」，《唐詩紀事》、《全唐詩》作「月落山深」。

〔一二〕如黛 《文苑英華》「如」作「愁」，《唐詩紀事》作「凝」。《李群玉詩後集》作「愁絶」，《全唐詩》作「愁斷」。

〔一三〕莎 《詩話總龜》作「芳」。

〔一四〕輕舟小檝唱歌去 《李群玉詩後集》、《歷代詩選》「檝」作「棹」，《文苑英華》「唱」作「隨」。

〔一五〕水遠山長 《文苑英華》「遠」作「闊」，《唐詩紀事》「山」作「天」。

〔一六〕滴血啼松風 《詩話總龜》作「啼血滴春風」，《唐詩紀事》、《全唐詩》卷五七〇《題二妃廟》作「啼血滴松風」。

〔一七〕落　《唐詩紀事》、《全唐詩》作「歸」。

〔一八〕悉具　《廣記》「悉」作「志」，《稗海》本「具」作「其」。

〔一九〕禮其神塑　「禮」原作「掌」，《稗海》本作「掣」，據《廣記》改。「塑」《廣記》作「像」。

〔二〇〕洪井　《廣記》作「洪州」。按：洪井在洪州南昌西山。《太平寰宇記》卷一〇六《洪州・南昌縣》：「南昌山，在縣西三十五里。……山中有洪井，飛流懸注，其深無底。山有洪崖先生煉藥之井，亦號洪崖山，有石臼存。」此以洪井代指洪州。北宋楊億《武夷新集》卷六《致政李殿丞豫章東湖所居涵虚閣記》：「會公之令子，今西臺御史以尚書郎通守洪井。」

〔二一〕哭李四校書也　《四庫》本「也」改作「曰」。《稗海》本作「哭之曰」。

〔二二〕話　《詩話總龜》作「説」。

〔二三〕男女　《廣記》、《唐詩紀事》作「兒女」，《類説》卷四一《雲溪友議・虞舜辟陽侯》作「男子」。

〔二四〕到　《詩話總龜》作「向」。

按：原題《雲中命》，今擬如題。

柳棠

范攄 撰

東川處士柳全節，習百家之言，衣華陽鶴氅，或呼爲柳尊師，又曰柳百經也。有子棠，應進士舉，才思優贍，見者奇之。龐嚴舍人，睠眄諸歌姬〔一〕，方戲於堦，問：「牆頭何人也？」曰：「柳秀才也。」遽命姬者飾粧，召柳秀才，對觀之，龐公曰：「恐牆上遠見，不得分明。」因〔二〕請細而觀矚。棠深恥之，不辭而去。

時裴諫議休相公，因對事〔三〕出漢州，即棠舊知也。聞棠來，且喜。及晉〔四〕謁，則藍衫木簡而已。裴公問其故，對曰：「名場孤寒，虛擲光景，欲求斗粟之養，以成子道焉。」有宴，召馮戡、胡據、柳棠三舉士。裴公於棠名下注曰：「此柳秀才，已於鹽鐵求〔五〕事，不用屈私。」令棠見之，蓋惜其舉子也。柳棠之欲罷舉者，爲龐門之有失矣。乃棄藍袍而歸舊服，非時請見司諫。司諫謂曰〔六〕：「酌然〔七〕子年方少，篇翰如流，不可驥垂〔八〕長坂，蘭謝深林。況今急士之秋，必能首送。」兼與薦書。

開成二年上第後歸東川，歷旬於〔九〕狹斜舊遊之處，不謁府主楊尚書汝士。楊公謂諸賓曰：「每見報前柳棠秀才，多於妓家飲酒，或三更至暮，竟未相訪，社日必相召焉。」及召棠至，已在醉鄉矣。斟三器酒，内一巨魚盃，棠不即飲，楊公乃誚曰：「文章謾道能吞鳳，盃酒何曾解喫魚。今日梓州張社會，應須遭這老尚書。」棠答曰：「未向燕臺逢厚禮，幸因社會接餘歡。一魚喫了終無恨〔一〇〕，鯤化成〔一一〕鵬也不難。」

初，棠與馮戡争先，棠所頡頏。及第後，戡與詩曰：「桃花浪裏成龍去，竹葉山頭退鷁飛。」棠、戡爲友甚善焉。柳每於東川席上，狂縱日甚，干忤楊公，詩曰：「莫言名位未相儔，風月何曾阻獻酬？前輩不須輕後輩，靖安今日在衡州。」靖安，李宗閔尚書，與楊公中外昆弟，況有朗陵之分。東川益怒，爲書讓其座主高鍇侍郎曰：「柳棠者，兇悖嚚豎，識者惡之。狡過仲容〔一二〕，才非犬子〔一三〕。且膺門之貴，豈宜有此生乎？」小宗伯曰：「某濫司文柄，以副懸旄，夙夜兢〔一四〕惶，恐招訕謗。是以搜求俊彦，冀輔聰明，不敢蔽才，與棠及第。」東川又書曰：「昔周公撻伯禽，以戒成王也；昌邑殺王式，式，昌邑之師也。而怨霍光乎？豈不由師傅之情爾。興亡之道，孔子先推德行，然後文學焉。吾師垂訓，千古不易。前書云『不敢蔽才』，何必一柳棠矣！若以篇章取之，寧失於何植、王條〔一五〕也？」高公又復書曰：「唐堯之聖也，不致丹朱之賢；宣尼之明也，不免仲由之害。如其可化，安有墜典？伊祁九子，盡可等於黄、唐；門人三千，悉能繼於顔、閔。若棠者，自求瑕玷，難以磨滅，其所忤黷尊威，亦予謬舉之過也。」

棠聞二公交讓，不任憂惕，又不敢遠申卑謝，遂之劍州王使君。使君者善畫松竹狗兔，以十五侯而四郡守。棠至，聯夕而飲，王君辭曰：「某以衰朽，恐乖去就，小男忝趨文場，不知許容侍座否？老夫暫歸憩歇焉。」王氏之子洎醉，輕易之甚，棠呵之曰：「公稱舉人，與棠分有前後。畫師之子，安得無禮於先輩乎？」王氏乃自去其道服，空戴黄葛巾，謂棠曰：「我大似賢尊，尊師幸不喧酗耳。」棠轉益怒，叱咤而散。柳生雖登科第，始參越嶲軍事，而夭喪。且渤海高公，三牓一百二十人，多平人得路。若柳棠者，誠累恩門舉主。善乎〔一六〕裴公曰：「人不易知乎！」（據民國劉承幹《嘉業堂叢書》本《雲溪友議》卷中校録）

〔一〕 龐嚴舍人睠眄諸歌姬　劉承幹校：「宋本『眄』下『諸』上有『龐』字。」按：此處當有脱誤，尋文意，蓋柳棠睠眄龐嚴舍人歌姬，而於牆上覰之。

〔二〕 因　劉校：宋本作「固」。《稗海》本（卷六）作「故」。

〔三〕 對事　《稗海》本、《四庫》本作「封事」。按：封事指臣下所上密封奏章。

〔四〕 晉　原作「再」，據《稗海》本、《四庫》本改。

〔五〕 求　《稗海》本、《四庫》本作「承」，當誤。

〔六〕 謂曰　《四庫》本上有「慨然」二字。

〔七〕 酌然　《稗海》本無此二字。按：酌然，義同「灼然」。《唐摭言》卷一〇《海叙不遇》：「十年不見，酌然不錯。」

〔八〕垂 疑爲「乘」字之譌。

〔九〕於 《稗海》本作「但居」。

〔一〇〕恨 《唐詩紀事》卷五八《柳棠》作「愧」。

〔一一〕成 《唐詩紀事》作「爲」。

〔一二〕狡過仲容 按：《晉書》卷三三《石苞傳》：「石苞字仲容，渤海南皮人也。雅曠有智局，容儀偉麗，不修小節。故時人爲之語曰：『石仲容，姣無雙。』」疑「狡」當作「姣」，或作者誤記《晉書》原文。

〔一三〕犬子 《稗海》本作「夫子」，誤。按：犬子，司馬相如小名。

〔一四〕兢 原作「競」，據《四部叢刊》本、《稗海》本、《四庫》本改。

〔一五〕王絛 《四庫》本改作「王滌」。卷中《三鄉略》亦有「王絛」，《四庫》本亦改。按：計有功《唐詩紀事》卷六七《王滌》：「滌字用霖，及景福進士第。」《全唐詩》卷七二六王滌小傳：「王滌字用霖，瑯琊人。景福中擢第，累官中書舍人，後終於閩。」據黄滔《黄御史集》卷五《丈六金身碑》及盧光濟《王涣墓誌銘》（《全唐文補遺》第一輯），天祐三年（九〇六）、四年王滌爲中書舍人，時在閩。貫休《禪月集》卷四有《寄王滌》詩。王滌昭宗景福中（八九二—八九三）擢第，而高鍇知貢舉在開成元年（八三六）至三年，去景福中已五十多年，王滌焉得於高鍇門下應舉而遭黜落？前所云何植則當其時，《劇談録》卷下《元相國謁李賀》云：「自大中、咸通之後，每歲試春官者千餘人，其間章句有聞，亹亹不絶。如何植、李玫、皇甫松……皆苦心文華，厄於一第。」凡舉二十九人，稱大中、咸通者，粗略而言，開成、會昌亦應在內。《三鄉略》載無名氏三鄉詠，作於會昌壬戌歲（二年，八四二）仲春，王絛和三鄉詩「浣沙遊女出關東」云云，自亦在此時，則王絛於開成間應舉落第自屬可能。《雲溪友議》諸本俱作「王絛」，《詩話總龜》前集卷一五引《雲溪友議》亦同。王絛、王滌顯非一人。王滌卒於天祐四年後，以天祐四年計，去開成元年七十一年，去會昌二年六十五年，事則明矣。《唐詩紀事》、《全唐詩》均將王絛和三鄉詩屬之王滌名下，大誤（按：王仲鏞《唐詩紀事校箋》乃謂作「王滌」是），疑《雲溪友議》傳本或誤「絛」爲「滌」，計有功不察，遂生此誤。而四庫館臣復改「絛」爲「滌」，館臣之亂改古書，可見一斑焉。

〔一六〕善乎　原作「昇平」，連上讀，據《稗海》本改。

按：原題《弘農忿》，今擬如題。

李涉博士

范攄撰

李博士涉，諫議渤海之兄。嘗適九江看牧弟，臨袂，凡有囊裝，悉分匡廬隱士，荷戴山人芳〔一〕也。唯書藉薪米存焉。至皖口〔二〕之西，忽逢大風，鼓其征帆，數十人皆馳〔三〕兵仗，而問是何人，從者曰：「李博士船也。」其間豪首曰：「若是李涉博士，吾輩不須剽他金帛。

自聞詩名日久，但希一篇，金帛非貴也。」李乃贈一絶句，豪首餞賂且厚，李亦不敢却。而覩斯人，神情復異，而氣義〔四〕備焉。因與定〔五〕淮揚佛寺之期，而懷陸機之薦也。

李君及至揚州，遍歷諸寺。遇一女子拜泣，自謂宋態也。宋態者，故吴興劉員外愛姬也。劉全白也。劉、李有昔年之分，因有詩贈曰：「長〔六〕憶雲仙至小時，芙蓉頭上綰青絲。當時驚覺高唐夢，惟有如〔七〕今宋玉知。」又曰：「陵陽〔八〕夜醼使君筵，解語花枝在眼前。自從明月西沉海，不見姮〔九〕娥二十年。」李君歎曰：「不見豪首而逢宋態，成終身之喜〔一〇〕，恨無言於知舊歟！」李博士奇義且多，兹不盡録爾。〔一一〕

後番禺舉子李彙征，客遊於閩、越。馳車至循州，冒雨水求宿。田翁指韋氏之莊居，韋氏乃杖屨迎賓，年已八十有餘，自稱曰：「野人韋思明，幸獲祇奉。」與李生談論，或文〔一二〕或史，淹留累夕，彙征善談而不能屈也。對酒徵古今及詩語，韋叟吟曰：「長安輕薄兒，白馬黄金羈。」以彙征年少而事輕肥故也。李生還令云：「昨日美少年，今日成老醜。」韋乃喟然歎曰：「老其醜矣，少壯所嗤。」至客改令，不離舊意，曰：「白髮有前後，青山無古今。」韋微笑曰：「白髮不遠於秀才，何忽於老夫也？」叟復還令曰：「此公〔一三〕頭白真可憐，惜伊〔一四〕紅顔美少年。」於是共論數十家歌詩，次第及李涉絶句，主人似酷稱善矣。彙征遂吟曰：「遠别秦城萬里遊，亂山高下出商州。關門不鎖寒溪水，一夜潺湲送客愁。」又曰：「華表千年一鶴歸，丹砂爲頂雪爲衣。泠泠仙語人聽盡，却向五雲翻翅飛。」思明復吟二篇曰：「因韓爲趙兩遊秦，十月冰霜渡孟津。縱使雞鳴見關吏，不知余也是何人。」又曰：「滕王閣上唱《伊州》，二十年前向此遊。半是半非君莫問，西山〔一五〕長在水長流。」李生重詠贈豪客詩，韋叟愀然變色曰：「老身弱齡不肖，遊浪江湖，交結奸徒，爲不平之事。後遇李涉博士，蒙簡〔一六〕此詩，因而跧〔一七〕跡。李公待愚，擬陸士衡之薦戴若思共主晉室，中心藏焉。遠〔一八〕隱羅浮山，經于一紀。李既云亡，不復再遊秦、楚。」追惋今昔，因乃潸然，或持觴而酹，反袂而歌云：「春〔一九〕雨蕭蕭江上村，五陵豪客夜知聞〔二〇〕。他時不用相迴避〔二一〕，世上如今半是君。」

雲谿子以劉向所謂傳聞不如親聞，親聞不如親見也。乾符己亥〔二二〕歲，客于霅川，值李生細述其事。彙征於韋叟之居，觀李博士手翰，冀余導〔二三〕於文林。且思明感知從善，豈謝古人乎？（據民國劉承幹《嘉業堂叢書》本《雲溪友議》卷下校録）

〔一〕荷戴山人芳　《稗海》本（卷九）作「何戴山人等」。

〔二〕皖口　原作「涜口」，據《唐詩紀事》卷四六《李涉》、南宋陳郁《藏一話腴》内編卷下改。《稗海》本作「皖」，脱「口」字。按：皖口，爲皖水入長江之口，在今安徽安慶市懷寧縣東北。《明一統志》卷一四《安慶府·懷寧縣》：「皖口，在府城西一十里，一名山口鎮。唐李涉嘗過此遇盜。」

〔三〕馳 《稗海》本、《藏一話腴》作「持」。

〔四〕氣義 《稗海》本「義」作「亦」，《四庫》本作「義氣」。

〔五〕定 此字原無，據《稗海》本補。

〔六〕長 《四庫》本作「嘗」。

〔七〕如 《唐詩紀事》作「而」。

〔八〕陵陽 《稗海》本作「衡陽」，誤。按：陵陽，縣名，西漢置，屬丹陽郡，東晉改廣陽。其地唐爲石埭縣，屬池州。有陵陽山。即今安徽池州市石臺縣東北廣陽鎮。陵陽代指池州，劉全白曾爲池州刺史，《嘉泰吴興志》卷一四《郡守題名》：「劉全白，正（貞）元十年自池州刺史授，遷祕書監致仕。《統記》作七年。」《全唐詩》卷四七七題作《遇湖州妓宋態宜二首》（按：「宜」字衍），以宋態爲湖州妓，蓋以「吴興劉員外」而誤斷，吴興郡即湖州也。

〔九〕姮 《唐詩紀事》作「嫦」。

〔一〇〕喜 《稗海》本作「幸喜」。

〔一一〕李博士奇義且多兹不盡録爾 「且」《稗海》本作「甚」。「兹」原作「注」，據《稗海》本改。

〔一二〕文 《唐詩紀事》卷五六《李彙征》作「詩」。

〔一三〕公 《稗海》本作「翁」。

〔一四〕惜伊　《稗海》本作「憶昔」。

〔一五〕西山　《稗海》本、《全唐詩》卷四七七及《江西通志》卷一五七李涉《重登滕王閣》作「好山」。

〔一六〕簡　《稗海》本作「柬」。

〔一七〕跧　原作「踁」，據《唐詩紀事》改。按：跧，蜷伏。踁，走路忽進忽退，當爲「跧」字之譌。《稗海》本作「斂」。

〔一八〕遠　《唐詩紀事》作「遂」。

〔一九〕春　《藏一話腴》、《全唐詩》卷四七七李涉《井欄砂宿遇夜客》作「暮」。

〔二〇〕五陵豪客夜知聞　「五陵」《稗海》本、《唐詩紀事》卷四六及卷五六、《藏一話腴》、《古今事文類聚》別集卷二三、《全唐詩》作「緑林」。「知聞」，《全唐詩》校：「一作『敲門』。」

〔二一〕他時不用相迴避　《藏一話腴》作「他時不用逃名去」，《全唐詩》作「他時不用逃名姓」，校：「一作『相逢不必論相識』。」

〔二二〕乾符己亥　「己亥」原作「己丑」，《唐詩紀事》作「辛丑」。按：乾符無己丑及辛丑，疑爲「己亥」之譌，今改。己亥，乾符六年（八七九）也。

〔二三〕導　《稗海》本作「道」。

按：原題《江客仁》，今擬如題。

王韞秀

范攄　撰

元丞相載妻王氏，字韞秀。王縉〔一〕相公之女，維右丞之姪。初，王相公鎮北京〔二〕，以韞秀嫁元載。歲久而見輕怠，韞秀謂夫曰：「何不增學？妾有奩幌資裝，盡爲紙墨之費。」王氏父母未〔三〕或知之，親屬以載夫妻皆乞兒，猒薄之甚。元乃遊秦，爲詩别韞秀曰：「年來誰不猒龍鍾，雖在侯門似不容。看取海山寒翠樹，苦遭霜霰到秦封〔四〕。」妻請偕行，曰：「路掃飢寒跡，天哀志氣人。休零離别淚〔五〕，攜手入西秦。」

元秀才既到京，屢陳時務，深符〔六〕上旨，肅宗擢拜中書。王氏喜元郎入相，寄諸姨妹〔七〕詩曰：「相國〔八〕已隨麟閣貴，家風第一右〔九〕丞詩。笄年解笑明機婦〔一〇〕，耻見蘇秦富貴時。」元公肅宗、代宗兩朝宰相，貴盛無比，廣葺亭臺，交遊貴族，客候其門，而或〔一一〕間阻。王氏復爲一篇以喻〔一二〕之曰：「楚竹〔一三〕燕歌動畫梁，春闌〔一四〕重换舞衣裳。孫弘開館招嘉客〔一五〕，知道浮榮不久長。」元公見詩〔一六〕，於是稍減威望〔一七〕矣。

太原内外親族，悉來謁賀者衆矣，韞秀置於閒院。忽因晴霽日景〔一八〕，以青紫絲條四十條，條長三十丈，皆施羅紈綺繡之飾。每條條下，排金銀爐二十〔一九〕枚，皆焚異香，香亘〔二〇〕

其服。乃命諸親戚西院閒步，韞秀問是何物，侍婢對曰：「今日相公及夫人曬曝衣服〔二一〕。」王氏謂諸親曰：「豈料乞索兒婦，還有兩事蓋形麤衣也。」於是諸親羞赧，稍稍而辭。韞秀每分衣服器飾於他人〔二二〕，而不及於太原之骨肉也。且曰：「非兒不禮於姑娣〔二三〕，其柰當時見辱乎〔二四〕！」

洎元公貪愮〔二五〕爲心，竟招罪戾〔二六〕，臺閣彈奏〔二七〕，而亡其家。韞秀少有識量，節概固高。丞相已謝〔二八〕，上令入宮，備彤筆〔二九〕箴規之任。歎曰：「王家十三娘〔三〇〕，二十年太原節度使女，十六年宰相妻，誰能書得〔三一〕長信、昭陽之事？死亦幸矣。」堅不從命。或曰上宥連〔三二〕罪，或云京兆笞而斃矣。（據民國劉承幹《嘉業堂叢書》本《雲溪友議》卷下校録，又《太平廣記》卷二三七引《杜陽編》，按：前半王韞秀事實出《雲溪友議》）

〔一〕王縉　「縉」原譌作「緒」，據《稗海》本（卷一二）、《廣記》改。

〔二〕王相公鎮北京　《廣記》「王相公」作「王縉」。《唐詩紀事》卷二九《元載》作「王忠嗣」。按：《舊唐書》卷一一八《元載傳》：「載妻王氏並賜死，女資敬寺尼真一，收入掖庭。王氏，開元中河西節度使忠嗣之女也。」《新唐書》卷一四五《元載傳》：「王氏，河西節度使忠嗣女。」《舊唐書》卷一〇三《王忠嗣傳》：「（天寶）三載……四月（按：原誤作『載』），加攝御史大夫，充河東節度採訪使。……五年正月……充河西、隴右節度使。其月，又權知朔方、河東節度使事。」河東節度使治并州，開元十一年（七二三）昇爲太原府，爲北都，天寶元年（七四二）改北都爲北京。王縉亦曾鎮河東，在大曆三年（七六八）至五年，見《舊唐書·代宗紀》。而據《新唐書·宰相表中》，肅宗上元三年（七六二）三月，元載已以户部侍郎拜相（同中書門下平章事），安得於大曆三四年在太原娶王縉女？且元、王同朝爲相，「時元載專朝，天子拱手，縉曲意附離，無敢忤」（《新唐書》卷一四五《王縉傳》），可見二人絶非翁婿關係。蓋小説家言，事出傳聞，不足爲信。《舊唐書·元載傳》載：「天寶初，玄宗崇奉道教，下詔求明莊老文列四子之學者，載策入高科，授邠州新平尉。」據《册府元龜》卷五三，元載登科在開元二十九年（七四一）。然則天寶三四載在太原娶王忠嗣女自屬可能。《唐詩紀事》改作「王忠嗣」者，當據新舊《唐書》，非原書之異文如是。下文韞秀詩云「家風第一右丞詩」，右丞即王縉兄王維也。

〔三〕未　《廣記》孫校本無此字。

〔四〕秦封　《廣記》作「春風」。

〔五〕休零離别淚　「零」《廣記》作「淋」，「離别」《廣記》明鈔本、《唐詩紀事》作「别離」。

〔六〕符　《稗海》本作「得」。

〔七〕姨妹　《稗海》本作「妹」，《廣記》作「姊妹」。

〔八〕國　《唐詩紀事》作「閫」。

〔九〕右　《石倉歷代詩選》卷一一三王韞秀《寄姨妹》譌作「左」。

〔一〇〕笄年解笑明機婦　「解笑」《稗海》本作「笑解」，誤。「明」《廣記》、《唐詩紀事》、《萬首唐人絶句》卷六五元載妻王氏《夫入相寄姨妹》、《歷代詩選》、《全唐詩》卷七九九王韞秀《夫入相寄姨妹》作「鳴」。按：明，通「鳴」。《文選》卷三〇陸機《擬今日良宴會》：「譬彼伺晨鳥，揚聲當及旦。」李善注：「《春秋考異郵》曰：『鶴知夜半，雞應旦明。』『明』與『鳴』同，古字通。」鳴機，用織布機織布。婦指蘇秦妻，見《戰國策·秦策一》。

〔一一〕而或 《廣記》作「或多」。

〔一二〕喻 《稗海》本作「諷」。

〔一三〕竹 《萬首唐人絶句》卷六五《喻元載阻客》作「水」，《石倉歷代詩選》卷一一三《諫外》作「調」。

〔一四〕春闌 「闌」原作「蘭」，《四庫》本改作「闌」，是也，據改。《歷代詩選》作「更闌」。

〔一五〕孫弘開館招嘉客 「孫弘」《廣記》、《唐詩紀事》、《唐人絶句》、《歷代詩選》、《全唐詩》卷七九九《喻夫阻客》作「公孫」。《廣記》孫校本作「孫泓」。「館」《唐人絶句》作「閤」，《全唐詩》作「閣」。按：《漢書》卷五八《公孫弘傳》：「時上方興功業，婁舉賢良，弘自見爲舉首，起徒步，數年至宰相封侯，於是起客館，開東閤，以延賢人。」

〔一六〕見詩 此二字原無，據《稗海》本補。

〔一七〕威望 此二字原無，據《稗海》本補。

〔一八〕晴霽日景 《廣記》作「天晴之景」。

〔一九〕二十 《廣記》明鈔本作「十二」。

〔二〇〕亘 《廣記》作「至」。

〔二一〕衣服 《廣記》譌作「夜服」。《四庫》本、《筆記小説大觀》本作「衣服」。

〔二二〕每分衣服器飾於他人 「器」字原無，據《稗海》本補。《廣記》作「常分饋服飾于他人」，明鈔本、孫校本「常分饋」作「每分衣」，孫校本無「飾」字。饋，周濟。

〔二三〕娣 《稗海》本、《廣記》作「姊」，孫校本作「娣」。

〔二四〕乎 《稗海》本、《廣記》作「何」。

〔二五〕恡 《廣記》作「悋」。

〔二六〕戾 《廣記》作「累」。

〔二七〕臺閣彈奏 《廣記》作「上惡誅之」，孫校本作「同類彈奏」。

〔二八〕丞相已謝 《廣記》作「載被戮」，明鈔本、孫校本作「載既卒」。

〔二九〕彤筆 《稗海》本、《廣記》作「彤管」。

〔三〇〕十三娘 《廣記》作「十二娘子」。

〔三一〕書得 《廣記》明鈔本作「得書」，孫校本作「待書」。

〔三二〕連 《廣記》作「其」。

按：原題《窺衣帷》，今擬如題。

唐五代傳奇集第四編卷二

雙女墳記

崔致遠　撰

崔致遠（八五七—？）字孤雲，一云字海夫，號孤雲。新羅湖南沃溝（今屬韓國全羅北道）人，一云王京（今韓國慶州）沙梁部人。懿宗咸通九年（八六八）奉父命乘船渡海入唐求學，時十二歲。僖宗乾符元年（八七四）於禮部侍郎知貢舉裴瓚下進士及第，與顧雲同年。尋東遊洛陽。三年冬，入潭州刺史、湖南觀察使裴瓚幕。五年，調宣州溧水縣尉，在溧水撰《中山覆簣集》五卷。廣明元年（八八〇）冬罷溧水尉，經元郎中舉薦，入淮南節度使高駢幕，任館驛巡官。明年五月，隨駢出兵東塘將討黃巢，轉任都統巡官，授侍御史内供奉銜，七月代作《檄黃巢書》，復改署館驛巡官。中和四年（八八四），堂弟崔棲遠以新羅國入淮海使録事職名持家信迎接東歸，十月，以淮南入新羅兼送國信等使乘船東泛，與新羅入淮南使金仁圭同行。遇大風泊於海渚，次年三月抵國。新羅憲康王留爲侍讀、兼翰林學士、守兵部侍郎、知瑞書監。後受排擠出爲太山郡太守，復移富城郡。真聖女王七年（八九三）召爲賀正使，因盗賊梗道不果行，後亦曾奉使如唐。八年拜阿飡（官秩六等，乃真骨〔王族〕之外官員最高品位）。約在孝恭王（八九七—九一二）後期退出仕途，悠遊山水，晚年居伽耶山海印寺。約卒於新羅國亡（九三五）之前。高麗顯宗太平二年（一〇二二）贈謚文昌侯。撰《四六》一卷、文集三十卷，今存《桂苑筆耕集》二十卷、《孤雲先生文集》三卷、《孤雲先生續集》一卷。（據崔致遠《桂苑筆耕集》及《孤雲先生文集》，朝鮮徐有榘《校印桂苑筆耕集序》，高麗金富軾《三國史記・新羅本紀》及卷四六《崔致遠傳》，朝鮮徐居正等《三國史節要》卷一三及卷一四）

崔致遠，字孤雲。年十二，西學於唐。乾符甲午，學士裴瓚掌試，一舉登魁科。調授溧水縣尉。常遊縣南界招賢館，館前岡有古塚，號「雙女墳」，古今名賢遊覽之所。致遠題詩石門曰：「誰家二女此遺墳？寂寂泉扃幾怨春。形影空留溪畔月，姓名難問塚頭塵。芳情儻〔一〕許通幽夢，永夜何妨慰旅人。孤館若逢雲雨會，與君繼賦洛川神。」題罷到館。

是時月白風清，杖藜徐步，忽覩一女，姿容綽約，手操紅帒〔二〕，就前曰：「八娘子、九娘子傳語秀才，朝來特勞玉趾，兼賜瓊章，各有酬答，謹令奉呈。」公回顧驚惶，再問：「何姓娘子？」女曰：「朝間披榛拂石題詩處，即二娘所居也。」公乃悟。見第一帒，是八娘子奉酬秀才，其詞曰：「幽魂離恨寄孤墳，桃臉柳眉猶帶春。鶴駕難尋三島路，鳳釵空墮九泉塵。當時在世長羞客，今日含嬌未識人。深愧詩詞知妾意，一回延首一傷神。」次見第二帒，是九娘子，其詞曰：「往來誰顧路傍墳，鸞鏡鴛衾盡惹塵。一死一生天上命，花開花落世間春。每希秦女能抛俗，不學任姬愛媚人。欲薦襄王雲雨夢，千思萬憶損精神。」又書於後幅曰：「莫怪藏名姓，孤魂畏俗人。欲將心事説，能許暫相親？」

公既見芳詞，頗有喜色。乃問其女名字，曰翠襟。公悦而挑之，翠襟怒曰：「秀才合與回書，空欲累人。」致遠乃作詩付翠襟，曰：「偶把狂詞題古墳，豈期仙女問風塵。翠襟猶帶瓊花豔，紅袖應含玉樹春。偏隱姓名欺〔三〕俗客，巧裁文字惱詩人。斷腸唯願陪歡笑，祝禱千靈與萬神。」繼書末幅云：「青鳥無端報事由，暫時相憶淚雙流。今宵若不逢仙質，判却殘生入地求。」翠襟得詩還，迅如飆逝。

致遠獨立哀吟，久無來耗，乃詠短歌。向畢，香氣忽來。良久，二女齊至，正是一雙明玉〔四〕，兩朵瑞蓮。致遠驚喜如夢，拜云：「致遠海島微生，風塵末吏，豈期仙侣，猥顧凡流〔五〕。輒有戲言，便垂芳躅。」二女微笑無言。致遠作詩曰：「芳宵幸得暫相親，何事無言對暮春？將謂得知秦室婦，不知元是息夫人。」於是紫裙者恚曰：「始欲笑言，便蒙輕蔑。息嬀曾從二婿，賤妾未事一夫。」公言：「夫人不言，言必有中。」二女皆笑。

致遠乃問曰：「娘子居在何方？族序是誰？」紫裙者隕淚曰：「兒與小妹，宣城郡〔六〕溧水縣楚城鄉張氏之二女也。少親筆硯，長負才情〔七〕。先父不爲縣吏，獨占鄉豪。富似銅山，侈同金谷。及姊年十八，妹年十六，父母論嫁，阿奴則訂婚鹽商，小妹則許嫁茗估。姊妹每説移天，未滿于心，鬱結難伸，遽至夭亡。天寶六年，同葬於此〔八〕。所冀仁賢，勿萌猜嫌。」致遠曰：「玉音昭然，豈有猜慮？」乃問二女：「寄墳已久，去館非遥。如有英雄相遇，何以示現美談？」紅袖者曰：「往來者皆是鄙夫，今幸遇秀才，氣秀鼇山，可與話玄玄之理。」

致遠將進酒，謂二女曰：「不知俗中之味，可獻物外之人乎？」紫裙者曰：「不飡不飲，無飢無渴。然幸接瓌姿，得逢瓊液，豈敢辭違？」於是飲酒各賦詩，皆是清絶不世之句。是時明月如晝，清風似秋，其姊改令曰：「便將月爲題，以風爲韻。」於是致遠作起聯曰：「金波滿目泛長空，千里愁心處處同。」八娘曰：「輪影動無迷舊路，桂花開不待春風。」九娘曰：「圓輝漸皎三更外，離思偏傷一望中。」致遠曰：「練色舒時分錦帳，珪模映處透珠櫳。」八娘曰：「人間遠别腸堪斷，泉下孤眠恨莫窮。」九娘曰：「每羡嫦娥多計校，能抛香閣到仙宫。」公嘆訝尤甚，乃曰：「此時無笙歌奏於前，能事未能畢矣。」於是紅袖乃顧婢翠襟而謂致遠曰：「絲不如竹，竹不如肉，此婢善歌。」乃命《訴衷情》詞。翠襟斂袵一歌，青雅絶世。

於是三人半酣，致遠乃挑二女曰：「嘗聞盧充逐獵，忽遇良姻；阮肇尋仙，得逢嘉配。芳情若許，姻好可成。」二女皆諾曰：「虞帝爲君，雙雙在御；周郎〔九〕作將，兩兩相隨。彼昔猶然，今胡不爾？」致遠喜出望外。乃相與排三浄枕，展一新衾〔一〇〕。三人同衾，繾綣之情，不可具談。致遠戲二女曰：「不向閨中，作黄公之子婿；翻來塚側，夾陳氏之女奴。未測何緣，得逢此會。」女兄作詩曰：「聞語知君不是賢，應緣慣與女奴眠。」弟應聲續尾曰：「無端嫁得風狂漢，强被輕言辱地仙。」公答爲詩曰：「五百年來始遇賢，且歡今夜得雙眠。芳心莫怪親狂客，曾向春風占謫仙。」

少〔一一〕頃，月落雞鳴，二女皆驚，謂公曰：「樂極悲來，離長會促，是人世貴賤同傷，況乃存没異途，升沉殊路。每慙白晝，虚擲芳時，只應拜一夜之歡，從此作千年之恨。始喜同衾之有幸，遽嗟破鏡之無期。」二女各贈詩曰：「星斗初回更漏闌，欲言離緒淚闌干。從兹便結千年恨，無計重尋五夜歡。」又曰：「斜月照窗紅臉冷，曉風飄袖翠眉攢。辭君步步偏腸斷，雨散雲歸入夢難。」致遠見詩，不覺垂淚。二女謂致遠曰：「倘或他時重經此處，修掃荒塚。」言訖即滅。

明旦，致遠歸塚邊，彷徨嘯詠，感嘆尤甚，作長歌自慰曰：「草暗塵昏雙女墳，古來名迹竟誰聞？唯傷廣野千秋月，空鎖巫山兩片雲。自恨雄才爲遠吏，偶來孤館尋幽邃。戲將詞句向門題，感得仙姿侵夜至。紅錦袖，紫羅裙，坐來蘭麝逼人薰。翠眉丹頰皆超俗，飲態詩情又出群。對殘花，傾美酒，雙雙妙舞呈纖手。狂心已亂不知羞，芳意試看相許否。美人顔色久低迷，半含笑態半含啼。面熟自緣〔一三〕心似火，臉紅寧假醉如泥。歌艷詞，打懽合，芳宵良會應前定。纔聞謝女啓清談，又見班姬摛雅詠。情深意密始求親，正是豔陽桃李辰。明月倍添衾枕思，香風偏惹綺羅身。綺羅身，衾枕思，幽懽未已離愁至。數聲餘歌斷孤魂，一點殘燈照雙淚。曉天鸞鶴各西東，獨坐思量疑夢中。沉思疑夢又非夢，愁對朝雲歸碧空。匹〔一三〕馬長嘶望行路，狂生猶再尋遺墓。不逢羅襪步芳塵，但見花枝泣朝露。腸欲斷，首頻回，泉户寂寥誰爲開？頓轡望時無限淚，垂鞭吟處有餘哀。暮春風，暮春日，柳花撩亂迎風疾。常將旅思怨韶光，況是離情念芳質。人間事，愁殺人，始聞達路又迷津。草没銅臺千古恨，花開金谷一朝春。阮肇劉晨是凡物，秦皇漢帝非仙骨。當時嘉會杳難追，後代遺名徒可悲。悠然來，忽然去，是知雲〔一四〕雨無常主。我來此地逢雙女，遥似襄王夢雲雨。大丈夫，大丈夫，壯氣須除兒女恨，莫將心事戀妖狐。」（據朝鮮刊本成任《太平通載》卷六八引《新羅殊異傳》校録，又朝鮮權文海《大東韻府群玉》卷一五引《新羅殊異傳》）

〔一一〕儻　原譌作「償」，韓國崔南善輯《新羅殊異傳》（《新訂三國遺事·附録》）改作「儻」，今從。按：《太平通載》卷六八已亡，韓國《震檀學報》第十二卷（一九四〇）載李仁榮《太平通載殘卷小考》，附載原文，今即據以校録。

〔一二〕帒　《韻府群玉》作「袋」，下同。帒，同「袋」，指詩囊。

〔三〕欺　崔南善輯本作「寄」，誤。

〔四〕玉　《韻府群玉》作「珠」。

〔五〕凡流　崔輯本作「風流」。按：《韻府群玉》作「凡流」，作「凡流」是。

〔六〕宣城郡　此三字原無，據南宋張敦頤《六朝事迹編類》卷一三《墳陵門·雙女墓》引《雙女墳記》補。

〔七〕少親筆硯長負才情　此八字原無，據《六朝事迹編類》補。

〔八〕天寶六年同葬於此　此八字原無，據《六朝事迹編類》補。

〔九〕周郎　原作「周良」。按：周良不曉何人，當爲「周郎」之誤，指三國吴大將周瑜。《三國志·吴書·周瑜傳》：「瑜時年二十四，吴中皆呼爲周郎。……頃之，策（孫策）欲取荆州，以瑜爲中護軍，領江夏太守，從攻皖，拔之。時得橋公兩女，皆國色也。策自納大橋，瑜納小橋。」橋，又作「喬」。周瑜所得只小喬，蓋杜牧《赤壁》詩云：「東風不與周郎便，銅雀春深鎖二喬。」遂誤以大小喬皆歸周郎。

〔一〇〕衾　原譌作「衿」，今改。下同。

〔一一〕少　原作「小」，今改。

〔一二〕緣　崔輯本作「然」，當誤。

〔一三〕匹　崔輯本無此字。

〔一四〕雲　崔輯本作「風」。

按：新羅小説集《新羅殊異傳》，朝鮮權文海（一五三四—一五九一）《大東韻府群玉》（一五八九）之《纂輯書籍目録·東國諸書》、金烋《海東文獻總録》（一六三七）之目録卷史記類、李德懋（一七四一—一七九三）《青莊館全書》卷五四《盎葉記一·東國史》、朴容大等《增補文獻備考》（一九〇八）卷二四六《藝文考五》雜纂類均著録作崔致遠撰。而據其他文獻，又有朴寅亮撰之説（高麗僧覺訓《海東高僧傳》卷一《釋阿道傳》）及金陟明改作之説（高麗僧一然《三國遺事》卷四《義解第五·圓光西學》）。是書原應爲崔致遠作，朴寅亮乃續作。崔致遠光啓元年（八八五）回新羅之後，作此書。原書已亡。拙著《新羅殊異傳考論》（韓國大邱中文出版社，二〇〇〇）及《新羅殊異傳輯校와譯註》（韓國嶺南大學校出版部，一九九八），輯録佚文十六則（三則闕正文），附録八則（一則闕正文）。佚文中少量屬朴本及金本。

本篇《太平通載》所引係全文，題作《崔致遠》。末段乃金陟明妄增者，今不取。曰：「後致遠擢第，東還，路上歌詩云：『浮世榮華夢中夢，白雲深處好安身。』乃退而常往，尋僧於山林江海。結小齋，築石臺，耽翫文書，嘯詠風月，逍遥偃仰於其間。南山清涼寺，合浦縣月影臺，智異山雙溪寺、石南寺、墨泉石臺，種牧丹，至今猶存，皆其遊歷也。最後隱於伽耶山海印寺，與兄大德賢俊、南岳師定玄，探賾經論，遊心沖漠，以終老焉。」《大東韻府群玉》係節引，題《仙女紅袋》。然據南宋張敦頤《六朝事迹編類》卷一三《墳陵門·雙女墓》，原題應爲《雙女墳記》。文云：「《雙女墳記》曰：有雞林人崔致遠者，唐乾符中補溧水尉。嘗憩於招賢館，前岡有塚，號曰『雙女墳』。詢其事迹，莫有知者，因爲詩以弔之。是夜感二女至，稱謝曰：『兒本宣城郡開化縣馬陽鄉張氏二女。少親筆硯，長負才情，不意父母匹於鹽商小豎，以此憤恚而終，天寶六年同葬於此。』宴語至曉而別。在溧水縣南一百一十里。」末尾「在溧水縣南一百一十里」，是張敦頤之語，指明雙女墓之所在位置。南宋周應合《景定建康志》卷一六《疆域志二·鋪驛》載：「招賢驛在溧水縣南一百一十里。」又卷四三《風土志二·諸墓》：「雙女墳在溧水縣南一百一十里。」《考證》引《雙女墳記》曰，全同張書。元張鉉《至正金陵新志》卷一二下《古蹟志下·陵墓》亦引《雙女墳記》，文句亦同，末注云：「墳在溧水州南一百一十里廢招賢館側。」《景定建康志》卷三三《文籍志一·石刻》著録《雙女墳記》，以爲是墓前石刻，頗誤。張敦頤引述《雙女墳記》，撮述大意而已，非原文之節録，所記内容相同，而其抵牾不合之處亦可有解釋。《雙女墳記》稱「兒本宣城郡開化縣馬陽鄉張氏二女」，與《太平通載》本「兒與小妹溧水縣楚城鄉張氏之二女也」不合。考《舊唐書·地理志三·江南西道》，武德三年（六二〇）溧水縣屬揚州，九年改屬宣州，天寶元年（七四二）宣州改宣城郡，乾元元年（七五八）復爲宣州，溧水縣改屬昇州，上元二年（七六一）昇州廢，溧水還屬宣州。崔致遠爲溧水縣尉時，溧水仍屬宣州，到光啓三年（八八七）復置昇州時，溧水方歸屬昇州。宣城郡（即宣州）無開化縣，唐代亦無之。開化縣宋屬衢州，《元豐九域志》卷五《兩浙路》載，衢州轄五縣，乾德四年（九六六）分常山縣置開化場，太平興國六年（九八一）升爲縣。是則原文必爲「宣城郡溧水縣」，流傳中譌耳。楚城鄉、馬陽鄉之異，亦流傳所致。

「天寶六年同葬於此」一句，當係崔記原有，二女卒於天寶六年，時宣州正稱宣城郡。《太平通載》本無此句，疑傳本脱去，應在「遽至夭亡」之下，故下文才有「寄墳已久」之語。「少親筆硯，長負才情」二句，合原文駢儷風格，亦當爲原文佚句。

崔致遠乾符五年至廣明元年冬爲宣州溧水縣尉，得覩雙女墳。但此記可能作於淮南幕，即中和元年至四年間。高駢素好鬼神仙靈之事，中和元年兵權被削去之後，更是「託求神仙，屏絶戎政」，「日以神仙爲事」（《舊唐書》本傳）。致遠對高駢知遇之恩深銘於懷，不免生諛媚之意，中和間所作《獻生日物狀》（本集卷一八），儼然奉高駢爲仙真，極頌諛之能事。且高駢鎮静海軍、西川時，從事裴鉶著《傳奇》，多言神仙道術。致遠淮南同事高彦休中和四年四月編纂小説集《闕史》，亦頗張皇神鬼。致遠此記，當受此影響而作。回新羅後撰《新羅殊異傳》，遂收入此記。《太平通載》仿《太平廣記》而編，標目多以人名，遂標作《崔致遠》也。

丁約

高彦休　撰

高彦休（八五四—？），號參寥子。冀州蓨縣（今河北衡水市景縣）人。伯祖乃鄂岳觀察使高鍇。僖宗乾符元年（八七四）始應舉，未及第。後任咸陽縣尉。廣明元年（八八〇）十二月黄巢入據長安，僖宗奔蜀，百官散離，彥休奉親旅泊江表。約中和元年（八八一）淮南節度使高駢辟爲鹽鐵巡官，帶監察御史銜。（據《闕史》及自序、崔致遠《桂苑筆耕集》卷四《奏請從事官狀》及卷一三《請高彥休少府鹽鐵巡官》、《唐代墓誌彙編續集》乾符〇一四《唐故前江南西道都團練副使朝議郎檢校尚書禮部郎中兼侍御史賜緋魚袋高府君墓誌銘并序》）

大曆初[一]，韋行式爲西川[二]採訪使，有姪曰子威，年及弱冠，聰敏温克，常躭翫道書，惑[三]神仙修煉之術。有步卒丁約者，執役于部下，周旋勤恪，未嘗少惰，子威頗私之。一日，辭氣慘慄，云欲他適。子威怒曰：「籍在轅門[四]，焉容自便？」丁曰：「去計已果，不可留也。然某肅勤左右，二載於茲，未能[五]忘情，思有以報。某非碌碌求食者，尚縈俗閫[六]耳。有藥一粒，願以贈別。食此非能長生，限内無他恙矣。」因褫衣帶，得藥類粟，以奉子威。又謂曰：「郎君道情深厚，不欺闇室，終當弃俗，尚隔兩塵。」子威曰：「何謂兩塵？」對曰：「儒謂之世，釋謂之劫，道謂之塵，善堅此心[七]，亦復遐壽。後五十年，近京相遇，此際無相訝也。」言訖而出。子威驚愕，亟命追之，已不及矣。主將以逃亡上狀，請落兵籍。爾後子威行思坐念，留意尋訪，竟亡其蹤。

後擢明經第，調數邑宰。及從心之歲，毛髮皆鶴，時元和十三年也。將還京師，夕於驪山旅舍，聞通衢甚譁，詢其由，曰：「劉悟執逆帥李師道下將校[八]至闕下。」步出視之，則兵仗叢〔九〕衛，桎梏纍纍。其中一人，乃丁約也，反接雙臂，長驅而西，齒髮强壯，無異昔日。子威大奇之。百千人中驚認之際，丁約則已見矣，微笑遥謂子威曰：「尚記臨邛别否？一瞬五十載矣，幸且相送至前驛〔一〇〕。」須臾到滋水〔一一〕，則散縶於郵〔一二〕舍，壁間開一竅，以給食物。子威窺之，俄見脱置桎梏，覆之以席，躍自竇出，與子威攜手上旗亭，話闊别之恨，且嘆子威之衰耄。子威謂曰：「仙兄既有相見之期〔一三〕，聖朝奄宅天下，何爲私叛臣耶？」丁曰：「言之久矣，何所逃哉！蜀國睽辭，豈不云近京相遇，慎勿多訝乎？」又問曰：「果就刑否？」對曰：「道中有尸解、劍〔一四〕解、火解、水解，惟劍解實繁有徒。嵇康、郭璞非受戕害者，以此委蜕耳〔一五〕，異韓、彭與糞壤并也。某或思避，自此而逃，孰能追耶？」他問不對，惟云須筆。子威搜書囊以進，亦愧領之。子威又曰：「某得親朋書，促令著鞭，以爲明晨稾街寓目〔一六〕，豈蜕於此乎？」丁曰：「未也，夕當甚雨，未克行刑，一再〔一七〕晝雨止，國有小故，十九日大〔一八〕限方及。君於此時，幸一訪别。」言訖還館，復入穴，荷校以坐。

子威却往温泉，日已晡矣。風埃坌〔一九〕起，夜中雨果大澍〔二〇〕。遲明，泥及骭，詔改日行刑。再〔二一〕宿方霽，則王姬有薨於外館〔二二〕者，復三日不視朝，果至十九日方獻廟巡酈，始行大戮。子威是日飫僕飽馬，詰旦往棘塲〔二三〕候焉。停午間，方號令，迴〔二四〕觀者不啻億兆衆矣，面語不辨，寸步相失。俘囚纔至，丁已誌焉，遥目子威，笑頷三四。及揮刃之際，子威獨見斷筆，霜鋒倏及〔二五〕之次，丁囚〔二六〕躍出而南。廣衆之中，躡足以進，又登酒肆，言當之蜀，脱衣换觴，與子威對飲，云：「某自此遐適矣，勉於奉道，猶隔兩塵，當奉候於崑崙石室。」言訖下旗亭，冉冉西去，數步而滅。

參寥子曰：上古以前，帝王將相得仙道者，往往有之，近代則無聞焉。蓋羽化尸解、脱略〔二七〕生死之事，所得何常！其人愚，常思〔二八〕之，得非名與利，善桎縛其身乎？富與貴，能膠糊其心乎？噫！内膠糊而外桎縛，是以仙靈之風，清真之氣，無從而入也。（據民國上海古書流通處影印清鮑廷博《知不足齋叢書》本《闕史》卷上校録，又《太平廣記》卷四五引《廣異記》，書名誤）

〔一〕大歷初　《廣記》作「大曆中」。歷，同「曆」。

〔二〕西川　《廣記》作「西州」，誤，清孫潛校本、明曹學佺《蜀中廣記》卷七三《神仙記第三》引《廣異記》作「西川」。按：大曆中劍南道分東西二道，西川即劍南西道。

〔三〕惑　《四庫全書》本作「或」。按：《四庫全書考證》卷七二云：「『惑神仙修煉之術』原本『惑』訛『或』。……並據《太平廣記》改增。」《唐闕史》之《考證》（即校記）凡十餘處，然書中均未改。

〔四〕轅門　《廣記》、《蜀中廣記》作「軍中」。

〔五〕能　《四庫》本作「嘗」。

〔六〕闈　《廣記》、《蜀中廣記》作「間」。按：闈，門檻。

〔七〕心　此字原無，據《廣記》、《蜀中廣記》補。

〔八〕李師道下將校　「校」字原無，據《廣記》補。按：《舊唐書·憲宗紀下》：元和十四年二月，「壬戌，田弘正奏：今月九日，淄青都知兵馬使劉悟，斬李師道并男二人首請降，師道所管十二州平。甲子，上御宣政殿受賀。己巳，上御興安門，受田弘正所獻賊俘，群臣賀於樓下。」李師道下將校，即指此「賊俘」。

〔九〕叢　《廣記》、《蜀中廣記》作「叢」。

〔一〇〕幸且相送至前驛　《廣記》、《蜀中廣記》作「幸今相見，請送至前驛」。

〔一一〕滋水　《廣記》下有「驛」字。按：滋水驛在長安城東北。

〔一二〕郵　《廣記》、《蜀中廣記》作「廊」。按：郵即驛站。

〔一三〕相見之期　《廣記》、《蜀中廣記》作「先見之明」。

〔一四〕劍　《廣記》作「兵」，孫校本及《蜀中廣記》作「劍」。

〔一五〕嵇康郭璞非受戕害者以此委蜕耳　《廣記》作「嵇康、郭璞皆受戕害，我以此委蜕耳」。

〔一六〕某得親朋書促令著鞭以爲明晨藁街寓目　《廣記》、《蜀中廣記》作「明晨法場寓目」。

〔一七〕一再　《廣記》作「兩」。按：一再即兩。《管子·立政·首憲》：「一再則宥，三則不赦。」

〔一八〕大　《廣記》作「天」。

〔一九〕坌　《廣記》、《蜀中廣記》作「忽」。坌，塵土飛揚。

〔二〇〕澍　《四庫》本作「注」。按：澍，降雨，又通「注」。

〔二一〕再　《廣記》譌作「雨」，《蜀中廣記》作「兩」。

〔二二〕外館　《四庫》本作「館外」。

〔二三〕棘場　《廣記》、《蜀中廣記》作「棘圍」。按：棘場、棘圍意同，指用荆棘圈成的場地，此指行刑法場。

〔二四〕迴　《四庫》本作「環」，意同。

〔二五〕及　《廣記》作「忽」，明沈與文野竹齋鈔本、孫校本作「及」。

〔二六〕囚　《廣記》、《蜀中廣記》作「因」，《廣記》明鈔本、孫校本作「囚」。

〔二七〕略　《四庫》本作「累」，當譌。

〔二八〕思　《四庫》本作「愧」。

按：《崇文總目》雜史類著録《闕史》三卷，高彦休撰，《新唐書·藝文志》改入小説家。《通志·藝文略》亦在雜史類，云：「唐高彦休撰。記大曆以後至乾符事。」《遂初堂書目》雜史類、《直齋書録解題》小説家類作《唐闕史》，《解題》云：「高彦休撰，自號參寥子，乾符中人。」《文獻通考·經籍考》小説家類據陳氏著録。「唐」字乃宋人所加。《宋史·藝文志》小説類著録二本

：《闕史》一卷，參寥子述；高彦休《闕史》三卷。一卷本疑爲三卷之合。明清書目多爲二卷，《百川書志》雜史類云：「唐乾符中人參寥子高彦休紀史氏之闕，五十一事。」

現存各本皆爲上下二卷，五十一條，有自序。較早刻本是康熙間顧嗣立秀野草堂刊《閭丘辯囿》本，題《闕史》。嗣後有乾隆中鮑廷博所刻《知不足齋叢書》本，民國辛酉年（一九二一）上海古書流通處影印。書題《御覽闕史》，前有乾隆甲午（三十九年，一七七四）御筆《題唐闕史》七律一章，次爲《闕史序》，題唐參寥子述，各條皆有標目，末附黄伯思政和四年（一一一四）跋、祝允明跋。古書流通處影印本只有祝跋，末多雍正丙午（四年，一七二六）趙昱跋、乾隆三十年（一七六五）鮑廷博二跋。《龍威秘書》、《藝苑捃華》、《崇文書局彙刻書》、《説庫》、《叢書集成初編》等叢書本皆取《知不足齋叢書》本，或題《御覽闕史》，或題《闕史》、《唐闕史》。《四庫全書》亦收，題《唐闕史》，署唐高彦休撰，前有《御題唐闕史》，文字與知不足齋本時有異同，脱譌較多。二〇〇〇年上海古籍出版社出版《唐五代筆記小説大觀》所收此書，以知不足齋本爲底本，又校以《四庫全書》本。《重編説郛》卷四八有《唐闕史》一卷，五條，託名唐吴兢，皆輯自《太平廣記》而有誤輯者。

自序云「共五十一篇，分爲上下卷」，與今本合。然《資治通鑑考異》卷二一引開成五年潁王事，張耒《張右史文集》卷四八《題賈長卿讀高彦休續白樂天事》及陳振孫《白文公年譜》引白居易母事，《分門古今類事》卷一引《煬帝縱魚》，卷二引《審音知變》，皆出今本之外，則原書非止五十一事，頗疑自序爲後人所改，以與傳本相合也。

據自序，此書編纂於僖宗中和四年（八八四）四月，時當在淮南幕。書名《闕史》者，乃用《論語·衛靈公》孔子語「吾猶及史之闕文」之意焉。

本篇原題《丁約劍解》。按今本各事皆爲提要式標目，與《桂苑叢談》、《劇談録》等書同，疑實爲後人加，今從《廣記》，題作《丁約》，取其人名也。《廣記》注出《廣異記》，誤。《廣異記》戴孚作於貞元中，此爲元和十三年事，遠在其後。

皇甫湜

高彦休 撰

皇甫郎中湜，氣貌剛質，爲文古雅，恃才傲物，性復褊而直。爲郎南宫時，乘酒使氣，忤同列者。及醒，不自適，求分務温洛〔一〕，時相允之。值伊瀍仍歲歉食，正郎滯曹不遷，省俸甚微，困悴且甚。嘗因積雪，門無轍〔二〕跡，庖突無烟。晉公時保釐洛宅，人有以爲言者，由是卑辭厚禮〔三〕，辟爲留守府從事。正郎感激之外，亦比比乖事大之禮〔四〕，公優容之，如不及。

先是，公討淮西日，恩賜鉅萬，貯于集賢私第。公信浮屠教，且曰：「燎原之火，漂杵之誅，其無玉石俱焚者乎〔五〕？」因盡捨討叛所得，再修福先佛寺，危樓飛閣，瓊砌璇題〔六〕。就有日矣，將致書於祕監白樂天，請爲刻珉之詞〔七〕。公與樂天，俱興平年傳法堂師弟子。值正郎在座，忽發怒曰：「近舍某而遠徵白，信獲戾于門下矣。且某之文方白之作，自謂瑶琴寶瑟而比之桑間濮上之音也。然何門不可以曳長裾，某自此請長揖而退。」座客旁觀，靡不股慄。公婉詞敬謝之，且曰：「初不敢以仰煩長者，慮爲大手筆見拒。是所願也，非敢望也〔八〕。」正郎赬怒稍解，則請斗釀而歸。至家，獨飲其半，寢酣數刻，嘔噦而興，乘醉揮毫，黄絹立就。又明日，潔〔九〕本以獻，文思古謇〔一〇〕，字復怪僻。公尋繹久之，目瞪舌澀，不能分其句讀。畢，嘆曰：「木玄〔一一〕虚、郭景純《江》、《海》之流也。」其碑在寺西北廊玉石幢院，洛中人家往往有本在。因以寶車、名馬、繒彩、器翫約千餘緡，置書，命小將就第酬之。正郎省札大忿，擲書於地，叱小將曰：「寄謝侍中，何相待之薄也？某之文，非常流之文也，曾與顧況爲集序外，未嘗造次許人。今者請製此碑，蓋受恩深厚爾。其辭約三千餘字，每字三匹絹，更減五分錢〔一二〕不得。」已上實録正郎語，故不文。小校既恐且怒，躍馬而歸〔一三〕。公門下之僚屬列校，咸扼腕切齒〔一四〕，思臠其肉。公聞之，笑曰：「真命世不羈之才〔一五〕也。」立遣依數酬之。愚幼年嘗數其字，得三千二百五十有四，計送絹九千七百六十〔一六〕有二。後逢寺之老僧曰師約者，細爲愚〔一七〕説，其數亦同。自居守府至正郎里第〔一八〕，輦負相屬，洛人聚觀。比之雍、絳泛舟之役，正郎領受之無媿色。

湜褊急之性，獨異於人。嘗爲蜂螫手指，因大躁急〔一九〕，命臧獲及里中小兒輩，箕斂蜂巢，購以善價。俄頃，山〔二〇〕聚於庭，則命碎爛於碪机杵臼，絞取其液，以酬〔二一〕所痛。又嘗命其子松，録詩數首，一字小誤，詬詈且〔二二〕躍，呼〔二三〕杖不及，則擒嚙其臂，血流及肘而止。其褊訐〔二四〕之性，率此類也。

參寥子曰：禰衡恃才名，傲黄祖而死；正郎以直氣，詆晉公而生。尊賢容衆之風，山高水深之量，較之古今，懸雞鳳矣。至於皇甫正郎，螫指而淶〔二五〕衆巢，信乎拔劍逐蠅之説。

（據民國上海古書流通處影印清鮑廷博《知不足齋叢書》本《闕史》卷上校録，又《太平廣記》卷二四四引《闕史》）

〔一〕温洛　《廣記》作「東洛」，《唐語林》卷六作「洛都」。按：温洛指東都洛陽。《周易乾鑿度》卷下：「帝德之應，洛水先温。」故稱洛水爲「温洛」。代指洛陽。《全唐詩》卷七二高球《晦日宴高氏林亭》：「温洛年光早，皇州景望華。」

〔二〕轍　《廣記》作「行」。

〔三〕由是卑辭厚禮　《廣記》作「以美詞厚幣」。

〔四〕亦比比乖事大之禮　「亦」《四庫》本作「尚」。《廣記》全句作「湜簡率少禮」。按：此當爲《廣記》所改，如此甚多，見下。

〔五〕且曰燎原之火漂杵之誅其無玉石俱焚者乎　《廣記》作「念其殺戮者衆，恐貽其殃」。

〔六〕危樓飛閣瓊砌璇題　《廣記》作「備極壯麗」。

〔七〕刻珉之詞　《廣記》作「碑」。

〔八〕是所願也非敢望也　《廣記》作「今既爾，是所願也」。

〔九〕潔　《唐語林》、南宋祝穆《古今事文類聚》別集卷一三（無出處）作「挈」。

〔一〇〕古謇　《唐語林》作「高古」，《事文類聚》作「古怪」。按：謇，艱澀。

〔一一〕玄　原作「元」，乃避清諱改。今據《廣記》、《唐語林》回改。

〔一二〕五分錢　南宋佚名《錦繡萬花谷》前集卷二〇引《唐闕史》、謝維新《古今合璧事類備要》前集卷四三引《唐間（闕）史》作「五錢」。

〔一三〕躍馬而歸　《廣記》作「歸具告之」。

〔一四〕扼腕切齒　《廣記》作「振腕憤悱」。

〔一五〕命世不羈之才　《廣記》作「奇才」。

〔一六〕六十　此二字原脱，據《四庫》本、《唐語林》補。

〔一七〕愚　《唐語林》作「人」。

〔一八〕至正郎里第　《廣記》談愷刻本無「至」字，明鈔本、孫校本作「及湜里第」，張國風《太平廣記會校》據改。按：《廣記》談本當脱「及」字，宜補，然改「正郎」爲「湜」不當。正郎指尚書省郎中，又稱正曹郎，稱「正」者對員外郎而言。皇甫湜仕至工部郎中。

〔一九〕急　《唐語林》作「忿」。

〔二〇〕山　《四庫》本作「出」。

〔二一〕酬　《唐語林》作「塗」。

〔二二〕且　《廣記》孫校本作「大」。

〔二三〕呼　《廣記》作「手」，孫校本作「呼」。

〔二四〕訐　《四庫》本、《廣記》作「急」。

〔二五〕滐　《四庫》本作「碎」。按：滐，同「渫」，散也。

按：本篇原題《裴晉公大度》，小字注：「皇甫郎中褊直附」。今題從《廣記》。《廣記》清黄晟校刊本、《四庫》本、《筆記小説大觀》本注出《國史》，誤。

李處士

高彦休　撰

李文公翺，自文昌宫出刺合淝郡。公性褊直方正，未嘗信巫覡〔一〕之事。郡客有李處士者，自云能通鬼神〔二〕之言，言事頗中，一郡肅敬，如事神明。公到郡旬月，乃投刺候謁，禮容甚倨。公心忌之，思以抑挫，抗聲謂曰：「仲尼大聖也，尚云未知生，焉知死，子能賢於宣父〔三〕耶？」生曰：「不然，獨不見阮生著《無鬼論》，精辨宏贍，人不能屈，致鬼神見乎〔四〕？且公骨肉間，朝夕當有遘病沈困者，宴安鴆毒則已〔五〕，或五常粗備，漬於七情，孰忍視溺而不援哉！」公愈怒，立命械繫之，將痛鞭其背。

夫人背疽，明日内潰〔六〕，果嚱食〔七〕昏瞑，百刻不糝〔八〕，徧召醫藥，曾無少瘳。愛女數〔九〕人，既笄未嫁，環牀呱呱而泣，且歸罪於公之桎梏李生也。公以伉儷〔一〇〕義重，息胤〔一一〕情牽，不得已解縲絏而祈叩之，則曰：「第手翰一狀〔一二〕，俟夜禱之，某〔一三〕留墨篆同焚，當可脱免。」仍誡曰：「慎勿箋易鉛槧，他無所須矣。」公敬受教，即自草詞祝〔一四〕，潔手書之。公性褊，札寫數紙皆誤〔一五〕，不能爽約，則又再書。燭灺〔一六〕更深，疲於毫研，克意一幅，繕札稍嚴，而官位之中，竟箋一字。既逾時刻，遂併符以焚。聞呻吟頓減〔一七〕，闔室相慶。

黎明，李生候謁，公深德之。生曰：「禍則可免，猶謂遲遲。誡公無得漏略，何爲復注一字？」公曰：「無之。向寫數本，悉以塗改，不忍自欺，就焚之書，頗爲精謹，老夫未嘗忘也。」生曰：「譚何容易，詞祝在斯。」因探懷以出示，則昨日所燼之文也。公驚愕慚赧，避席而拜。酬之厚幣，竟無所取。旬日告别，不知所從，病亦漸間。（據民國上海古書流通處影

印清鮑廷博《知不足齋叢書》本《闕史》卷上校録，又《太平廣記》卷七三引《唐闕史》）

〔一〕覡　《廣記》明鈔本、孫校本作「蠱」。

〔二〕鬼神　《廣記》、明吴大震《廣豔異編》卷一四《李處士》作「神人」，《廣記》孫校本作「鬼神」。

〔三〕宣父　《廣記》作「宣文」，孫校本、《廣豔異編》作「宣父」。按：《新唐書·禮樂志五》：「（貞觀）十一年，詔尊孔子爲宣父，作廟於兖州。」「（開元）二十七年，詔夫子既稱先聖，可謚曰文宣王。」作「宣文」誤。《廣記》《四庫》本改作「宣父」。

〔四〕致鬼神見乎　《廣記》、《廣豔異編》作「果至見鬼乎」，《廣記》明鈔本作「果至鬼神見乎」。

〔五〕宴安鴆毒則已　《廣記》前有「苟」字，「鴆」作「酖」。按：酖，通「鴆」。《左傳》閔公元年：「宴安酖毒，不可懷也。」杜預注：「以宴安比之酖毒。」李德裕《會昌一品集》卷九《代李丕與郭誼書》：「古人云宴安鴆毒，不可懷也，蓋以偷安比於鴆毒，切望思之。」

〔六〕夫人背疽明日内潰　原爲小字注文，據《廣記》、《廣豔異編》改。《四庫》本作「明日内餽」，有脱譌。《廣記》孫校本「夫人背疽」作「懲其妖」。

〔七〕嚱食　《廣記》、《廣豔異編》作「不食」，《會校》明鈔本、孫校本作「嚱食」。嚱食，食而嘔吐。

〔八〕糝　《廣豔異編》作「醒」。糝，米粒，此用如動詞。

〔九〕數　《廣記》作「十」，《廣豔異編》作「一」，並誤。

〔一〇〕伉儷　《廣記》、《廣豔異編》作「夗央」，《廣記》明鈔本、孫校本作「伉儷」，《會校》據改。按：夗央，同「鴛鴦」。《文選》卷三〇陸機《擬東城一何高》：「思爲河曲鳥，雙游豐水湄。」唐劉良注：「河曲鳥謂夗央，此鳥常雙遊。」《廣記》《四庫》本、《筆記小説大觀》本作「鴛鴦」。

〔一一〕胤　原缺筆避雍正胤禛諱，今改。《廣記》、《廣豔異編》作「裔」。按：「裔」乃《廣記》避趙匡胤諱改。

〔一二〕第手翰一狀　「第」《廣記》、《廣豔異編》作「若」。第，但也，只也。「狀」《廣記》作「文」，孫校本作「狀」。

〔一三〕某　《廣記》、《廣豔異編》作「宜」，《廣記》孫校本作「某」。

〔一四〕詞祝　《廣記》、《廣豔異編》作「祝語」。

〔一五〕公性褊札寫數紙皆誤　「公」字原無，據《廣記》、《廣豔異編》補。《廣記》、《廣豔異編》「札寫」作「且疑」。《四庫》本「札」譌作「禮」，下同。

〔一六〕燭炧　《廣記》作「炬炧」，孫校本作「燭燼」，《會校》據改。按：炬炧、燭燼、燭炧義同，均指蠟燭燒完，只剩灰燼。炧，餘燼。

〔一七〕聞呻吟頓減　《廣記》、《廣豔異編》前有「焚畢」二字。

按：原題《李文公夜醮》，今從《廣記》。《廣記》文有删略。《廣豔異編》卷一四據《廣記》輯入，亦有删削。

楊敬之

高彦休 撰

祭酒楊尚書敬之子，江西觀察使戴〔一〕，江西應科時，成均長年〔二〕，天性尤切。時已秋暮，忽夢新榜四十進士，歷歷可數。寓目及半，鍾陵〔三〕在焉，其鄰則姓濮陽，而名不可辨〔四〕。既寤大喜，訪於詞場，則云有濮陽愿者，爲文甚高，且有聲譽。時搜訪草澤〔五〕方急，色目雅在選中，遂尋其居，則曰閩人，未至京國。楊公誡其子，令聽之，俟其到京，與之往來，以符斯夢。

一日，楊公祖客灞上，客未至間，休於逆旅。舍有秣馬伺僕，如自遠來者，試命詢之，乃貢士，偵所自，曰閩，問其姓，曰濮陽，審其名，曰愿。楊公曰：「吁！斯天啓也，安有既夢於彼，復遇于此哉？」亟命相見，濮陽逡巡不得讓，執所業以進。始閲其人，眉宇清秀，次與之語，詞氣安詳，終閲〔六〕其文，體理精奥。問其所抵，則曰：「今將僦居。」楊公曰：「不然。」盡驅所行，置于庠序，命江西寅〔七〕夕與之同處。

楊公朝廷舊德，爲文有凌轢韓、柳意。尤自得者，《華山賦》五千字，唱在人口。賦内之句，況華之高，曰：「醯雞之往來，周東西矣。蜂蠍之聯聯，阿房成矣。見若藺栗，祖龍藏矣。小星奕奕，咸陽焚矣。」故杜司空、李太尉常所誦念。是後〔八〕大稱濮陽藝學于公卿間，人情翕然，謂升第必矣。試期有日，因食麪之寒者，一夕腹鼓而卒。楊公惋痛嗟駭，搜囊甚貧，鄉路且遠，力爲營辦，歸骨閩中。仍謂江西曰：「我夢無徵，汝之一名，亦不可保。」

及第甲乙，則江西中選〔九〕，而同年無氏濮陽者，固不可諭之。夏首，將關送于天官氏〔一〇〕，時相有言：「前輩重族望，輕官職，今則不然。竹林七賢，曰陳留阮籍、沛國劉伶、河間向秀，得以言高士矣。」是歲，慈恩寺榜，因以望題〔一一〕。題畢，楊公閒步塔〔一二〕下，仰視之，則曰「弘〔一三〕農楊戴，濮陽吴當」，恍然如夢中所覩。（據民國上海古書流通處影印清鮑廷博《知不足齋叢書》本《闕史》卷上校録，又《太平廣記》卷二七八引《唐闕史》）

〔一〕祭酒楊尚書敬之子江西觀察使戴　「子」原譌作「任」，據《四庫》本改。《廣記》作「楊敬之生江西觀察使戴」，「生」原作「任」，《廣記》汪紹楹校本據明鈔本改。「戴」原作「載」，據《廣記》改，下同。《四庫》本未改，然《考證》云：「《楊江西及第篇》『祭酒楊尚書敬之子江西觀察使戴』，原本『戴』訛『載』，據《唐書》改。」按：《舊唐書·懿宗紀》：咸通十年十二月，「以……司封員外郎盧蕘、刑部侍郎楊戴考試宏詞選人。」《新唐書·宰相世系表一下》：楊敬之，同州刺史。子戴，字贊業，江西觀察使。《唐故鄉貢進士南陽郡張公墓誌銘》（《唐代墓誌彙編》咸通〇八五）：「今尚書右司郎中楊戴爲淮南太守時……」《唐故前江南西道都團練副使朝議郎檢校尚書禮部郎中兼侍御史賜緋魚袋高府君墓誌銘并序》（唐代墓誌彙編續集）乾符〇一四）：「江西觀察使楊公戴，世故通舊，嘗加歎異，奏爲倅貳。」《唐摭言》卷八《及第與長行拜官相次》：「楊敬之拜國子司業，次子戴，進士及第，長子三史登科，時號楊三喜。」皆可證作「戴」是也。

〔二〕成均長年　《廣記》作「敬之年長」。按：成均指太學。《周禮·春官·大司樂》：「大司樂掌成均之法，以治建國之學政，而合國之子弟焉。」此代指國子監祭酒楊敬之。《廣記》以其用典，詞義不顯，故改。

〔三〕鍾陵　《廣記》改作「其子」。按：鍾陵，縣名，原名豫章縣，後又改南昌縣，即今江西南昌市。唐爲洪州治所，而江西觀察使治洪州，故以鍾陵代指楊戴。

〔四〕辨　《廣記》作「別」。

〔五〕搜訪草澤　《廣記》明鈔本、孫校本作「搜擇平進」。

〔六〕閱　《四庫》本作「開」。

〔七〕寅　《廣記》作「朝」。按：寅即朝也，晨也。寅時爲今之三時至五時，爲一日之始。

〔八〕後　《廣記》明鈔本、孫校本作「冬」，談本譌作「各」，汪校本據明鈔本改。

〔九〕及第甲乙則江西中選　《廣記》改作「明年其子及第」。

〔一〇〕天官氏　《廣記》改作「吏部」。按：武則天光宅元年改吏部爲天官，旋復舊。故後世亦稱吏部及吏部尚書爲天官。

〔一二〕慈恩寺榜因以望題 《廣記》改作「慈恩寺題名，咸以族望」。

〔一三〕塔 《四庫》本作「墖」，同「塔」。

〔一四〕弘 原作「宏」，據《四庫》本、《廣記》改。按：清人避乾隆帝弘正諱，改「弘」爲「宏」。《四庫》本乃缺筆諱。

按：今本原有標目爲《楊江西及第》，《廣記》題《楊敬之》，今從。《廣記》文有删削。

杜舍人

高彦休 撰

杜舍人再捷之後，時譽益清，物議人情，待以仙格。紫微恃才名，亦頗縱聲色，嘗自言有鑒裁之能。聞吴興郡有長眉纖腰有類神仙者，罷宛陵從事，專往觀焉。使君籍甚其名，迎待頗厚。至郡旬日，繼以洪飲，睨觀官妓曰：「善則善矣，未稱所傳也。」覽私選曰：「美則美矣，未愜所望也。」

將離去，使君敬請所欲，曰：「願泛彩舟，許人縱視，得以寓目，愚無恨焉。」使君甚悦，擇日大具戲舟謳棹較捷之樂，以鮮華誇尚，得人縱觀，兩岸如堵。紫微則循泛肆目，竟迷所得。及暮將散，俄於曲岸見里婦攜幼女，年鄰小稔〔一〕。紫微曰：「此奇色也。」遽命接致綵舟，欲與之語。母〔二〕幼惶懼，如不自安。紫微曰：「今未必〔三〕去，第存晚期耳。」遂贈羅纈一篋爲質。婦人辭曰：「他人無狀，恐爲所累。」紫微曰：「不然。余今西航，祈典此郡，汝待我十年，不來而後嫁。」遂筆於紙，盟而後别。

紫微到京，常意霅上。厥後十四載，出刺湖州，之郡三日，即命搜訪。女適人已三載，有子二人矣。紫微召母及嫁者詰之，其夫慮爲所掠，攜子而往。紫微謂曰：「且納我賄，何食前言？」母即出留翰以示之，復白曰：「待十年不至，而後嫁之，三載有子二人。」紫微熟視舊札，俛首逾刻，曰：「其詞也直。」因贈詩以〔四〕導其志。詩曰：「自是尋春去較遲，不須惆悵怨芳時。狂風落盡深紅色，緑樹〔五〕成陰子滿枝。」翌日，遍聞於好事者。（據民國上海古書流通處影印清鮑廷博《知不足齋叢書》本《闕史》卷上校録）

〔一〕年鄰小稔　《唐語林》卷七作「年方十餘歲」。按：《唐語林》文句大同，乃採《闕史》，然有删改。

〔二〕母　《四庫》本作「女」。

〔三〕必　《唐語林》作「帶」。

〔四〕以　《四庫》本作「少」。

〔五〕樹　《唐語林》、《廣記》卷二七三《杜牧》、《類説》卷二九《麗情集·湖州髻髻女》、《苕溪漁隱叢話》後集卷一五引《麗情集》、《唐詩紀事》卷五六《杜牧》、《萬首唐人絶句》卷二六杜牧《歎花》、《詩人玉屑》卷一六《吴興張水戲》、《唐才子傳》卷五《杜牧》、《全唐詩》卷五二七杜牧《悵詩》作「葉」，《四庫》本改作「葉」。《考證》：「『緑葉成陰子滿枝』，原本『葉』訛『樹』，據《全唐詩》改。」按：「樹」、「葉」異文而已，未必非改不可。

按：今本題《杜舍人牧湖州》，目録作《杜紫微牧湖州》，《四庫全書》本則題《杜紫微牧湖州》，今題作《杜舍人》。

《廣記》卷二七三《杜牧》，注出《唐闕史》，實誤。前多二事，即牛僧孺出鎮揚州，杜牧揚州狎妓之事及杜牧在李愿家詠妓之事。李愿家詠妓事，查出《本事詩·高逸》，文句幾同。揚州狎妓事出丁用晦《芝田録》（《紺珠集》卷一〇、《類説》卷一一），又見《唐語林》卷七「杜牧少登第」條，文字并簡。而湖州事亦與《闕史》情事、文句頗異，斷非取自《闕史》，唯不知所據爲何書耳。要之，《廣記》所記實綴合《本事詩》等三書而成，而與《闕史》無涉。《豔遇編》卷二七妓女部及《情史類略》卷五情豪類、卷一三情憾類各有《杜牧》，皆取《廣記》。明冰華居士《合刻三志》志夢類、《五朝小説·唐人百家小説》傳奇家、清蓮塘居士《唐人説薈》第十二集（同治八年刊本卷一四）、馬俊良《龍威秘書》四集《晉唐小説暢觀》、《無一是齋叢鈔》、《揚州叢刻》、俞建卿《晉唐小説六十種》、吴曾祺《舊小説》乙集等收《揚州夢記》，題唐于鄴撰，末多附洪邁語、王穉登詩、錢希言《揚州懷舊詩》，正文實取自《廣記》所引《杜牧》，文字全同。

今將《廣記》湖州事引録於左，以資對照：

太和末，牧復自侍御史出佐沈傳師江西宣州幕，雖所至輒遊，而終無屬意，咸以非其所好也。及聞湖州名郡，風物妍好，且多奇色，因甘心遊之。湖州刺史某乙，牧素所厚者，頗喻其意。及牧至，每爲之曲宴周遊，凡優姬倡女力所能致者，悉爲出之。牧注目凝視，曰：「美矣（《太平廣記詳節》卷二三作『美則美矣』），未盡善也。」乙復候其意，牧曰：「願得張水嬉，使州人畢觀。候四面雲合，某當閒行寓目，冀於此際，或有閲焉。」乙大喜，如其言。至日，兩岸觀者如堵。迨暮，竟無所得。將罷舟艤岸，於叢人中有里姥引鵶頭女，年十餘歲，牧熟視曰：「此真國色，向誠虚設耳。」因使語其母，將接致舟中。姥女皆懼（明鈔本、孫校本作「懽」），牧曰：「且不即納，當爲後期。」姥曰：「他年失信，復當何如？」牧曰：「吾不十年，必守此郡。十年不來，乃從爾所適可也。」母許諾。因以重幣結之，爲盟而別。故牧歸朝，頗以湖州爲念。然以官秩尚卑，殊未敢發。尋拜黄州、池州，又移睦州，皆非意也。牧素與周墀善，會墀爲相，乃併以三牋干墀，乞守湖州，意以弟顗目疾，冀於江外療之。大中三年，始授湖州刺史。比至郡，則已十四年矣。所約者已從人三載，而生三（《廣記詳節》作「二」）子。牧既即政，函（明鈔本、孫校本、《廣記詳節》作「亟」）使召之。其（明鈔本、《廣記詳節》作「夫」）母懼其見奪，攜幼以同往。牧詰其母曰：「曩既許我矣，何爲反之？」母曰：「向約十年，十年不來而後嫁。嫁已三年矣。」牧因取其載詞視之，俛首移晷曰：「其詞也直（《廣記詳節》作『真』），彊之不祥。」乃厚爲禮而遣之。因賦詩以自傷，曰：「自是尋春去校遲，不須惆悵怨芳時。狂風落盡深紅色，緑葉成陰子滿枝。」

秦川富室少年

高彦休　撰

秦川富室少年，有能規〔一〕利者，蓋先兢慎誠信，四方賓賈，慕之如歸，歲獲美利，藏鏹巨萬。一日逮夜，有投書於户者，僕執以進。少年啓書，則蒲紙加〔二〕蠟，昧墨斜翰，爲其先考所遺者，且曰：「汝之獲利，吾之冥助也。今將有禍〔三〕，履校〔四〕滅趾，故先覺耳。然吾已請於陰騭矣，汝及朔旦，宜齋躬潔服，夕〔五〕於春明門外逆旅，仍備縑之隨齡者三十有五〔六〕，蘗帕襆之，候夜分則往灞水橫梁，步及石岸，見有黄其衣者，乃置於前，禮祝而進，災當可免。或無所遇，即挈縑以歸，善計〔七〕家事，急〔八〕爲竄計，禍不旋踵矣。」

少年捧書大恐，闔室素服而泣，專誌朔旦，則捨棄他事，彈冠振衣，宵出青門〔九〕之外，儼若〔一〇〕不寐，恭候夜分。乃從一僕乘一馬，馳往橫梁〔一一〕。怯于無覿〔一二〕，至則果覩一物，形質恢〔一三〕怪，蓬頭黄衣，交臂束膝，負柱而坐，俛首以寐。少年載驚載喜，捧素於前，祈祝設拜，無敢却顧，急驅而迴，返轅相慶，以爲幸免。獨有僕之司馭者〔一四〕，疑其不直。

曾未逾旬，銅壺始漏，復有擲書者，廏皁〔一五〕立擒之，乃鄰宇集庠序導青襟者。啓其緘札，蒲蠟昧札如上〔一六〕，詞曰：「汝災甚大，曩之壽帛，禍源未塞，宜更以縑三十五，重置河梁。」富室少年列狀始末，訴於縣官。詰問伏罪〔一七〕，遂寘枯木〔一八〕。時故桂府李常侍叢製錦萬年〔一九〕，訟牘數年前尚在，往往爲朝士取去。

參寥子云：巫蠱似是，其孰能辯？小則蒲紙，大則桐人。（據民國上海古書流通處影印清鮑廷博《知不足齋叢書》本《闕史》卷上校録，又《太平廣記》卷二三八引《缺史》，孫校本作《唐缺史》，明鈔本及朝鮮成任編《太平廣記詳節》卷一八作《唐闕史》）

〔一〕規　《廣記詳節》作「窺」。

〔二〕加　《廣記》孫校本作「如」。

〔三〕禍　《廣記》作「大禍」。

〔四〕屨校　《四庫》本譌作「校虞」。按：《周易·噬嗑》：「初九，屨校滅趾，无咎。」象曰：「屨校滅趾，不行也。」孔穎達疏：「屨，謂著而屨踐也；校，謂所施之械也。」即脚帶鐐銬。「屨」又作「履」，見宋胡瑗《周易口義》卷四、朱震《漢上易傳》卷三。

〔五〕夕　《廣記》作「出」。

〔六〕仍備縑之隨齡者三十有五　《廣記》作「備縑帛，隨其年，三十有五」，孫校本、《廣記詳節》無「其」字。按：所謂「隨齡者三十有五」，即縑之數量依照年齡來確定，此子年三十五歲，故須備縑三十五匹。縑數合其年壽，故下文稱作「壽帛」。

〔七〕善計　《廣記》作「急理」，明鈔本、孫校本、《廣記詳節》作「善計」，《會校》據改。

〔八〕急　《廣記》作「當」，明鈔本、孫校本、《廣記詳節》作「急」，《會校》據改。

〔九〕青門　《廣記》作「春明門」，《廣記詳節》作「青門」。按：春明門爲唐長安城東三門之北數第二門，門外有灞橋。《朝野僉載》卷六「王無㝵好博戲」條：「帝笑賞之，令於春明門待諸州麻車三日，並與之。㝵坐三日，屬灞橋破，唯得麻三車，更無所有。」青門乃漢長安城東門南數第一門，《三輔黄圖》卷一《都城十二門》：「長安城東出南頭第一門曰霸城門，民見門色青，名曰青城門，或曰青門。門外舊出佳瓜。廣陵人邵平，爲秦東陵侯，秦破爲布衣，種瓜青門外。瓜美，故時人謂之東陵瓜。《廟記》曰：『霸城門，亦曰青綺門。』《漢書》王莽天鳳三年，霸城門災，莽更霸城門曰仁壽門無疆亭。」漢長安城在唐長安城西北，城門不可類比。唐長安城東出南頭第一門爲延興門，並非漢之青門（霸城門）。唐人所稱青門，乃是借用漢稱代指東三門（通化門、春明門、延興門），蓋以東、青相關也。唐玄宗《春中興慶宫酺宴并序》：「水泛泛而龍池滿，日遲遲而鳳樓曙。青門左右，軒庭映梅柳之春；紫陌東西，帟幕動煙霞之色。」興慶宫東鄰春明門，此青門乃指春明門。又《送賀知章歸四明并序》：「正月五日將歸會稽，遂餞東路，乃命六卿庶尹大夫，供帳青門，寵行邁也。」此青門亦然。王昌齡《宿灞上寄侍御璵弟》：「獨飲灞上亭，寒山青門外。」李洞《送人歸覲河中》：「青門塚前別，道路武關西。」灞亭爲送別之處，春明門外有漢太子太傅蕭望之墓（《長安志》卷七），青門亦均指春明門。

〔一〇〕儼若　《廣記》作「矜嚴」，明鈔本、孫校本、《廣記詳節》作「儼若」，《會校》據改。按：矜嚴，莊重、嚴肅。儼若，恭敬嚴肅貌。意思相近。

〔一一〕横梁　《廣記》作「灞橋」。按：横梁即指灞橋。

〔一二〕怯于無覬　《廣記》作「唯恐無所覦」，明鈔本、孫校本、《廣記詳節》作「怯于無所覬」。

〔一三〕恢　《廣記》作「詭」，明鈔本、孫校本、《廣記詳節》作「恢」，《會校》據改。

〔一四〕僕之司馭者　《廣記》作「僕夫」，孫校本、《廣記詳節》作「僕者」。

〔一五〕廏皁　《廣記》、《廣記詳節》作「僕夫」。

〔一六〕蒲蠟昧札如上　《四庫》本「札」作「斜」。《廣記》作「蒲蠟昧墨如上札」，明鈔本、孫校本、《廣記詳節》同《闕史》。

〔一七〕伏罪　《廣記》作「具伏」，明鈔本、孫校本、《廣記詳節》作「伏罪」，《會校》據改。按：具伏，完全認罪。《魏書》卷四四《和其奴傳》：「久囚未決，其奴與尚書毛法仁等窮問其狀，連日具伏。」

〔一八〕枯木　《廣記》、《廣記詳節》作「于法」。按：枯木，代指刑具。

〔一九〕製錦萬年　《廣記》作「爲萬年令」。按：《左傳》襄公三十一年：「子皮欲使尹向爲邑。子産曰：

『少，未知可否。』子皮曰：『願，吾愛之，不吾叛也。使夫往而學焉，夫亦愈知治矣。』子産曰：『不可……子有美錦，不使人學製焉。大官、大邑，身之所庇也，而使學者製焉，其爲美錦不亦多乎？』」後以「製錦」用指賢者出任縣令。錢起《和蜀縣段明府》：「秋城望歸期，製錦蜀江静。」《廣記》引《闕史》多改生僻詞語，此亦是也。

按：原題《秦中子得先人書》，《廣記》題《秦中子》，今擬如題。《廣記》文字多有删削。

唐五代傳奇集第四編卷三

江陰趙宰

高彦休 撰

咸通初，有天水趙宏〔一〕者，任江陰令。以片言折獄著聲，由是累宰劇邑，皆以雪冤獲優考。至於疑似晦僞之事，悉能以情辯之〔二〕。時有楚州淮陰農者〔三〕比莊，頃〔四〕以豐歲而貨殖焉。其東鄰則拓腴田數百畝，資鏹未滿，因以莊券質於西鄰，貸緡百萬，契書顯驗，且言來歲齎本利以贖。至期，果以腴田獲利，首以貯財贖契〔五〕，先納八百緡，第檢置契書，期明日以殘資换券。所隔信宿，且恃通家，因不徵納緡之籍。明日，齎餘鏹至，遂爲西鄰不認矣。且無保証，又乏簿籍，終爲所拒。東鄰冤訴於縣，縣爲追勘，無以證明。邑宰謂曰：「誠疑爾冤，其如官中所賴者券，乏此以證，何術理之？」復訴於州，州不能辨。

東鄰不勝其憤，遠聆江陰之善政〔六〕訟者，乃越江而南訴於趙宰。趙宰謂曰：「縣政地卑，且復踰境，何計奉雪？」東鄰則冤泣曰：「此地不得理，則無由自滌也。」趙曰：「第止吾舍，試爲思之。」經宿，召前曰：「吾計就矣。爾果不妄否？」則又曰：「焉敢厚誣！」

趙曰："誠如是言，當爲寘法。"乃召捕盜之幹事者數輩，齎牒〔七〕至淮壖，曰："有聚嘯而寇江者，按驗已具。"且言有同惡相濟者，在某居處，名姓形狀，俱以西鄰指言，請械送至此。先是，鄰州條法，唯持刃截江，無得藏匿。追牒至彼，果擒以還。然西鄰自恃無跡，未甚加懼〔八〕。至則旅〔九〕於庭下，趙厲聲謂曰："幸耕織自活，何爲寇江？"因則號呼與淚隨，曰："稼穡之夫，未嘗舟檝。"趙又曰："辨証甚明〔一〇〕，且姓氏無差，或言僞而堅，則血膚取實。"因則大恐，叩頭見血，如不勝其冤者。趙又曰："所盜率多金銀錦繡，非農家所宜有也，汝宜籍舍之產，以辨之。"因意稍開，謂皆非所貯者〔一一〕，且不虞〔一二〕東鄰之越訟也。乃言有稻若干斛，莊客某甲筭〔一三〕納到者；紬絹若干匹，家機所出者；錢若干貫，東鄰贖契者；銀器若干件，匠某鍛成者。趙宰大喜，即再審其事，復謂曰："汝果非寇江者，何爲諱東鄰所贖八百緡？"導引訴鄰，令其偶質〔一四〕。於是慚懼灰〔一五〕色，祈死廳前。趙令桎梏往本土，檢付契書，然後寘之於法。

參寥子曰：江陰邑之遐者，天水吏之微者，卓異之政，無由人知，史氏宜採此，以廣聖朝循吏傳。（據民國上海古書流通處影印清鮑廷博《知不足齋叢書》本《闕史》卷上校録，又《太平廣記》卷一七二引《唐闕史》）

〔一〕宏　《廣記》、五代和凝《疑獄集》卷三《趙和籍舍産》、宋鄭克《折獄龜鑑》卷七《趙和》作「和」。

〔二〕以情辯之　「情」下原有「僞」字，據《四庫》本、《廣記》、《疑獄集》删。《廣記》、《疑獄集》「辯」作「理」。

〔三〕農者　《疑獄集》、《折獄龜鑑》作「二農」。

〔四〕頃　《廣記》、《疑獄集》、《折獄龜鑑》作「俱」。頃，近來。

〔五〕果以腴田獲利首以貯財贖契　《廣記》、《疑獄集》作「果以腴田獲利甚博，備財贖契」。首，首先。

〔六〕政　《廣記》作「聽」。政，審理。

〔七〕齎牒　此二字原無，據《廣記》、《疑獄集》、《折獄龜鑑》補。

〔八〕未甚加懼　「加」《廣記》、《疑獄集》作「知」。「懼」《四庫》本作「慎」。《折獄龜鑑》作「初不甚懼」。

〔九〕旅　《疑獄集》作「跪」。旅，處，居。《折獄龜鑑》作「械」。

〔一〇〕辨証甚明　《四庫》本「明」作「具」。《廣記》作「證詞甚具」，《疑獄集》作「辯證甚具」。

〔一一〕謂皆非所貯者　《廣記》作「遂詳開所貯者」。

〔一二〕虞　原作「疑」，據《廣記》、《疑獄集》改。

〔一三〕算　《廣記》作「等」。按：算，指所定租税數目。

〔一四〕質　原作「值」，據《四庫》本改。《廣記》、《疑獄集》作「證」。

〔一五〕灰　《廣記》、《疑獄集》作「失」。

按：本篇原題《趙江陰政事》，《廣記》題《趙和》，今擬如題。

鄭少尹

高彥休　撰

世傳《前定録》，所載事類實繁，其間亦有鄰委曲以成其驗者。今復有前定卓異之説，且非誕妄，故附於此。

長安鼎甲之族，有滎陽鄭氏，嘗爲愚言，其先祖故河中少尹諱復禮，應進士舉，十不中所司選，困厄且甚。千福寺有僧弘〔一〕道者，人言晝則平居〔二〕，夕則視事於陰府，十祈叩者，八九拒之。蒲亞不勝其蹇躓憤惋〔三〕，則擇日齋沐候焉。頗容接之〔四〕，且曰：「某未嘗妄洩於人，今知茂才抱積薪之歎且久之，不能隱忍耳。勉旃進取，終成美名。然其事頗異，不可名〔五〕也。」蒲亞拜請其期，弘道曰：「唯君無〔六〕期，須四事相就，然後遂志。四缺其一，則復負冤。如是者，骨肉相繼三牓。三牓之前，猶梯天之難；三牓之後，則反掌之易也。」蒲亞愕眙〔七〕不諭，復再拜，請語四事之目。弘道持疑良久，則曰：「慎勿言於人。君之成名，其事有四，亦可以爲異矣。其一，須是國家改元之第二年。其二，須是禮部侍郎再知貢舉。其三，須是第二人姓張。其四，同年須有郭八郎。四者缺一，則功虧一簣矣。如是者賢弟姪三牓，率須依此。」蒲亞雖大疑其言，然鬱鬱不樂，以爲無復望也，唯敬謝而退。

至長慶二年，人有道〔八〕其姓名於主文者，蒲亞以其非再〔九〕知貢舉，意甚疑之，果不中第。直至改元寶歷〔一〇〕之二年，新昌楊相國再司文柄，蒲亞私喜其事，未敢洩言。來春遂登第，第二人姓張，名知實，同年郭八郎，名言揚。蒲亞奇歎且久，因記於小書之杪，私自謂曰：「弘道言三牓〔一一〕率須如此，一之已異，其可至於再乎？其可至於三乎？」

次至故尚書右丞諱憲應舉，太和二年，頗有籍籍之譽，以主文非再知舉，試日，果有朞周之恤。爾後應太和九年舉〔一二〕，年年敗于垂成。直至改元開成之二年，愚江夏伯祖〔一三〕再司文柄，右轄私異其事。明年果登上第，第二人姓張，名棠，同年郭八郎，名植。又附書於小書之杪。三牓雖欠其一，兩牓且〔一四〕無小差。闈門之内，私相謂曰：「豈其然乎？豈其然乎？」時僧弘道已不知所往矣。

次至故駙馬都尉諱顥應舉，時譽轉洽。至改元會昌二年，禮部柳侍郎〔一五〕再司文柄，都尉以狀頭及第。第二人姓張，名濳，同年郭八郎，名京。三牓皆改元第二年，主文再知舉，第二人姓張，同年有郭八郎，陰騭驅駕，須及於斯，非兔楮可以盡述者。爾後滎陽之弟姪就試，如破竹之勢，迎刃自解矣。以其前定稍異，故書。（據民國上海古書流通處影印清鮑廷博

《知不足齋叢書》本《闕史》卷下校録，又《太平廣記》卷一五五引《野史》，按：《野史》蓋《闕史》之誤）

〔一〕弘　原作「宏」，乃避清諱改。今據《廣記》、《永樂大典》卷七三二八引《太平廣記》、《神僧傳》卷八《弘道》、朝鮮成任編《太平通載》卷一九引《神僧傳》回改。下同。

〔二〕人言畫則平居　《廣記》、《大典》作「人言晝閉關以寐」，《神僧傳》作「人言其晝閉關以寐」。

〔三〕蒲亞不勝其蹇躓憤惋　《廣記》作「復禮方蹇躓憤惋」。按：河中府原爲蒲州。府長官稱尹，少尹爲副，故以蒲亞指稱河中少尹鄭復禮，《廣記》改作本名。

〔四〕頗容接之　《廣記》、《神僧傳》作「道頗温容之」。

〔五〕名　《廣記》、《神僧傳》作「言」。

〔六〕無　《廣記》、《神僧傳》無此字。

〔七〕眙　《廣記》、《神僧傳》作「視」。

〔八〕道　原作「導」，據《廣記》孫校本、《神僧傳》改。

〔九〕再　此字原脱，據《廣記》、《神僧傳》補。

〔一〇〕竇歷　《廣記》、《神僧傳》「歷」作「曆」。按：歷，同「曆」。

〔一一〕牓　原譌作「膀」，據《四庫》本、《龍威秘書》本、《説庫》本、《廣記》、《神僧傳》改。

〔一二〕應太和九年舉　原作「應太和九年九舉」，據《廣記》改。

〔一三〕愚江夏伯祖 《廣記》、《神僧傳》改作「高鍇」。按：據《登科記考》，開成二年知貢舉爲禮部侍郎高鍇。

〔一四〕且 孫校本作「具」。

〔一五〕禮部柳侍郎 《廣記》、《神僧傳》下加「璟」字。按：據《登科記考》，會昌二年知貢舉爲禮部侍郎柳璟。

按：原題《鄭少尹及第》，今改作《鄭少尹》。《廣記》題《郭八郎》。

王可久冤獄

高彦休 撰

尚書博陵公碣〔一〕，任河南尹，摘〔二〕奸翦暴，爲天下吏師。先是，有估客〔三〕王可久者，膏腴之室，歲鬻茗於江湖間，常獲豐利而歸。是年，又笈賄適楚，始返，楫於彭門。值龐勳搆逆，穽於寇域，逾期不歸。有妻美少，且無伯仲息胤〔四〕之屬。妻嘗善價募人，訪於賊境之内，四裔竟無得其影迹者。或曰已戕于巨盜，而帑其財賄矣。

洛城有楊乾夫者，以善卜稱。妻晨持一縑，決疑於彼。楊生素熟於〔五〕事，且利其色〔六〕，思以計中之。乃爲端蓍虔祝，六位既兆，則曰：「所憂豈非伉儷耶？是人絶氣久矣，象見墳墓矣，遇劫殺與身并矣。」妻號咷將去，即又勉之曰：「陽烏已晚，幸擇良辰清旭，更垂訪問，當爲再祝。」妻誠信之，他日復往。振策布算，宛得前卦，乃曰：「神也，異也，無復望也，仍言號慟非所以成禮者。第擇日舉哀，縗服髽髮，繪佛飯僧，以資冥福。」妻且悲且媿，以爲誠言，無巨細事，一以托之。楊生主辦，雅竭其志。則又謂曰：「婦人煢獨而積〔七〕財賄，寇盜方熾，身之災也，宜割愛以謀安適。」妻初不納，夜則飛礫以懼之，晝則聲寇以餌之。妻多楊之義，遂許嫁焉。楊生既遂志，乃悉籍所有，雄據〔八〕優産。又逾月，皆貨舊業，挈妻卜居洛渠北。

其明年，徐州平，天子下洗兵詔〔九〕，大憝就擒外，脅從其間者，宥而不問，給篆爲信，縱歸田里。可久髡髁返洛，疥癢瘠穢，匄食於路。至則訪其廬舍，已易主矣。曲訊妻室，不知所從。輾轉飢寒，循路號叫。漸有人知者，因指其新居。見妻及楊，肆目門首，欲爲揖認，則訶詈〔一〇〕詬辱，僅以身免。妻愕眙以異，復制於楊。可久不勝其冤，訴於公府。及法司按劾，楊皆厚賄以行。取証於妻，遂誣其妄。時屬尹正長厚，不能辯奸，於是以誣人之罪加之，痛繩其背，肩校出疆〔一一〕。可久冤楚相縈，殆將溘盡。命禄〔一二〕未絶，洛尹更任，則銜血齎冤，訴於新政。新政亦不能辯，其〔一三〕所鞫吏，得以肆堇〔一四〕毒於簧言，且曰：「以具〔一五〕獄訟舊政者，有漢律在。」則又裂膹〔一六〕，配邑之遐者，隸執重役。可久雙眥洒血，而目枯焉。

時博陵公伊水〔一七〕燕居，備聆始卒。天啓良便，再領三川。獄吏屏息，覆盆舉矣。攬轡觀風化之三日，潛命就役所，出可久以至。仍敕吏掩乾夫一家，并素鞫吏，同桎其頸。且命可久暗籍其家，服玩物所存尚夥，而鞫吏賄賂醜迹昭焉。既捶其脅，復血其背，然後擢髮折足，同棄〔一八〕一坎。收録家産，手授可久。時離畢作沴〔一九〕，黳〔二〇〕雲複鬱，斷獄之日，陽輪洞開。通逵相慶，有至出涕者。沈冤積憤，大亨暢於是日。古之循吏，孰能擬諸？（據民國上海古書流通處影印清鮑廷博《知不足齋叢書》本《闕史》卷下校録，又《太平廣記》卷一七二引《唐闕史》）

〔一〕尚書博陵公碣　《廣記》改作「崔碣」。按：崔碣《新唐書》卷一二〇有傳。

〔二〕摘　《廣記》作「懲」。

〔三〕估客　原作「結客」，《廣記》作「估客」，宋馬永易《實賓録》卷九《神明》作「賈客」，《新唐書》卷一二〇《崔碣傳》、明陳耀文《天中記》卷三引《唐闕史》、吴訥《棠陰比事附録》及張景《補疑獄集》卷九之《崔碣霽潦》作「大賈」。《四庫全書考證》卷七二子部《唐闕史》校云：「《崔尚書雪冤獄》篇『有估客王可久者』，原本『估』訛『結』，據《太平廣記》改。」然書中仍作「結」。按：結客，結交豪士俠客，亦指所結賓客。樂府有《結客少年場行》。「結」當爲「估」之形譌，據《廣記》改。

〔四〕胤　原爲缺筆諱，避雍正胤禛諱也，《四庫》本改作「嗣」。《廣記》則避太祖趙匡胤諱改作「裔」。

〔五〕於　《廣記》作「其」。

〔六〕色　《廣記》作「財」。

〔七〕積　《廣記》作「衷」。

〔八〕雄據　《四庫》本作「推擄」。「推」字譌，「擄」同「據」。

〔九〕天子下洗兵詔　《廣記》作「天下洗兵詔」，「詔」字連下讀。按：《舊唐書·懿宗紀》載咸通十年九月，懿宗下制，所謂「洗兵詔」即此。

〔一〇〕詈　《廣記》作「杖」。

〔一一〕肩校出彊　「出」字原脱，據《廣記》補。《四庫》本作「肩校於疆」，《廣記》作「肩扶出疆」。按：校，枷鎖，作「扶」譌。「於」字亦譌。彊，通「疆」。

〔一二〕禄　《廣記》作「絲」。禄，氣運。

〔一三〕其　《廣記》作「前」。

〔一四〕堇　《廣記》作「其」。堇，即烏頭，毒藥。

〔一五〕以具　《廣記》無「具」字。按：以，通「已」。

〔一六〕裂膑　原作「列夤」，《四庫》本作「裂寅」，據《廣記》改。按：膑，脊背上肉。

〔一七〕伊水　「水」原作「大」，《廣記》作「人」，並譌，據《四庫》本改。

〔一八〕 㯅 《廣記》作「瘞」。

〔一九〕 沴 《四庫》本作「源」，《廣記》作「冷」，並譌。按：沴，災害，此指淫雨。《詩經·小雅·漸漸之石》：「月離於畢，俾滂沱矣。」毛傳：「畢，噣也。月離陰星則雨。」

〔二〇〕 黳 《廣記》譌作「衣」。黳，黑也。

按：今本原題《崔尚書雪冤獄》，《廣記》題《崔碣》，今擬作《王可久冤獄》。

王居士

高彦休 撰

有長樂〔一〕王居士者，耄年鶴髮，精彩不衰。嘗〔二〕持珠誦佛，施藥里巷。家屬十餘口，豐儉適其中。一日，遊於終南山之靈應臺。臺有觀音殿基，詢其僧，則曰：「梁棟欒櫨，悉已具矣。屬山路險峻，輦負上下，大役工徒，非三百緡不可集事。」居士許諾，期旬日齎鏹而至。至京，乃托于人曰：「有富室危病，醫藥不救者，某能活之，得三百千，成終南山佛屋足矣。」果有延壽坊鬻金銀珠玉者，女歲十餘〔三〕，遘病甚危，衆醫聚藥，手不能措〔四〕，願以其價療之。居士則設盟于㦃，期于必效，且曰：「滯工役已久矣，今留神丹，不足多慮，某先持〔五〕此鏹，付所主僧，冀獲雙濟。」鬻金者亦奉釋教，因許之。留丹於小壺中，齎緡而往。

涉句無耗語，女則物化。其家始營喪具，居士仗策而迴，乃詬駡囚拘，將送於邑。居士〔六〕曰：「某苟大妄，安敢復來？」請入户視之，則僵絶久矣。乃命密一室，焚槐柳之潤者，湧烟于其間，人不可邇。中平一榻，籍屍其上，褫藥數粒，雜置于項〔七〕鼻中。又以銅器中貯温水，置于心上。則謹户，與〔八〕衆伺之。及晚，烟燼〔九〕薰黔其室，居士染指于水曰：「尚可救。」亟命取乳，碎丹數粒，滴于唇吻。俄頃流入口中，喜曰：「無憂矣。」則以纖纊蒙其鼻，温水置于心，及夕，執燭以俟。銅壺下漏數刻，鼻纊微嘘。又數刻，心水微灎。則以前藥復滴於鼻，須臾忽蘇〔一〇〕，黎明則胎〔一一〕息續矣。一家驚異，媿謝王生，生乃更留藥而去。或許再來，竟不復至。後移家他適，不知所依從。女適人，育數子而卒。

參寥子曰：奇絶之藝，和、扁之術，何代無之。有實藝而無謟行者，公卿之門不内。賈生所以慟哭于時事，愚知誼心。（據民國上海古書流通處影印清鮑廷博《知不足齋叢書》本《闕史》卷下校録，又《太平廣記》卷八四引《闕史》）

〔一〕長樂 《四庫》本、《廣記》作「常樂」。按：長樂、常樂，縣名。長樂屬臨州，常樂屬瓜州。見《新唐書・地理志四》。

〔二〕嘗　《四庫》本、《廣記》作「常」。嘗，通「常」。

〔三〕餘　《四庫》本、《廣記》作「五」。

〔四〕衆醫聚藥手不能措　《廣記》作「衆醫拱手不能措」。

〔五〕持　《廣記》作「馳」。

〔六〕居士　原作「且」，據《廣記》明鈔本改。

〔七〕項　《廣記》作「頂」。

〔八〕與　《廣記》作「屏」。

〔九〕及晚烟燼　《廣記》作「及曉煙盡」。

〔一〇〕蘇　《廣記》作「嚏」。

〔一一〕胎　《四庫》本作「脉」。

按：原題《王居士神丹》，今從《廣記》。

韋進士亡妓

高彦休　撰

京兆韋氏子，舉進士，門閥甚盛。嘗納妓于潞〔一〕，顔色明秀，尤善音律，慧心巧思，衆寡其倫。韋曾令寫杜工部詩，得本甚舛缺〔二〕，妓隨筆鉛正，文理曉然，以是韋頗惑之。十六歸京兆，二十一而彫落，韋悲咽痛悼，不能悦情，茹蔬甚羸，棄事而寐，意其夢覿。

一日，家僮有言嵩山任處士者，得返魂之術。韋嘗視如妖蠱〔三〕，時則牽於相念，促命見〔四〕之。乃妙選良辰，齋除堂室，舒幃于壁，穗香于鑪，仍須一經身之衣，以導其魂。韋自喜自歎，搜衣蓋〔五〕篋，皆换福於梵王家矣，唯餘一裙之金縷者。任曰：「事濟矣。」是日宜絶人屏事〔六〕，且以暱近悲泣爲誡。設燈炬於香前，曰：「觀後燼寸〔七〕，即復去矣。」韋潔服斂息，一稟其誨。是夜，萬籟〔八〕俱止，河漢澄明，清露始垂。任忽長嘯〔九〕，香裙在手，面幃而招，如是者三。忽聞吁嗟之聲，俄頃映幃，微出蒨服。少選，斜睇而立，幽芳怨態，若不自勝。韋驚起拜泣，任曰：「無庸恐迫，以致倏迴。」生忍淚揖坐，無異平生。或與之言，可否以首〔一〇〕。鼎居逾刻，燭跋〔一一〕及期，欻欲逼之，紛然而滅。生乃捧幃長慟，既絶而蘇，髣髴衣香，泛於坐側。任生曰：「某非獵食〔一二〕者，哀君情切，因來奉救〔一三〕。漚珠〔一四〕槿豔，不必多懷。」韋欲酬之，不顧而别。

韋嘗賦詩曰：「惆悵金泥簇〔一五〕蝶裙，春來猶見伴行雲。不教布施剛留得，渾似初逢李少君〔一六〕。」悼亡甚多，不復備録。韋自此鬱鬱不懌，逾年而没。

參寥子曰：大凡人之情，鮮不惑者，淫聲豔色，惑人之深者也。是以夏姬滅陳，西施破吴。漢武文成之溺，明皇馬嵬之惑，大亦喪國，小能亡軀。由是老子目盲耳聾之誡，宜置于座右。（據民國上海古書流通處影印清鮑廷博《知不足齋叢書》本《闕史》卷下校録，又《太平廣記》卷三五一引《唐闕史》）

〔一〕潞　《四庫》本、《廣記》、《豔異編》卷三八《韋氏子》、明秦淮寓客《緑窗女史》卷六《金縷裙傳》、詹詹外史《情史類略》卷九《韋氏妓》、蟲天子《香豔叢書》四集卷一《金縷裙記》，又明冰華居士《合刻三志》志鬼類、清蓮塘居士《唐人説薈》第十五集、馬俊良《龍威秘書》四集、《晉唐小説六十種》之《才鬼記·韋氏子》作「洛」。

〔二〕舛缺　《廣記》、《情史》、《唐人説薈》、《龍威秘書》、《香豔叢書》、《晉唐小説六十種》作「舛」，《廣記》孫校本、清陳鱣校本、《豔異編》、《緑窗女史》、《合刻三志》作「蠹」。

〔三〕韋嘗視如妖蠱　「嘗」《四庫》本作「常」。「常」、「嘗」互通。「如」原譌作「妓」，據《四庫》本改。

〔四〕見　《四庫》本作「招」。

〔五〕藎　《四庫》本作「盡」。按：藎，餘也。

〔六〕是日宜絶人屏事　《廣記》、《豔異編》、《緑窗女史》、《情史》、《合刻三志》、《唐人説薈》、《龍威秘書》、《香豔叢書》、《晉唐小説六十種》作「是夕絶人屏事」。

〔七〕觀後燼寸　《廣記》、《豔異編》、《緑窗女史》、《情史》作「覩燭燃寸」，《香豔叢書》「覩」作「觀」。

〔八〕萬籟　《香豔叢書》作「食寢」。按：《香豔叢書》文字有所改動。
〔九〕嘯　《廣記》、《情史》、《香豔叢書》作「歎」，《廣記》孫校本、陳校本作「嘯」，《豔異編》、《緑窗女史》、《合刻三志》作「笑」。
〔一〇〕可否以首　《廣記》、《豔異編》、《緑窗女史》、《情史》、《合刻三志》、《唐人説薈》、《龍威秘書》、《香豔叢書》、《晉唐小説六十種》作「頷首而已」。
〔一一〕跋　《廣記》、《情史》作「盡」，《廣記》明鈔本、孫校本、陳校本、《豔異編》、《緑窗女史》、《合刻三志》、《唐人説薈》、《龍威秘書》、《晉唐小説六十種》作「燼」。按：跋，燈燭燃盡。盡，通「燼」。
〔一二〕食　《情史》作「金」。
〔一三〕因來奉救　《廣記》明鈔本作「故試薄技」。
〔一四〕漚珠　《廣記》、《豔異編》、《緑窗女史》、《情史》、《合刻三志》、《唐人説薈》、《龍威秘書》、《晉唐小説六十種》作「漚沫」，《廣記》陳校本作「漚珠」。按：漚珠，水中浮泡。《景定建康志》卷一九《山川志三·河港》：「珍珠河在宋行宮後，事跡乃昔陳後主泛舟遊樂之河，忽遇雨，浮漚生，宫人指浮漚曰：『滿河珍珠。』因而名焉。」
〔一五〕簇　《詩話總龜》後集卷四二、《苕溪漁隱叢話》前集卷五八作「撲」。
〔一六〕渾似初逢李少君　《詩話總龜》、《漁隱叢話》作「恰似知逢李少君」。《萬首唐人絶句》卷六四京兆韋氏子《悼妓詩》「初」亦作「知」。

按：原題《韋進士見亡妓》，今題作《韋進士亡妓》，《廣記》題《韋氏子》。《豔異編》卷三八《韋氏子》、《緑窗女史》卷六《金縷裙傳》（目録作《金縷裙記》）、《情史類略》卷九《韋氏妓》、《香豔叢書》四集卷一《金縷裙記》，皆出自《廣記》所引，有删削。《豔異編》、《緑窗女史》文同，前書不著撰人，後書妄署元張光弼。《情史》、《香豔叢書》亦無撰人，《香豔叢書》文句多有改動。又《合刻三志》志鬼類、《唐人説薈》第十五集（同治八年刊本卷一九）、《龍威秘書》四集《晉唐小説暢觀》、《晉唐小説六十種》收有《才鬼記》一卷，託名唐鄭蕡纂，中亦有《韋氏子》。

薛氏二子

高彦休撰

有河東薛氏子二，野居伊闕，茂林修竹，面水背山，力田藏書，皆務修進。先世亟〔一〕典大郡，薄留伏臘婚嫁之資〔二〕。

一日，木陰初成〔三〕，清和戒候〔四〕，偶有擊扉者，啓而〔五〕視之，則星冠霞帔之士也，草屩霜髯，氣質清古，曰：「半途病渴，幸分一盃漿。」二子則延入賓位，雅談奥〔六〕論，深味道腴。又曰：「某非渴漿者，杖藜過此，氣色甚佳，因願少駐。」二子則留連之。坐久復曰：「捨〔七〕此東南百步，而近有五松，虬偃在疆内者。」曰：「某之良田也。」左道愈喜，因屏人言：「此下有黄金百斤，寶劍二口，其氣隱隱浮張、翼間。張、翼，洛之分野。某尋之久矣，豐獄即其地。三品〔八〕可以分贍親屬之甚困者，唯龍泉自佩，當位極人臣。某亦請其一，效斬魔之術。」二薛大驚。左道曰：「家童暨役客輩，悉命具畚鍤之類，俟擇日發土，須臾可以目驗矣。無術以制〔九〕，則逃匿黄壤，不復能追。今〔一〇〕俟良宵，翦方爲墠〔一一〕，法步水〔一二〕噀之，不能遁也。」且誡僮僕無得泄者。又問結壇所須，則曰須徽纆三百尺，赤黑索也。隨方紙綵〔一三〕縑素甚夥，暨机〔一四〕案、爐香、茵褥之具。且曰：「某非利財矣〔一五〕，假以爲法，不毫觸耳。所費者〔一六〕祭饍十座，醑茗隨之，器以中金者爲首〔一七〕。」二子則竭産以經營，其所缺者，貸於親友。又言：「某善點化術，以是糞睨金玉，常以濟人危急爲務。今有槖裝寓太微宫〔一八〕，欲以奉〔一九〕寄。」二子許諾，乃召人負荷而至，囊笈四所〔二〇〕，重不可勝，緘鐍甚嚴，祈託以寄。

旋至吉〔二一〕日，因大施法具于五松間，命二子拜祝訖，亟令返第，封門而俟，且誡：「無得窺隙，某當效景純散髪銜劍之術。脱或爲人窺，則福移禍至。俟行法畢，當舉燧以呼，炬興可與僮役偕來矣。俟扶桑未燭，聚力以發〔二二〕，冀得静觀至寶也。」二子敬依此教，嚴戢輿皁，無得妄行。自夜分危坐，係〔二三〕望燭光，杳不見舉。伺久，則雞晨樹杪矣。二子慮太陽東上，覽于行人，不得已闢户遐偵之，默無影響。步於松下〔二四〕，則擲盃覆器，似數輩縱食于其間者。爐香机案，傾側左右，紙綵〔二五〕器皿，悉已攜去，輪蹄印〔二六〕跡，錯於短牆〔二七〕，疑用徽纆縈固以遁。因發四篋，瓦礫實中。自是家産甚困，失信於人，驚愕憂慚，默不敢訴，而駭談非論，夕徧京洛〔二八〕。

參寥子曰：非望之福，焉可苟得？左道之事，其足信乎？（據民國上海古書流通處影印清鮑廷博《知不足齋叢書》本《闕史》卷下校録，又《太平廣記》卷二三八引《唐國史》，明鈔本作《唐外史補》，並誤）

〔一〕亟　《廣記》、《廣豔異編》卷一五《薛氏子》作「嘗」，《廣記》明鈔本、孫校本、《太平廣記詳節》卷一八作「亟」。按：亟，音「氣」，屢屢，多次。

〔二〕薄留伏臘婚嫁之資　《廣記》、《廣豔異編》作「資用甚豐」。

〔三〕成　《廣記》、《廣豔異編》作「盛」。

〔四〕戒候　《廣記》、《廣豔異編》「戒」作「届」，明鈔本、孫校本、《廣記詳節》作「戒」。按：戒，通「届」，到也，至也。戒候，謂時節已到。《周書》卷一一《晉蕩公護傳》：「今落木戒候，冰霜行及。」北宋秦觀《淮海後集》卷三《中秋口號》：「矧中秋之届候，宜公燕之交歡。」

〔五〕而　《四庫》本作「門」，《廣記》、《廣豔異編》作「闕」。

〔六〕奥　《廣記》、《廣豔異編》作「高」，孫校本、《廣記詳節》作「奥」，《會校》據改。

〔七〕捨　《廣記》、《廣豔異編》作「自」。捨，去，離。

〔八〕三品　《廣記》、《廣豔異編》作「黄金」。按：《尚書·禹貢》：「厥貢惟金三品。」僞孔傳：「金、銀、銅也。」此處指黄金。《闕史》多用生僻詞語，《廣記》每每改之，此亦是矣。

〔九〕無術以制　《廣記》、《廣豔異編》前有「然若」二字。明鈔本、孫校本「制」作「治」。

〔一〇〕今　原作「令」，據《廣記》、《廣豔異編》改。

〔一一〕墠　《廣記》、《廣豔異編》作「壇」。《廣記詳節》作「墠」。按：《禮記·祭法》：「是故王立七廟，一壇一墠。」鄭玄注：「封土曰壇，除地曰墠。」

〔一二〕法步水　《廣記》、《廣豔異編》無「步」字，明鈔本、孫校本、《廣記詳節》有此字。

〔一三〕紙　原作「緡」，據《廣記》明鈔本、孫校本、《廣記詳節》改。《廣記》、《廣豔異編》作「色」，《會校》據《唐闕史》改，誤。按：緡，穿錢繩索，亦指錢。

〔一四〕机　《廣記》、《廣豔異編》作「几」。明鈔本、《廣記詳節》作「机」。机，通「几」。

〔一五〕矣　《四庫》本、《廣記》、《廣豔異編》作「者」。

〔一六〕所費者　《廣記》、《廣豔異編》作「又用」，明鈔本、孫校本、《廣記詳節》作「所費者」。

〔一七〕器以中金者爲首　《廣記》、《廣豔異編》作「器皿須以中金者」。

〔一八〕橐裝寓太微宫　「裝」《廣記》、《廣豔異編》作「篋」，明鈔本、孫校本、《廣記詳節》作「裝」。「太」《廣豔異編》作「紫」。

〔一九〕奉　《廣記》、《廣豔異編》、《廣記詳節》作「暫」。

〔二〇〕囊笈四所　《廣記》、《廣豔異編》作「巨笈有四」，孫校本作「巨囊笈四所」。明鈔本、《廣記詳節》同此。

〔二一〕吉　《四庫》本作「告」。

〔二二〕當舉燧以呼炬興可與僮役偕來矣俟扶桑未燭聚力以發　《廣記》、《廣豔異編》作「當舉火相召，可率僮僕備畚鍤來，及夜而發之」，明鈔本、孫校本、《廣記詳節》「備畚鍤來」作「畚鍤偕來」，餘同。

〔二三〕係　《廣記》、《廣豔異編》作「專」，明鈔本、孫校本、《廣記詳節》作「係」。

〔二四〕步於松下　《廣記》、《廣豔異編》、《廣記詳節》作「步至樹下」。

〔二五〕紙綵　「紙」原作「緡」，據《廣記》孫校本改。明鈔本、《廣記詳節》作「緡綵」。

〔二六〕印　《四庫》本作「接」，《廣記》、《廣豔異編》作「之」。

〔二七〕短牆　《廣記》、《廣豔異編》作「其所」。

〔二八〕京洛　《四庫》本作「洛東」。

按：原題《薛氏子爲左道所悞》，《廣記》題《薛氏子》，今擬如題。《廣記》文句有删削。《廣豔異編》卷一五據《廣記》輯入。

唐五代傳奇集第四編卷四

韓翃

孟　啓　撰

孟啓，字初中。河南洛陽（今屬河南）人。文宗開成中（八三六—八四〇）曾居梧州。出入科場三十餘年，僖宗乾符二年（八七五），始於崖沆門下進士及第，爲鳳翔節度推官。光啓二年（八八六）前爲司勳郎中。（據《本事詩》及自序、《全唐文補遺》第八輯孟啓《唐孟氏（啓）家婦隴西李夫人（琡）墓誌銘并叙》及《唐故朝請大夫京兆少尹上柱國孟府君（璲）夫人蘭陵郡君蕭氏（威）墓誌銘》、《唐摭言》卷四《與恩地舊交》、《郡齋讀書志》總集類《續本事詩》、《登科記考》卷二三）

韓翃〔一〕少負才名，天寶末舉進士，孤貞静默，所與遊皆當時名士。然而蓽門〔二〕圭竇，室唯四壁。鄰有李將失名妓柳氏，李每至〔三〕，必邀韓同飲。韓以李豁達〔四〕大丈夫，故常不逆。既久愈狎，柳每以暇日，隙壁窺韓所居，即蕭然葭艾〔五〕。聞客至，必名人，因乘間語李曰：「韓秀才窮甚矣，然所與遊，必聞名人〔六〕，是必不久貧賤，宜假借〔七〕之。」李深頷〔八〕之。間一日，具饌邀韓。酒酣，謂韓曰：「秀才當今名士，柳氏當今名色，以名色配名士，不亦可乎？」遂命柳從坐接韓。韓殊不意，懇辭不敢當。李曰：「大丈夫相遇杯酒間，一言道合，尚相許以死，況一婦人，何足辭也？」卒授之，不可拒。又謂韓曰：「夫子居貧，無以自振，柳資數百萬〔九〕，可以取濟。柳淑人也，宜事夫子，能盡其操。」即長揖而去。韓追讓之，顧況〔一〇〕然自疑，柳〔一一〕曰：「此豪達者，昨暮備言之矣，勿復致訝。」俄就柳居。

來歲成名。後數年〔一二〕，淄青節度侯希逸奏爲從事。以世方擾，不敢以柳自隨，置之都下，期至而迓之。連三歲不果迓，因以良金置〔一三〕練囊中寄之，題詩曰：「章臺柳，章臺柳，往日依依〔一四〕今在否？縱使長條似舊垂〔一五〕，亦應〔一六〕攀折他人手。」柳復書答詩曰：「楊柳枝，芳菲節，可恨〔一七〕年年贈離別。一葉隨風忽報秋，縱使君來豈堪折〔一八〕！」

柳以色顯，獨居恐不自免，乃欲落髮爲尼，居佛寺。後翃隨侯希逸入朝，尋訪不得，已爲立功番將沙吒利〔一九〕所劫，寵之專房。翃悵然不能割。會入中書，至子城東南角，逢犢車，緩隨之，車中問曰：「得非青州韓員外耶？」曰：「是。」遂披簾曰：「某柳氏也，失身沙吒利，無從自脱。明日尚此路還，願更一來取别。」韓深感之。明日，如期而往，犢車尋至。車中投一紅巾，包小合子，實以香膏，嗚咽言曰：「終身永訣。」車如電逝，韓不勝情，爲之雪涕。

是日，臨淄大校〔二〇〕致酒於都市酒樓，邀韓，韓赴之，悵然不樂。座人曰：「韓員外風流談笑，未嘗不適，今日何慘然耶？」韓具話之。有虞候〔二一〕將許俊，年少被酒，起曰：「寮嘗以義烈自許，願得員外手筆數字，當立置之。」座人皆激贊，韓不得已與之。俊乃急裝，乘一馬牽一馬而馳，逕趨沙吒利之第。會吒利已出，即以入曰：「將軍墜馬，且不救，遣取柳夫人。」柳驚出，即以韓札示之，挾上馬，絶馳而去。座未罷，即以柳氏授韓，曰：「幸不辱命。」一座驚歎。時吒利初立功，代宗方優借，大懼禍作，闔座同見希逸，白其故。希逸扼腕奮髯曰：「此我往日所爲也，而俊復能之。」立修表上聞，深罪沙吒利。代宗稱歎良久，御批曰：「沙吒利宜賜絹二千匹，柳氏却歸韓翃。」

後事罷〔二二〕，閒居將十年。李相勉鎮夷門，又署爲幕吏。時韓已遲暮，同職皆新進後生，不能知韓，舉目爲「惡詩」。韓邑邑，殊不得意〔二三〕，多辭疾在家。唯末職韋巡官者，亦知名士，與韓獨善。一日夜將半，韋扣門急，韓出見之，賀曰：「員外除駕部郎中、知制誥。」韓大愕然，曰：「必無此事，定誤矣。」韋就座曰：「留邸狀報〔二四〕，制誥闕人，中書兩進名，御筆不點出。又請之，且求聖旨所與，德宗批曰：『與韓翃。』時有與翃同姓名者，爲江淮刺史，又具二人同進，御筆復批曰：『春城無處不飛花，寒食東風御柳斜。日暮漢宫傳蠟燭，輕〔二五〕烟散入五侯家。』又批曰：『與此韓翃。』」韋又賀曰：「此非員外詩也？」韓曰：「是也。」是知不誤矣。質〔二六〕明而李與僚屬皆至，時建中初也。

自韓復爲汴職以下〔二七〕。開成中，余罷梧州〔二八〕，有大梁夙將趙唯，爲嶺外刺史，年將九十矣，耳目不衰。過梧州，言大梁往事，述之可聽。云此皆目擊之，故因録於此也。（據明毛晉《津逮祕書》本《本事詩·情感第一》校録，又《太平廣記》卷一九八引《本事詩》）

〔一〕韓翃　「翃」《顧氏文房小説》本、宋阮閲《詩話總龜》前集卷二三引《古今詩話》作「翊」（周本淳校點本據繆荃孫校本改作「翃」）。按：《本事詩》各本及《廣記》、《紺珠集》卷九《本事記（詩）·章臺柳》、《類説》卷五一《本事詩·章臺柳》等多作「翃」。韓翃，大曆十才子之一，《新唐書》卷二〇三、《唐詩紀事》卷三〇、《唐才子傳》卷四皆有傳略。唐人唐詩選本，高仲武《中興間氣集》卷上、姚合《極玄集》卷下、韋莊《又玄集》卷上均亦作「翃」。

〔二〕葦門　内山知也《〈本事詩〉校勘記》（以《顧氏文房小説》本爲底本）改作「箪」，大謬。葦門，用荆條竹木編成之門。「葦」同「箪」。

〔三〕鄰有李將妓柳氏李每至　《天都閣藏書》本「有」作「間」。《詩話總龜》、南宋祝穆《古今事文類聚》後集卷一七引《異聞集》、謝維新《古今合璧事類備要》前集卷五三引《異聞録》（按：書名並誤）作「鄰居有姓李者，每將倡妓柳氏至其居」。

〔四〕達　顧本、《古今逸史》、《唐人百家小説》、《重編説郛》、《雪窗談異》、《四庫全書》、《唐人説薈》、《龍威秘書》、《藝苑捃華》、《歷代詩話續編》諸本作「落」。

〔五〕葭艾　顧本、《古今逸史》本「艾」作「父」，《唐人百家小説》、《重編説郛》、《雪窗談異》作「良久」，並譌。按：葭，蘆葦，艾，艾蒿。喻蕭條寒陋。

〔六〕聞名人　《詩話總龜》、《事文類聚》、《事類備要》作「時賢」。

〔七〕借　《詩話總龜》作「倚」。

〔八〕領　顧本、《古今逸史》本作「領」，領會也。《詩話總龜》作「然」。

〔九〕數百萬　《詩話總龜》作「數萬」。

〔一〇〕況　《四庫》、《龍威秘書》、《藝苑捃華》本作「怳」。況，通「怳」。

〔一一〕柳　此字原脱，據《詩話總龜》補。

〔一二〕年　《古今逸史》、《唐人百家小説》、《重編説郛》、《四庫》、《唐人説薈》、《龍威秘書》、《藝苑捃華》、《詩話續編》本作「干」，連下讀。

〔一三〕置　原作「買」。按：王夢鷗校：「『買』字，諸本皆同，但疑當作『置』字。證以柳氏傳，此處作『以練囊盛麩金』，『盛』猶『置』也。唯原本字壞，遂如『買』字。」説是，今改。《四庫》本《説郛》亦改作「置」字。

〔一四〕往日依依　《詩話總龜》「往」作「昔」。《古今逸史》、《唐人百家小説》、《重編説郛》、《雪窗談異》、《四庫》、《唐人説薈》、《龍威秘書》、《藝苑捃華》、《詩話續編》諸本及《紺珠集》、《事文類聚》、《事類備要》「依依」作「青青」。《唐詩紀事》卷三〇《韓翃》作「顏色青青」。

〔一五〕縱使長條似舊垂　《詩話總龜》「似」作「拂」。《紺珠集》作「縱有長條如舊垂」。

〔一六〕亦應　《紺珠集》、《唐詩紀事》、《事文類聚》、《事類備要》「亦」作「也」。《詩話總龜》作「如今」。

〔一七〕恨　《詩話總龜》作「惜」。

〔一八〕縱使君來豈堪折　《詩話總龜》作「縱使歸來不堪折」。

〔一九〕沙吒利　「吒」原作「叱」，據顧本、《古今逸史》、《唐人百家小説》、《重編説郛》、《雪窗談異》、《四庫》、《唐人説薈》、《龍威秘書》、《藝苑捃華》、《詩話續編》諸本及《柳氏傳》、《類説》、《唐詩紀事》、《事文類聚》、《事類備要》改，下同。按：沙吒是複姓。唐高宗時有百濟首領沙吒相如降唐（見《舊唐書》卷八三《劉仁軌傳》），武則天時有右武威大將軍沙吒忠義（見《舊唐書·則天皇后紀》）。《元和姓纂》卷五有沙吒。《全唐文》卷二四二李嶠《封右武威衛將軍沙叱（吒）忠義鄘國公制》稱「沙叱（吒）忠義，三韓舊族，九種名家」。沙吒乃古韓國姓氏。

〔二〇〕大校　《古今逸史》、《唐人百家小説》、《重編説郛》、《雪窗談異》、《四庫》本「大」作「太」。按：大校，軍官名稱，位在將軍之下。《新唐書》卷一八九《趙犨傳》：「趙犨，陳州宛丘人。世爲忠武軍牙將。……又從征蠻，忠武軍功多，遷大校。」《資治通鑑》卷二二四代宗大曆五年：「節度使遣大校，以箱受書，館之上舍。」注：「校，户教翻。」

〔二一〕虞候　「候」原譌作「侯」，據顧本、《四庫》本、《柳氏傳》、《唐詩紀事》、《事文類聚》改。按：虞候，武官名。原爲看守山澤之官。《左傳》昭公二十年：「藪之薪蒸，虞候守之。」孔穎達疏：「水希曰藪，則藪是少水之澤，立官使之候望，故以虞候爲名也。」

〔二二〕事罷　《唐人説薈》、《龍威秘書》、《藝苑捃華》、《詩話續編》本及《廣記》作「罷府」。

〔二三〕舉目爲惡詩韓邑邑殊不得意　顧本、《古今逸史》本作「舉目爲惡詩韓翊，翊殊不得意」，《四庫》本同，「翊」作「翃」。《廣記》作「共目爲惡詩韓翃，翃殊不得意」。《唐人説薈》、《龍威秘書》、《藝苑捃華》作「共目爲惡詩韓翃，韓邑邑，殊不得意」。舉，皆，全。

〔二四〕留邸狀報　《廣記》「邸」作「底」，清孫潛校本作「邸」。《唐詩紀事》作「邸報」。

〔二五〕輕　顧本、《廣記》孫校本作「青」。

〔二六〕質　北宋樂史《廣卓異記》卷一四《德宗批出知制誥官韓翊》引小説作「遲」。

〔二七〕自韓復爲汴職以下　王夢鷗校：「此處當言『自韓復爲汴職以上』。云『以上』者，謂許俊劫取柳氏故事乃出於大梁夙將趙唯之口，非謂趙唯告以韓翃除駕部郎中知制誥之事也。上下二字誤刻，應更正。」按：李勉鎮夷門，署韓翃爲幕吏，夷門即汴州（治今河南開封市），亦即大梁，爲汴滑節度使治所。李勉大曆十四年（七七九）至建中四年（七八三）爲汴州刺史、汴滑節度使。時趙唯爲汴將，與韓翃同在節度使府，當聞韓、柳事。然疑此處有脱文，未必「下」作「上」也。

〔二八〕余罷梧州　陳尚君謂孟啓父琯大和九年貶梧州司户參軍，頗疑「罷」爲「居」之誤。（見《〈本事詩〉作者孟啓家世生平考》，《新國學》第六卷，巴蜀書社，二〇〇六）

按：《崇文總目》總集類著録《本事詩》一卷，孟棨編，《新唐書·藝文志》總集類、《通志·藝文略》詩總集類、《郡齋讀書志》總集類、《宋史·藝文志》總集類書名卷帙同。《新唐志》作孟啓,《直齋書録解題》作十卷,誤,云:「唐司勳郎中孟啓集。」《讀書志》云:「右唐孟棨纂歷代詞人緣情感事之詩,叙其本事,凡七類。」

今存版本有《顧氏文房小説》、《古今逸史》、《天都閣藏書》、《唐宋叢書》、《五朝小説·唐人百家小説》、《重編説郛》(卷八〇)、《雪窗談異》(卷二)、《津逮祕書》、《四庫全書》、《唐人説薈》(七集,或卷九)、《龍威秘書》(三集)、《藝苑捃華》、《歷代詩話續編》等本。《叢書集成初編》據顧本排印。《顧氏文房小説》本、《津逮祕書》本有自序。又《紺珠集》卷九摘録孟啓《本事記(詩)》十七條,《類説》卷五一摘録三十七條(未署撰人),《太平廣記》引二十八條。一九五七年古典文學出版社以《歷代詩話續編》本爲底本,校以《津逮祕書》本,標點排印,一九五九年中華書局上海編輯所重印。一九九一年上海古籍出版社重新出版,李學穎標點,二〇〇〇年上海古籍出版社出版《唐五代筆記小説大觀》收入李學穎校點本。日人内山知也曾撰《本事詩校勘記》(載日本大東文化大學文學部《文學紀要》第八號,一九七〇年三月。又載其《隋唐小説研究》第五章《晚唐小説論》第四節,木耳社,一九七七。復旦大學出版社二〇一〇年出版中文譯本)。台灣王夢鷗作有《本事詩校補攷釋》(《唐人小説研究三集》,藝文印書館,一九七四)。

今本四十一則,分七類,與自序所云「七題」及《讀書志》合。《讀書志》又著録《續本事詩》二卷,云:「右僞吴處常子撰,未詳其人。自有序云:『比覽孟初中《本事詩》,輒搜篋中所有,依前題七章,類而編之。』然皆唐人詩也。」處常子(王夢鷗考爲羅隱)續孟書亦七章,可證原書確爲七類。《類説》、《廣記》所引録有多條不見今本，王夢鷗輯爲補遺，凡七則。

自序末云：「光啓二年十一月，大駕在褒中。前尚書司勳郎中、賜紫、金魚袋孟啓序。」則書成於僖宗光啓二年（八八六）。《徵咎第六》「范陽盧獻卿」條云：「范陽盧獻卿，大中中舉進士，詞藻爲同流所推。作《愍征賦》數千言，時人以爲庾子山《哀江南》之亞，今諫議大夫司空圖爲注之。」《司空表聖文集》卷二有《注愍征賦後述》，卷一〇有《注愍征賦述》。《舊唐書》卷一九〇下《司空圖傳》云：「景福中，又以諫議大夫徵，時朝廷微弱，紀綱大壞，圖自深惟出不如處，移疾不起。」《新唐書》卷一九四《司空圖傳》亦云：「景福中拜諫議大夫，不赴。」景福（八九二—八九三）去光啓二年已六七年。《太平廣記》卷一四四引《本事詩》及《詩話總龜》前集卷三三引《古今詩話》均無「今諫議大夫司空圖爲注之」十一字，故内山知也疑爲後人竄入之語，而王夢鷗則以爲作序後又續補此文，《本事詩》最後成書必在昭宗景福以後。竊以爲光啓二年作序時其書已成，「今諫議大夫司空圖爲注之」一句亦可能爲景福中所補也。

崔護

孟啓 撰

博陵崔護，姿質甚美，而〔一〕孤潔寡合。舉進士下〔二〕第。清明日，獨遊都城南，得居人莊。一畝之宫，而花木叢萃，寂若無人。叩門久之，有女子自門隙窺之，問曰：「誰耶？」

護〔三〕以姓字對，曰：「尋春獨行，酒渴求飲。」女入〔四〕，以杯〔五〕水至，開門，設床命坐，獨倚小桃斜柯佇立，而意屬殊厚，妖姿媚態，綽有餘妍。崔以言挑之，不對，目注者久之〔六〕。崔辭去，送至門，如不勝情而入。崔亦睠盼而歸，嗣後絶不復至。

及來歲清明日，忽思之，情不可抑，逕往尋之。門牆〔七〕如故，而已鎖扃之。因題詩于左扉〔八〕曰：「去年今日此門中，人面桃花相暎〔九〕紅。人面秖今何處去〔一〇〕？桃花依舊笑春風〔一一〕。」

後數日，偶至都城南，復往尋之，聞其中有哭聲。叩門問之，有老父出，曰：「君非崔護耶？」曰：「是也。」又哭曰：「君殺吾女。」護驚怛〔一二〕，莫知所答。老父曰：「吾女笄年〔一三〕知書，未適人。自去年以來，常恍惚，若有所失。比日〔一四〕與之出，及歸，見左扉有字，讀之，入門而病，遂絶食，數日而死。吾老矣，惟此一女〔一五〕，所以不嫁者，將求君子，以託吾身。今不幸而殞，得非君殺之耶？」又持崔〔一六〕大哭。崔亦感動〔一七〕，請入哭之。尚儼然在床。崔舉其首，枕其股，哭而祝曰：「某在斯，某在斯。」須臾開目，半日復活矣。父大喜，遂以女歸之。（據明毛晉《津逮祕書》本《本事詩·情感第一》校録，又《太平廣記》卷二七四引《本事詩》）

〔一〕而　《豔異編》卷二〇、胡文煥《稗家粹編》卷六、詹詹外史《情史類略》卷一〇《崔護》前有「少」字。

〔二〕下　《廣記》、《豔異編》、《稗家粹編》、《情史》脱此字，朝鮮成任編《太平廣記詳節》卷二三不脱。《唐詩紀事》卷四〇《崔護》、《古今事文類聚》後集卷一一引《本事詩話》作「不」。

〔三〕護　此字原無，據《廣記》、《豔異編》、《稗家粹編》、《情史》補。

〔四〕入　原譌作「人」，據《龍威秘書》、《詩話續編》本及《廣記》、《豔異編》、《稗家粹編》、《情史》改。

〔五〕杯　《唐詩紀事》、《事文類聚》、《山谷外集詩注》卷一《清明》注引《本事詩》，《東坡先生詩集注》卷一〇《留别釋迦院牡丹呈趙倅》注及南宋陳景沂《全芳備祖》前集卷八、《古今合璧事類備要》别集卷二六引《麗情集》（北宋張君房編纂）作「盂」。

〔六〕目注者久之　《廣記》前有「彼此」二字，《廣記詳節》無。

〔七〕牆　《廣記》、《豔異編》、《稗家粹編》、《情史》作「院」。

〔八〕左扉　《類説》卷五一《本事詩·桃花依舊笑春風》作「扉」，嘉靖伯玉翁舊鈔本作「門扉」。《紺珠集》卷九《本事記（詩）·崔護》、《后山詩注》卷九《騎驢二首》其二注引《本事詩》作「門」。

〔九〕暎　顧本作「應」。

〔一〇〕人面秪今何處去　《廣記》、《紺珠集》、《東坡詩集注》、《山谷外集詩注》、《事文類聚》、《事類備要》、《全芳備祖》及《萬首唐人絶句》卷三九、《石倉歷代詩選》卷一二三、《全唐詩》卷三六八崔護《題都城南莊》「秪今」作「不知」，《廣記》明沈與文野竹齋鈔本作「秖今」。《豔異編》、《類説》伯玉翁舊鈔本「去」作「在」。《紺珠集》明天順刻本此句作「人面不知歸何處」，《廣記詳節》作「人面秖今何處在」。按：北宋沈括《夢溪筆談》卷一四云：「唐人以詩主人物，故雖小詩，莫不埏蹂極工而後已，所謂旬鍛月鍊者，信非虚言。小説：崔護《題城南詩》，其始曰：『去年今日此門中，人面桃花相映紅。人面不知何處去，桃花依舊笑春風。』後以其意未全，語未工，改第三句曰『人面祇今何處在』（按：《唐詩紀事》卷四〇《崔護》引《夢溪筆談》作『去』，《詩話總龜》前集卷五引《古今詩話》作『在』）。至今所傳此兩本，唯《本事詩》作『祇今何處在』。唐人工詩，大率多如此。雖有兩『今』字，不恤也，取語意爲主耳。後人以其有兩『今』字，只多行前篇。」所云「小説」，不知何書。

〔一二〕春風　《紺珠集》《四庫》本作「東風」。

〔一三〕怛　原作「起」，據《廣記》、《豔異編》、《稗家粹編》、《情史》改。

〔一三〕笄年　《四庫》本作「甫笄」。

〔一四〕比日　顧本、《古今逸史》本「比」作「此」。比日，近日。

〔一五〕惟此一女　原作「此女」，據《廣記》、《豔異編》、《稗家粹編》、《情史》補二字。

〔一六〕持崔　原作「特」，據《廣記》、《豔異編》、《稗家粹編》、《情史》改。

〔一七〕動　顧本、《古今逸史》、《唐人百家小説》、《重編説郛》、《雪窗談異》、《四庫》、《唐人説薈》、《龍威秘書》、《藝苑捃華》、《詩話續編》等本及《廣記》、《紺珠集》、《豔異編》、《稗家粹編》、《情史》作「慟」。動，通「慟」。

按：《豔異編》卷二〇、《稗家粹編》卷六、《情史類略》卷一〇據《廣記》輯入，題《崔護》。

靈應傳

闕　名　撰

涇州之東二十里，有故薛舉城。城之隅有善女湫，廣袤數里，蒹葭叢翠，古木蕭疏。其水湛然而碧，莫有測其淺深者，水族靈怪，往往見焉。鄉人立祠於旁，曰「九娘子神」，歲之水旱祓禳，皆得祈請焉。又州之西二百餘里，朝那鎮之北有湫神，因地而名曰「朝那神」。其肸蠁靈應，則居善女之右矣。

乾符五年，節度使周寶在鎮日，自仲夏之初，數數有雲氣，狀如奇峰者，如美女者，如鼠如虎者，由二湫而興。至於激迅風〔一〕，震雷電，發屋拔樹，數刻而止。傷人害稼，其數甚多。寶責躬勵己〔二〕，謂爲政之未敷〔三〕，致陰靈〔四〕之所譴也。至六月五日，府中〔五〕視事之暇，昏然思寐，因解巾就枕。寢猶未熟，見一武士冠鍪被鎧，持鉞而立於階下，曰：「有女客在門，欲申參謁，故先聽命。」寶曰：「爾爲誰乎？」曰：「某即君之閽者，效役有年矣。」寶將詰其由，已見二青衣歷階而昇，長跪於前曰：「九娘子自郊墅特來告謁，故先使下執事致命於明公。」寶曰：「九娘子非吾通家親戚，安敢造次相面乎？」言猶未終，而見祥雲細雨，異香襲人。俄有一婦人，年可十七八，衣裙素淡，容質窈窕，憑空而下，立庭廡之間。容儀綽約，有絶世之貌。侍者十餘輩，皆服飾鮮潔，有如妃主之儀。顧步徊翔，漸及階〔六〕所。竇將少避之，以候〔七〕其意。侍者趨進而言曰：「貴主以君之高〔八〕義，可申誠信之託，故將冤抑之懷〔九〕，訴諸明公。明公忍不救其急難乎？」竇遂命昇階相見，賓主之禮，頗甚肅恭。

登榻〔一〇〕而坐，祥煙四合，紫氣充庭，斂態低鬟，若有憂戚之貌。竇命酌醴設饌，厚禮以待之。俄而斂袂離席，逡巡而言曰：「妾〔一一〕以寓止郊園，綿歷多祀，醉酒飽德，蒙惠誠深。雖以孤枕寒床，甘心没齒，煢嫠有託，負荷逾多。但以顯晦殊途，行止乖互。今乃迫於情禮，豈暇緘藏。倘鑒幽情，當敢披露。」竇曰：「願聞其説，兼〔一二〕冀識其宗系。苟可展分，安敢以幽顯爲辭？君子殺身以成仁，狥其毅烈，蹈赴湯火，旁雪不平，乃竇之志也。」對曰：「妾家世會稽之鄮縣，卜築於東海之潭，桑榆墳隴，百有餘代。其後遭世不造，瞰室貽災〔一三〕，五百人皆遭庾氏焚炙之禍。篡紹幾絶，不忍戴天，潛遁幽巖，沈冤〔一四〕莫雪。至梁天監中，武帝好奇，召人通龍宮，入枯桑島。以燒燕奇味，結好於洞庭君寶藏主〔一五〕第七女，以求異寶。尋聞家仇庾毗羅，自鄮縣白水郎，棄官解印，欲承命請行，陰懷不道。因使得入龍宮，假以求貨，覆吾宗嗣。賴杰公敏鑒，知渠挾私請行，欲肆無辜之害，慮其反貽伊戚，辱君之命，言於武帝，武帝遂止。乃令合浦郡落黎縣〔一六〕歐越羅子春代行。妾之先宗，羞共戴天，慮其後患，乃率其族，韜光〔一七〕滅跡，易姓變名，避仇於新平真寧縣安村。披榛鑿穴，築室於兹，先人弊廬，殆成胡越。今三世卜居，先爲靈應君〔一八〕，尋受封應聖侯。後以陰靈普濟，功德及民，又封普濟王。威德臨人，爲世所重。妾即王之第九女也，笄年配於象郡石龍之少子。良人以世襲猛烈，血氣方剛，憲法不拘，嚴父不禁，殘虐視事，禮教蔑聞。未及朞年，果貽天譴，覆宗絶嗣，削跡除名。唯妾一身，僅以獲免。父母抑遣再行，妾終違命。王侯致聘，接軫交轅，誠願既堅，遂欲援刀自劓〔一九〕。父母怒其剛烈，遂遣屏居於兹土之别邑，音問不通，於今三紀。雖慈顔未復，温清〔二〇〕久違，離群索居，甚爲得志。

「近年爲朝那小龍，以季弟未婚〔二一〕，潛〔二二〕行禮聘，甘言厚幣，峻阻復來。滅性毁形，殆將不可。朝那遂通好於家君，欲成其事，遂使其季弟權徙居於王畿之西，將質〔二三〕於我王，以成姻好。家君知妾之不可奪〔二四〕，乃令朝那縱兵相逼。妾亦率其家僮五十〔二五〕餘人，付以兵仗，逆戰郊原。衆寡不敵，三戰三北，師徒倦弊，掎角〔二六〕無怙。將欲收拾餘燼，背城借一〔二七〕，而慮晉陽水急，臺城火炎。一旦攻下，爲頑童所辱，縱没於泉下，無面石氏之子。故《詩》云：『汎彼柏舟，在彼中河。髧〔二八〕彼兩髦，實維我儀。之死矢靡他。母也天只！不諒人只！』此衛世子孀婦自誓之詞。又云：『誰謂鼠無牙？何以穿我墉？誰謂女無家？何以速我訟？雖速我訟，亦不女從。』此召〔二九〕伯聽訟，衰亂之俗微，貞信之教興，强暴之男，不能侵凌貞女也。今則公之教，可以精通顯晦，貽範古今。貞信之教，故不爲姬奭之下者。幸以君之餘力，少假兵鋒，挫彼兇狂，存其鰥寡。成賤妾終天之誓，彰明公赴難之心。輒具〔三〇〕志誠，幸無見阻。」

寶心雖許之，訝其辨博，欲〔三一〕拒以他事，以觀其詞，乃曰：「邊徼事繁，煙塵在望。朝廷以西鄙〔三二〕陷虜，蕪没者三十餘州，將議舉戈，復其土壤。曉夕恭命，不敢自安。匪夕伊朝，前茅即舉。空多憤悱，未暇承命。」對曰：「昔者楚昭王以方城爲城，漢水爲池，盡有荆蠻之地。籍父兄之資，强國外連，三良内助。而吴兵一舉，鳥迸雲奔，不暇嬰城，迫於走兔〔三三〕，寶玉遷徙，宗社凌夷，萬乘之靈，不能庇先王之朽骨。至〔三四〕申胥乞師於嬴氏，血淚污於秦庭，七日長號，晝夜靡息。秦伯憫其禍敗〔三五〕，竟爲出師，復楚退吴，僅存亡國。況芈氏〔三六〕爲春秋之强國，申胥乃衰楚之大夫，而以矢盡兵窮，委身折節，肝腦塗地，感動於强秦。矧妾一女子，父母斥其孤貞〔三七〕，狂童凌其寡弱，綴旒之急，安得不少動仁人之心乎？」

寶曰：「九娘子〔三八〕靈宗異派，呼吸風雲，蠢爾黎元，固在掌握，又焉得示弱〔三九〕於世俗之人，而自困如是者哉？」對曰：「妾家族望，海内咸知。只如彭蠡、洞庭，皆外祖也；陵水、羅水，皆中表也。内外昆季，百有餘人，散居吴、越之間，各分地土。咸京八水，半是宗親。若以遣一介之使，飛咫尺之書，告彭蠡、洞庭，召陵水、羅水，率維揚之輕鋭，徵八水之鷹揚。然後檄馮夷，説巨靈，鼓子胥之波濤，混陽侯之鬼怪，鞭驅列缺，指揮豐隆，扇疾風，翻暴浪〔四〇〕，百道俱進，六師鼓行，一戰而成功。則朝那一鱗，立爲虀粉；涇城千里，坐變污瀦。言下可觀，安敢謬矣。頃者涇陽君與洞庭外祖，世爲姻戚。後以琴瑟不調，棄擲少婦，遭錢塘之一怒，傷生害稼，懷山襄陵，涇水窮鱗，尋斃外祖之牙齒。今涇上車輪馬跡猶在，史傳具存，固非謬也。妾又以夫族得罪於天，未蒙上帝昭雪，所以銷聲避影，而自困如是。君若不悉誠款，終以多事爲詞，則向者之言，不敢避上帝之責也。」寶遂許諾，卒爵撤饌，再拜而去。

寶及晡方寤，耳聞目覽，恍然如在。翼日，遂遣兵士一千五百人，戍於湫廟之側。是月七日，雞初鳴，寶將晨興，疏牖尚暗。忽於帳前有一人，經〔四一〕行於帷幌之間，有若侍巾櫛者。呼之命燭，竟無酧對，遂厲而叱之。乃言曰：「幽明有隔，幸不以燈燭見迫也。」寶潛知異，乃屏氣息音，徐謂之曰：「得非九娘子乎？」對曰：「某即九娘子之執事者也。昨日蒙君假以師徒，救其危患，但以幽顯事別，不能驅策。苟能存其始約〔四二〕，幸再思之。」俄而紗窗漸白，注目視之，悄無所見。寶良久思之，方達其義。遂呼吏，命按兵籍，選亡没者名，得馬軍五百人，步卒一千五百人。數内選押衙孟遠，充行營都虞候，牒送善女湫神。

是月十一日，抽迴戍廟之卒，見於廳事之前。轉旋之際，有一甲士仆地，口動目瞬，問無所應，亦不似暴卒者，遂置於廊廡之間。天明方悟，遂使人詰之，對曰：「某初見一人，衣青袍，自東而來，相見甚有禮。謂某曰：『貴主蒙相公垂〔四三〕莫大之恩，拯其焚溺，然亦未盡誠款。假爾明敏，再通幽情，幸無辭免也。』某急〔四四〕以他詞拒之，遂以袂相牽，懵然顛仆，但覺與青衣者繼踵偕行。俄至其廟，促呼連步，至於帷薄之前。見貴主，謂某云：『昨蒙相公憫念孤危，俾爾戍於弊邑。往返途路，得無勞止。余近蒙相公再借兵師，深愜誠願。觀其士馬精強，衣甲銛利。然都虞候孟遠，才輕位下，甚無機略。今月九日，有遊軍三千餘，來〔四五〕掠我近郊。遂令孟遠領新到將士，邀擊於平原之上。設伏不密，反爲彼軍所敗。甚思一權謀之將，俾爾速歸，達我情素。』言訖，拜辭而出，昏然似醉，餘無所知矣。」寶驗其說，與夢相符。意欲質前事，遂差制勝關使鄭承符以代孟遠。

是月十三〔四六〕日晚，衙於後毬場，瀝酒焚香，牒請九娘子神收管。至十六日，制勝關申云：「今月十三日夜，三更已來，關使暴卒。」寶驚歎息，使人馳視之〔四七〕，至則果卒，唯心背不冷。暑月停尸，亦不敗壞，其家甚異之。忽一夜，陰風慘冽，吹砂走石，發屋拔樹，禾苗盡偃，及曉而止。雲霧四布，連夕不解。至暮，有迅雷一聲，劃如天裂。承符忽呻吟數息，其家剖棺視之，良久復蘇。是夕，親鄰咸聚，悲喜相仍，信宿如故。家人詰其由，乃曰：

「余初見一人，衣紫綬，乘驪駒，從者十餘人。至門下馬，命吾相見。揖讓周旋，手捧一牒授吾，云：『貴主得吹塵之夢，知君負命世之才，欲遵南陽故事，思殄邦仇。使下臣持玆禮幣，聊展敬於君子。而冀再康國步，幸不以三顧爲勞也。』余不暇他辭，唯稱不敢。酬酢之際，已見聘幣羅於堦下，鞍馬、器甲、錦綵、服翫、櫜鞬之屬，咸布列於庭。吾辭不獲免，遂再拜受之。即相促登車，所乘馬異常駿偉〔四八〕，裝飾鮮潔，僕御整肅。

「倏忽行百餘里，有甲馬三百騎已來，迎候驅殿。有大將軍之行李，余亦頗以爲得志。指顧間，望見一大城，其雉堞穹崇，溝洫深濬，余惚恍不知所自。俄於郊外，備帳樂，設享。讌罷入城，觀者如堵，傳呼小吏，交錯其間。所經之門，不記重數。及至一處，有如〔四九〕公署，左右使余下馬易衣，趨見貴主。貴主使人傳命，請以賓主之禮見。余自謂既受公文器甲臨戎之具，即是臣也，遂堅辭，具戎服入見。貴主使人復命，請去櫜鞬，賓主之間，降殺可也。余遂捨器仗而趨入，見貴主坐於廳上。余拜謁，一如君臣之禮。拜訖，連呼登堦，余乃再拜，昇自西堦。見紅粧翠眉，蟠龍髻鳳而侍立者，數〔五〇〕十餘輩；彈絃握管，穠花異服而執役者，又數十輩。腰金拖紫，曳組攢簪而趨隅者，又非止一人也；輕裘大帶，白玉橫腰，而森羅於堦下者，其數甚多。次命女客五六人，各有侍者十數輩，差肩接跡，累累而進。余亦低視長揖，不敢施拜。坐定，有大校數人，皆令預坐。舉酒進樂，酒至貴主，歛袂舉觴，將欲興詞，叙向來徵聘之意。

「俄聞烽燧四起，叫噪喧呼云：『朝那賊步騎數萬人，今日平明，攻破堡寨，尋已入界。數道齊進，煙火不絶，請發兵救應。』侍坐者相顧失色，諸女不及叙别，狼狽而散。余〔五一〕及諸校降階拜謝，佇立聽命。貴主臨軒，謂余曰：『吾受相公非常之惠，憫其孤惸，繼發師徒，拯其患難。然以車甲不利，權略是思。今不棄弊陋，所以命將軍者，正爲此危急也。幸不以幽僻爲辭，少匡不逮〔五二〕。』遂别賜戰馬二疋，黄金甲一副，旌旗旄鉞，珍寶器用，充庭溢目，不可勝計。彩女二人，給以兵符，錫賚甚豐。余拜，捧而出。傳呼諸將，指揮部伍，内外嚮〔五三〕應。是夜出城，相次探報，皆云賊勢漸雄。余素諳其山川地里，形勢孤虚，遂引軍夜出。去城百餘里，分布要害，明懸賞罰，號令三軍，設三伏以待之。遲明，排布已畢。賊汰〔五四〕其前功，頗甚〔五五〕輕進，猶謂孟遠之統衆也。余自引輕騎，登高視之，見煙塵四合，行陣整肅。余先使輕兵搦戰，示弱以誘之。接以短兵，且戰且行。金革之聲，天裂地坼。余引兵詐北，彼亦盡鋭前趨。鼓噪一聲，伏兵盡起，十〔五六〕里轉戰，四面夾攻。彼軍敗績，死者如麻〔五七〕。再戰再奔，朝那狡童，漏刃而去，從亡之卒，不過十餘人。余選健馬三十騎〔五八〕追之，果生置於麾下。由是血肉漬草木，脂膏潤原野〔五九〕，腥穢蕩空，戈甲山積。賊帥以輕車馳送於貴主，貴主登平朔樓受之。舉國士民，咸來會集。引於樓前，以禮責問，唯稱死罪，竟絶他詞。遂令押赴都市腰斬。臨刑，有一使乘傳，來自王所，持急詔，令促赦之。曰：『朝那之罪，吾之罪也，汝可赦之，以輕吾過。』貴主以父母再通音問，喜不自勝，謂諸將曰：『朝那妄動，即父之命也；今使赦之，亦父之命也。昔吾違命，乃貞節也；今若又違，是不祥也。』遂命解縳〔六〇〕，使單騎送歸。未及朝那，已〔六一〕羞而卒於路。

「余以克敵之功，大被寵錫。尋備禮，拜平難大將軍，食朔方一萬三千户。別賜第宅，輿馬寶器，衣服婢僕，園林邸第，旌幢鎧甲。次及諸將，賞賚有差。明日大宴，預坐者不過五六人。前者六七女，皆來侍坐，風姿豔態，愈更動人。竟夕酣飲，甚歡。酒至貴主，捧觴而言曰：『妾之不幸，少處空閨，天賦孤貞。不從嚴父之命，屏居於此三紀矣。蓬首灰心，未得其死。鄰童迫脅，幾至顛危。若非相公之殊恩，將軍之雄武，則息國不言之婦，又爲朝那之囚耳。永言斯惠，終天不忘。』遂以七寶鍾酌酒，使人持送鄭將軍。余因避席，再拜而飲。余自是頗動歸心，詞理懇切，遂許給假一月。宴罷出。明日，辭謝訖，擁其麾下三十餘人，返於來路。所經之處，聞雞犬，頗甚酸辛。俄頃到家，見家人聚泣，靈帳儼然。麾下一人，令余促入棺縫之中，余欲前，而爲左右所聳。俄聞震雷一聲，醒然而悟。」

承符自此不事家産，唯以後事付妻孥。果經一月，無疾而終。其初欲暴卒時，告其所親曰：「余本機鈐入用，效節戎行。雖奇功蔑聞，而薄效粗立。洎遭釁累，譴謫於茲，平生志氣，鬱而未申。丈夫終當扇長風，摧巨浪，摧[六二]太山以壓卵，決東海以沃螢。奮其鷹犬之心，爲人雪不平之事。吾朝夕當有所受，與子分襟，固不久矣。」其月十三日，有人自薛舉城，晨發十餘里，天初平曉，忽見前有車塵競起，旌旗煥赫，甲馬數百人，中擁一人，氣概洋洋然。逼而視之，鄭承符也。此人驚訝移時，因佇於路左，見瞥如風雲，抵善女湫而去[六三]。俄頃，悄無所見。（據中華書局版汪紹楹點校本《太平廣記》卷四九二校録）

〔一〕激迅風　明陸楫《古今説海》説淵部别傳一《靈應傳》、《豔異編》卷三《靈應傳》、汪雲程《逸史搜奇》甲集八《周寶》、朝鮮人編《删補文苑楂橘》卷二《靈應》前有「叢」字。

〔二〕寶責躬勵己　清陳鱣校本作「寶則清躬勵己」。

〔三〕敷　《説海》、《豔異編》、《逸史搜奇》、《文苑楂橘》作「效」。

〔四〕靈　明沈與文野竹齋鈔本作「氣」。

〔五〕府中　陳校本作「禺中」。禺中，將近午時。《説海》、《豔異編》、《逸史搜奇》作「日午」。

〔六〕階　原作「卧」，據陳校本、《説海》、《豔異編》、《逸史搜奇》、《文苑楂橘》改。

〔七〕候　陳校本作「會」。

〔八〕高　陳校本、《説海》、《豔異編》、《逸史搜奇》、《文苑楂橘》作「節」。

〔九〕懷　陳校本、《説海》、《豔異編》、《逸史搜奇》、《文苑楂橘》作「狀」。

〔一〇〕榻　陳校本作「堂」，《説海》、《豔異編》、《逸史搜奇》、《文苑楂橘》作「席」。

〔一一〕妾　《説海》、《豔異編》、《逸史搜奇》、《文苑楂橘》作「幸」。

〔一二〕兼　原作「所」，據《説海》、《豔異編》、《逸史搜奇》、《文苑楂橘》改。

〔一三〕瞰室貽災　清蓮塘居士《唐人説薈》第十集、馬俊良《龍威秘書》四集、蟲天子《香豔叢書》七集卷一、民國俞建卿《晉唐小説六十種》之《靈應傳》「室」作「寶」，誤。按：《漢書》卷八七下《揚雄傳下》：「高明之家，鬼瞰其室。」注：「李奇曰：鬼神害盈而福謙也。師古曰：瞰，視也。」

〔一四〕沈冤　《説海》、《豔異編》、《逸史搜奇》、《文苑楂橘》作「庾冤」。按：庾，積也。

〔一五〕主　《唐人説薈》、《龍威秘書》、《香豔叢書》、《晉唐小説六十種》作「王」。

〔一六〕落黎縣　《梁四公記》「落」作「洛」。按：落（洛）黎縣於史無考。

〔一七〕韜光　明鈔本作「父兄」，當誤。

〔一八〕先爲靈應君　明鈔本作「是爲要册君」。

〔一九〕援刀自劓　「援刀」二字原無，據《説海》、《豔異編》、《逸史搜奇》、《文苑楂橘》補。《豔異編》「劓」作「刈」，《文苑楂橘》作「刎」。

〔二〇〕温清　談愷刻本原譌作「温靖」，汪校本徑改作「温凊」。明鈔本、《唐人説薈》、《龍威秘書》、《晉唐小説六十種》「清」作「凊」，馮夢龍《太平廣記鈔》卷六九作「情」，並譌。張國風《太平廣記會校》據明鈔本改。按：凊，涼也。温凊，冬温夏凊，謂侍奉父母，冬季温被使暖，夏天扇席使涼。《禮記·

曲禮上》：「凡爲人子之禮，冬温而夏清，昏定而晨省。」《陳書》卷二六《徐陵傳》：「吾奉違温清，仍屬亂離，寇虜猖狂，公私播越。」《舊唐書》卷七四《馬周傳》：「且車駕今行，本爲避暑，然則太上皇尚留熱所，而陛下自逐凉處，温清之道，臣竊未安。」

〔二一〕以季弟未婚　明鈔本作「媒妁未通」。

〔二二〕濳　明鈔本作「强」，《會校》據改。

〔二三〕質　《唐人説薈》、《龍威秘書》、《香豔叢書》、《晉唐小説六十種》作「貨」。按：質，作人質。貨，賄賂。

〔二四〕奪　陳校本、《説海》、《豔異編》、《逸史搜奇》、《文苑楂橘》作「奪情」，《會校》據陳校本補「情」字。明鈔本作「情奪」。

〔二五〕十　陳校本、《説海》、《豔異編》、《逸史搜奇》、《文苑楂橘》作「千」，當誤。

〔二六〕掎角　《廣記》清黄晟校刊本、《四庫全書》本、《筆記小説大觀》本、《唐人説薈》、《龍威秘書》、《香豔叢書》、《晉唐小説六十種》作「犄角」。按：掎角，同「犄角」。

〔二七〕借一　明鈔本作「一戰」。按：借一，最後決戰。《左傳》成公二年：「子又不許，請收合餘燼，背城借一。」杜預注：「欲於城下，復借一戰。」

〔二八〕髧　原譌作「髮」，據《四庫》本、《説海》、《豔異編》、《逸史搜奇》、《唐人説薈》、《龍威秘書》、《香豔叢書》、《晉唐小説六十種》、《文苑楂橘》改。明鈔本作「髡」，誤，《會校》據改。髡，剃髮。按：《詩經·鄘風·柏舟》：「髧彼兩髦，實維我儀。」毛傳：「髧，兩髦之貌。髦者，髮至眉，子事父母之飾。

儀，匹也。」

〔二九〕召　原譌作「邵」，據明鈔本、《説海》、《豔異編》、《逸史搜奇》、《唐人説薈》、《龍威秘書》、《香豔叢書》、《晉唐小説六十種》、《文苑楂橘》改。按：《詩小序》：「《行露》，召伯聽訟也。衰亂之俗微，貞信之教興，强暴之男，不能侵陵貞女也。」

〔三〇〕具　陳校本、《説海》、《豔異編》、《逸史搜奇》、《文苑楂橘》作「傾」，《會校》據陳校本改。

〔三一〕欲　明鈔本、陳校本無此字。

〔三二〕郵　《四庫》本、《説海》作「陲」，義同。

〔三三〕走兔　陳校本、《説海》、《豔異編》、《逸史搜奇》、《文苑楂橘》作「奔走」，《會校》據陳校本改。按：走兔，喻奔走、奔逃。王勃《王子安集》卷三《出境遊山二首》其一：「源水終無路，山阿若有人。驅羊先動石，走兔欲投巾。」

〔三四〕至　陳校本、《説海》、《豔異編》、《逸史搜奇》、《文苑楂橘》作「使」。

〔三五〕憫其禍敗　「禍敗」陳校本、《説海》、《豔異編》、《逸史搜奇》、《文苑楂橘》作「窘急」，《會校》據陳校本改。明鈔本作「甚感倉惶」。

〔三六〕芈氏　原譌作「芊氏」，據《説海》、《香豔叢書》、《晉唐小説六十種》改。《豔異編》、《文苑楂橘》作「秦氏」，指秦國，誤。按：芈氏，指楚國。《史記·楚世家》：「陸終生子六人……六曰季連，芈姓，楚其後也。」

〔三七〕貞　明鈔本作「獨」。

〔三八〕九娘子　明鈔本作「夫人」。

〔三九〕焉得示弱　明鈔本作「焉有委」。

〔四〇〕浪　明鈔本、陳校本作「雨」，《會校》據改。

〔四一〕經　《唐人説薈》、《龍威秘書》、《香豔叢書》、《晉唐小説六十種》作「徑」。

〔四二〕約　陳校本、《説海》、《豔異編》、《逸史搜奇》、《文苑楂橘》作「卒」。卒，終也。

〔四三〕垂　此字原無，據明鈔本、陳校本、《説海》、《豔異編》、《逸史搜奇》、《文苑楂橘》補。

〔四四〕急　《四庫》本作「詭」。

〔四五〕來　陳校本、《説海》、《豔異編》、《逸史搜奇》、《文苑楂橘》作「騎」，連上讀。

〔四六〕十三　原脱「十」字，據陳校本、《説海》、《豔異編》、《逸史搜奇》、《廣記鈔》、《文苑楂橘》補。

〔四七〕馳視之　陳校本、《説海》、《豔異編》、《逸史搜奇》、《文苑楂橘》作「馳傳看之」。傳，驛車驛馬。

〔四八〕偉　陳校本、《説海》、《豔異編》、《逸史搜奇》、《文苑楂橘》作「快」。

〔四九〕有如　原作「如有」，據明鈔本、《説海》、《豔異編》、《逸史搜奇》、《文苑楂橘》乙改。

〔五〇〕數　《説海》、《豔異編》、《逸史搜奇》、《文苑楂橘》作「二」。

〔五一〕余　此字原無，據明鈔本、《説海》、《豔異編》、《逸史搜奇》、《文苑楂橘》補。

〔五二〕迨　陳校本、《四庫》本作「逮」。按：迨、逮，及也。

〔五三〕 嚮 黄本、《四庫》本、《筆記小説大觀》本、《説海》、《豔異編》、《逸史搜奇》、《唐人説薈》、《龍威秘書》、《香豔叢書》、《晉唐小説六十種》、《文苑楂橘》作「響」。嚮，通「響」。

〔五四〕 汰 明鈔本、陳校本作「恃」，《會校》據改。按：汰，驕縱。

〔五五〕 頗甚 明鈔本作「惟嗜」。

〔五六〕 十 原作「千」，不合情理，據陳校本、《説海》、《豔異編》、《逸史搜奇》、《文苑楂橘》改。

〔五七〕 如麻 陳校本作「麻積」。

〔五八〕 健馬三十騎 陳校本「健」作「坐」。《説海》、《豔異編》、《逸史搜奇》、《文苑楂橘》作「生馬二十騎」。按：生馬，未經訓練之强悍之馬。張籍《老將》詩：「不怕騎生馬，猶能挽硬弓。」

〔五九〕 血肉漬草木脂膏潤原野 「漬」原作「染」，據《説海》、《豔異編》、《逸史搜奇》、《文苑楂橘》改。漬，沾染，浸潤。明鈔本此二句作「血染草木，脂膏原野」，《會校》據改。

〔六〇〕 縛 原譌作「轉」，據《四庫》本、《説海》、《豔異編》、《逸史搜奇》、《廣記鈔》、《唐人説薈》、《龍威秘書》、《香豔叢書》、《晉唐小説六十種》、《文苑楂橘》改。

〔六一〕 已 明鈔本、《四庫》本、《説海》、《豔異編》、《逸史搜奇》、《廣記鈔》、《唐人説薈》、《龍威秘書》、《香豔叢書》、《晉唐小説六十種》、《文苑楂橘》作「包」。

〔六二〕 推 此字原闕，汪校本及《會校》據明鈔本補「摧」字。《唐人説薈》、《龍威秘書》、《香豔叢書》、《晉唐小説六十種》作「挾」，《四庫》本作「舉」。《説海》、《豔異編》、《逸史搜奇》、《文苑楂橘》作「推」，據改。按：南宋王邁《臞軒集》卷九《上何帥啓》：「乃推泰山而壓卵。」

〔六三〕而去　此二字原無，據《説海》、《豔異編》、《逸史搜奇》、《文苑楂橘》補。

按：《靈應傳》原載《太平廣記》卷四九二《雜傳記九》，不著撰人。《古今説海》説淵部別傳一自《廣記》取入，《豔異編》卷三《靈應傳》、《逸史搜奇》甲集八《周寶》、《删補文苑楂橘》卷二《靈應》皆同《説海》。《唐人説薈》第十集（同治八年刊本卷一二）亦自《廣記》收之，又載《龍威秘書》四集《晉唐小説暢觀》、《香豔叢書》七集卷一、《晉唐小説六十種》、《舊小説》乙集等。《龍威秘書》、《晉唐小説六十種》目録題孫頠（正文題唐無名氏撰），《舊小説》題孫揆，妄也。

本文作者及寫作時間不可考。所叙爲乾符五年（八七八）事，乃唐末作品。

唐五代傳奇集第四編卷五

管子文

李隱撰

李隱，字巖士，趙郡贊皇縣（今屬河北石家莊市）人。祖絳，憲宗相。曾守祕書省校書郎。（據《新唐書·宰相世系表二上》、《舊唐書》卷一六四《李絳傳》、《直齋書録解題》卷一一）

李林甫爲相初年，有一布衣詣謁之。閽吏謂曰：「朝廷新命相國，大寮尚未敢及門，何布衣容易謁之耶？」布衣執刺，待於路傍，高聲自稱曰：「業八體書生管子文，欲見相國伸一言。」林甫召之於賓館，至夜静，月下揖之。生曰：「僕實老於書藝，亦自少遊圖籍之圃，頗〔一〕嘗竊見古昔興亡、明主賢臣之事，故願謁公，以伸一言。」林甫曰：「僕偶備位於輔弼，實非才器，已恐不勝大任，福過禍隨也。君幸辱玉趾，敢授〔二〕教於君，君其無惜藥石〔三〕之言，以惠鄙〔四〕人。」生曰：「古人不容易而談者，蓋知談之易、聽之難也。必〔五〕能少覽容易之言，而不容易而聽〔六〕，則涓塵皆可以裨海岳也。況聖哲云：『一言可以興邦，一言可以喪邦。』。公若〔七〕聞一言即欲奉而行之，臨一事即恣心狥意，如此，則雖日納獻言之士，亦無益也。」林甫乃容恭意謹而言〔八〕曰：「君但一〔九〕言教僕，僕當書紳而永爲箴誡。」生曰：「君聞美言必喜，聞惡言必怒。僕以美言譽君，則無裨君之事；以惡言諷君，必犯君之顏色。既犯君之顏色，君復怒我，即不得盡伸惡言矣。美言徇而損，惡言直而益，君當悉察之。容我之言，勿復加怒〔一〇〕。」林甫不覺膝席而聽。

生曰：「君爲相，相天子也。相天子，安宗社保萬〔一一〕國也。宗社安，萬國寧，則天子無事。天子無事，則君亦〔一二〕無事。設或天下有一人失所，即罪在天子。罪在天子，焉用君相？夫爲相之道，不必獨任天下事，當舉文治天下之民，舉武定天下之亂，擇〔一三〕仁人撫疲瘵，用義士和鬭戰。自修節儉，以諷上，以化下；自守忠貞，以事主，以律人，固不假〔一四〕躬勤庶政也。庶政皆〔一五〕得人即治；苟不得人，雖才如伊、吕，亦不治。噫！相國慎之！」林甫聽之駭然，遽起拜謝之。生又曰：「公知期運〔一六〕之通塞耶？」林甫曰：「君當盡教我，我當終身不忘。」生曰：「夫治生亂，亂生治，今古不能易也。我國家自革隋亂而治，至於今日，亂將生矣，君其記之。」林甫又拜謝。

至曙，欲聞於上，縻以一爵禄，令左右潛守之。生〔一七〕堅求退，曰：「我本秖欲達一言於公，今得竭愚悃〔一八〕，而又辱見納，又何用阻野人之歸也〔一九〕？」林甫堅留之不得，遂去。林甫令人暗逐之，生至南山中，入〔二〇〕一石洞。其人尋亦入石洞，遽不見生，唯有故舊大筆一。其人攜迴〔一二〕，以白林甫，林甫以其筆置於書閣，焚香拜祝。其夕，筆忽化爲一五色禽飛去，不知所之。（據中華書局版汪紹楹點校本《太平廣記》卷八二引《奇事記》校録）

〔一〕頗　此字原無，據明沈與文野竹齋鈔本、清孫潛校本、朝鮮成任編《太平通載》卷九引《太平廣記》補。

〔二〕授　《四庫》本作「受」。授，通「受」。

〔三〕藥石　《太平通載》「石」作「命」。按：《全唐詩》卷二五九王季友《滑中贈崔高士瑾》：「夫子保藥命，外身得無咎。」

〔四〕鄙　《太平通載》作「愚」。

〔五〕必　《太平通載》作「公」。必，倘若。

〔六〕而不容易而聽　《重編説郛》卷四八《大唐奇事·管子文》作「爲不容易之聽」。

〔七〕若　孫校本、《太平通載》作「無以」。

〔八〕乃容恭意謹而言　明鈔本作「乃正容恭己而言」，孫校本作「乃容恭謹而言」，《太平通載》作「斂容恭謹」。

〔九〕一　明鈔本、孫校本、《太平通載》作「以」。

〔一〇〕勿復加怒　《太平通載》作「勿我之怒」。

〔一二〕萬　此字原脱，據明鈔本、孫校本、《太平通載》補。

〔一三〕亦　原作「之」，據《太平通載》改。

〔一三〕擇　原譌作「則」，據《太平通載》改。

〔一四〕假　原譌作「暇」，據孫校本、《太平通載》改。

〔一五〕皆　此字原無，據孫校本、《太平通載》補。

〔一六〕期運　「期」原譌作「斯」，據《太平通載》改。按：期運，時運、機運。《藝文類聚》卷九七引後漢蔡邕《蟬賦》：「雖期運之固然，獨潛類乎太陰。」《三國志》卷四《魏書・陳留王奐》：「陛下稽德期運，撫臨萬國，紹大宗之重，隆三祖之基。」

〔一七〕生　此字原無，據《太平通載》補。

〔一八〕悃　《太平通載》作「訥」。按：訥，質直之言。悃，悃誠。

〔一九〕又何用阻野人之歸也　孫校本、《太平通載》作「又何求，必放野人歸去」。

〔二〇〕入　此字原無，據《太平通載》補。

〔二一〕迴　此字原無，據《太平通載》補。

按：《崇文總目》小説類著録《大唐奇事記》十卷，李隱撰。《新唐書・藝文志》小説家類、《通志・藝文略》傳記類冥異目同。《遂初堂書目》小説類與《宋史・藝文志》小説類作《大唐奇事》。《宋志》傳記類又有李隱（原注：一作隨）《唐記奇事》十卷，當爲一書。

原帙不存。《太平廣記》引十二事，書名作《奇事記》、《大唐奇事》、《奇事》。《太平廣記引用書目》分列《奇事記》、《大唐奇事》二書，蓋傳本書名固有此異，編纂者不察，誤爲二書也。《重編説郛》卷四八輯録《大唐奇事》三事（《管子文》、《廉廣》、《王武》），署唐馬總，頗謬。《舊小説》乙級輯四事，亦妄署馬總。

《新唐志》注云咸通中人，然本書《狐龍》（《廣記》卷四五五），事在僖宗乾符中（八七四—八七九）。是書之作，當在唐末。

《重編説郛》卷四八所輯《大唐奇事》，中有此篇。

廉廣

李隱 撰

廉廣者，魯人也。因採藥於泰山遇風雨，止於大樹下。及夜半雨晴，信步而行。俄逢一人，有若隱士，問廣曰：「君何深夜在此？」仍林下共坐，語移時。忽謂廣曰：「我能畫，可奉君法。」廣唯唯。乃曰：「我與君一筆，但密藏焉。即隨意而畫，當通靈。」因懷中取一五色筆以授之。廣拜謝訖，此人忽不見。爾後頗有驗，但祕其事，不敢輕畫。

後因至中都縣，李令者性好畫，又知其事，命廣至。飲酒從容問之，廣祕而不言。李苦告〔一〕之，廣不得已，乃於壁上畫鬼兵百餘，狀若赴敵。其尉趙知之，亦堅命之。廣又於趙廨中壁上畫鬼兵百餘，狀若擬戰〔二〕。其夕，兩處所畫之鬼兵俱出戰。李及趙既見此異，不敢留，遂皆毁所畫鬼兵。

廣亦懼，而逃往下邳。下邳令知其事，又切請廣畫。廣因告曰：「余偶夜遇一神靈，傳得畫法，每不敢下筆，其如往往爲妖，幸察〔三〕之。」其宰不聽，謂廣曰：「畫鬼兵即戰，畫物必不戰也。」因命畫一龍。廣勉而畫之，筆纔絶，雲蒸霧起，飄風倏至，畫龍忽乘雲而上，致滂沲之雨，連日不止。令憂漂壞邑居，復疑廣有妖術，乃收廣下獄，窮詰之。廣稱無妖術，以雨猶未止，令怒甚。廣於獄内號泣，追告山神。其夜，夢神人言曰：「君當畫一大鳥，叱而乘之飛，即免矣。」廣及曙，乃密畫一大鳥，試叱之，果展翅，廣乘之，飛遠〔四〕而去。直至泰山而下，尋復見神，謂廣曰：「君言泄於人間，固有難厄也。本與君一小筆，欲爲君致福，君反自致禍。君當見還。」廣乃懷中探筆還之，神尋不見。廣因不復能畫，下邳畫龍，竟爲泥壁。（據中華書局版汪紹楹點校本《太平廣記》卷二一三引《大唐奇事》校録）

〔一〕告　《四庫》本作「詰」。告，求也。

〔二〕擬戰　談本原作「赴敵」，汪校本作「擬戰」，乃據明鈔本改，而未出校。

〔三〕察　《重編説郛》卷四八所輯《大唐奇事·廉廣》作「恕」。

〔四〕遠　明鈔本無此字。

擒惡將軍

李隱　撰

按：《重編説郛》卷四八所輯《大唐奇事》，中有此篇。

冉遂者，齊人也。父邑宰，遂婚長山富人〔一〕趙玉女。遂既喪父，又幼性不惠，略不知書，無以進達，因耕於長山〔二〕。其妻趙氏，美姿質，性復輕蕩。一日，獨遊於林藪間，見一人，衣錦衣，乘白馬，侍從百餘人，皆攜劍戟過之。趙氏曰：「我若得此夫，死亦無恨。」錦衣人回顧笑之，令〔三〕左右問趙氏曰：「暫爲夫〔四〕可乎？」趙氏應聲曰：「君若暫爲我夫，我亦懷君恩也。」錦衣遽下馬，入林内。既〔五〕别，謂趙氏曰：「當生一子，爲明神〔六〕，善保愛之。」

趙氏果有孕，及期生一兒，髮赤面青，遍身赤〔七〕毛，僅〔八〕長五寸，眼有光耀。遂甚怪之，曰：「此必妖也，可殺之。」趙氏曰：「此兒託體於君，又何妖？或是異人，何殺之耶？必殺反爲害〔九〕，若何？」遂懼而止。趙氏藏之密室。及七歲，其兒忽〔一〇〕長一丈。俄又自空有一大鳥飛下，兒走出，躍上鳥背飛去。其母朝夕哭之。

經數月，兒自外來，擐金甲，佩劍彎弓，引兵士可千餘人。至門直入，拜母曰：「我是遊察使者子，幸託身於母，受生育之恩，未能一報。我今日後，時一來拜覲。待我微答母恩，即不來矣。」趙氏曰：「兒自爲何神也？」兒曰：「母慎勿言，我已補東方擒惡將軍。東方之地，不遵明祇，擅爲惡者，我皆得以誅之。」趙氏取酒炙以飼之，乃謂兒：「我無多酒炙，不可以及將士。」兒笑曰：「母但以一杯酒灑空中，即兵士皆得飲〔一一〕也。」母從之，見空中酒下如雨，兵士盡仰面而飲之。兒乃遽止曰：「少飲。」臨别，謂母曰：「若有急，但焚香遥告，我當立至。」言訖上馬，如風雨而去。

後一年，趙氏父亡，趙氏往葬〔一二〕之。其父〔一三〕家，每夜有鬼兵可千餘，圍其宅。有神扣門言曰：「我要爲祠宇，爾家翁見來投我，爾當速去，不然皆殺之。」趙氏忽思兒留言，乃焚香以告。其夕，兒引兵士千餘至，令一使詰之，神人茫然，收兵爲隊，自縛於兒前。兒呵責，盡殺其衆。謂母曰：「此非神也，是强鬼耳。生爲史朝義將，戰亡之後無所歸，自收戰亡兵，引之來此，欲擅立祠宇耳。」母曰：「適聞言，家翁已在我左右，爾試問之。」其兒令〔一四〕擒神人，問之曰：「爾所謀事，我盡知之，不須言也。但何以無故追趙玉耶？今在何處？」其神〔一五〕泣告曰：「望將軍哀念。生爲一將，不能自立功，而死於陣前，死後欲求一神，又不能良圖，今日有犯斧鉞。若或將軍不以此罪告上天，容在麾下，必效死節。」又問曰：「趙玉何在？」神曰：「寄在鄭〔一六〕大夫塚内。」兒乃立命於塚内取趙玉至，趙玉尋蘇。趙氏切勸兒恕神之罪，兒乃釋縛，命於部内爲小將。乃辭其母，泣而言曰：「我在神道，不當頻出迹於人間，不復來矣，母善自愛。」又如風雨而去。邇〔一七〕後絶然不至矣。（據中華書局版汪紹楹點校本《太平廣記》卷三〇六引《奇事記》校録）

〔一〕富人　此二字原無，據清陳鱣校本補。

〔二〕長山　明鈔本下有「之野」二字。

〔三〕令　此字原無，據明鈔本、陳校本補。

〔四〕夫　明鈔本作「夫人夫」。

〔五〕既　明鈔本作「臨」。

〔六〕明神　明鈔本作「神明」，張國風《太平廣記會校》據改。按：明神，神之聖明者。《周禮·秋官司寇·司盟》：「北面詔明神，既盟則貳之。」鄭玄注：「明神，神之明察者，謂日月山川也。」《左傳》莊公三十二年：「國之將興，明神降之，監其德也。將亡，神又降之，觀其惡也。」

〔七〕赤　明鈔本、陳校本作「黑」。

〔八〕僅　明鈔本作「皆」，陳校本作「近」。僅，近也。

〔九〕害　明鈔本、陳校本作「禍」，《會校》據改。
〔一〇〕忽　明鈔本作「已」，《會校》據改。
〔一一〕得飲　原作「飲酒」，據明鈔本改。
〔一二〕葬　明鈔本作「哭」。
〔一三〕父　明鈔本作「父母」，《會校》據補「母」字。
〔一四〕令　明鈔本作「立」。
〔一五〕神　原作「人」，據明鈔本、陳校本、明冰華居士《合刻三志》志幻類《五方神傳》改。
〔一六〕鄭　明吳大震《廣豔異編》卷一《擒惡將軍》作「趙」。
〔一七〕邇　明鈔本作「爾」，《會校》據改。邇，通「爾」，此也。《廣豔異編》作「自」。

按：《廣記》原題《冉遂》。《廣豔異編》卷一輯入，改題《擒惡將軍》，今從之。《合刻三志》志幻類題楚柳胡撰《五方神傳》，即本篇，文有删略，而妄加撰人。又載舊題楊循吉《雪窗談異》卷七。

李義母

李隱　撰

李義者〔一〕，淮陰人也。少亡其父，養母甚孝，雖泣笋卧冰，未之過也。及母卒，義號泣，至於殞〔二〕絶者數四。經月餘，乃葬之。及回至家，見其母如生，在家内，起把義手，泣而言曰：「我如今復生。爾葬我之後，潛自來，爾不見我。」義喜躍不勝，遂侍養如故。仍謂義曰：「慎勿發所葬之柩，若發之，我即復死。」義從之。

後三年，義夜夢其母，號泣踵門〔三〕而言曰：「我與爾爲母，寧無劬勞襁褓之恩？況爾少失父，我寡居育爾，豈可我死之後，三年殊不祭饗！我累來，及門，即以〔四〕一老犬守門，不令我入。我是爾母，爾是我子，上天豈不知？爾若便不祭享〔五〕，必上訴於天。」言訖，號泣而去。義亦起逐之〔六〕，不及。至曙，憂疑愴然，無以決其意。所養老母乃言：「我子今日何顔色不樂於我？必以我久不去世，致爾色養有倦也。」義乃泣言：「實以我夜夢一〔七〕不祥事，於母難言，幸勿見罪。」遂再猶豫。數日，復夢其母，及門號叫，撫膺而言曰：「李義，爾是我子否？何得如此不孝之極？自葬我後，略不及我塚墓，但侍養一犬。然我終上訴於天，爾當坐是獲譴〔八〕。我以母子情重，故再告爾。」言訖又去，義亦逐之不及。

至曙，潛詣所葬之塚，祝奠曰：「義是母之生，是母之育，方成人在世，豈無母之恩也？豈無子之情也？至於母存日，冬温夏凊，昏定晨省，色難之養，未嘗敢怠也。不幸違慈顔，已有終天之痛，苟〔九〕存殘喘，本欲奉祭祀也。及葬母之日，母又還家再生，今侍養不缺。且兩端不測之事，剸裁〔一〇〕無計，遲迴終日，何路明之？近累夢母悲言相責，即夢中之母是耶？在家之母是耶？從夢中母言，又恐傷在家之母；從在家之母言，又慮夢中之事實。哀哉！此〔一一〕爲子之難，非不孝也，上天〔一二〕察之。」言訖大哭，再奠〔一三〕而回。

其在家母已知之矣，迎義而謂之〔一四〕曰：「我與爾爲母，死而復生，再與爾且同生路。奈何忽然迷妄〔一五〕，却於空塚前破其妖夢？是知〔一六〕我復死也。」乃仆地而絶。義終不測之。哀號數日，復謀葬之。既開舊〔一七〕冢，見其亡母在是棺中〔一八〕，驚走而歸。其新亡之母，乃化一極老黑犬，躍出，不知所之。（據中華書局版汪紹楹點校本《太平廣記》卷四三八引《大唐奇事》校録）

〔一〕李義者　前原有「唐」字，乃《廣記》編者所加，今删。

〔二〕殯　原譌作「殯」，據明鈔本、孫校本改。

〔三〕踵門　明鈔本、孫校本「踵」作「其」，《會校》據改。按：踵門，上門、登門。《孟子·滕文公上》：「有爲神農之言者許行，自楚之滕，踵門而告文公。」《莊子·達生》：「有孫休者踵門，而詫子扁慶子曰……」唐陸德明《經典釋文》：「踵門，章勇反。司馬云至也。」

〔四〕以　明鈔本作「有」，《會校》據改。

〔五〕便不祭享　明鈔本作「更不祭祀」，《會校》據改。

〔六〕起逐之　孫校本作「遂赴之」，《會校》據改。

〔七〕一　明鈔本作「有」。

〔八〕坐是獲譴　明鈔本作「生受罪譴」。

〔九〕苟　明鈔本作「獨」。

〔一〇〕剸裁　孫校本作「剌裁」。剸裁，裁決，判斷。

〔一一〕此　孫校本下有「日」字。

〔一二〕上天　明鈔本、孫校本、陳校本下有「應」字，《會校》據補。

〔一三〕奠　明鈔本作「歎」。

〔一四〕迎義而謂之　明鈔本作「遂呼義謂之」。

〔一五〕妄　清黄晟校刊本、《四庫》本、《筆記小説大觀》本作「忘」。

〔一六〕知　陳校本作「故」。

〔一七〕舊　原作「其」，據明鈔本、孫校本、陳校本改。

〔一八〕見其亡母在是棺中　「見」原作「是」，據明鈔本改。「是棺」明鈔本、陳校本作「先柩」。

按：《廣記》原題《李義》，今擬作《李義母》。

唐五代傳奇集第四編卷六

隋煬帝海山記

闕　名　撰

余家世好蓄古書器，故煬帝事亦詳備〔一〕，皆他書不載之文。乃編以成記，傳諸好事者，使聞其所未聞故也。

煬帝生時〔二〕，有紅光竟〔三〕天，宫中甚驚，是時牛馬皆鳴〔四〕。帝母先是〔五〕夢龍出身中，飛高十餘里，龍墮地，尾輒斷。以其事奏於文帝〔六〕，帝沉吟不答〔七〕。帝三歲，戲於文帝前，文帝抱之臨軒，愛玩甚久〔八〕，曰：「是兒極貴，恐破吾家。」文帝自兹雖愛帝，絶無易儲之意〔九〕。帝十歲，好觀書，古今書傳，至於藥方〔一〇〕、天文、地理、技藝、術數，無不通曉。然而性偏忍，陰默疑忌〔一一〕，好鉤賾〔一二〕人情深淺焉。

時楊素有戰功，方貴用，帝傾意結之。文帝得疾，内外莫有知者，時后亦不安，旬餘不通兩宫安否。帝坐便室，召素謀曰：「君國之元老，能了吾家事者君也。」乃私執素手曰：「使吾得志，吾亦終身報公。」素曰：「待之，當自有計。」素入問疾，文帝見素，起坐，謂素曰：「吾常親鋒刃，冒矢石，出入生死，與子同之，方享今日之貴。吾自維〔一三〕不免此疾，不能臨天下，汝無立他人〔一四〕。吾若不諱，汝立吾兒勇爲帝〔一五〕。汝背吾言，吾去世亦殺汝。此事吾不語之，死目不合〔一六〕。」素曰：「國本不可屢易，臣不敢奉詔〔一七〕。」帝因忿懣，乃大呼左右曰：「召吾兒勇來！」乃〔一八〕氣哽塞，回面向内〔一九〕不言。素乃出，語帝曰：「事未可，更待之。」有頃，左右出報素曰：「帝呼不應，喉中呦呦有聲〔二〇〕。」帝拜素：「願以終身累公。」素急入，帝已崩已，乃不發喪〔二一〕。

明日，素袖遺詔立帝。時百官猶未知，素執圭謂百官曰：「大行〔二二〕遺詔立帝，有不從者，戮於此。」左右扶帝上殿，帝足弱，欲倒者數次〔二三〕，不能上。素下，去左右，以手扶接帝，帝執之乃上。百官莫不嗟歎。素歸，謂家人輩曰：「小兒子吾已提起，交〔二四〕作大家，即不知了當得否？」素恃有功，見帝多呼爲郎君。侍宴内殿，宮人偶覆酒污素衣，素怒，叱左右引下殿，加撻焉。帝惡之，隱忍不發。一日，帝與素釣魚於池，帝與素並坐，左右張傘以遮日色。帝起如廁，回見素坐赭傘下，風骨秀異，堂堂威儀〔二五〕，帝大疑忌。帝多欲，有所不諧，輒爲素抑〔二六〕，由是愈有害素意。會素死，帝曰：「使素不死，當夷其九族。」素未病前，入朝，出見文帝坐車中，執金鉞逐之，曰：「此賊！吾欲立勇，汝竟不從吾言，今必殺汝！」素驚呼入室，召子弟〔二七〕而語之，曰：「吾必死，見文帝如何語之〔二八〕？」不移時，素死。

帝自素死，益無憚。乃闢地周二百里爲西苑，役民力常百萬[二九]。内爲十六院，聚土[三〇]石爲山，鑿池[三一]爲五湖四海，詔天下境内所有鳥獸草木，驛至京師。銅臺進梨十六種：黄色梨、紫色梨、玉乳梨、臉色梨、甘棠梨、輕消梨、蜜味梨、墮水梨、圓梨、木唐梨、坐國梨、天下梨、水全梨、玉沙梨、沙味梨、火色梨。陳留進十色桃：金色桃、油光桃、銀桃、烏蜜桃、餅桃、粉紅桃、胭脂桃、迎冬桃、崑崙桃、脱核錦紋桃。青州進十色棗：三心棗、紫紋棗、圓愛棗、三寸棗、金槌棗、牙美棗、鳳眼棗、酸味棗、蜜波棗、（缺）。南留進五色櫻桃：粉櫻桃、蠟櫻桃、紫櫻桃、朱櫻桃、大小木櫻桃。蔡州進三種栗：巨栗、紫栗、小栗。酸棗進十色李：玉李、横枝李、蜜甘李、牛心李、緑紋李、半斤李、紅垂李、麥熟李、紫色李、不知熟李。揚州進：楊梅、枇杷。江南進：銀杏、榧子。湖南進三色梅：紅紋梅、弄黄梅、一圓成梅。閩中進五色荔枝：緑荔枝、紫紋荔枝、赭色荔枝、丁香荔枝、淺黄荔枝。廣南進八般木：龍眼木、梭木、榕木、橘木、胭脂木、桂木、棖木、柑木。易州進二十相牡丹：赭紅、赭木、鞓紅、坯紅、淺紅、飛來紅、袁家紅、起州紅、醉妃紅、起臺紅、雲紅、天外黄[三二]、一拂黄、輭條黄、冠子黄、延安黄、先春紅、顫風嬌。天下供[三三]進花卉、草木、鳥獸、魚蟲，莫知其數，此不具載。

詔起西苑十六院：景明一〔三四〕，迎暉二，棲鸞三，晨光四，明霞五，翠葉〔三五〕六，文安七，積珍八，影紋九，儀鳳〔三六〕十，仁智十一，清修十二，寶林十三，和明十四，綺陰十五，絳陽〔三七〕十六。皆〔三八〕帝自制名。每院有二十人，皆擇宫中嬪麗〔三九〕，謹厚有容色美人實之。每一院選帝常幸御者爲之首。每院有宦者主出入市易。

又鑿五湖，每湖方四十里。南曰迎陽湖，東曰翠光湖，西曰金明〔四〇〕湖，北曰潔水湖，中曰廣明湖。湖中積土石〔四一〕爲山，構〔四二〕亭殿，曲屈盤旋，廣袤數千間，環繞澄碧，皆窮極人間〔四三〕華麗。又鑿北海，周環四十里。中有三山，效蓬萊、方丈、瀛洲，上皆臺榭回廊。水深數丈。開狹湖〔四四〕通五湖、北海〔四五〕，俱〔四六〕通行龍鳳舸。帝多泛東湖。帝因製湖上曲《望江南》八闋，云〔四七〕：「湖上月，偏〔四八〕照列仙家。水浸寒光鋪象簟〔四九〕，浪摇〔五〇〕晴影走金蛇。偏稱泛靈槎。 光景好，輕彩望中斜。青露冷侵〔五一〕銀兔影，西風吹落桂枝花。開宴思無涯。」「湖上柳，煙裏不勝垂〔五二〕。宿露〔五三〕洗開明媚眼，東風摇弄好腰肢。煙雨更相宜。 環曲岸，陰覆畫橋低。線拂行人春晚後，絮飛晴雪暖風時。幽意更依依。」「湖上雪，風急墮還多。輕片有時敲竹户，素華無韻入澄波。煙外〔五四〕玉相磨。 湖水遠，天地色相〔五五〕和。仰面莫思梁〔五六〕苑賦，朝尊〔五七〕且聽玉人歌。不醉擬如何？」「湖上草，碧翠浪通津。修帶不爲歌舞綬〔五八〕，濃鋪堪作醉人茵。無意襯香衾。 晴霽後，顔色一般新。遊子不歸生滿地，佳人遠意寄青春。留詠卒難伸。」「湖上花，天水浸靈葩〔五九〕。淺蕊〔六〇〕水邊勻玉粉，濃苞天外剪明霞。只〔六一〕在列仙家。開爛熳，插鬢若相遮。水殿春寒澂冷豔〔六二〕，玉軒清〔六三〕照暖添華。清賞思何賒。」「湖上女，精選正宜身〔六四〕。輕恨昨離〔六五〕金殿侶，相將今〔六六〕是採蓮人。清唱滿〔六七〕頻頻。軒内好，嬉戲下龍津。玉琯朱絃聞晝夜〔六八〕，踏青鬬草事青春。玉輦從群真。」「湖上酒，終日助清歡。檀板輕聲銀線〔六九〕緩，醅浮香米玉蛆寒。醉眼暗相看。春殿晚，仙豔奉杯盤。湖上風煙光可愛〔七〇〕，醉鄉天地就中寬。帝主〔七一〕正清安。」「湖上水，流遶禁園中。斜日暖搖清翠動〔七二〕，落花香緩〔七三〕衆紋紅。蘋末起清風。閒縱目，魚躍小蓮東。泛泛輕搖〔七四〕蘭棹穩，沉沉寒影上仙宮。遠意更重重。」帝常遊湖上，多令宮中美人歌唱此曲。

大業六年，後苑草木鳥獸繁息茂盛。桃蹊李〔七五〕逕，翠蔭交合；金猿青鹿，動輒成群。自大内〔七六〕，開爲御路，通西苑，夾道植長松高柳。帝多幸苑中，去來〔七七〕無時。侍御〔七八〕多夾道而宿，帝往往中夜即幸焉。一夕，帝泛舟游北海，惟宮人數十輩〔七九〕相隨。帝升海山殿〔八〇〕，是時月初〔八一〕朦朧，晚風輕軟，浮浪無聲，萬籟俱息。帝恍惚，俄見水上一小舟，祇容兩人，帝謂十六院中美人。洎至，首一人先登，贊唱道〔八二〕：「陳後主謁帝。」帝亦忘其死，帝幼年於後主甚喜〔八三〕。乃起迎之。後主再拜，帝亦鞠〔八四〕躬勞謝。既坐，後主曰：「憶昔與帝同隊戲時，情愛甚於同氣。今陛下富有四海，令人欽服不已，羨慕，羨慕〔八五〕！始者謂帝將致理於三王之上，今乃甚〔八六〕取當時樂以快平生，亦甚美事。聞陛下已開隋渠，引洪河之水，東至〔八七〕維揚，因作詩來奏。」乃探懷出詩上帝，詩曰：「隋室開茲水，初心謀太奢〔八八〕。一千里力役，百萬〔八九〕民吁嗟。水殿不復反〔九〇〕，龍舟興已遐〔九一〕。溢流隨陡岸〔九二〕，觸〔九三〕浪噴黄沙。兩人迎客遡〔九四〕，三月柳飛花。日脚沉雲外，榆梢噪暝鴉。如今投子俗〔九五〕，異日便無家〔九六〕。且樂人間景，休尋漢〔九七〕上槎。人〔九八〕喧舟艤岸，風細錦帆斜。莫言無後利，千古壯京華。」帝觀詩〔九九〕，怫然慍〔一〇〇〕曰：「死生，命也；興亡，數也。爾安知吾開渠爲後人之利？」帝怒叱之。後主曰：「子之壯氣，能得幾日？其始終更不若我。」帝乃起而逐之。後主走曰：「且去且去，後一年吴公臺下相見。」乃没〔一〇一〕於水際，帝方悟其已死。帝兀坐〔一〇二〕不自知，驚悸移時。

一日，明霞院美人楊夫人喜報帝曰：「酸棗邑所進玉李，一夕忽長，陰横數畝。」帝沉默甚久，曰：「何故而忽茂？」夫人云：「是夕院中人聞空中若有千百人，語言切切，云：『李木當茂。』洎曉看之，已茂盛如此。」帝欲伐去，左右或奏曰：「木德來助之應也。」又一日〔一〇三〕，晨光院周夫人來奏云：「院中〔一〇四〕楊梅一夕忽爾繁盛。」帝喜問曰：「楊梅之茂，能如玉李乎？」或曰：「楊梅雖茂，終不敵玉李之盛。」帝自於兩院觀之，亦自見玉李至繁茂。後梅李同時結實，院妃來獻，帝問：「二果孰勝？」院妃曰：「楊梅雖好，味清酸，終不若玉李之甘，苑[一〇五]中人多好玉李。」帝歎曰：「惡梅[一〇六]好李，豈人情哉，天意乎？」後帝將崩揚州，一日，院妃來報：「楊梅已枯死。」帝果崩於揚州，異乎！

一日，洛水漁者獲生鯉一尾，金鱗赤[一〇七]尾，鮮明可愛。帝問漁者之姓，曰：「姓解，未有名。」帝以朱筆於魚額書「解生」字以記之，乃放之北海中。後帝幸北海，其鯉已長丈餘，浮水見帝，其魚不没。帝時與蕭后同見[一〇八]，此魚之額上朱字猶存，惟「解」字無半，尚隱隱有「角」字焉。蕭后曰：「鯉有角，乃龍也。」帝曰：「朕爲人主，豈不知此意？」遂引弓射之，魚乃入沉水中。

大業四年，道州貢矮[一〇九]民王義，眉目濃秀，應對敏給[一一〇]，帝尤愛之。常從帝游，終不得入宮。帝曰：「爾非宮中物。」義乃自宮。帝由是愈加憐愛，得出入帝内寢，義多卧榻下。帝游湖海回，多宿十六院[一一一]。一夕，帝中夜潛入棲鸞院，時夏氣暄煩，院妃牛慶兒卧於簾下。初月照軒[一一二]，頗明朗。慶兒睡中驚魘，若不救者。帝使義呼慶兒，帝自扶起，久方清醒。帝曰：「汝夢中何苦乃如此[一一三]？」慶兒曰：「妾夢中如常時，帝捏[一一四]妾臂遊十六院。至第十院，帝入坐殿上。俄而火發，妾乃奔走。回視，帝坐烈焰中，妾驚，呼人救帝，久方覺。」帝性自强[一一五]，解曰：「夢死得生，火有威烈之勢，吾居其中，得威者也。」大業十年，隋乃亡〔一一六〕。入第十院，帝居火中〔一一七〕，此其應也。

龍舟爲楊玄感所燒，後敕揚州刺史再造，置度〔一一八〕又華麗，仍長廣於前舟。舟初〔一一九〕來進，帝東幸維揚，後宫十六院皆隨行。西苑令馬守忠掌理，守忠别帝曰：「願陛下早還都輦，臣整頓西苑，以待乘輿之來。西苑風景臺殿如此，陛下豈不思戀，捨之而遠遊也？」又泣下。帝亦愴然，謂守忠曰：「爲我好看西苑，無令使後人笑吾不解裝點景趣也。」左右聞此語亦疑訝。

帝御龍舟，中道夜半，聞歌者甚悲。其歌曰：「我兄征遼東，餓死青山下。今我挽龍舟，又困隋隄道。方今天下飢，路糧無些少〔一二〇〕。前去三十程〔一二一〕，此身安可保？寒骨枕〔一二二〕荒沙，幽魂泣煙草。悲損閨〔一二三〕内妻，望斷吾家老。安得義男兒，憫〔一二四〕此無主屍。引其孤魂回，負其白骨歸。」帝聞其歌，遂〔一二五〕遣人求其歌者，至曉不得其人。帝頗徊徨〔一二六〕，通夕不寐。揚州朝百官，天下朝貢使無一人至。有來者在路，兵奪其貢物。帝猶與群臣議，詔十三道起兵，誅不朝貢者。帝知世祚已去，意欲遂幸永嘉，群臣皆不願從。

帝未遇害前數日，帝亦微識玄象，多夜起觀天。乃召太史令袁充問曰：「天象如何？」充伏地涕泣曰：「星文大惡，賊星逼帝坐甚急，恐禍起旦夕，願陛下遽脩德滅之。」帝不樂，乃起。便殿抱〔一二七〕膝，俛首不語。乃顧王義曰：「汝知天下將亂乎？汝何故省言而不告吾也？」義泣對曰：「臣遠方廢民，得蒙上貴幸〔一二八〕，自入深宮，久膺聖澤，又常自宮，以近陛下。天下大亂，固非今日，履霜堅冰，其來久矣。臣料大禍，事在不救。」帝曰：「子何不早教我也？」義曰：「臣不早言，言即臣死久〔一二九〕矣。」帝乃泣下，曰：「卿爲我陳成敗之理，朕貴知也。」翌日，義上書云：「臣本出南楚卑薄之地，逢聖明爲治之時，不愛此身，願從入貢。臣本侏儒，性尤蒙滯。出入金馬〔一三〇〕，積有歲華。濃被聖私，皆踰素望。侍從乘輿，周旋臺閣。臣雖至鄙，酷好窮經，頗知善惡之本源，少識興亡之所自〔一三一〕。還往民間，頗〔一三二〕知利害，深〔一三三〕蒙顧問，方敢敷陳。自陛下嗣守元符，體臨大器，聖神獨斷，諫諍莫從，獨發睿〔一三四〕謀，不容人獻。大興西苑，兩至遼東，龍舟踰於萬艘，宮闕遍於天下。兵甲常役百萬，士民窮乎山谷。征遼者百不存十，没〔一三五〕葬者十未有一。帑藏全虛，穀粟踊貴。乘輿還〔一三六〕往，行幸無時。兵士侍〔一三七〕從，常踰數萬〔一三八〕。遂令四方失望，天下爲墟。方今百家之村，存者無幾〔一三九〕，子弟死於兵役，老弱困於蓬蒿。兵屍如嶽，餓殍盈郊。狗彘厭人之肉，烏鳶〔一四〇〕食人之餘。臭聞千里，骨積如山〔一四一〕。膏塗野草〔一四二〕，狐鼠特肥〔一四三〕。陰風無人之墟，鬼哭寒草之下。目斷平野，千里無煙。殘民削落〔一四四〕，莫保朝昏。父遺幼子，妻號故夫，孤苦何多！飢荒尤甚。亂離方始，生死孰知？人主愛人，一何如此？陛下情性〔一四五〕毅然，孰敢上諫？或有鯁言，隨令賜死。臣下相顧，緘口〔一四六〕自全。龍逢復生，安敢議奏？高位〔一四七〕近臣，阿諛順旨，迎合帝意，造作拒諫。皆出此途，乃逢〔一四八〕富貴。陛下過惡，從何得聞？方今又敗遼師，再幸東土。社稷危於春雪，干戈遍於四方。生民方入塗炭，官吏猶未敢言。陛下自惟，若何爲計？陛下欲幸永嘉，坐延歲月，神武威嚴，一何消爍？陛下欲興師，則兵吏不順；欲行幸，則侍衛莫從。帝當此時，如何自處？陛下雖欲發憤修德，特加愛民，聖慈雖切救時，天下不可復得。大勢已去，時不再來。巨廈將傾〔一四九〕，一木不能支；洪河已決，掬壤不能救。臣本遠人，不知忌諱。事忽至此，安敢不言？臣今不死，後必死兵。敢獻此書，延頸待盡。」帝方省義奏，曰：「自古安有不亡之國，不死之主乎？」義曰：「陛下尚猶蔽飾己過。陛下平日常言：吾當跨三皇，超五帝，下視商周，使萬世不可及。今日其勢如何？能自復回都輦乎？」帝乃泣下，再三加歎。義曰：「臣昔不言，誠愛生也。今既具奏，願以死謝之。天下方亂，陛下自愛。」少選，報云：「義自刎矣。」帝不勝悲傷，特命厚葬焉。

不數日，帝遇害。時中夜，聞外切切有聲。帝急起，衣冠御内殿。坐未久，左右伏兵俱起。司馬德戡〔一五〇〕攜刃伺帝，帝叱之曰：「吾終年重禄養汝，吾無負汝，汝何負我？」帝常所幸朱貴兒在帝旁，謂戡曰：「三日前，帝慮侍衛薄衣小寒，有詔宫人悉絮袍袴。帝自臨視之，數千袍兩日畢工。前日賜公第〔一五一〕，豈不知也？爾等何敢逼脅乘輿！」乃大罵戡。戡曰：「臣實負陛下。但見今兩京已爲賊據[一五二]，陛下歸亦無路，臣死亦無門。臣已萌逆節[一五三]，雖欲復已，不可得也。願得陛下首，以謝天下。」乃攜劍上殿。帝復叱曰：「汝豈不知諸侯之血入地尚大旱，況人主乎？」戡進帛，帝入内閤自絶[一五四]。貴兒猶人罵不息，爲亂兵所殺。（據上海古籍出版社點校本《青瑣高議》後集卷五《隋煬帝海山記》校録，又《説郛》卷三二《海山記》）

〔一〕故煬帝事亦詳備　《説郛》卷三二《海山記》作「推隋煬帝事詳備」。《青瑣高議》清紅藥山房鈔本（《四庫全書存目叢書》影印）、魯迅《唐宋傳奇集》（據明張夢錫刊本《青瑣高議》）「故」作「惟」，無「亦」字。

〔二〕生時　原作「生於仁壽二年」，《説郛》同。按：據《隋書·煬帝紀上》，開皇元年（五八一），楊廣立爲晉王，年十三，則生於北周武帝天和四年（五六九），非仁壽二年（六〇二）。據明吴琯《古今逸史·逸記·海山記》、李栻《歷代小史》卷六《煬帝海山記》、陸楫《古今説海》説纂部《煬帝海山記》、汪雲程《逸史搜奇》甲集三《煬帝别》、《豔異編》卷九《海山記》、《五朝小説·唐人百家小説》紀載家《海山記》、《重編説郛》卷一一〇《海山記》、清蓮塘居士《唐人説薈》第六集《海山記》、《無一是齋叢鈔·海山記》改。

〔三〕竟　《古今逸史》、《歷代小史》、《説海》、《逸史搜奇》、《豔異編》、《唐人百家小説》、《重編説郛》、

《唐人説薈》、《無一是齋叢鈔》作「燭」。

〔四〕宮中甚驚是時牛馬皆鳴　《古今逸史》、《歷代小史》、《説海》、《逸史搜奇》、《豔異編》、《唐人百家小説》、《重編説郛》、《唐人説薈》、《無一是齋叢鈔》作「里中牛馬皆鳴」。

〔五〕帝母先是　《古今逸史》、《歷代小史》、《説海》、《逸史搜奇》、《豔異編》、《唐人百家小説》、《重編説郛》、《唐人説薈》、《無一是齋叢鈔》作「先是獨孤后」。按：煬帝母姓獨孤氏，文帝皇后。

〔六〕文帝　原無「文」字，據《説郛》等十書及《唐宋傳奇集》補。

〔七〕沉吟不答　紅藥山房鈔本作「沉吟没塞不答」，《説郛》作「沉吟默然不答」。《古今逸史》、《歷代小史》、《説海》、《逸史搜奇》、《豔異編》、《唐人百家小説》、《重編説郛》、《唐人説薈》、《無一是齋叢鈔》、《唐宋傳奇集》作「沉吟默塞不答」。

〔八〕愛玩甚久　《説郛》「甚久」作「親之」。張宗祥《説郛校勘記》（據休寧汪季清家藏明抄殘本校）作「視之」。紅藥山房鈔本作「愛玩親之甚久」。

〔九〕絶無易儲之意　紅藥山房鈔本作「而不意於勇」，誤。《説郛》等十書作「而亦不快於帝」。

〔一〇〕藥方　《説郛》等十書作「方藥」。

〔一一〕性偏忍陰默疑忌　紅藥山房鈔本「默」作「黠」。《説郛》作「性褊忍，陰賊刻忌」。《古今逸史》、《歷代小史》、《説海》、《逸史搜奇》、《豔異編》、《唐人百家小説》、《重編説郛》、《唐人説薈》、《無一是齋叢鈔》作「性褊急，陰賊刻忌」。

〔一二〕好鉤賾　「好」下原有「用」字，據《説郛》等十書删。「鉤賾」《説郛校勘記》作「鉤擿」。《古今逸史》、《歷代小史》、《説海》、《逸史搜奇》、《豔異編》、《唐人百家小説》、《重編説郛》、《唐人説薈》、《無一是齋叢鈔》作「鉤索」。

〔一三〕維　紅藥山房鈔本、《説郛》等十書及《唐宋傳奇集》作「惟」，義同。

〔一四〕汝無立他人　紅藥山房鈔本、《説郛》、《古今逸史》、《説海》、《逸史搜奇》、《唐人百家小説》、《重編説郛》、《無一是齋叢鈔》作「汝立吾族中人」，《豔異編》作「汝本吾族中人」，《歷代小史》作「汝是吾族中人」。

〔一五〕汝立吾兒勇爲帝　紅藥山房鈔本作「汝立吾兒勇是爲亡帝」，誤。

〔一六〕此事吾不語之死目不合　《説郛》作「此事吾不語人，吾之死目不合」。《古今逸史》、《歷代小史》、《説海》、《逸史搜奇》、《豔異編》、《唐人百家小説》、《重編説郛》、《唐人説薈》、《無一是齋叢鈔》及明施顯卿《新編古今奇聞類紀》卷一〇《楊素遇隋文帝》（引《煬帝開河記》）作「此事吾不語人」，無下句。

〔一七〕素曰國本不可屢易臣不敢奉詔　此十三字原無，據《説郛》等十書及《奇聞類紀》補。

〔一八〕乃　原作「力」，據《説郛》等十書及《奇聞類紀》改。

〔一九〕内　紅藥山房鈔本、《説郛》等十書及《奇聞類紀》作「之」。《説郛校勘記》：「之作内。」

〔二〇〕有聲　紅藥山房鈔本、《唐宋傳奇集》作「有不足」。

〔二二〕喪 此字原無，據《説郛》等十書補。

〔二三〕大行 原作「文帝」。按：「文帝」乃謚號，時剛亡尚未定謚，據《説郛》等十書及《奇聞類紀》改。

〔二三〕次 紅藥山房鈔本、《説郛》等十書及《唐宋傳奇集》作「四」。

〔二四〕交 《説郛》等十書及《唐宋傳奇集》作「教」。按：交，通「教」。

〔二五〕威儀 紅藥山房鈔本作「然」。

〔二六〕有所不諧輒爲素抑 《説郛》等十書作「有所爲，素輒請而抑之」。《唐宋傳奇集》作「有所不諧，爲素請而抑之」。

〔二七〕子弟 下原有「二人」。按：據《隋書》卷四八《楊素傳》，楊素有弟楊約，有子玄感、玄挺等，大業九年（六一三）楊玄感叛亂被誅，楊素「諸子皆坐玄感誅死」。楊素子弟遠不止二人，《説郛》無此二字，據删。

〔二八〕見文帝如何語之 紅藥山房鈔本作「以見文帝出語之」，《説郛》作「以見文帝語之」，《唐宋傳奇集》作「以見文帝出語也」，均乃叙述語。《古今逸史》、《歷代小史》、《説海》、《逸史搜奇》、《豔異編》、《唐人百家小説》、《重編説郛》、《唐人説薈》、《無一是齋叢鈔》作「出見文帝語」，「語」字連下讀。

〔二九〕百萬 《説郛》作「萬數」，《唐宋傳奇集》作「百萬數」。按：《資治通鑑》卷一八〇《隋紀四》載：「（大業元年）三月，丁未，詔楊素與納言楊達、將作大匠宇文愷營建東京，每月役丁二百萬人……五月，築西苑，周二百里。」《册府元龜》卷四九七《邦計部·河渠》載：「大業元年三月，發河南諸郡男女百餘萬，開通濟渠，自西苑引谷雒水，達於河。」作「萬數」誤。

〔三〇〕土　《説郛校勘記》、《古今逸史》、《歷代小史》、《説海》、《逸史搜奇》、《豔異編》、《唐人百家小説》、《重編説郛》、《唐人説薈》、《無一是齋叢鈔》及《奇聞類紀》卷一〇《隋煬帝遇陳後主》（引《煬帝海山記》）、明馮惟訥《古詩紀》卷一三〇引《海山記》、梅鼎祚《古樂苑》卷四〇引《海山記》作「巧」。

〔三一〕池　此字原無，據《説郛》、《古今逸史》、《歷代小史》、《説海》、《逸史搜奇》、《豔異編》、《唐人説薈》、《無一是齋叢鈔》、《唐宋傳奇集》、《奇聞類紀》、《古詩紀》、《古樂苑》補。《唐人百家小説》、《重編説郛》作「地」。

〔三二〕天外黄　明陳耀文《天中記》卷五三、董斯張《廣博物志》卷四二、清汪灝等《廣群芳譜》卷三二引《海記》，明徐應秋《玉芝堂談薈》卷三六《牡丹譜》、清陳元龍《格致鏡原》卷七一引《海山記》，俱作「天外紅」。

〔三三〕供　原作「共」，《説郛》同，據《説郛校勘記》改。

〔三四〕一　此小字注《説郛》等十書作正文。下同。

〔三五〕翠葉　《説郛》等十書及《唐宋傳奇集》作「翠華」。

〔三六〕儀鳳　紅藥山房鈔本、《唐宋傳奇集》作「儀風」。

〔三七〕絳陽　《古今逸史》、《歷代小史》、《説海》、《逸史搜奇》、《唐人百家小説》、《重編説郛》、《唐人説薈》、《無一是齋叢鈔》作「降陽」，《廣博物志》卷三六引同（無出處）。

〔三八〕皆　此字原無，據《説郛》等十書、《奇聞類紀》、《廣博物志》卷三六、《唐宋傳奇集》補。

〔三九〕嬪麗　《説郛》等十書及《奇聞類紀》作「佳麗」。按：東漢徐幹《中論》卷下《亡國第十八》：「賢者之爲物也，非若美嬪麗妾之可觀於目也。」「嬪麗」即指「美嬪麗妾」。

〔四〇〕金明　《説郛》、《古今逸史》、《歷代小史》、《説海》、《逸史搜奇》、《唐人百家小説》、《重編説郛》、《唐人説薈》、《無一是齋叢鈔》作「金光」，《豔異編》作「寒光」。

〔四一〕石　此字原無，據《説郛》等十書及《唐宋傳奇集》補。

〔四二〕構　《説郛》上有「上」字。

〔四三〕環繞澄碧皆窮極人間　此九字原脱，據《説郛》等十書補。

〔四四〕狹湖　紅藥山房鈔本、《説郛》等十書及《古詩紀》、《古樂苑》、《唐宋傳奇集》作「溝」。按：狹湖，溝渠也。

〔四五〕北海　《説郛》、《唐宋傳奇集》作「四海」。按，文中只言鑿北海，無其餘三海。

〔四六〕俱　紅藥山房鈔本、《説郛》等十書及《唐宋傳奇集》作「溝盡」。

〔四七〕云　此字原無，據《説郛》等十書補。

〔四八〕偏　《古樂苑》作「徧」，同「遍」。

〔四九〕象簟　《説郛》等十書及《古詩紀》、《古樂苑》作「枕簟」。

〔五〇〕摇　《古詩紀》、《古樂苑》作「攪」。

〔五一〕青露冷侵　《説郛》、《唐宋傳奇集》、《古詩紀》作「清露冷浸」，《古今逸史》、《歷代小史》、《説海》、《逸史搜奇》、《豔異編》、《唐人百家小説》、《重編説郛》、《唐人説薈》、《無一是齋叢鈔》作「清露冷侵」。按：「浸」字與第三句重復，且爲去聲，而此處當用平聲字，作「浸」譌。

〔五二〕垂　《古今逸史》、《歷代小史》、《説海》、《逸史搜奇》、《唐人百家小説》、《重編説郛》、《唐人説薈》、《無一是齋叢鈔》作「摧」，《豔異編》作「催」。

〔五三〕露　《説郛》等十書及《古詩紀》、《古樂苑》作「霧」。

〔五四〕煙外　《説郛》等十書及《古詩紀》、《古樂苑》作「望外」。《唐宋傳奇集》作「烟水」。

〔五五〕相　《古詩紀》、《古樂苑》作「同」。

〔五六〕梁　紅藥山房鈔本譌作「梨」。

〔五七〕尊　《説郛》等十書及《古詩紀》、《古樂苑》作「來」。

〔五八〕綬　《説郛》等十書及《古詩紀》、《古樂苑》作「緩」，誤。

〔五九〕葩　《説郛》等十書及《古詩紀》、《古樂苑》作「芽」。

〔六〇〕淺蕊　原作「浸蓓」，與下句「濃苞」失對，據《説郛》等十書及《古詩紀》、《古樂苑》改。

〔六一〕只　《説郛》作「即」。

〔六二〕澂冷豔　「澂」《説郛》等十書及《古詩紀》、《古樂苑》作「幽」，紅藥山房鈔本、《唐宋傳奇集》作「微」。「豔」紅藥山房鈔本作「灧」。

〔六三〕清　《説郛》、《古今逸史》、《歷代小史》、《説海》、《逸史搜奇》、《豔異編》、《唐人百家小説》、《重編説郛》、《無一是齋叢鈔》及《古詩紀》、《古樂苑》作「晴」。

〔六四〕宜身　《説郛》等十書及《古詩紀》、《古樂苑》作「輕盈」。按：「盈」字出韻，非是。

〔六五〕輕恨昨離　《説郛》等十書及《古詩紀》、《古樂苑》作「猶恨乍離」。

〔六六〕今　《古今逸史》、《歷代小史》、《説海》、《逸史搜奇》、《豔異編》、《唐人百家小説》、《重編説郛》、《唐人説薈》、《無一是齋叢鈔》及《古詩紀》、《古樂苑》作「盡」。

〔六七〕滿　《説郛》等十書及《古詩紀》、《古樂苑》作「謾」。

〔六八〕玉琯朱絃聞晝夜　「玉琯」《説郛》等十書及《古詩紀》、《古樂苑》作「玉管」，意同。「晝」《古詩紀》、《古樂苑》作「盡」。

〔六九〕銀線　《説郛》等十書及《古詩紀》、《古樂苑》作「銀甲」。按：銀線，琴瑟銀色絲弦。銀甲，銀製假指甲，套於指上，用以彈箏或琵琶等絃樂器。

〔七〇〕風煙光可愛　《説郛》等十書及《古詩紀》、《古樂苑》作「風光真可愛」。

〔七一〕帝主　《説郛》作「皇帝」。

〔七二〕斜日暖摇清翠動　「斜」《古詩紀》作「映」，「清」《説郛校勘記》作「晴」。

〔七三〕緩　《説郛》等十書及《古詩紀》、《古樂苑》作「暖」。

〔七四〕摇　原作「遥」，據紅藥山房鈔本、《説郛》等十書及《古詩紀》、《古樂苑》、《唐宋傳奇集》改。

〔七五〕李　清鈔本作「柳」。

〔七六〕大内　下原有「廚」字，據《説郛》等十書及《奇聞類紀》、《唐宋傳奇集》删。

〔七七〕去來　此二字原無，據《説郛》等十書及《奇聞類紀》補。

〔七八〕侍御　原作「宿御」，據《説郛》等十書及《奇聞類紀》改。按：侍御，侍寢宫人。

〔七九〕宫人數十輩　《説郛》等十書及《奇聞類紀》作「宧人十數輩」。宧人，即宧官。

〔八〇〕海山殿　《説郛》等十書無「殿」字。

〔八一〕月初　《説郛》等十書及《奇聞類紀》作「月色」。

〔八二〕贊唱道　原作「贊道唱」，當爲「贊唱道」，今改。《説郛》作「贊道」，《古今逸史》、《歷代小史》、《説海》、《逸史搜奇》、《豔異編》、《唐人百家小説》、《重編説郛》、《唐人説薈》、《無一是齋叢鈔》及《奇聞類紀》作「贊唱」。

〔八三〕帝幼年於後主甚喜　《唐宋傳奇集》「喜」作「善」，《説郛》等十書及《奇聞類紀》「於」作「與」，「喜」作「善」，且均爲正文。

〔八四〕鞠　此字原脱，據《説郛》等十書、《奇聞類紀》及《唐宋傳奇集》補。

〔八五〕羡慕羡慕　此四字原無，據清鈔本補。

〔八六〕甚　此字原無，據紅藥山房鈔本、《説郛》等十書及《奇聞類紀》、《唐宋傳奇集》補。

〔八七〕至　《説郛》等十書及《奇聞類紀》、《唐宋傳奇集》作「遊」。

〔八八〕奢　《説郛》等十書及《廣博物志》卷一五引《海山記》作「賒」。「賒」通「奢」。

〔八九〕萬　原譌作「里」，據《説郛》等十書、《廣博物志》卷一五、《唐宋傳奇集》改。

〔九〇〕反　《説郛》等十書、《廣博物志》卷一五作「返」。「反」通「返」。

〔九一〕興已遐　清鈔本作「成火霞」，宋阮閱《詩話總龜》前集卷四七引《隋煬帝海山記》同。紅藥山房鈔本作「成少霞」，《説郛》等十書、《廣博物志》卷一五作「成小瑕」。

〔九二〕溢流隨陡岸　原作「鷁流催陡岸」，「鷁」字與下句「觸」失對，據《説郛》、《古今逸史》、《説海》、《逸史搜奇》、《豔異編》、《唐人百家小説》、《重編説郛》、《唐人説薈》、《無一是齋叢鈔》及《廣博物志》卷一五改。紅藥山房鈔本作「鷁流摧促岸」，《歷代小史》作「輕航隨陡岸」，《詩話總龜》作「鶩流摧陡岸」，《唐宋傳奇集》作「鷁流催白浪」。

〔九三〕觸　《説郛》等十書及《廣博物志》卷一五作「濁」。

〔九四〕邇　《説郛》等十書及《廣博物志》卷一五作「至」。

〔九五〕投子俗　《唐宋傳奇集》「俗」作「欲」。《説郛》等十書及《廣博物志》卷一五作「遊子俗」，《詩話總龜》作「疲子俗」。按：俗，通「欲」。

〔九六〕無家　《説郛》等十書及《廣博物志》卷一五作「天家」。

〔九七〕漢　《説郛》等十書及《廣博物志》卷一五作「海」。

〔九八〕人　原譌作「東」，據《説郛》等十書及《廣博物志》卷一五改。《詩話總龜》作「客」。

〔九九〕詩　原作「書」，據《説郛》等十書改。

〔一〇〇〕佛然愊　《説郛》等十書作「拂衣怒」，《唐宋傳奇集》作「拂然愊」。「拂」通「佛」。

〔一〇一〕没　《唐宋傳奇集》作「投」。

〔一〇二〕兀坐　《説郛》等十書及《奇聞類紀》作「兀然」。

〔一〇三〕日　《説郛》等十書及《廣博物志》卷四三引《海記》作「夕」。

〔一〇四〕院中　此二字原無，據《説郛》等十書及《廣博物志》卷四三補。

〔一〇五〕苑　《説郛》等十書作「院」。

〔一〇六〕梅　《唐宋傳奇集》作「楊」。

〔一〇七〕赤　《説郛》等十書及《廣博物志》卷四九引《海山記》作「赭」。

〔一〇八〕帝時與蕭后同見　《説郛》等十書及《廣博物志》卷四九作「帝與蕭后及諸院妃嬪同看」。

〔一〇九〕矮　原作「倭」。按：倭乃漢以來對日本之稱呼，據《説郛》等十書、《唐宋傳奇集》及明梅鼎祚《隋文紀》卷七引《海山記》改。

〔一一〇〕敏給　紅藥山房鈔本作「甚繁」。

〔一一一〕多宿十六院　前原有「義」字，據《説郛》等十書删。

〔一一二〕軒　《説郛》作「窗」。

〔一一三〕何苦乃如此　《説郛》等十書作「何故而如此」。

〔一一四〕捏 《説郛》等十書及《唐宋傳奇集》作「握」，義同。

〔一一五〕帝性自强 《説郛》作「帝怪自强」，「自强」連下讀。《古今逸史》、《歷代小史》、《説海》、《逸史搜奇》、《豔異編》、《唐人百家小説》、《重編説郛》、《唐人説薈》、《無一是齋叢鈔》無「性」或「怪」字。

〔一一六〕大業十年隋乃亡 《古今逸史》、《歷代小史》、《説海》、《逸史搜奇》、《豔異編》、《唐人百家小説》、《重編説郛》、《唐人説薈》、《無一是齋叢鈔》作「大業十年，幸江都被弑」。按：《隋書·煬帝紀下》：「（義寧）二年三月，右屯衛將軍宇文化及，武賁郎將司馬德戡、元禮……醫正張愷等，以驍果作亂，入犯宫闈。上崩於温室，時年五十。」隋煬帝死於大業十四年，即義寧二年（六一八），非大業十年，疑脱「四」字。前後文之第十院，疑亦脱「四」字。

〔一一七〕入第十院帝居火中 《説郛》等十書「帝」字在「入」前。

〔一一八〕置度 《説郛》等十書及《唐宋傳奇集》作「制度」。

〔一一九〕舟初 《説郛》作「舟成」，《古今逸史》、《歷代小史》、《説海》、《逸史搜奇》、《豔異編》、《唐人百家小説》、《重編説郛》、《唐人説薈》、《無一是齋叢鈔》作「江都」。

〔一二〇〕無些少 清鈔本作「如此少」，《説郛》等十書「少」作「小」。

〔一二一〕三十程 《説郛》等十書作「三千程」。按：三千程指三千里的路程。三十程乃指經過三十個水陸驛站之類的停宿之處。白居易《從陝至東京》：「風光四百里，車馬十三程。」此之謂也。

〔一二二〕枕 紅藥山房鈔本、《唐宋傳奇集》作「惋」，清惠定宇藏舊鈔本作「捥」（見文學古籍刊行社《唐宋傳奇集校記》)。捥,扭結。

〔二三〕閨 《説郛》等十書作「門」。

〔二四〕憫 《説郛》等十書作「焚」。

〔二五〕遂 《説郛》等十書作「遽」。

〔二六〕徊惶 《説郛》、《古今逸史》、《歷代小史》、《説海》、《逸史搜奇》、《唐人百家小説》、《重編説郛》、《唐人説薈》、《無一是齋叢鈔》作「彷徨」,《豔異編》作「旁皇」。

〔二七〕抱 《説郛》等十書作「按」,《唐宋傳奇集》作「挽」。

〔二八〕貴幸 《説郛》等十書作「貢」,《唐宋傳奇集》作「恩」。

〔二九〕久 此字原無,據紅藥山房鈔本、《説郛》等十書及《唐宋傳奇集》補。

〔三〇〕金馬 《古今逸史》、《歷代小史》、《説海》、《逸史搜奇》、《豔異編》、《唐人百家小説》、《重編説郛》、《唐人説薈》、《無一是齋叢鈔》、《隋文紀》作「左右」。

〔三一〕所自 紅藥山房鈔本、《説郛》等十書及《隋文紀》作「所以」。

〔三二〕頗 清鈔本作「深」,《説郛》等十書及《隋文紀》作「周」。

〔三三〕深 清鈔本作「特」。

〔三四〕睿 紅藥山房鈔本作「蠢」。

〔三五〕没 紅藥山房鈔本作「役」。

〔三六〕還　紅藥山房鈔本、《説郛》等十書、《唐宋傳奇集》及《隋文紀》作「竟」。竟，通「競」。

〔三七〕侍　原作「時」，據《説郛》等十書及《隋文紀》改。

〔三八〕數萬　紅藥山房鈔本、《説郛》等十書、《唐宋傳奇集》、《隋文紀》作「萬人」。

〔三九〕百家之村存者無幾　原作「百姓存者無幾」。《説郛》作「百家之村，存者可計」，據改。紅藥山房鈔本作「百姓之付（村），存者何計」，《古今逸史》、《歷代小史》、《説海》、《逸史搜奇》、《豔異編》、《唐人百家小説》、《重編説郛》、《唐人説薈》、《無一是齋叢鈔》及《隋文紀》作「有家之村，存者可數」，《唐宋傳奇集》作「百姓之賦，存者可計」。

〔四〇〕烏鳶　紅藥山房鈔本、《説郛》作「鳶烏」，《古今逸史》、《歷代小史》、《説海》、《逸史搜奇》、《豔異編》、《唐人百家小説》、《重編説郛》、《唐人説薈》、《無一是齋叢鈔》及《隋文紀》作「鳶魚」。

〔四一〕如山　《説郛》等十書及《隋文紀》作「高原」，紅藥山房鈔本、《唐宋傳奇集》作「高山」。

〔四二〕膏塗野草　《説郛》等十書及《隋文紀》作「膏血草野」，紅藥山房鈔本、《唐宋傳奇集》作「膏血野草」。

〔四三〕狐鼠特肥　紅藥山房鈔本作「狐鼠犬肥」，《説郛》作「狐㲋大肥」，《古今逸史》、《歷代小史》、《説海》、《逸史搜奇》、《豔異編》、《唐人百家小説》、《重編説郛》、《唐人説薈》、《無一是齋叢鈔》及《隋文紀》作「狐犬盡肥」，《唐宋傳奇集》作「狐鼠盡肥」。

〔四四〕殘民削落　《説郛》「削」作「剥」，《古今逸史》、《歷代小史》、《説海》、《逸史搜奇》、《豔異編》、《唐人百家小説》、《重編説郛》、《唐人説薈》、《無一是齋叢鈔》及《隋文紀》作「萬民剥落」。

〔一四五〕情性　《説郛》作「植性」，《古今逸史》、《歷代小史》、《説海》、《逸史搜奇》、《豔異編》、《唐人百家小説》、《重編説郛》、《唐人説薈》、《無一是齋叢鈔》及《隋文紀》作「恒性」。

〔一四六〕緘口　《説郛》等十書及《隋文紀》作「箝結」，《唐宋傳奇集》作「鈐結」。紅藥山房鈔本作「鈴緘」，「鈴」當作「鈐」，鎖也。

〔一四七〕高位　紅藥山房鈔本、《説郛》、《唐宋傳奇集》作「上位」，《説海》、《逸史搜奇》、《豔異編》、《古今逸史》、《歷代小史》、《唐人百家小説》、《重編説郛》、《唐人説薈》、《無一是齋叢鈔》及《隋文紀》作「左右」。

〔一四八〕逢　《説郛校勘記》：「逢作邀。」

〔一四九〕傾　紅藥山房鈔本作「顛」。

〔一五〇〕司馬德戡　原脱「德」字，今補。

〔一五一〕第　《説郛》等十書作「等」。

〔一五二〕但見今兩京已爲賊據　《説郛》等十書作「但今天下俱叛，二京以(或作已)爲賊據」，《唐宋傳奇集》作「但目今二京已爲賊據」。

〔一五三〕萌逆節　《古今逸史》、《歷代小史》、《説海》、《逸史搜奇》、《豔異編》、《唐人百家小説》、《重編説郛》、《唐人説薈》、《無一是齋叢鈔》作「虧臣節」。

〔一五四〕絶　《説郛》等十書作「經」。

按：《隋煬帝海山記》，省作《海山記》、《煬帝海山記》。初載於北宋劉斧編撰《青瑣高議》後集卷五，題爲《隋煬帝海山記》，無撰人，分爲上下二篇（自「大業六年」以下爲下篇）。篇首有作者自序，稱此作係編纂「古書」而成。元末陶宗儀《説郛》卷三二亦載，題《海山記》，注「一卷」，署唐□□，有序，不分上下篇，原上篇各地呈進花木一長節文字删去。明清稗編所録此篇皆出《説郛》，唯删自序。《古今説海》説纂部逸事家、《歷代小史》卷六題《煬帝海山記》，《古今逸史》逸記、《豔異編》卷九、《五朝小説·唐人百家小説》紀載家、《重編説郛》卷一一〇皆題《海山記》，《逸史搜奇》甲集三改題《煬帝别》。《唐人百家小説》、《重編説郛》署唐闕名。《唐人説薈》第六集（同治八年刊本卷八）、《無一是齋叢鈔》、《舊小説》乙集所收亦題《海山記》，而妄稱唐韓偓撰。

《海山記》、《開河記》、《迷樓記》皆述隋煬帝遺事，三記分題而記，又有關聯，當出一手。三記均不見《新唐書·藝文志》，唯《開河記》見諸宋人著録，南宋尤袤《遂初堂書目》雜史類有《煬帝開河記》，《宋史·藝文志》地理類亦著録《煬帝開河記》一卷，注「不知作者」。明清書目則著録頗夥，皆不著撰人。高儒《百川書志》傳記類著録《迷樓記》一卷，注：「載隋煬帝昏迷之事，必唐人所爲也。」《四庫全書總目提要》卷一四三小説家類存目據《古今逸史》著録《海山記》、《迷樓記》、《開河記》各一卷，謂「蓋宋人所依託」。魯迅《中國小説史略》、《唐宋傳奇集》亦謂北宋人作，稱「《海山記》已見於《青瑣高議》中，自是北宋人作，餘當亦同」（《中國小説史略》第十一篇《宋之志怪及傳奇文》）。按《青瑣高議》中雖多有宋人之作，然如前集卷二《廣謫仙怨詞》録自唐末康軿《劇談録》，而前集卷三《李誕女》乃取自東晉干寶《搜神記》，則未可輕語「自是」也。《説郛》署唐□□。而考之本文，《海山記》中云「始者謂帝將致理於三王之上」，「西苑令馬守忠掌理」。「致理」、「掌理」本作「致治」、「掌治」，乃習用語，如《新唐書》卷一五二《李絳傳》：「玄宗開元時致治，天寶則亂，何一君而相反邪？」《漢書》卷一九上《百官公卿表》：「將作少府，秦官，掌治宫室。」改「治」爲「理」者皆避唐高宗李治諱也，分明出自唐人。具體時間則在唐末。《海山記》有雙調《望江南》八闋，唐段安節《樂府雜録》云：「《望江南》，始自朱崖李太尉鎮浙西日，爲亡妓謝秋娘所撰，本名《謝秋娘》，後改此名，亦曰《夢江南》。」中唐《望江南》爲單調，五句二十七字。今見最早出現雙調《望江南》乃在敦煌曲子詞，王重民輯《敦煌曲子詞集》收有《望江南》「曹公德」、「敦煌懸（縣）」、「龍沙塞」、「邊塞苦」、「娘子麵」五首。王重民謂《曹公德》「述歸義軍曹氏功德，不似在曹元忠以後，疑當在曹議金時代」，《邊塞苦》「歌詠敦煌人民起義歸唐事，則更當作於歸義軍張氏時代矣」。其時則爲宣宗大中五年（八五一）敦煌張議（一作義）潮獻沙州等十一州地圖户籍於唐，宣宗任其爲歸義軍節度使，至五代梁、唐中曹議（一作義）金節度歸義間。若敦煌曲子詞雙調《望江南》出於梁、唐間，以沙州邊陲之地已有雙調《望江南》，而在内地當出現更早。既然《海山記》猶諱「治」字，則其創作年代斷爲唐末當無疑義。又者，《開河記》有「濠寨使」一官。濠寨使又作「壕寨使」、「壕砦使」，唐末五代宋初皆有此官，設於軍中，稱

「諸軍壕寨使」。其職「掌營造浚築及次舍下寨」（《資治通鑑》卷二八八《後漢紀三·高祖紀》乾祐元年胡三省注）。《舊五代史》卷二一《劉康乂傳》：「中和三年（八八三）從太祖（後梁太祖朱温）赴鎮，委以腹心。……充諸軍壕寨使。」卷一九《胡規傳》：「天祐三年（九〇六）佐李周彝討相州……明年討滄州，爲諸軍壕寨使。」壕寨使始設何年不詳，只知至晚在唐僖宗中和三年已有。然則「隋煬帝三記」當出於唐末僖、昭、哀三朝間。晚唐人多喜道隋煬之事，羅隱作《迷樓賦》，李匡文《資暇集》卷下載麻祜開河，高彦休《唐闕史》佚文《煬帝縱魚》（《新編分門古今類事》卷一引）事同本篇，而大中中無名氏更作傳奇《大業拾遺記》，三記出於唐末，亦有自矣。

隋煬帝開河記

闕名撰

睢陽有王氣出，占天耿純臣奏：「後五百年當有天子興。」煬帝已昏淫，不以爲信。時游木蘭庭，命袁寶兒歌《柳枝詩〔一〕》。因觀殿壁上有《廣陵圖》，帝瞪目視之移時，不能舉步。時蕭后在側，謂帝曰：「知他是甚圖畫，何消皇帝如此掛意？」帝曰：「朕不愛此畫，只爲思舊游之處。」于是帝以左手凭后肩，右手指圖上山水及人烟村落寺宇，歷歷皆如目前，謂后曰：「朕昔征陳主時〔二〕，守鎮廣陵，旦夕遊賞。當此之時，以雲烟爲美景，視榮貴若深冤〔三〕。豈期〔四〕久有臨軒，萬機在躬，使〔五〕不得豁于懷抱也？」言訖，聖容慘然。后曰：「帝意欲在廣陵，何如一幸？」帝聞，心中豁然。

翌日，與大臣議，欲泛巨舟〔六〕，自洛入河，自河達海，入淮，方至廣陵。群臣皆言，似此程途，不啻萬里，又孟津水緊，滄海波深，若泛巨舟，事有不測。時有諫議大夫蕭懷静乃蕭后弟。奏曰：「臣聞秦始皇時，金陵有王氣，始皇使人鑿斷砥柱，王氣遂絶。今睢陽有王氣，又陛下意〔七〕在東南，欲泛孟津，又慮危險。況大梁西北有故河道，乃是秦將王離畎水灌大梁〔八〕之處。欲乞陛下廣集兵夫，于大梁起首開掘，西自河陰引孟津水入，東至淮口放孟津水出。此間地不過千里，況于睢陽境内過，一則路達廣陵，二則鑿穿王氣。」帝聞奏大喜，群臣皆默。帝乃出敕：「朝堂如有諫朕不開河者斬之。」詔以征北大總管麻叔謀爲開河都護，以蕩寇將軍李淵爲副使。淵稱疾不赴，即以左屯衛將軍令狐辛達〔九〕代李淵爲開渠副使都督。

自大梁起首，于樂臺之北建修渠所署，命之爲卞渠，古只有此「卞」字，開封城乃卞邑。因名其府署爲卞渠上源傳舍也。傳舍，驛名。因卞渠此處起首，故號卞渠上源也。詔發天下丁夫，男年十五已上、五十以下者皆至，如有隱匿者，斬三族。帝以河水經于卞，乃賜「卞」字加「水」。丁夫計三百六十萬人。乃更五家出一人，或老、或幼、或婦人等，供饋飯食。又令少年驍卒五萬人，各執杖督工爲吏，如節級、隊長之類。共五百四十三萬餘人。叔謀乃令三分中取一分人，自上源而西至河陰，通連古河道，乃王離浸城處。迤邐趨愁思臺而至北去。又令二分丁夫，自上源驛而東去。

其年，乃隋大業五年，八月上旬建功。畚鍤既集，東西横布數千里。才開斷，未及丈餘，得古堂室，可數間，瑩然肅浄〔一〇〕。漆燈晶煌，照耀如晝。四壁皆有彩畫花竹龍鬼之像。中有棺柩，如豪家之葬。其促工吏〔一一〕聞于叔謀，命啓棺，一人容貌如生，肌膚潔白如玉而肥。其髮自頭而出覆其面，過腹胸下，略〔一二〕其足，倒生而上，及其背下而方止。搜得一石銘，上有字，如蒼頡鳥跡之篆。乃召夫中有識者，免其役。有一下邳民，讀曰：「我是大金仙，死來一千年。數滿一千年，背下有流泉。得逢麻叔謀，葬我在高原。髮長至泥丸，更候一千年，方登兜率天。」叔謀乃自備棺櫬，葬于城西隅之地。今大佛寺是也。次開掘陳留。帝遣使持〔一三〕御署玉祝，并以白璧一雙，具少牢之奠，祭于留侯廟以假道。祭訖，忽有大風出于殿内窗牖間，吹鑠人面，使者退。自陳留果開掘東去，往來負擔拖〔一四〕鍬者，風馳電激。遠近之人，如蜂屯蟻聚。

數日，達雍丘。時有一夫，乃中牟人，偶患傴僂之疾，不能前進，墮于隊後，伶仃而行。是夜，月色澄静，聞呵殿聲甚嚴，夫鞠躬俟道左。良久，見清道繼至，儀衛莫述〔一五〕。一貴人戴俟冠，衣王者衣，乘白馬。命左右呼夫至前，謂曰：「與吾言爾十二郎，還白璧一雙，爾當賓于天〔一六〕。」煬帝有天下十二年。言畢，取璧以授。夫跪受訖，欲再拜，貴人躍馬西去。屆雍丘，以獻于麻都護。熟視，乃帝獻留侯物也。詰其夫，夫〔一七〕具道。叔謀性貪，乃匿璧。又不曉其言，慮夫洩于外，乃斬以滅口。

然後于雍丘起工，至大林，林中有小祠廟。叔謀訪問村叟，曰：「古老相傳，呼爲『隱士墓』，其神甚靈。」叔謀不以爲信，將塋域發掘。數尺，忽鑿一竅嵌空，群夫下窺，有燈火熒熒。無人敢入者，乃指使將官。武平郎將狄去邪者，請入探之。叔謀喜曰：「真荆、聶之輩也。」命繫去邪腰，下釣〔一八〕，約數十丈，方及地。去邪解其索，行約百步，入一石室。東北各有四石柱，鐵索二條，繫一獸，大如牛。熟視之，一巨鼠也。須臾，石室之西有一石門洞開，一童子出，曰：「子非狄去邪乎？」曰：「然也。」童子曰：「皇甫君望子〔一九〕已久。」乃引入。見一人朱衣，頂雲冠，居高堂之上。去邪再拜，其人不言，亦不答拜。綠衣吏引去邪立于堂之西階下。良久，堂上人呼力士牽取阿麼來。阿麼，煬帝小字。武夫數人，形質醜異魁偉，控所見大鼠至。去邪本乃庭臣，知帝小字，莫究其事，但屏氣而立。堂上人責鼠曰：「吾遣爾暫脱皮毛，爲中國主。何虐民害物，不遵天道？」鼠但點頭摇尾而已。堂上人益怒，令武士以大棒撾其腦。一擊，捽然有聲，如牆崩。其鼠大叫，若雷吼然。方欲舉杖再擊，俄一童子捧天符而下，堂上驚躍，降階俯伏聽命。童子乃宣言曰：「阿麼數本一紀，今已七年。更候五年，當以練巾繫頸而死。」童子去，堂上人復令繫鼠于舊室中。堂上人謂去邪曰：「與吾語麻叔謀：謝爾不伐吾塋域，來歲奉爾二金刀，勿謂輕酬也。」言訖，緑衣吏人引去邪于他門出。

約行十數里，入一林，躡石扳藤而行。回顧，已失使者。又行三里餘，見草舍，一老父坐土榻上。去邪訪其處，老父曰：「此乃嵩陽少室山下也。」老父問去邪所至之處，去邪一一言。老父遂細解去邪，去邪知煬帝不永之事。且曰：「子能免官，即脱身于虎口也。」去邪東行，回視茅屋，已失所在。時麻叔謀已至寧陵縣〔二〇〕，去邪見叔謀，具白其事。元來去邪入墓後，其墓自崩。將謂去邪已死，今日却來，叔謀不信，將謂狂人。去邪乃託狂疾，隱終南山。時煬帝以患腦痛，月餘不視朝。訪其因，皆言帝夢中爲人撾其腦，遂發痛數日，乃是去邪見鼠之日也。

叔謀既至寧陵縣，患風逆〔二一〕，起坐不得。帝令太醫令巢元方往視之，曰：「風入腠理，病在胸臆。須用嫩羊肥者蒸熟〔二二〕，糝藥食之，則瘥。」叔謀取半年羊羔，殺而取腔，以和藥，藥未盡而病已痊。自後每令殺羊羔，日數枚。同杏酪五味蒸之，置其腔盤中，自以手臠擘而食之，謂曰「含酥臠」。鄉村獻羊羔者日數千人，皆厚酬其直。寧陵下馬村民陶榔兒〔二三〕，家中巨富，兄弟皆兇悖。以祖父塋域旁〔二四〕河道二丈餘，慮其發掘。乃盜他人孩兒年三四歲者，殺之，去頭足，蒸熟，獻叔謀。咀嚼香美，迴異于羊羔，愛慕不已。召詰梛兒，梛兒乘醉泄其事。及醒，叔謀乃以金十兩與梛兒，又令役夫置一河曲以護其塋域。梛兒兄弟自後每盜以獻，所獲甚厚。貧民有知者，競竊人家子以獻，求賜。襄邑、寧陵、睢陽界，所失孩兒數百，冤痛哀聲，旦夕不輟。虎賁郎將段達，爲中門使，掌四方表奏事，叔謀令家奴黃金窟將金一埒〔二五〕贈與。凡有上表及訟食子者，不訊其詞理，並令笞背四十，押出洛陽。道中死者，十有七八。時令狐辛達〔二六〕知之，潛令人收孩骨，未及數日，已盈車。于是城市村坊之民有孩兒者，家做木櫃，鐵裹其縫。每夜，置子于櫃中鎖之，全家秉燭圍守。至天明，開櫃見子，即長幼皆賀。

既達睢陽界，有濠寨使陳伯恭言：「此河道若取直路，徑穿透睢陽城，如要迴護，即取令旨。」叔謀怒其言迴護，令推出腰斬，令狐辛達救之。時睢陽坊市豪民一百八十户，皆恐掘穿其宅并塋域，乃以醵金三千兩，將獻于叔謀，未有梯媒可達。忽穿至一大林，中有墓，古老〔二七〕相傳云宋司馬華元墓。掘透一石室，室中漆燈、棺柩、帳幕之類，遇風皆化爲灰燼。得一石銘，云：「睢陽土地高，汴水可爲濠〔二八〕。若也不迴避，奉贈二金刀。」叔謀曰：「此乃詐也，不足信。」是日，叔謀夢使者召至一宮殿上，一人衣絳綃，戴進賢冠。叔謀再拜，王亦答拜。拜畢，曰：「寡人宋襄公也，上帝命鎮此方二千年矣。倘將軍借其方便，迴護此城，即一城老幼皆荷恩德也。」叔謀不允。又曰：「適來護城之事，蓋非寡人之意，況〔二九〕奉上帝之命，言此地後五百年間，當有王者建萬世之業。豈可偶爲遊逸，致使掘穿王氣？」叔謀亦不允。良久，有使者入奏云：「大司馬華元至矣。」左右引一人，紫衣，戴進賢冠，拜覲于王前。王乃叙護城之事，其人勃然大怒曰：「上帝有命匡護〔三〇〕，叔謀愚昧之夫，不曉天命！」乃大呼左右，令置拷訊之物。王〔三一〕曰：「拷訊之事，何法最苦？」紫衣人曰：「銅汁灌之口，爛其腸胃，此爲第一。」王許之。乃有數武夫拽叔謀，脱去其衣，惟留犢鼻，縛鐵柱上，欲以銅汁灌之，叔謀魂膽俱喪。殿上人連止之，曰：「護城之事如何？」叔謀連聲言：「謹依上命。」遂令解縛，與本衣冠。王令引去。將行，紫衣人曰：「上帝賜叔謀金三千兩，取于民間。」叔謀性貪，謂使者曰：「上帝賜金，此何言也？」使者曰：「有睢陽百姓獻與將軍，此陰注陽受也。」忽如夢覺，但覺神不住體。睢陽民果賂黄金窟，而獻金三千兩〔三二〕。叔謀思夢中事，乃收之。立召陳伯恭，令自睢陽西穿渠南去，回屈東行，過劉趙村，連延而去。令狐辛達知之，累上表，亦爲段達抑而不獻。

至彭城，路經大林，中有偃王墓。掘數尺，不可掘，乃銅鐵也。四面掘去其土，唯見鐵墓，旁安石門，扃鎖甚嚴。用鄰人楊民計〔三三〕，撞開墓門。叔謀自入墓中，行百餘步，二童子當前云：「偃王顒候〔三四〕久矣。」乃隨而入。見宫殿，一人戴通天冠，衣絳綃衣，坐殿上。叔謀拜，王亦拜，曰：「寡人塋域當于河道，今奉與將軍玉寶，遣君當有天下。倘然護之，丘山之幸也。」叔謀許之。王乃令使者持一玉印與叔謀，叔謀視之，印文乃古帝王受命寶〔三五〕也。叔謀大喜。王又曰：「再三保惜，此刀刀之兆也。」刀刀者隱語，亦二金刀之意。叔謀出，令兵夫曰：「護其墓。」時煬帝在洛陽，忽失國寶，搜訪宫闈，莫知所在，隱而不宣。煬帝督工甚急，叔謀乃自徐州朝夕無暇，所役之夫，已少一百五十餘萬。下寨之處，死屍滿野。

帝在觀文殿讀書，因覽《史記》，見秦始皇築長城之事，謂宰相宇文述〔三六〕曰：「始皇時至此已及千年，料長城已應摧毁。」宇文述順帝意奏曰：「陛下偶然續〔三七〕秦皇之事，建萬世之業，莫若修其城，堅其壁。」帝大喜。乃詔以舒國公賀若弼爲修城都護，以諫議大夫高熲爲副使，以江淮、吴楚、襄、鄧、陳、蔡并開拓諸州丁夫一百二十萬修長城。詔下，弼〔三八〕諫曰：「臣聞秦始皇築長城于絶塞，連延一萬里，男死女曠，婦寡子孤，其城未就，父子俱死。陛下欲聽狂夫之言，學亡秦之事，但恐社稷崩離，有同秦世。」帝大怒，未及發言，宇文述在側，乃叱曰：「爾武夫狂卒，有何知而亂其大謀？」弼怒，以象簡擊宇文述。帝怒，令囚弼于家，是夜飲酖死。高熲亦不行。宇文述乃舉司農卿宇文弼爲修城都護，以民部侍郎宇文愷爲副使。

時叔謀開汴渠，盈灌口，點檢丁夫，約折二百五十萬人。其部役兵士舊五萬人，折二萬三千人。功既畢，上言于帝，遣決汴口〔三九〕，注水入汴渠。帝自洛陽遷駕大渠，詔江淮諸州造大船五百隻。使命至，急如星火。民間有配著造船一隻者，家産破用皆盡，猶有不足，枷項笞背，然後鬻貨男女，以供官用。龍舟既成，泛江沿淮而下。至大梁，又別加修飾，砌以七寶金玉之類。于是吴越間取民間女年十五六歲者五百人，謂之殿脚女。至于龍舟御楫，即每船用綵纜十條，每條用殿脚女十人，嫩羊十口，令殿脚女與羊相間而行，牽之。時恐盛暑，翰林學士虞世基獻計，請用垂柳栽于汴渠兩隄上。一則樹根四散，鞠護河堤；二乃牽船之人，獲其陰涼；三則牽舟之羊食其葉。上大喜，詔民間有柳一株，賞一縑，百姓競獻之。又令親種，帝自種一株，群臣次第種，方及百姓。時有謡言曰：「天子先栽，然後百姓栽。」栽畢，帝御筆寫賜垂楊柳姓楊，曰楊柳也。時舳艫相繼，連接千里，自大梁至淮口，聯緜不絶。錦帆過處，香聞百里。

既過雍丘，漸達寧陵界。水勢漸緊，龍舟阻礙，牽駕之人，費功轉甚。時有虎賁郎將鮮于俱〔四〇〕爲護纜使，上言水淺河窄，行舟甚難。上以問虞世基，曰：「請爲鐵脚木鵝，長一丈二尺，上流放下。如木鵝住，即是淺處。」帝依其言，乃令右翊將軍劉岑驗其水淺之處。自雍丘至灌口，得一百二十九處。帝大怒，令根究本處人吏姓名。應是木鵝住處，兩岸地分之人皆縛之，倒埋于岸下，曰：「令教生作開河夫，死爲抱沙鬼。」又埋却五萬餘人。

既達睢陽，帝問叔謀曰：「坊市人烟，所掘幾何？」叔謀曰：「睢陽地靈，不可干犯。若掘之，必有不祥，臣已迴護其城。」帝怒，令劉岑乘小舟根訪屈曲之處，比直路較〔四一〕二十里。帝益怒，乃令擒出叔謀，囚于後獄。急使宣令狐辛達詢問其由，辛達奏：「自寧陵便爲不法，初食羊臠，後啗嬰兒；養賊陶榔兒，盜人之子；受金三千兩，于睢陽擅易河道。」乃取小兒骨進呈。帝曰：「何不奏達？」辛達曰：「表章數上，爲段達扼而不進。」帝令人搜叔謀，囊橐間得睢陽民所獻金，又得留侯所還白璧及受命寶玉印。上驚異，謂宇文述曰：「金與璧皆微物，寡人之寶，何自而得乎？」宇文述曰：「必是遣賊竊取之。」帝瞪目而言曰：「叔謀今日竊吾寶，明日盜吾首矣。」辛達在側，奏曰：「叔謀常遣陶榔兒盜人之子，恐國寶榔兒所盜也。」上益怒，遣滎國公來護兒、内使李百藥、太僕卿楊義臣推鞫叔謀，置臺署于睢陽。并收陶榔兒全家，令榔兒具招入内盜寶事。榔兒不勝其苦，乃具事招款。又責段達所收令狐辛達奏章即不奏之罪。案成進上，帝問丞相宇文述，曰：「叔謀有大罪四條：食人之子，受人之金，遣賊盜寶，擅移開河道。請用峻法誅之。」其子孫取聖旨，帝曰：「叔謀有大罪，爲開河有功，免其子孫。」只令腰斬叔謀于河側。時來護兒受敕未至間，叔謀夢一童子自天而降，謂曰：「宋襄公與大司馬華元遣我來，感將軍護城之意〔四二〕，往〔四三〕年所許二金刀，今日奉還。」叔謀覺，曰：「據此先兆，不祥。我腰領難存矣。」言未畢，護兒至，驅于河之北岸，斬爲三段。榔兒兄弟五人，并家奴黄金窟，並鞭死。中門使段達免死，降官爲洛陽監門令。（據上海涵芬樓排印張宗祥校明鈔本《説郛》卷四四《煬帝開河記》校録）

〔一〕詩　《古今逸史·逸記·開河記》、《歷代小史》卷六《煬帝開河記》、《古今説海》説纂部《煬帝開河記》、《逸史搜奇》甲集四《麻叔謀》、《五朝小説·唐人百家小説》紀載家《開河記》、《重編説郛》卷一一〇《開河記》、《廣豔異編》卷一六《大業開河記》、《唐人説薈》第六集《開河記》、《無一是齋叢鈔·開河記》、《唐宋傳奇集·開河記》（據《説郛》卷四四校録）作「詞」。

〔二〕朕昔征陳主時　原作「朕爲陳王時」。按：煬帝封晉王，未曾爲陳王，曾爲揚州總管。《隋書·煬帝紀上》：「開皇元年立爲晉王，拜柱國、并州總管，時年十三。……八年冬，大舉伐陳，以上爲行軍元帥。及陳平……進位太尉。……復拜并州總管。俄而江南高智慧等相聚作亂，徙上爲揚州總管，鎮江都，每歲一朝。高祖之祠太山也，領武候大將軍。明年歸藩。」據《古今逸史》等九書改。陳主，即陳後主陳叔寶。

〔三〕「守鎮廣陵」至「視榮貴若深冤」　此數句《古今逸史》等九書作「遊此」，連上讀。

〔四〕期　原作「其」，據《古今逸史》等九書、《唐宋傳奇集》改。

〔五〕使　《古今逸史》等九書作「便」。

〔六〕與大臣議欲泛巨舟　《古今逸史》、《歷代小史》、《説海》、《逸史搜奇》、《唐人百家小説》、《重編説郛》、《唐人説薈》、《無一是齋叢鈔》作「與大臣言，欲至廣陵，旦夕遊賞。當此之時，以雲烟爲靈景，視榮貴若陳腐，議欲泛巨舟」，《廣豔異編》無「當此之時，以雲烟爲靈景，視榮貴若陳腐，議欲泛巨舟」數句。

〔七〕意　《古今逸史》、《歷代小史》、《説海》、《逸史搜奇》、《唐人百家小説》、《重編説郛》、《唐人説薈》、《無一是齋叢鈔》作「喜」。

〔八〕王離畎水灌大梁　按：據《史記・秦始皇本紀》載，畎水灌大梁者乃是王賁：「二十二年，王賁攻魏，引河溝灌大梁。大梁城壞，其王請降，盡取其地。」王賁，戰國後期秦國名將王翦之子。曾率秦軍先後滅魏、燕、代、齊諸國，被封爲通武侯。王離是王賁之子。秦末陳涉起義後，率秦軍擊趙，圍趙王及張耳於鉅鹿城。項羽救趙，打敗秦軍，王離被俘而降。

〔九〕令狐辛達　《古今逸史》等九書作「令狐達」。按：疑當作「令狐行達」。《隋書》卷八五《宇文化及傳》：「義寧二年三月一日……至夜二更，德戡(司馬德戡)於東城内集兵，得數萬人，舉火與城外相應。……化及至城門，德戡迎謁，引入朝堂，號爲丞相。令將帝出江都門，以示群賊，因復將入，遣令狐行達弑帝於宫中。」《舊唐書》卷三《太宗紀下》：「(貞觀)七年春正月戊子，詔曰：『宇文化及弟智及、司馬德戡……令狐行達、席德方、李覆等，大業季年，咸居列職，或恩結一代，任重一時，乃包藏凶慝，罔思忠義，爰在江都，遂行弑逆……』」《資治通鑑》卷一八五武德元年：「德戡等引兵自玄武門入……問陛下安在，有美人出指之，校尉令狐行達拔刀直進。」

〔一〇〕 浄　《古今逸史》等九書作「静」。

〔一一〕 促工吏　《古今逸史》等九書作「從功吏」。

〔一二〕 略　《唐宋傳奇集》作「裹」。

〔一三〕 持　《古今逸史》等九書作「馳」。

〔一四〕 拖　原作「施」，據《古今逸史》等九書、《唐宋傳奇集》改。

〔一五〕 莫述　《古今逸史》等九書作「周旋」。

〔一六〕 天　原作「胡」，據《古今逸史》等九書、《唐宋傳奇集》改。

〔一七〕 夫　原作「又」，據《古今逸史》等九書、《唐宋傳奇集》改。

〔一八〕 鈞　原作「鉤」，據《古今逸史》、《歷代小史》、《説海》、《逸史搜奇》、《廣豔異編》、《唐人百家小説》、《重編説郛》、《無一是齋叢鈔》、《唐宋傳奇集》改。

〔一九〕 望子　《唐宋傳奇集》作「坐來」。

〔二〇〕 寧陵縣　原作「寧陽縣」，下文乃作「寧陵縣」，據《四庫全書》本《説海》及《重編説郛》改。按：寧陽縣，今山東泰安市寧陽縣南。西漢爲侯國，東漢爲縣，西晉廢。寧陵縣，今河南商丘市寧陵縣東南。隋屬梁郡，唐屬宋州。

〔二一〕 風逆　《唐宋傳奇集》作「風痒」。

〔二二〕 熟　原作「熱」，據《古今逸史》等九書、《唐宋傳奇集》及明李時珍《本草綱目》卷五〇上《羊》引《開河記》改。

〔二三〕陶榔兒　《唐宋傳奇集》作「陶郎兒」。下同。

〔二四〕旁　《古今逸史》等九書、《唐宋傳奇集作「傍」。「旁」通「傍」。

〔二五〕一埒　此二字原無，據《古今逸史》等九書、《唐宋傳奇集》補。按：埒，量器名，制度不詳。

〔二六〕令狐辛達　原無「辛」字，據前後文補。《唐宋傳奇集》亦有「辛」字。

〔二七〕古老　《唐宋傳奇集》作「故老」。按：「古」通「故」，「古老」即「故老」。韓愈《月蝕詩效玉川子作》：「嘗聞古老言，疑是蝦蟇精。」

〔二八〕汴水可爲濠　《古今逸史》等九書及明梅鼎祚《隋文紀》卷八引《開河記》作「竹木可爲壕」。

〔二九〕況　《古今逸史》、《説海》、《逸史搜奇》、《唐人百家小説》、《廣豔異編》、《重編説郛》、《唐人説薈》、《無一是齋叢鈔》作「從」。

〔三〇〕上帝有命匡護　《唐宋傳奇集》作「上帝有命，臣等無心」。

〔三一〕王　原作「王者」，據《古今逸史》等九書、《唐宋傳奇集》删「者」字。

〔三二〕睢陽民果賂黄金窟而獻金三千兩　《古今逸史》等九書作「睢陽民果賂黄金三千兩，因叔謀家奴黄金窟而獻」。

〔三三〕用鄭人楊民計　《唐宋傳奇集》作「用鄭陽民計」。

〔三四〕候　《古今逸史》等九書作「望」。

〔三五〕古帝王受命寶　《唐宋傳奇集》作「百代帝王受命玉印」。

〔三六〕宇文述　「述」原作「達」。按：宇文達，北周代郡武川（今内蒙古呼和浩特市武川縣西）人。字度斤突。西魏太師宇文泰第十一子。北周封代王，官至大右弼。大象二年（五八〇）爲楊堅所殺。見《周書》卷一三、《北史》卷五八本傳。宇文達於北周即死，不可能擔任煬帝宰相。《唐宋傳奇集》作「宇文述」，據改。下同。宇文述，代郡武川人。字伯通。仕北周至上柱國，入隋歷仕右衛大將軍、安州總管。煬帝即位，拜左衛大將軍，封許國公。隨煬帝南下江都，病卒。見《隋書》卷六一、《北史》卷七九本傳。宇文述未曾爲宰相。

〔三七〕續　《古今逸史》、《歷代小史》、《説海》、《逸史搜奇》、《唐人百家小説》、《重編説郛》、《唐人説薈》、《無一是齋叢鈔》作「讀」。

〔三八〕弼　原作「若弼」。按，賀若乃複姓，《唐宋傳奇集》删「若」字，今删。下同。

〔三九〕遣決汴口　《古今逸史》等九書作「決下口」。

〔四〇〕鮮于俱　《唐宋傳奇集》作「鮮于俱羅」。按：鮮于，複姓。史無鮮于俱或鮮于俱羅，而有魚俱羅，疑誤「魚」爲「鮮于」。魚俱羅，《隋書》卷六四有傳。馮翊下邳（今陝西渭南東北）人。煬帝朝爲東騎將軍、安州刺史等，大業九年（六一三）被煬帝所殺。魚俱羅未曾爲虎賁郎將。

〔四一〕較　《四庫全書》本《説海》此字下加「遠」字。按：較，相差也。

〔四二〕意　《古今逸史》等九書作「惠」，《唐宋傳奇集》作「惠意」。

〔四三〕往　《古今逸史》等九書作「去」。

按：《遂初堂書目》雜史類著録《煬帝開河記》，無卷數撰人，《宋史·藝文志》地理類著録《煬帝開河記》一卷，注「不知作者」。全文初載《説郛》卷四四，題《煬帝開河記》，注「一卷」，無撰名。明清稗編所録此篇皆源出《説郛》。《古今説海》説纂部逸事家、《歷代小史》卷七題《煬帝開河記》，《古今逸史》逸記、《五朝小説·唐人百家小説》紀載家、《重編説郛》卷一一〇皆題《開河記》，《逸史搜奇》甲集四改題《麻叔謀》，《廣豔異編》卷一六改題《大業開河記》。《唐人百家小説》、《重編説郛》署唐闕名。《唐人説薈》第六集（同治八年刊本卷八）、《無一是齋叢鈔》、《舊小説》乙集所收亦題《開河記》，而妄稱唐韓偓撰。本篇與《海山記》、《迷樓記》乃姊妹篇，出自一手。《海山記》全稱《隋煬帝海山記》，則本篇當亦稱《隋煬帝開河記》。李時珍《本草綱目》卷一上《序例上·引據古今經史百家書目》即作《隋煬帝開河記》。

南宋謝維新《古今合璧事類備要》前集卷二〇《隋帝雹戲》條引《開河記》：「隋煬帝南幸，時陰雲驟作，俄雨，冰雹忽降，擊作（按：此字當衍）龍舟之蓋。既晴，上思雹。虞世基請令宫女撒珠璣於舟中，以應雹聲。又拋龍腦於錦帆之上，以象霰雪。」明陳耀文《天中記》卷三《撒珠應雹》條、董斯張《廣博物志》卷三七引《開河記》同。此節未見今本，不知謝氏所據何本，或轉引自何書。

隋煬帝迷樓記

闕　名　撰

煬帝晚年，尤深迷女色。他日，顧謂近侍曰：「人主享天下之富，亦欲極當年之樂，自快其意。今天下安富，外内無事，此吾得以遂其樂也。今宫殿雖壯麗顯敞，苦無曲房小室，幽軒短檻。若得此，則吾期老于其中也。」近侍高昌奏曰：「臣有友項昇，淛人也，自言能構宫室。」帝翌日召而問之，項昇曰：「臣乞先奏圖本。」後數日進圖，帝覽大悦，即日詔有司，供具材木。凡役夫數萬，經歲而成。樓閣高下，軒窗掩映，幽房〔一〕曲室，玉闌朱楯，互相連屬，回環四合，曲屋自通。千門萬牖，上下金碧。金虬伏于棟下，玉獸蹲于户傍。璧〔二〕砌生光，瑣窗射日。工巧之極，自古無有也。費用金玉，帑庫爲之一虚。人誤入者，雖終日不能出。帝幸之大喜，顧左右曰：「使真仙遊其中，亦當自迷也。可目之曰『迷樓』。」詔以五品官賜項昇，仍給内庫帛千疋賞之。詔選後宫良家女數千，以居樓中。每一幸，有經月而不出。

是月，大夫何稠進御童女車。車之制度絶小，祇容一人，有機處于其中。以機礙女之手足，纖毫不能動。帝以處女試之，極喜。召何稠語之曰：「卿之巧思，一何神妙如此！」

以千金贈〔三〕之，旌其巧也。何稠出，爲人言車之機巧，有識者曰：「此非盛德之器也。」稠又進轉關車，車用〔四〕挽之，可以昇樓閣如行平地。車中御女，則自摇動，帝尤喜悦。帝語稠曰：「此車何名也？」稠曰：「臣任意造成，未有名也，願帝賜佳名。」帝曰：「卿任其巧意以成車，朕得之，任其意以自樂，可名『任意車』也。」何稠再拜而去。

帝令畫工繪士女會合之圖數十幅，懸于閣中。其年上官時自江外得替回，鑄烏銅屏八〔五〕面。其高五尺而闊三尺，磨以成鑑，爲屏，可環于寢所，詣闕投進。帝以屏内迷樓，而御女于其中，纖毫皆入于鑑中。帝大喜曰：「繪畫得其象耳，此得人之真容也，勝繪圖萬倍矣。」又以千金賜上官時。

帝日夕沉荒于迷樓，罄竭其力，亦多倦怠。顧謂近侍曰：「朕憶初登極日，多辛苦，無睡，得婦人枕而藉之，方能合目。才似夢，則又覺。今睡則冥冥不知返，近女色則憊，何也？」它日，矮〔六〕民王義上奏曰：「臣田野廢民，作事皆不勝人，又生于遼曠絶遠之域。幸因入貢，得備後宫掃除之役。陛下特加愛遇，臣常自宫，以侍陛下。自兹出入卧内，周旋宫室，方今親信，無如臣者。臣由是竊覽書，殿中簡編，反覆玩味，微有所得。臣聞精氣爲人之聰明。陛下當龍潛日，先帝勤儉，陛下鮮親聲色，日近善人。陛下精實于内，神清于外，故日夕無寢。陛下自數年聲色無數，盈滿後宫。陛下日夕游宴于其中，自非元日〔七〕

大辰，陛下何嘗臨御前殿？其餘多不受朝。設或引見遠人，非時慶賀，亦日晏坐朝，曾未移刻，則聖躬起入後宮。夫以有限之體，以投無盡之慾，臣固知其竭也。臣聞古者有野叟〔八〕，獨歌舞于磐石之上。人詢之曰：『子何獨樂之多也？』叟曰：『吾有三樂，子知之乎？』曰〔九〕：『何也？』叟曰〔一〇〕：『人生難遇太平世，吾今不見兵革，此一樂也；人生難得支體全完，吾今不殘廢，此二樂也；人生難得老壽，吾今年八十矣，是三樂也。』其人嘆賞而去。陛下享天下之富貴，聖貌軒逸，章龍姿鳳〔一一〕，而不自愛重，其思慮固出于野叟之外。臣蕞爾微軀，難圖報效，罔知忌諱，上逆天顏。」因俯伏泣涕。帝乃命引起。翌日，召義語之曰：「朕昨夜思汝言，極有深理。汝真愛我者也。」乃命義後宮擇一淨室〔一二〕，而帝居其中，宮女皆不得入。居二日，帝忿然而出曰：「安能悒悒居此乎？若此，雖壽千萬歲，將安用也？」乃復入迷樓〔一三〕。

宮女無數，不得進御者亦極衆。後宮侯夫人有美色，一日自經于棟下。臂懸錦囊，中有文。左右取以進帝，乃詩也。《自感》三首云：「庭絕玉輦迹，芳草漸成窠〔一四〕。隱隱聞簫鼓，君恩何處多？」「欲泣不成淚，悲來翻强歌。庭花方爛熳，無計奈春何。」「春陰正無際，獨步意如何？不及閒花草，翻承雨露多。」《看梅》二首云：「砌雪無消日，捲簾時自顰。庭梅對我有憐〔一五〕意，先露枝頭一點春。」「香清寒豔好，誰惜〔一六〕是天真。玉梅謝後陽和〔一七〕至，散與群芳自在春。」《妝成》云：「妝成多自惜〔一八〕，夢好却成悲。不及楊花意，春來到處飛。」《遺意》〔一九〕云：「祕峒〔二〇〕扃仙卉，雕房鎖玉人。毛君真可戮，不肯寫昭君。」《自傷》云：「初入承明日，深深報未央。長門七八載，無復見君王。春寒入骨清，獨卧愁空房。靸〔二一〕履步庭下，幽懷空感傷。平日新〔二二〕愛惜，自恃聊非常〔二三〕。色美反成棄，命薄何可量。君恩實疏遠，妾意徒彷徨。家豈無骨肉，偏親老北堂。此身〔二四〕無羽翼，何計出高牆？性命誠所重，棄割良可傷。懸帛朱棟上，肝腸如沸湯。引頸又自惜，有若絲牽腸。毅然就死地，從此歸冥鄉。」帝見其詩，反覆傷感。帝往視其尸，曰：「此已死，顔色猶美如桃花。」乃急召中使許廷輔，曰：「朕向遣汝入後宫擇女入迷樓，汝何獨故棄此人也？」乃令廷輔就獄，賜自盡。厚禮葬侯夫人。帝日誦詩，酷好其文，乃令樂府歌之。帝又于後宫親擇女百人入迷樓。

大業八年，方士□千〔二五〕進大丹，帝服之，蕩思愈不可制，日夕御女數十人。入夏，帝煩燥，日引飲幾〔二六〕百盃而渴不止。醫丞莫君錫上奏曰：「帝心脉煩盛，真元太虚，多飲即大疾生焉。」因進劑治之，仍乞置冰盤于前，俾帝日夕朝望之，亦治煩燥之一術也。自兹諸院美人各市冰爲盤，以望行幸，京師冰爲之踴貴。藏冰之家，皆獲千金。

大業九年，帝將再幸江都。有迷樓宫人，静夜抗歌云：「河南楊柳謝〔二七〕，河北〔二八〕李花榮。楊花飛去落〔二九〕何處？李花結果自然成。」帝聞其歌，披衣起聽，召宮女問之云：「孰使汝歌也？汝自爲之耶？」宮女曰：「臣有弟在民間，因得此歌，曰道途兒童多唱此歌。」帝默然久之，曰：「天啓之也，天〔三〇〕啓之也！」帝因索酒，自歌云：「宮木陰濃燕子飛，興衰自古漫成悲。它日迷樓更好景，宮中吐豔變〔三一〕紅輝。」歌竟，不勝其悲。近侍奏：「無故而悲，又歌，臣皆不曉。」帝曰：「休問，它日自知也。」後帝幸江都，唐帝提兵號令入京，見迷樓，太宗〔三二〕曰：「此皆民膏血所爲也。」乃命焚之，經月火不滅。前謡前詩皆見矣，方知世代興亡，非偶然也。（據上海涵芬樓排印張宗祥校明鈔本《説郛》卷三二《迷樓記》校録）

〔一〕房　原作「窗」，《古今逸史·逸記·迷樓記》、《歷代小史》卷八《煬帝迷樓記》、《古今説海》説纂部逸事家《煬帝迷樓記》、《豔異編》卷九《迷樓記》、《五朝小説·唐人百家小説》紀載家《迷樓記》、《重編説郛》卷一一〇《迷樓記》、《唐人説薈》第六集《迷樓記》、《無一是齋叢鈔·迷樓記》、《香豔叢書》六集卷三《迷樓記》、《唐宋傳奇集·迷樓記》（據《説郛》卷三二校録）作「房」。按：上句已有「窗」字，不應重復，據改。

〔二〕壁　原作「璧」，據《古今逸史》、《歷代小史》、《説海》、《豔異編》、《唐人百家小説》、《重編説郛》、《無一是齋叢鈔》、《香豔叢書》改。

〔三〕贈 《四庫全書》本《重編説郛》卷一一〇下《迷樓記》改作「賜」。

〔四〕用 《古今逸史》等九書作「周」。

〔五〕八 《古今逸史》等九書作「數十」。

〔六〕矮 原作「倭」。按：「倭」乃古代對日本之稱呼，《古今逸史》等九書及《唐宋傳奇集》作「矮」，據改。

〔七〕元日 《古今逸史》等九書及明梅鼎祚《隋文紀》卷七引《迷樓記》作「歲節」。

〔八〕野叟 「野」原作「老」，《古今逸史》等九書、《唐宋傳奇集》及《隋文紀》作「野」。按：下文作「野叟」，據改。

〔九〕曰 此字原無，據張宗祥《説郛校勘記》（據休寧汪季清藏明鈔本殘本校）補。

〔一〇〕叟曰 此二字原無，據《説郛校勘記》補。《唐宋傳奇集》亦有此二字。

〔一一〕章龍姿鳳 《古今逸史》等九書及《隋文紀》作「龍顔鳳姿」。

〔一二〕浄室 《古今逸史》等九書及《唐宋傳奇集》作「静室」。按：「浄室」同「静室」。戴孚《廣異記·仇嘉福》（《太平廣記》卷三〇一）：「君後見思，可於浄室焚香，我當必至。」

〔一三〕迷樓 《古今逸史》等九書作「宫」。

〔一四〕窠 《唐宋傳奇集》作「科」，誤。

〔一五〕憐 明楊慎《丹鉛總録》卷二一《侯夫人梅詩》引《海山記》（按：書名誤）作「嬌」。

〔一六〕惜　《唐宋傳奇集》作「識」。

〔一七〕陽和　《丹鉛總録》作「青陽」。

〔一八〕惜　宋阮閱《詩話總龜》前集卷二五引《古今詩話》、明詹詹外史《情史類略》卷一三《侯夫人》作「恨」。

〔一九〕遺意　明馮惟訥《古詩紀》卷一三八引《迷樓記》、陸時雍《古詩鏡》卷二九引《迷樓記》作「自遣」。

〔二〇〕峒　《古今逸史》等九書、《唐宋傳奇集》及《詩話總龜》、《古詩紀》、《古詩鏡》、《情史》作「洞」。按：「峒」、「洞」義同。

〔二一〕靸　原作「颯」，據《説郛校勘記》改。按：靸，穿鞋不提後幫而踩在脚跟下，懶散之狀也。《情史》作「躧」，義同。

〔二二〕新　《古詩紀》作「親」，《情史》作「所」。

〔二三〕自恃聊非常　「恃」原作「待」，據《説郛校勘記》改。《古詩紀》、《情史》作「自待却非常」。

〔二四〕身　《古今逸史》等九書作「方」。

〔二五〕□千　《古今逸史》等九書無此二字。

〔二六〕幾　原作「已」，據《説郛校勘記》、《古今逸史》、《歷代小史》、《説海》、《豔異編》、《唐人百家小説》、《重編説郛》、《無一是齋叢鈔》、《香豔叢書》改。幾，幾乎，差不多。《唐人説薈》、《唐宋傳奇集》作「數」。

〔二七〕河南楊柳謝　《四庫》本《重編説郛》作「江南楊花謝」。

〔二八〕河北　《四庫》本《重編説郛》作「江北」。

〔二九〕落　《唐宋傳奇集》、《古詩紀》卷一三〇引《迷樓記》、《古詩鏡》作「去」。

〔三〇〕天　《唐宋傳奇集》作「人」，誤。

〔三一〕變　《古今逸史》等九書作「戀」，《丹鉛總録》卷二一《隋末詩讖》作「奕」。

〔三二〕太宗　《唐宋傳奇集》作「大驚」。

按：本篇初載於《説郛》卷三二，題《迷樓記》，注一卷，不著撰人。此後又收入《古今逸史》、《歷代小史》、《説海》、《豔異編》、《五朝小説·唐人百家小説》、《重編説郛》、《唐人説薈》、《無一是齋叢鈔》、《香豔叢書》、《舊小説》乙集等。除《説海》、《歷代小史》題《煬帝迷樓記》外，其餘作《迷樓記》。多不著撰人，《唐人百家小説》、《重編説郛》、《香豔叢書》題唐闕名，《唐人説薈》、《無一是齋叢鈔》、《舊小説》題唐韓偓撰，妄也。南宋胡穉《箋注簡齋詩集》附《無住詞》中《虞美人·邢子友會士》注引《士林紀實》曰：「《隋煬帝迷樓記》：帝虚敗煩燥，諸院美人各市冰盤，俾帝望之，以蠲煩燥。」原題當爲《隋煬帝迷樓記》，與《隋煬帝海山記》正爲一式。

明陳耀文《天中記》卷一四引《青瑣高議》：「《迷樓記》云：浙人項昇能搆宫室，先進圖本。帝大悦，詔有司營之，經歲而成，工巧之極，自古無有。帝幸之大喜，顧左右曰：『使真仙遊其中，亦當自迷也。可目之曰迷樓。』后帝幸江都，唐帝入京見迷樓，曰：『此皆民膏血所爲。』乃命焚之，經月火不滅。」《重編説郛》卷一二六輯劉斧《青瑣高議》，有《迷樓》一條，文字全同，當取自《天中記》。《四庫全書總目》卷一四三小説家類存目一「海山記一卷迷樓記一卷開河記一卷」提要云：「《迷樓記》亦見《青瑣高議》。」疑據《天中記》爲説。《青瑣高議》今本惟有《海山記》，不知陳耀文據何而引。

唐五代傳奇集第四編卷七

林傑

黄　璞　撰

黄璞，字德温，一作紹山。福州侯官（今福建福州市）人。御史黄滔從弟。僖宗乾符六年（八七九）黄巢入福州，以其爲儒者，過其家而滅炬不焚。昭宗大順二年（八九一）擢進士第，調尚衣監主簿。乾寧初（八九四）改崇文館校書郎。後移居莆田（今福建莆田市），杜門不仕，自號霧居子。有子六人，父子五人並歷館職，號「一門五學士」。卒後葬莆田。璞善詩歌，著《霧居子》十卷（一作二十卷、六卷）。（據唐黄滔《黄御史集》黄鞏跋，南宋梁克家《淳熙三山志》卷四《地里類四·羅夾城坊巷》、卷二六《人物類一·科名》，李俊甫《莆陽比事》卷二引《家傳》、卷三引《人物志》，明陳道《弘治八閩通志》卷六二《人物·儒林》、卷七九《丘墓·興化府·莆田縣》，何喬遠《閩書》卷七五《英舊志·福州府·侯官縣》，曹學佺《石倉文稿》卷一《唐黄御史集序》，《新唐書》卷二二五下《黄巢傳》、《藝文志》别集類）

林傑，字智周〔一〕。幼而聰明秀異，言發成文，質瑩凝脂，音清扣玉〔二〕。年六歲，請舉童子。時父肅爲閩府大將，性樂善，尤好聚書，又妙於手譚，當時名公，多與之交。及有是子，益大其門。廉使崔侍郎干〔三〕，亟與遷職，詞云：「家藏萬卷，學富三冬〔四〕。」鄉人榮之。

傑五歲，父因攜之門脚，至王仙君霸壇，戲問：「童子能詩〔五〕乎？」傑遂口占云：「羽客已歸雲路去〔六〕，丹爐〔七〕草木盡彫殘。不知千載〔八〕歸何日，空使時人埽舊壇。」父初不謂眇歲之作遽臻於此，群親益所驚異，遞相傳諷，鄉里喧然。自此日課所爲，未幾盈軸。明年，遂獻唐中丞扶。唐既伸幅窺吟，聳耳皆歎〔九〕，命子弟延入學院。時會七夕，堂前乞巧，因試其乞巧詩，傑援毫曰：「七夕今宵〔一〇〕看碧霄，牽牛〔一一〕織女渡河橋。家家乞巧望秋月，穿盡紅絲幾萬條。」唐驚〔一二〕曰：「真神童也。」以是鄉人群來求看，填塞門巷。傑又精於琴棊及草隸書，俱自天然，不假師受〔一三〕。唐因與賓從棊，或全局輸者，令罩之勿觸，取童子來，繼終其事。傑必指蹤〔一四〕出奇，往往返勝，曲盡玄妙，時謂神助。

後復業詞賦，頗振聲聞。有《仙客入壺中賦》云：「仙客以變化隨形，逍遥放情，處於外則一壺斯在，入其中則萬象俱呈〔一五〕。飛閣重樓，不是人間之狀〔一六〕；奇花異木，無非物外之名。」至九歲，謁盧大夫貞、黎常侍埴〔一七〕，無不嘉奬。尋就賓廡〔一八〕，日在讌筵，李侍御遠、趙支使格〔一九〕，深所知仰，不捨斯須。和趙支使詠荔枝詩尤佳，云：「金盤摘下排朱果〔二〇〕，紅殼開時飲玉漿。」鄭副使立作《奇童傳》，劉制使潼〔二一〕爲序，以貽之。

至年十七，方結束琴書，將決西邁。無何七月中，一旦天氣澄爽，書堂前忽有異香氛氳，奇音響亮。家人出户觀，見雙鶴嘹唳，盤空而下，雪翎朱頂，徘徊庭際。傑欣然捨筆，躍下庭前，抱得一隻。其父驚訝，恐非嘉兆，令促放，逡巡遡空而去。親鄰聞兹，咸來賀肅曰：「家藏書櫛比，乃類筵鱣之表祥也。」及夕，傑偶得疾，數日而終。則知傑乃神仙謫下人世，魂靈已蜕於鶴耳。不然者，何亡之速也〔二三〕？（據中華書局版汪紹楹點校本《太平廣記》卷一七五引《閩川士傳》校録，按：書名脱「名」字。又《詩話總龜》後集卷五引《閩川名士傳》）

〔一〕周　《詩話總龜》前集卷二引《古今詩話》作「用」，明鈔本及《唐詩紀事》卷五九《林傑》作「周」。

〔二〕質瑩凝脂音清扣玉　《廣記》原作「音調清舉」，據《詩話總龜》後集改。

〔三〕崔侍郎于　「于」原譌作「千」，《詩話總龜》後集譌作「手」，據《唐詩紀事》改。按：南宋梁克家《淳熙三山志》卷二一《秩官類二·郡守》：「大中三年，崔于。」明何喬遠《閩書》卷七五《英舊志·福州府·侯官縣》：「林傑，字智周。六歲舉童子科，觀察使崔于禮異之。」

〔四〕詞云家藏萬卷學富三冬　此十字原無，據《詩話總龜》後集補。

〔五〕詩　原作「是」，據《太平通載》卷二九引《太平廣記》、《唐詩紀事》、《詩話總龜》前集改。

〔六〕已歸雲路去　《唐詩紀事》、《全唐詩》卷四七二林傑《王仙壇》作「已登仙路去」，《太平通載》、《詩話總龜》前集作「已登雲路去」。

〔七〕爐　《詩話總龜》前集作「砂」。

〔八〕載　《詩話總龜》前集作「歲」。

〔九〕聳耳皆歎　《太平通載》、《唐詩紀事》作「聳爾駭嘆」。

〔一〇〕宵　原作「朝」，據《太平通載》、《唐詩紀事》、《全唐詩》林傑《乞巧》改。

〔一一〕牽牛　《唐詩紀事》作「牛郎」。

〔一二〕驚　《太平通載》、《唐詩紀事》作「歎」。

〔一三〕受　明沈與文野竹齋鈔本作「授」，張國風《太平廣記會校》據改。《太平通載》、《唐詩紀事》亦作「授」。受，通「授」。

〔一四〕指蹤　《唐詩紀事》作「指縱」，義同，指揮謀劃。

〔一五〕呈　原作「成」，據《太平通載》、《唐詩紀事》、《詩話總龜》後集改。

〔一六〕狀　原譌作「壯」，據《太平通載》、《唐詩紀事》、《詩話總龜》後集改。

〔一七〕黎常侍埴　「埴」原作「殖」，《唐詩紀事》作「植」，據《詩話總龜》後集改。按：岑仲勉《元和姓纂四校記》卷三：「按植，今《郎官柱》勳外及《翰林學士壁記》、《寶刻類編》六《浯溪題名》（大中元年）、《新書》李德裕、李訓兩傳均作『埴』，此作『植』訛。」

〔一八〕廡　原譌作「見」，據《太平通載》、《唐詩紀事》改。《詩話總龜》後集作「薦」。

〔一九〕趙支使格　「格」原作「容」，據《唐詩紀事》、《詩話總龜》後集改。按：趙格，《唐尚書省郎官石柱題名考》户部員外郎、户部郎中有此人。

〔二〇〕果 《太平通載》、《唐詩紀事》、《詩話總龜》後集、《全唐詩》作「顆」。

〔二一〕劉制使潼 「潼」原譌作「重」，據《太平通載》、《唐詩紀事》、《詩話總龜》後集改。按：劉潼，見新舊《唐書》。

〔二二〕按：《詩話總龜》前集引《古今詩話》末云：「鄭立之以詩哭之曰：『才高未及賈生年，何事孤魂逐逝川？螢聚帳中人已去，鶴離臺上月空圓。』」疑此亦爲原作所有。

按：《崇文總目》傳記類、《新唐書·藝文志》雜傳記類、《通志·藝文略》傳記類耆舊、《直齋書録解題》傳記類著録黄璞《閩川名士傳》一卷，《書録解題》云：「唐崇文館校書郎黄璞撰所記人物，自薛令之而下，凡五十四人。」衢本《郡齋讀書志》傳記類作二卷，云：「右唐黄璞撰。録唐神龍以來閩人知名於世者。效《楚國先賢傳》爲之。」袁本作三卷，題注：「黄璞，一本作皇甫璞。」作皇甫璞誤。《中興館閣書目》雜傳類亦作三卷，云：「唐崇文館校書郎黄璞所著也。著録凡五十有三，起神龍，迄大順，歷歲二百。上春官第者才四十有三。」《宋史·藝文志》傳記類作黄璞《閩中名士傳》一卷。《莆陽比事》卷三乃作六卷。各本分卷不同耳。明宋濂《浦陽人物記序》作《閩川名士録》。此書明世尚存，陳第《世善堂藏書目録》卷上《稗史野史并雜記》著録：「《閩川名士傳》三卷，黄璞記薛令之以下五十四人。」鈕石溪《會稽鈕氏世學樓珍藏圖書目》著録》《閩川名士傳》舊鈔本，云：「唐崇文館校書郎黄璞撰。前有宋洪邁序。此書絶少流傳，不易覯。」《弘治八閩通志》卷二《地理・形勝・福建布政司》引有唐黄璞《閩中名士録序》兩句：「水清山秀，爲東南之尤。」

此書今不見傳。《太平廣記》引林傑、尹極、周匡物、陳通方、歐陽詹、薛令之六人，《太平御覽》卷五八七引林藻，卷九二三引薛令之（作《閩中名士傳》）。南宋王楙《野客叢書》卷一三《晉王氏數派》引王棨。陳長方《唯室集・附録》胡百能《陳唯室先生行狀》引陳清、陳易二人。《重編説郛》卷五八黄璞《閩川名士傳》，輯周匡物、林藻、王播（實爲陳通方）三人。原書五十四人（《中興館閣書目》作五十三人），此才十人，所遺甚夥。

據《中興館閣書目》，此書記事止於大順，則成於大順（八九〇—八九一），去唐亡不遠。

歐陽詹

黄　璞　撰

歐陽詹，字行周，泉州晉江人。弱冠能屬文，天縱浩汗。貞元八年〔一〕登進士第，畢關試，薄遊太原。於樂籍中因有所悦，情甚相得。及歸，乃與之盟曰：「至都當相迎耳。」即灑泣而别，仍贈之詩曰：「驅馬漸覺遠〔二〕，迴頭長路塵。高城已不見〔三〕，況復〔四〕城中人。去意既未〔五〕甘，居情諒多〔六〕辛。五原〔七〕東北晉，千里西南秦。一屨〔八〕不出門，一車無停輪。流萍與繫匏〔九〕，早晚期相親。」尋除國子四門助教，住京。籍中者思之不已，經年得疾且甚，乃危粧引髻，刃而匣之。顧謂女弟曰：「吾其死矣，苟歐陽生使至，可以是爲信。」又遺之詩曰：「自從別後減容光，半是思郎半恨郎。欲識舊時〔一〇〕雲髻樣，爲奴開取縷金箱〔一一〕。」絶筆而逝。及詹使至，女弟如言，徑持歸京，具白其事。詹啓函閲之，又見其詩，一慟而卒。

故孟簡賦詩哭之，序曰：「閩越之英，惟歐陽生。以能文擢第，爰始一命，食太學之禄，助成均之教，有庸績矣。我唐貞元〔一二〕己卯歲，曾獻書相府，論大事，風韻清雅，詞旨切直。會東方軍興，府縣未暇慰薦。久之，倦遊太原，還來帝京，卒官靈臺，悲夫！生於單貧，以狥名故，心專勤儉，不識聲色。及兹筮仕，未知洞房纖腰之爲蠱惑。初抵太原，居大將軍宴。席上有妓，北方之尤者，屢目於生，生感悦之。留賞累月，以爲燕婉〔一三〕之樂，盡在是矣。既而南轅，妓請同行，生曰：『十目所視，不可不畏。』辭焉，請待至都而來迎，許之，乃訣〔一四〕去。生竟以蹇連〔一五〕，不克如約。過期，命甲遺乘，密往迎妓。妓因積望成疾，不可爲也。先夭〔一六〕之夕，剪其雲髻，謂侍兒曰：『所歡應訪我，當以髻爲貺。』甲至得之，以乘空歸。授髻於生，生爲之慟怨，涉旬而生亦歿。則韓退之作《何蕃書》〔一七〕，所謂『歐陽詹生』者也〔一八〕。河南穆玄道訪予，常歎息其事。嗚呼！鍾愛於男女，索〔一九〕其效死，是亦一弊也〔二〇〕。大凡以時〔二一〕斷割，不爲麗色所汩，豈若是乎？古樂府詩有《華山畿》，《玉臺新詠》有廬江小吏，更相爲〔二二〕死，或類於此。暇日偶作詩以繼之〔二三〕。」

云：「有客非〔二四〕北逐，驅馬〔二五〕次太原。太原有佳人，神豔照行雲。座上轉横波，流光注夫君。夫君意蕩漾，即日相交歡。定情非一詞，結念誓青山。生死不變易，中誠無間言。此爲太學徒，彼屬北府官。中夜欲相從，嚴城限軍門。白日欲同居，君畏仁〔二六〕人聞。忽如隴頭水，坐作東西分。驚離腸千結，滴淚眼雙昏。本期達京師〔二七〕，迴駕〔二八〕相追攀。宿約始〔二九〕乖阻，沉〔三〇〕憂已纏綿。高髻若黄鸝，危鬢如玉蟬。纖手自整理，剪刀斷其根。柔情託侍兒，爲我遺所歡。所歡使者來，侍兒因復前。收〔三一〕淚取遺寄，深誠祈爲傳。封來贈君子，願言慰窮泉。使者迴復命，遲遲蓄悲酸。詹生喜言旋〔三二〕，倒屣走迎門。長跪聽未畢，驚傷涕漣漣。不飲亦不食，哀心百千端。襟情一夕空，精爽旦日〔三三〕殘。哀哉浩然氣，潰〔三四〕散歸化元。短生雖别離，長夜無阻難〔三五〕。雙魂終會合，兩劍遂蜿蜒。丈夫早通脱，巧笑安能干。防身本苦節，一去何由還。後生莫沈迷，沈迷喪其真。」（據中華書局版汪紹楹點校本《太平廣記》卷二七四引《閩川名士傳》校録）

〔一〕貞元八年　原脱「八」字，據朝鮮成任編《太平廣記詳節》卷二三補。明詹詹外史《情史類略》卷一三《歐陽詹》補作「元」字，誤。按：清徐松《登科記考》卷一三，歐陽詹貞元八年（七九二）進士及第。

〔二〕驅馬漸覺遠　「驅馬」《唐詩紀事》卷三五《歐陽詹》、姚鉉《唐文粹》卷一五下歐陽詹《初發太原途中寄太原所思》作「鷗鳥」。《唐詩紀事》汲古閣本作「驅馬」。「漸覺」《歐陽行周文集》卷二《初發太原途中寄太原所思》、《唐文粹》、明曹學佺《石倉歷代詩選》卷五八、《全唐詩》卷三四九作「覺漸」。

〔三〕見　《類説》卷二九《麗情集·贈妓詩》作「知」，誤。

〔四〕復　《類説》作「乃」。

〔五〕未　明梅鼎祚《青泥蓮花記》卷四引《閩川名士傳》（題《太原伎》）作「已」，誤。

〔六〕多　《唐文粹》、《歷代詩選》、《全唐詩》作「猶」。

〔七〕五原　《唐詩紀事》作「萬里」。

〔八〕屧　《唐詩紀事》、《唐文粹》作「履」。

〔九〕繫匏　「匏」原作「瓠」，據《廣記詳節》、《歐陽行周文集》、《唐詩紀事》、《唐文粹》、《豔異編》卷二七《歐陽詹》、《歷代詩選》、《青泥蓮花記》、《全唐詩》改。《唐詩紀事》作「匏繫」。按：《論語·陽貨》：「吾豈匏瓜也哉，焉能繫而不食？」此以喻太原妓閑居不出。

〔一〇〕時　《廣記詳節》、《唐詩紀事》、《萬首唐人絶句》卷六五太原妓《寄歐陽詹》、《歷代詩選》卷一一三、《青泥蓮花記》、《全唐詩》卷八〇二作「來」。

〔一一〕爲奴開取縷金箱　「縷」《鱸異編》、《青泥蓮花記》作「鏤」。《廣記詳節》「取縷」二字乙倒。

〔一二〕貞元　下原有「年」字，明鈔本、清孫潛校本、《廣記詳節》、《鱸異編》、《青泥蓮花記》無，據删。

〔一三〕燕婉　明鈔本、孫校本、《鱸異編》作「婉美」。

〔一四〕訣　此字原無，據明鈔本、孫校本、《廣記詳節》、《鱸異編》、《青泥蓮花記》補。

〔一五〕蹇連　《鱸異編》、《青泥蓮花記》作「連蹇」，義同。

〔一六〕夭　《鱸異編》、《青泥蓮花記》作「大故」。按：大故，大喪也，本指父母死亡，亦泛言死亡。

〔一七〕何蕃書　《青泥蓮花記》「書」作「傳」。按：《朱文公校昌黎先生集》卷一四《太學生何蕃傳》朱熹校：「方本无『太斈生』字，『傳』作『書』，云此文總於書類，當从舊本。今按此當作傳，而入書類，未詳其説，但其詞則實傳也，況有諸本可从乎！」是韓集傳本固有「書」、「傳」之異。

〔一八〕所謂歐陽詹生者也　《鱸異編》、《青泥蓮花記》作「所謂『歐陽詹』者，生也」。按：《何蕃傳》作「歐陽詹生」。

〔一九〕索　原作「素」，據明鈔本、孫校本、《廣記詳節》、《鱸異編》、《青泥蓮花記》改。

〔二〇〕是亦一弊也　原作「夫亦不蔽也」，據《廣記詳節》改。

〔二一〕時　此字原闕，汪校本據明鈔本補，孫校本、《廣記詳節》、《鱸異編》、《青泥蓮花記》亦作「時」。

〔二二〕爲　此字原無，據《廣記詳節》補。

〔二三〕暇日偶作詩以繼之　「偶」《廣記詳節》作「比」。「繼」《鱸異編》作「紀」，《青泥蓮花記》譌作「斷」。

〔二四〕非 《豔異編》、《青泥蓮花記》作「初」，《全唐詩》卷四七三孟簡《詠歐陽行周事》作「西」。

〔二五〕馬 《豔異編》作「馳」。

〔二六〕仁 《豔異編》、《青泥蓮花記》作「他」。

〔二七〕本朝達京師 原作「本達京師迴」，據《廣記詳節》、《豔異編》、《青泥蓮花記》改。

〔二八〕迴駕 原作「駕期」，據《廣記詳節》、《豔異編》、《青泥蓮花記》改。《全唐詩》作「賀期」。

〔二九〕始 《廣記詳節》作「如」。

〔三〇〕沉 原作「彼」，據《廣記詳節》改。

〔三一〕收 《全唐詩》作「拉」。

〔三二〕喜言旋 「旋」原譌作「施」，據《廣記詳節》、《全唐詩》改。《青泥蓮花記》作「喜顔施」。

〔三三〕旦日 孫校本、《廣記詳節》作「日日」。

〔三四〕漬 《廣記詳節》作「清」，當譌。

〔三五〕難 孫校本、《廣記詳節》作「艱」。

按：《豔異編》卷二七、《青泥蓮花記》卷四輯入，分别題《歐陽詹》、《太原伎》。《豔異編》孟簡詩脱「彼憂已纏綿」至「丈夫早通脱」三十句。《情史類略》卷一三亦輯有《歐陽詹》，删去孟簡詩并序。

余媚娘叙録

闕 名 撰

余媚娘者，才婦也。本良家子，適周氏，夫亡，時年十九。以介潔自守，誓不再嫁。陸希聲時爲正郎，聞其容美而善書，巧智無比，俾行人中善言者游説之。媚娘乃約媒曰：「陸郎中若必得兒侍巾櫛，當須立誓，不置側室及女奴，則可爲陸家新婦。」希聲諾之。既娶二年，劈牋沫墨，更唱迭和，動盈卷軸。媚娘又能饌五色鱠〔一〕，妙不可及。無何，希聲又獲名妓柳舜〔二〕英者，姿色姝麗，逾於媚娘。媚娘知而深怨之，密銜不發。異日，令迎入宅，與之同處，希聲以爲誠然。既共居，媚娘略無他説。比間，候希聲他出，即召舜英，閉私室中，手刃殺之。碎其肌體，盛以二大盒，封題云「送物歸别墅」。出城門，爲閽吏異而察之，送京兆尹，媚娘遂就極典。（據古典文學出版社周夷點校本南宋皇都風月主人《緑窗新話》卷上引《麗情集》，參酌曾慥《類説》卷二九《麗情集·余媚娘》，温豫《續補侍兒小名録》引《余媚娘叙録》，周守忠《姬侍類偶》卷下引《余媚娘叙録》，元闕名《氏族大全》卷二，陶宗儀《南村輟耕録》卷一四《婦女曰娘》引《余媚娘叙録》，明陳耀文《天中記》卷一九引《麗情集》、卷四六引本傳綜合校録）

〔一〕五色繪　《緑窗新話》「五」作「玉」，此從《類説》、《天中記》卷一九及卷四六。

〔二〕舜英　《類説》、《續補侍兒小名録》、《姬侍類偶》、《氏族大全》、《天中記》卷一九作「蕣英」。按：舜英意爲舜妃女英，蕣英謂木槿花。《説文》艸部：「蕣，木堇，朝華莫落者。……《詩》曰：『顔如蕣華。』」《詩經·鄭風·有女同車》作「舜」。「舜」雖同「蕣」，然木槿朝開暮落，恐不當爲名也。

按：此録北宋張君房《麗情集》曾採之，《類説》題《余媚娘》，《緑窗新話》題《陸郎中媚娘争寵》，皆別擬，《續補侍兒小名録》、《姬侍類偶》所題《余媚娘叙録》，乃原題。叙録者，乃記載之意。《三國志》卷五三《吴書·薛瑩傳》：「五帝三王皆立史官，叙録功美，垂之無窮。」實亦傳也。原文不傳，諸書所引皆爲節録。陸希聲，蘇州吴（今江蘇蘇州市）人，爲唐末著名書法家，官至宰相。《新唐書》卷一一六有傳。希聲博學，善屬文，通《易》、《春秋》、《老子》，論著甚多。曾隱義興久之，召爲右拾遺，後任歙州刺史。昭宗召爲給事中，乾寧二年（八九五）正月拜户部侍郎、同中書門下平章事，四月以太子少師致仕。五月，鳳翔節度使李茂貞等兵犯京師，輿疾避難卒，贈尚書左僕射，謚曰文。此録殆作於希聲終後，去唐亡不遠。

令狐學士

康軿　撰

康軿（或譌作駢），字駕言。池州貴池縣（今安徽池州市貴池區）人。懿宗咸通中始舉進士，僖宗乾符五年（八七八）登第。六年復登吏部博學宏詞科，授崇文館校書郎。廣明元年（八八〇）黄巢入長安，歸隱貴池，近二十年。昭宗乾寧二年（八九五），撰《劇談録》二卷。光化初（八九八）入寧國軍（治宣州）節度使田頵幕，爲之畫策禦寇，田待爲上客。後薦爲户部員外郎，遷中書舍人。有文集《九筆雜編》十五卷，已佚。（據《劇談録序》、《唐摭言》卷二、《新唐書・藝文志》小説家類、《新唐書》卷一八九《田頵傳》、《郡齋讀書志》小説類、《唐詩紀事》卷六八《殷文圭》、《宋史・藝文志》别集類、《明一統志》卷一六、《嘉靖池州府志》卷一又卷七、《登科記考》卷二三）

宣宗皇帝聖政欽明，光宅天下，常欲刑清俗富，有宵衣旰食之懷，仄席竚賢，每如不及。令狐相國自吴興郡守授司勳郎中，未居内署，初與學士候對，便以爲有宰輔之才。一夕，於禁林寓直，忽有中使來召。行百餘步，至于便殿。上〔一〕遣内人秉燭候之，引於御榻之前。上自宣令坐，問：「卿來從江表，見彼中甿庶安否？廉察郡守，字人〔二〕求瘼之道如何？朕常思四海之大，九州之廣，雖明君不能自理，常須良弼賢佐。邇來竊窺朝廷，皆未覩其忠赤〔三〕。」相國降堦俯伏曰：「聖意如此，微臣便合得罪。」上曰：「卿纔爲翰林學士，所職者朕之絲綸〔四〕，向來之言，本不相及。」既而復宣令坐，俾御以玉杯，斟酒賜之。

有小案置於御床，案上有書兩卷，指謂相國曰：「朕聽政之暇，未嘗不披尋史籍。此讀者，先朝所述《金鏡》，一卷則《尚書・大禹謨》。」復問：「卿曾讀《金鏡》否？」對曰：

「文皇帝所著之書，有理國理身之要，披閲誦諷，不離於口。」上曰：「卿試舉其要。」相國跪於御前，抗聲而誦。至「亂未嘗不任不肖，理未嘗不任忠賢，任忠賢則享天下之福，任不肖則受天下之禍」，上止之曰：「朕每讀至此，未嘗不三復後已。《書》又云：『任賢勿貳，去邪勿疑。』是則欲致昇平，當用此言爲首。」相公抃舞而稱曰：「先臣父每言《金鏡》垂裕，可爲萬古格言，自非聰明文思〔五〕，無以探其壼奧。況堯舜禹湯之道，在典謨訓誥之間。陛下不以黄屋爲尊，每觀之於夙夜，將欲擇賢舉善，使庶績咸熙，如此則功冠百王，事超三五矣。」上曰：「曩者仰〔六〕卿材器，今日覩卿詞學。」臨軒竚立久之，謂中使曰：「持燭送學士歸院。」及還禁林，夜漏將半。咸以近臣恩澤，殆無其比。繇是注意益深。居歲餘，遂爲宰相。自郡守至於台鉉，首尾纔經二載。

嘗自郊壇迴，渭南尉趙嘏上詩云：「鶚在卿雲冰在壺，代天材業奉訏謨。榮同伊陟傳朱户，秀比王商入畫圖。昨夜星辰迴劍履，前年風月滿江湖。不知機務時多暇，猶許詩家屬和無。」

議曰：凡懷才抱器，有時而通，非得苟容，雖遇不顯。向使明主有任賢之意，近臣無專對之能，徒彰妄進之譏，方病退蹔之説，殊恩厚渥，豈及於身。是以君子勵志飭躬，以遭逢之運，良有旨哉！（據明高承埏稽古堂刻本《劇談録》卷上校録）

〔一〕上　此字原無，據《唐語林》卷二《政事下》補。

〔二〕字人　周勛初《唐語林校證》：「齊之鸞本、《歷代小史》本作『理人』。」按：字，愛也。《後漢書·吴延史盧趙列傳贊》：「延（篤）史（弼）字人，風和恩結。」

〔三〕赤　《唐語林》作「蓋」。

〔四〕絲綸　《唐語林》作「誥命」。按：絲綸，指皇帝詔書。《禮記·緇衣》：「王言如絲，其出如綸。」孔穎達疏：「王言初出，微細如絲，及其出行於外，言更漸大，如似綸也。」

〔五〕文思　《唐語林》作「之姿」。

〔六〕仰　《唐語林》作「知」。

按：《崇文總目》小説類最早著録康軿《劇談録》二卷，《新唐書·藝文志》小説家類作三卷，注：「字駕言，乾符進士第。」《通志·藝文略》小説類、《郡齋讀書志》小説類、《文獻通考·經籍考》小説家類卷數同《新唐志》。《郡齋讀書志》衢本云：「右唐康駢字駕言撰，乾符中登進士第，書咸載唐世故事。」袁本則作唐軿，脱「康」字。《宋史·藝文志》小説類亦作二卷，撰人則作康駢。《遂初堂書目》小説類無撰人卷數。《劇談録》自序稱「分爲二編」，三卷本當係宋人分。至於以「軿」爲「駢」，今本亦然，乃宋本傳刻傳鈔之誤。除《崇文總目》、《新唐志》、《通志略》等，南唐尉遲偓《中朝故事》、《新唐書·田頵傳》、《資治通鑑考異》卷一四又卷二二一、《唐詩紀事》卷六八《殷文圭》、《宋志》别集類等亦皆作「軿」，應以「軿」爲是。《四庫全書總目》卷一四二謂「疑亦《唐志》誤也」，説非。

今存二卷本，主要版本有：明末高承埏《稽古堂叢刻》本，有自序，署將仕郎崇文館校書郎康軿述；毛晉汲古閣《津逮祕書》本，署宋池州康軿述，朝代誤，無序，末有毛晉跋，《學津討原》、《嘯園叢書》皆取汲古閣本；《四庫全書》本，題唐康軿撰，無序，《提要》云乃影宋鈔本，末有臨安府陳道人書籍鋪刊行一行識語（鈔入《四庫全書》時删去）。清末繆荃孫曾據《太平廣記》、《類説》、《紺珠集》、《角力記》校汲古閣本，並取稽古堂本自序補録，所作跋文載《藝風堂文續集》卷六及《藝風藏書續記》卷八。劉世珩所刻《貴池先哲遺書》，亦以汲古閣本爲底本，訂正文字，題署改「宋」爲「唐」，假藝風所藏稽古堂本補序，從《廣記》録補逸文五條。觀其跋文全鈔繆跋，知其所刊之本實即繆校本。繆校妄下雌黄，多有失誤，求善而致劣，誠爲惡校。古典文學出版社一九五八年據此本排印，二〇〇〇年上海古籍出版社出版《唐五代筆記小説大觀》據排印本收入，略作校補。又，國家圖書館善本書室藏有六種明清刻本、鈔本、校本，見《北京圖書館善本書目》卷五。二卷本凡四十二條，卷上二十條，卷下二十二條。

三卷本只見於清人書目，未見傳本。錢曾《也是園藏書目》、《述古堂藏書目》著録三卷鈔本，陳揆《稽瑞樓書目》著録舊刻三卷本，孫從添《上善堂宋元板精鈔舊鈔書目》著録元板三卷本，陸心源《皕宋樓藏書志》著録明覆宋本三卷，有自序，題將仕郎崇文館校書郎康軿述。三卷本當同二卷本，分卷不同而已。

清蓮塘居士輯《唐人説薈》四集（或卷四）爲一卷本，題唐康騈輯，無序，凡十九條，十八條輯自《廣記》，「馬援相馬」一條乃删取《後漢書》卷二四《馬援傳》及注，又引明人劉仕義語。明馮可賓輯《廣百川學海》丁集有《劇談録》一卷，題宋鄭景壁撰，實取《古今説海》説略部雜記家之《蒙齋筆談》，末題宋鄭景壁撰。明人編書之僞濫，可見一斑。

《太平廣記》引三十餘條。《紺珠集》（明天順刊本）卷八摘九條，作《劇譚録》，題唐康騈。《類説》卷一五亦摘九條，内容同，天啓刊本無撰人，嘉靖伯玉翁舊鈔本（卷一三）題唐進士康騈撰。《説郛》卷二選録二條，注二卷，題唐康騈，注崇文館校書郎。以上所有條目皆見於今本。

據康軿自序，軿「景福、乾寧之際，耦耕於池陽山中」而纂舊稿爲此書，末題「乾寧二年建巳月池州黄老山白社序」，是則《劇談》之成在昭宗乾寧二年（八九五），時居池州黄老山白社。建巳月作序，四月也。

本篇《廣記》未引。原題《宣宗夜召翰林學士》。按標目疑爲後人加，原書未必有題。今擬作《令狐學士》。

王鮪

康　軿　撰

鳳翔少尹王鮪，侍郎凝之叔也〔一〕。年十四五，與兒童〔二〕戲於果園竹林下。見二〔三〕枯首，爲糞壤所没，乃令小僕擇浄地瘞之，祭以酒饌。其後數夕陰晦，忽聞窗外窸窣有聲，良久問之，云：「某等受郎君深恩，免在蕪穢，未知所酬，聊〔四〕願以驅策。」邇來凡有吉凶先兆肹蠁，必來潛報〔五〕。」如此數年，遂與靈物通徹。

崔相國珙爲度支使，雅知於鮪。一夕，留飲家釀，酒酣稍歡，云：「有小妓善歌，得於親友。」因令左右召之，良久不至。相國俄而自歸内〔六〕，見〔七〕理粧纔罷，忽病心痛，請飲湯而出。相國復坐，鮪具言歌者儀貌〔八〕。相國怪而問之，云：「適見一人，着短後緋袍〔九〕，控馬而去。」語未畢，家僕遽報中惡，救之不及〔一〇〕矣。相國悲惋不已，鮪密言：「有一事，或可救之，然須得白牛頭及酒一斛。」因召左右，試令求覓。有度支所由幹事者〔一一〕，徑詣東市肉行，以善價取之，將牛頭〔一二〕而至。鮪令扶策〔一三〕歌者，置於浄室榻，前以土〔一四〕盆盛酒，横板〔一五〕，用安牛頭。設席焚香，密封其户，且戒曰：「專伺之，曉鼓一動，聞牛吼，當急開户，可以活矣。」鮪既〔一六〕去，久而無聲。禁鼓忽〔一七〕鳴，果聞牛吼。開户視之，歌者微喘，盆中斛酒悉乾，牛目怒〔一八〕出於外。

數日之後，方述前事〔一九〕，云：「其夕治粧既畢，有人促召，出門，乘馬而行。約數里，見有室宇華麗，其間列筵張樂，四座皆朱紫少年。見歌者至，大喜，致於女妓中〔二〇〕。歡笑方洽，忽聞有〔二一〕人大叫，聲震庭廡，坐中皆失色相視，妓樂俱罷。俄見牛頭人，長丈餘，執戟徑趨而入，無不狼狽而走，唯歌者在焉。牛頭者引於堦前，背負而出。纔數十步，忽覺卧於室内。」迺後相國詢其由，鮪終不言盡其事。（據明高承埏稽古堂刻本《劇談録》卷上校録，又《太平廣記》卷三五二引《劇談録》）

〔一〕侍郎凝之叔也　《廣記》爲正文，「侍郎」前有「禮部」二字，明吴大震《廣豔異編》卷三四《王鮪》、清蓮塘居士《唐人説薈》四集《劇談録》同。《廣記》明沈與文野竹齋鈔本作「禮部尚書王凝之叔父也」。按：《舊唐書》卷一六五《王凝傳》：「遷中書舍人，時政不協，出爲同州刺史，賜金紫。暮年，移疾華州敷水别墅。踰年，以禮部侍郎徵。……出爲商州刺史。明年，檢校右散騎常侍、潭州刺史、湖南團練觀察使。入爲兵部侍郎，領鹽鐵轉運使。又以不奉權倖，改祕書監，出爲河南尹、檢校禮部尚書、宣州刺史、宣歙觀察使。……乾符五年……八月，卒于郡，時年五十八。」凝凡任禮部及兵部侍郎，故但稱侍郎，疑「禮部」二字乃《廣記》編者所加。王凝未嘗任尚書，明鈔本誤。

〔二〕兒童　《廣記》、《廣豔異編》、《唐人説薈》作「童兒輩」。

〔三〕二　明鈔本作「一」，誤。

〔四〕聊　原譌作「耶」，據《廣記》、《廣豔異編》、《唐人説薈》改。

〔五〕迺來凡有吉凶先兆肸蠁必來潛報　《廣記》作「爾後凡有吉凶，肸饗間必來報」，「饗」字譌，清黄晟校刊本、《四庫全書》本、《筆記小説大觀》本、《廣豔異編》、《唐人説薈》作「蠁」。按：肸蠁，神靈感應。

〔六〕相國俄而自歸内　《廣記》、《廣豔異編》、《唐人説薈》作「珙自入視之」。

〔七〕見　《廣記》、《廣豔異編》、《唐人説薈》作「云」。

〔八〕相國復坐鮪具言歌者儀貌　此十一字原無，據《廣記》、《廣豔異編》、《唐人説薈》補，「相國」作「珙」。明鈔本「坐」作「白」。《廣豔異編》「貌」作「狀」。

〔九〕短後緋袍　《廣記》、《廣豔異編》、《唐人説薈》「後」作「綾」，劉世珩《貴池先哲遺書》本（即繆荃孫校本）據《廣記》改。按：晚唐小説屢言短後衣，見《宣室志·滎陽鄭生》，《三水小牘》之《張直方》、《李龜壽》等。又岑參《北庭西郊候封大夫受降回軍獻上》：「自逐定遠侯，亦著短後衣。」短後衣指後幅較短之上衣，便於活動。《莊子·説劍》：「吾王所見劍士，皆蓬頭、突鬢、垂冠，曼胡之纓，短後之衣，瞋目而語難。」郭象注：「短後之衣，爲便於事也。」

〔一〇〕及　《廣記》、《廣豔異編》、《唐人説薈》作「返」，《廣記》清孫潛校本、陳鱣校本作「及」。

〔一一〕幹事者　《廣記》、《廣豔異編》、《唐人説薈》作「甚幹事」。

〔一二〕將牛頭　《廣記》、《廣豔異編》、《唐人説薈》作「不踰時」。

〔一三〕扶策　《廣記》、《廣豔異編》、《唐人説薈》無「策」字，繆校本據《廣記》删。按：扶策，攙扶。策，扶也。孫光憲《北夢瑣言》卷一六：「舟忽傾側，上墮於池中。宮嬪并内侍從官並躍入池，扶策登岸，移時方安。」

〔一四〕土　《廣記》、《廣豔異編》、《唐人説薈》作「大」。
〔一五〕橫板　《廣記》、《廣豔異編》、《唐人説薈》作「橫取板」，孫校本、陳校本無「取」字。
〔一六〕既　《廣記》、《廣豔異編》、《唐人説薈》作「遂」。
〔一七〕忽　明鈔本作「方」。
〔一八〕目怒　《廣記》、《廣豔異編》、《唐人説薈》作「怒目」，繆校本據《廣記》乙改。按：目怒，謂目突出。怒，突也。
〔一九〕數日之後方述前事　《廣記》、《廣豔異編》、《唐人説薈》作「數日方能言」。
〔二〇〕女妓中　《廣記》、《廣豔異編》、《唐人説薈》作「妓席」。
〔一九〕有　此字原無，據《廣記》、《廣豔異編》、《唐人説薈》補。

按：原題《王鮪活崔相公歌妓》，《廣記》題《王鮪》，今從。《廣豔異編》卷三四、《唐人説薈》四集《劇談録》據《廣記》採入。

三鬟女子

康　軿　撰

京國豪士潘將軍，住光德坊。忘其名，時人呼爲潘鶻硉也〔一〕。本居〔二〕襄漢間，常乘舟射利，因泊江壖。有僧乞食，留之數日，盡心檀施。僧歸去〔三〕，謂潘曰：「觀爾形質器度，與衆賈不同。至於妻孥已來，皆享巨福。」因以玉念珠一穿〔四〕留贈，云：「寶之，不但通財，他後〔五〕亦有官禄。」既而遷貿數年，藏鏹巨萬，遂均陶朱〔六〕。其後職居左廣，列第京師。常寶念珠，貯之以繡囊玉合，置之於道場内。每月朔，則出而拜之。一旦，開合啓囊，已亡失珠矣。然而緘封若舊，他物亦無所失。於是奪魄喪精，以爲其家將破之兆。

有主藏者，嘗識京兆府停解所由王超，年且八十已來。因密話其事，超曰：「異哉，此非攘竊之盜也，某〔七〕試爲尋之，未知果得否。」超他日因〔八〕過勝業坊北街，時春雨新霽，有三鬟女子，年可十七八，衣裝藍縷，穿木屐，立於道側槐樹下。值軍中少年蹴踘，接而送之，直高數丈。於是觀者漸衆，超獨異焉。及罷，隨之而行，止於勝業坊北門短曲。有母同居，蓋以紉針爲業。超異時因以他事熟之，遂爲甥舅。然居室甚貧，與母同卧土榻，煙爨不動者，往往經于累日。或〔九〕設肴羞，時有水陸珍異。吴中初進洞庭橘子，恩賜宰臣外，京輦未有此物。密以一枚〔一〇〕贈超，云有人從内中將〔一一〕出。而稟性剛決，超意甚疑之。

如此往來周歲矣。超一旦攜酒食與之從容，徐謂之曰：「舅有深誠，欲告外甥，未知如何。」女曰：「每感重恩，恨無所荅。若力有可施，必能赴湯蹈火。」超曰：「潘將軍失却玉念珠，不知知否。」女子微笑曰：「從何知之？」超揣其意，不甚密藏〔一二〕，又曰：「外甥可尋覓，厚備繒綵酬之〔一三〕。」女子曰：「勿言於人。某偶與朋儕爲戲，終却還與，因循未暇。舅來日詰旦，於慈恩寺塔院相候。某知有人寄珠在此。」

超如期而往，頃刻至矣〔一四〕。時寺門始開，塔户猶鎖。女子先在，謂超曰：「少頃仰觀塔上，當有所見。」語訖而去〔一五〕，疾若飛鳥。忽於相輪上舉手示超，欻然攜珠而下，謂超曰：「便可將還，勿以財帛爲意。」超徑詣潘，具述其事〔一六〕。因以金玉繒錦，密爲之贈。明日訪之，已空室矣。

馮緘〔一七〕給事，常聞京師多任俠之徒。及爲尹，密詢左右，引超具述前事〔一八〕。訪潘將軍，所説與超符同。（據明高承埏稽古堂刻本《劇談録》卷上校録，又《太平廣記》卷一九六引《劇談録》）

〔一〕時人呼爲潘鶻硉也　《廣記》、《廣豔異編》卷一三《三鬟女子傳》、《唐人説薈》「時人呼」作「衆」。《劍俠傳》卷三《潘將軍》譌作「疑爲潘鶻碎」。

〔二〕居　《廣記》、《廣豔異編》、《劍俠傳》、《唐人説薈》作「家」。

〔三〕歸去　此二字原無，據《廣記》、《廣豔異編》、《劍俠傳》、《唐人説薈》補。

〔四〕穿　《廣記》、《廣豔異編》、《劍俠傳》、《唐人説薈》作「串」。穿，同「串」。

〔五〕他後　《廣記》明鈔本、孫校本「他」作「也」，連上讀，張國風《太平廣記會校》據改。按：他後，他日，以後。《甘澤謡·素娥》：「他後或有良宴，敢不先期到門。」

〔六〕陶朱　《廣記》、《廣豔異編》、《劍俠傳》、《唐人説薈》「朱」作「鄭」，繆校本據《廣記》改。按：陶朱即范蠡。《史記》卷一二九《貨殖列傳》載，春秋越國大夫范蠡，既雪會稽之恥，乃棄官遠去，變易姓名，居於陶，稱陶朱公。交易貨物，治産積居，十九年之中，三致千金。子孫修業，遂至巨萬。「故言富者，皆稱陶朱公。」鄭則指西漢程鄭。《史記》卷一二九《貨殖列傳》：「蜀卓氏之先，趙人也，用鐵冶富。秦破趙，遷卓氏……致之臨邛，大喜，即鐵山鼓鑄，運籌策，傾滇蜀之民，富至僮千人，田池射獵之樂，擬於人君。程鄭，山東遷虜也，亦冶鑄，賈椎髻之民，富埒卓氏，俱居臨邛。」古代卓、鄭並稱，張衡《蜀都賦》：「侈侈隆富，卓、鄭埒名。」五代隱夫玉簡《疑仙傳》卷上《彭知微女》：「西川彭知微者，卓、鄭之流也，家累千金。」而未聞有連稱「陶鄭」者。疑《廣記》之「鄭」當作「鄧」，即鄧通。《史記》卷一二五《佞幸列傳》載，鄧通，西漢蜀郡南安（今四川樂山市）人。文帝曾賞錢巨萬，官至上大夫。後又賜鄧通蜀嚴道銅山，允其自鑄錢，鄧氏錢布天下，遂成巨富。

〔七〕某　原作「其」，據《廣記》、《廣豔異編》、《劍俠傳》、《唐人説薈》改。

〔八〕因　《廣記》、《廣豔異編》、《劍俠傳》、《唐人説薈》作「曾」。

〔九〕或　此字原無，據《廣記》、《廣豔異編》、《劍俠傳》、《唐人説薈》補。

〔一〇〕一枚　《廣記》孫校本作「二枝」。

〔一一〕將　此字原無，據《廣記》、《廣豔異編》、《劍俠傳》、《唐人説薈》補。

〔一二〕密藏　《廣記》、《廣豔異編》、《劍俠傳》、《唐人説薈》作「藏密」。按：藏密、密藏，均指保密。

〔一三〕之 《廣記》、《廣豔異編》、《劍俠傳》、《唐人説薈》作「贈」。

〔一四〕頃刻至矣 此句原無，據《廣記》、《廣豔異編》、《劍俠傳》、《唐人説薈》補。

〔一五〕去 《廣記》、《廣豔異編》、《劍俠傳》、《唐人説薈》作「走」。

〔一六〕事 《廣記》、《廣豔異編》、《劍俠傳》、《唐人説薈》作「旨」。

〔一七〕馮緘 《津逮》本、《四庫》本、《學津》本作「馮鋮」，誤。按：馮緘，婺州東陽人。祕書監馮審子，字宗之。僖宗乾符初歷京兆、河南尹。見《新唐書》卷一七七《馮審傳》。

〔一八〕前事 《廣記》、《劍俠傳》作「其語」。

按：原題《潘將軍失珠》，《廣記》題《潘將軍》，今擬作《三鬟女子》。《廣豔異編》卷一三、《劍俠傳》卷三從《廣記》輯入，分別題《三鬟女子傳》、《潘將軍》。《唐人説薈》四集《劇談録》亦輯，無題。《廣豔異編》、《唐人説薈》删末附馮緘給事一節。又明冰華居士《合刻三志》志奇類《續劍俠傳》，僞題元喬夢符撰（目録作《劍俠傳》，小字注「洪邁續」），舊題明楊循吉《雪窗談異》卷五《續劍俠傳》，僞題宋洪邁，中亦有《潘將軍》，文同《劍俠傳》。

竇庭芝

康軿 撰

竇應年中〔一〕，員外郎竇庭芝〔二〕分司洛邑，常敬事卜者胡盧生〔三〕，每言吉凶，無不必中。如此者往來甚頻，長幼莫不傾蓋〔四〕。一旦，凌晨入門，頗甚嗟惋。庭芝問之，良久乃言：「君家大禍將成，舉族恐無遺類。即未在旦夕，所期亦甚不遠。」既而舉家涕泣，請問求生之路，云：「非遇黄中君、鬼谷子，不可相救。然黄中君造次難見，但見鬼谷子，當無患矣。」具述形貌服飾，仍約浹旬求之。於是竇與兄弟群從，洎妻子奴僕，曉夕求訪於洛下。

時李鄴侯有内艱，居于河清縣。因省覲親友，策蹇驢入洛。至中橋南，遇大尹避道。所乘驢忽驚逸而走，徑入庭芝所居。與僕者共造其門，值庭芝車馬羅列將出，忽見鄴侯，皆驚眙而退。俄有人出來，云：「此是分司竇員外宅，所失驢收在馬廄，請客入座，員外嘗願修謁。」如此者數四，鄴侯不獲已，就其廳事。庭芝既出，降堦而拜，延接殷勤，遂至信宿。至如妻孥孩稚，咸備家人之禮。數日告去，贈送殊厚，但云：「貴達之辰，願以一家爲託。」鄴侯居于河清，信使〔五〕旁午於道。庭芝初與鄴侯相值，胡盧生遽在其家，云：「既遇此人，無復憂矣〔六〕。」

及朱泚搆逆，庭芝方廉察陝服。車駕出幸奉天，遂陷於賊庭。及鑾輿返正，德宗首命誅之。鄴侯自南嶽徵迴，至行在，便爲宰相，因第臣僚罪狀。遂請庭芝減死，聖意不解，云：「卿以爲寧王懿親乎？庭芝姊〔七〕爲寧王妃。以此論之，猶不可。然莫有他事俾其全活否？卿但言之。」於是具以前事上聞，由是特原其罪。鄴侯始奏，上密使中官，夜乘傳陝州問之，竇奏其事。德宗曰：「曩言黄中君，蓋指於朕，未知呼卿爲鬼谷子，何也？」或云，李相先代靈城，在清谷前濁谷後，恐以此言之〔八〕。（據明高承埏稽古堂刻本《劇談録》卷上校録）

〔一〕竇應年中　《廣記》卷三八《鄴侯外傳》作「天寶末」。

〔二〕竇庭芝　宋孔傳《後六帖》卷三一、《錦繡萬花谷》後集卷三四引《劇談録》「庭」作「廷」。按：《舊唐書》卷二〇〇上《安禄山傳》：「陝郡太守竇庭芝走投河東。」《新唐書》卷七一下《宰相世系表一下》：「庭芝，太府少卿。」卷一四〇《苗晉卿傳》：「竇廷芝奔陝郡不守。」卷二二五上《安禄山傳》：「太守竇廷芝奔河東。」《資治通鑑》卷二一七天寶十四載：「陝郡太守竇廷芝已奔。」或作「庭」或作「廷」，未詳孰是。

〔三〕卜者胡盧生　「卜」《鄴侯外傳》作「道」，南宋委心子《分門古今類事》卷一一引《劇談》作「日」。「胡盧生」《鄴侯外傳》、《唐語林》卷六、《類説》卷一五《劇談録·黄中君鬼谷子》作「葫蘆生」，《孔帖》、《萬花谷》作「胡蘆生」，《古今類事》作「胡蘆先生」。

〔四〕蓋　《四庫》本作「信」。

〔五〕使　原譌作「宿」，據《鄴侯外傳》、《唐語林》改。

〔六〕庭芝初與鄴侯相值胡盧生遽在其家云既遇此人無復憂矣　此注原脱，據《唐語林》補，「胡盧」作「葫蘆」。

《鄴侯外傳》亦有此注，闌入正文，作「庭芝初與泌相值，葫蘆生適在其家，云既遇斯人，無復憂矣」。

〔七〕姊　《鄴侯外傳》作「妹」。

〔八〕或云李相先代靈城在清谷前濁谷後恐以此言之　「李相先代」《唐語林》作「李氏之先君」。《鄴侯外傳》作「或曰泌先塋在河清谷前鬼谷，恐以此言之也」。

按：《劇談録》原題《李鄴侯救竇庭芝》，今改作《竇庭芝》。

袁滋

康　輧　撰

李汧公鎮鳳翔〔一〕，有屬邑編甿，因耨田得馬蹄金一瓮，注：《漢書》：武帝詔云：「往者東嶽見金，又有白麟、神馬之瑞，宜以黄金鑄麟趾褭蹄金，以叶瑞應〔二〕。」蓋鑄金象馬蹄之狀，其後民間效之。里民送於縣署，泚牒將至府〔三〕。宰邑者喜於獲寶〔四〕，欲自以爲殊績。慮公藏主守不嚴，因使置於私室。信宿〔五〕，與官吏重開視之，則皆爲土塊矣。瓮金出土之際，鄉社悉來觀驗，遽爲變更，靡不驚駭。

以狀聞於府主，議者僉云奸計换之。遂遣理曹掾與軍吏數人，就鞫案其事。獲金之社〔六〕，咸共證焉。宰邑者爲衆所擠，摧沮莫能自白〔七〕。既而詰〔八〕辱滋甚，遂以爲易金伏罪，詞款具存，未窮隱用之所。遂令拘繫僕隸，脅以刑辟，或云藏於糞壤，或云投於水中，紛紜枉撓。結成，獄具備〔九〕，以詞案上聞。

汧公覽之，愈〔一〇〕怒。俄而，因有筵席，停盃語及斯事。列坐賓客，咸共驚嘆。或云效齊人之攫，或云有楊震之癖〔一一〕，談笑移時，以爲胠篋穿窬，無足訝也。時袁相公滋亦在幕中，俛首略無詞對。李公目之數四，曰：「宰邑非判官親懿乎？」袁相曰：「與之無素。」李公〔一二〕曰：「聞彼之罪〔一三〕，何不樂之甚？」袁相曰：「某疑此事未了〔一四〕，更請相國〔一五〕詳之。」汧公曰：「换金之狀極明，若言未了，當别有見，非判官莫探情僞〔一六〕。」袁相曰：「諾。」

因俾移獄府中按問，乃令閲瓮間，得三十五塊〔一七〕，詰其初獲者，即本質在焉。遂於列肆索金鎔寫，與塊形相等。既成，始秤其半，已及三百斤矣。詢其負檐人力二農工，巨竹〔一八〕舁至縣境。計其負金大〔一九〕數，非二人以竹檐可舉，明其即路之時，金已化爲土矣。於是群情〔二〇〕大豁，宰邑者遂獲清雪。汧公歎伏無已，每言才智不如。其後履歷清途，至德宗朝，皆爲宰相。

愚嘗聞金寶藏於土，偶見者或變其質。東都敦化坊有麟迹見於興慶觀〔二一〕，殿宇悉皆頽毁。咸通中，畢相國〔二二〕再令營造，基址間得巨瓮，皆貯白金。理材者與工匠三十三人〔二三〕，當晝〔二四〕，懼爲官所取，乃輦材木〔二五〕蓋之，以候昏黑。及夜，各以衣物苞裹而歸。明旦開之，如堅土削成銀鋌〔二六〕。所説與此正同。（據明高承埏稽古堂刻本《劇談録》卷上校録，又《太平廣記》卷一七一引，闕出處）

〔一〕李汧公鎮鳳翔　《廣記》、明施顯卿《新編古今奇聞類紀》卷四引《劇談録》「汧公」下有「勉」字。按：此乃《廣記》編者所加。李勉，封汧國公，見《舊唐書·德宗紀下》、《新唐書》卷一三一本傳。李勉爲鳳翔節度使，不見史書記載，而袁滋爲鳳翔判官，亦不見於史傳，蓋傳聞耳。《舊唐書》卷一八五下《袁滋傳》載：「何士幹鎮武昌，辟爲從事，累官詹事府司直。部有邑長，下吏誣以盜金，滋察其冤，竟出之。」《新唐書》卷一五一《袁滋傳》稱：「累辟張伯儀、何士幹幕府，進詹事府司直。部官以盜金下獄，滋直其冤。」乃有異辭。可知此事傳聞不一。

〔二〕又有白麟神馬之瑞宜以黄金鑄麟趾裹蹄金以叶瑞應　「又」《廣記》作「文」，誤。「麟趾裹蹄金」原作「麟狀」，有脱譌，據《廣記》改。五代和凝《疑獄集》卷二引《劇談録》作「麟跡馬蹄」，譌「趾」爲「跡」。「應」《廣記》作「徵」。按：《漢書·武帝紀》太始二年：「三月，詔曰：『有司議曰，往者朕郊見上帝，西登隴首，獲白麟以饋宗廟，渥洼水出天馬，泰山見黄金，宜改故名。今更黄金爲麟趾褭蹏，以協瑞焉。』顔師古注引應劭曰：「獲白麟，有馬瑞，故改鑄黄金如麟趾褭蹏，以協嘉祉也。古有駿馬名要褭……」

〔三〕沿牒將至府　《廣記》作「公牒將置府庭」，《疑獄集》、南宋桂萬榮《棠陰比事》卷上引《劇談録》作「沿（沿）牒將置府庭」，《奇聞類紀》卷四引《劇談録》作「公牒置府庭」。按：沿，同「沿」，隨也。「公」乃「沿」字之譌。

〔四〕喜於獲寶　《廣記》作「喜獲茲寶」。

〔五〕信宿　宋鄭克《折獄龜鑑》卷一引《劇談録》作「翌日」。

〔六〕之社　《廣記》、《奇聞類紀》作「里社」。

〔七〕摧沮莫能自白　《廣記》「摧」作「擁」，「白」作「由」，誤。《疑獄集》、《棠陰比事》、《奇聞類紀》「白」作「明」。

〔八〕詰　《津逮》本、《四庫》本、《學津》本、《貴池先哲遺書》本作「詘」，《疑獄集》、《奇聞類紀》作「逼」。

〔九〕結成獄具備　《廣記》作「結成具司備獄」，《疑獄集》、《奇聞類紀》作「結成其獄」。按：結成謂判決成立，獄謂審判案宗。

〔一〇〕愈　《廣記》作「亦」，《奇聞類紀》作「盛」。

〔一一〕楊震之癖　「楊」原作「揚」，據《學津》本、《貴池先哲遺書》本、《廣記》改。按：《後漢書》卷五四《楊震傳》：「當之郡，道經昌邑，故所舉荆州茂才王密爲昌邑令，謁見，至夜懷金十斤以遺震。震曰：『故人知君，君不知故人，何也？』密曰：『暮夜無知者。』震曰：『天知，神知，我知，子知，何謂無知？』密愧而出。」震性公廉，不受饋金，此謂「楊震之癖」，豈誤讀《後漢書》耶？抑或「楊震」二字有誤耶？不能明也。

〔一二〕李公　「公」字原無，據《廣記》補。《疑獄集》、《奇聞類紀》作「汧公」。

〔一三〕聞彼之罪　《奇聞類紀》前有「判官」二字。

〔一四〕未了　《疑獄集》、《棠陰比事》、《奇聞類紀》作「有枉」。

〔一五〕相國　《廣記》作「相公」，「相」字原闕，汪校本據明鈔本補，孫校本亦作「相」，《四庫》本補作「爲」，無據。按：相國、相公，均指宰相。李勉德宗時以司徒平章事，見《舊唐書》卷一三一本傳。

〔一六〕非判官莫探情僞　《奇聞類紀》下有「當更爲我鞫之」一句。按：《奇聞類紀》不盡照鈔，常有增飾之詞。

〔一七〕三十五塊　《廣記》、《疑獄集》、《棠陰比事》、《折獄龜鑑》作「二百五十餘塊」，《奇聞類紀》作「二百五十塊」。

〔一八〕巨竹　原譌作「詎中」，據《疑獄集》、《棠陰比事》、《折獄龜鑑》改。《廣記》作「以竹」，《奇聞類紀》作「以竹擔」。

〔一九〕大　《棠陰比事》作「總」。

〔二〇〕情　《廣記》、《奇聞類紀》作「疑」。

〔二一〕麟迹見於興慶觀　《廣記》作「麟德廢觀」。按：《唐兩京城坊考》卷五《東京・外郭城》，敦化坊有麟跡女道士觀，注引《劇談録》此文。

〔二二〕畢相國 《廣記》作「畢諴相國」。「諴」字亦爲《廣記》所加。按：畢諴，懿宗時爲宰相，見《舊唐書》卷一七七、《新唐書》卷一八三本傳。

〔二三〕理材者與工匠三十三人 《四庫》本「材」作「財」。《廣記》「理」作「葦」，「三十三」作「三四十」。

〔二四〕當晝 原脱「當」字，「晝」訛作「盡」，據《廣記》改補。

〔二五〕材木 原作「木梯」，當誤，據《廣記》改。

〔二六〕鋌 《廣記》作「梃」。

按：原題《袁相雪换金縣令》，今從《廣記》。

狄惟謙

康軿 撰

會昌中，北都晉陽縣令狄惟謙，梁公〔一〕之後，守官清恪，有蒲密之政，撫綏勤卹，不畏强禦。屬州〔二〕境亢陽，涉歷春夏〔三〕，數百里水泉農畝，無不耗斁枯竭。禱於晉祠者數旬，略無陰曀之兆。時有郭天師者，本并土女巫，少攻符術，多行猒勝之道。有監軍使將至京師，因緣中貴，出入宫掖。其後軍牒告歸，遂以天師爲號〔四〕。既而亢旱滋甚，闔境莫知所爲，僉言曰：「若得天師一到晉祠，則災旱不足憂矣。」惟謙請於主帥，主帥難之，惟謙曰：

「災厲流行，甿庶焦灼，若非天師一救，萬姓恐無聊生。」於是主帥親自爲請，巫者唯而許之。

惟謙乃具車輿，列幡蓋，迎於私室，躬爲控馬。既至祠所，盛設供帳，豐潔飲饌，自旦及昏，磬折於堦庭之下，如此者兩日〔五〕。語惟謙曰：「我爲爾飛符于上界請雨，已奉天帝之命，必在虔懇至誠，三日，雨當足矣。」繇是四郊士庶，奔走雲集。三夕于兹，曾不降雨。又曰：「此土災沴所興，亦由縣令無德。我爲爾再上天請，七日方合有雨。」惟謙引罪於己，奉之愈恭。俄而又及所期，略無霑霔。郭乃驟索馬入州宅，惟謙拜留曰：「天師已爲萬姓此來，更乞至心祈禱。」於是勃然而怒，罵曰：「庸瑣官人，不知道理〔六〕。天時未肯下雨，留我將復奚爲？」惟謙謝曰：「非敢更煩天師，候明旦排比相送耳〔七〕。」於是惟謙宿誡左右曰：「我爲巫者所辱，豈可復言爲官？明晨别有指揮，汝等咸〔八〕須相禀。是非好惡，縣令當之。」

及曉，伺門未開，郭已嚴飾〔九〕歸騎，常供設肴醴，一無所施，坐於皇堂〔一〇〕，大恣呵責。惟謙曰：「左道女巫，妖惑日久，當須斃在兹日，焉敢言歸！」叱左右曳於神前〔一一〕，鞭背三十〔一二〕，投於潭〔一三〕水。祠後有山，高萬千丈〔一四〕，遽令設席焚香。從吏悉皆放還，簪〔一五〕笏立於其上。於是合縣駭愕，云長官打殺天師，馳走者紛紜，觀者如堵。是時炎旱累月，爍石流金〔一六〕，晴空萬里，略無纖翳。祠上忽有片雲如車蓋，俄頃漸高，先覆惟謙立所，四郊雲物，隨之而合，雷震數聲，甘澤大澍〔一七〕，焦原赤野，無不滋潤〔一八〕。於是士庶數千，自山頂擁惟謙而下。州將以杖殺巫者，初亦怒之。既而精誠有感，深〔一九〕加嘆異，與監軍發表上聞。俄有詔書褒獎，賜錢五十萬，寵賜章服。爲絳、隰二州刺史，所理咸有政聲。

勑書云：「狄惟謙劇邑良才，忠臣華胄〔二〇〕。覩此天厲，將癉下民，當請禱於晉祠，類投巫於鄴縣。曝山椒〔二一〕之畏景，事等焚尫；起天際之油雲，法〔二二〕同翦爪。遂使旱風潛息，甘澤旋流。天心〔二三〕猶鑒於克誠，余志豈忘於褒善。特頒朱紱，俾耀銅章，勿替令名，更昭殊績。」（據明高承埏稽古堂刻本《劇談録》卷上校録，又《太平廣記》卷三九六引《劇談録》）

〔一〕梁公　《廣記》改作「仁傑」，《唐人説薈》同。按：狄仁傑睿宗追封梁國公，見《舊唐書》卷八九、《新唐書》卷一一五本傳。

〔二〕州　《廣記》、《唐人説薈》作「邑」。《唐語林》卷一《政事上》作「州」。

〔三〕涉歷春夏　《廣記》、《唐人説薈》作「自春徂夏」。

〔四〕其後軍牒告歸遂以天師爲號　《廣記》、《唐人説薈》作「遂賜天師號，旋歸本土」。

〔五〕如此者兩日　《廣記》、《唐人説薈》無「如此者」三字。「兩」原作「翌」，據《唐語林》改。

〔六〕道理　《廣記》、《唐人説薈》作「天道」，《唐語林》作「禮」。

〔七〕候明旦排比相送耳　《廣記》、《唐人説薈》作「俟明相餞耳」。

〔八〕咸　原作「或」，據《廣記》、《唐人説薈》改。

〔九〕飾　《四庫》本作「飭」。

〔一〇〕皇堂　《廣記》、《唐人説薈》作「堂中」，《唐語林》作「堂上」。按：皇堂，大堂。皇，大也。

〔一一〕叱左右曳於神前　「曳」原作「坐」，據《唐語林》改。《唐語林》「神」下有「堂」字。

〔一二〕三十　《廣記》、《唐人説薈》作「二十」。

〔一三〕潭　《廣記》、《唐人説薈》作「漂」。

〔一四〕高萬千丈　《廣記》、《唐人説薈》作「高可十丈」。

〔一五〕簪　《唐語林》作「端」。

〔一六〕爍石流金　「爍」原作「礫」，據《津逮》、《四庫》、《學津》、《貴池先哲遺書》本改。《廣記》、《唐人説薈》作「砂石流爍」。

〔一七〕甘澤大澍　《唐語林》下有「數尺」二字。

〔一八〕滋潤　《廣記》、《唐人説薈》作「滂流」。

〔一九〕深　《廣記》孫校本作「頓」。

〔二〇〕忠臣華胄　《廣記》孫校本作「中華巨胄」。

〔二一〕椒　《唐語林》作「極」。椒，山頂。

〔二二〕法　《廣記》、《唐人説薈》作「情」。

〔二三〕天心　《廣記》、《唐語林》、《唐人説薈》作「昊天」。

按：原題《狄惟謙請雨》，《廣記》作《狄惟謙》，從擬。《唐人説薈》四集《劇談録》，據《廣記》輯入。

殷九霞

康軿　撰

張侍郎爲河陽烏司徒從事〔一〕，同幕皆是名輩〔二〕。有道士殷九霞，來自青城山，有知人之鑒。烏公問以年壽官禄，九霞曰：「司徒貴極〔三〕藩服，所望者秉持鈞軸，封〔四〕建茅土。惟在保守勳庸，苞貯仁義，享福隆厚，殊不可涯。」既而遍問賓僚，九霞曰：「其間必有台輔。」時烏公器重裴副使，應聲曰：「裴中丞是宰相否？」九霞曰：「若以目前人事言之，當如尊旨。以某所觀，即不在此。」時夏侯相國〔五〕爲館驛巡官，形質低悴〔六〕，烏因戲曰：「裴副使不作宰相，莫是夏侯巡官否？」對曰：「司徒所言是矣。」烏公撫掌而笑曰：「尊師莫錯否？」九霞曰：「某山野之人，早修直道，無意於名宦金玉，蓋以所見，任直而道耳。」烏公曰：「如此則非某所知也。然其次貴達者爲誰？」曰：「張支使雖不居廊廟，履〔七〕清途，亦至榮顯。」

既出，遂造張侍郎所居，從容謂曰：「支使神骨清爽，氣韻高邈。若以紱冕累身，至〔八〕於三二十年居於世俗。儻能擺脱嚣俗〔九〕，相逐學道，即三〔一〇〕十年内白日昇天。某之此行，非有塵慮，實亦訪尋修真之士耳。然閲人甚多，無如支使者。」張以其言意浮闊，但唯之而已。將去復來，情甚懇至，審知張意不迴，頗甚嗟惜。因留藥數粒，并黄紙書一緘而别去，云：「藥數粒服之，可以無疾。書紀宦途所得，每一遷轉，密自啓之，書窮之辰，當復〔一一〕相憶。」

其後譙公顯赫令名，再居鼎鉉。張果〔一二〕踐朝列，出入臺省，佩服朱紫，廉察數州。書載之言，靡不詳悉。年及三紀，時爲户部侍郎，書〔一三〕之所存，蓋亦無幾。雖名位通顯，而齒髮衰退。每言〔一四〕道流之事，話於親友，追想其〔一五〕風，莫能及矣。（據明高承埏稽古堂刻本《劇談録》卷上校録，又《太平廣記》卷二二四引《劇談録》）

〔一〕張侍郎爲河陽烏司徒從事　《廣記》作「張侍郎某爲河陽烏重裔從事」，《唐人説薈》同，《四庫》本「河陽」作「河南」。按：《廣記》凡遇以職銜稱人者必改爲本名，張侍郎不知爲誰，故加「某」字，而「烏司徒」乃改作「烏重裔」。其名實作「重胤」，避太祖趙匡胤諱而改。《會校》改作「烏重胤」，不當。烏重胤，《舊唐書》卷一六一、《新唐書》卷一七一有傳。新傳云：「長慶末，以檢校司徒、同中書門下平章事，爲山南西道節度使。召至京師，改節天平軍。文宗初，真拜司徒。」故康軿稱「烏司徒」。烏重胤曾任河陽節度使，舊傳：「元和中……憲宗賞其功，授潞府左司馬，遷懷州刺史、兼充河陽三城節度使。」新傳：「憲宗嘉其功，擢河陽節度使，封張掖郡公。」又，《舊唐書·憲宗紀上》：「元和五年四月「壬申，以昭義都知兵馬使、潞州左司馬烏重胤爲懷州刺史、河陽三城懷州節度使」。《憲宗紀下》：元和九年閏八月「辛酉，以河陽節度使烏重胤兼汝州刺史」。韓愈《烏氏廟碑銘》：「元和五年……壬辰，詔用烏公爲銀青光禄大夫、河陽軍節度使、兼御史大夫，封張掖郡開國公。」四庫館臣不明史實，妄改作「河南」，殆以烏氏望出河南(見《元和姓纂》卷三)，遂使方鎮之名變爲郡望之稱，而「從事」二語頓失所寄。四庫館臣亂改古書，此亦一例也。

〔二〕皆是名輩　原作「皆至」，據《廣記》、《唐人説薈》改。

〔三〕極　《廣記》、《唐人説薈》作「任」。

〔四〕封　此字原無，據《廣記》、《唐人説薈》補。

〔五〕夏侯相國　《廣記》、《唐人説薈》「國」作「孜」。按：此亦爲《廣記》所改。夏侯孜，《舊唐書》卷一七七、《新唐書》卷一八二有傳，宣宗、懿宗時爲相。

〔六〕形質低悴　《廣記》、《唐人説薈》前有「且」字，「悴」作「粹」，《廣記》《四庫》本「粹」改作「瘁」。

〔七〕履　《廣記》、《唐人説薈》下有「歷」字。

〔八〕至　《廣記》、《唐人説薈》作「止」。

〔九〕俗 《廣記》孫校本作「格」。

〔一〇〕三 《廣記》、《唐人説薈》作「二」。

〔一一〕復 《廣記》、《唐人説薈》作「自」。

〔一二〕果 《廣記》明鈔本、孫校本作「累」，《會校》據改。

〔一三〕書 《廣記》、《唐人説薈》作「紙」。

〔一四〕言 《廣記》、《唐人説薈》作「以」。

〔一五〕其 《廣記》明鈔本作「真」。

按：原題《道流相夏侯譙公》，《廣記》題《殷九霞》，今從。《唐人説薈》據《廣記》輯入。

唐五代傳奇集第四編卷八

田膨郎

康軿　撰

文宗皇帝常持〔一〕白玉枕，德宗朝于闐國所獻，追琢奇巧，蓋希代之寶，置於寢殿帳中。一旦忽失所在，然而禁衛清密，非恩澤〔二〕嬪御，莫能至者。珍玩羅列，他無所失。上驚駭移時，下詔於都城索賊。密謂樞近及左右廣中尉曰：「此非外寇入之爲盜者，當在禁掖。苟求之不獲，且虞他變。一枕誠不足惜，卿等衛我皇宫，必使罪人斯得。不然，天子環列〔三〕，自玆無用矣。」内官惶慄謝罪，請以浹旬求捕。大懸金帛購求，略無尋究之所。聖旨嚴切，收繫者漸多，坊曲閭巷，靡不搜捕。

有龍武二番將軍〔四〕王敬弘，常〔五〕蓄小僕，年甫十八九，神彩俊利，使之無往不届。敬弘曾與流輩於威遠軍會宴，有侍兒善鼓胡琴，四座酒酣，因請度曲，辭以樂器非妙，須常御手者彈之。鐘漏已傳，取之不及，因起解帶。小僕曰：「若要琵琶，頃刻可至。」敬弘曰：「禁鼓纔動，軍門已鎖，尋常汝豈不見，何言之謬也！」既而就〔六〕飲，數巡，小僕以繡囊將琵琶而至，座客歡笑，曰：「樂器本相隨，所難者，惜其妙手。」南軍去左廣，迴復三十里，入夜且無行伍，既而倏忽往來，敬弘驚異如失。時又搜捕嚴緊，意以竊盜疑之。

宴罷及明，遽歸其第，引而問曰：「使汝累年，不知趫捷如此。我聞世有俠客，汝莫是否？」小僕謝曰：「非有此事，但能行爾。」因言父母俱在蜀中，頃年偶至京國，今欲却歸鄉里。有一事欲以報恩，偷枕者已〔七〕知姓名，三數〔八〕日當令伏罪。敬弘曰：「如此，即事非等閑，因兹令活者不少。未知賊在何許，可報司存掩獲〔九〕否？」小僕曰：「偷枕者田膨郎也。市鄽軍伍，行止不恒〔一〇〕，勇力過人。且善超越，苟非伺便折其足，雖千兵萬騎，亦將奔走。自兹再宿，候之於望仙門，伺便擒之必矣。將軍隨某觀之，此事仍須祕密。」

是時涉〔一一〕旬無雨，向曉〔一二〕埃塵頗甚，還北車馬踐踏〔一三〕，跬步間〔一四〕人不相見。膨郎與少年數輩，連臂將入軍門，小僕執毬杖擊之，欻然已折左足，仰而觀之〔一五〕曰：「我偷枕來，不怕他人，惟懼於爾。既而〔一六〕相值，豈復多言！」於是舁至左軍，一款而伏。上喜於得賊，又知獲在禁旅，引膨郎臨軒詰問，具陳常在宫掖往來。上曰：「此乃任俠之流，非常竊盜。」內外囚繫數百，於是悉令原之。小僕初得膨郎，已告敬弘歸蜀，於是尋之不可，但賞敬弘而已。（據明高承埏稽古堂刻本《劇談録》卷上校録，又《太平廣記》卷一九六引《劇談録》）

〔一〕持　《廣記》、《劍俠傳》卷二《田膨郎》、《廣豔異編》卷一三《王小僕記》作「寶」，朝鮮成任編《太平廣記詳節》卷一四作「保」。

〔二〕澤　《廣記》、《劍俠傳》、《廣豔異編》作「渥」。

〔三〕列　《廣記》、《劍俠傳》、《廣豔異編》作「衛」。

〔四〕二番將軍　《廣記》、《劍俠傳》作「二蕃將」，《廣記詳節》作「三蕃將」，《廣豔異編》作「蕃將」。按：「二番」之「番」當指番上，即在宮中輪流宿衛，「二」言宿衛次數，蓋一年兩次（每次一月），亦有五番、七番乃至十二番者，見《新唐書·兵志》。每年番上二次，蓋因其爲龍武將軍之故，左右龍武軍將軍從三品（《新唐書·百官志四上》）。李德裕《會昌一品集》卷九《宰相與劉約書》：「若能請朝廷命帥，舉尚書領鎮，便自歸闕，必不失二番金吾。」二番金吾，蓋亦左右金吾衛將軍也。

〔五〕常　《廣記》、《廣豔異編》作「嘗」，《廣記詳節》作「常」。常，通「嘗」。

〔六〕就　《廣記詳節》作「取」。

〔七〕已　《廣記》、《劍俠傳》、《廣豔異編》作「早」。

〔八〕數　《廣記詳節》作「四」。

〔九〕司存掩獲　《廣記》明鈔本「存」作「府」，「獲」作「捕」。按：司存，有司。

〔一〇〕恒　《廣記詳節》作「恤」。恤，慎也。

〔一一〕涉　《廣記詳節》作「浹」。

〔一二〕曉　《廣記詳節》、《劍俠傳》作「晚」。

〔一三〕還北車馬踐踏　「還北」二字原無，據《廣記》明鈔本、孫校本、《廣記詳節》、《劍俠傳》補。《廣記》、《劍俠傳》、《廣豔異編》「踐踏」作「騰踐」。按：王敬弘與流輩於威遠軍會宴，其小僕回龍武軍取回琵琶，文云「南軍去左廣，迴復三十里」。南軍又稱南衙兵，指十六衛，威遠軍即威遠營，屬十六衛之金吾衛，《舊唐書·德宗紀上》：建中元年七月，「以鴻臚寺左右威遠營隸金吾」。左廣及前文之左右廣，指禁衛軍，亦即十六衛（左右衛、左右驍騎、左右武衛、左右威衛、左右領軍衛、左右金吾衛、左右監門衛、左右千牛衛）及左右羽林軍、左右龍武軍、左右神武軍、左右神策軍等北衙禁軍，左者習稱左廣，右者稱右廣。左右廣之稱本《左傳》宣公十二年所載：「楚子爲乘，廣三十乘，分爲左右。右廣雞鳴而駕，日中而説。（注：説，舍也。）左則受之，日入而説。許偃御右廣，養由基爲右；彭名御左廣，屈蕩爲右。」《白氏長慶集》卷五二《李演除左衛上將軍制》稱「移領左廣」，此左廣即指左衛。《唐大詔令集》卷一二五韋處厚《平張韶德音》：「張韶、蘇玄明等驅率工徒，劫攜兵刃，白晝竊發，暴犯宫闈，震驚朕躬。近幸禁壘，即時勒五營騎士，七萃熊羆，少命偏師，纔分左廣，自申及酉，撲滅皆盡。」此事《新唐書·敬宗紀》載云：長慶四年「四月丙申，擊鞠于清思殿。染坊匠張韶反，幸左神策軍，韶伏誅。」則左廣指左神策軍。本書卷上《渾令公李西平爇朱泚雲梯》云「李司徒嘗於左廣效職」，李司徒即李晟，《舊唐書》卷一三三《李晟傳》：「累遷左羽林大將軍同正。」則此左廣指左羽林軍。小僕所去之左廣，當指左龍武軍，王敬弘爲龍武將軍也。據《唐兩京城坊考》卷一，神策、龍武、羽林三左軍在大明宮東門太和門以東。而左右威遠營屬左右金吾衛，左金吾在皇城東之永興坊，右金吾在皇城西之布政坊。「南軍去左廣迴復三十里」，當爲右金吾，即右威遠營。左龍武軍在右威遠營西北方向，故曰「北還」。北還途中經大明宫南門之一望仙門，於此候田膨郎也。

〔一四〕跬步間　此三字原無，據《廣記》、《劍俠傳》、《廣豔異編》補。

〔一五〕觀之　《廣記》、《劍俠傳》、《廣豔異編》作「窺」。

〔一六〕而　《廣記》、《劍俠傳》、《廣豔異編》作「此」。

按：原題《田膨郎偷玉枕》，《廣記》題《田膨郎》，今從。《劍俠傳》卷二、《廣豔異編》卷一三據《廣記》輯入，後書改題《王小僕記》。

白中書

康　軿　撰

白中書〔一〕方居郎署，未有知者，唯朱崖李相國器之〔二〕，許於〔三〕搢紳間多所延譽。然而資用不充，無以祇奉僚友。一旦，相國遺錢十萬，俾爲酒肴之備，約省閣名士數人，尅日同過其第。時秋暮陰沉，涉旬霖瀝。賀拔惎員外府罷〔四〕，求官未遂，將欲出京薄遊。與白公同年登第，羸駒就門告别，閽者以方俟朝客，乃〔五〕以他適對之。賀拔惎遂駐車留書，備述羈遊之意。白公覽書，歎曰：「丈夫處世，窮達當有時命。苟不才，以僥倖取容，未足爲發身之道。豈家蓄美饌，止〔六〕邀當路豪貴，曩時登第貧交，今日閉關不接？縱使便居〔七〕榮顯，又安得不愧於懷？」遽令僕者，命賀拔惎回車，遂以杯盤同費。俄而所約朝賢，聯騎而至，閽者具陳與〔八〕賀拔惎從容，無不惋愕而去。翌日，於私第謁見相國，詢朝士來者爲誰，白公對以賓客未至，適有同年出京訪別，憫其龍鍾委困，不忍弃之，留飲數杯，遂闕祗接，既負吹噓之意〔九〕，甘從譴斥之罪。相國稱賞逾時，云：「此事真古人之道。由茲貴達，所以〔一〇〕激勸澆薄。」不旬月〔一一〕，賀拔自使下評事〔一二〕，先授美官。白公以庫部郎中，入爲翰林學士。未逾三載，便秉鈞衡。其後五鎮藩維〔一三〕，再居廊廟，蹈義懷仁，而終始一致，流芳傳素，士林美之。

大中初，邊鄙不寧，土蕃〔一四〕尤甚，恣其倔强。宣宗欲致討伐，遂於延英殿先問宰臣，公首奏興師，請爲統帥，率〔一五〕沿邊藩鎮兵士數萬，鼓行而前。時犬戎列陣平川，以生騎數千〔一六〕伏藏山谷。既而得於諜者，遂設奇兵待之。有蕃中首帥〔一七〕，衣緋茸裘，繫寶裝帶，所乘白馬，駿異無比。鋒鏑未交，揚鞭出於陣面者數四，頻召漢軍鬬將。白公誡兵士，無得應之。俄而駐軍指揮，背我師百餘步而立。有潞州小將，驍勇善射，請快馬〔一八〕，彎弧而出，連發兩矢，皆中其項。躍馬而前，抽短劍，踣於鞍上，以手扶挾，如鬬毆〔一九〕之狀。蕃將士卒，但呼譟助之。於是〔二〇〕脱緋裘，解金帶，奪馬而還。師旅無不奮勇，既而〔二一〕大戰沙漠，虜陳瓦解土崩，乘勝追奔，幾及黑山之下。所獲駞馬輜重，不可勝計，束手而降三四千〔二二〕人。先是河湟關郡界内在匈奴〔二三〕，自此悉爲内地〔二四〕。

宣皇初覽捷書，云：「我知敏中必殄兇醜。」白公凱旋，與同列宰相進詩云：「一詔皇城四海頒，醜戎無數束身還。戍樓吹笛人休戰，牧野嘶風馬遽〔二五〕閑。河水九盤收數曲，隴山千里鎖諸關。西邊北塞今無事，爲報東南夷與蠻。」馬相植詩云：「舜德堯仁化犬戎，許提河隴款皇風。指揮猽武〔二六〕皆神筭，開〔二七〕拓乾坤是聖功。四帥有征無汗馬，七關雖戍已弢弓。天留此事還英主，不在他年在大中。」魏相扶詩云：「蕭關新復萬〔二八〕山川，古戍秦原象緯〔二九〕鮮。戎虜乞降歸惠化，皇威漸被懾腥羶。穹廬遠戍煙塵滅，神武光揚竹帛傳。左衽盡知歌帝澤，從兹不更備三邊。」崔相鉉詩云：「邊陲萬里注恩波，宇宙群方洽凱歌。右地名王争解辮，遠方戎壘盡投戈。煙塵永息三秋戍，瑞氣遥清九折河。共偶〔三〇〕聖明千載運，更覩俗阜與時和。」（據明高承埏稽古堂刻本《劇談録》卷上校録，又《太平廣記》卷一七〇引《劇談録》）

〔一〕白中書　《廣記》作「中令白敏中」，《唐人説薈》同。按：中書即中書令，省稱中令，尊稱令公。

〔二〕唯朱崖李相國器之　《廣記》、《唐人説薈》作「唯朱崖相李德裕特以國器重之」。

〔三〕許於　《廣記》、《唐人説薈》作「於是」。

〔四〕賀拔惎員外府罷　「賀拔惎」《廣記》、《唐人説薈》譌作「賀跋任」。「府罷」二字原無，據《廣記》、《唐人説薈》補。按：據戴偉華《唐方鎮文職僚佐考》，李寰長慶二年至大和元年（八二二—八二七）爲晉慈等州觀察使，其幕中有觀察支使、試弘文館校書郎賀拔惎。（所據爲《八瓊室金石補正》卷六五《慶唐觀李寰謁真廟題記》。）所謂府罷，當指罷晉慈幕。「員外」是以其後所任稱之。《會校》補「惎」字而保留「任」字，作「賀拔惎任員外府罷」，誤。

〔五〕乃　《唐語林》卷三《賞譽》作「繆」。

〔六〕止　《唐語林》作「上」。

〔七〕居　原作「無」，據《廣記》、《唐人説薈》改。

〔八〕與　此字原無，據《廣記》、《唐人説薈》補。

〔九〕意　原作「際」，據《廣記》、《唐人説薈》改。

〔一〇〕所以　《廣記》、《唐人説薈》作「可以」。按：所以，即可以。

〔一一〕旬月　《廣記》、《唐人説薈》作「旬日」。按：旬日，十日。旬月，或指一月，或指十日至一月。

〔一二〕賀拔自使下評事　「賀拔」二字原無，據《廣記》、《唐人説薈》補，「拔」原作「跋」。《唐語林》作「惎自後以評事先拜」。按：賀拔惎在晉慈觀察使幕爲支使，帶職弘文館校書郎，從九品下。此作評事，乃大理評事，從八品下。

〔一三〕藩維　《廣記》、《唐人説薈》作「藩方」，均指藩鎮。

〔一四〕土蕃　《廣記》、《唐人説薈》作「吐蕃」。按：「吐蕃」又寫作「土蕃」，如《廣記》卷一六四引《廣德神異録》：「上奇之，充土蕃使。」李翱《李文公集》卷三《進士策問第二道》：「土蕃之爲中國憂也久矣。」

〔一五〕率　此字原無，據《廣記》、《唐人説薈》補。

〔一六〕生騎數千　《廣記》明鈔本「生騎」作「精騎」，《會校》據改。按：生騎，蓋即射生騎，善射殺生物之騎兵。《新唐書》卷二二五上《安禄山傳》：「賊遣高邈、臧均以射生騎二十，馳入太原。」

〔一七〕首帥　《廣記》、《唐人説薈》「首」作「酋」。按：《舊唐書》卷五五《薛舉傳》：「王師振旅，以仁杲歸於京師，及其首帥數千人皆斬之。」

〔一八〕請快馬　《廣記》、《唐人説薈》作「馳馬」，《唐語林》卷七《補遺》作「躍馬」。

〔一九〕敺　原作「敵」，據《廣記》、《唐人説薈》改。

〔二〇〕是　《廣記》、《唐人説薈》作「鞍」。

〔二一〕而　此字原無，據《廣記》、《唐人説薈》補。

〔二二〕三四千　《廣記》作「四三萬」，明鈔本、《唐人説薈》作「三四萬」。《唐語林》卷七作「數千」。

〔二三〕河湟關郡界内在匈奴　《廣記》、《唐人説薈》作「河湟郡界在匈奴者」。

〔二四〕内地　《廣記》、《唐人説薈》作「唐土」。

〔二五〕遽　《廣記》、《唐人説薈》、《全唐詩》卷五〇八白敏中《賀收復秦原諸州詩》作「自」。

〔二六〕貔武　《廣記》、《唐人説薈》作「文武」，《全唐詩》卷四七九馬植《奉和白敏中聖道和平致兹休運歲終功就合詠盛明呈上》作「貙虎」。

〔二七〕開　《廣記》、《唐人説薈》、《全唐詩》作「恢」。

〔二八〕萬　《廣記》、《唐人説薈》、《全唐詩》卷五五六魏扶《和白敏中聖德和平致兹休運歲終功就合詠盛明呈上》作「舊」。

〔二九〕象緯　《廣記》、《唐人説薈》、《全唐詩》作「景象」。按：象緯，星象經緯。「象緯鮮」猶言「天地新」。宋璟《奉和聖製送張説巡邊》：「聖酒江河潤，天詞象緯明。」

〔三〇〕偶　《全唐詩》卷五七四崔鉉《進宣宗收復河湟詩》作「遇」。偶，遇也。

按：原題《李朱崖知白令公》，《廣記》題《李德裕》，今擬作《白中書》。《唐人説薈》四集《劇談録》據《廣記》輯入。

張季弘

康　軿　撰

咸通中，有左軍〔一〕張季弘，勇而多力。嘗雨中經勝業坊，遇泥濘深隘〔二〕，有村人驅驢負薪而至，適當其道。季弘怒之，因捉驢四足，擲過水渠數步，觀者無不驚駭。後供奉襄州，暮泊商山逆旅。逆旅有老嫗〔三〕，謂其子曰：「惡人將歸矣，速令備辦茶飯，勿令喧噪。」既而愁憤吁嘆，咸有所懼。季弘問之，媪曰：「有新婦悖惡〔四〕，制之不可。」季弘曰：「向來見媪〔五〕憂恐，有〔六〕何事若是？新婦豈不能共語？」媪曰：「客未知子細。新婦壯勇無敵，衆皆畏懼，遂至於此。」季弘笑曰：「其他則非某所知，若言壯勇，當爲主人除之。」母與子遽叩頭曰：「若此，則母子無患矣。雖然窮闕，當爲〔七〕酬贈。」頃之，鄰伍鄉社，悉來觀視。

日暮，婦人負束薪而歸，狀貌亦無他異。逆旅後圊〔八〕有盤石，季弘坐其上，置騾〔九〕鞭於側，召而謂曰：「汝是主人新婦，我在長安城，即聞汝倚有氣力，不伏承事阿家，豈敢如此！」新婦拜〔一〇〕季弘曰：「乞押衙不草草，容新婦分雪。新婦不敢不承事阿家，自是大人憎嫌新婦。」其媪在傍謂曰：「汝勿向客前妄有詞理。」新婦因言曰：「只如某年月日，如此〔一一〕事，豈是新婦不是？」每言一事，引手於季弘所坐石上，以中指畫之，隨手作痕，深可數寸。季弘汗落神駭，但言道理不錯。闔扉假寐，伺晨而發。及迴問之，新婦已他適矣。

（據明高承埏稽古堂刻本《劇談録》卷下校録）

〔一〕有左軍　宋調露子《角力記》作「京兆左軍有」。
〔二〕隘　《角力記》作「溢」。隘，通「溢」。
〔三〕老媪　《角力記》作「媪」。
〔四〕惡　《角力記》作「逆」。
〔五〕媪　《角力記》作「母」。
〔六〕有　《角力記》前有「謂」字。
〔七〕爲　《角力記》前有「力」字。
〔八〕囿　《角力記》作「園」。
〔九〕騾　《角力記》作「驢」。
〔一〇〕拜　《角力記》作「謂」。
〔一一〕此　《角力記》作「某」。

按：原題《張季弘逢惡新婦》，今改作《張季弘》。《廣記》未引。北宋調露子《角力記》，全文輯入此事，不著出處。

玉蕊院

康　軿　撰

上都安業坊〔一〕唐昌觀，舊有玉蕊花甚繁，每發，若瑶林瓊樹。元和中，春物方盛〔二〕，車馬尋玩者相繼。忽一日，有女子年可十七八，衣繡緑衣，乘馬，峨髻雙鬟〔三〕，無簪珥之飾，容色婉約〔四〕，迥出於衆。從以二女冠、三女〔五〕僕，僕者皆丱頭〔六〕黄衫，端麗無比。既下馬，以白角扇障面，直造花所，異香芬馥，聞於數十步之外。觀者以爲出自宫掖，莫敢逼而視之。佇立良久，令小僕〔七〕取花數枝而出，將乘馬，迴〔八〕謂黄冠者曰：「曩者玉峰之約〔九〕，自此可以行矣。」時觀者如堵，咸覺煙霏鶴唳〔一〇〕，景物輝煥。舉轡百步，有輕風擁塵，隨之而去。須臾塵滅，望之已在半天，方悟神仙之遊。餘香不散者經月餘日〔一一〕。

時嚴給事休復、元相國、劉賓客、白醉吟，俱有《聞玉蕊院真人降》詩。嚴給事詩曰：「味道齋心禱至神〔一二〕，魂消眼冷〔一三〕未逢真。不知滿樹瓊瑶蕊〔一四〕，笑對〔一五〕藏花洞裏人。」又云：「羽〔一六〕車潛下玉龜山，塵界無由覩蕣顔〔一七〕。唯有無情枝上雪，好風吹綴緑雲鬟。」元相國詩曰：「弄玉潛過玉樹時，不教青鳥出花枝。的應未有諸〔一八〕人覺，只是嚴郎卜得知〔一九〕。」劉賓客詩云：「玉女來看玉樹〔二〇〕花，異香先引七香車〔二一〕。攀枝弄雪時迴首〔二二〕，驚怪人間日易〔二三〕斜。」又云：「雪蕊瓊絲〔二四〕滿院春，羽衣輕步〔二五〕不生塵。君平〔二六〕簾下徒相問，長記〔二七〕吹簫别有人。」白醉吟詩云：「嬴女偷乘鳳去時〔二八〕，洞中潛歇弄瓊枝〔二九〕。不緣啼鳥春饒舌，青瑣仙郎可得知〔三〇〕。」（據明高承埏稽古堂刻本《劇談録》卷下校録，又《太平廣記》卷六九引《劇談録》）

〔一〕安業坊　南宋胡仔《苕溪漁隱叢話》後集卷三〇引《劇談録》作「安樂坊」，誤。按：《唐兩京城坊考》卷四「安業坊」：「横街之北，鄎國公主宅。次南，唐昌觀。」

〔二〕盛　南宋張淏《雲谷雜紀》卷四引康駢《劇談録》，陳景沂《全芳備祖》前集卷六引康駢《劇談録》、《太平廣記》，謝維新《古今合璧事類備要》別集卷二三引「康闞《劇説》（按：有脱誤）及《太平廣記》及《雞跖集》所載」作「妍」。

〔三〕峨髻雙鬟　北宋宋敏求《長安志》卷九「安業坊」引《劇談録》作「垂髻雙環」，《廣記》、《唐人説薈》作「垂雙髻」，《廣記》孫校本作「垂髻雙雙」。

〔四〕約　《廣記》、《長安志》、南宋陳葆光《三洞群仙録》卷一三引《劇談録》、《雲谷雜紀》、《事類備要》、《唐人説薈》作「娩」，《紺珠集》卷八《劇譚録·玉蕊真人》、《類説》卷一五《劇談録·玉蕊花》、《全芳備祖》作「麗」。

〔五〕女　《廣記》、《長安志》、《群仙録》、《唐詩紀事》卷四六《嚴休復》、《漁隱叢話》、《雲谷雜紀》、《事類備要》、《全芳備祖》、《唐人説薈》作「小」。

〔六〕丱頭　《事類備要》、《全芳備祖》「丱」作「緋」，《廣記》、《長安志》、《群仙録》、《唐人説薈》「頭」作「髻」。

〔七〕小僕　《廣記》、《唐人説薈》「小」作「女」，《廣記》明鈔本、孫校本作「小」。《唐詩紀事》作「小童」。

〔八〕迴　《廣記》、《長安志》、《唐人説薈》作「顧」。《廣記》明鈔本、孫校本作「過」。

〔九〕約　《長安志》、《群仙録》、《唐詩紀事》作「期」。

〔一〇〕咸覺煙霏鶴唳　「咸」《長安志》作「或」，「霏」《廣記》、《長安志》、《唐人説薈》作「飛」。

〔一一〕經月餘日　元陰勁弦等《韻府群玉》卷九引康駢《劇談》作「累月」。

〔一二〕味道齋心禱至神　《全芳備祖》「至神」作「玉宸」，《廣記》、《長安志》、《唐詩紀事》、南宋洪邁《萬首唐人絶句》卷八嚴休復《聞玉蕊院真人降二首》、《唐人説薈》、《全唐詩》卷四六三嚴休復《唐昌觀玉蕊花折有仙人遊悵然成二絶》作「終日齋心禱玉宸」。

〔一三〕眼冷　《唐詩紀事》、《全唐詩》作「目斷」。

〔一四〕不知滿樹瓊瑶蕊　《四庫》本、《廣記》、《長安志》、《唐詩紀事》、《唐人絶句》、《全芳備祖》、《唐人説薈》、《全唐詩》「知」作「如」，《廣記》、《唐人説薈》「滿」作「一」。

〔一五〕對　《唐人絶句》作「殺」。

〔一六〕羽　《廣記》、《唐人説薈》作「香」，《廣記》明鈔本、孫校本作「羽」。

〔一七〕塵界無由覩蕣顔　《廣記》、《長安志》、《唐詩紀事》、《唐人絶句》、《唐人説薈》、《全唐詩》「界」作「世」，「無」作「何」。《廣記》孫校本「蕣」作「玉」。《全芳備祖》「無」作「何」，「蕣」作「玉」。

〔一八〕諸　《長安志》作「詩」。

〔一九〕只是嚴郎卜得知　「嚴郎」明鈔本、孫校本作「簫郎」，《會校》據改，改「簫」爲「蕭」，謂用弄玉典故。「卜」《廣記》、《唐人説薈》作「自」，《全芳備祖》作「可」，《唐人絶句》卷六九元稹《玉蕊院真人降》

作「不」，皆譌。按：嚴郎雙關，兼指嚴休復與嚴君平。嚴君平，蜀人，西漢成帝時卜筮於成都市。見《漢書》卷七二《王貢兩龔鮑傳》。《唐詩紀事》云：「休復有詩，元微之和云……」，作「只是嚴郎卜得知」。

〔二〇〕樹　《劉夢得外集》卷一《和嚴給事聞唐昌觀玉蕊花下游仙二絶》、《唐人絶句》卷六、《全唐詩》卷三六五作「蕊」。

〔二一〕異香先引七香車　《類說》卷一五《劇談録・玉蕊花》「引」作「擁」。《漁隱叢話》「香」作「雲」，《錦繡萬花谷》後集卷三七引劉禹錫「七香」作「紫雲」。

〔二二〕時迴首　《全芳備祖》「時」作「特」，《劉夢得外集》、《唐人絶句》、《全唐詩》「首」作「顧」。

〔二三〕易　《類說》作「未」，當譌。

〔二四〕絲　《廣記》、《唐人說薈》作「葩」，《廣記》孫校本作「絲」，《長安志》作「枝」。

〔二五〕羽衣輕步　《長安志》「羽」作「雨」，當譌。《廣記》、《唐人說薈》「衣」作「林」，明鈔本作「衣」。《劉夢得外集》、《唐人絶句》、《全唐詩》作「衣輕步步」。

〔二六〕君平　原作「君王」，誤，據《劉夢得外集》、《長安志》、《唐人絶句》、《全芳備祖》、《全唐詩》改。按：君平，西漢嚴遵字君平，代指嚴休復。

〔二七〕記　《劉夢得外集》、《廣記》、《長安志》、《唐人絶句》、《全芳備祖》、《唐人說薈》、《全唐詩》作「伴」。

〔二八〕嬴女偷乘鳳去時　「鳳」原作「鸞」，據《白氏長慶集》卷二五《酬嚴給事》改。《廣記》作「瀛女偷乘鳳下時」，《長安志》、《唐詩紀事》、《全芳備祖》、《唐人説薈》「瀛」作「嬴」，餘同。《廣記》孫校本「瀛」作「嬴」。《唐人絶句》卷一四白居易《酬嚴給事玉蕊花》作「瀛女偷乘鳳去時」。按：作「瀛」譌，嬴女指秦穆公女弄玉，事見《列仙傳》卷上《蕭史》。

〔二九〕洞中潛歇弄瓊枝　《廣記》、《唐人説薈》「潛」作「暫」，《廣記》明鈔本、孫校本作「潛」。《唐詩紀事》「瓊」作「花」。

〔三〇〕按：《唐人説薈》末有「時人稱頌之」一句，蓋爲自加。

按：原題《玉蕊院真人降》，《廣記》題《玉蕊院女仙》，今題作《玉蕊院》。《唐人説薈》四集據《廣記》輯入，無題。

崔道樞

康軿　撰

中書舍人韋顔子壻崔道樞舉進士〔一〕，乾符二年〔二〕春下第，歸寧漢上所居。因井渫，得鯉魚一頭，長可五尺，鱗鬣金色，目光射人。衆〔三〕視異於常魚，令僕投于江水。道樞與表兄韋氏，密備鼎俎，烹而食之。經信宿，韋得疾暴卒。有碧衣人〔四〕引至府舍，廨宇頗甚嚴肅。既入門，見廳事有女人，戴金翠冠，着紫繡衣，據案而坐。左右侍者，皆黄衫金〔五〕

櫛，如宮内之飾。有一人吏〔六〕，從後〔七〕執簿領而出，及軒陛間，付雙鬟青衣，著於繡衣案上。更引韋生東廡曹署，理詰殺魚之狀。韋引過道樞，云：「非某之罪。」吏曰：「此雨龍也，若潛伏於江海湫湄，雖人〔八〕所食，即無從而辨矣。但昨者得之於井中，崔氏與君又非愚昧，殺而噉之，俱難獲免。然君且却還，試與崔廣爲佛道功德，庶幾消〔九〕滅其過。自兹浹旬，當復相召。」韋忽然而寤，具以所説，話於眷屬。命道樞具述其事，道樞雖懷憂迫，亦未深信。

纔〔一〇〕經及旬餘，韋生果殁。韋乃道樞姑之子也，數日後，寄夢〔一一〕於母云：「以殺魚獲罪，所至之地，即水府。非久當受重譴，可急修黄籙道齋，尚冀得寬刑辟。表弟〔一二〕之過亦成矣，今夕當自知其事。」韋母泣告道樞。及暝〔一三〕，昏然而寢，復見碧衣人，引至公署，俱是韋之所述。俄有吏執黑紙丹書文字，立道樞於屏側，疾趨而入，見繡衣操筆而書訖，吏接之而出。令道樞覽之，其初云某官登四品，年至七十二〔一四〕，其後有判詞云：「崔道樞所害雨龍，事關天府，原之不可。按罪急追，所有官爵，並皆削除，年壽亦減一半。」時道樞三十五矣，夜分而寤，恍惚悲涕，莫知所爲。時節在冬季，其母方爲修崇福力，纔及春首，抱疾數日而終。時崔之妻孥咸在京師。紫微〔一五〕備述其事。舊傳夔州及牛渚磯皆是水府，未詳道樞所至何所也。（據明高承埏稽古堂刻本《劇談録》卷下校録，又《太平廣記》卷四二三引，談本闕出處，陳

校本作《劇談録》）

〔一〕舉進士　《廣記》下有「者屢屢」三字，《四庫》本下「屢」字作「矣」。

〔二〕乾符二年　《廣記》作「一年」，脱「乾符」二字。

〔三〕衆　原作「所」，據《廣記》改。

〔四〕人　《廣記》作「使人」。

〔五〕金　《廣記》作「巾」，誤。

〔六〕人吏　《廣記》作「吏人」，明鈔本無「人」字。按：人吏即吏人。

〔七〕後　此字原無，據《廣記》補。

〔八〕人　《廣記》作「爲人」。

〔九〕消　《廣記》作「稍」。

〔一〇〕纔　原譌作「讒」，據《四庫》本、《學津》本、《廣記》改。

〔一一〕夢　《廣記》作「魂」。

〔一二〕弟　原作「兄」，據《廣記》改。

〔一三〕瞑　《廣記》作「瞑」。瞑，通「瞑」。

〔一四〕某官登四品年至七十二　《廣記》作「崔道樞官至三品，壽至八十」。

〔一五〕紫微　《廣記》改作「韋顔」。按：《新唐書·百官志二·中書省》：「開元元年，改中書省曰紫微省，中書令曰紫微令。」中書舍人則稱紫微舍人，故以紫微指稱中書舍人韋顔。

按：原題《崔道樞食井魚》，《廣記》題《崔道樞》，今從。

洛中豪士

康　軿　撰

乾符中，洛中有豪貴子弟，承藉勳蔭，物用優足，恣陳錦衣玉食，不以充詘爲戒，飲饌華鮮，極口腹之欲。有李史君〔一〕，出牧罷歸，居止亦在東洛。深感其家恩舊，欲召諸子從容。有敬愛寺僧聖剛者，常所來往，李因以具〔二〕宴爲説。僧曰：「某與之〔三〕門徒久矣，每見其飲食，窮極水陸滋味，常饌必以炭炊，往往不愜其意。此乃驕逸成性，史君召〔四〕之可乎？」李曰：「若求象白、猩唇〔五〕，恐不可致，止於精潔修辦小筵，未爲難事。」於是廣求珍異，俾妻拏親爲調鼎，備陳綺席雕盤，選日爲請〔六〕。弟兄列坐，矜持儼若冰玉，肴羞每至，曾不下筯〔七〕。主人揖之再三，惟霑果實而已。及至水餐〔八〕，俱致一匙於口。然相眄良久〔九〕，咸若飡荼食蘗〔一〇〕，李莫究其由，以失飪爲謝。明日，復覩聖剛，備述諸子情貌。僧曰：「某前所説豈謬哉！」而因造其門〔一一〕，以問之曰：「李史君特備一筵，庖膳間可爲豐潔，何不略領其意？」諸子曰：「燔炙煎和，未得其法。」僧曰：「他物縱不可食，炭炊之飦，又嫌何事？」復曰：「上人未知，凡以炭炊飦，先燒令熟，謂之煉火〔一二〕，方可入爨。不然，猶有煙氣。李史君宅炭不經煉，是以難於飡啗。」僧撫掌大笑曰：「此非貧道所知也。」

及大寇先陷瀍洛〔一三〕，財産剽掠俱盡，昆仲數人，與聖剛同時竄避，潛伏山草〔一四〕，不食者三日。賊鋒稍遠，徒步將往河橋。道中小店始開，以脱粟爲餐而賣。僧囊中有錢數文〔一五〕，買於土杯同食，腹囂〔一六〕既甚，粱肉之美〔一七〕不如。僧笑而謂曰：「此非煉炭所炊，不知可與諸郎君喫否。」但低首〔一八〕慙靦，無復詞對。

古人云：「膏粱之性難正。」其此之謂乎！是以聖人量腹而食，賢者戒於奢逸。宋武帝幸武帳堂，將往，勑諸子弟勿食，至會所賜饌。日旰而食不至，咸有飢色。帝謂曰：「爾曹少長驕貴，不見百姓艱難。今使爾等識有飢苦，知以節儉期物。」前聖用心同旨哉！（據明高承埏稽古堂刻本《劇談録》卷下校録，又《太平廣記》卷二三七引《劇談録》）

〔一〕史君　《廣記》、《紺珠集》卷八《劇譚録·鍊炭》、《類説》卷一五《劇談録·煉炭炊飯》、《孔帖》卷一六引《劇譚録》又卷九一引《劇談録》、葉廷珪《海録碎事》卷六引《劇談録》、《唐人説薈》「史」作「使」。《學津》本改作「使」。按：《劇談録》「使君」皆作「史君」，「史」通「使」，使君，州郡長官之尊稱。《分類補注李太白詩》卷五《東海有勇婦》：「北海李史君，飛章奏天庭。」（明郭氏濟美堂刊本）《九家集注杜詩》卷一三有《敬寄族弟唐十八史君》（《四庫全書》本），《李群玉詩集》卷中有《送崔史君蕭山禱雨甘澤遽降》（宋刊書棚本）。

〔二〕具　原作「其」，據《廣記》改。

〔三〕之　《廣記》、《唐人説薈》作「爲」。《太平廣記詳節》卷一八作「之」。

〔四〕召　《廣記》明鈔本、《廣記詳節》作「命」。

〔五〕若求象白猩脣　《廣記》、《唐人説薈》作「若朱象髓、白猩脣」。按：象白，象脂。《文選》卷三五張協《七命》：「鷰脾猩脣，髦殘象白。」劉良注：「白謂脂也，亦猶熊白也。」象無朱色，珍饈中亦未聞有象髓，當誤。《廣記詳節》作「若求象白、猩脣」。

〔六〕選日爲請　《廣記》、《唐人説薈》作「選日邀致」。孫校本、《廣記詳節》作「撰日爲請」，明鈔本作「撰日爲諸」。按：撰，同「選」。

〔七〕下筯　《廣記》、《唐人説薈》作「入口」。《廣記詳節》作「下筯」。

〔八〕水餐　《廣記》、《唐人説薈》作「冰餐」。《廣記詳節》作「水餐」。按：《北堂書鈔》卷一四四引顧和《與蔡節度書》：「宜食水飧。」水餐，湯食。

〔九〕然相眄良久　「然」《廣記》、《唐人説薈》作「各」，《廣記》孫校本、《廣記詳節》作「然」。「眄」《津逮》本、《四庫》本、《學津》本作「眄」或「盼」。

〔一〇〕殮茶食蘗　《廣記》、《唐人説薈》作「囓蘗吞針」，孫校本、《廣記詳節》作「餐茶蘗李」。

〔一一〕而因造其門　《廣記》、《唐人説薈》「而因」作「既而」。明鈔本、孫校本、《廣記詳節》作「既而尋造其門」。

〔一二〕火　《廣記》、《紺珠集》、《孔帖》卷一六又卷九一、《海録碎事》、《唐人説薈》作「炭」。按：《類説》、《增廣箋注簡齋詩集》卷一七《正月十二日自房州城遇虜至奔入南山十五日抵回谷張家》胡穉注引康駢《劇談録》、祝穆《古今事文類聚》續集卷一六引康駢《劇談録》、謝維新《古今合璧事類備要》外集卷四五引《劇談》亦作「火」。

〔一三〕及大寇先陷瀍洛　《廣記》改作「及巢寇陷洛」，《唐人説薈》同。巢指黄巢。

〔一四〕草　《廣記》、《唐人説薈》作「谷」，明鈔本、孫校本、《廣記詳節》乃作「草」。

〔一五〕文　《廣記》、《唐人説薈》作「百」。

〔一六〕腹囂　《四庫》本、《學津》本、《廣記》、《唐人説薈》「囂」作「枵」，《貴池先哲遺書》本據《廣記》改。明鈔本、孫校本、《廣記詳節》作「囂」。按：腹囂，義同「腹枵」，腹中空虚。《文選》卷五三嵇康《養生論》：「終朝未餐，則囂然思食。」李善注：「囂然，飢意也。」

〔一七〕美　明鈔本、《廣記詳節》作「味」。

〔一八〕首　《廣記》明鈔本、孫校本、《廣記詳節》作「摧」。

按：《廣記》題《李使君》。《唐人説薈》四集《劇談録》據《廣記》輯入。

嚴士則

康　軿　撰

大中末〔一〕，建州刺史嚴士則，本穆宗朝爲尚醫〔二〕奉御，頗好真道。因午日，於終南山採藥，迷誤於巖嶂之間〔三〕，不覺遂行。數日，所齎糗糧既盡，四遠〔四〕復無居人，計其道路，去京不啻五六百里。然而林岫深僻，風景明麗。忽有茅屋數間，出於松竹之下，煙蘿四合，纔通小徑。士則連扣其門，良久，竟無出者。窺其籬隙之内，有一人於石榻偃卧看書。推户直造其前，方乃攝衣而起。士則拜罷，自陳行止。因遣坐于盤石之上，亦問京華近事，復詢天子嗣位幾年。云：「自安史犯闕居此，迄于今日〔五〕。」士則具陳奔馳涉〔六〕歷，資糧已絶，迫於囂〔七〕腹，請以食饌救之。隱者曰：「自居山谷，且無煙爨，有一物可以療之，念君遠來相遺〔八〕。」自起，於梁棟之間，脱紙囊開啓，其中有百餘顆，如藹〔九〕豆之狀。俾於藥室取鐺，拾薪汲泉，以一粒煮之〔一〇〕。良久，盛〔一一〕有香氣，視之已如掌大。曰：「可以食矣，渴即取鐺中餘水飲之。」士則方啗其半，已極豐飽〔一二〕。復曰：「汝得至此，當有宿分。自兹三十年間，不飢渴，俗情慮〔一三〕將淡泊也。他時位至方伯，當取羅浮相近。儻能脱去紛〔一四〕華，兼獲長生之道。辭家日久，可以還矣。」

士則將欲告歸，因述慮失道，曰：「勿憂，去此二三里，與採薪人相值，可以隨之而去，此至國門不遠〔一五〕。」既出於山隅，果有採薪者在路側，或〔一六〕問隱者姓名，竟無所對〔一七〕。纔經信宿，已及樊川村野。既還輂轂，不喜更嘗滋味，日覺氣壯神清，有驂鸞馭鶴之意。衣褐杖藜，多止巖岫。

居守〔一八〕盧僕射，躭味玄默，思覩異人。有道流述其事，延之致於門下。及聞方伯之説，因以處士奏官。自梓州别駕，作牧建溪，時年已九十。到郡纔經周歲，解印乃歸羅浮。及韋相公宙出鎮廣南〔一九〕，使人訪之，猶在山谷。

大中十四年〔二〇〕，之任建安，路由江浙。時蕭相國觀風浙右，於桂樓宿宴〔二一〕召之，唯飲酒數杯，他皆無食也。（據明高承埏稽古堂刻本《劇談録》卷下校録，又《太平廣記》卷三七引《劇談録》）

〔一〕大中末　《廣記》作「唐文宗末」。按：「唐」字乃《廣記》所加，文宗末乃開成五年（八四〇）。此蓋指嚴士則入終南山採藥之時，下云建州刺史乃用其後來官稱。今本作「大中末」者則指刺建之時。明鈔本作「唐太宗末」，則誤。

〔二〕尚醫　《廣記》、《三洞群仙録》卷一一引《劇談録》「醫」作「衣」。按：唐殿中省有尚衣局、尚醫局，各有奉御二人。尚醫局原稱尚藥局，高宗龍朔二年（六六二）改尚醫局。見《新唐書·百官志二》。下文云嚴士則於終南山採藥，當爲「尚醫」。

〔三〕於終南山採藥迷誤於巖嶂之間　《廣記》作「於終南山採藥迷路，徘徊巖嶂之間」。

〔四〕遠　《廣記》作「望」，明鈔本作「還」，孫校本作「遠」。

〔五〕自安史犯闕居此迄于今日　《群仙録》作「予自安史犯順，居此避世，不知年代」。

〔六〕涉　《廣記》作「陟」。

〔七〕囂　《津逮》本、《四庫》本、《學津》本、《貴池先哲遺書》本、《廣記》作「枵」。

〔八〕遺　《廣記》作「過」，黄本、《四庫》本、《筆記小説大觀》本作「遇」。

〔九〕藹　《津逮》本、《四庫》本、《學津》本、《貴池先哲遺書》本作「藊」。《廣記》、《群仙録》作「褊」，《廣記》《四庫》本作「扁」。

〔一〇〕以一粒煮之　原作「而煮」，據《廣記》補改。《群仙録》作「取一粒汲泉煮之」。

〔一一〕盛　《廣記》作「微」。

〔一二〕已極豐飽　《廣記》「已極」作「自覺」，明鈔本、孫校本「覺」作「極」，《群仙録》作「即覺」。「飽」原作「飢」，據《四庫》本、《廣記》、《群仙録》改。

〔一三〕俗情慮　《廣記》作「俗慮塵情」。

〔一四〕紛　《廣記》、《群仙録》作「塵」。

〔一五〕可以隨之而去此至國門不遠　「去此」二字原無，據《廣記》補。

〔一六〕或　《廣記》作「因」。按：王瑛《唐宋筆記語辭匯釋》(修訂本)：「或，忽、忽然，情態副詞。『或』、『忽』音近，義可互通。」

〔一七〕竟無所對　《廣記》「竟」下有「返山」二字。

〔一八〕居守　《廣記》作「居□」，明鈔本、孫校本作「唐川守」。按：唐無唐川郡，誤。居守，即留守。唐代於東都洛陽，北都太原置留守。此疑指北都留守盧鈞。大中六年七月，盧鈞爲太原尹、北都留守、河東節度使，九年七月守尚書右僕射，見《舊唐書·宣宗紀》。

〔一九〕廣南　《廣記》作「江南」，明鈔本、孫校本作「唐南」，并誤。按：韋宙懿宗咸通二年(八六一)爲嶺南節度使，見郁賢皓《唐刺史考全編》卷二五七《嶺南道·廣州》。

〔二〇〕大中十四年　按：大中十三年八月懿宗即位，明年十一月改元咸通。下文云「時蕭相國觀風浙右」，據《唐刺史考全編》卷一三七《江南東道·潤州》，蕭寘大中十年至十二年爲浙西觀察使，時間不合。本傳聞之事，未必盡合史實也。

〔二一〕宿宴　《廣記》「宿」作「開」。按：宿宴，夜宴。《北史》卷三六《薛裕傳》：「裕曾宿宴于夐之廬，後庭有井。」杜甫有詩《冬末以事之東都湖城遇孟雲卿復歸劉顥宅宿宴飲散因爲醉歌》。

按：原題《嚴史君遇終南山隱者》，今從《廣記》，改作《嚴士則》。

説方士

康 軿 撰

武宗皇帝好神仙異術，海内道流方士，多至輦下。趙歸真探賾玄機，善制鉛汞，氣貌清爽，見者無不竦敬。請於禁中築望仙臺，高百尺，以爲鸞驂鶴馭，可指期而降〔一〕。常云飛鍊中須得生銀，詔使於樂平〔二〕採取。既而大役工徒，所出者皆銜〔三〕石礦，非烹冶乃無從而得。歸真齋醮數朝，寫御書〔四〕置於巖穴間。俄有老人策杖而至，曰：「山川藏寶，蓋因有道而出〔五〕，況明主以修真爲念，是何感應不臻。尊師無復懷憂，明旦當從所請。」語罷而出，莫知其所之。是夕，有聲如雷，山礦豁開數〔六〕丈，銀液坌然而湧出，與入用之數相符。禁中修鍊至多，外人罕知其術。

復有金陵人許元長、王瓊者，善書符幻變，近於役使鬼神。會昌初〔七〕，召至京國，出入宮闈。武皇謂之曰：「吾聞先朝有明崇儼，善於符籙。嘗取羅浮山柑子，以資御菓，萬里往來，止于旬日。我雖聖德不逮前朝，卿之術豈便劣於崇儼？」元長謝曰：「臣之受法，未臻玄妙，若涉越山海，恐誣聖德〔八〕，但千里之間，可一〔九〕日而至。」上曰：「東都常進石榴，時已熟矣，卿今夕〔一〇〕當致十顆。」元長奉詔而出。及旦，寢殿始開，金盤貯石榴，致於御榻。俄有中使奉進，亦以所失之數上聞。靈驗變通，皆如此類。王瓊妙於化〔一一〕物，無所不能。方冬，以藥栽培〔一二〕桃杏數株，一夕繁英盡發，芳蕊〔一三〕穠豔，月餘方謝。及武皇厭代，歸真與瓊俱竄逐嶺表，唯元長逸去，莫知所在。

昊天觀周尊師，乾符中年九十七，自言以童幼間便居洞庭山。諸父隱堯〔一四〕，深得真道。有張孺華者，襄漢豪士，躭味玄默。一旦，廣賫財寶，訪道於江湖之間。至吴門，知隱堯出世修錬，遥往洞庭詣之。囊橐中所挈金帛，傾竭以資香火。隱堯知其志，俾於岸頂坐守藥爐。其或風雨晦冥，往往有神物來萃，殊形詭狀，深可駭人。孺華端潔自安，竟不微動。如此者涉於周歲，隱堯謂之曰：「爐中錬藥，乃七返靈砂也。雖非九轉金丹，餌之可還魂返魄。曩令子弟數輩守之，靡不畏怯而罷。汝相從未久，遂能苦節如是。」及鼎開藥成，纔成十粒，但令寶之以囊篋，未傳吞餌之法。孺華以去鄉逾年，一旦告歸覲省，隱堯别謂之曰：「吾知汝未能久住，自兹復爲世網所縈，苟慕仙之意不忘，勿以嚣塵爲戀。付汝之藥，每丸可益筭十二。有疾終者，審其未至朽敗，雖涉旬能使再活。然事關陰騭，非行道有心之徒，不可輕授。凡欲此藥救人，當焚香啓告，吾爲助爾。」

孺華歸，甚爲鄉里所敬。父母遘疾而没，服之皆愈。居數歲，復詣洞庭。繫舟於金陵江岸，有良賈徐士則者，乘巨艘十餘隻，亦於浦間同泊。有子一人，方及壯歲，無疾而殞於中夜，父母咸以衰耄，哭泣不食崇朝。孺華憫之，因以靈砂往救。其初服之時未驗，再服一粒，蹶然而蘇。云所至之處，城府甚嚴。方爲吏從拘録，俄有二黄衣人，手執丹書文字，洞庭周尊師令唤。廳事間有紫衣者，據案而坐，於是簪笏而興，謂左右曰：「仙師來召，焉可復留！」乃令放還，謂曰：「汝因此壽命增延，當可力行善道。」士則所將財物，分其半以荅孺華。孺華取錢五十萬，散施貧乏。至洞庭，與隱堯俱隱。（據明高承埏稽古堂刻本《劇談録》卷下校録，又《太平廣記》卷七四引，談本譌作《列仙譚録》，明鈔本譌作《列仙傳》，孫校本作《劇譚録》）

〔一〕指期而降　《廣記》作「刻期而往」。

〔二〕樂平　《廣記》下有「山」字。按：樂平，縣名，唐屬太原府，今山西晉中市昔陽縣西南。樂平山，《太平寰宇記》卷五〇《河東道·平定軍·樂平縣》：「樂平山，在縣東七十六里。即古東山臯落氏之地，漢縣因山以名。」

〔三〕銜　《廣記》作「頑」，孫校本無此字。

〔四〕寫御書　《廣記》作「以御札」，明鈔本、孫校本「札」作「書」。

〔五〕蓋因有道而出　《廣記》「因」作「爲」，孫校本「道」下有「者」字。

〔六〕數　《廣記》作「數十」。

〔七〕初 《廣記》作「中」。

〔八〕德 《廣記》孫校本作「聽」。

〔九〕一 《廣記》作「不」。

〔一〇〕今夕 《廣記》作「是今夕」，明鈔本、孫校本作「是夕」，《會校》據改。

〔一一〕化 《廣記》作「祝」，孫校本作「化」，《會校》據改。

〔一二〕栽培 《廣記》作「封」。

〔一三〕蕊 《廣記》作「芬」。

〔一四〕隱堯 《廣記》卷六引《仙傳拾遺》「堯」作「遥」。

按：《廣記》删周隱堯、張孺華事，題《唐武宗朝術士》。

廣謫仙怨詞 台州刺史竇弘餘撰

康 軿 撰

玄宗天寶十五載正月，安禄山反，陷没洛陽。王師敗績，關門不守，車駕幸蜀。途次馬嵬驛，六軍不發，賜貴妃自盡，然後駕發。行次駱谷，上登高平，馬上謂力士曰〔一〕：「吾蒼惶出狩，長安不辭宗廟〔二〕。此山絶高，望見秦川，吾今遥辭陵廟。」因下馬，望東再拜，嗚咽流涕，左右皆泣。謂力士曰：「吾取〔三〕九齡之言，不到於此。」乃命中使往韶州，以太牢祭之。中書令張九齡，每因奏對，未嘗不諫誅禄山。上怒曰：「卿豈以王夷甫識石勒，便〔四〕殺禄山？」於是不敢諫矣。因上馬，遂索長笛吹一曲〔五〕。曲成，潸然流涕，竚立久之。時有司旋録成譜〔六〕。及鑾駕至成都，乃進此譜。請曲名，上不記之，視左右曰：「何曲〔七〕？」有司具以駱谷望長安，下馬後索長笛吹出對。上良久曰：「吾省矣。吾因思九齡，亦别有意，可名此曲爲《謫仙怨》。」其旨屬馬嵬之事。

厥後以亂離隔絶，有人自西川傳得者，無由知其本末〔八〕，但呼爲《劍南神曲》。其音怨切動人〔九〕，諸曲莫比。大曆中，江南人盛爲〔一〇〕此曲。隨州刺史劉長卿，左遷睦州司馬，祖筵之内，吹之爲曲。長卿遂撰其詞，意頗自得，蓋亦不知本事〔一一〕。詞云：「晴川落日初低，惆悵孤舟解攜。鳥去〔一二〕平蕪遠近，人隨流水東西。白雲千里萬里，明月前溪後溪。獨恨長沙謫去，江潭春草萋萋〔一三〕。」

余在童幼，亦聞長老話謫仙之事頗熟。而長卿之詞，甚是才麗，與本事〔一四〕意興不同。余既備知，聊因暇日，輒撰其詞。復命樂工唱之，用廣不知者。其詞曰：「胡塵犯闕衝關，金輅提攜玉顔。雲雨此時消〔一五〕散，君王何日歸還？傷心朝恨暮恨，迴首千山萬山。獨望天邊初月，蛾眉猶在〔一六〕彎彎。」

輧以爲竇史君序《謫仙怨》，云劉隨州之詞，未知本事。及詳其意，但以貴妃爲懷。蓋明皇登駱谷之時，實有思賢之意。竇之所製，殊不述焉。輧〔一七〕因更廣其詞，蓋欲兩全其事。雖才情淺拙，不逮二公，而理或可觀，貽諸識者。詞云：「晴山礙日〔一八〕横天，緑疊〔一九〕君王馬前。鑾輅西巡〔二〇〕蜀國，龍顔東望秦川。曲江魂斷芳草，妃子愁凝暮煙。長笛此時吹罷，何言獨〔二一〕爲嬋娟？」（據明高承埏稽古堂刻本《劇談録》卷下校録）

〔一〕上登高平馬上謂力士曰　原作「上等高下馬，謂力士曰」，北宋劉斧《青瑣高議》前集卷二《廣謫仙怨詞》同，據《唐語林》卷四《傷逝》改。

〔二〕吾蒼惶出狩長安不辭宗廟　《青瑣高議》「狩」作「離」，「長安」連上讀，鈔本乃作「狩」。《唐語林》無「長安」二字，「不」下有「及」字。

〔三〕取　《四庫》本、《青瑣高議》、《紺珠集》卷八《劇譚録·謫仙怨》、《類説》卷一五《劇談録·謫仙怨》、《海録碎事》卷一六引《劇談録》作「聽」。

〔四〕便　《四庫》本作「陳」，《青瑣高議》作「使」。

〔五〕一曲　「一」原作「於」，據《四庫》本，《青瑣高議》改。《唐語林》作「自製曲」。

〔六〕時有司旋録成譜　《唐語林》作「詔樂工録其譜」。

〔七〕何曲　《唐語林》作「何也」，《青瑣高議》作「何得有此」。

〔八〕其本末　此三字原無，據《唐語林》補。《青瑣高議》作「之」。
〔九〕動人　此二字原無，據《唐語林》補。
〔一〇〕爲　《唐語林》作「傳」。
〔一一〕本事　《唐語林》作「事之始」。
〔一二〕去　《全唐詩》卷八九〇劉長卿《謫仙怨》作「向」。
〔一三〕按：《劉隨州詩集》卷八此詩題《苕溪酬梁耿别後見寄》，詩曰：「清川永路何極（注：一作『清溪落日初低』），落日（注：一作『惆悵』）孤舟解攜。鳥向（注：一作『鳥去』）平蕪遠近，人隨流水東西。白雲千里萬里，明月前溪後溪。惆悵（注：一作『獨恨』）長沙謫去，江潭芳（注：一作『春』）草萋萋。」
〔一四〕事　《唐語林》、《青瑣高議》作「曲」。
〔一五〕消　《全唐詩》竇弘餘《廣謫仙怨并序》作「蕭」。
〔一六〕猶在　《唐語林》作「獨自」，《青瑣高議》、《全唐詩》作「猶自」。
〔一七〕翀　原作「駢」，今改。
〔一八〕礙日　《青瑣高議》「礙」作「凝」，《全唐詩》康駢《廣謫仙怨并序》「日」作「目」。
〔一九〕疊　《青瑣高議》作「映」。
〔二〇〕鑾輅西巡　《青瑣高議》作「鑾輿西幸」，鈔本「幸」作「巡」。

〔三二〕獨　《青瑣高議》作「不」，誤。

按：題注「台州刺史竇弘餘撰」，乃指《謫仙怨詞》，康軿則廣之也。此篇《廣記》未引，《唐語林》卷四《傷逝》採之，止於竇弘餘詞。《青瑣高議》前集卷二取入全文，題注「竇弘餘作《仙怨》」，而作者署爲台州刺史竇弘餘撰，誤。《資治通鑑考異》卷一四云：「康駢《劇談録》：『上至駱谷山，登高望遠，嗚咽流涕，謂高力士曰：「吾昔若取九齡語，不到此。」命中使往韶州祭之。』按玄宗入蜀不自駱谷，康軿誤也。」乃誤讀原書，誤者乃竇弘餘也。

唐五代傳奇集第四編卷九

張綽

嚴子休 撰

嚴子休，號馮翊子。殆爲嚴震之後。嚴震（七二四—七九九），《舊唐書》卷一一七、《新唐書》卷一五八有傳。字遐聞，梓州鹽亭縣（今屬四川綿陽市）人。德宗時爲同中書門下平章事，封馮翊郡王，卒贈太保。子休僖、昭、哀間居江淮，疑爲淮南節度使、吴王楊行密從事。（據《新唐書·藝文志》小説家類、《郡齋讀書志》雜史類及本書）

咸通初〔一〕，有進士張綽〔二〕者，下第後，多遊江淮〔三〕間。頗有道術，常養氣絶粒，嗜酒耽碁〔四〕，又〔五〕以爐火藥術爲事。一旦，覩天大哂〔六〕，命筆題其壁〔七〕云：「争奈金烏何〔八〕，頭〔九〕上飛不住。紅爐謾燒〔一〇〕藥，玉顔安可駐。今年花發枝，明年葉落〔一一〕樹。不如且飲酒，莫管流年度〔一二〕。」人以此異之。不喜裝飾，多歷旗亭，而好酒杯也〔一三〕。或人召飲，若遂合意，則索紙剪蛺蝶三二十枚〔一四〕，以氣吹之，成列而飛。如此累刻，以指收之，俄皆在手。見者求之，即以他事爲阻。

常遊鹽城〔一五〕，多爲酒困，非類輩欲乘酒試之，相競較力。邑令偶見〔一六〕，留繫是邑中。醒乃述課〔一七〕，得《陳情》二首以上狄令〔一八〕，乃立釋之。詩所紀〔一九〕惟一篇，云：「門風常〔二〇〕有蕙蘭馨，鼎族家傳霸國名。容貌靜懸秋月彩，文章高振海濤聲。訟堂無復〔二一〕調琴軫，郡閣何妨醉玉觥。今日東漸〔二二〕音尖橋下水，一條從此鎮長〔二三〕清。」自後狄宰多張之才，次求其道，日久〔二四〕延接，欲傳其術。張以〔二五〕明府勳貴家流，年少而宰劇邑，多聲色狗馬之求，未暇志味玄奥，因贈詩以開其意，云：「何用梯媒向外求，長生只在〔二六〕内中修。莫言大道人難得，自是行心不到頭。」

他日將欲離去，乃書琴堂而别。後人多云江南上昇。初去日，乘醉因求搗網〔二七〕，剪紙鶴二隻〔二八〕，以水噀之，俄而翔翥。乃曰：「汝先去，吾即後來。」時狄公亦醉，不暇拘留，遂得去。其所題云：「張綽張綽自不會〔二九〕，天下經書在腹内。身却〔三〇〕騰騰處世間，心即摇摇〔三一〕出天外。」至今江淮好事者，記綽時事詩極多〔三二〕。（據民國石印本明陳繼儒《寶顔堂祕笈》本校録，又顧元慶《廣四十家小説》本、《太平廣記》卷七五引《桂苑叢談》）

〔一〕初　《類説》卷五二《桂苑叢談·紙蛺蝶》、阮閲《詩話總龜》前集卷四六引《桂苑叢談》作「中」。

〔二〕張綽　顧本、《廣記》、《類説》、宋孔傳《後六帖》卷九五引《桂苑叢談》、元趙道一《歷世真仙體道通鑑》卷四四《張辭》「綽」作「辭」，洪邁《萬首唐人絶句》卷六六《獻狄令》譌作「辨」。

〔三〕江淮　顧本、《廣記》作「淮海」。

〔四〕碁　《詩話總龜》作「奇」。

〔五〕又　顧本、《廣記》作「鄙人」。按：「又」與「鄙人」相反，《詩話總龜》作「只」，意與寶顔堂本同。

〔六〕覩天大哂　顧本「天」作「乃」。《廣記》作「覩之乃大哂」，清孫潛校本「覩」作「見」。

〔七〕其壁　此二字原無，據《廣記》補。按：《詩話總龜》亦云「題壁」。

〔八〕争奈金烏何　《廣記》、《詩話總龜》、《全唐詩》卷八六一張辭《題壁》「奈」作「那」。《真仙通鑑》作「争奈一金烏」。

〔九〕頭　《詩話總龜》作「欲」。

〔一〇〕謾燒　《廣記》、《全唐詩》「謾」作「漫」，《廣記》孫校本作「謾」。《類説》作「慢生」。

〔一一〕葉落　《詩話總龜》、南宋陳葆光《三洞群仙録》卷七引《廣記》作「花滿」。

〔一二〕莫管流年度　「度」原作「逝」，出韻，據《詩話總龜》、《全唐詩》改。顧本、《廣記》、《類説》、《真仙通鑑》作「朝暮復朝暮」。

〔一三〕而好酒杯也　顧本作「而好杯故也」，《廣記》作「好酒故也」。

〔一四〕蛺蜨三二十枚　《廣記》「蛺蜨」作「蛺蝶」，孫校本作「蝴蝶」，張國風《太平廣記會校》據改。《詩話總龜》作「蝴蝶三十二」，有脱譌，《群仙録》作「蝴蝶數千枚」，《真仙通鑑》作「蛺蝶二三枚」。按：

蛺蝶即蝴蝶。蜨，同「蝶」。

〔一五〕鹽城 《廣記》「鹽」譌作「監」，孫校本、《四庫全書》本作「鹽」。

〔一六〕邑令偶見 此句原無，據《廣記》補。《廣記》下句作「繫之」。

〔一七〕述課 《廣記》、《詩話總龜》作「課述」，孫校本作「述課」。按：述課，意謂陳述事情經過，以回答考問。課，考查。

〔一八〕得陳情二首以上狄令 顧本、《説庫》、中華書局上海編輯所排印本、《廣記》「得」作「德」，誤。《詩話總龜》作「爲」。「首」《廣記》作「律」，明鈔本、孫校本作「章」。

〔一九〕紀 顧本、中華本、《廣記》作「記」。紀，通「記」。

〔二〇〕常 《詩話總龜》作「長」。

〔二一〕復 原作「事」，據顧本改。

〔二二〕漸 《詩話總龜》作「流」，無注。

〔二三〕長 《廣記》、《全唐詩》張辭《上鹽城令述德詩》作「常」。

〔二四〕久 《廣記》作「夕」。

〔二五〕以 《詩話總龜》作「云」。

〔二六〕在 顧本作「令」，《廣記》、《唐人絶句》、《全唐詩·謝令學道詩》作「合」。

〔二七〕搗網 《廣記》作「片楮」，明沈與文野竹齋鈔本作「搗網」，孫校本作「搗網紙」。按：搗網、楮皆指紙。

〔二八〕剪紙鶴二隻　《廣記》、《詩話總龜》作「剪二鶴於廳前」。

〔二九〕張綽張綽自不會　《詩話總龜》無「張綽張綽」四字。《類説》「自不會」作「因不舍」，誤。

〔三〇〕却　顧本、《廣記》、《類説》、《真仙通鑑》、《全唐詩·别令詩》作「即」。

〔三一〕摇摇　原作「逍遥」，據顧本、《類説》改。《真仙通鑑》作「飄飄」。

〔三二〕至今江淮好事者記綽時事詩極多　顧本「綽時事詩」作「辭詩」。《廣記》作「至今爲江淮好事者所説」，孫校本「所説」作「記辭詩極多」。《詩話總龜》作「江南好事者尚記上昇時事」。

按：《桂苑叢談》一卷，著録於《崇文總目》傳記類、《新唐書·藝文志》小説家類、《通志·藝文略》小説類、《郡齋讀書志》雜史類、《宋史·藝文志》小説類。《宋志》云「不知作者」，《新唐志》、《郡齋讀書志》則題馮翊子子休。《郡齋讀書志》（衢本）叙云：「右題云馮翊子子休撰，雜記唐朝雜事，僖、昭時，當是五代人。李邯鄲（按：指李淑《邯鄲書目》）云姓嚴。」馮翊子乃其别號，子休蓋其名也。

書今存，通行本爲明陳繼儒《寶顔堂祕笈》（續集）本，題唐子休馮翊著，蓋以馮翊爲姓名，子休爲字，誤也。凡十事，各有標目，疑後人所加。書後附《史遺》十八條，無標目，無作者。按《史遺》《新唐志》雜史類有目，一卷，不著撰人。陳本又載入《續百川學海》丙集、《五朝小説·唐人百家小説》紀載家、《重編説郛》卷二六、《四庫全書》、《唐人説薈》第二集（或卷二）、《古今説部叢書》二集、《説庫》等。《四庫全書》本未署作者，其餘題唐馮翊。《四庫》本亦附《史遺》十八條，其餘各本止十一條，删落《史遺》之題並各立標目，遂與《桂苑叢談》混爲一書。中華書局上海編輯所一九五八年據《寶顏堂祕笈》本校點排印，題署正作唐馮翊子子休撰。二〇〇〇年上海古籍出版社出版《唐五代筆記小説大觀》，中收陽羨生校點本，題作五代嚴子休撰，以上編本爲基礎，校以《四庫》本。

陳繼儒之前，顧元慶《廣四十家小説》亦收《桂苑叢談》，題馮翊子子伏撰，「伏」字誤。與陳本文字多有異同，有五處注文陳本皆在正文中。後亦附《史遺》，十七條，「崔膺」、「杜祐」爲一條，甚是，且文字較《寶顏堂祕笈》爲備。

《太平廣記》引九條，文句多同顧本。《類説》卷五二删摘八條，明天啓刊本不著撰人，嘉靖伯玉翁舊鈔本（卷四四）題嚴子休撰。《説郛》卷七自原書選録二條，無題，注一卷，署唐馮翊，下注字子休，亦《寶顏堂祕笈》本之誤。

所記皆中晚唐事。末條《客飲甘露亭》叙吴王（楊行密）收復浙右次年甘露寺四鬼吟詩事。楊行密昭宗景福元年（八九二）爲淮南節度使，天復二年（九〇二）封吴王，天祐二年（九〇五）收復潤州，殺潤州團練使安仁義。又朱衣人（按：影射高駢）詩云「顧雲已往羅隱毫」。顧雲卒於乾寧初（《唐詩紀事》卷六七）。據《新登欽賢羅氏宗譜》中沈崧《羅給事墓誌》（見江德振《羅隱年譜》），羅隱卒於梁開平三年（九〇九）十二月十三日，享年七十七歲，則此書之作乃在天祐三年至開平三年間。本書十事，記潤州者二，揚州者六，泛言江淮者二，疑著書之時從事於淮南幕，故倣淮南從事崔致遠《桂苑筆耕集》，書標「桂苑」也。

本篇今本題《張綽有道術》（顧本「綽」作「辭」），今改題《張綽》。《廣記》題《張辭》。

崔涯張祜

嚴子休　撰

進士崔涯、張祜下第後，多遊江淮〔一〕。常嗜酒，侮謔時輩。或乘飲興，即自稱俠〔二〕。二子好尚既同，相與甚洽。崔因醉作〔三〕《俠士詩》云：「太行嶺上三〔四〕尺雪，崔涯袖中〔五〕三尺鐵。一朝若遇有心人，出門便與妻兒別。」由是往往播在人口，曰〔六〕：「崔、張真俠士也。」以此人多設酒饌待之，得以互相推許。

一旦，張以詩上牢盆使〔七〕，出其子，授漕渠小職，得堰，俗號「冬瓜」。張二子，一椿兒，一桂子，有詩曰：「椿兒繞樹春園裏，桂子尋花夜月中〔八〕。」人或戲之曰：「賢郎不宜作等職。」張曰：「冬瓜合出祜子。」戲者相與大哂。

後歲餘，薄〔九〕有資力。一夕，有非常人，裝飾甚武，腰劍手囊，囊中〔一〇〕貯一物，流血〔一二〕於外。入門謂曰：「此非張俠士居也？」曰：「然。」張揖客甚謹。既坐，客曰：「有一讐人，十年莫得〔一三〕。今夜獲之，喜不可已。」指其囊曰：「此其首也。」問張曰：「有酒〔一三〕否？」張命酒飲之。飲訖〔一四〕，客曰：「此去三數里，有一義士，余欲報之，若濟此舉〔一五〕，則平生恩讐畢矣。聞公氣義，可假余十萬緡〔一六〕，立欲酬之，是余願矣〔一七〕。此後赴湯蹈火，爲狗爲雞，無所憚。」張且不吝，深喜其説，乃抉〔一八〕囊燭下，籌其縑素中品之物，量而與之。客曰：「快哉〔一九〕！無所恨也。」乃留囊首而去，期以却回。

及期不至，五鼓絶聲，東曦既駕，杳無蹤跡。張慮以囊首彰露，且非己爲〔二〇〕，客既不來，計將安出？遣家人將欲埋之。開囊出之，乃豕首矣〔二一〕。因方悟之而嘆曰：「虚其名，無其實，而見欺之若是，可不戒歟！」豪俠之氣自此而喪矣。（據民國石印本明陳繼儒《寶顏堂祕笈》本校録，又顧元慶《廣四十家小説》本、《説郛》卷七《桂苑叢談》、《太平廣記》卷二三八引《桂苑叢談》）

〔一〕進士崔涯張祜下第後多遊江淮　「涯」《説郛》作「渥」，誤。按：《雲溪友議》卷中《辭雍氏》：「崔涯者，吴楚之狂生也。」《唐詩紀事》卷五二《崔涯》：「崔涯，吴楚人，與張祜齊名。」「祜」原譌作「祐」，據《四庫》本、中華本、《廣記》改，下同。「江淮」《説郛》作「淮海」。《説郛》全句作「進士崔渥、張祐自稱俠，張祐下第後，多客淮海」。

〔二〕俠　《唐人説薈》本、《説庫》本、中華本、《廣記》作「豪俠」。

〔三〕作　《説郛》作「吟」。

〔四〕三　顧本作「二」，《全唐詩》卷五〇五崔涯《俠士詩》作「一」。

〔五〕崔涯袖中　明馮夢龍編《古今譚概》（一名《古今笑》）譎知部《崔張豪俠》作「壯士懷中」。按：此乃馮氏所改。

〔六〕曰　此字原無，據《廣記》、明吴大震《廣豔異編》卷一五《張祐》補。

〔七〕以詩上牢盆使　「詩」《説郛》作「計」。「牢盆使」《廣記》、《廣豔異編》作「鹽鐵使」。按：牢盆使即指鹽鐵使。牢盆，煮鹽器具。《史記》卷三〇《平準書》：「願募民自給費，因官器作煮鹽，官與牢盆。」

〔八〕「張二子」至「夜月中」　原爲正文，據顧本改。按：顧本有六處注文，陳本除《張綽有道術》保留「音尖」一處外，其餘皆在正文中，以致文氣或有不暢。《廣記》、《説郛》皆無此數語，蓋以其爲注文而未加引録。而《廣記》卷二〇四引《李蔚》（即《賞心亭》），則有三條注文，與顧本同，乃又保留其注。《方竹拄杖》一處注文，《廣記》卷二三二引及《説郛》則闌入正文。《類説》卷五二《桂苑叢談·椿兒桂子》「夜月」作「月夜」。

〔九〕薄　原譌作「簿」，據顧本、《唐人百家小説》、《重編説郛》、《四庫》、《唐人説薈》、《古今説部叢書》、《説庫》、中華本及《廣記》、《廣豔異編》改。

〔一〇〕囊中　此二字原無，據《廣記》、《廣豔異編》補。

〔一一〕流血　《廣記》、《廣豔異編》此下有「殷」字。殷，染紅。

〔一二〕有一讐人十年莫得　《廣記》、《廣豔異編》作「有一讐人之恨，十年矣」。《廣記》明鈔本、孫校本有「莫得」二字。

〔一三〕酒　《廣記》、《廣豔異編》作「酒店」。《廣記》明鈔本、孫校本無「店」字。

〔一四〕飲訖　此二字原無，據《廣記》、《廣豔異編》補。《廣記》明鈔本、孫校本作「飲」，連下讀。

〔一五〕若濟此舉　此句原無，據《説郛》補。顧本、《廣記》、《廣豔異編》作「若濟此夕」。

〔一六〕可假余十萬緡　《廣記》、《廣豔異編》作「能假予十萬緡否」。

〔一七〕矣　《廣記》、《廣豔異編》作「畢」，《廣記》明鈔本作「矣」。

〔一八〕抉　原作「扶」，顧本同。《唐人説薈》本、《説庫》本、中華本、《廣記》、《廣豔異編》作「傾」，《説郛》作「抉」。按：「扶」當爲「抉」字形譌，據《説郛》改。抉，開也。

〔一九〕快哉　《説郛》二字重復。

〔二〇〕且非己爲　《廣記》、《廣豔異編》作「以爲己累」。

〔二一〕矣　《唐人説薈》本、《説庫》本、中華本、《廣記》、《廣豔異編》、《古今譚概》作「也」，《説郛》作「耳」。

按：原題《崔張自稱俠》，《廣記》題《張祜》，今擬作《崔涯張祜》。《廣豔異編》卷一五自《廣記》輯入，題《張祐》。《古今譚概》譎知部亦採入，題《崔張豪俠》，有删改。

甘露亭

嚴子休 撰

有甘露寺僧語愚云：吴王收復浙右之歲，明年夏中夜，月瑩無雲，望江澄澈如畫。諸徒侣悉已禪寂，竟無人蹤，禽犬皆息矣。獨某默默持課，時亦惜其皎月沉房廊，臨江恰幽静。俄有數人自西軒而來，領僕廝輩挈酒壺，直抵望江亭而止。皆話今宵明月，江水清澄，得與諸人邂逅相遇，且不幸兹景矣。僧窺之而思曰：「中夜禁行，客自何來？必是幽靈異人乎？」乃於窗際俯伏而伺之。

既至，坐定命酒，羅列果食器〔一〕皿，隨時所有。東向一人，南朝之衣，青陽〔二〕甚美。西坐一人，北虜〔三〕之服，魁梧亹亹。北行〔四〕一人，逢掖之衣，指東向者設禮而坐。南行一人，朱衣霜簡，清瘦多髯。飛杯之頃，東向者語西坐曰：「『項羽重瞳，猶〔五〕有烏江之敗；湘東一目，寧爲四海所歸？』果致如是乎？」虜服〔六〕乃笑而言曰：「往者賢金昆不竪〔七〕籬棘見未萌，吾子豈有向來之患乎？」由是二客各低頭不樂。南向朱衣曰：「時世命也，知復何爲？且某又忽致此，二三君子以爲何如？」東向者曰：「朝代雖殊，古今一致。俾公縱無『滿宮多少承恩者，似有容華妾也甘』之詞〔八〕，亦恐不脱此難。」北向逢掖衣曰：「此猶可也，大忌者『滿身珠翠將何用？唯與豪客拂象牀』，大患此也。」朱衣欷歔低頭而已。東向曰：「今日得恣縱江南之遊，皆乏〔九〕風流矣。僕記云：『邑〔一〇〕人種得西施花，千古春風開不盡。』可謂越古超〔一一〕今矣。」

酒至西行，虜服曰：「各徵囊日臨危一言，以代絲竹，自吟自送，可乎？」衆曰：「可。」虜服乃執杯而吟曰：「趙壹能爲賦〔一二〕，鄒陽解獻書〔一三〕。可〔一四〕惜西江水，不救轍中魚。」次至逢掖，舉行〔一五〕而歌曰：「偉哉横海鱗，壯矣垂天翼。一旦失風水，翻爲螻蟻食。」巡至東向曰：「功遂侔昔人，保退無智力。既涉〔一六〕太行險，兹〔一七〕路信難陟。」以至朱衣，乃朗吟曰：「握〔一八〕裏龍蛇紙上鸞，逡巡千幅不將〔一九〕難。顧雲已往羅隱耄，更有何人逞筆端〔二〇〕？」吟罷，東樓晨鐘遽鳴，僧户軋然而啓，欻爾而散，竟無蹤矣。

僧之聰慧不群，多有遺之者，愚故得而録其略焉〔二一〕。（據民國石印本明陳繼儒《寶顔堂祕笈》本校録，又顧元慶《廣四十家小説》本）

〔一〕器　顧本、明梅鼎祚《才鬼記》卷七引《桂苑叢談》作「品」。

〔二〕青陽　《唐人百家小説》、《重編説郛》、《唐人説薈》、《古今説部叢書》、《説庫》、中華等本作「清揚」，《四庫》本、《才鬼記》作「清陽」。顧本作「青陽」。按：清揚，眉清目秀。《詩經·鄭風·野有蔓草》：「有美一人，清揚婉兮。」毛傳：「清揚，眉目之間婉然美也。」青陽、清陽，皆同「清揚」。《文選》卷一七傅毅《舞賦》：「動朱唇，紆清陽。」《韓詩外傳》卷一：「有美一人，青陽宛兮。」

〔三〕虜　《四庫》本改作「番」，滿清諱言「虜」也。

〔四〕行　《詩話總龜》前集卷五〇引《桂苑叢談》（周本淳校點本）、南宋史彌堅等《嘉定鎮江志》卷二一《祥異》（無出處）作「向」，下同。

〔五〕猶　《才鬼記》、《南史》卷八〇《賊臣·王偉傳》作「尚」。按：「項羽」等四句乃梁代王偉爲侯景所作檄文中句。「虜服」即王偉。

〔六〕虜服　《四庫》本改作「西坐者」，下同。

〔七〕豎　《四庫》本作「竪」，誤。

〔八〕甘之詞　此三字原脱，據顧本、《才鬼記》補。《全唐詩》卷五九八高駢卷「甘」作「無」。按：觀前後文意，當以「甘」爲是。高駢假託失寵宮人口，謂妾不得承恩，雖有容華亦自甘寂寞也。

〔九〕乏　《詩話總龜》、《鎮江志》、明張萊《京口三山志》卷一〇引《郡志》作「不乏」。

〔一〇〕邑　《詩話總龜》、《鎮江志》、《全唐詩》作「何」。

〔一一〕超　原作「越」，據顧本、《才鬼記》、《唐人百家小説》、《重編説郛》、《唐人説薈》、《古今説部叢書》、《説庫》等本及《詩話總龜》、《鎮江志》、《京口三山志》改。

〔一二〕賦　原譌作「賊」，據《類説》卷一五《桂苑叢談·望江月夜亭》、《詩話總龜》、《鎮江志》、《京口三山志》、《才鬼記》、《全唐詩》卷八六五甘露寺鬼《西軒詩》改。按：《南史·王偉傳》載此詩，作「賦」。

〔一三〕解獻書　《類説》作「會獻詩」，誤。

〔一四〕可　《南史·王偉傳》作「何」。

〔一五〕行　顧本、《詩話總龜》、《鎮江志》、《才鬼記》作「白」，《唐人百家小説》、《重編説郛》、《四庫》、《唐人説薈》、《古今説部叢書》、《説庫》、《叢書集成初編》排印本（據《寶顔堂祕笈》本）作「杯」。按：行，行杯。白，酒或酒杯。

〔一六〕既涉　《京口三山志》作「誰言」，不知何據。

〔一七〕兹　《宋書》卷四四《謝晦傳》作「斯」。按：此爲謝晦詩，即「東向」者。「逢掖」乃謝晦姪謝世基。

〔一八〕握　《鎮江志》作「寤」。

〔一九〕將　《京口三山志》作「爲」。

〔二〇〕顧雲已往羅隱耄更有何人逞筆端　《京口三山志》作「顧雲羅隱皆塵土，嘆息何人逞筆端」。

〔二一〕多有遺之者愚故得而録其略焉　顧本、《才鬼記》作「多記少比話，兹後遊天台山矣，愚故得詳而録之」。

按：原題《客飲甘露亭》，《才鬼記》卷七同，今擬如題。

鄴侯外傳

闕　名撰

李泌，字長源，趙郡中山人也。六代祖弼，太師〔一〕，父承休，吴房令。休娶汝南周氏。初，周氏尚幼，有異僧僧伽泗上來，見而奇之，且曰：「此女後當歸李氏，而生三子。其最小者，慎勿以紫衣衣之，當起家金紫，爲帝王師。」及周氏既娠泌，凡三周年，方寤〔二〕而生。泌生而髮至於眉。先是周每産，必累日困憊，唯娩泌獨無恙，由是小字爲順。

泌幼而聰敏，書一覽必能誦〔三〕。六七歲學屬文。開元十六年，玄宗御樓大酺。夜於樓下置高座，召三教講論。泌姑子員俶，年九歲，潛求姑備儒服，夜昇高座，詞辨鋒起，譚者皆屈。玄宗奇之，召入樓中，問姓名，乃曰：「半千之孫，宜其若是。」因問：「外更有奇童如兒者乎？」對曰：「舅子順，年七歲，能賦敏捷。」問其宅居所在，命中人潛伺於門，抱之以入，戒勿令其家知。玄宗方與張説觀棊，中人抱泌至，俶與劉晏偕〔四〕在帝側。及玄宗見泌，謂説曰：「後來者與前〔五〕兒絶殊儀狀，真國器也。」説曰：「誠然。」遂命説試爲詩，即令詠方圓動静。泌曰：「願聞其狀。」説應曰：「方如棊局，圓如棊子，動如棊生，静如棊死。」説以其幼，仍教之曰：「但可以意虚作，不得更實道棊字。」泌曰：「隨意即甚易耳。」

玄宗笑曰：「精神全大於身。」泌乃言曰：「方如行義，圓如用智，動如逞才，静如遂意〔六〕。」説因賀曰：「聖代嘉瑞也。」玄宗大悦，抱於懷，撫其頭，命果餌啗之。遂送忠王〔七〕院，兩月方歸。仍賜衣物及綵數十，且諭其家曰：「年小，恐於兒有損，未能與官，當善視之，乃國器也。」由是張説〔八〕邀至其宅，令其子均、垍，相與若師友，情義甚狎。張九齡、賀知章、張廷珪〔九〕、韋虚心，一見皆傾心愛重。賀知章嘗曰：「此穉子目如秋水，必當〔一〇〕拜卿相。」張説曰：「昨者上欲官之，某言未可，蓋惜之，待其成器耳。」

當其爲兒童時，身輕，能於屏風上立，薰籠上行。道者云〔一一〕：「年十五，必白日昇天。」父母保惜，親族憐愛，聞之皆若有甚厄也。一旦空中有異香之氣，及音樂之聲，李公〔一二〕之血屬，必迎罵之。至其年八月十五日，笙歌在室，時有綵雲掛於庭樹。李公之親愛，乃多搗〔一三〕蒜虀，至數斛，伺其異音奇香至，潛令人登屋，以巨杓颺濃蒜潑之，香樂遂散，自此更不復至。

後二年，賦《長歌行》曰：「天覆吾，地載吾，天地生吾有意無。不然絶粒昇天衢，不然鳴珂遊帝都。焉能不貴復不去，空作昂藏一丈夫。一丈夫兮一丈夫，平生志氣是〔一四〕良圖。請君看取百年事，業就扁舟泛五湖。」詩成，傳寫之者莫不稱賞。張九齡見，獨誡之曰：「早得美名，必有所折，宜自韜晦，斯盡善矣。藏器於身，古人所重，況童子耶？但當爲詩，以賞風景，詠古賢，勿自揚己爲妙。」泌泣謝之。爾後爲文，不復自言。九齡尤喜其有心，言前途不可量也。又嘗以直言規諷九齡，九齡感之〔一五〕，遂呼爲小友。九齡出荆州，邀至郡經年。

就於東都肄業〔一六〕。遂遊衡山、嵩山，因遇神仙桓真人〔一七〕、羨門子、安期先生降之，羽車幢節，流雲神光，照灼山谷，將曙乃去。仍授以長生羽化服餌之道，且戒之曰：「太上有命，以國祚中危，朝廷多難，宜以文武之道佐佑人主，功及生靈，然後可登真脱屣耳。」自是多絶粒咽氣，修黄光〔一八〕谷神之要。及歸京師，寧王延於第，玉真公主以弟呼之，特加敬〔一九〕異。常賦詩，必播於王公樂章。及丁父憂，絶食柴毁〔二〇〕。服闋，復遊嵩、華、終南，不顧名禄。

天寶十載，玄宗訪召入内。獻《明堂九鼎議》，應制作《皇唐聖祚文》，多講道談經〔二一〕。肅宗爲太子，勑與太子諸王爲布衣交。爲楊國忠所忌〔二二〕，以其所作《感遇詩》，謗議〔二三〕時政，搆而陷之，詔於蘄春郡安置。天寶十二載，母周亡，歸家，太子諸王皆使弔祭。尋禄山陷潼關，玄宗、肅宗分道巡狩。泌嘗竊賦詩，有匡復意〔二四〕。虢王巨爲河洛節度使〔二五〕，使人求泌於嵩少〔二六〕間。會肅宗手札至，虢王備車馬，送至靈武。肅宗延於卧内，動静顧問，規畫大計，遂復兩都。泌與上寢則對榻，出則聯鑣。代宗時爲廣平王，領天下兵馬元帥，詔授侍謀軍國天下兵馬元帥府行軍長史〔二七〕，判行軍事，仍於禁中安置。崔圓、房琯自蜀至，册肅宗爲皇帝，並賜泌手詔衣馬枕被等。既立大功，而幸臣李輔國害其能，將不利之，因表乞遊衡岳。優詔許之，給以三品禄俸。山居累年，夜爲寇所害，投之深谷中。及明，乃攀緣他徑而出，爲槁葉所藉，略無所損。

初，肅宗之在靈武也，常憂諸將李郭等，皆已爲三公宰相，崇重既極，慮收復後無以復爲賞也。泌對曰：「前代爵以報功，官以任能，自堯、舜以至三代，皆所不易。今收復後，若賞以茅土〔二八〕，不過二三百户一小州，豈難制乎？」肅宗曰：「甚善。」因曰：「若臣之所願，則特與他人異。」肅宗曰：「何也？」泌曰：「臣絶粒無家，禄位與茅土，皆非所欲。爲陛下帷幄運籌，收京師後，但枕天子膝睡一覺，使有司奏客星犯帝座，一動天文足矣。」肅宗大笑。及南幸扶風，每頓，必令泌領元帥兵先發，清行宫，收管鑰，奏報，然後肅宗至。至保定郡，泌稍懈，先於本院寐。肅宗來入院，不令人驚之，登床，捧泌首置於膝。良久方覺，上曰：「天子膝已枕矣，尅復之期，當在何時，可促償之〔二九〕。」泌遽起謝恩，肅宗持之不許，因對曰：「是行也，以臣觀之，假九廟之靈，乘一人之威〔三〇〕，當如郡名，必保定矣。」既達扶風，旬日而西域河隴之師皆會，江淮庸調亦相繼而至，肅宗大悦。

又肅宗嘗夜坐，召潁王〔三一〕等三弟，同於地爐罽毯上食。以〔三二〕泌多絶粒，肅宗每爲自燒〔三三〕二梨以賜泌。時潁王恃恩固求，肅宗不與，曰：「汝飽食肉〔三四〕，先生絕粒，何乃爭此〔三五〕耶？」潁王曰：「臣等試大家心，何乃偏耶？不然，三弟共乞一顆，可乎〔三六〕？」肅宗亦不許，別命他菓以賜之。王等又曰：「臣等以大家自燒，故乞，他菓何用？」因曰：「先生恩渥如此，臣等請聯句，以爲他年故事。」潁王曰：「先生年幾許，顔色似童兒。」其次信王曰：「夜抱九仙骨，朝披一品衣。」其次益王〔三七〕曰：「不食千鍾粟，唯餐兩顆梨。」既而三王請成之，肅宗因曰：「天生此〔三八〕間氣，助我化無爲。」泌起謝，肅宗又不許。

泌〔三九〕之居山也，棲遁〔四〇〕幽林，不交人事。居内也，密謀匡救〔四一〕，動合玄機，社稷之鎮也。泌恩渥隆異，故元載、輔國之輩，嫉之若仇。代宗即位，累有頒賜，中使旁午於道，別〔四二〕號天柱峰中岳先生，賜朝天玉簡。已而〔四三〕徵入翰林。元載奏以朝散大夫、檢校秘書少監，爲江西觀察判官。載伏誅，追復京師，又爲常衮所嫉，除楚州刺史。未行，改豐、朗二州〔四四〕團練使，兼御史中丞。又改授杭州，所至稱理。興元初，徵赴行在，遷左散騎常侍。尋除陝府長史，充陝虢防禦使。陳、許戍卒三千，自京西逃歸，至陝州界，泌潛師險隘，盡破之。又開三門陸運一十八里，漕米無砥柱之患，大濟京師。二年六月，就拜中書侍郎平章事，加〔四五〕崇文館大學士，修國史，封鄴侯。時順宗在春宫，妃蕭氏母郜國公主〔四六〕，交通於外，上疑其有他志，連坐貶黜者〔四七〕數人。皇儲危懼，泌周旋陳奏，德宗意乃解。頗有讜正之風。

五年春，德宗以二月一日爲中和節。泌奏令〔四八〕有司上農書，獻穜稑之種〔四九〕，王公戚里上春服，士庶乃各相以刀尺相問遺〔五〇〕。村社作中和酒〔五一〕，祭勾芒神，以祈年穀，至今行之。

泌曠達敏辨，好大言，自出入中禁，累爲權臣所擠，恒由智免。終以言論縱横〔五二〕，上悟聖主，以躋相位。是歲三月薨，贈太子太傅。是月，中使林遠，於藍關逆旅遇泌，單騎常服，言暫往衡山。話四朝之重遇〔五三〕，慘然久之而別。遠到長安，方聞其薨。德宗聞之，尤加愴異，曰：「先生自言〔五四〕，當匡〔五五〕佐四聖而復脱屣也，斯言驗矣。」

泌自丁家艱，無復名宦之冀〔五六〕，服氣修道，周遊名山，詣南岳張先生受録〔五七〕。德宗追謚張爲玄和先生。又與明瓚禪師遊，著《明心論》。明瓚，釋徒謂之嬾殘。泌嘗讀書衡岳寺，異其所爲，曰：「非凡人也〔五七〕。」聽其中宵梵唱，響徹山林。泌頗知音，能辨休戚，謂嬾殘經音，先悽愴而後喜悦，必謫墮之人。時〔五八〕將去矣，候中夜，潛往謁之。嬾殘命坐，撥火出芋以餡之〔五九〕，謂泌曰：「慎勿多言，領取十年宰相。」泌拜而退。

天寶八載，在表兄鄭叔則家，已絶粒多歲，身輕，能行〔六〇〕屏風上，引指使氣，吹燭可滅。每導引，骨節皆珊然有聲，時人謂之鎖子骨。在鄭家時，忽兩日冥然，不知人事〔六一〕。既寤，見身自頂踊出三二寸，傍有靈仙，揮手動目，如相勉助者。如是，足將及頂〔六二〕，乃念言：「大事〔六三〕未畢，復有庭闈之戀，願終〔六四〕家事。」於是在傍者皆散〔六五〕。見一人，儀狀甚巨，衣冠如帝王者，前有婦人，禮服而跪。如帝王者責曰：「情之未得，因欲令來，使勞靈仙之重。」跪者對曰：「不然，且教伊近天子。」於是遂寤。後二歲，爲玄宗所召。後常有隱者八人，容服甚異，來過鄴家。數日〔六六〕，言仙法嚴備，事無不至。臨去，歎曰：「俗緣竟未盡，可惜心與骨耳。」泌求隨去，曰：「不可，姑與他爲却宰相耳。」出門不復見。因作《八公詩》叙之。

復有隱者，攜一男六七歲來過，云：「有故，須南行，旬月當還。緣此男有痼疾，既同是道者，願且寄之。」又留一函曰：「若疾不起，望以此〔六七〕瘗之。」既許，乃問男曰：「不驕〔六八〕留此得乎？」曰：「可。」遂去。泌求藥療之，終不愈，八九日而殂。即以函盛，瘗庭中薔薇架下。累月，其人竟不迴，試發函視之，有一黑石，天然中方〔六九〕，上有字如錐畫，云：「神真鍊形年未足，化爲我〔七〇〕子功相續，丞相瘗〔七一〕之刻玄玉，仙路何長死何促。」

泌每訪隱選異，採怪木蟠枝，持以隱居，號曰「養和」，人至今效而爲之，乃作《養和篇》，以獻肅宗。泌去三四載，二聖登遐，代宗踐祚，乃詔追至闕，舍於蓬萊殿延喜閣。由給事以上及方鎮除拜〔七二〕，代宗必令商量。軍國大事，亦皆泌參決。因語及建寧王靈武之功，請加贈太子。代宗感悼久之，云：「吾弟之功，非先生則世人不知，豈止贈太子也。」即勑於彭原迎喪，贈承天皇帝，葬齊陵。引至城門，奏以龍輀〔七三〕不動。代宗自蓬萊院謂曰：「吾弟似欲見先生，宜速往酹祝，兼宣朕意。且吾弟定策大功，追加〔七四〕大號，時人未知，可作一文，以傳不朽，用慰玄魂〔七五〕。」泌曰：「已發引矣，他文不及作，挽歌詞可乎？」代宗曰：「可。」即於御前製之，詞甚悽愴。代宗覽之而泣，命中人馳授挽者。泌至，宣代宗命祝酹，歌此二章，於是龍輀行疾如風。都人觀之，莫不感涕。先是，建寧王倓，有艱難定策之功。於代宗爲弟。人或譖於肅宗，云有圖嗣害兄之心，遂遇害。及肅宗追悟倓無罪，泌慮復及諸王，因事言曰：「昔高宗有子八人，皇祖睿宗最幼。武后生者，自爲行第，故皇祖第四。長曰孝敬皇帝，監國而仁明，爲武后所忌而鴆之。次曰雍王賢，爲太子。中宗、睿宗常所不安，晨夕憂懼，雖父母之前，無由敢言。乃作《黃臺瓜詞》〔七六〕，令樂人歌之，欲微悟父母之意，冀天皇天后聞之。歌曰：『種瓜黃臺下，瓜熟子離離。一摘使瓜好，再摘令瓜稀。三摘猶尚可〔七七〕，四摘〔七八〕抱蔓歸。』然太子竟亦流廢，終於黔州。建寧之事，已一摘矣，慎無再摘。」肅宗曰：「先生忠於宗社，憂朕家事，言皆爲國龜鏡，豈可暫離朕耶！」

時玄宗有誥，只要劍南一道自奉，未議北迴。泌請肅宗奉表，請歸東宮。次作《功臣表》，述馬嵬靈武之事，請上皇還京。初肅宗表至，玄宗徘徊〔七九〕未決。及《功臣表》至，乃大喜曰：「吾方得爲天子父。」下詔定行日，且曰：「必李泌也。」肅宗召泌，且泣且喜曰：「上皇已〔八〇〕下詔還京，皆卿力也。」

又天寶末〔八一〕，員外郎竇庭芝分司洛邑，常敬事卜〔八二〕者葫蘆生，每言吉凶，無不中者。一旦淩晨，生至竇門，頗甚嗟歎。庭芝請問，良久乃言：「君家大禍將成。」舉家啼泣，請問求生之路。生曰：「若非遇黄中君〔八三〕，但見鬼谷子，亦可無患矣。」生乃具述形貌服飾，仍戒以浹旬求之。於是與昆弟群從奴僕，曉夕〔八四〕求訪，殆遍洛下。時泌居于河清〔八五〕，因省親友，策蹇入洛。至中橋，遇大尹〔八六〕避道，所乘驢〔八七〕忽驚軼而走，徑入庭芝〔八八〕所居。與僕者共造其門，車馬羅列將出〔八九〕，忽見泌，皆驚愕〔九〇〕而退。俄有人云：「分司竇員外宅。所失驢收在馬廐，請客入座，主人當〔九一〕顧修謁。」泌不得已就其廳。庭芝既出，降階載〔九二〕拜，延接慇懃，遂至信宿。至于妻子，咸備家人之禮。數日告去，贈遺殊厚，但云：「遭遇〔九三〕之辰，願以一家奉託。」時泌居於河清，信使旁午於道。庭芝初與泌相值，葫蘆生適在其家，云：「既遇斯人，無復憂矣〔九四〕。」

及朱泚搆逆，庭芝方廉察陝西，車駕出幸奉天，遂於賊庭歸款。鑾輿反正，德宗首令誅之。時泌自南岳徵還行在，便爲宰相，因第臣僚罪狀，遂請庭芝減死。德宗意不解，云：「卿以爲寧王姻懿耶？寧王以庭芝妹爲妃〔九五〕。以此論之，尤爲不可。」然莫有他事俾其全否？卿但言之。」於是具以前事聞，由是特原其罪。泌始奏，上密遣中使乘傳，於陝問之，庭芝録奏其事。德宗曰：「言黄中君〔九六〕，蓋指朕耶？未知呼卿爲鬼谷子，何也？」或曰，泌先塋在河清谷前鬼谷，恐以此言之也〔九七〕。

貞元〔九八〕四年二月，德宗謂泌曰：「朕即位以來，宰相皆須姑息，不得與其較量理道〔九九〕。自用卿以來，方豁朕意，是乃天授卿於朕耳。雖夷吾騏驥〔一〇〇〕，傅説霖雨，何可以及兹！」其軍謀相業，載如〔一〇一〕國史，事跡終始，具《鄴侯傳》。泌有集二十卷，行於世。

（據中華書局版汪紹楹點校本《太平廣記》卷三八引《鄴侯外傳》校録）

〔一〕太師　前原有「唐」字，據清孫潛校本删。按：《舊唐書》卷一三〇《李泌傳》：「李泌，字長源，其先遼東襄平人。西魏太保、八柱國司徒徒何弼之六代孫。今居京兆，吴房令承休之子。」《新唐書》卷一三九《李泌傳》：「李泌，字長源。魏八柱國弼六世孫。」《周書》卷一五《李弼傳》：「李弼，字景和，遼東襄平人也。……大統初（五三五），進位儀同三司、雍州刺史。尋又進位驃騎大將軍、開府儀同三司。……五年，遷司空。……九年……轉太尉。……十四年……遷太保，加柱國大將軍。魏廢帝元年（五五二），賜姓徒河氏。……六官建，拜太傅、大司徒。……孝閔帝踐阼，除太師，進封趙國公，邑萬户。……元年十月，薨於位，年六十四。世宗即日舉哀，比葬，三臨其喪。」李弼仕於北魏、西魏、北周，非唐人也。又，下文「吴房令」，前原有「唐」字，唐五代人不當如此行文，乃《廣記》

編者所加，今亦删。

〔二〕寤　明陸楫等《古今説海》説淵部别傳二十二《鄴侯外傳》、李栻《歷代小史》卷二七《鄴侯外傳》、《五朝小説·唐人白家小説》紀載家《鄴侯外傳》、《重編説郛》卷一一三《鄴侯外傳》、汪雲程《逸史搜奇》甲集六《鄴侯》作「寢」。

〔三〕誦　明沈與文野竹齋鈔本、孫校本作「諷之」。

〔四〕偕　《説海》、《歷代小史》、《唐人百家小説》、《重編説郛》、《逸史搜奇》作「皆」。

〔五〕前　明鈔本、孫校本作「二」。

〔六〕方如行義圓如用智動如逞才静如遂意　《新唐書·李泌傳》作「方若行義，圓若用智，動若騁材，静若得意」。

〔七〕忠王　《説海》、《歷代小史》、《唐人百家小説》、《重編説郛》、《逸史搜奇》作「申王」。按：《新唐書·肅宗紀》：「肅宗文明武德大聖大宣孝皇帝，諱亨，玄宗第三子也。初名嗣昇，封陜王。開元四年，爲安西大都護。……十五年，更名浚，徙封忠王。」《玄宗紀》作十三年徙封忠王。申王乃李撝，本名成義，睿宗子。武后封恒王，俄改衡陽郡王。睿宗立，進封申王。開元十二年薨，贈惠莊太子。見《新唐書·玄宗紀》及卷八一《惠莊太子傳》。開元十六年（七二八）申王已薨四年，作「申王」誤，應爲「忠王」。

〔八〕張説　《説海》、《歷代小史》、《唐人百家小説》、《重編説郛》、《逸史搜奇》作「張九齡」，誤。

〔九〕張廷珪　「廷」原作「庭」，據孫校本、《説海》、《歷代小史》、《唐人百家小説》、《重編説郛》、《逸史搜奇》改。按：《舊唐書》卷一〇一、《新唐書》卷一一八有《張廷珪傳》。《舊唐書·李泌傳》：「以王佐自負，張九齡、韋虛心、張廷珪皆器重之。」

〔一〇〕當　《説海》、《唐人百家小説》、《重編説郛》、《逸史搜奇》、宋孔傳《後六帖》卷三〇引《鄴侯家傳》作「一」。《説海》《四庫全書》本改作「當」。《歷代小史》無此字。

〔一一〕道者云　《紺珠集》卷二李泌《鄴侯家傳·屏風上立》作「有異人見泌云」。

〔一二〕公　《説海》、《歷代小史》、《唐人百家小説》、《重編説郛》、《逸史搜奇》作「氏」，下同。

〔一三〕搗　《説海》、《歷代小史》、《唐人百家小説》、《重編説郛》、《逸史搜奇》作「貯」。

〔一四〕是　《説海》、《歷代小史》、《唐人百家小説》、《重編説郛》、《逸史搜奇》作「遂」。

〔一五〕之　孫校本作「悟」。

〔一六〕就於東都肄業　《説海》、《歷代小史》、《唐人百家小説》、《重編説郛》、《逸史搜奇》作「與游東都別業」。

〔一七〕桓真人　明鈔本、孫校本、《説海》、《歷代小史》、《唐人百家小説》、《重編説郛》、《逸史搜奇》作「童相真人」。按：《正統道藏》洞真部記傳類有《桓真人升仙記》一卷，梁無名氏撰。

〔一八〕黄光　《四庫》本作「黄老」。按：《漢書·五行志下之上》：「黄者，日上黄光不散如火然，有黄濁氣四塞天下，蔽賢絶道，故災異至絶世也。」《開元占經》卷五《日占一·日變色》：「《荆州占》……又曰：『日色赤黄，其月旱。』又曰：『有黄光照下國，有土水若流血，名王死之。……』」黄光蓋指占氣之術，館臣不明而妄改。

〔一九〕敬　孫校本作「歎」。

〔二〇〕柴毀　《説海》、《歷代小史》、《唐人百家小説》、《重編説郛》、《逸史搜奇》「柴」作「哀」。按：柴毀，骨瘦如柴。《晉書》卷五一《王接傳》：「及母終，柴毀骨立。」宋陸佃《埤雅》卷三《釋獸·豺》：「又曰瘦如豺，豺，柴也。豺體細瘦，故謂之豺。棘人骨立，謂之柴毀，義取諸此。」

〔二一〕講道談經　《説海》、《歷代小史》、《唐人百家小説》、《重編説郛》、《逸史搜奇》作「講《道德經》」。

〔二二〕爲楊國忠所忌　《説海》、《歷代小史》、《唐人百家小説》、《重編説郛》、《逸史搜奇》作「尋爲楊國忠所患」。

〔二三〕謗議　《説海》、《歷代小史》、《唐人百家小説》、《重編説郛》、《逸史搜奇》作「諷及」。

〔二四〕匡復意　孫校本「意」作「志」。《説海》、《歷代小史》、《唐人百家小説》、《重編説郛》、《逸史搜奇》作「興復志」。

〔二五〕虢王巨爲河洛節度使　明鈔本、孫校本無「巨」字。按：《舊唐書》卷一一二《李巨傳》：「李巨，曾祖父虢王鳳，高祖之第十四子也。鳳孫邕，嗣虢王。巨即邕之第二子也。……開元中爲嗣虢王。天寶五載，出爲西河太守。……尋授陳留、譙郡太守，攝御史大夫、河南節度使。」河洛節度使即指河南節度使。

〔二六〕嵩少　《説海》、《歷代小史》、《唐人百家小説》、《重編説郛》、《逸史搜奇》作「嵩山」。按：少指少室山，乃嵩山三峰之一（即太室山、峻極山、少室山）。嵩少指嵩山。李白《鳴皋歌奉餞從翁清歸五崖山居》：「去時應過嵩少間，相思爲折三花樹。」

〔二七〕長史　《新唐書·李泌傳》作「司馬」。《資治通鑑》卷二一八肅宗至德元載乃作「長史」。

〔二八〕賞以茅土　孫校本「以」作「功」。明鈔本「茅土」作「第一」。

〔二九〕尅復之期當在何時可促償之　明鈔本、孫校本「期」作「功」。《資治通鑑考異》卷一五引《鄴侯家傳》作「尅復效在何時，還朕可也」。

〔三〇〕威　《説海》、《歷代小史》、《唐人百家小説》、《重編説郛》、《逸史搜奇》作「感」，當譌，《説海》《四庫》本改作「威」。

〔三一〕潁王　「潁」原譌作「頴」，《太平御覽》卷九六九引《李鄴侯傳》同，據《説海》、《歷代小史》、《唐人百家小説》、《重編説郛》、《逸史搜奇》改。下同。按：《舊唐書》卷一〇七、《新唐書》卷八二有《潁王璬傳》。

〔三二〕以　《御覽》作「時」。

〔三三〕每爲自燒　「爲自」原倒，據明鈔本、孫校本、《御覽》乙改。

〔三四〕汝飽食肉　《御覽》作「汝恒飽肉食」。

〔三五〕争此　《説海》、《歷代小史》、《唐人百家小説》、《重編説郛》、《逸史搜奇》作「爾」。

〔三六〕可乎　此二字原無，據《御覽》補。

〔三七〕益王　《説海》、《歷代小史》、《唐人百家小説》、《重編説郛》、《逸史搜奇》作「汴王」。《御覽》作「一王」，未言封號。按：作「益王」、「汴王」並誤。《新唐書》卷八二《十一宗諸子傳》，益王迺爲代宗子。汴王璥，玄宗最少之子，開元二十四年已薨，謚哀，不及此時。玄宗凡三十子，除汴王外，卒於肅宗至德前者尚有慶王琮、太子瑛、鄂王瑶、光王琚、棣王琰、榮王琬、夏悼王一、懷思王敏等，此時存者有潁王璬、永王璘、壽王瑁、延王玢、盛宣王琦、豐王珙、恒王瑱、涼王璿等，又濟王環、信王瑝、義王玭、陳王珪失其薨年。傳中三王，潁、信二王之外一王，疑爲義王玭，開元二十一年與信、陳、豐、恒、涼、汴等六王同封。殆「義」、「益」音近相譌也。

〔三八〕此　明秦淮寓客《合刻三志》志奇類《僊吏傳・李泌》作「凡」。

〔三九〕泌　原作「曰汝」，孫校本作「曰泌」。據孫校本改「汝」爲「泌」，刪「曰」字。按：此下數語，非肅宗語，「社稷之鎮也」句，明鈔本作「所以歷代四朝」，孫校本作「所以代歷四朝」，《永樂大典》卷八五七〇引《太平廣記》作「所以歷仕四朝」，觀此可知也。

〔四〇〕遁　明鈔本、《大典》、《説海》、《歷代小史》、《唐人百家小説》、《重編説郛》、《逸史搜奇》作「神」。

〔四一〕匡救　《説海》、《歷代小史》、《唐人百家小説》、《重編説郛》、《逸史搜奇》作「籌運」。

〔四二〕别　明鈔本、孫校本、《大典》、《説海》、《歷代小史》、《唐人百家小説》、《重編説郛》、《逸史搜奇》無此字。

〔四三〕已而　明鈔本、孫校本、《説海》、《歷代小史》、《唐人百家小説》、《重編説郛》、《逸史搜奇》作「無已」，連上讀。

〔四四〕豐朗二州　孫校本「二」作「硤」。硤，同「峽」。唐有峽州。

〔四五〕加　《説海》、《歷代小史》、《唐人百家小説》、《重編説郛》、《逸史搜奇》作「待制」。按：《新唐書·李泌傳》作「加」。

〔四六〕部國公主　《説海》、《歷代小史》、《唐人百家小説》、《重編説郛》、《逸史搜奇》「公主」作「長公主」。按：新舊《唐書·李泌傳》均作「公主」，《舊唐書·德宗紀上》作「長公主」。唐制，公主封號有大長公主、長公主、公主之別。

〔四七〕者　《説海》、《歷代小史》、《唐人百家小説》、《重編説郛》、《逸史搜奇》作「春宫」。按：《舊唐書·李泌傳》：「順宗在春宫，妃蕭氏母部國公主，交通外人。上疑其有他，連坐貶黜者數人。」與此同。

〔四八〕令　原譌作「今」，據《説海》、《歷代小史》、《唐人百家小説》、《重編説郛》、《逸史搜奇》、《合刻三志》及清蓮塘居士《唐人説薈》第十集、馬俊良《龍威秘書》四集、顧之逵《藝苑捃華》、俞建卿《晉唐小説六十種》之《李泌傳》改。按：《舊唐書·德宗紀下》：「令百官進農書，司農獻穜稑之種，王公戚里上春服……」《唐會要》卷二九《節日》：「請令文武百寮，以是日進農書，司農獻穜稑之種，王公戚里上春服……」皆亦作「令」。

〔四九〕種　《説海》、《歷代小史》、《唐人百家小説》、《重編説郛》、《逸史搜奇》作「積」，誤。《舊唐書·德宗紀下》、《唐會要》作「種」。按：《周禮·内宰》：「上春，詔王后帥六宫之人，而生穜稑之種，而獻之于王。」晉潘岳《藉田賦》：「后妃獻穜稑之種，司農撰播殖之器。」

〔五〇〕士庶乃各相以刀尺相問遺　原作「士庶乃各相問訊」，孫校本作「士庶刀尺相問」。《説海》、《歷代小史》、《唐人百家小説》、《重編説郛》、《逸史搜奇》作「士庶往來相問」。按：《舊唐書·德宗紀下》作「士庶以刀尺相問遺」，《唐會要》作「士庶以物相遺」。《新唐書・李泌傳》：「因賜大臣戚里尺，謂之裁度。民間以青囊盛百穀瓜果種相問遺，號爲獻生子。」《類説》卷二《鄴侯家傳・中和節》：「其日，賜大臣、方鎮、勳戚尺，謂之裁度。令人家以青囊盛百穀果實相問遺，謂之獻子。」《紺珠集》卷二《鄴侯家傳・獻生子》：「人家以青囊盛百穀果實，更相饋遺，務極新巧，宮中亦然，故謂之獻生子。」知此句當有脱文，姑據《舊唐書・德宗紀下》補改。

〔五一〕村社作中和酒　「村社」原作「泌又」，據孫校本改。《説海》、《歷代小史》、《唐人百家小説》、《重編説郛》、《逸史搜奇》作「村落」。按：《舊唐書・德宗紀下》：「村社作中和酒，祭勾芒，以祈年穀。」《新唐書・李泌傳》：「里閭釀宜春酒，以祭句芒神，祈豐年。」《唐會要》：「村社作中和酒，祭勾芒神，聚會宴樂，名爲饗勾芒，祈年穀。」是則作中和酒者乃村社里閭，非泌也。

〔五二〕恒由智免終以言論縱横　孫校本作「恒由至危中，以言論縱横」，《説海》、《歷代小史》、《唐人百家小説》、《重編説郛》、《逸史搜奇》作「恒由召對，以言論縱横」。

〔五三〕話四朝之重遇　《説海》、《歷代小史》、《唐人百家小説》、《重編説郛》、《逸史搜奇》作「話三朝之舊」。按：李泌歷玄、肅、代、德四朝，作「三朝」誤，《説海》《四庫》本改作「四朝」。

〔五四〕曰先生自言　明鈔本、孫校本作「是乃」。

〔五五〕匡　《説海》、《歷代小史》、《唐人百家小説》、《重編説郛》、《逸史搜奇》作「歷」。

〔五六〕冀　《大典》作「意」。

〔五七〕録　《大典》、《説海》、《歷代小史》、《唐人百家小説》、《重編説郛》、《逸史搜奇》、《唐人説薈》、《龍威秘書》、《藝苑捃華》、《晉唐小説六十種》作「籙」。

〔五七〕泌嘗讀書衡岳寺異其所爲曰非凡人也　孫校本「泌嘗讀書衡岳寺異其所爲」作「泌嘗於衡岳寺讀書，察嬾殘所爲」。《説海》、《歷代小史》、《唐人百家小説》、《重編説郛》、《逸史搜奇》作「嘗於衡嶽寺讀書，余嬾殘所，驚曰非凡人也」，《説海》《四庫》本改「余」爲「於」。

〔五八〕時　原下有「至」字，據明鈔本、孫校本、《説海》、《歷代小史》、《唐人百家小説》、《重編説郛》、《逸史搜奇》删。

〔五九〕撥火出芋以餡之　《説海》、《歷代小史》、《唐人百家小説》、《重編説郛》、《逸史搜奇》、《類説》卷二《鄴侯家傳·懶殘》「撥」作「發」。《類説》「出」作「煨」。《四庫》本、《類説》、《説海》、《歷代小史》、《唐人百家小説》、《重編説郛》、《逸史搜奇》、《唐人説薈》、《龍威秘書》、《藝苑捃華》、《晉唐小説六十種》「餡」作「啗」。按：《玉篇》食部：「餡，食也。」

〔六〇〕行　原作「自」，據明鈔本、孫校本、《紺珠集》卷二《鄴侯家傳·鎖子骨》、《説海》、《歷代小史》、《唐人百家小説》、《重編説郛》、《逸史搜奇》改。

〔六一〕事　孫校本、《説海》、《歷代小史》、《唐人百家小説》、《重編説郛》、《逸史搜奇》無此字。

〔六二〕如是足將及頂　原作「如自足及頂」，有脱譌，據《説海》、《歷代小史》、《唐人百家小説》、《重編説郛》、《逸史搜奇》補改。明鈔本、孫校本「自」亦作「是」。

〔六三〕大事　《説海》、《歷代小史》、《唐人百家小説》、《重編説郛》、《逸史搜奇》作「煙火事」。

〔六四〕終　《説海》、《歷代小史》、《唐人百家小説》、《重編説郛》、《逸史搜奇》作「申」，《説海》《四庫》本改作「終」。

〔六五〕散　此字原脱，據明鈔本、孫校本補。《説海》、《歷代小史》、《唐人百家小説》、《重編説郛》、《逸史搜奇》作「散走」。

〔六六〕日　原譌作「自」，據明鈔本、孫校本、《類説》卷二《鄴侯家傳・八公詩》、《説海》、《歷代小史》、《唐人百家小説》、《重編説郛》、《逸史搜奇》改。

〔六七〕以此　《説海》、《歷代小史》、《唐人百家小説》、《重編説郛》、《逸史搜奇》作「乞以」。

〔六八〕驕　《説海》作「驕」，《四庫》本作「驕」。按：諸書俱作「驕」，《類説》卷二《鄴侯家傳・函内黑石》同。

〔六九〕天然中方　《類説》作「四方」。

〔七〇〕我　《説海》、《歷代小史》、《唐人百家小説》、《重編説郛》、《逸史搜奇》作「吾」。

〔七一〕瘗　《類説》作「葬」。

〔七二〕拜　談愷刻本此字原闕，汪校本據明鈔本補「降」字。《四庫》本、《説海》、《歷代小史》、《唐人百家小説》、《重編説郛》、《逸史搜奇》亦作「降」。孫校本作「拜」，義勝，據改。《唐人説薈》、《龍威秘書》、《藝苑捃華》、《晉唐小説六十種》補作「代」。

〔七三〕輀　孫校本作「輴」。輀、輴義同，喪車也。

〔七四〕加　孫校本、《説海》、《歷代小史》、《唐人百家小説》、《重編説郛》、《逸史搜奇》作「此」。

〔七五〕玄魂　明鈔本、孫校本作「營魂」。營魂，魂也。

〔七六〕黄臺瓜詞　原「瓜」作「摘」，據明鈔本、孫校本、《説海》、《歷代小史》、《唐人百家小説》、《重編説郛》、《逸史搜奇》改。按：《舊唐書》卷一一六《承天皇帝倓傳》亦作「黄臺瓜辭」。

〔七七〕猶尚可　《新唐書》卷八二《承天皇帝倓傳》作「尚云可」，《唐會要》卷二《雜録》作「尚自可」，《全唐詩》卷六《黄臺瓜辭》作「猶自可」。

〔七八〕四摘　《全唐詩》作「摘絶」。按：顧炎武《日知録》卷一八《改書》：「萬曆間人多好改竄古書……其言『四摘』者，以況四子也。以爲非四之所能盡，而改爲『摘絶』。此皆不考古而肆臆之説，豈非小人而無忌憚者哉！」

〔七九〕徘徊　明鈔本、孫校本作「徊徨」。

〔八〇〕已　明鈔本、孫校本、《説海》、《歷代小史》、《唐人百家小説》、《重編説郛》、《逸史搜奇》作「自」。

〔八一〕天寶末　康軿《劇談録》卷上《李鄴侯救竇庭芝》作「寶應年中」，《唐語林》卷六作「寶應中」。

〔八二〕卜　《説海》、《歷代小史》、《唐人百家小説》、《重編説郛》、《逸史搜奇》作「道」。按：《劇談録》、《唐語林》作「卜」。

〔八三〕黄中君　原作「中黄君」，據明鈔本、孫校本、《劇談録》、《唐語林》、《説海》、《歷代小史》、《唐人百家小説》、《重編説郛》、《逸史搜奇》改。

〔八四〕曉夕　《説海》、《歷代小史》、《唐人百家小説》、《重編説郛》、《逸史搜奇》作「群行」。按：《劇談録》、《唐語林》作「曉夕」。

〔八五〕時泌居于河清　《説海》、《唐人百家小説》、《重編説郛》、《逸史搜奇》「泌」下有「有」字，《歷代小史》本及《説海》《四庫》本删。按：《劇談録》作「時李鄴侯有内艱，居于河清縣」，則「有」下似脱「内艱」二字。然《唐語林》作「時李鄴侯居憂於河清縣」，則「有」字亦可能爲「憂」字音譌。孫校本「有」作「友」，誤。

〔八六〕大尹　原作「京尹」，《劇談録》、《唐語林》作「大尹」。按：京尹指京兆府尹，此在洛陽，應爲河南府尹，據《劇談録》改。

〔八七〕驢　原作「騾」，《劇談録》、《唐語林》作「驢」。按：前言「策蹇入洛」，蹇常指蹇驢，《楚辭》東方朔《七諫·謬諫》：「駕蹇驢而無策兮，又何路之能極？」王逸注：「蹇，跛也。」王褒《九懷·株昭》：「蹇驢服駕兮，無用日多。」張籍《贈賈島》：「蹇驢放飽騎將出，秋卷裝成寄與誰。」而罕聞有以蹇稱騾者。據《劇談録》改。下同。

〔八八〕庭芝　《説海》、《歷代小史》、《唐人百家小説》、《重編説郛》、《逸史搜奇》作「尹之」，誤。《説海》《四庫》本改作「庭芝」。

〔八九〕車馬羅列將出　明鈔本、孫校本下有「不得」二字。

〔九〇〕愕　孫校本作「悟」，《説海》、《歷代小史》、《唐人百家小説》、《重編説郛》、《逸史搜奇》作「甠」，《劇談録》作「眙」。

〔九一〕當　《劇談録》、《唐語林》作「嘗」。

〔九二〕載　明鈔本、孫校本、清黄晟校刊本、《四庫》本、《筆記小説大觀》本、《説海》、《歷代小史》、《唐人百家小説》、《重編説郛》、《逸史搜奇》、《唐人説薈》、《龍威秘書》、《藝苑捃華》、《晉唐小説六十種》作「再」。

〔九三〕遭遇　明鈔本、孫校本、《劇談録》作「貴達」。

〔九四〕庭芝初與泌相值葫蘆生適在其家云既遇斯人無復憂矣　原爲正文，據孫校本改。按：此數語《劇談録》今本脱，《唐語林》引有，亦係注文，作「庭芝初與鄴侯相值，葫蘆生遽至其家，云既遇此人，無復憂矣」。

〔九五〕寧王以庭芝妹爲妃　原爲正文，據孫校本、《劇談録》、《説海》、《歷代小史》改。孫校本作「庭芝妹爲寧王妃」，《劇談録》作「庭芝姊爲寧王妃」。

〔九六〕黄中君　原作「中黄君」，據《劇談録》、《説海》、《歷代小史》、《唐人百家小説》、《重編説郛》、《逸史搜奇》改。

〔九七〕或曰泌先塋在河清谷前鬼谷恐以此言之也　原爲正文，據《劇談録》、《唐語林》改。明鈔本「鬼」作「濁」。《説海》、《歷代小史》、《唐人百家小説》、《重編説郛》、《逸史搜奇》「或」作「泌」，誤。《劇談録》注文作「或云，李相先代靈城，在清谷前濁谷後，恐以此言之」，《唐語林》作「或云，李氏之先君靈城，在清谷前濁谷後，恐以此言之」。

〔九八〕貞元　原誤作「興元」，據明鈔本、孫校本改。

〔九九〕理道　《説海》、《歷代小史》、《唐人百家小説》、《重編説郛》、《逸史搜奇》作「道理」。

〔一〇〇〕夷吾騏驥 《説海》、《歷代小史》、《唐人百家小説》、《重編説郛》、《逸史搜奇》「騏驥」作「仲父」。按：夷吾即管仲，齊桓公稱管仲爲仲父。《荀子・仲尼》：「（齊桓公）倓然見管仲之能足以託國也……遂立以爲仲父。」楊倞注：「仲者，夷吾之字；父者，事之如父。」

〔一〇一〕如 《四庫》本、《説海》、《歷代小史》、《唐人百家小説》、《重編説郛》、《逸史搜奇》作「於」。

按：《廣記》標目作《李泌》，末注出《鄴侯外傳》，《太平廣記引用書目》有此書著録。《古今説海》説淵部別傳二十二自古本《廣記》輯入，題《鄴侯外傳》，不著作者，《歷代小史》卷二七《鄴侯外傳》取之。《逸史搜奇》甲集六《鄴侯》，亦取自《説海》，改其標題。《五朝小説・唐人白家小説》紀載家《鄴侯外傳》、《重編説郛》卷一一三《鄴侯外傳》，全同《説海》，而妄加撰人爲唐李蘩。民國吴曾祺《舊小説》乙集《鄴侯外傳》，則題闕名。《唐人説薈》第十集（同治八年刊本卷一二）《李泌傳》，乃據談本《太平廣記》收録，而題唐李蘩撰，此本後又收載於《龍威秘書》四集《晉唐小説暢觀》、《藝苑捃華》、《晉唐小説六十種》。《合刻三志》志奇類有《僊吏傳》，題唐太上隱者輯，後取入舊題楊循吉輯《雪窗談異》卷四、《唐人説薈》第十集等，中有《李泌》，亦同談本《廣記》，然删節頗劇。

李蘩應作李繁，乃李泌子，所作乃《鄴侯家傳》。事迹附於《舊唐書》卷一三〇、《新唐書》卷一三九《李泌傳》。繁歷仕太常博士、隨州刺史、大理少卿、亳州刺史等，爲監察御史舒元輿所誣，下獄賜死，時當在文宗大和元年（八二七）。新傳云：「繁下獄知且死，恐先人功業泯滅，從吏求廢紙掘筆，著《家傳》十篇，傳于世。」《家傳》全稱《相國鄴侯家傳》，或省作《鄴侯家傳》，十卷，《崇文總目》傳記類、《新唐書·藝文志》雜傳類、《遂初堂書目》雜傳類、《通志·藝文略》傳記類、《郡齋讀書志》傳記類、《中興館閣書目》雜傳類、《直齋書録解題》傳記類、《宋史·藝文志》傳記類、《文獻通考·經籍考》傳記類均有著録。原書已佚。《紺珠集》卷二摘《鄴侯家傳》二十二條（署名李泌），《類説》卷二摘《鄴侯家傳》二十五條（天啓刊本不著撰人，明嘉靖伯玉翁舊鈔本題唐亳州刺史李蘩撰，注「蘩即泌子」，作「蘩」譌），《説郛》卷七《諸傳摘玄·鄴侯外傳》摘七條。《資治通鑑考異》卷一五引《鄴侯家傳》二十五條。他書亦有徵引。《太平御覽》卷九六九引《李鄴侯傳》，疑亦《鄴侯家傳》。《家傳》自神乃翁，誇誕成文，《新唐書》本傳譏其「言多浮侈，不可信」。

《鄴侯外傳》於《家傳》多有取資，末言《鄴侯傳》，即《家傳》也。而末叙李泌救竇庭芝事，則剿取康軿《劇談録》卷上《李鄴侯救竇庭芝》而成，文句大同。《劇談録》作於乾寧二年（八九五），時去唐亡十二年，則《外傳》之作殆在唐亡前後。至於作者，渺不可考矣。

唐五代傳奇集第四編卷十

奴蒼璧

柳　祥　撰

柳祥，仕履失考，唐末人。

相國李林甫家一奴，號蒼璧，性敏〔一〕慧，林甫憐之。忽一日暴死〔二〕，經宿復蘇。林甫問之曰：「死時到何處？見何事？因何却得生也〔三〕？」奴曰：「死時固不覺其死，但忽於門前見儀仗，擁一貴人經過，有似君上。方潛窺之，遽有數人走來擒之。隨去，至一峭拔奇秀之山。俄及大樓下，須臾，有三四人黄衣小兒至，急喚蒼璧入。經七〔四〕重門宇，至一大殿下，黄衣小兒曰：『且立於此，候君命〔五〕。』見殿上捲一珍珠〔六〕簾，依稀見一貴人臨階坐〔七〕，似剸割事〔八〕。殿前東西立仗侍衛，約千餘人。

「有一朱衣人，攜一文簿奏言，是新奉命亂國革位者安禄山，及禄山後〔九〕相次三朝亂主，兼同時將相〔一〇〕悖亂，貴人敕定亂案〔一一〕。殿上人問朱衣曰：『大唐君隆基，君人之數雖將足矣，壽命之數未足，何如耶〔一二〕？』朱衣曰：『大唐之君奢侈不節儉，本合折數，但緣不好殺，有仁心，固〔一三〕壽命之數在焉。』又問曰：『安禄山之後，數人僭僞爲主，殺害黎元，當須速止之，無令殺人過多，以傷上帝心，慮罪及我府。事行之時，當速止之。』朱衣奏曰：『唐君紹位臨御以來，天下之人，安堵樂業，亦已久矣。據期運推遷之數，天下之人，自合罹亂惶惶，至於廣害黎元，必不〔一四〕至傷上帝心也。』殿上人曰：『宜速舉而行之，無失他安禄山之時也〔一五〕。』又謂朱衣曰〔一六〕：『宜便先追取李林甫、楊國忠也。』朱衣受命而退〔一七〕。

「俄又有一朱衣，捧一文簿至，奏〔一八〕言是大唐第六朝天子復位及佐命大臣文簿。殿上人曰：『可惜大唐世民〔一九〕，效力甚苦，方得天下治，到今日復亂也。雖嗣主復位，乃至于末〔二〇〕，終不治也。』謂朱衣曰：『但速行之。』朱衣又退。

「及將日夕，忽殿上〔二一〕有一小兒下，急喚蒼璧令對見。蒼璧方子細，見殿上一人，坐碧玉牀〔二二〕，衣道服，戴白玉冠，謂蒼璧曰：『當却〔二三〕回，寄語林甫，速來〔二四〕我紫府，應知人間之苦。』蒼璧尋得放回。」

林甫知世必〔二五〕不久將亂矣，遂潛恣酒色焉。（據中華書局版汪紹楹點校本《太平廣記》卷三〇三引《瀟湘録》校録，又《説郛》卷三三《瀟湘録》）

〔一〕敏　明吴大震《廣豔異編》卷一八《蒼璧》作「俊」，佚名《續豔異編》卷一七《蒼璧》作「聰」。

〔二〕暴死　《説郛》作「猝然而死」，明陸楫等《古今説海》説略部雜記家十四《瀟湘録》、《廣豔異編》作「卒然而死」。

〔三〕曰死時到何處見何事因何却得生也　此十五字原無，據《説郛》、《説海》、《廣豔異編》補。

〔四〕七　清陳鱣校本作「三」。

〔五〕候君命　《説海》、《廣豔異編》「命」作「旨」。《説郛》作「聽鈞旨」。

〔六〕珍珠　《説郛》、《廣豔異編》作「珠翠」，《説海》作「朱翠」。

〔七〕依稀見一貴人臨階坐　「依稀見」三字原無，據《説郛》、《説海》、《廣豔異編》補。《説郛》、《説海》、《廣豔異編》「臨階坐」作「坐臨階砌」。

〔八〕剸割事　《説郛》、《説海》、《廣豔異編》作「剸斷公事」。張國風《太平廣記會校》據《説郛》改。按：剸割、剸斷義同，裁斷，辦理。《舊唐書》卷一二六《李涵傳》：「德宗即位，以涵和易，無剸割之才，除太子少傅，充山陵副使。」

〔九〕禄山後　此三字原無，據《説郛》、《説海》、《廣豔異編》補。

〔一〇〕將相　此二字原無，據《説郛》補。

〔一一〕貴人敕定亂案　原作「貴人先定案」，據《説郛》補改。《説海》、《廣豔異編》作「貴人定案」。

〔一二〕壽命之數未足何如耶　原無「未足」、「耶」三字，據《説郛》補。《説海》、《廣豔異編》亦有「未足」二字,「何如耶」作「如何」。

〔一三〕固　《説郛》、《四庫全書》本、《説海》、《廣豔異編》作「故」。固,通「故」。

〔一四〕不　此字《説郛》、《説海》、《廣豔異編》無。

〔一五〕宜速舉而行之無失他安禄山之時也　此十五字原無,據《説郛》、《説海》、《廣豔異編》補。

〔一六〕又謂朱衣曰　此五字原無,據《説郛》、《説海》、《廣豔異編》補。

〔一七〕朱衣受命而退　《説郛》「朱衣」下有「一一」二字,《説海》、《廣豔異編》作「曰唯」。

〔一八〕奏　原作「奉」,據清黄晟校刊本、《四庫全書》本、《筆記小説大觀》本、《説郛》、《説海》、《廣豔異編》改。

〔一九〕世民　《四庫》本改作「天子」。

〔二〇〕末　《説郛》、《説海》、《廣豔異編》作「末代」。

〔二一〕忽殿上　此三字原無,據清孫潛校本、《説郛》、《説海》、《廣豔異編》補。

〔二二〕牀　《説郛》、《説海》、《廣豔異編》作「案」。

〔二三〕却　孫校本作「送」。

〔二四〕來　《説郛》、《説海》、《廣豔異編》下有「歸」字。

〔二五〕必　此字原無,據孫校本、《説郛》、《説海》、《廣豔異編》補。

按：柳祥《瀟湘録》十卷，著録於《崇文總目》小説類、《新唐書·藝文志》小説家類、《通志·藝文略》傳記類冥異目又小説類。南宋《中興館閣書目》小説家類乃稱唐校書郎李隱撰，《直齋書録解題》卷一一小説家云：「《瀟湘録》十卷，唐校書郎李隱撰，《館閣書目》云爾。《唐志》作柳祥，未知《書目》何據也。」（按：《文獻通考·經籍考》小説家類引陳氏語誤作柳詳。）《宋史·藝文志》小説類著録李隱及柳祥《瀟湘録》十卷，兼存二本。按李隱所著乃《大唐奇事記》十卷，蓋因二書皆出唐末，題材風格接近，且皆爲十卷，故相混耳。

原書不存。《紺珠集》卷七摘《瀟湘記》二條，天順刊本無撰人，《四庫全書》本注作李隱。《類説》卷一三摘《瀟湘録》四條，明天啓刊本脱書名，嘉靖伯玉翁舊鈔本卷一二題《瀟湘録》，署作柳祥撰，下注：「陳氏曰唐校書郎李隱撰。」殆據《文獻通考》而注。《説郛》卷三《談壘》録三條，又卷三三録六條，注十卷，題李隱，注「守祕書省校書郎」。明抄殘本（據張宗祥《説郛校勘記》）「李隱」前有「唐」字。《古今説海》説略部雜記家十四録有《瀟湘録》六條，末題李隱撰，注「守祕書省校郎」，乃取《説郛》卷三三。《説海》本後又取入《廣百川學海》丁集、《五朝小説·唐人百家小説》紀載家、《重編説郛》卷三二，題唐李隱。又《學海類編》、《遜敏堂叢書》收《漱石軒筆記》，題宋祕書省校書李隱撰，實亦《説郛》本及《説海》本，而誤「守」爲「宋」。《唐人説薈》五集（或卷六）亦取《説海》本，又據《太平廣記》增輯二十條，題唐李隱撰。《説庫》又收入《唐人説薈》本。《太平廣記》引四十三條，或作《瀟湘録》，或作《瀟湘記》。佚文凡四十四條。

本書所載全爲唐事。《張珽》(《廣記》卷四〇一)事在咸通末年(八七三),又影射黄巢起事及失敗。黄巢起於乾符二年(八七五),廣明元年(八八〇)入長安,中和四年(八八四)兵敗自殺。而《奴蒼璧》(《廣記》卷三〇三)冥官預言唐朝「雖嗣主復位,乃至于末,終不治也」,是則本書當作於唐亡(九〇七)前後。書名《瀟湘録》,蓋作於湘中,猶薛用弱之《河東記》作於河東也。

本篇《説郛》題《定亂案》,今從《廣記》。《廣豔異編》卷一八據《説海》本輯入,題《蒼璧》。《續豔異編》卷一七《蒼璧》,删改頗劇,全失原貌。

白將軍

柳　祥　撰

杜修己者,趙〔一〕人也,著醫術。其妻即趙州富人薛贇〔二〕之女也,性淫逸。修己家養一白犬,甚愛之,每與珍饌。食後,修己出,其犬突入室内,欲嚙修己妻薛氏,仍似有奸私之心〔三〕。薛氏〔四〕因怪而問之曰:「爾欲私我耶?若然,則勿嚙我。」犬即摇尾登其牀,薛氏懼而私焉。其犬略不異於人〔五〕。爾後每修己出,必奸淫無度。忽一日,方在室内同寢,修己自外入,見之,即欲殺犬,犬走出。修己怒,出其妻薛氏歸薛贇。後半年,其犬忽突入薛贇家,口銜薛氏髻而背負走出。家人趁奔〔六〕之,不及〔七〕,不知所之。

犬負薛氏，直入恒山内〔八〕潛之。每至夜即下山，竊所食之物〔九〕，晝即守薛氏。經一年，薛氏有孕，生一男。雖形貌一〔一〇〕如人，而遍身有白毛。薛氏止〔一一〕於山中撫養之。又一年，其犬忽死。薛氏〔一二〕抱此子，迤邐出山〔一三〕，入冀州乞食。有知此事者〔一四〕，遂〔一五〕詣薛贇以告，薛贇乃令家人取至家〔一六〕。

後其所生子年十七〔一七〕，形貌醜陋，性復凶惡。每私走出，去作盜賊，或旬餘，或數月，即復還。薛贇患之，欲殺焉。薛氏乃泣戒其子曰：「爾是一白犬之子〔一八〕也，幼時我不忍殺爾，爾今日在他薛家〔一九〕，豈合更〔二〇〕不謹？若更私走，出外爲賊，薛家人必殺爾，恐爾以累他〔二一〕，當改之。」其子大號哭而言曰：「我禀犬之氣〔二二〕而生也，無人〔二三〕心，好殺爲賊，自然耳，何以我爲過？薛贇能容我，即容之，不能容我，當與我一言，何殺我也？母善自愛〔二四〕，我其遠去〔二五〕，不復來。」薛氏堅留之，不得，乃謂曰：「去即可，又何不時來一省我也？我是爾之母，爭忍永不相見？」其子又號哭而言曰：「後三年，我復一來矣〔二六〕。」遂自攜劍，拜母而去。

及三年，其子果領群盜千餘人至門〔二七〕，自稱白將軍〔二八〕。既入拜母後，令群盜盡殺薛贇之家，唯留其母，仍焚其宅，攜母而去。（據中華書局版汪紹楹點校本《太平廣記》卷四三八引《瀟湘録》校録，又《説郛》卷三三《瀟湘録》）

〔一〕趙　原作「越」，據孫校本、陳校本、《説郛》、《説海》改。

〔二〕趙州富人薛賨　《説郛》作「富人薛氏」。

〔三〕心　明沈與文野竹齋鈔本作「狀」。

〔四〕氏　此字原無，據明鈔本、陳校本、《説郛》、《説海》補。

〔五〕薛氏懼而私焉其犬略不異於人　《説郛》作「薛氏懼，而私與其犬通，不異于人」。

〔六〕趁奔　明鈔本作「奔趕」，《會校》據改。按：趁奔、奔趕義同，趁，追趕。《説郛》、《説海》作「趕奪」。

〔七〕及　《説郛》、《説海》作「得」。

〔八〕内　明鈔本作「深處」。

〔九〕竊所食之物　明鈔本作「竊食之物以哺」。

〔一〇〕一　此字原無，據孫校本補。

〔一一〕止　原作「只」，據《廣豔異編》卷二六《白將軍》改。

〔一二〕氏　原作「乃」，據《説郛》改。《説海》「氏」下有「乃」字。

〔一三〕山　此字原無，據明鈔本、《説郛》、《説海》補。

〔一四〕者　此字原無，據《説郛》、《説海》、《廣豔異編》補。

〔一五〕遂　《説郛》作「遥」，據張宗祥《説郛校勘記》，明抄殘本作「逕」。《説海》作「遠」。

〔一六〕薛賨乃令家人取至家　「賨」原作「氏」，據《説郛》、黄本、《四庫》本、《筆記小説大觀》本、《説海》、

〔一七〕十七　原作「七歲」，據《説郛》、《説海》、《廣豔異編》改。

〔一八〕子　《説郛》、《説海》作「種」。

〔一九〕爾今日在他薛家　「爾」字、「他」字原無，據《説郛》補。明鈔本、孫校本、《説海》亦有「他」字。

〔二〇〕更　明鈔本下有「自」字，《會校》據補。

〔二一〕恐爾以累他　「他」黄本、《四庫》本、《筆記小説大觀》本作「我」。明鈔本此句作「實恐有所累爾」，《廣豔異編》作「恐以爾累我」，《説郛》、《説海》作「實恐爾累及他」。

〔二二〕氣　《説郛》作「性」。

〔二三〕人　《説郛》明抄殘本作「仁」。

〔二四〕母善自愛　《説郛》、《説海》「善」作「當」。《四庫》本、《廣豔異編》作「果不容我」。

〔二五〕遠去　談愷刻本原作「達矣」，汪校本據明鈔本改作「遠去」，《説郛》、《説海》同。《四庫》本、《廣豔異編》作「遁去」。

〔二六〕我復一來矣　明鈔本作「我當復來也」。

〔二七〕至門　此二字原無，據《説郛》、《説海》補。明鈔本作「至其門」。

〔二八〕自稱白將軍　《説郛》、《説海》「白」作「曰」，《説郛》「曰」下有「我」字。

按：《廣記》題《杜修己》，《説郛》題《犬妖》。《廣豔異編》卷二六採入，題《白將軍》，今擬題如之。

梁守威

柳祥撰

肅宗〔一〕時，安史之黨方亂，邢州正在賊境，刺史頗有安時之志。長安梁守威者，以文武才辨自負，自長安潛行，因往邢州，欲説州牧。至州西南界，方夜，息於路傍古墓間。忽有一少年，手攜一劍亦至，呵問守威曰：「是何人？」守威曰：「我遊説之士，欲入邢州説州牧，令立功報君。」少年曰：「我亦遊説之士也。」守威喜而揖，共坐草中，論以世亂。

少年曰：「君見邢牧，何辭以説？」守威曰：「方今太子〔二〕承祧，上皇又存，佐國大臣，足得戮力同心，以盡滅醜類，故不假多辭，邢牧其應聲而奉我教也，可謂乘勢因時也。」少年曰：「君知其一，不知其二。今太子傳位，上皇猶在，君以爲天下有主耶？有歸耶？然太子至靈武，六軍大臣推戴，欲以爲天下主。其如自立不孝也〔三〕，徒欲使天下怒，又焉得爲天下主也？設若太子但奉行上皇命〔四〕，而徵兵四海，力剪群盜，收復京城，往〔五〕撫而輯之，爵賞軍功，亦行後而聞之，則不期月〔六〕而大定也。今日之大事已失，卒不可平天下。我未聞自負不孝之名，而欲誅不忠之輩者也〔七〕。若〔八〕欲安天下，寧群盜，必待仁主得位。君無説邢牧，我若可説，早已説之。」守威知少年有才略，因長嘆曰：「我何之！昔劉琨聞天下亂而喜，我今遇天下亂而憂。」

少年乃命同〔九〕行，詣一大林。及達曙，至林下，見百餘人，皆擐甲執兵，乃少年之從者。少年索酒饌，同歡話而别，謂守威曰：「我授君之一言，君當聽之。但回長安，必可取爵禄也。太子新授位，自賤而貴者多矣。關内亂之極也，人皆思治願安。君但以治平之術，教關内諸侯，因依而進，何慮不自立功耶？」守威拜謝而回。纔行十步已來，顧之已〔一〇〕不見。乃却詣林下訪之，唯見壞〔一一〕墓甚多。（據中華書局版汪紹楹點校本《太平廣記》卷三三五引《瀟湘録》校録）

〔一〕肅宗　前原有「唐」字，乃《廣記》編者加，今删。《唐人説薈》五集《瀟湘録》亦删。

〔二〕太子　原作「天子」，據明鈔本、孫校本、陳校本改。按：太子指肅宗。

〔三〕自立不孝也　孫校本作「是立不孝乎」。

〔四〕命　此字原無，據明鈔本、陳校本補。

〔五〕往　原作「唯」，據明鈔本、孫校本、陳校本改。

〔六〕月　此字原無，據陳校本補。

〔七〕者也　此二字原無，汪校本據明鈔本補。
〔八〕若　原作「答曰」，《唐人説薈》作「又曰」，據孫校本、陳校本改。
〔九〕同　此字原無，據明鈔本補。
〔一〇〕已　此字原無，據明鈔本、孫校本、陳校本補。
〔一一〕壞　陳校本作「墳」，《會校》據改。

按：《唐人説薈》五集（同治八年刻本卷六）《瀟湘録》，據《廣記》輯入此篇。

幽地王

柳　祥　撰

代宗時，河朔未寧，寇賊劫掠。張勍者，恒陽人也，因出遊被掠，其後亦自聚衆，雖〔一〕殺害行旅，而誓不傷恒陽人。一日，引衆千人，至恒陽東界。夜半月明，方息大林下。忽逢百餘人，列〔二〕花燭，奏歌樂，與數婦人同行。見勍，遥叱之曰：「官軍耶？賊黨耶？」勍左右曰：「張將軍也。」行人曰：「張將軍是緑林將軍耶？又何軍容之整〔三〕，士卒之勇〔四〕也？」左右怒，白勍，請殺之。因令小將領百人〔五〕與戰。行人持戈甲者，不過二三十人，合戰多傷士卒。勍怒，自領兵直前，又數戰不利。

内一人自稱〔六〕幽地王，「得恒陽王女爲妻，今來親迎。比夜静，月〔七〕下涉原野，欲避繁雜〔八〕，不謂偶逢將軍。候從無禮，方叱止之〔九〕，而致〔一〇〕犯將軍之怒。然素聞將軍誓言，不害恒陽人，將軍幸不違言〔一一〕。」以恒陽之故，勍許捨之〔一二〕，乃曰：「君輩皆捨，婦人即留。」對曰：「留婦人即不可，欲鬬即可。」勍又入戰，復不利。勍欲退，左右皆憤怒，願死格。遂盡出其兵，分三隊更鬬，又數戰不利。見幽地王揮劍出入如風，勍懼，乃力止左右。勍獨進〔一三〕而問曰：「君兵士是人也？非人也？何不見傷？」幽地王笑言曰：「君爲短賊〔一四〕之長，行不平之事，而復欲與我陰軍競力也。」勍方下馬再拜，又謂勍曰：「安禄山父子死，史氏僭命，君爲盜，奚不以衆歸之，自當富貴？」勍又拜曰：「我無戰術，偶然賊衆推我爲長，我何可佐人！」幽地王乃出兵書一卷，以授之而去。

勍得此書，頗達兵術，尋以兵歸史思明，果用之爲將，數年而卒。（據中華書局版汪紹楹點校本《太平廣記》卷三三七引《瀟湘録》校録）

〔一〕雖　原作「因」，據明鈔本、陳校本改。

〔二〕列　《唐人説薈》作「引」。

〔三〕整　《唐人説薈》作「肅」。

〔四〕勇　原作「整」，據明鈔本、孫校本、陳校本改。
〔五〕因令小將領百人　原作「因領小將百人」，據明鈔本、陳校本改。
〔六〕稱　明鈔本作「稱□□前曰」，孫校本下闕五字。
〔七〕月　明鈔本作「乃」。
〔八〕雜　明鈔本作「難」，疑譌。
〔九〕方叱止之　明鈔本作「不及避之」，《會校》據改。
〔一〇〕而致　原作「因不」，據明鈔本改。
〔一一〕言　明鈔本、孫校本作「心」。
〔一二〕以恒陽之故勍許捨之　明鈔本作「勍以恒陽之故，許捨之」。
〔一三〕進　原作「退」，據孫校本改。
〔一四〕短賊　明鈔本作「群盜」，孫校本、陳校本作「短盜」。

按：《廣記》題《張勍》。《唐人説薈》五集（同治八年刻本卷六）《瀟湘録》，據《廣記》輯入。

呼延冀妻

柳祥　撰

元和〔一〕中，呼延冀者授忠州司户，攜其妻之官。至泗水遇盜，盡奪其財物，乃至躶形，冀遂與其妻於路傍訪人煙。俄逢一翁，問其故，冀告之。老翁曰：「南行之〔二〕數里，即我家，可與家屬暫宿也。」冀乃與老翁同至其家。入林中，得一大宅，老翁安存于一室內，設食遺衣。至夜深，親就冀談話，復具酒殽〔三〕，曰：「我家唯有老母，君若未能攜妻去，欲〔四〕且留之，伺〔五〕到官，再來迎亦可。我見君貧，必不易相攜也。」冀思之良久，遂謝而言曰：「丈人既憫我如是，我即以心素託丈人。我妻本出宮〔六〕人也，能歌，仍薄有文藝。然好酒，多放蕩，留之後，幸丈人拘束之。」老翁曰：「無憂，但自赴官。」明日，冀乃留妻而去。臨別，妻執冀手而言曰：「我本與爾遠涉川陸，赴一簿官〔七〕，今不期又留我于此。君若不來迎我，我必奔出，必有納我之人也。」泣淚而別。

冀到官，方謀遠迎其妻。忽一日，有〔八〕達一書者，受之，是其妻書也。其書云：「妾今自裁此書，以達心緒，唯君少覽焉。妾本歌妓之女也，幼入宮禁，以清歌妙舞爲稱，固無婦德婦容。及宮中有命，掖庭選人，妾得放歸焉。是時也，君方年少，酒狂詩逸，在妾之鄰，妾既不拘，君亦放蕩。君不以妾不可奉蘋蘩，遽〔九〕以禮娶妾。妾既與君匹偶，諸鄰皆謂之才子佳人。每念花間同步，月下相對，紅樓戲謔，錦闈言誓，即不期今日之事也。悲夫！一何義絶！君以妾身棄之如屣，留于荒郊，不念孤獨。自君之官，淚流莫遏，思量薄情，妾又奚守貞潔哉！老父家有一少年子，深慕妾，妾已歸〔一〇〕之矣。君其知之。」

冀覽書擲地〔一二〕，不勝憤怒，遂拋官〔一三〕至泗水。本欲見老翁及其妻皆殺之，訪尋不得。但見一大塚，林木森然。冀毁其塚，見其妻已死在塚中，乃取尸祭，别〔一三〕葬之而去。（據中華書局版汪紹楹點校本《太平廣記》卷三四四引《瀟湘録》校録，談本原作《瀟湘記》）

〔一〕元和　原作「咸和」。按：唐無咸和年號，咸和乃東晉成帝及唐渤海國大彝震年號。明鈔本、孫校本作「元和」，據改。

〔二〕之　明鈔本作「不」，《會校》據改。

〔三〕殺　明鈔本、孫校本作「炙」。

〔四〕欲　明鈔本作「今」，《會校》據改。

〔五〕伺　明鈔本、孫校本作「候」，《會校》據改。按：伺，等到。

〔六〕宫　原作「官」，據明鈔本、黄本、《四庫》本、《筆記小説大觀》本、明梅鼎祚《才鬼記》卷三引《瀟湘記》改。

〔七〕簿官　明鈔本、孫校本、《才鬼記》作「薄官」，《會校》據明鈔本、孫校本改。按：作「簿官」不誤。簿官，指掌文書册籍之官。五代王仁裕《玉堂閒話·灌園嬰女》（《廣記》卷一六〇）：「其問卜秀才已登科第，兼歷簿官。」呼延冀爲忠州司户，司户全稱司户參軍事，州之佐官，掌户籍、計帳等，故稱簿官。

〔八〕有　明鈔本下有「使」字，《會校》據補。

〔九〕遽　明鈔本作「遂」，《會校》據改。

〔一〇〕歸　明鈔本作「聘」，孫校本作「娉」。聘、娉，婚配。

〔一一〕地　原作「書」，據明鈔本改。

〔一二〕抛官　明鈔本作「棄官」，《會校》據改。按：抛即棄也。五代王定保《唐摭言》卷九《四凶》：「皤叟莅事，未終考秩，抛官詣闕上封事。」

〔一三〕别　明鈔本作「斂」。

按：《廣記》題《呼延冀》，今擬作《呼延冀妻》。《才鬼記》卷三據《廣記》採入，末注《瀟湘記》，亦題《呼延冀妻》。

鄭紹

柳祥撰

商人鄭紹者，喪妻後方欲再娶。行經華陰，止于逆旅。因悦華山之秀峭，乃自店南行。可數里，忽見青衣，謂紹曰：「有人令傳意，欲暫邀君。」紹曰：「何人也？」青衣曰：「南宅皇尚書女也。適於宅内登臺，望見君，遂令致意。」紹曰：「女未適人耶？何以止於此？」青衣曰：「女郎方自求佳壻〔一〕，故止此。」

紹詣之，俄及一大宅，又有侍婢數人出，命紹入，延之于館舍。逡巡，有一女子出，容質殊麗，年可初笄，從婢十餘，並衣錦繡。既相見，謂紹曰：「既遂披覿，當去形迹，冀稍從容。」紹唯唯隨之，復入一門，見珠箔銀屏，煥爛相照，閨闥〔二〕之内，塊然無侶。紹乃問女：「是何皇尚書家？何得孤居如是耶？尊親焉在？嘉耦爲誰？雖荷寵招，幸祛疑抱。」女曰：「妾故皇公之幼女也，少喪二親，厭居〔三〕城郭，故止此宅，方求自適。不意良人惠然辱顧，既愜所願，何樂如之！」女乃命紹升榻，坐定，具酒殽，出妓樂。不覺向夕，女引一金罍獻紹曰：「妾求佳壻，已〔四〕三年矣，今既遇君子，寧無自得！妾雖慙不稱，敢以金罍合卺，願求〔五〕奉箕帚，可乎？」紹曰：「余一商耳，多遊南北，惟利是求，豈敢與簪纓家爲眷〔六〕屬也？然遭逢顧遇，謹以爲榮，但恐異日爲門下之辱。」女乃再獻金罍，自彈箏以送之。紹聞曲音淒楚，感動於心，乃飲之交獻，誓爲伉儷。女笑而起。時夜已久，左右侍婢，以紅燭籠〔七〕前導，成禮。至曙，女復于前閣，備芳醪美饌，與紹歡醉。

經月餘，紹曰：「我當暫出，以緝理南北貨財。」女郎〔八〕曰：「鴛鴦配對〔九〕，未聞經月而便相離也。」紹不忍。後又經月餘，紹復言之曰：「我本商人也，泛江湖，涉道途，蓋是常也〔一〇〕。雖深承戀戀〔一一〕，然若久不出行，亦吾心之所不樂者。願勿以此爲嫌，當如期而至。」女以紹言切，乃許之，遂於家園張祖席以送，紹乃槖囊〔一三〕就路。至明年春，紹復至此，但見紅花翠竹，流水青山，杳無人迹。紹乃號慟，經日而返。（據中華書局版汪紹楹點校本《太平廣記》卷三四五引《瀟湘録》校録）

〔一〕自求佳壻 《豔異編》卷三七《鄭紹》，明詹詹外史《情史類略》卷二〇《皇尚書女》，冰華居士《合刻三志》志鬼類、舊題楊循吉《雪窗談異》卷八、清蓮塘居士《唐人説薈》第十六集、馬俊良《龍威秘書》四集、民國俞建卿《晉唐小説六十種》之《靈鬼志·鄭紹》作「自往求壻」。

〔二〕闔 《豔異編》、《情史》、《靈鬼志》作「闔」。

〔三〕厭居 明鈔本、《豔異編》、《情史》、《靈鬼志》作「久離」。

〔四〕已 朝鮮成任編《太平通載》卷六五引《太平廣記》作「二」。

〔五〕求 孫校本、《太平通載》作「永」。

〔六〕眷 明鈔本、孫校本、《太平通載》、《豔異編》、《情史》、《靈鬼志》作「戚」。

〔七〕燭籠 明鈔本、孫校本、《太平通載》無「籠」字。

〔八〕郎 《豔異編》、《情史》、《靈鬼志》作「泣」。

〔九〕鴛鴦配對 明鈔本、《豔異編》、《情史》、《靈鬼志》「配」作「匹」。孫校本、《太平通載》作「鴛鸞匹對」。

〔一〇〕常也　明鈔本作「常分也」，《豔異編》、《情史》、《靈鬼志》作「常分」。

〔一一〕深承戀戀　明鈔本、《太平通載》「承」作「誠」。《豔異編》、《情史》、《靈鬼志》作「深誠見挽」。

〔一二〕囊　明鈔本、孫校本、《太平通載》、《豔異編》、《情史》、《靈鬼志》作「貨」，《會校》據明鈔本、孫校本改。

按：《豔異編》卷三七、《情史類略》卷二〇採入此篇，分别題《鄭紹》、《皇尚書女》。又《合刻三志》志鬼類、《雪窗談異》卷八、《唐人説薈》第十六集（同治八年刊本卷一九）、《龍威秘書》四集《晉唐小説暢觀》、《晉唐小説六十種》之《靈鬼志》（託名唐常沂撰），中亦有《鄭紹》。

孟氏

柳　祥　撰

維揚萬貞〔一〕者，大商〔二〕也，多在外運易財寶〔三〕。其妻孟氏者，先壽春之妓人也，美容質，能歌舞，薄知書〔四〕，稍有詞藻。孟氏獨遊於家園〔五〕，四望而乃吟曰〔六〕：「可惜春時節，依然〔七〕獨自遊。無端兩〔八〕行淚，長秖對花流。」吟詩罷，泣下數行。

忽有一少年，容貌甚秀美，踰垣而入，笑謂孟氏曰：「何吟之大〔九〕苦耶？」孟氏大驚曰：「君誰家子？何得遽至於此，而復輕言之〔一〇〕也？」少年曰：「我性落魄〔一一〕，不自拘檢，唯愛高歌大醉。適聞吟咏之聲，不覺喜動于心，所以踰垣而至。苟能容我於花下一接良談，而我亦或可以彊攀清調也。」孟氏曰：「欲吟詩耶？」少年曰：「浮生如寄，年少幾何。繁花正姸，黄葉又墜。人間之恨，何啻千端〔一二〕，豈如且偷頃刻之歡也？」孟氏曰：「妾有良人萬貞者，去家已數載矣。所恨當兹麗景，遠在他方〔一三〕，豈惟惋嘆芳菲，固是傷嗟契闊。所以自吟拙句，蓋道幽懷〔一四〕。不虞君之涉吾地也，何故〔一五〕？」少年曰：「我向聞雅咏，今覩麗容，固死命猶拚，且責言何害〔一六〕？」孟氏即命牋，續賦詩曰：「誰家少年兒〔一七〕，心中暗自欺。不道終〔一八〕不可，可即恐郎知。」少年得詩，喜不自勝〔一九〕，乃報〔二〇〕之曰：「神女配〔二一〕張碩，文君遇長卿。逢時兩相得，聊足慰多情。」自是孟氏遂私之，挈歸己舍。少年貌既妖豔，又善玄素，綢繆好合，樂可知也〔二二〕。

凡踰年，而夫自外至。孟氏憂且泣，少年曰：「勿爾〔二三〕，吾固知其不久也〔二四〕。」言訖，騰身而去，頃之方没〔二五〕，竟不知其何怪也。（據中華書局版汪紹楹點校本《太平廣記》卷三四五引《瀟湘録》校録）

〔一一〕貞 《類説》卷五〇《縉紳脞説・孟氏爲少年所私》作「真」。按：《縉紳脞説》北宋張君房撰，當避仁宗趙禎諱改「貞」爲「真」。

〔二〕大商　明馮夢龍《增補批點圖像燕居筆記》卷八《孟氏思憶遇精記》作「大富商」。

〔三〕多在外運易財寶　原作「多在於外運易財寶以爲商」，據明鈔本、孫校本，《太平通載》卷六五引《太平廣記》，《豔異編》卷三七《孟氏》，《燕居筆記》，《合刻三志》志鬼類、《唐人説薈》第十五集、《龍威秘書》四集、《晉唐小説六十種》之《才鬼記·孟氏》删「於」、「以爲商」四字。《豔異編》、《燕居筆記》、《合刻三志》、《唐人説薈》、《龍威秘書》、《晉唐小説六十種》「運」作「貿」。

〔四〕美容質能歌舞薄知書　《燕居筆記》作「容質俊美，善能歌舞，頗知詩書」。按：此殆爲馮氏所改，非原文也。

〔五〕孟氏獨遊於家園　明鈔本、《太平通載》、《豔異編》、《情史類略》卷二一《孟氏》、《合刻三志》、《唐人説薈》、《龍威秘書》、《晉唐小説六十種》作「春日獨游家園」，《會校》據明鈔本改「孟氏」爲「春日」。《燕居筆記》作「忽遇春日，獨遊家園」，《綌紳脞説》作「春時獨遊園亭」。

〔六〕四望而乃吟曰　明鈔本、《太平通載》、《豔異編》、《燕居筆記》、《情史》、《合刻三志》、《唐人説薈》、《龍威秘書》、《晉唐小説六十種》無「乃」字。《綌紳脞説》作「吟曰」。《四庫》本「而」下補「怨」字。

〔七〕然　《太平通載》、《豔異編》、《燕居筆記》、《情史》、《合刻三志》、《唐人説薈》、《龍威秘書》、《晉唐小説六十種》、《綌紳脞説》、南宋洪邁《萬首唐人絶句》卷二二萬商妻孟氏《獨遊家園》、《全唐詩》卷八〇〇孟氏《獨遊家園》作「前」。

〔八〕兩　《綌紳脞説》作「數」。

〔九〕大　黄本、《四庫》本、《筆記小説大觀》本作「太」。明鈔本、孫校本、《太平通載》、《豔異編》、《燕居筆記》、《情史》、《合刻三志》、《唐人説薈》、《龍威秘書》、《晉唐小説六十種》無此字，《會校》據明鈔本、孫校本删。

〔一〇〕之　明鈔本、孫校本、《太平通載》、《豔異編》、《燕居筆記》、《情史》、《合刻三志》、《唐人説薈》、《龍威秘書》、《晉唐小説六十種》無此字。

〔一一〕落魄　孫校本、《太平通載》作「落托」，明鈔本、《豔異編》、《燕居筆記》、《情史》、《合刻三志》、《唐人説薈》、《龍威秘書》、《晉唐小説六十種》作「落拓」，《會校》據明鈔本改。按：落魄、落托、落拓義同，均謂放蕩不羈。張昌宗《少年行》：「少年不識事，落魄遊韓魏。」《舊唐書》卷一九〇上《駱賓王傳》：「然落魄無行，好與博徒遊。」

〔一二〕年少幾何繁花正妍黄葉又墜人間之恨何啻千端　明鈔本作「年少時猶繁花正妍，黄葉又惹人間之恨，愁緒千端」，《豔異編》、《燕居筆記》、《情史》、《合刻三志》作「少年時猶繁花正妍，黄葉又繼，枉惹人間之恨，愁緒千端」。

〔一三〕方　明鈔本、孫校本、《太平通載》、《豔異編》、《燕居筆記》、《情史》、《合刻三志》、《唐人説薈》、《龍威秘書》、《晉唐小説六十種》作「鄉」，《會校》據明鈔本、孫校本改。

〔一四〕蓋道幽懷　明鈔本、孫校本、《豔異編》、《燕居筆記》、《合刻三志》、《唐人説薈》、《龍威秘書》、《晉唐小説六十種》「道」作「導」，《會校》據明鈔本、孫校本改。按：道，通「導」。《合刻三志》作「蓋導幽懷耳」，《唐人説薈》、《龍威秘書》、《晉唐小説六十種》作「略導幽懷耳」。

〔一五〕不虞君之涉吾地也何故　明鈔本作「不虞君之涉吾地而見侮也」，《會校》據改。《豔異編》、《燕居筆記》、《合刻三志》作「不虞君之越涉吾地，而見侮如此也。宜速去，勿自取辱」，《情史》、《唐人説薈》、《龍威秘書》、《晉唐小説六十種》略同，無「越」字，《情史》且無「也」字。

〔一六〕固死命猶拚且責言何害　孫校本、《太平通載》「拚」作「判」。判，通「拚」，捨棄。《豔異編》、《燕居筆記》、《合刻三志》、《唐人説薈》、《龍威秘書》、《晉唐小説六十種》作「苟蒙見納，雖死尚不暇惜，況責言何害乎」，《情史》略同，「尚」作「且」，無「暇」字。

〔一七〕兒　《縉紳脞説》作「郎」。

〔一八〕終　孫校本作「中」。中，心中，内心。

〔一九〕喜不自勝　此四字原無，據《豔異編》、《燕居筆記》、《情史》、《合刻三志》、《唐人説薈》、《龍威秘書》、《晉唐小説六十種》補。

〔二〇〕報　明鈔本、《豔異編》、《燕居筆記》、《情史》、《合刻三志》、《唐人説薈》、《龍威秘書》、《晉唐小説六十種》作「答」。

〔二一〕配　原作「得」，與第三句重，明鈔本、孫校本、《太平通載》、《唐人絶句》少年《報孟氏》、《豔異編》、《燕居筆記》、《情史》、《合刻三志》、《唐人説薈》、《龍威秘書》、《晉唐小説六十種》、《縉紳脞説》作「配」，據改。

〔二二〕少年貌既妖豔又善玄素綢繆好合樂可知也　此十八字原無，據《豔異編》、《燕居筆記》、《情史》、《合刻三志》、《唐人説薈》、《龍威秘書》補。《情史》「合」作「會」。《唐人説薈》、《龍威秘書》、《晉唐小説六十種》避諱改「玄」爲「元」，《晉唐小説六十種》因之。

〔三三〕爾　明鈔本、《豔異編》、《燕居筆記》、《情史》、《合刻三志》、《唐人説薈》、《龍威秘書》、《晉唐小説六十種》作「恐」，《會校》據明鈔本改。

〔三四〕不久也　《縉紳脞説》作「來」。

〔三五〕頃之方没　《豔異編》、《燕居筆記》、《情史》、《合刻三志》、《唐人説薈》、《龍威秘書》、《晉唐小説六十種》作「闃無所見」。

按：《豔異編》卷三七《孟氏》，與《廣記》文句有異，不知所據者何。《情史類略》卷二一《孟氏》、《增補批點圖像燕居筆記》卷八《孟氏思憶遇精記》，文同《豔異編》而略有改易。《才鬼記》卷五《孟氏園少年》，末注《瀟湘録》，全同《廣記》。又《合刻三志》志鬼類、《唐人説薈》第十五集（同治八年刊本卷一九）、《龍威秘書》四集《晉唐小説暢觀》、《晉唐小説六十種》收有《才鬼記》一卷，託名唐鄭蕡纂，中亦有《孟氏》。明秦淮寓客《緑窗女史》卷六冥感部上神魂門有《丹青扇記》，署元周士，事即《孟氏》，文同《豔異編》、《合刻三志》，而增飾孟氏丹青扇以爲關紐。

唐五代傳奇集第四編卷十一

赤丁子

柳　祥　撰

洛陽人牟潁〔一〕，少年時，因醉誤出郊野，夜半方醒，息於路傍。見一發露骸骨，潁甚傷念之，達曙，躬自掩埋。其夕，夢一少年，可二十已來，衣白練衣，仗一劍，拜潁曰：「我彊寇耳，平生恣意殺害，作不平事。近與同輩争，遂爲所害，埋於路傍。久經風雨，所以發露，蒙君復〔二〕藏我，故來謝君。我生爲兇勇人，死亦爲兇勇鬼，若能容我棲託，但君每夜微奠祭我，我常應君指使。我既得託〔三〕於君，不至〔四〕飢渴，足得令君所求狥意也。」潁夢中許之。

及覺，乃試設祭饗〔五〕，暗以祀禱。其〔六〕夜又夢鬼曰：「我已託君矣，君每欲使我，即呼『赤丁子』一聲，輕言其事，我必應聲而至也。」潁遂每潛告，令竊盜〔七〕人之財物，無不應聲遂意，後致富有金寶。

一日，潁見鄰家婦有美色，愛之，乃呼赤丁子，令竊焉。鄰婦至夜半，忽自外踰垣而至。穎驚起款曲，問其所由來，婦曰：「我本無心，忽夜被一人擒我至君室，忽如夢覺，我亦不知何怪也。不知何計，却得還家。」悲泣不已。穎甚閔〔八〕之，潛留數日。而其婦家人求訪極切，至於告官。穎知之，乃與婦人詐謀，令婦人出別墅，却自歸，言不知被何妖精取去，今却得迴。婦人至家後，每〔九〕三夜或五夜，依前被一人取至穎家，不至曉，即却送歸。

經一年，家人皆不覺。婦人深怪穎有此妖術。後因至切，問於穎曰：「若不白我，我必自發此事。」穎遂具述其實。鄰婦遂告於家人，共圖此患。家人乃密請一道流，潔浄作禁法以伺之。赤丁子方夜至其門，見符籙甚多，却反〔一〇〕，白於穎曰：「彼以正法拒我，但力微耳。與君力争，當惡取此婦人，此來必須不放回也。」言訖復去。須臾，鄰家飄風驟起，一宅俱黑色，但是符籙禁法之物，一時如掃，復失婦人。至曙，其夫遂告官，同來穎宅擒捉。穎乃擕此婦人逃，不知所之。（據中華書局版汪紹楹點校本《太平廣記》卷三五二引《瀟湘録》校録）

〔一〕穎　《説郛》卷三《談壘·瀟湘録》作「預」。

〔二〕復　《類説》卷一三《瀟湘録·赤丁子》、《説郛》作「掩」，《唐人説薈》作「覆」。復，通「覆」。

〔三〕託　《唐人説薈》上有「庇」字。

〔四〕至　明鈔本作「致」，《會校》據改。按：至，通「致」。

〔五〕饗　《太平通載》卷六六引《太平廣記》作「享」。《廣豔異編》卷三四及《續豔異編》卷一四《赤丁子》下有「之」字。

〔六〕其　原作「祈」，據孫校本、陳校本、《太平通載》改。

〔七〕盜　原重一「盜」字，據孫校本、《太平通載》、《唐人説薈》删。

〔八〕閔　明鈔本、陳校本作「憫」，《會校》據改。按：閔，同「憫」。

〔九〕每　前原有「再」字，據南宋沈氏《鬼董》卷一、《太平通載》、《廣豔異編》、《續豔異編》、《情史類略》卷九《赤丁子》、《唐人説薈》删。

〔一〇〕反　明鈔本、陳校本作「返」，《會校》據改。按：反，同「返」。

按：《鬼董》卷一採入，無標目。又收入《廣豔異編》卷三四、《續豔異編》卷一四、《情史類略》卷九，並題《赤丁子》。《唐人説薈》五集所輯《瀟湘録》亦有此篇，無題。《廣記》題作《牟穎》，今題作《赤丁子》。

王屋薪者

柳　祥　撰

王屋山有老僧，常獨居一茅菴，朝夕持念，唯採藥苗及松柏〔一〕實食之。每食後，恒必自尋溪澗以澡浴。數年在山中，人稍知之。忽一日，有道士，衣敝衣，堅求老僧一宵宿止。老僧性僻，復惡其塵雜甚，不允。道士再三言曰：「佛與道不相疏，混沌已來，方知有佛。師今佛弟子，我今道弟子，何不見容一宵，陪清論耳？」老僧曰：「我佛弟子也，故不知有道之可比佛也。」道士曰：「夫道者，居億劫之前，而能生天地，生人，生萬物。使有天地，有人，有萬物，則我之道也。億劫之前，人皆知而尊之，而師今不知，即非人也。」老僧曰：「我佛恒河沙劫，皆獨稱世尊。大庇衆生，恩普天地，又豈聞道能争衡？我且述釋迦佛世尊，是國王之子。其始也，捨王位，入雪山，乘囊劫之功，證當今之果。天上天下，惟我獨尊，故使外道邪魔，悉皆降伏。至於今日，孰〔二〕不聞之？爾之老君，是誰之子？何處修行？教跡之間〔三〕，未聞有益，豈得與我佛同日而言？」道士曰：「老君降生於天，爲此劫之道祖，始出於周。浮紫氣，乘白鹿，人孰不聞？至於三島之事，十洲之景，三十六洞之神仙，二十四化之靈異，五尺童子，皆能知之，豈獨師以庸庸之見而敢蔑耶？若以爾佛，捨父踰城，受穿膝之苦，而與外道角勝，又安足道哉！以此言之，佛只是群魔之中一强梁者耳。我天地人與萬物，本不賴爾佛而生，今無佛，必不損天地人與〔四〕萬物也。千萬勿自言世尊，自言世尊，世必不尊之，無自稱尊耳。」老僧作色曰：「須要此等人，設無此等，即頓空却阿毗地獄〔五〕矣。」道士大怒，伸臂而前，擬擊老僧，僧但合掌閉目。

須臾，有一負薪者過，見而怪之。知老僧與道士争佛道優劣，負薪者攘袂而呵曰：「二子俱父母所生而不養，處帝王之土而不臣，不耕而食，不蠶而衣，不但偷生於人間，復更以他佛道争優劣耶？無居我山，撓亂我山居之人。」遂遽焚其茅庵，仗伐薪之斧，皆欲殺之。老僧驚走仆〔六〕地，化爲一鐵〔七〕錚，道士亦尋化一龜背骨，乃知其皆精怪耳。（據中華書局版汪紹楹點校本《太平廣記》卷三七〇引《瀟湘録》校録）

〔一〕柏　此字原無，據明鈔本、孫校本補。

〔二〕孰　原譌作「就」，據明鈔本、孫校本、《四庫》本改。

〔三〕間　明鈔本作「開」。

〔四〕與　原作「之」，據明鈔本、《四庫》本改。

〔五〕阿毗地獄　《四庫》本「毗」改作「鼻」。按：阿毗地獄即阿鼻地獄，音譯不同也。意譯爲無間地獄。佛教謂有八大地獄，無間地獄爲第八，地獄之最苦者。唐天竺三藏菩提流志譯《不空羂索神變真言經》卷一《母陀羅尼真言序品第一》：「若有有情造極惡業……是人應墮阿毗地獄，經無數劫，受無間苦。」四庫館臣不曉「阿毗」義，遂妄改爲「阿鼻」。

〔六〕仆　原作「入」，據明鈔本改。

〔七〕鐵　孫校本作「缺」。

馬舉

柳祥撰

馬舉鎮淮南日，有人〔一〕攜一碁局獻之，皆飾以珠玉，舉與錢十〔二〕萬而納焉。數日，忽失其所在，舉命求之，未得。而忽有一叟，策杖詣門，請見舉，多言兵法。舉延〔三〕坐以問之，叟曰：「方今正用兵之時也，公何不求兵機戰術，而將禦寇讎？若不如〔四〕是，又何作鎮之爲也？」公曰：「僕且治疲民，未暇於兵機戰法也。幸先生辱顧，其何以教之？」老叟曰：「夫兵法不可廢也。廢則亂生，亂生則民疲，若待民疲〔五〕而治，則非所聞。曷若先以法〔六〕而治兵？兵治而後將校精，將校精而後士卒勇。且夫將校者，在乎識虛盈，明向背，冒矢石，觸鋒刃也。士卒者，在乎赴湯蹈火，出死入生，不旋踵而一焉。今公既爲列藩連帥，當有爲帥之才，不可曠職也。」舉曰：「敢問爲帥之事何如？」叟曰：「夫爲帥也，必先取勝地，次對〔七〕敵軍。用一卒〔八〕，必思之於生死；見一路，必察之於出入。至於衝關入劫，雖軍中之餘〔九〕事，亦不可忘也。仍有全小而捨大〔一〇〕，急殺而屢逃。據其險地，張其疑兵，妙在急攻，不可持疑也。其或遲速未決，險易相懸，前進不能〔一一〕，差須求活。屢勝必敗，慎在欺敵。若深測此術，則爲帥之道畢矣。」

舉驚異之，謂叟曰：「先生何許人？何學之深耶？」叟曰：「余南山木强之人也〔七〕。自幼好奇尚異，人人多以爲有韜〔二〕玉含珠之譽。屢經戰争，故盡識兵家之事。但乾坤之内，物無不衰，况假合〔三〕之體，殊不堅牢，豈得更久耶？聊得晤言，一述兵家之要耳。幸明公稍留意焉。」因遽辭，公堅留，延於客館。

至夜，令左右召之，見室内唯一碁局耳，乃是所失之者。公知其精怪，遂令左右以古鏡照之，碁局忽躍起，墜地而碎，似不能變化。公甚驚異，乃令盡焚之。（據中華書局版汪紹楹點校本《太平廣記》卷三七一引《瀟湘録》校録）

〔一〕有人　談本原作「有一」，汪校本改作「有人」。《永樂大典》卷一九七八二引《太平廣記》作「有人」，孫校本作「有一人」。

〔二〕十　原作「千」，據明鈔本、《大典》改。

〔三〕延　原譌作「遥」，據明鈔本、孫校本、《大典》改。

〔四〕如　《唐人説薈》作「知」。

〔五〕若待民疲　此四字原脱，據明鈔本、孫校本補。

〔六〕法　孫校本上有「知」字，《會校》據補。

〔七〕對　此字下原有「於」字，據《類説》卷一三《瀟湘録·南山木强人》删。

〔八〕用一卒　明鈔本前有「若其」二字，《會校》據補。

〔九〕餘　明鈔本作「常」，《會校》據改。

〔一〇〕全小而捨大　《類説》作「捨小而全大」，明嘉靖伯玉翁舊鈔本同此。

〔一一〕前進不能　《唐人説薈》民國二年石印本「前」作「力」。《類説》作「進不能攻」，伯玉翁舊鈔本「攻」作「勝」。

〔一二〕韜　孫校本作「韞」，《會校》據改。按：韜、韞義同，蘊藏也。

〔一三〕況假合之體　「假」字原空闕，汪校本據明鈔本補。孫校本、《類説》亦作「假」，《四庫》本、《唐人説薈》作「六」。《類説》伯玉翁舊鈔本作「但未合人體」。按：假合，佛教語。謂一切事物皆爲虚幻，均由衆緣和合而成，暫時聚合，終必泯滅離散。吴月支國居士支謙譯《佛説須摩提長者經》：「一切諸法中，無形無有色，亦無有所覺，虚妄無真實。四大假合成，柔弱無堅强，欲令至後世，終無有是處。」隋天台智者大師説、門人灌頂記《菩薩戒義疏》卷上：「色心假合，共成衆生。」棋盤精此語，自我影射身本木製，終必破碎。

按：《唐人説薈》五集（同治八年刻本卷六）《瀟湘録》，據《廣記》輯入。

張珽

柳祥撰

咸通末年，張珽〔一〕自徐之長安，至圃田東，憩〔二〕於大樹下。俄頃，有三書生繼來，環坐。珽因問之，一書生曰：「我李特〔三〕也。」一曰：「我王〔四〕象之也。」一曰：「我黄真〔五〕也。」皆曰：「我三人俱自汴水來，欲一遊龍門山〔六〕耳。」乃共閑論。其王象之曰：「我去年遊龍門山，經於是。路北一二里，有一子，亦儒流也，命我於家再宿而回〔七〕，可同一謁之。」珽因亦同行。

至路北一二里，果見一宅，甚荒毁。既扣門，有一子儒服，自内而出。見象之頗喜，問象之曰：「彼三人者何人哉？」象之曰：「張珽秀才也，李特、黄真即我同鄉之書〔八〕生也。」其儒服子乃並揖入。升堂設酒饌，其所設甚陳故。儒服子謂象之曰：「黄家弟兄將大也。」象之曰：「若皇上脩德好生，守帝王之道，下念黎庶，雖諸黄齒長，又將若何？」黄真遽起曰：「今日良會，正可盡歡，諸君何至亟預人家事，波及我等耶〔九〕？」珽性素剛決，因大疑其俱非人也，乃問之曰：「我偶與二三子會於一樹下，又攜我至此。適見〔一〇〕高論，我實疑之，黄家弟兄，竟是誰也？且君輩人也？非人也？我平生性不畏懼，但實言之。」象之笑曰：「黄氏將亂東夏，弟兄三人也。我三人皆精也，儒服子即鬼也。」斑乃問曰：「是何物之精也？是何鬼也？」象之曰：「我玉精也，黄真即金精〔一一〕也，李特即枯樹精也，儒服子即是二十年前死者鄭適秀才也。我昔自此自化精，又去年復遇鄭適，今詣之。君是生人，當怯我輩，既君不怯，故聊得從容耳。」斑又問曰：「鄭秀才既與我同科，奚不語耶？」鄭適曰：「某適思得詩一首以贈〔一二〕。」詩曰：「昔爲唫〔一三〕風嘯月人，今是唫風嘯月身〔一四〕。冢壞路邊唫嘯罷，安〔一五〕知今日又勞神。」斑覽詩愴然，歎曰：「人之死也，反不及物，物猶化精，人不復化。」象之輩三人，皆聞此歎，怒〔一六〕而出，適亦不留。

斑乃拂衣，及至門外，迴顧，已見一壞冢。因逐三精，以所佩劍擊之。金玉精皆中劍而踣，唯枯樹精走疾，追擊不及，遂迴。反見一故玉帶〔一七〕及一金盃在路傍，斑拾得之〔一八〕。長安貨之，了無別異焉矣。（據中華書局版汪紹楹點校本《太平廣記》卷四〇一引《瀟湘録》校録）

〔一〕斑　《廣豔異編》卷二〇《張珽》作「珽」，下同。

〔二〕憩　原作「時」，據《廣豔異編》、《唐人説薈》五集《瀟湘録》改。

〔三〕特　《紺珠集》卷七《瀟湘記》作「時」。

〔四〕王　《紺珠集》作「玉」，當譌。

〔五〕真　《紺珠集》作「直」。

〔六〕龍門山　明鈔本無「山」字。按：龍門山即伊闕山，在洛陽南，有石窟。

〔七〕回　明鈔本作「西」。

〔八〕書　《唐人説薈》作「二」。

〔九〕波及我等耶　「等」原譌作「孫」，據陳校本改。明鈔本此句作「波將及我矣」。

〔一〇〕見　《唐人説薈》作「聞」。

〔一一〕金精　《紺珠集》作「金杯精」。

〔一二〕鄭適曰某適思得詩一首以贈　「某適思得」談本原作「乃命筆寫」，汪校本及《會校》據明鈔本改。《廣豔異編》作「鄭適乃運筆寫詩一首以贈」，《唐人説薈》同，「運」作「命」。

〔一三〕唫　明鈔本、陳校本作「吟」，下同，《會校》據改。按：唫，同「吟」。

〔一四〕身　陳校本作「魂」。按：依《廣韻》，「身」屬「真」韻，「魂」屬「魂」韻，此詩押「真」韻。

〔一五〕安　明鈔本、孫校本、陳校本作「豈」，《會校》據改。

〔一六〕歎怒　陳校本作「惶惶」，《廣豔異編》作「歎息」，皆連讀。

〔一七〕反見一故玉帶　「反」明鈔本、陳校本作「乃」，「故」明鈔本作「白」，《會校》據改。按：反，同「返」。故，舊也。

〔一八〕之　明鈔本作「至」，連下讀。

按：《才鬼記》卷六、《廣豔異編》卷二〇採録本篇，前書題《鄭適秀才》，末注《瀟湘録》，後書題《張珽》。《唐人説薈》五集（同治八年刻本卷六）《瀟湘録》，亦據《廣記》輯入。

賈秘

柳　祥　撰

順宗時，書生賈秘自睢陽之長安。行至古洛城〔一〕邊，見緑野中有數人環飲，自歌自舞。秘因詣之，數人忻然齊起，揖秘同席。秘既見七人皆儒服，俱有禮，乃問之曰：「觀數君子，士流也。何乃〔二〕聚飲於野？四望無人。」有一人言曰：「我輩七人，皆負濟世之才，而未用於時者。亦猶君之韜藴，而方謀仕進也。我輩適偶會論之間，君忽辱臨。幸且共芳樽，惜美景，以古之興亡爲警覺，以人間用捨爲擬議。又何必陟〔三〕綺閣，入龍舟，而方盡一醉也。」秘甚怪之，不覺肅然致敬。

及懽笑久，而七人皆遞相目，若有所疑。乃問秘曰：「今既接高論，奚不一示君之芳猷〔四〕，使我輩服君而不疑也。」秘乃起而言曰：「余睢陽人也。少好讀書，頗識古者王霸之道。今聞皇上纂嗣〔五〕大寶，開直言之路，欲一叩象闕，少伸愚誠。亦不敢取富貴，但一豁鄙懷耳。適見七君子高會，故來詣之，幸無遐棄可也。」其一人顧諸輩笑曰：「他人自道，必可無傷。吾屬斵之，行當敗缺。」其一〔六〕人曰：「己雖勿言，人其捨我？」一人曰：「此君名秘，固當爲我匿瑕矣。」乃笑謂秘曰：「吾輩是七樹精也。其一曰松，二曰柳，三曰槐，四曰桑，五曰棗，六曰栗，七曰樗。今各言其志，君幸聽而秘之。」

其松精乃起而言曰：「我本處空山，非常材也。負堅貞之節，雖霜凌雪犯，不能易其操。設若哲匠搆大廈，揮斤斧，長短之木，各得其用〔七〕，榱桷雖衆，而欠梁棟，我即必備棟梁之用也。我得其用，則永〔八〕無傾危之患矣。」其次一人起言曰：「我之風流之名，聞於古今。但恨煬帝不回，無人見知。張緒效我，空燿載籍。所喜者，絮飛則才婦咏詩〔九〕，葉嫩則佳人學畫。柔勝剛强，且自保其性也。」其次者曰：「我受陽和之恩，爲不材之木。大川無梁，人不我取；大廈無棟，人不我用。若非遭郢匠之斵，則必不合於長短大小也。噫！倚我者有三公之名矣〔一〇〕。」其次者言曰：「我平生好蠶，無辭吐飼〔一一〕，不異推食。蠶即〔一二〕繭，繭而絲，絲爲紈綺，紈綺入貴族之用。設或貴族之流，見紈綺之美麗以念我，我又豈須大爲棟梁，小爲榱桷者也？」其次者曰：「我自辯士蘇秦入燕之日，已推我有兼濟之名也。不唯漢武帝號爲『來來〔一三〕』，投我者足表赤心，我又奚慮不爲人所知也？」其次曰：「我雖〔一四〕處蓬蓽，性實恬然，亦可以濟大國之用也。倘人主立宗廟，虔祀饗，而法古以用我，我實可以使民之戰慄也。」其次曰：「我與衆何殊也？天亦覆我，地亦載我，春即榮，秋即落。近世人以我爲不材〔一五〕，我實常懷憤惋。我不處澗底，怎見我有淩雲之勢？我不在宇下，焉知我是搆廈之材？驥不騁，即駑馬也；玉不剖，即頑石也。固不必松即可搆廈淩雲，我即不可搆廈淩雲。此所謂信一人之言，大喪其真矣。我所以慕隱淪之輩，且韜藏其迹，我若逢陶侃之一見，即又用之有餘也。」言訖，復自歌自舞。秘聞其言，大怖，坐不安席，遽起辭之。七人乃共勸酒一盃，謂秘曰：「天地間人與萬物，皆不可測，慎勿輕之。」秘飲訖，謝之而去。（據中華書局版汪紹楹點校本《太平廣記》卷四一五引《瀟湘記》校録）

〔一〕古洛城　《類説》卷一三《瀟湘録·七木之精》云：「順宗時，書生賈秘於洛陽廢苑中遇七人同飲，稱七賢。」作「洛陽廢苑」。按：古洛城指漢、晉、北魏時之洛陽城遺址，在今河南洛陽市東白馬寺東二里洛河北岸。

〔二〕何乃　原作「乃敢」，據明鈔本、陳校本、《太平廣記詳節》卷三五改。

〔三〕陟　原譌作「涉」，據明鈔本、陳校本、《廣記詳節》、《永樂大典》卷八五二七引《瀟湘記》改。

〔四〕芳猷　《大典》「猷」作「獻」。按：芳獻，高見。芳猷，美德。

〔五〕纂嗣　陳校本、《廣記詳節》、《大典》前有「新」字。

〔六〕一　《廣記詳節》作「六」。

〔七〕各得其用　陳校本作「俱受之用」，《廣記詳節》、《大典》作「俱受用之」。

〔八〕永　陳校本作「家」。

〔九〕才婦咏詩　「婦」原作「子」，據《廣記詳節》、《大典》改。「咏詩」《廣記詳節》作「浪吟」，《大典》作「朗吟」。按：此用謝道韞詠柳絮典故，見《世説新語·言語》。

〔一〇〕倚我者有三公之名矣　「倚」陳校本作「植」。按：《周禮·秋官司寇·朝士》：「朝士掌建邦外朝之法，左九棘，孤卿大夫位焉，群士在其後。右九棘，公侯伯子男位焉，群吏在其後。面三槐，三公位焉，州長衆庶在其後。」鄭玄注：「槐之言懷也，懷來人於此，欲與之謀。」北魏楊衒之《洛陽伽藍記》卷二：「孝昌年，廣陵王元淵初除儀同三司，總衆十萬，討葛榮。夜夢着衮衣，倚槐樹而立，以爲吉徵。問於元慎，曰：『三公之祥。』淵甚悦之。」作「植」誤。

〔一一〕無辭吐飼　陳校本、《大典》「飼」作「食」。按：此用周公吐哺故實。《韓詩外傳》卷三：「成王封伯禽于魯，周公誡之曰：『往矣，子無以魯國驕士。吾文王之子，武王之弟，成王之叔父也。又相天下，吾於天下亦不輕矣，然一沐三握髮，一飯三吐哺，猶恐失天下之士。』」

〔一二〕即　陳校本作「而」，《會校》據改。按：即，至也，指變成。

〔一三〕來來　原譌作「束束」，據《廣記詳節》、《大典》改。按：《齊民要術》卷一〇《棗》引《東方朔傳》：「武帝時，上林獻棗。上以杖擊未央殿檻，呼朔曰：『叱叱！先生來來！先生知此篋裏何物？』朔曰：『上林獻棗四十九枚。』上曰：『何以知之？』朔曰：『呼朔者，上也。以杖擊檻，兩木，林也。朔來來者，棗也。叱叱者，四十九也。』上大笑，帝賜帛十匹。」

〔一四〕雖　《廣記詳節》、《大典》作「唯」。

〔一五〕不材　陳校本、《廣記詳節》、《大典》作「下材」。

于遠

柳祥撰

鄴中富人于遠者，性奢逸，而復好良馬。居第華麗，服玩鮮潔，擬於公侯之家也。常養良馬數十匹。忽一日，有人市中鬻一良馬，奇毛異骨，人争觀之。遠聞之，酬以百金〔一〕。及馬至廐中，有一老姥扣門，請一觀。遠問之曰：「馬者，駿逸也〔二〕，豪狹少年好之宜哉，老母奚觀〔三〕？」老母曰：「我失一良馬，十年遊天下，訪之不得。每遇良馬，必永日觀之，未嘗見一如我所失之馬〔四〕也。何阻一觀，不以爲惠？」

遠因延入從容，出其馬以示之。老母一見其馬，因怒變色〔五〕，回觀〔六〕遠而言曰：「我馬也。」遠曰：「老母之馬奚〔七〕人賣？昔日何得之？何失之〔八〕？」老母曰：「我於昔日偶北邙山神〔九〕，爲物傷目〔一〇〕，化身以求我。我以名藥療之，目愈〔一一〕，遂以此馬賜我。我得此馬，唯不乘之上天，乘之遊四海之外，八荒之内，秪如百里也。我常乘東過扶桑，有一人遮其途而問我此馬焉。及夜至西竺國，忽失此馬。我自失此馬已來，十年不息，遍〔一二〕

天下，皆不知我訪此馬也。去年今日[一三]，流沙見一小兒，言有一異馬如飛，倏然東去矣。我既知自東方，疑此馬在中華，必有常人收得此馬[一四]。我故不遠萬里而來此，今果得之。我今當還君百金，馬須還我。」

遠性癖好良馬，又聞此馬之異，深悋惜之。乃拜[一五]老母，乞且暫留，以翫賞數日。老母怒曰：「君若留此馬，必有禍發。」遠因亦怒老母之極言，遂令家僮十餘人，共守此馬，遣出老母。其家果火[一六]，盡焚其宅財寶。遠仍見姥[一七]入宅，自躍上此馬而滅。（據中華書局版汪紹楹點校本《太平廣記》卷四三六引《瀟湘録》校録）

〔一〕酬以百金　明鈔本作「不惜百金以得之」。

〔二〕也　明鈔本作「之物」，《會校》據改。

〔三〕老母奚觀　明許自昌刻本、陳校本末有「爲」字。

〔四〕我所失之馬　明鈔本、陳校本作「我之所失良馬」。

〔五〕因怒變色　明鈔本、陳校本作「因變怒色」，《會校》據改。

〔六〕觀　《唐人説薈》作「視」。

〔七〕奚　《唐人説薈》下有「爲」字。

〔八〕何失之　陳校本前有「今」字，《會校》據補。

〔九〕我於昔日偶北邙山神　「我於」原作「爲我」，據明鈔本改。「偶」，汪校本、《會校》據明鈔本改作「遇」。按：偶亦遇也。

〔一〇〕目　明鈔本無此字。

〔一一〕目愈　明鈔本作「月餘」。

〔一二〕遍　明鈔本作「足於」，《唐人説薈》下有「覽」字。

〔一三〕今日　明鈔本作「於」，連下讀。

〔一四〕必有常人收得此馬　汪校本末有「者」字，談本原無，今删。明鈔本無「常」字，「此馬」作「者」。

〔一五〕拜　明鈔本作「求」。

〔一六〕火　明鈔本作「火起」，《會校》據補「起」字。

〔一七〕仍見姥　明鈔本作「見此姥」，《會校》據改。仍，乃也。

焦封

柳祥　撰

按：《唐人説薈》五集（同治八年刻本卷六）《瀟湘録》，據《廣記》輯入此篇。

前浚儀令焦封，罷任後喪妻。開元初〔一〕，客游于蜀，朝夕與蜀中富人飲博。忽一日侵夜，獨乘騎歸，逢一青衣，如舊相識，馬前傳語邀封。封方酒酣，遂笑而從之，心亦疑是誤相邀〔二〕。俄至一甲第，屋宇崢嶸。既堅請入，封乃下馬入之。

須臾，有十餘婢僕至，並衣以羅紈，飾之珠翠，皆美麗之〔三〕容質。此女僕齊稱夫人欲披揖，封驚疑未已，有花燭兩行前引，見大扇擁蔽一女子，年約十七八，殊常儀貌。遂〔四〕令開扇，引封前，拜揖于堂而坐。然〔五〕後設瓊漿玉饌，奏以女樂，乃勸金樽于封。夫人索紅牋，寫詩一首以贈，詩曰：「妾失鴛鴦伴〔六〕，君方萍梗遊。少年〔七〕慵醉後，只〔八〕恐苦相留。」封捧詩披閱，沉吟良久。方飲盡，遂復酌金樽，仍酹以一絶，詩曰：「心常名宦外〔九〕，終不恥狂遊。誤入桃源裏，仙家爭肯留？」夫人覽詩，笑而言曰：「誰教他誤入來，要不留，亦不得也。」封亦笑而答曰：「却恐不留，誰怕留千年萬年〔一〇〕。」夫人甚喜動顔色，乃徐起，佯醉歸帳，命封伸伉儷之情。

至曙，復開綺席，歌樂嘹〔一一〕亮，又與封共醉。仍謂之曰：「妾是前〔一二〕都督府孫長史女，少適王茂，王茂客長安而前〔一三〕死。妾今寡居，幸見託于君子，無以妾自媒爲過，當念卓王孫家文君慕相如，曾若此也。」封復聞是語，轉深眷戀。不出，經月餘，忽自獨行而語曰：「我本讀詩書，爲名宦。今日名與宦俱未稱心，而沉迷于酒色，月餘不出，非丈夫也。」侍婢聞者，告于夫人。夫人謂封曰：「妾是簪纓家女，君是宦途中人，與君匹偶，亦不相虧耳。至於却欲以名宦榮〔一四〕身，足〔一五〕得詣金闕謁明主也，妾争敢固留君身，抑君顯達乎？何傷歎若是？」封曰：「幸夫人念我，無使我虚老蜀城。」夫人遂以金寶送封入關。

及臨岐泣别，仍贈玉環一枚，謂封曰：「可珍重藏之，我阿母與我幼時所弄之物也。」復吟詩一首以送，詩曰：「鵲橋織〔一六〕女會，也是不多時。今日送君處，羞言連理枝。」封覽詩，受玉環，愴情尤甚，不覺涕泗〔一七〕沾灑，留詩别曰：「但保同心結，無勞織錦詩。蘇秦求富貴，自有一〔一八〕回時。」夫人見詩，悲哽良久，復勸金爵而别。

封雖已發志，回京洛爲名宦，亦常悵恨，别是佳麗。方登閣道，見嶮巘，深所鬱鬱。忽回顧，遥見夫人奔逐，遂驚異以伺之。遽至封前，悲泣不已，謂封曰：「我不忍與君離，因潛奔趕〔一九〕君。不謂今日復覩君之容，幸挈我之京輦。」封疑訝，復且喜，遂相攜達前旅次。至昏黑，有十〔二〇〕餘猩猩來。其妻奔出見之，喜躍倍常，乃〔二一〕顧謂封曰：「君亦不顧我東去，我今幸女伴相召歸山，願自保愛。」言訖，化爲一猩猩，與同伴相逐而走，不知所之。（據中華書局版汪紹楹點校本《太平廣記》卷四四六引《瀟湘録》校録）

〔一〕初　《説郛》卷三《談壘·瀟湘録》作「中」。

〔二〕邀　《太平廣記詳節》卷四〇、《豔異編》卷三二《焦封》作「識」。

〔三〕之　原作「其」，據孫校本、《廣記詳節》、《豔異編》改。

〔四〕遂　《廣記詳節》、《豔異編》作「遽」。

〔五〕然　原作「前」，據明鈔本、《廣記詳節》、《豔異編》改。

〔六〕鴛鴦伴　《萬首唐人絶句》卷二二蜀道夫人《贈焦封》「鴦」作「鸞」，《説郛》「伴」作「侶」。

〔七〕少年　原作「小年」，據《廣記詳節》、《唐人絶句》、《豔異編》、《全唐詩》卷八六七《孫長史女與焦封贈答詩》、《唐人説薈》五集《瀟湘録》改。按：《説郛》卷三闕此句及下句，明抄殘本卷三三不闕，亦作「少年」。

〔八〕只　孫校本、明抄殘本、《廣記詳節》、《唐人絶句》、《豔異編》作「必」。

〔九〕名宦外　《豔異編》作「慕幽契」。

〔一〇〕却恐不留誰怕留千年萬年　《説郛》作「只恐不留，留則千年萬年矣」。

〔一一〕嘹　《廣記詳節》、《豔異編》、《唐人説薈》作「寮」。寮，通「嘹」。

〔一二〕前　此字原無，據《廣記詳節》補。

〔一三〕而前　此二字原無，據孫校本、《豔異編》補。《廣記詳節》作「死」。

〔一四〕榮　《廣記詳節》作「縈」。

〔一五〕足　《廣記詳節》同，《豔異編》作「思」。按：疑當作「是」。

〔一六〕織　《豔異編》作「牛」。

〔一七〕涕泗　此二字原無，據《豔異編》補。

〔一八〕一　《廣記詳節》作「可」。

〔一九〕趕　孫校本、《廣記詳節》、《豔異編》作「趁」。

〔二〇〕十　《説郛》作「千」，當誤。明抄殘本作「十」。

〔二一〕乃　《廣記詳節》、《豔異編》作「迴」。

按：《豔異編》卷三二輯入此篇，題《焦封》。《唐人説薈》五集（同治八年刻本卷六）《瀟湘録》，亦據《廣記》輯入。

王常

柳祥撰

王常者，洛陽人。負氣尚義，見人不平，必手刃之，見人飢寒，至於解衣推食，略無難色。至德二年，常於終南山遊，遇風雨，宿於山中〔一〕。夜將半，雨晴雲飛〔二〕，月朗風恬。常慨然四望而歎曰：「我欲平天下禍亂〔三〕，無一人之柄以佐我，無尺土之封以資我。我欲救天下飢寒，而又衣食亦不自充。天地神祇，福善禍淫〔四〕，故〔五〕不足信。」言訖，有一神人，自空而下，謂常曰：「爾何爲〔六〕此言？」常按劍〔七〕沉吟良久，乃對曰：「我言者，平生之志也。是何神聖，降臨此間？」神人曰：「我有術，黄金可成，水銀可化〔八〕。雖不足平禍亂，亦可少濟人之飢寒。爾能授術於我，以救世人飢寒乎〔九〕？」常曰：「我聞此術是神仙之術，空有其名，未之見也。況載籍之内，備叙〔一〇〕秦皇、漢武好此道，終無成，但爲千載之譏誚。」神人曰：「秦皇、漢武，帝王也。帝王處救人之位，自有救人之術而不行，反求神仙之術則非。爾無救人之位，欲救天下之人，固可行此術。」常曰：「黄金成，水銀化，真有之乎？」神人曰：「勿疑，有之哉。夫黄金生於山石，其始也是山石之精〔一一〕，而千年爲水銀。水銀受太陰之氣，固流蕩而不凝定，微遇純陽之氣合，則化黄金於倏忽也。今若以水銀欲化成黄金，不必須在山即化〔一二〕，不在山即不化。但遇純陽之氣合〔一三〕，即化也。我有書，君受之勿疑。」常乃再拜神人，神人於袖中取一卷書授常。常跪受訖〔一四〕，神人戒之曰：「讀此書，盡了黄白之道，異日當却付一人，勿輕授，勿終秘。勿授之以貴人，勿授之以道流僧徒，彼皆少有救人之術。勿授之以不義之輩，彼必不以飢寒爲念。黄金成，濟人〔一五〕之外，勿奢逸。珍重我術，珍重我言。如不然，天奪爾算。」常又再拜曰：「神人今授我聖術，固終身無忘也。但乞示我是何神聖，使我知大惠之處。」神人〔一六〕曰：「我山神也。昔有道人藏此書於我山，今遇爾義烈之人，是以付爾。」言訖而滅。

常得此書讀之，遂成其術。爾後多遊歷天下，以黄金賑濟乏絶。（據中華書局版江紹楹

點校本《太平廣記》卷七三引《奇事記》校録，又《太平廣記》卷三〇三引《瀟湘録》）

〔一〕山中　原作「中山」，據《廣記》卷三〇三改。《四庫全書》本改作「山中」。

〔二〕雨晴雲飛　明鈔本、陳校本「晴」作「霽」。《廣記》卷三〇三作「雨霽」。

〔三〕我欲平天下禍亂　原無「禍」字，據《廣記》卷三〇三補。按：下文「雖不足平禍亂」亦有「禍」字。「我欲平天下禍亂」與下文「我欲救天下飢寒」相對。「我欲救天下飢寒」句，「天下」下原有「之」字，亦據《廣記》卷三〇三删。

〔四〕裀淫　此二字原無，據孫校本補。裀，用同「禍」。

〔五〕故　《四庫》本改作「固」。《廣記》卷三〇三作「顧」，明鈔本作「故」，《會校》據改。按：故，本來，義同「固」。顧，乃也。

〔六〕爲　原無此字，據《廣記》卷三〇三補。

〔七〕按劍　孫校本作「俯首」。

〔八〕化　原譌作「死」，據《廣記》卷三〇三改。下同。

〔九〕爾能授術於我以救世人飢寒乎　「授」《四庫》本改作「受」。按：「受」、「授」互通。此處「授」乃「受」義。《廣記》卷三〇三作「爾能授此術乎」，《四庫》本亦改「授」爲「受」。

〔一〇〕況載籍之内備叙　《廣記》卷三〇三作「徒聞」。

〔一一〕山石之精　明鈔本、孫校本無「石」字，《會校》據删。按：前云「山石」，《廣記》卷三〇三亦作「山石」。「精」《廣記》卷三〇三作「精液」。

〔一二〕不必須在山即化　「不」字原無，據孫校本、《廣記》卷三〇三補。孫校本「化」下有「之説」二字。

〔一三〕但遇純陽之氣合　原作「但遇純陰之石氣合」，孫校本「陰」作「陽」，明鈔本無「石」字。據《廣記》卷三〇三改。

〔一四〕訖　《廣記》卷三〇三作「之」。

〔一五〕濟人　孫校本作「普濟」。

〔一六〕人　原作「仙」，據孫校本、《廣記》卷三〇三改。

按：本篇《廣記》卷七三引作《奇事記》，而卷三〇三乃引作《瀟湘録》，文句大同而作《奇事記》者稍備。絶非二書並載，其一出處必有誤。《瀟湘録》多爲寓言諷世之作，此篇風格類之，今姑屬之《瀟湘録》。

唐五代傳奇集第四編卷十二

非煙傳

皇甫枚 撰

皇甫枚，字遵美，號三水人。郡望安定郡三水縣（今寧夏同心縣東）。家有別業在汝墳温泉，當出生於汝州（治今河南汝州市臨汝鎮）。中書令、太原郡公白敏中外孫。懿宗咸通十二年（八七一）居京師蘭陵里第，十三年在洛陽，居敦化里第。十四年調補汝州魯山縣主簿，冬自汝入秦。咸通中及僖宗廣明元年（八八〇）居温泉，廣明元年又曾至洛陽。光啓初（八八五）寓居滎陽。二年僖宗在梁州（興元府），九月赴調行在，十月自相州西抵高平縣。三年在鄴下。昭宗乾寧元年（八九四）至衛南縣訪友。唐亡後寓居汾晉。（據《三水小牘》、《說郛》卷四九《小說舊聞記》、宋晁載之《續談助》卷三《三水小牘跋》、《直齋書録解題》卷一一小說家類）

臨淮武公業，咸通中，任河南府功曹參軍。愛妾曰非煙〔一〕，姓步氏，容止纖麗，若不勝綺羅。善秦聲，好文墨〔二〕，尤工擊甌〔三〕，其韻與絲竹合。公業甚嬖之。其比〔四〕鄰，天水趙氏第也，亦衣纓之族，不能斥言〔五〕。其子曰象，端秀有文，纔弱冠矣，時方居喪禮〔六〕。

忽一日，于南垣隙中窺見非煙，神氣俱喪，廢食忘寐〔七〕。乃厚賂公業之閽，以情告之。閽有難色，復爲厚利所動，乃令其妻伺非煙閒〔八〕處，具以象意言焉〔九〕。非煙聞之，但含笑凝睇而不答。門媪盡以語象，象發狂心蕩，不知所持〔一〇〕。乃取薛濤箋，題絶句曰：「一覩〔一一〕傾城貌，塵心只〔一二〕自猜。不隨蕭史去，擬學阿蘭〔一三〕來。」以所題密緘之，祈門媪達非煙。煙讀畢，吁嗟良久，謂媪曰：「我亦曾窺見趙郎，大好才貌。此生薄福，不得當之。」蓋鄙武生麄悍，非良配耳。乃復酬篇，寫于金鳳牋，曰：「緑慘雙娥〔一四〕不自持，只緣幽〔一五〕恨在新詩。郎心應似琴心怨，脉脉春情更泥〔一六〕誰。」封付門媪，令遺象。象啓緘，吟諷數四，拊掌喜曰：「吾事諧矣。」又以剡溪玉葉紙，賦詩以謝，曰：「珍重佳人贈〔一七〕好音，綵箋芳〔一八〕翰兩情深。薄于蟬翼難供恨〔一九〕，密似蠅頭未寫心。疑是落花迷〔二〇〕碧洞，只思輕雨洒幽襟〔二一〕。百回消息千回夢，裁作長謡寄緑琴。」

詩去旬日，門媪不復來。象幽懣，恐事洩，或非煙追悔。春夕，于前庭獨坐，賦詩曰：「緑暗紅藏起暝煙，獨將幽恨小庭前。沉沉〔二二〕良夜與誰語，星隔〔二三〕銀河月半天。」明日，晨起吟際，而門媪來，傳非煙語曰：「勿訝旬日無信，蓋以微有不安。」因授象以連蟬錦香囊并碧苔箋〔二四〕，詩曰：「無力嚴妝倚繡櫳〔二五〕，暗〔二六〕題蟬錦思難窮。近來嬴得傷春病〔二七〕，柳弱花攲怯曉風。」象結錦香囊于懷，細讀小簡，又恐非煙幽思增疾，乃剪烏絲闌爲迴椷〔二八〕，曰：「春日遲遲，人心悄悄。自因窺覯，長役夢魂。雖羽駕塵襟，難于會合，而丹誠皎日，誓以周旋。昨日瑶臺青鳥忽來，殷勤寄語；蟬錦香囊之贈，芬馥盈懷。佩服徒增，翹戀彌切。況懷又聞乘春多感，芳履乖和，耗冰雪之妍姿，鬱蕙蘭之佳氣。憂抑之極，恨不翻飛。且〔二九〕望寬情，無至憔悴。莫孤短願〔三〇〕，寧爽後期！惝怳〔三一〕寸心，書豈能盡？兼持菲什〔三二〕，仰繼華篇，伏惟試賜凝睇。詩曰：見説傷情爲見春，想封蟬錦緑蛾顰。叩頭爲報煙卿道〔三三〕，第一風流最損人。」閽媪既得迴報〔三四〕，徑賫詣非煙閤中。

武生爲府掾屬，公務繁夥，或數夜一直，或竟日不歸。此時恰值入府曹，非煙拆書，得以款曲尋繹。既而長太息曰：「丈夫之志，女子之情〔三五〕，心契魂交，遠如近也〔三六〕。」于是闔户垂幌，爲書曰：「下妾不幸，垂髫〔三七〕而孤。中間爲媒妁所欺，遂疋合于瑣類。每至清風明月，移玉柱以增懷；秋帳冬缸，泛金徽而寄恨。豈謂〔三八〕公子，忽貽好音。發華椷而思飛，諷麗句而目斷。所恨洛川波隔，賈午牆高。連雲不及于秦臺，薦夢尚〔三九〕遥于楚岫。猶望天從素懇，神假微機，一拜清光，九殞〔四〇〕無恨。兼題短什，用寄幽懷，伏惟特賜吟諷也。詩曰：畫簷〔四一〕春燕須同宿，蘭〔四二〕浦雙鴛肯獨飛？長恨桃源諸女伴，等閑花裏送郎〔四三〕歸。」封訖，召閽媪，令達于象。象〔四四〕覽書及詩，以非煙意切〔四五〕，喜不自持，但静室焚香，虔禱以候。

忽〔四六〕一日將夕，閽媪促步而至，笑且拜〔四七〕曰：「趙郎願見神仙否？」象驚，連問之，傳非煙語曰：「值今夜功曹府直，可謂良時。妾家後庭〔四八〕，即〔四九〕君之前垣也。若不渝〔五〇〕惠好，專望來儀。方寸萬重，悉候晤語。」既曛黑，象乃乘〔五一〕梯而登，非煙已令重榻于下。既下，見非煙靚妝盛服，立于庭前〔五二〕。交拜訖，俱以喜極不能言，乃相攜自後門入房中，遂背釭解幌〔五三〕，盡繾綣之意焉。及曉鐘初動，復送象于垣下。非煙執象手泣〔五四〕曰：「今日相遇，乃前生姻緣耳。勿謂妾無玉潔松貞之志，放蕩如斯。直以郎之風調，不能自固〔五五〕，願深鑒之。」象曰：「挹〔五六〕希世之貌，見出人之心，已誓幽庸〔五七〕，永奉歡洽〔五八〕。」言訖，象踰垣而歸。

明日〔五九〕，托閽媪贈詩曰：「十洞三清雖路阻〔六〇〕，有心還得傍瑶臺。瑞香風引思深夜，知是蕊宫仙馭來〔六一〕。」非煙覽詩微笑，復贈象詩曰：「相思只怕不相識〔六二〕，相見還愁却别君。願得化爲松上〔六三〕鶴，一雙飛去入行雲。」付閽媪，仍令語象曰：「賴值兒家有小小篇咏，不然，君作幾許大才面目。」兹不盈旬，常得一期于後庭，展幽微〔六四〕之思，罄宿昔之心。以爲鬼神〔六五〕不知，天人〔六六〕相助。或景物寓目，歌詠寄情，來往便〔六七〕繁，不能悉載。如是者周歲。

無何，非煙數以細過撻其女奴，奴〔六八〕陰銜之，乘間盡以告公業。公業曰：「汝慎勿揚聲，我當伺察之。」後至直日，乃僞陳狀請假。迨夜，如常入直，遂潛于里門。街鼓既作，匍伏而歸。循牆至後庭，見非煙方倚户微吟，象則據垣斜睇。公業不勝其憤，挺前欲擒。象覺跳去，公業搏之，得其半襦。乃入室，呼非煙詰之。非煙色動聲顫，而不以實告。公業愈怒，縛之大柱，鞭楚血流。但云：「生得相親，死亦何恨。」深夜，公業怠而假寐，非煙呼其所愛女僕曰：「與我一盃水。」水至，飲盡而絶。公業起，將復笞之，已死矣。乃解縛，舉致〔六九〕閣中，連呼之，聲言非煙暴疾致殞。數日，窆之北邙，而里巷間皆知其强〔七〇〕死矣。象因變服，易名遠，自竄于江浙〔七一〕間。

洛中才士有崔、李二生〔七二〕，嘗與武掾游處。崔賦〔七三〕詩，末句云：「恰似傳花人飲散〔七四〕，空床抛下〔七五〕最繁枝。」其夕，夢非煙謝曰：「妾貌雖不迨桃李，而零落過之。捧君佳什，愧仰無已。」李生詩末句云：「艶魄香魂如有在，還應羞見墜樓人。」其夕，夢非煙戟〔七六〕手而詈曰：「士有百行，君得全乎？何至務矜片言，苦相詆斥！當屈君于地下面證之。」數日，李生卒，時人異焉。

遠後調授汝州魯山縣主簿，隴西李垣代之。秩滿〔七七〕，咸通末予復代垣，而與遠少相狎，故洛〔七八〕祕事亦知之。而垣復爲予説〔七九〕，故得以傳焉。

三水人曰：噫，豔冶之貌，則代有之矣；潔朗之操，則人鮮聞。故士矜才則德薄，女衒色則情私。若能如執盈，如臨深，則皆爲端士、淑女矣。非煙之罪雖不可逭，察其心，亦可悲矣。（據上海涵芬樓排印張宗祥校本《説郛》卷三三《三水小牘》校録，又《太平廣記》卷四九一《非煙傳》）

〔一〕非煙　《説郛》原作「飛烟」（下文或作「非烟」）。據張宗祥《説郛校勘記》（上海古籍出版社《説郛三種》附），汪季清家藏明抄《説郛》殘本篇題作《非煙傳》，《廣記》、南宋周守忠《姬侍類偶》卷上引皇甫枚《非烟傳》、計有功《唐詩紀事》卷七九《非烟》、明清諸本《非煙傳》均作「非煙」。按：《史記·天官書》：「若煙非煙，若雲非雲。」名本此。據《廣記》等改。下同。

〔二〕好文墨　《説郛》明抄殘本、《廣記》、明陸采《虞初志》卷六《非煙傳》（凌性德刊七卷本卷五）、《豔異編》卷一七《非烟傳》、秦淮寓客《緑窗女史》卷五《非煙傳》、林近陽《增補燕居筆記》卷九《非烟傳》、馮夢龍《增補批點圖像燕居筆記》卷九《非烟傳》、《重編説郛》卷一一二《非煙傳》「文墨」作「文筆」，《類説》卷二九《麗情集·非烟》（按：《麗情集》北宋張君房編）作「文學」，南宋皇都風月主人《緑窗新話》卷下《趙象慕非煙掘秦》（注出《麗情集》）作「詩筆」。《唐詩紀事》作「善文章」。

〔三〕甌　《説郛》明抄殘本作「筑」。

〔四〕比　《廣記》清陳鱣校本作「北」。

〔五〕不能斥言　此四字原無，據《廣記》補。《虞初志》、《豔異編》、《緑窗女史》、《燕居筆記》二本、《重編説郛》亦有此四字。

〔六〕居喪禮　《説郛》明抄殘本作「寢苫枕草」。按：《左傳》襄公十七年：「齊晏桓子卒，晏嬰麤縗斬，苴絰、帶、杖，食鬻，居倚廬，寢苫枕草。」又作「寢苫枕塊」，塊，土塊。《儀禮·既夕禮》：「居倚廬，寢苫枕塊。」

〔七〕廢食忘寐　《廣記》陳校本、《虞初志》、《豔異編》、詹詹外史《情史類略》卷一三《非烟》、《燕居筆記》二種、清蟲天子《香豔叢書》六集卷三《步非烟傳》作「廢食息焉」。

〔八〕閒　《廣記》作「閒」，《燕居筆記》二本作「門」，均譌。按：閒，止息。

〔九〕具以象意言焉　《情史》、《香豔叢書》作「婉述象意」。

〔一〇〕持　《廣記》陳校本作「爲」，《虞初志》、《豔異編》、《情史》、《燕居筆記》二本、《香豔叢書》作「如」。

〔一一〕一覩　《緑窗新話》「一」作「偶」。林近陽《燕居筆記》「覩」作「觀」。

〔一二〕只　林本《燕居筆記》作「又」。

〔一三〕阿蘭　《全唐詩》卷八〇〇作「阿誰」。按：阿蘭，指神女杜蘭香。西晉建興四年（三一六）奉王母命下降南郡張碩爲偶。見《藝文類聚》卷七九引東晉曹毗《杜蘭香别傳》。

〔一四〕雙娥　《廣記》《四庫全書》本、《緑窗新話》、南宋洪邁《萬首唐人絶句》卷六五武氏妾《酬趙象》、《豔異編》、《情史》、《香豔叢書》「娥」作「蛾」。按：娥、蛾義同，蛾眉。《唐詩紀事》作「嬌娥」，《燕居筆記》二本作「雙雙」。

〔一五〕幽　《唐詩紀事》作「憂」。

〔一六〕泥　《廣記》、《緑窗女史》、《重編説郛》作「擬」，《緑窗新話》作「促」，《唐詩紀事》作「付」。按：泥，去聲，迷戀。

〔一七〕贈　《唐詩紀事》、《全唐詩》作「惠」。

〔一八〕芳　《唐詩紀事》作「花」。按：下有「花」字，當譌。

〔一九〕難供恨　《唐詩紀事》作「誰供眼」。

〔二〇〕迷　《唐詩紀事》作「還」。

〔二一〕只思輕雨洒幽襟　「只」《唐詩紀事》、《全唐詩》作「又」，「洒」《廣記》明沈與文野竹齋鈔本、《唐詩紀事》、《緑窗新話》作「滿」。

〔二二〕沉沉　《豔異編》、《情史》、《香豔叢書》作「重重」。

〔二三〕隔　《唐人絶句》卷六〇《獨坐懷非煙》作「落」。

〔二四〕碧苔箋　《豔異編》、《情史》譌作「岩苔箋」，《香豔叢書》作「彩箋小簡」。按：東晉王嘉《拾遺記》卷九《晉時事》：「側理紙萬番，此南越所獻。後人言『陟里』，與『側理』相亂。南人以海苔爲紙，其理縱横邪側，因以爲名。」唐李肇《國史補》卷下：「紙則有越之剡藤、苔牋。」用水苔製成之紙稱苔紙，又稱側理紙。碧苔箋即用緑色苔紙所製箋紙。

〔二五〕繡櫳　《香豔叢書》「櫳」作「籠」。按：繡櫳，雕花窗户。

〔二六〕暗　《唐詩紀事》作「聊」。

〔二七〕近來羸得傷春病　《唐詩紀事》，《唐人絶句》卷六五，《情史》，《香豔叢書》，清蓮塘居士《唐人説薈》第十二集、馬俊良《龍威秘書》四集、顧之逵《藝苑捃華》、民國俞建卿《晉唐小説六十種》之《非烟傳》，《全唐詩》「羸」作「贏」。按：羸得、贏得義同，落得，添得。《燕居筆記》二本「傷春」作「相思」。

〔二八〕乃剪烏絲闌爲迴械　「闌」《廣記》陳校本、《虞初志》八卷本、《豔異編》、林本《燕居筆記》、《情史》、《香豔叢書》作「簡」，「械」《廣記》、《緑窗女史》、《重編説郛》、《唐人説薈》、《龍威秘書》、《藝苑捃華》作「簡」，《虞初志》、《豔異編》、林本《燕居筆記》、《情史》、《香豔叢書》作「緘」。械，同「緘」，書信。

〔二九〕且　《廣記》、《虞初志》、《豔異編》、《緑窗女史》、林本《燕居筆記》、《情史》、《重編説郛》、《唐人説薈》、《龍威秘書》、《藝苑捃華》、《香豔叢書》、《晉唐小説六十種》作「企」。

〔三〇〕顧　以上《廣記》等十三書作「韻」。

〔三一〕惝恍　《廣記》明鈔本、《緑窗女史》、《重編説郛》作「恍惚」，《廣記》談愷刻本、《唐人説薈》、《龍威秘書》、《藝苑捃華》作「惚恍」，《廣記》汪紹楹校本改作「恍惚」。張國風《太平廣記會校》亦據明鈔本改。按：惚恍、恍惚義同。《張説之文集》卷一三《東山記》：「虹泉電射，雲木虛吟，惚恍疑夢，間關忘術。」《靈應傳》：「指顧間，望見一大城，其雉堞穹崇，溝洫深濬，余惚恍不知所自。」

〔三二〕菲什　「菲」原譌作「斐」，據《廣記》、《虞初志》、《豔異編》、《緑窗女史》、《情史》、《重編説郛》、《唐人説薈》、《龍威秘書》、《藝苑捃華》、《香豔叢書》、《晉唐小説六十種》改。

〔三三〕叩頭爲報煙卿道　《萬首唐人絶句》卷六〇、《虞初志》、《豔異編》、林本《燕居筆記》、《情史》、《香豔叢書》、《全唐詩》「爲」作「與」。「煙卿」《全唐詩》作「卿卿」。

〔三四〕報　《廣記》、《緑窗女史》、《重編説郛》、《唐人説薈》、《龍威秘書》、《藝苑捃華》、《晉唐小説六十種》作「簡」。

〔三五〕丈夫之志女子之情　「之志女子」四字原脱，據《廣記》、《虞初志》、《豔異編》、《緑窗女史》、《燕居筆記》二本、《情史》、《重編説郛》、《唐人説薈》、《龍威秘書》、《藝苑捃華》、《香豔叢書》、《晉唐小説六十種》補。

〔三六〕遠如近也　《廣記》等十三書前有「視」字。

〔三七〕垂髫　《廣記》等十三書作「垂鬠」，意同。

〔三八〕謂　《廣記》等十三書作「期」。

〔三九〕尚　《廣記》陳校本作「向」。

〔四〇〕九殞　「九」原譌作「就」，據明抄殘本及《廣記》等十三書改。按：屈原《離騷》：「雖九死其猶未悔。」

〔四一〕簷　《全唐詩》注：「一作梁。」

〔四二〕蘭　《廣記》、《緑窗女史》、《重編説郛》、《唐人説薈》、《龍威秘書》、《藝苑捃華》、《晉唐小説六十種》作「洛」。《廣記》陳校本作「藺」。

〔四三〕郎　《廣記》陳校本作「春」。

〔四四〕象　此字原無，據《廣記》等十三書補。

〔四五〕以非煙意切　《廣記》等十三書作「以煙意稍切」。

〔四六〕忽　《廣記》、《虞初志》八卷本、《唐人説薈》、《龍威秘書》、《藝苑捃華》、《晉唐小説六十種》譌作「息」，《廣記》陳校本作「忽」。

〔四七〕促步而至笑且拜　《虞初志》、《豔異編》、《情史》作「促步而笑至，且拜」。

〔四八〕庭　原作「亭」，據《廣記》等十三書及《緑窗新話》改。

〔四九〕即　《廣記》等十三書及《緑窗新話》作「郎」。

〔五〇〕渝　《廣記》、《緑窗女史》、《重編説郛》作「踰」，《廣記》陳校本作「渝」。

〔五一〕乘　《廣記》等十三書作「躋」。

〔五二〕庭前　《廣記》等十三書作「花下」，《廣記》陳校本作「庭下」。

〔五三〕幌　《説郛》明抄殘本作「綃幌」。

〔五四〕泣　此字原無，據《廣記》等十三書補。

〔五五〕固　《廣記》、《虞初志》八卷本、《豔異編》、《緑窗女史》、《燕居筆記》二本、《重編説郛》作「顧」，《香豔叢書》作「持」。

〔五六〕挹　《虞初志》、《豔異編》、《燕居筆記》二本、《情史》作「揖」。挹，通「揖」。

〔五七〕幽庸　《情史》、《香豔叢書》作「幽衷」。按：庸，明也，顯也。幽庸即幽明，生死之謂。

〔五八〕洽　《廣記》作「狎」。

〔五九〕日　此字原脱，據《廣記》、《類説》、《緑窗新話》、《虞初志》、《豔異編》、《緑窗女史》、《燕居筆記》二本、《重編説郛》補。

〔六〇〕路阻　《唐詩紀事》作「阻路」。

〔六一〕知是蕊宫仙馭來　「知」《廣記》陳校本作「疑」，《會校》據改。「仙」《豔異編》作「一」。

〔六二〕相思只怕不相識　《唐詩紀事》「只怕」作「何似」。《全唐詩》作「相思只恨難相見」，注：「恨難」一作「怕不」，「見」一作「識」。

〔六三〕上　《廣記》作「下」，明鈔本作「上」，《會校》據改。

〔六四〕幽微　《廣記》等十三書作「微密」。

〔六五〕鬼神　《虞初志》、《豔異編》、《燕居筆記》二本、《情史》、《香豔叢書》作「魚鳥」。

〔六六〕天人　《廣記》陳校本作「人神」。

〔六七〕便　《廣記》、《緑窗女史》、《重編説郛》、《唐人説薈》、《龍威秘書》、《藝苑捃華》、《晉唐小説六十種》作「頻」，《情史》、《香豔叢書》作「更」。

〔六八〕奴　此字原無，據《廣記》等十三書補。

〔六九〕致　《廣記》、《緑窗女史》、《重編説郛》、《唐人説薈》、《龍威秘書》、《藝苑捃華》、《晉唐小説六十種》作「置」，《廣記》陳校本作「致」。

〔七〇〕强死　「强」字原脱，據《廣記》等十三書補。按：强死，非因老病而突然死亡。

〔七一〕江浙　《唐詩紀事》作「江淮」。

〔七二〕洛中才士有崔李二生　《説郛》明抄殘本作「洛中才士有著《非煙傳》者，傳中崔、李二生」。《廣記》等十三書「中」作「陽」。

〔七三〕賦　此字原無，據《廣記》等十三書補。

〔七四〕散　《廣記》明鈔本作「後」。

〔七五〕空床抛下　《類説》譌作「空林池下」。

〔七六〕戟　《類説》作「曳」。

〔七七〕秩滿　此二字原無，據《説郛》明抄殘本補。

〔七八〕洛　《説郛》明抄殘本作「洛表」。按：洛表，即洛中、洛陽。

〔七九〕予説　原作「手詵」，魯迅《唐宋傳奇集》、汪辟疆《唐人小説》均校改爲「手記」。據《説郛》明抄殘本改。

按：咸通末年皇甫枚在魯山聞李垣説非煙事而作此傳，殆作於懿宗咸通十四年（八七三）

或次年（咸通十五年十一月改元乾符）。先單行於世，《太平廣記》卷四九一《雜傳記八》載《非煙傳》，署皇甫枚譔，當據單行本。元末陶宗儀《説郛》卷三三選録《三水小牘》，中有此傳，則作者在編纂《三水小牘》時又入於書中。《説郛》本係全文，《廣記》止於「時人異焉」。

明清稗叢收此傳皆據《廣記》，載《虞初志》卷六（凌性德刊七卷本卷五）、《豔異編》卷一七、《緑窗女史》卷五、林近陽《增補燕居筆記》卷九、馮夢龍《增補批點圖像燕居筆記》卷九、《情史類略》卷一三、《重編説郛》卷一一二、《唐人説薈》第十二集（同治八年刊本卷一四）、《龍威秘書》四集《晉唐小説暢觀》、《藝苑捃華》、《香豔叢書》六集卷三、《晉唐小説六十種》、《舊小説》乙集等。《情史》題《非烟》，《香豔叢書》題《步非烟傳》（《唐人説薈》目録亦作《步非烟傳》），餘皆作《非煙（烟）傳》。《豔異編》以例不具撰名，《情史》末云「皇甫枚爲之作傳」，其餘署唐皇甫枚（或有撰字），唯《虞初志》題皇甫放（七卷本有唐字），名譌。《虞初志》八卷本、《情史》有跋，《香豔叢書》取《情史》跋爲附録。《緑窗女史》卷一四著撰部啓牘門又收入步非烟《答趙象書》。

北宋張君房《麗情集》亦曾取此傳，《紺珠集》卷一一、《類説》卷二九均有摘録，皆題《非煙》。《緑窗新話》卷下《趙象慕非烟揠秦》，亦引自《麗情集》。

《崇文總目》傳記類始著録《三水小牘》二卷，撰人譌作皇甫牧，《遂初堂書目》小説類只著書名。《直齋書録解題》小説家類作三卷，《文獻通考·經籍考》小説家類同，疑誤。《宋史·藝文志》小説類作二卷。宋本不傳。宋晁載之《續談助》卷三摘録八條。朱勝非《紺珠集》卷七摘五條，明天順刊本不著撰人，《四庫全書》本署皇甫牧，名謌。曾慥《類説》卷四五摘五條（另有十四條非本書），天啓刊本無撰人，明嘉靖伯玉翁舊鈔本署唐皇甫枚遵美撰。元末陶宗儀《説郛》卷三三選録十條，題下注二卷，署皇甫枚，注「字遵美，安定人」。《説郛》所據當爲宋刻全帙。

今本二卷，卷上十七則，卷下十八則，都三十五則，非足本。此本蓋原出明楊儀家藏，嘉靖三十三年（一五五四）姚咨鈔録（姚咨嘉靖甲寅識語）。嘉靖四十三年秦汴刻二卷，亦出楊儀藏本，《四明天一閣藏書目録》小説家類著録秦刻本。姚鈔本後入錢曾藏書。錢曾《也是園藏書目》卷五小説類著録皇甫牧《三水小牘》三卷（「牧」、「三」二字誤）。嘉慶中阮元將錢曾所藏姚咨手鈔本影寫進呈（見阮元《揅經室外集》卷四《三水小牘二卷提要》），其所纂《宛委別藏》，中收姚鈔之影寫本，姚本署安定皇甫枚尊美譔。此前盧文弨於乾隆五十七年（一七九二）據舊梓本翻刻二卷本，彙在《抱經堂叢書》，亦署安定皇甫枚尊美撰。「尊美」有誤，應作「遵美」，皇甫枚名字本《詩經·周南·汝墳》：「遵彼汝墳，伐其條枚。」此本與姚鈔本文字無甚異，祖本殆亦爲楊儀本。

又有一卷本，初載於明嘉靖二十三年陸楫編刊《古今説海》説略部雜記家十五，題皇甫校撰，名謌。凡七條，乃從《説郛》録出，删後三條（非烟、却要、張直方）。《重編説郛》卷一八取入此本，題宋皇甫牧，甚誤。又明馮可賓所輯《廣百川學海》，丁集《鶯聽録》，題宋皇甫枝，實亦《古今説海》之七條。

二卷本殘闕甚多，不惟篇目佚失，文字亦或有闕。《太平廣記》引本書三十餘條，多有不見今本者。《説郛》卷四九《小説舊聞記》，署唐柳公權，凡四條，皆見於《三水小牘》，然視今本及《太平廣記》所引文字頗爲詳贍，如《蓮花峰》即遠詳於今本卷上之《王玄沖登華山蓮花峰》。《小説舊聞記》此四事，文中曰「予」，曰「三水人」，信原文也。《説郛》卷四又摘《舊聞記》二條，一條出本書，一條實取自唐劉餗《隋唐嘉話》。宋阮閲《詩話總龜》前集卷四、卷五、卷二七、卷二九、卷三五引《小説舊聞》五條，魏慶之《詩人玉屑》卷一〇引《小説舊聞》一條，皆在《隋唐嘉話》。廖瑩中《江行雜録》引《小説舊聞記》元相國、李龜壽二條，均出本書。《宋史·藝文志》小説類著録《小説舊聞記》六卷，柳公權撰。此書乃宋人採録唐人小説而成，而託名柳公權。然所保留本書四條原文，彌足珍貴。

《續談助》所擇八條，七條見今本。今本《冠蓋山獲古銅斗》、《王玄沖登華山蓮花峰》等五條與《續談助》文同，而《郟城令陸存遇賊偷生李庭妻崔氏罵賊被殺》與《魚玄機笞斃緑翹致戮》二條則視《續談助》爲詳。《續談助》之體例乃於原文或有删節，而今本文句多同之，《王玄沖》一條最爲典型，殊可疑也。頗疑今本文字原多殘闕，而取《續談助》補之。楊儀曾校訂《甘澤謡》，豈亦楊儀爲之耶？

今本各條皆有標目，陳其大意。標目與《説郛》本及《小説舊聞記》不同，疑皆爲後人所加。

光緒十七年（一八九一）繆荃孫翻刻抱經堂刊本，編在《雲自在龕叢書》，並作校補，輯逸文一卷，十二則。繆校粗疏不精。逸文末則桂林韓生，輯自明張鼎思《琅邪代醉編》（見卷一），實出宋人蔡絛《鐵圍山叢談》卷五。一九五八年中華書局上海編輯所排印出版繆氏校補本，又從《類説》補逸文十四條。按：據《類説》伯玉翁舊鈔本，此十四條爲劉肅《大唐新話》，排在《三水小牘》後，《類説》天啓刊本脱去《大唐新話》書名，遂誤入《三水小牘》。然大都不見劉肅《大唐新語》，實雜湊諸書而成，僞書也。二〇〇〇年上海古籍出版社出版《唐五代筆記小説大觀》收此書，以《雲自在龕叢書》本爲底本。逸文尚可補二則。《太平廣記》卷四五九《游邵》，爲中和初汝州魯山縣事，談愷刻本闕出處，明鈔本、清孫潛校本作《三水小牘》。《廣記》卷三九二《王敬之》，注出皇甫枚《玉匣記》，此記單行，著書時當亦取入，若《非煙傳》然。

據《續談助·三水小牘跋》，原書有自序，今本亡。《三水小牘跋》云：「枚自言天祐庚午歲寓食汾晉爲此書。」天祐庚午歲乃天祐七年（九一〇），天祐四年唐亡，時爲後梁開平四年。唐亡後晉王李克用、李存勗父子不肯臣服朱梁，仍用天祐年號（《資治通鑑》卷二六六《後梁紀》太祖開平元年：「是時，惟河東、鳳翔、淮南稱天祐，西川稱天復年號。」胡三省注：「天復四年，梁王劫唐昭宗遷洛，改元曰天祐。河東、西川謂劫天子遷都者梁也，天祐非唐號，不可稱，乃稱天復五年。是歲梁滅唐，河東稱天祐四年，西川仍稱天復。」）作者寓居晉王河東之地，以李唐遺民自居，故亦用唐年號，示不忘舊也。

蓮花峰

皇甫枚　撰

王得臣癸巳歲從鼎臣兄〔一〕自汝入秦，冬十二月，宿于北華之野狐泉店〔二〕。到時日勢尚早，逆旅喧闐，鼎臣乃與予同登南坡蘭若，訪主〔三〕僧，曰義海，氣貌甚清，談吐亦雅。中夜，圍爐設茶果，待客頗勤。因話三峰事，海曰：「去年初秋，一日迨暮，有士人風格峻整，麻衣芒履，荷笠而來祈宿者。問其所自，姓氏誰何，答曰：『玄沖〔四〕，姓王，來自天姥。性隱遯，好奇爲心，中間所遊陟諸山名跡，盡東南之美矣，惟有華山蓮花〔五〕峰之秀異未覩，今則方候〔六〕一登爾。』海哂之，謂曰：『兹山峭，自非馭風憑雲，亦無有去理。』玄沖曰：『賢人勿謂天不可昇，但慮無其志耳。僕亦知華陽川中有路，志在幽尋焉。』海觀其辭氣壯厲，亦然之。玄沖曰：『某明旦去，某日當屆山趾，計其五千仞，爲一旬之程，亦足矣。既上，當熾〔七〕烟爲信，至時可來桃林南下望。』

「次日，玄沖發笈，取一藥壺并火金，懷之而去。義海書于屋壁。及期，先一日至桃林宿。日平曉，岳色清朗無纖翳。佇立數息間，有白烟一道歘起蓮花峰頂。海祕之不言，復歸。二旬而玄沖至，歇定，乃言曰：『前者既入華陽川〔八〕中，尋微徑，縈紆至蓮花峰下。

憩一宿方登。初登也，雖險峻猶可重足一跡，困則復于石崦中，暮亦如之。既及峰三分之一，則壁立青嶂，莓苔冷骨，石縫縱横，劣容半足。乃以死誓志〔九〕，作氣而登。時遇石室，上下懸絶，則有蘿蔦及石髪垂下〔一〇〕，接之以昇，果一旬而及峰頂。頂廣約百畝，中有池，亦數畝，菡萏方盛，濃碧鮮妍。四旁則巨檜喬松，竦擢于霄漢，餘奇木芳艸，不可識。池側有破鐵舟，觸之則碎。周覽已〔一一〕，乃取火金敲之，揉枯荄以承之。大木亦有朽仆于地，于是拉其枝榦構〔一二〕火焉。既而〔一三〕循池玩花，將折數蒂，又思靈境不可瀆，只將〔一四〕取落葉數片及鐵舟寸許懷之，一宿乃下。下之危峻〔一五〕，復倍于登陟〔一六〕。』

「時海不覺前席，執玄沖手曰：『君固三清之奇士也，不然何以臻兹？』于是玄沖盡以蓮葉、舟鐵〔一七〕贈義海。明日，復負笈而去，莫知所終。則尚子尋五嶽，亦斯人之徒歟？」

（據上海涵芬樓排印張宗祥校本《説郛》卷四九《小説舊聞記》校録，今本《三水小牘》卷上，又北宋晁載之《續談助》卷三《三水小牘》）

〔一〕王得臣癸巳歲從鼎臣兄　《三水小牘》今本、《續談助》作「咸通癸巳歲，余從鼎臣兄」。按：王鼎臣乃王得臣之兄，《小説舊聞記》之「李龜壽」云：「此舅氏昔年話于鼎臣兄弟。」

〔二〕北華之野狐泉店　「北華」今本及《續談助》無「北」字。按：北華，當指華山北部地區。「泉」《小説舊聞記》誤作「原」，據今本及《續談助》改。按：北宋錢易《南部新書》戊卷：「野狐泉店在潼關之西，泉在道南店後坡下。舊傳云，野狐掊而泉涌。店人改爲泠淘，過者行旅止焉。」

〔三〕主僧　《小説舊聞記》無「主」字，據今本及《續談助》補。

〔四〕玄沖　宋孔傳《後六帖》卷五引《三水小牘》、《錦繡萬花谷》後集卷五引《三水小牘》「沖」譌作「仲」。

〔五〕花　今本、《續談助》、《紺珠集》卷七《三水小牘·蓮華峰搆火》、《孔帖》作「華」。華，同「花」。

〔六〕候　今本作「伺」。

〔七〕煹　原作「構」，據今本、《續談助》改。《紺珠集》、《類説》卷四五《三水小牘·蓮花峰》作「搆」。

〔八〕華陽川　今本「川」作「山」，《續談助》作「川」。

〔九〕志　原作「之」，據今本及《續談助》改。

〔一〇〕時遇石室上下懸絶則有蘿蔦及石髮垂下　「石室上下懸絶則有蘿蔦及」十一字原脱，據今本及《續談助》補。

〔一一〕周覽已　今本及《續談助》作「既周覽矣」。

〔一二〕煹　原作「燁」，據今本及《續談助》改。

〔一三〕既而　原無「而」字，據《續談助》補，今本作「而」。

〔一四〕將　今本及《續談助》作「探」。

〔一五〕峻　今本及《續談助》作「慄」。

〔一六〕陟　今本譌作「涉」，《續談助》作「陟」。

〔一七〕舟鐵　原作「鐵舟」，據今本及《續談助》乙改。繆荃孫改作「鐵舟鐵」，校云：「原本無上『鐵』字，據《續談助》校增。」然陸心源所刊《續談助》實作「舟鐵」，同今本，不知繆氏所據何本。

按：今本卷上題《王玄沖登華山蓮華峰》，文句遠不及《小説舊聞記》爲詳，而與《續談助》卷三《三水小牘》所録相同。本篇據《説郛》卷四九《小説舊聞記》輯録，題《蓮花峰》，今從。

張直方

皇甫枚　撰

咸通庚寅歲，盧龍軍節度使、檢校尚書左僕射張直方，抗表請修入覲之禮，優詔允焉。先是，張氏世莅燕土〔一〕，民亦世服其恩，禮燕臺〔二〕之嘉賓，撫易水之壯士，地沃兵庶，朝廷每姑息之。洎直方之嗣事也，出綺紈之中，據方岳之上，未嘗以民間之休戚爲意，而酣酒於室，淫獸於原，巨賞狎於皮冠，厚寵集〔三〕於緑幘。暮年而三軍大怨，直方稍不自安。左右有爲其計者，乃盡室西上至京，懿宗授之左武衛大將軍。而直方飛蒼走黄，莫親徼道之職，往往設罝罘〔四〕於通衢，則犬彘無遺。臧獲有不如意，立殺之。或曰：「輦轂之下，不可專戮。」其母曰：「尚有尊於我子者耶？」則僭軼可知也。於是諫官列狀上，請收付廷尉。天子不忍置於法，乃降爲昭王〔五〕府司馬，俾分務洛師焉。直方至東都，既不自新，而慢遊愈極〔六〕。洛陽四旁，翥者、攫走者〔七〕，見皆識之，必群噪長嗥而去。

有王知古者，東諸侯之貢士也。雖薄涉儒術，而素〔八〕不中春官選，乃退處於三川之上〔九〕，以擊鞠飛〔一〇〕觴爲事，遨遊於南鄰北里閒。至是，有紹介〔一一〕於直方者，直方延之，覩其利喙贍辭，不覺前席，自是日相狎。壬辰歲冬十一月，知古嘗晨興，僦舍無烟，愁雲塞望，悄然弗怡，乃徒步造直方第。至則直方急趨，將出畋也，謂知古曰：「能相從〔一二〕乎？」而知古以祁寒〔一三〕，有難色。直方顧小僮〔一四〕曰：「取短皁袍來。」請知古衣之，知古乃上加麻衣焉，遂聯轡而去。出長夏門，則微霰初零〔一五〕，由闕〔一六〕塞而密雪如注。乃渡伊水而東南，踐萬安山之陰麓，而韝弋之獲類〔一七〕甚夥。傾羽觴，燒兔肩，殊不覺有嚴冬意。

及霞開雪霽〔一八〕，日將夕焉。忽有封狐，突起於知古馬首。乘酒馳之數里，不能及，又與獵徒相失。須臾，雀噪烟暝，莫知所如。隱隱聞洛城暮鍾，但彷徨於古陌樵徑之上。俄而山川黯然，若一鼓將半。試長望〔一九〕，有炬火甚明，乃依積雪光而赴之。復若十餘里，至則喬木交柯，而朱門中開，皓壁橫亘〔二〇〕，真北闕之甲第也。知古及門下馬，將徙倚以待〔二一〕旦。無何，小駟頓轡，閽者覺之，隔壁〔二二〕而問：「阿誰？」知古應曰：「成周貢士、太原王知古也。今旦有友人將歸於崆峒舊隱者，僕餞之伊水濱，不勝離觴，既操袂〔二三〕，馬逸復不能止，失道至此耳。遲明將去，幸無見讓。」閽曰：「此乃南海〔二四〕副使崔中丞之莊也。主父近承天書赴闕，郎君復隨計吏西征，此唯閨闈中人耳，豈可淹久乎？某不敢去留，請問〔二五〕於內。」知古雖怵惕不寧，自度中宵矣，去將安適，乃拱立以伺〔二六〕。

少頃，有秉蜜炬自內至者，振管〔二七〕闢扉，引保母出。知古前拜，仍述厥由。母曰：「夫人傳語，主與小子皆不在家，於禮無延客之道。然僻居與山藪接畛，豺狼所嘷，若復固拒，是見溺而不援也。請舍外廳，翌日可去。」知古辭謝，從保母而入。過重門，門側廳所〔二八〕，欒櫨宏敞，帷幕鮮華，張銀燈，設綺席，命知古坐焉。酒三行，復陳方丈之饌，豹胎魴腴，窮水陸之美，保母亦時來相勉。食畢，保母復問知古世嗣宦族，及內外姻黨，知古具言之。乃曰：「秀才軒裳令〔二九〕胄，金玉奇標，既富春秋，又潔操履，斯實淑媛之賢夫也。小君以鍾愛稚女，將及笄年，嘗託媒妁，爲求佳對久矣。今夕何夕，獲遘良人，潘、楊之睦可遵，鳳凰之兆斯在，未知雅抱何如耳。」知古斂容曰：「僕文愧金聲，才非玉潤，豈家室爲望，惟泥塗是憂。不謂寵及迷津，慶逢子夜，聆好〔三〇〕音於魯館，逼佳氣於秦臺。二客遊神，方茲莫及〔三一〕；三星委照，唯恐不揚。倘獲託彼强宗，睠以佳耦，則生平所志，畢在斯乎！」保母喜〔三二〕，謔浪而入白。復出，致小君之命曰：「兒自移天崔門〔三三〕，實秉懿範，奉蘋蘩之敬，知〔三四〕琴瑟之和。惟以稚女是懷，思配君子。既辱高義，乃叶夙心。上京飛書，路且不達〔三五〕，百兩陳禮，事亦非賒〔三六〕。忻慰所〔三七〕多，傾矚而已。」知古磬折而對曰：「某蟲沙微類，分及〔三八〕湮淪，而鍾鼎高門，忽蒙採拾。有如白水，以奉清塵。鶴企鳧趨〔三九〕，准待休旨〔四〇〕。」知古復拜〔四一〕，保母戲曰：「他日錦雉之衣欲解，青鸞之匣全開，貌如月華〔四二〕，室若雲邃〔四三〕，此際頗相念否？」知古謝曰：「以凡近仙，自地登漢，不有所舉，誰能自媒？謹當銘彼襟靈〔四四〕，志之紳帶，期於沒齒，佩以周旋。」復拜。

少時，則燎沈當庭〔四五〕，良夜將艾〔四六〕，保母請知古脱服以休。既解麻衣而皁袍見，保母誚曰：「豈有逢掖〔四七〕之士，而服短後之衣〔四八〕也？」知古謝曰：「此乃假之於與遊所熟者〔四九〕，固非己有。」又問所從，荅曰：「乃盧龍張直方僕射所借耳。」保母忽驚叫仆地，色如死灰。既起，不顧而走入宅，遥聞大叱曰：「夫人差事〔五〇〕，宿客乃張直方之徒也。」復聞夫人者叫曰〔五一〕：「火急斥出〔五二〕，無啓寇讎。」於是婢子小豎輩群出〔五三〕，秉〔五四〕猛炬，曳白梃而登階。知古恇儴〔五五〕，趠〔五六〕於庭中，四顧遜謝，詈言狎至，僅得出門。纔出，已橫關〔五七〕闔扉，猶聞喧譁未已。知古愕立道左，自怛〔五八〕久之。將隱頹垣，乃得馬於其下，遂馳去。

遥望大火若燎原者，乃縱轡赴之，則輸租車方〔五九〕飯牛附火耳。詢其所，則伊水東草店之南也。復枕轡假寐，食頃而震方〔六〇〕洞然，心思稍安，乃揚鞭於大道。比及都門，已有直方騎數輩來跡矣。遥至其第，既見直方，而知古憤懣不能言，直方慰之。坐定，知古乃述宵中怪事。直方起而撫髀曰：「山魈〔六一〕木魅，亦知人間有張直方邪？」且止知古，復益其徒數十人，皆射皮飲羽〔六二〕者，亨以卮酒、豚肩，與知古復南出。既至萬安之北，知古前導，殘雪中馬跡宛然。直詣柏林下，則碑板廢於荒坎，樵蘇殘於茂林。中列大冢十餘，皆狐兔之窟宅〔六三〕，其下成蹊。於是直方命四周張羅彀弓以待，内則束藴荷鍤，且掘且燻。少頃，群狐突出，焦頭爛額者，罥羅〔六四〕罥挂者，應弦飲羽者，凡獲狐大小百餘頭，以其尸歸。

三水人〔六五〕曰：嗟乎！王生生斯〔六六〕世不諧，而爲狐狢所侮，況其大者乎！向若無張公之皁袍，則强死穢氈〔六七〕之穴矣。余時在洛敦化里第，於庠〔六八〕集中，博士、渤海徐公讜爲余言之。豈曰語怪，以摭奇聞〔六九〕，故傳之焉〔七〇〕。（據清阮元《宛委别藏》影寫明姚咨鈔本《三水小牘》卷上校録，又《説郛》卷三三《三水小牘》、《太平廣記》卷四五五引《三水小牘》）

〔一〕土　《廣記》孫校本、朝鮮人編《删補文苑楂橘》卷二《張直方》作「士」，屬下讀。

〔二〕燕臺　朝鮮成任《太平廣記詳節》卷四一、《説郛》卷三三《三水小牘·張直方》作「昭臺」。按：燕臺、昭臺均指黄金臺。戰國燕昭王築臺，置千金於臺上，延請天下賢士，後人稱黄金臺。

〔三〕集　《説郛》、《古今説海》説淵部别傳二十三《洛京獵記》、汪雲程《逸史搜奇》乙集六《張直方》、《緑窗女史》卷八及冰華居士《合刻三志》志妖類《獵狐記》、吴大震《廣豔異編》卷二九及《續豔異編》卷一二《王知古》、《唐人説薈》第十六集《獵狐記》、《文苑楂橘》作「襲」。

〔四〕罝罘　今本原作「呵殿」，《説海》、《逸史搜奇》、《緑窗女史》、《合刻三志》、《文苑楂橘》同。繆荃孫《雲自在龕叢書》本據《廣記》改作「罘罝」。按：《廣記》實作「罝罘」，《廣記詳節》、《廣豔異編》、《續豔異編》、明憑虚子《狐媚叢談》卷四《王知古贅狐被逐》、《唐人説薈》同。《新唐書》卷二一二《張直方傳》亦謂：「好馳獵，往往設罝罘於道。」今據《廣記》等改作「罝罘」。罝罘，捕獸網。《説郛》作「梁」，而據張宗祥《説郛校勘記》，明抄《説郛》殘本「梁」下有「罟」字。按：梁罟，指攔截野獸之堰與捕捉鳥獸之網。

〔五〕昭王　原作「燕王」，《廣記》、《緑窗女史》、《合刻三志》、《廣豔異編》、《續豔異編》、《狐媚叢談》、《唐人説薈》、《文苑楂橘》同。《説郛》、《廣記詳節》作「昭王」。《説海》、《逸史搜奇》作「□王」。按：懿宗咸通間無燕王而有昭王。《舊唐書》卷一七五《宣宗十一子》：「昭王汭，第八子也。大中八年封，乾符三年薨。」據《説郛》及《廣記詳節》改。

〔六〕極　《説郛》、《説海》、《逸史搜奇》、《緑窗女史》、《合刻三志》、《唐人説薈》、《文苑楂橘》作「亟」。

〔七〕蓦者攫走者　「攫走者」《廣記》、《廣豔異編》、《續豔異編》、《狐媚叢談》作「攫者」，北宋錢易《南部新書》戊卷同。《説海》、《逸史搜奇》、《緑窗女史》、《合刻三志》、《唐人説薈》、《文苑楂橘》作「走者」。按：攫者、走者、攫走者意同，指走獸。《荀子·哀公》：「鳥窮則啄，獸窮則攫。」《説郛》作「蓦走者」。

〔八〕素　《廣記》作「數」，《説郛》、《説海》、《逸史搜奇》、《緑窗女史》、《合刻三志》、《廣豔異編》、《續豔異編》、《狐媚叢談》、《唐人説薈》、《文苑楂橘》作「數奇」。按：數奇（音「基」），運氣不佳。《史記》卷一〇九《李將軍列傳》：「大將軍青亦陰受上誡，以爲李廣老，數奇，毋令當單于，恐不得所欲。」

《索隱》：「案：服虔云：作事數不偶也。」

〔九〕退處於三川之上　「處」《廣記》作「遊」，清孫潛校本、《廣記詳節》作「飛」。「三川」《廣記》、《廣豔異編》、《續豔異編》、《狐媚叢談》作「山川」，《廣記》孫校本、《廣記詳節》作「三川」。按：三川，地名，指洛陽一帶，乃伊水、洛水、黄河流經區域，戰國秦於此置三川郡，治洛陽（今河南洛陽市東北）。

〔一〇〕飛　《廣記》、《唐人説薈》作「揮」。

〔一一〕紹介　《説郛》作「聞」，《説海》、《古今逸史》、《緑窗女史》、《合刻三志》、《文苑楂橘》作「分」，《廣豔異編》、《續豔異編》、《狐媚叢談》、《唐人説薈》作「介紹」。

〔一二〕相從　《説郛》作「蒐」。蒐，打獵。

〔一三〕祁寒　《廣記詳節》「祁」作「祈」。祈，通「祁」。祁寒，大寒。

〔一四〕小僮　《廣記》作「丱僮」。丱僮，梳兩髻髫之童子，亦即未成年之小僮。

〔一五〕微霰初零　《説郛》、《説海》、《逸史搜奇》、《緑窗女史》、《合刻三志》、《文苑楂橘》作「凝霰始零」，《廣記詳節》、《唐人説薈》作「微霰始零」。

〔一六〕闕　《文苑楂橘》作「闗」。

〔一七〕韝弋之獲類　「弋」《説郛》作「采」，《廣記詳節》作「末」，皆當譌。按：韝謂架鷹，弋謂射箭。韝弋，射獵也。「獲類」《説郛》作「攫」，明抄殘本作「獲」，《廣記》、《廣豔異編》、《續豔異編》、《狐媚叢談》、《唐人説薈》亦作「獲」，《説海》、《逸史搜奇》、《緑窗女史》、《合刻三志》、《文苑楂橘》作「類」。

按：獲類，謂獵物種類數量，繆校據《廣記》删「類」字，不當。

〔一八〕及霞開雪霽　「及」原作「乃」，據《廣記》、《廣豔異編》、《續豔異編》、《狐媚叢談》改。《説郛》、《説海》、《逸史搜奇》、《緑窗女史》、《合刻三志》、《唐人説薈》、《文苑楂橘》作「及乎」。「霞」《廣記》、《緑窗女史》、《廣豔異編》、《續豔異編》、《狐媚叢談》、《唐人説薈》作「霰」，《廣記》明鈔本作「雲」，《廣記詳節》則作「霞」。

〔一九〕試長望　《廣記》、《廣豔異編》、《續豔異編》、《狐媚叢談》作「長望間」，孫校本前有「試」字。《廣記詳節》乃作「試長望」。

〔二〇〕亘　《廣記詳節》作「垣」。

〔二一〕待　原作「達」，據《廣記》、《説郛》等諸書改。

〔二二〕壁　《廣記》、《説郛》等諸書作「闔」。闔，門扇。

〔二三〕操袂　《廣記》、《説郛》等諸書作「摻袂」，繆校據《廣記》改。按：摻袂、操袂義同，握别也。《全唐文》卷三七六任華《送李審秀才歸湖南序》：「操袂於兹，揮袂於兹。」錢起《錢仲文集》卷一《送李四擢第歸覲省》：「離筵不盡醉，摻袂一何早。」「摻」同「操」。摻袂本《詩經·鄭風·遵大路》：「遵大路兮，摻執子之袪兮。」毛傳：「摻，擥。袪，袂也。」李白《感時留别從兄徐王延年從弟延陵》：「摻袂何所道，援毫投此辭。」韋莊《酬吴秀才霅川相送》：「摻袂客從花下散，棹舟人向鏡中歸。」

〔二四〕南海　《説海》、《逸史搜奇》、《緑窗女史》、《合刻三志》、《廣豔異編》、《續豔異編》、《狐媚叢談》、《文苑楂橘》作「劍南」。

〔二五〕問　《廣記》、《説郛》等作「聞」。

〔二六〕伺　《廣記詳節》、《説郛》作「候」，《雲自在龕叢書》本作「次」，《廣記》、《説海》、《逸史搜奇》、《緑窗女史》、《合刻三志》、《廣豔異編》、《續豔異編》、《狐媚叢談》、《文苑楂橘》作「俟」。伺，等候。次，駐留，停留。

〔二七〕管　原譌作「館」，據《廣記》等諸書改。繆校亦改。《説郛》作「鑰管」。

〔二八〕門側廳所　「門」字原脱，據《廣記詳節》、《説郛》、《説海》、《逸史搜奇》、《緑窗女史》、《合刻三志》、《唐人説薈》、《文苑楂橘》補。「所」《説郛》、《説海》、《逸史搜奇》、《緑窗女史》、《合刻三志》、《唐人説薈》、《文苑楂橘》作「事」。

〔二九〕令　《説海》、《逸史搜奇》、《緑窗女史》、《合刻三志》、《唐人説薈》、《文苑楂橘》作「華」。

〔三〇〕好　《廣記》、《廣豔異編》、《續豔異編》、《狐媚叢談》作「清」，《廣記》明鈔本作「吉」，孫校本、《廣記詳節》作「好」。

〔三一〕及　《廣記》、《廣豔異編》、《續豔異編》、《狐媚叢談》作「計」，《廣記》孫校本、《廣記詳節》作「及」。

〔三二〕喜　今本原下有「言」字，《説郛》、《廣記》、《廣豔異編》、《續豔異編》、《狐媚叢談》無，繆校據《廣記》删「言」字，今從。按：《説海》、《逸史搜奇》、《緑窗女史》、《合刻三志》、《唐人説薈》、《文苑楂橘》作「聞言」，「喜」或爲「聞」字之譌。

〔三三〕自移天崔門　「自」《廣豔異編》、《續豔異編》、《狐媚叢談》作「幼」，「崔」《文苑楂橘》作「崖」，並譌。

〔三四〕知　《廣記詳節》、《説郛》、《説海》、《逸史搜奇》、《緑窗女史》、《合刻三志》、《廣豔異編》、《續豔異編》、《文苑楂橘》作「如」。

〔三五〕上京飛書路且不達　「達」原作「遠」，《廣記詳節》同，《廣記》、《廣豔異編》、《續豔異編》、《狐媚叢談》、《唐人説薈》作「遥」，據《説海》、《逸史搜奇》、《緑窗女史》、《合刻三志》、《文苑楂橘》改。《説海》、《逸史搜奇》、《緑窗女史》、《合刻三志》、《文苑楂橘》作「上京書路，飛且不達」。按：崔中丞妻（狐精）欲在此夜嫁女於王知古，而其夫在京，故云飛書不達，作「遠」、「遥」誤。

〔三六〕賖　《廣記》、《廣豔異編》、《續豔異編》、《狐媚叢談》、《唐人説薈》作「僭」，繆校據《廣記》改。按：《廣記》孫校本、《廣記詳節》、《説郛》、《説海》、《逸史搜奇》、《緑窗女史》、《合刻三志》、《文苑楂橘》作「賖」。作「賖」不誤，賖，多也。

〔三七〕所　《廣記》、《廣豔異編》、《續豔異編》、《狐媚叢談》作「孔」。繆校據《廣記》改。《廣記詳節》則作「所」。

〔三八〕及　原作「乃」，據《廣記》、《説郛》等諸書改，繆校亦改。《廣記》孫校本作「計」。

〔三九〕趨　《説郛》、《説海》、《逸史搜奇》、《緑窗女史》、《合刻三志》、《文苑楂橘》作「移」。

〔四〇〕准待休旨　「准」《説郛》、《廣記》、《廣豔異編》、《續豔異編》、《狐媚叢談》、《唐人説薈》作「唯」，繆校據《廣記》改。按：「准」同「凖」，凖擬、凖望之意，有打算、希望、凖備等義（參見蔣禮鴻《敦煌變文字義通釋》）。《説海》、《逸史搜奇》、《緑窗女史》、《合刻三志》、《文苑楂橘》「旨」作「命」。

〔四一〕知古復拜　《説海》、《逸史搜奇》、《緑窗女史》、《合刻三志》、《唐人説薈》、《文苑楂橘》作「致詞畢」。

〔四二〕華 《廣記》作「暈」，《廣記詳節》則作「華」。

〔四三〕邃 《廣記》作「迷」，《廣記詳節》則作「邃」。

〔四四〕謹當銘彼襟靈 《説海》、《逸史搜奇》、《文苑楂橘》「銘」作「誓」。《説郛》此句作「當誓彼襟靈」。

〔四五〕少時則燎沈當庭 《廣記》、《唐人説薈》作「時則月沈當庭」，《廣記詳節》「月」譌作「實」。

〔四六〕良夜將艾 《廣記》作「實爲良夜」，明鈔本作「夜過半矣」，孫校本、《廣記詳節》則作「良夜將艾」。

〔四七〕逢掖 《廣記》、《狐媚叢談》「逢」作「縫」。按：《後漢書・王符傳》：「徒見二千石，不如一縫掖。」李賢注：「《禮記・儒行》：『孔子曰：「丘少居魯，衣逢掖之衣。」』鄭玄注曰：『逢猶大也。大掖之衣，大袂單衣也。』」

〔四八〕短後之衣 《説郛》、《説海》、《逸史搜奇》、《緑窗女史》、《合刻三志》、《文苑楂橘》「短後」作「從役」，《廣豔異編》、《續豔異編》、《狐媚叢談》「後」譌作「役」。按：短後之衣指後幅較短之上衣，便於活動。《莊子・説劍》：「吾王所見劍士，皆蓬頭、突鬢、垂冠，曼胡之纓，短後之衣，瞋目而語難。」晉郭象注：「短後之衣，爲便於事也。」岑參《北庭西郊候封大夫受降回軍獻上》：「自逐定遠侯，亦著短後衣。」《晉書》卷五五《張協傳》：「樵夫恥危冠之飾，輿臺笑短後之服。」《新唐書》卷二二《禮樂志十二》：「北衙四軍陳仗，列旗幟，被金甲、短後繡袍。」北宋沈括《補筆談》卷上：「唐以來士人文集好用古人語，而不考其意。凡説武人，多云衣短後衣，不知短後衣作何形制。短後衣出《莊子・説劍篇》。蓋古之士人衣皆曳後，故時有衣短後之衣者。近世士庶人衣皆短後，豈復更有短後之衣？」

〔四九〕與遊所熟者 《廣記》、《唐人説薈》作「與所遊熟者」，繆校據改。按：《廣記詳節》、《説郛》等皆作

「與遊所熟者」。與遊，交遊。

〔五〇〕事　《廣記》明鈔本作「矣」。

〔五一〕夫人者叫曰　《廣記》「者叫」作「音叱」，明鈔本、孫校本「音」作「者」。《緑窗女史》、《合刻三志》、《唐人説薈》、《文苑楂橘》作「音叫」，《廣豔異編》、《續豔異編》、《狐媚叢談》作「者叱」，《廣記詳節》則作「者叫」。

〔五二〕斥出　《廣記》、《廣豔異編》、《續豔異編》、《狐媚叢談》、《唐人説薈》「斥」作「逐」，孫校本、《廣記詳節》作「斥」。「出」《雲自在龕叢書》本作「去」。

〔五三〕群出　《廣記》作「群從」，孫校本下有「知」字。《廣記詳節》則作「群出」。

〔五四〕秉　《説郛》作「束」。

〔五五〕俇儴　《廣記》明鈔本「俇」作「佯」，《廣記詳節》作「伬」，均譌。《狐媚叢談》作「恇儴」，《文苑楂橘》作「劻勷」。按：俇儴、恇儴、劻勷義同，惶恐不安。

〔五六〕趠　《廣記》明鈔本作「趨」，《説郛》作「避」，《説海》、《逸史搜奇》、《緑窗女史》、《合刻三志》、《廣豔異編》、《續豔異編》、《狐媚叢談》、《唐人説薈》、《文苑楂橘》作「走」。趠，疾行。

〔五七〕闢　原作「門」，據《廣記》、《説郛》、《廣豔異編》、《續豔異編》、《狐媚叢談》改。

〔五八〕怛　《廣記》、《緑窗女史》、《合刻三志》、《廣豔異編》、《續豔異編》、《狐媚叢談》、《唐人説薈》、《文苑楂橘》作「歎」，《廣記》明鈔本、孫校本、《廣記詳節》作「怛」。

〔五九〕輪租車方　《廣記》明鈔本、孫校本及《説郛》、《説海》、《逸史搜奇》、《緑窗女史》、《合刻三志》、《文苑楂橘》「方」作「坊」。按：車坊，出租車輛之店鋪。《舊唐書·玄宗紀下》：「禁九品已下清資官置客舍、邸店、車坊。」

〔六〇〕震方　《説郛》「震」作「雲」，明抄殘本作「東」。按：震方，東方。

〔六一〕魈　《廣記》、《説郛》等諸書作「魑」。《廣記詳節》乃作「魈」。

〔六二〕射皮飲羽　《廣記詳節》「皮」作「支」。《説郛》、《説海》、《逸史搜奇》作「射支飲胄」，《廣豔異編》、《續豔異編》、《狐媚叢談》作「射皮飲胄」。按：射皮，指射鳥獸。飲羽，指箭射入很深。飲胄，用頭盔飲酒。「支」字當譌。

〔六三〕宅　《説郛》作「視」，連下讀。

〔六四〕罝羅　此二字《廣記》脱，《廣記詳節》有，孫校本作「罝離」。《説海》、《逸史搜奇》、《緑窗女史》、《合刻三志》、《廣豔異編》、《續豔異編》、《狐媚叢談》、《唐人説薈》、《文苑楂橘》作「罹」。按：離、罹，羅意思相近，都指被補獸網網住。

〔六五〕三水人　「三」原譌作「之」，據《説郛》改。

〔六六〕斯　《説郛》、《説海》、《緑窗女史》、《合刻三志》、《唐人説薈》、《文苑楂橘》無此字。

〔六七〕獟　《説郛》作「獸」，《緑窗女史》、《合刻三志》、《唐人説薈》作「汚」。

〔六八〕庠　《説郛》作「宴」。庠，學校。按：唐代洛陽爲東都，亦設有國子監，稱東監。

〔六九〕奇聞　《雲自在龕叢書》本作「奇文」，《説郛》作「實」，《説海》、《逸史搜奇》空闕二字。

〔七〇〕故傳之焉　原作「故傳言之」，據《説郛》、《説海》、《逸史搜奇》改。

按：今本卷上題《王知古爲狐招壻》。《廣記》題《張直方》，删三水人讚語。《説郛》卷三三《三水小牘》有此篇，無題，據張宗祥《説郛校勘記》，明抄《説郛》殘本有小字標目，同《廣記》。今從《廣記》及《説郛》，改題《張直方》。

《古今説海》説淵部别傳二十三收入此篇，有讚，題《洛京獵記》，無撰人，《逸史搜奇》乙集六《張直方》，全同《説海》。《緑窗女史》卷八、《合刻三志》志妖類則題《獵狐記》，妄加撰人爲唐孫恂，《唐人説薈》第十六集（同治八年刊本卷二〇）同，此本讚語止於「爲余言之」，不全。《廣豔異編》卷二九《王知古》、《續豔異編》卷一二《王知古》、《狐媚叢談》卷四《王知古贅狐被逐》，均不著撰名，止於「以其尸歸之水」，實是切割《説海》、《緑窗女史》本之「之（三）水人曰」而成，頗謬。《删補文苑楂橘》卷二亦載，題《張直方》，無撰人，亦止於「爲余言之」。

侯元

皇甫枚　撰

侯元者，上黨郡銅鞮縣山村之樵夫也。家道貧窶，唯以鬻薪爲事。唐乾符己亥歲，於縣西北山中伐薪，回憩谷口，傍有巨石嶷然，若厦屋〔一〕，元對之太息，恨己之勞也。聲未絶，石剨然〔二〕豁開若洞。中有一叟，羽服烏帽，鬚髮如霜，曳杖而出。元驚愕，遽起前拜。叟曰：「我神君也，汝何多歎〔三〕，自可於吾法中取富貴，但隨吾來。」叟復入洞中〔四〕，元從之。行數十步，廓然清朗，田疇砥平，特多異花芳草。數里，過〔五〕横溪，碧湍流苔，鴛鷀泝洄，其上長梁夭矯〔六〕，如晴虹焉。過溪北，左右皆喬松修篁，高門渥丹，臺榭重複。引元之〔七〕別院，坐〔八〕小亭上，簷楹階砌，皆奇寶焕然。及進食行觴，復目所未覩也。食畢，叟退。少頃，二童揖元詣便室，具湯沐，進新衣一襲。冠帶竟，復導至亭上。叟出，命僕設浄席於地，令元跪席上，叟授以祕訣數萬〔九〕言，皆變化隱顯之術。元素蠢戇，至是一聽不忘。叟戒曰：「汝雖有少福，合於至法進身，然面有敗氣未除，亦宜謹密自固。若圖謀不軌，禍喪必至〔一〇〕。且歸存思，如欲謁吾，但至心叩石，當有應門者。」元因拜謝而出，仍令一童送之。既出洞穴，遂泯然如故，視其樵蘇已失。

至家，其父母兄弟〔一一〕驚喜曰：「去一旬，謂已碎〔一二〕於虎狼之吻。」元在洞中，如一日耳。又訝其服裝華潔，神氣激揚。元知不可隱，乃爲其家人言之。遂入静室中，習熟其術，期月而術成，能變化百物，役召鬼魅，草木土石，皆可爲步騎甲兵。於是悉收鄉里少年勇悍者爲將卒，出入陳旌旂幢蓋，鳴鼓吹，儀比列國焉。自稱曰「賢聖」，官有三老、左右弼、左右〔一三〕將軍等號。每朔望，必盛飾往謁神君，神君必戒以無稱兵。若固欲舉事，宜待天應。

至庚子歲，聚兵數千人。縣邑恐其變，乃列上。上黨帥高公潯〔一四〕，命都將以旅討之。元馳謁神君請命，神君曰：「既言之矣，但當偃旗臥鼓以應之。彼見兵威若是，必不敢肉薄〔一五〕而攻我。志之，慎勿輕接戰。」元雖唯唯，心計以爲我奇術制之有餘，且小者不能抗，後其大者若之何？復示衆以不武也。既歸，令其黨戒嚴。是夜，潞兵去元所據險三十里，見步騎戈甲蔽山澤，甚難之。明方陣而前，元領千餘人直突之〔一六〕，先勝後敗，酒酣被禽。至上黨，縶之府獄，嚴兵圍守。旦視枷穿中，惟燈臺耳，失元所在。夜分以〔一七〕達銅鞮，徑詣神君謝罪。神君怒曰：「庸奴，終違前〔一八〕教。今日雖幸而免，斧鑕亦行將及矣。非吾徒也。」不顧而入。鬱悒趨出。後復謁神君，虔心叩石，石不爲開矣。而其術漸歇，猶爲其黨所説。是秋，率徒掠并州之大谷〔一九〕，而并騎適至，圍之數重。術既不神，遂斬之於陣，其黨與散歸田里焉。（據清阮元《宛委別藏》影寫明姚咨鈔本《三水小牘》卷上校録，又《太平廣記》卷二八七引《三水小牘》）

〔一二〕厦屋　《廣記》孫校本、《古今説海》説淵部别傳四十一《侯元傳》、《逸史搜奇》壬集一《侯元》「厦」

作「夏」。按：夏，大也。《楚辭·大招》：「夏屋廣大，沙堂秀只。」

〔二〕剨然 《廣記》作「砉然」。

〔三〕歎 《廣記》譌作「歉」。

〔四〕中 《廣記》明鈔本、孫校本及《説海》、《逸史搜奇》作「門」。

〔五〕過 《廣記》孫校本作「遇」。

〔六〕夭矯 《廣記》明鈔本作「大橋」。

〔七〕之 《廣記》孫校本、《説海》、《逸史搜奇》作「入」，《會校》據孫校本改。

〔八〕坐 《廣記》明鈔本作「使止」，《會校》據改。

〔九〕萬 《廣記》明鈔本作「千」。

〔一〇〕禍喪必至 《廣記》作「禍必喪生」。

〔一一〕父母兄弟 《廣記》孫校本、《説海》、《逸史搜奇》作「父兄」。

〔一二〕碎 《説海》、《逸史搜奇》作「卒」。

〔一三〕右 《廣記》孫校本作「道」。

〔一四〕上黨帥高公潯 《廣記》「潯」作「尋」，明鈔本、孫校本、《説海》、《逸史搜奇》作「潯」，《廣記》《四庫》本妄改作「等」。按：上黨帥指昭義軍節度使，昭義軍治潞州，潞州又稱上黨郡，治上黨縣（今山西長治市）。《資治通鑑》卷二五三僖宗乾符六年：二月，「以陝虢觀察使高潯爲昭義節度使」。卷二五四僖宗中和元年：八月，「高潯與黄巢將李詳戰于石橋，潯敗，奔河中」。「昭義十將成麟殺高潯，引兵還據潞州天井關」。

〔一五〕肉薄　「肉」原作「内」，據《廣記》明鈔本改。按：肉薄，兩軍貼近搏鬭。《宋書》卷七二《南平穆王鑠傳》：「多作蝦蟆車以填塹，肉薄攻城。」

〔一六〕之　《廣記》明鈔本、孫校本作「元」，連下讀。

〔一七〕以　《廣記》、《説海》、《逸史搜奇》作「已」，《雲自在龕叢書》本據《廣記》改。按：以，通「已」。

〔一八〕前　《廣記》、《説海》、《逸史搜奇》作「我」。

〔一九〕大谷　《廣記》明鈔本、孫校本作「太谷」。大，通「太」。按：太谷，縣名，即今山西太谷縣，唐屬并州，并州開元二十三年（七三三）升爲太原府。

按：《三水小牘》原有標目，作《侯元違神君之戒兵敗見殺》，實是故事概要，疑爲爲後人所加，今從《廣記》，改題《侯元》。《古今説海》説淵部别傳四十一《侯元傳》，《逸史搜奇》壬集一《侯元》，據《廣記》輯。

魚玄機

皇甫枚　撰

西京咸宜觀女道士魚玄〔一〕機，字幼微，長安倡〔二〕家女也。色既傾國，思乃〔三〕入神，喜讀書屬文，尤致意於一吟一咏。破瓜之歲，志慕清虚。咸通初，遂從冠帔於咸宜，而風月賞玩之佳句，往往播於士林。然蕙蘭弱質，不能自持，復爲豪俠所調，乃從遊處焉。於是風流之士，爭修飾以求狎。或載酒詣之者，必鳴琴賦詩，間以謔浪，懵學輩自視缺然。其詩有：「綺陌春望遠，瑶徽秋興多。」又：「殷勤不得語，紅淚一雙流。」又：「焚香登玉壇，端簡禮金闕。」又云：「多情自鬱爭因夢〔四〕，仙貌長芳又勝花。」此數聯爲絶矣。

蓄〔五〕一女僮，曰緑翹，亦特明惠有色〔六〕。忽一日，機爲鄰院所邀。將行，誡翹曰：「無出，若有熟客，但云在某處。」機爲女伴所留，迨暮方歸院。緑翹迎門曰：「適某客來〔七〕，知鍊師不在，不舍轡而去矣。」客乃機素相暱者，意翹與之狎〔八〕。及夜，張燈扃户，乃命翹入卧内，訊之。翹曰：「自執巾盥數年，實自檢御，不令有似是之過，致忤尊意。且某客至款扉，翹隔闔報云：『鍊師不在。』客無言，策馬而去。若云情愛，不蓄於胸襟有年矣，幸鍊師無疑。」機愈怒，裸而笞百數〔九〕，但言無之。既委頓，請盃水酹地曰：「鍊師欲求三清長生之道，而未能忘解珮薦枕〔一〇〕之歡，反以沈猜，厚誣貞正。翹今必死於毒手矣，無天則無所訴，若有，誰能抑我彊魂？誓不蠢蠢於冥莫之中〔一一〕，縱爾淫佚。」言訖，絶於地。機恐，乃坎後庭瘞之，自謂人無知者。時咸通戊子春正月也。有問翹者，則曰：「春雨霽逃矣。」

客有宴於機室者，因溲於後庭，當瘞上，見青蠅數十集於地，驅去復來。詳視之，如有血痕且腥。客既出，竊語其僕。僕歸，復語其兄。其兄爲府衙卒〔一二〕，嘗求金於機，機不顧，卒深銜之。聞此，遽至觀門覘伺，見偶語者，乃訝不覩緑翹之出入。衙卒復呼數卒，攜鍤，共〔一三〕突入玄機院，發之，而緑翹貌如生。卒遂録玄機詣〔一四〕京兆府，吏詰之，辭伏。而朝士多爲言者，府乃表列上。至秋，竟戮之。在獄中，亦有詩曰：「易求無價寶，難得有心〔一五〕郎。」「明月照幽隙，清風開短襟。」此其美者也。（據清阮元《宛委别藏》影寫明姚咨鈔本《三水小牘》卷下校録，又《太平廣記》卷一三〇引《三水小牘》、《續談助》卷三《三水小牘》）

〔一〕玄　《宛委别藏》本避諱改作「元」，今回改，下同。

〔二〕倡　《廣記》、《廣豔異編》卷一九《緑翹》、《情史類略》卷一八《魚玄機》（末注出《三水小牘》）作「里」，《太平廣記詳節》卷九作「俚」。

〔三〕乃　《廣記》明鈔本作「又」，《會校》據改。

〔四〕又云多情自鬱争因夢　《廣記》、《唐詩紀事》卷七八《魚玄機》、明仁孝皇后《勸善書》卷一七、《廣豔異編》、《情史》作「又『雲情自鬱争同夢』」，《全唐詩》卷八〇四詩句亦同，皆有誤。

〔五〕蓄　此字原無，據《續談助》、《姬侍類偶》卷下引《三水小牘》補。

〔六〕明惠有色　「惠」《廣記》、《姬侍類偶》、《廣豔異編》、《情史》作「慧」，《雲自在龕叢書》本據《廣記》

改作「慧」。按：惠，通「慧」。《廣記》孫校本作「惠」。明鈔本作「聰慧」。「色」《姬侍類偶》作「姿質」。

〔七〕來　此字原無，據《廣記》、《續談助》、《勸善書》、《廣豔異編》、《情史》補。

〔八〕狎　《廣記》、《續談助》、《勸善書》、《廣豔異編》、《情史》作「私」。

〔九〕百數　《廣記詳節》作「數百」。

〔一〇〕枕　原作「瑠」，據《廣記》、《勸善書》、《廣豔異編》、《情史》改。繆校亦改。

〔一一〕暫不蠢蠢於冥莫之中　「莫」《廣記》、《廣豔異編》、《情史》作「冥」，《廣記詳節》、《勸善書》作「寞」。「蠢蠢」《情史》作「蠢然」。

〔一二〕府衙卒　《廣記》、《勸善書》、《廣豔異編》「衙」作「街」，下同。繆校據《廣記》改作「街」。按：唐州府官廨稱府衙。《舊唐書·玄宗紀下》：「御蜀都府衙，宣詔曰……」蜀都指蜀郡。唐段成式《酉陽雜俎》續集卷三《支諾皋下》：「妾本秦人，姓張氏，嫁於府衙健兒李自歡。」府衙指江陵府（原稱荊州）衙。

〔一三〕共　《廣記》、《勸善書》、《廣豔異編》、《情史》作「具」，連上讀。

〔一四〕詣　此字原無，據《續談助》補。《情史》作「送」。

〔一五〕心　《續談助》、《唐詩紀事》作「情」。

按：今本原題《魚玄機笞斃緑翹致戮》，今省作《魚玄機》。《廣記》題《緑翹》。《廣豔異編》卷一九《緑翹》、《情史類略》卷一八《魚玄機》，從《廣記》採入，《情史》略有删節。《續豔異編》卷一八《緑翹》，文字與今本及《廣記》皆不同，所據不詳。

温京兆

皇甫枚 撰

温璋，咸通壬辰〔一〕，尹正天府。性黷貨，敢殺，人亦畏其嚴殘不犯，由是治有能名。舊制，京兆尹之出，静通衢，閉里門，有笑其前道〔二〕者，立杖殺之。是秋，温公出自天街，將南抵五門，呵喝風生。有黄冠，老而且傴，敝衣曳杖，將横絶其間。騶人呵不能止，温公命捽來，笞背二十。振袖而去，若無苦者。温異之，呼老街吏，令潛而覘之，有何言。復命黄冠扣之，既而跡之。

迨暮，過蘭陵里，南入小巷，中有衡門，止處也。吏隨入關，有黄冠數人，出謁甚謹，且曰：「真君何遲也？」答曰：「爲凶人所辱。可具湯水。」黄冠前引，雙鬟青童從而入，吏亦隨之。過數重〔三〕門，堂宇華麗，修竹夾道，擬王公之甲第。未及庭，真君顧曰：「何得有俗物氣？」黄冠争出索之，吏無所隱，乃爲所録。見真君，吏叩頭拜伏，具述温意。真君盛怒曰：「酷吏不知禍將覆族，死且將至，猶敢肆毒於人，罪在無赦。」叱街吏令去。吏拜謝了，趨出，遂走詣府，請見温。時則深夜矣，温聞吏至，驚起，於便室召之，吏悉陳所見，温大嗟惋。

明日將暮，召吏引之。街鼓既絶，温微服與吏同詣黄冠所居。至門〔四〕，吏款扉，應門者問：「誰？」曰：「京兆温尚書來謁真君。」既闢重闈，吏先入拜，仍白曰：「京兆尹〔五〕温璋。」温趨入拜，真君踞坐堂上，戴遠遊冠，衣九霞之衣，色貌甚峻。温伏而敘曰：「某任總浩穰，權唯震肅，若稍畏懦，則損威聲。昨日不謂凌迫大仙，自貽罪戾，故來首服，幸賜矜哀。」真君責曰：「君忍殺立名，專利不厭，禍將行及，猶逞兇威。」温拜首求哀者數四，而真君終蓄怒不許。少頃，有黄冠自東序來，拱立於真君側，乃跪啓曰：「尹雖得罪，亦天子亞卿。况真君洞其職所統〔六〕，宜少降禮。」言訖，真君令黄冠揖温昇堂，别設小榻令坐。命酒數行，而真君怒色不解，黄冠復啓〔七〕曰：「尹之忤犯，弘宥誠難，然則真君變服塵遊，俗士焉識？白龍魚服，見困豫且，審思之。」真君悄然，良久曰：「恕爾家族。此間亦非淹久之所。」温遂起，於庭中拜謝而去，與街吏疾行至府，動曉鐘矣〔八〕。雖語親近，亦秘不令言。

明年，同昌主薨，懿皇傷念不已，忿藥石之不徵也。醫韓宗紹等四家詔府窮竟，將誅之，而温𩜹獄緩刑，納宗紹等金帶及餘貨，凡數千萬。事覺，飲酖而死。（據中華書局版汪紹楹點校本《太平廣記》卷四九引《三水小牘》校録，談愷刻本「小」原譌作「十」，《四庫》本、《筆記小説大觀》本作「小」）

〔一〕咸通壬辰　前原有「唐」字，今删。按：紀時有誤。咸通壬辰乃咸通十三年（八七二），末云「明年同昌公主薨」，據《舊唐書·懿宗紀》，同昌公主薨於咸通十一年八月。據郁賢皓《唐刺史考全編》，温璋爲京兆尹，在咸通七年至十一年。咸通七年爲丙戌歲，十年爲己丑歲。《舊唐書·懿宗紀》載，咸通十一年九月，温璋貶振州刺史，制出之夜，仰藥而死。

〔二〕笑其前道　「笑」，《四庫》本改作「突」，疑是。「道」孫校本作「導」。道，通「導」。《大明仁孝皇后勸善書》卷一六作「礙其前導」。按：《勸善書》文句多有不同，疑别有所據。

〔三〕重　此字原無，據孫校本、《勸善書》補。

〔四〕門　原譌作「明」，據孫校本改。

〔五〕尹　原作「君」，據孫校本、《四庫》本改。

〔六〕其職所統　明鈔本、孫校本作「里職之源」。

〔七〕啓　原作「答」，據《四庫》本改。《雲自在龕叢書》本作「啓」。

〔八〕動曉鐘矣　明鈔本、孫校本作「曉鐘動矣」，《會校》據改。

唐五代傳奇集第四編卷十三

從諫

皇甫枚 撰

東都敬愛寺北禪院大德從諫，姓張氏，南陽人，徙居廣陵，爲土著姓。身長八尺，眉目魁奇。越壯室之年，忽頓悟真理，遂捨妻子，從披削焉。於是研精禪觀，心境明白。不逾十載，耆年宿德，皆所推服。及來洛，遂止敬愛寺〔一〕。年德並成〔二〕，緇黄所宗。每赴供，皆與賓頭盧尊者對食，其爲人天欽奉若此。

武宗〔三〕嗣曆，改元會昌，愛馭鳳驂鶴之儀，薄點墨降龍之教，乃下郡國毀塔廟，令沙門復初。諫公乃烏帽麻衣，潛於皇甫枚〔四〕之温泉別業。後岡上喬木駢鬱，巨石砥平。諫公夏日常於中入寂，或補毳事。忽一日，積雲駃雨，霆擊石傍大檀。雨至，諸兄走往林中，諫公恬然趺坐〔五〕，若無所聞者。諸兄致問，徐曰："惡畜生而已。"至大中初，宣宗復興内教，諫公歸東都故居。其子自廣陵來觀，適與遇於院門。威貌崇嚴，不復可識，乃拜而問從諫大德所居，諫公指曰："近東頭。"其子既去，遂闔門不出，其割裂愛網〔六〕，又如此。

咸通丙戌歲夏五月，忽遍詣所信嚮家，皆謂曰：「善建福業，貧道秋初當遠行，故相别耳。」至秋七月朔，清旦，盥手焚香，念慈氏如來，遂右脇而卧，呼門人玄章等，戒曰：「人生難得，惡道易淪，唯有歸命釋尊，勵精梵行，龍花會上，當復相逢。生也有涯，與爾少别。」是日，無疾奄化，年有八十餘矣。玄章等奉遺旨，送屍於建春門外尸陁林中，施諸鳥獸。三日復視之，肌貌如生〔七〕，無物敢近，遂覆以餅餌。經宿，有狼狐跡，唯啗餅餌，而豐膚宛然。乃依天竺法闍維訖，收餘燼，起白塔於道傍，春秋奉香火之薦焉。（據中華書局版汪紹楹點校本《太平廣記》卷九七引《三水小牘》校録）

〔一〕及來洛遂止敬愛寺　「洛」明鈔本、孫校本、陳校本作「洛師」，《會校》據補「師」字。按：洛陽乃唐朝東都，亦曾號東京，故稱洛師。師，國都。「敬愛寺」《宋高僧傳》卷一二《唐洛京廣愛寺從諫傳》作「廣愛寺」。

〔二〕年德並成　孫校本前有「既」字，《會校》據補。

〔三〕武宗　前原有「唐」字，今删。

〔四〕皇甫枚　原文當作「余」或「予」，《廣記》編纂者改爲作者姓名。

〔五〕趺坐　明鈔本、孫校本作「跏坐」。按：趺坐、跏坐義同，盤腿端坐，是佛徒修行坐姿。

〔六〕愛網　談本原作「愛剛」，汪校本據明鈔本改。孫校本亦作「愛網」。《四庫》本改作「親愛」。

〔七〕肌貌如生　孫校本「生」作「玉」。南宋祝穆《古今事文類聚》前集卷五一引《三水小牘》「體貌如生」下有「林在王舍城側，死人多送其中」二句。

宋柔

皇甫枚　撰

僖宗〔一〕之狩于岷蜀也，黄巾尚遊魂於三輔。中和辛丑歲，詔丞相晉國公王鐸爲諸道行營都統，執操旗鼓，乘三峽而下，作鎮南燕，爲東諸侯節度。又詔軍容使西門季玄爲都監〔二〕。秋七月，鐸至滑，都監次于臨汝。郡當兵道，郵傳皆焚，乃舍于龍興北禪院。其西廊小院，即都監下都押衙何群處之。群滑人也，世爲本軍劇職。群少兇險，親姻頗溥之，乃西走上京，以干中貴人，而西門納焉。至是，擢爲元從都押衙，戎事一以委焉。

群志氣驕佚，肉視其從。嘗一日，汝州監軍使董弘贄，令孔目官宋柔，奉啓于都監。致命將出，值群方據胡牀於門下，怒其不先禮謁也，叱數卒捽以入，擊以馬撾而遣之。弘贄聞之大恐，笞宋柔數十，仍斥去，不復任使，馳書使謝群，群亦無怍。復數旬，日將夕，宋柔徒行，經寺門，又值群自外將入，瞥見發怒，連叱騶皁録之入院。候曛黑，殺而支解，納諸溷中。既張燈，宛見宋柔被髮徒跣，浴血而立於燈後。群矍起，奮劍擊刺，欻然而滅。

厥後夜夜見之。

暮秋月，都監遷于滎陽郡，舍於開元寺，子城東南隅之地。至是，群神情惝怳，漸不自安，乃與其裨將竇思禮等謀叛，將大掠郡中，而奔於江左。都監部曲三百許人，皆畏群而唯諾。會太守杜真府符請都監夜宴，啓至，群謂思禮等曰：「機不旋踵，時不再來，必發今宵，無貽後悔。」思禮等遂潛勒部分。至晡時，都監赴宴，群令親信十數人從，戒曰：「至三更，汝焚六司院門，寺中必舉火相應。」其夕一鼓，群假寢帳中，乃夢宋柔向群大叱曰：「吾讎雪矣。」遂驚覺。召思禮語之，對曰：「此乃思也，是何能爲？」二鼓將半，乃令其徒擐甲，使一卒登佛殿西大梓樹，瞷子城内。無何，郡都虞候遊巡至僧綱，啓門入，至殿隅，仰視木杪，心動，命爇炬於下，乃見介者蹲於枝間。方詰所從，群連聲謂曰：「走卒痁作，遂逃於上，無他也。」都虞候色變，馳出戒嚴。群呼思禮等謂曰：「事亟矣，不速行，將爲豎子所殄。」乃擁其徒，斬東門關而出奔。若走兩舍，而群心蕩，無所從適，其下稍稍亡去〔三〕。倦憩水側，遥聞嚴鼓聲，乃僕射陂東北隅壖也。思禮覺〔四〕乃前，請啓密語。群將耳附之，思禮拔佩刀，疾斫群首，墜於地，餘衆大囂而散。思禮攜群首，遲明，歸命於都監，貰其罪，使招其散卒焉。（據中華書局版汪紹楹點校本《太平廣記》卷一二三引《三水小牘》校録）

〔一〕僖宗　前原有「唐」字，今删。

〔二〕又詔軍容使西門季玄爲都監　按：《舊唐書·僖宗紀》：「中和元年……以侍中王鐸檢校太尉、中書令，兼滑州刺史、義成軍節度、鄭滑觀察處置，兼充京城四面行營都統，以太子太保崔安潛爲副。觀軍容使西門思恭爲天下行營兵馬都監押。」作西門思恭。《舊唐書》卷一六五《柳公權傳》：「大中初，轉少師，中謝，宣宗召昇殿，御前書三紙，軍容使西門季玄捧硯。」又卷一七七《曹確傳》：「咸通五年，以本官同平章事，加中書侍郎、監修國史。……懿宗以伶官李可及爲威衛將軍……可及嘗爲子娶婦，帝賜酒二銀樽，啓之非酒，乃金翠也。人無敢非之者，唯確與中尉西門季玄屢論之。」西門季玄宣宗大中初爲軍容使，懿宗咸通五年爲中尉。中尉即護軍中尉，屬十六衛之左右神策軍，位在大將軍、統軍、將軍之下，見《新唐書·百官志四上》。此以西門思恭爲西門季玄，蓋作者誤記。

〔三〕無所從適其下稍稍亡去　「適其」二字原倒，據明鈔本、孫校本、《四庫》本、《筆記小説大觀》本乙改。明鈔本、孫校本、《筆記小説大觀》本「從適」作「適從」，《會校》據明鈔本、孫校本改。按：「無所從適」不誤。明尹臺《洞麓堂集》卷四《白鷺書院學田記》：「昔孔子憂先王之道將裂，學者無所從適也。」

〔四〕覺　明鈔本作「却」。

王表

皇甫枚　撰

河東裴光遠，龍紀己酉歲，調授滑州衛南縣宰〔一〕。性貪婪，冒貨賂，嚴刑峻法，吏民畏而惡之。尤好擊踘〔二〕，雖九夏蒸鬱，亦不暫息。畜一白馬，駿健能馳，竟以暑月不勝其役，而致斃于廣場之内。光遠見而憐之，呼令入宅，遺渠服玩，自是率以爲常。光遠後令所親謂表曰：「我無子，若能以此兒相餉，當善待汝。縱有大過，亦可免汝疵瑕〔三〕也。」表答曰：「某誠賤微，受制於上〔四〕，骨肉之間，則無以奉命。況此兒襁褓喪母，豈可復離其父？設使以此獲罪于明公，亦甘心矣。」光遠聞而銜之。數月〔五〕，乃遣表使于曹南，使盜待境上殺之，而取其子。

大順辛亥歲春，光遠遘疾，逾月，則附床笫委頓矣，或時若鬼物所中，獨言曰：「王表來也，當還爾兒。」又爲表言曰：「某雖小吏，慎密自防，細過既無〔六〕，反招殘賊。豈有竊〔七〕奪赤子，陰害平人！已訴于天，今來請命。」又爲己語：「今還爾兒，與爾重作功德，厚賂爾陰錢，免我乎？」皆曰：「不可。」少頃曰：「白馬來也。」則代馬語曰：「前生業報，受畜生身，爲人乘騎，自有年限。至于負載馳驟，亦有常程。筋力之勞，所不敢憚。豈有盛夏之月，擊踘不停！四蹄火然，雙目血滴，斃死命終，誠君之由〔八〕。已訴上天，今來奉取。」又爲己語，祈之如王表，終不聽。數日，光遠卒。

吴郡陸允儒代之。乾寧甲寅歲杪，予因訪故人，至衛南縣，陸君延客甚謹，語及前政，乃爲予語之。

三水人曰：夫上應列宿，出宰百里，難乎玆選，誠哉是言。如裴生，位則子男，行乃豺虎，殘忍陰狡，鬼得而誅。將來爲政之倫，得不以此殷鑒！勿謂幽遠，雖高聽卑，可忽之哉！（據上海涵芬樓排印張宗祥校本《説郛》卷四九《小説舊聞記》校録，又《太平廣記》卷一二三引《三水小牘》）

〔一〕宰　《廣記》作「尉」，誤。

〔二〕踘　《廣記》作「鞠」，下同。踘，同「鞠」。

〔三〕亦可免汝疵瑕　《廣記》作「亦不汝瑕疵」。

〔四〕受制於上　原作「愛制於賢」，據《廣記》改。

〔五〕數月　《廣記》作「後數日」。

〔六〕慎密自防細過既無　《廣記》作「慎密未嘗有過」。

〔七〕窺　《廣記》作「規」。規，通「窺」。

〔八〕斃死命終誠君之由　《廣記》作「斃此微命，實由於君」。

按：此篇《廣記》所引頗有删削，《小説舊聞記》所録乃全文。

李黿壽

皇甫枚　撰

外王父中書令晉國公，宣宗朝再啓黃閣也〔一〕，不協比于權道〔二〕，惟以公諒宰大政。四方有請訴，礙于德刑者〔三〕，必固争不允，由是藩〔四〕鎮忌焉。而志尚典籍，雖門施行馬，庭列凫鐘，而尋繹未嘗倦〔五〕。于永寧里第別構書齋，每退朝，獨處其中，愉如〔六〕也。

大中三年，因請假〔七〕，將入齋，惟所愛卑脚犬花鴨從〔八〕。既啓扉，而花鴨連吠〔九〕，銜公衣却行，叱去復至。既入閣，花鴨仰視，吠轉急。公亦疑之，乃于匣拔千金劍，按于膝上，向空祝之曰：「若有異類陰物，可出相見。吾乃大丈夫，豈懾于鼠〔一〇〕輩而相迫耶？」言訖，倏有物從〔一一〕梁上墜地，乃人也。朱髮〔一二〕，衣短褐衣〔一三〕，色貌黝瘦，頓首連拜，惟曰：「死罪。」公止之，且詢其來及姓名〔一四〕。對曰：「李黿壽，盧龍塞人也。或有厚賂黿壽，令不利于公。黿壽上感鈞化〔一五〕，復爲花鴨所驚，形不能匿。令公若貰〔一六〕黿壽萬死之罪，願以餘生服事台鼎。」公曰：「待汝以不死耳。」遂命元從都押衙傅存初録之〔一七〕。明日詰旦，且〔一八〕有婦人至第門，服裝單急，曳履而抱持襁嬰，請于閽〔一九〕曰：「幸爲我呼李黿壽。」黿壽乃出，其妻〔二〇〕且曰：「訝君稍遲，昨日半夜自薊〔二一〕來相尋耳。」遂與黿壽如初〔二二〕。及公薨，龜壽盡室出亡〔二三〕。

此舅氏昔年話于鼎臣兄弟，予不敢墜盛烈，故書之。

三水人〔二四〕曰：夫積仁可以恢邦家，厚德可以質幽顯。晉公天縱弘度，岳生炳靈，文則振起國風，武則式遏戎醜，故得光輔王室，至于雍熙，實中興賢相也。龜壽瑣隸，尚服義風，九土蒼生，固受息肩之賜矣。（據上海涵芬樓排印張宗祥校本《説郛》卷四九《小説舊聞記》校録，又《太平廣記》卷一九六引《三水小牘》）

〔一〕外王父中書令晉國公宣宗朝再啓黄閣也　《小説舊聞記》「晉國公」下原有「王鐸」二字。南宋廖瑩中《江行雜録》引《小説舊聞記》無此二字，今删。談本《廣記》作「唐晉公王鐸，僖宗朝再入相」。按：《續談助》卷三《三水小牘跋》云：「枚又言外王父中書令晉國公宣宗朝再啓黄閣，蓋謂白敏中。」《雲自在龕叢書》本據《廣記》輯入此條，而據《續談助跋》校改，删「王鐸」二字，汪紹楹《廣記》校本同。繆氏按云：「唐人小説稱封國曰某公，夫人曰國號，太尉曰掌武，張曰清河，王曰太原，開卷皆是，不知誰何。《廣記》均改爲某人，其中不無訛舛。如此條晉公指白敏中，爲枚之外王父，《廣記》因王鐸亦稱晉公而誤，又改宣宗爲僖宗以合之，亦近於臆斷矣。」據《新唐書》卷一八五《王鐸傳》及《新唐書·宰相表下》，懿宗咸通十二年（八七一）王鐸由禮部尚書進同中書門下平章事（《宰相表》作咸通十一年十一月），十四年六月以檢校左僕射、同平章事出爲宣武節度使。僖宗乾符四年(八七七)復拜門下侍郎、平章事,六年爲荆南節度使、南面行營招討都統,封晉國公。廣明二年(八八一)隨僖宗入蜀,拜司徒、門下侍郎、平章事。中和二年(八八二)乃以檢校司徒、中書令爲義成節度使,四年徙義昌節度使。王鐸三次拜相,在懿、僖二朝,不及宣宗,故所言外王父中書令晉國公斷非王鐸。而據《新唐書》卷一一九《白敏中傳》及《宰相表下》,會昌六年(八四六)三月宣宗立,九月白敏中以兵部侍郎同中書門下平章事,遷中書侍郎。大中二年(八四八)兼刑部尚書,歷尚書右僕射、門下侍郎,封太原郡公。五年爲特進,守司空兼門下侍郎、同平章事,兼邠寧節度招撫制置使,次年爲檢校司徒、平章事、劍南西川節度使。治蜀五年,以太子太師徙荆南。十三年八月懿宗即位,十二月敏中爲守司徒兼門下侍郎、同中書門下平章事,再度拜相。咸通元年(八六〇)爲中書令,次年出爲鳳翔節度使。以太傅致仕卒,册贈太尉。翰林學士承旨高璩撰《唐故開府儀同三司守太傅致仕上柱國太原郡開國公食邑二千户贈太尉白公墓誌銘并序》(《唐代墓誌彙編續集》)所記仕履同,云先皇帝(宣宗)命入相,以兵部侍郎同中書門下平章事。今上(懿宗)正位,册司徒兼門下侍郎平章事,充太清宫使、弘文館大學士,進開府儀同三司、行中書令,又還司徒。咸通二年七月薨,享年七十。詔贈太尉。然謂外王父即白敏中,有二端未合。一是白敏中封爵爲太原郡開國公,並非晉國公(國公比郡公高一級)。《白敏中墓誌銘》及王鐸《唐故太傅致仕贈太尉太原白公神道碑》(孫芬惠《渭南發現唐〈白敏中神道碑〉》,《碑林集刊》第十集),均無晉國公之記載。二是宣宗朝敏中只一度居相位,再啓黄閣在懿宗朝。封晉國公者其郡望必爲太原,檢《宰相表》,宣宗朝爲相者二十餘人,望出太原、曾官中書令且封爵者惟白敏中一人。又者,本篇下文云外王父「于永寧里第別構書齋」。 李商隱《刑部尚書致仕贈尚書右僕射太原白公墓碑銘并序》（《李義山文集》卷一〇）云：「待其曾祖弟、今右僕射平章事敏中，果相天子。……仲冬南至，備宰相儀物，擎跪齋栗，給事寡嫂永寧里中。」北宋宋敏求《長安志》卷八「永寧坊」列入「太傅致仕白敏中宅」，清徐松《唐兩京城坊考》卷三「永寧坊」中亦列入，所據即爲李商隱所撰白居易墓碑，且云：「蓋白公有楊憑舊宅，敏中所居即樂天第也。」（按：宋敏求、徐松於「永寧坊」又列入王鐸宅，乃據《三水小牘》，蓋《廣記》所引，誤。）《白敏中墓誌銘》云：「初，宰相被戊戌詔，太傅喪至自鳳翔府，宜以朝□奠永寧里第，□吊哭禮。」白敏中宅正在永寧里，然則外王父誠爲白敏中。 稱晉國公者，豈本作「晉公」（文末讚語稱晉公）以代指太原郡公，而傳鈔致誤耶？ 云宣宗朝再啓黄閣者，或係誤記耳。

〔二〕道 《廣記》《四庫》本改作「要」。

〔三〕四方有請訴礙于德刑者 「請訴」原作「諸所」，據《江行雜録》改。《江行雜録》「德刑」作「法」。《廣記》作「四方所請礙於德行者」。

〔四〕藩 《廣記》、《江行雜録》作「征」，《廣記》《四庫》本作「諸」。

〔五〕倦 《江行雜録》上有「稍」字。

〔六〕愉如 《江行雜録》作「愉愉如」，《廣記》作「欣如」，《長安志》卷八「永寧坊」引《三水小牘》作「欣欣如」。

〔七〕大中三年因請假 原作「大中因請辰前後」，有脱譌，據《江行雜録》改補。《廣記》作「居一日」。

〔八〕惟所愛卑脚犬花鴨從 《江行雜録》「愛」作「擾」。擾，馴養。《廣記》、《續談助·三水小牘跋》

「鴨」作「鵲」，下同。按：花鴨或花鵲乃犬名。鴨脚短，似以「花鴨」爲是。

〔九〕吠　此字原無，據《廣記》補。《三水小牘跋》：「其書卑脚犬花鵲吠刺客李龜壽事，無甚異。」

〔一〇〕鼠　《江行雜録》作「鬼」。

〔一一〕從　此字原無，據《江行雜録》補。

〔一二〕朱髮　《廣記》「髮」譌作「鬒」。鬒，髮稠黑貌。明鈔本、孫校本作「髮」。

〔一三〕短褐衣　《廣記》作「短後衣」，明鈔本作「短袍」。按：短後衣見《三水小牘・張直方》。

〔一四〕且詢其來及姓名　《江行雜録》作「且詢其姓名何爲」。

〔一五〕上感鈞化　《廣記》作「感公之德」。

〔一六〕貰　《廣記》作「捨」。貰，赦免。

〔一七〕傅存初録之　原作「傳存隸之」，有譌誤，據《廣記》改。

〔一八〕且　此字《廣記》、《江行雜録》無。

〔一九〕閽　原譌作「閤」，據《廣記》、《江行雜録》改。

〔二〇〕龜壽乃出其妻　《廣記》作「龜壽出，乃妻也」。

〔二一〕薊　《江行雜録》作「前」，當譌。《廣記》孫校本作「蒯」，尤誤。按：薊，今天津市薊縣，唐稱漁陽縣，爲薊州治所。盧龍塞在縣西北。

〔二二〕如初　《江行雜録》作「同止」。

〔二三〕出亡　《廣記》、《江行雜録》作「亡去」。

〔二四〕人　此字原脱，今補。

却要

皇甫枚　撰

故湖南廉使李公庾〔一〕，遐構兄姨夫也。李氏之女奴曰却要，美容止，善辭令。朔望通禮謁于親姻家，惟却要主之。李公侍婢數十，莫〔二〕之偕也。而〔三〕巧媚才捷，能承順顔色，姻黨亦多憐之。李公四子，長曰延禧，次曰延範、延祚〔四〕，所謂大郎、二郎、三郎、五郎也〔五〕。皆年少狂佚〔六〕，盡欲擅却要而不能〔七〕。

嘗遇清明節，時纖月娟娟〔八〕，庭花爛發〔九〕，中堂垂繡幕，背銀釭〔一〇〕。而大郎與却要遇于櫻桃花影中，乃持之求偶。却要取疊〔一一〕席授之，紿曰：「可于東廳裏東南角佇立相待〔一二〕，候常侍郡君〔一三〕眠熟當至。」大郎既去，至廊下，又逢二郎調之。却要取綺褥〔一四〕授之，曰：「可于東廳裏東北角相待〔一五〕。」二郎既去，于堂側又逢三郎束之。却要取青氈〔一六〕授之，曰：「可于東廳裏西南角相待〔一七〕。」三郎既去，于砌下又與五郎〔一八〕遇，握手不可解。却要取練毯〔一九〕授之，曰：「可于東廳裏西北角相待〔二〇〕。」四人〔二一〕皆去。

延禧〔二三〕于角中屏息以待，廳門〔二三〕斜閉，見其三弟比比〔二四〕而至，各趣〔二五〕一隅，心雖訝而不敢聲〔二六〕。少頃，却要燃蜜炬〔二七〕，疾向廳〔二八〕，豁雙扉而照之，謂延禧輩曰：「阿堵乞兒〔二九〕，争敢向這裏覓宿處？」皆棄所攜，掩面散走。却要大咍而回〔三〇〕。自是諸子懷慙，不敢失敬〔三一〕。

咸通辛卯歲，予于洛師尚覩却要，容華雖三秋是怨，調態猶一顧動人〔三二〕。惜其風流，聊以爲序。（據上海涵芬樓排印張宗祥校本《説郛》卷三三《三水小牘》校録，又《太平廣記》卷二七五引《三水小牘》）

〔一〕故湖南廉使李公庾　《廣記》、南宋陳元靚《歲時廣記》卷一七引《三水小牘》、《姬侍類偶》卷上引《三水小牘》、《豔異編》卷二五《却要》、《緑窗女史》卷一一《却要傳》、《合刻三志》志奇類及《雪窗談異》卷五《俊婢傳·却要》、《古今譚概》顔甲部第十八《李庾女奴》作「湖南觀察使李庾」。按：觀察使簡稱廉使。《舊唐書·僖宗紀》：乾符元年七月，「故湖南觀察使李庾，贈禮部尚書」。

〔二〕莫　原作「要」。《廣記》、《歲時廣記》、《豔異編》、《緑窗女史》、《合刻三志》、《雪窗談異》作「莫」，據張宗祥《説郛校勘記》，汪季清家藏明抄《説郛》殘本亦作「莫」，據改。

〔三〕而　明抄《説郛》殘本下有「要」字。

〔四〕長曰延禧次曰延範延祚　「延禧次曰」四字原脱，據明抄殘本及《廣記》、《豔異編》補。《廣記》、《豔異編》、《綠窗女史》、《俊婢傳》「延祚」前有「次曰」二字。按：四子只有三子名，當脱一名。

〔五〕所謂大郎二郎三郎五郎也　《廣記》、《豔異編》、《綠窗女史》、《俊婢傳》作「所謂大郎而下五郎也」，《歲時廣記》作「所謂大郎而下四郎也」，有誤。

〔六〕狂佚　「佚」原作「夫」，據明抄殘本、《太平廣記詳節》卷二四改。《廣記》、《綠窗女史》、《俊婢傳》作「狂俠」，《歲時廣記》作「性俠」，《豔異編》作「狂逸」。

〔七〕盡欲擅却要而不能　《廣記》、《歲時廣記》、《豔異編》、《綠窗女史》作「咸欲蒸却要而不能也」，《豔異編》、《綠窗女史》、《俊婢傳》「蒸」作「烝」。《綠窗新話》卷下《却要燃燭照四子》（注出《三水小牘》）作「咸欲私却要」。

〔八〕娟娟　《歲時廣記》作「娟媚」。

〔九〕爛發　《綠窗新話》作「影轉」。

〔一〇〕背銀釭　原譌作「皆銀紅」，明抄殘本「皆」作「背」，《廣記》作「皆銀釭」，孫校本、《廣記詳節》「皆」作「背」，《綠窗新話》、《歲時廣記》、《綠窗女史》、《合刻三志》亦作「背銀釭」，據改。《雪窗談異》點校本「釭」作「缸」。按：背銀釭，銀燈背牆而立。《豔異編》改作「張銀釭」。

〔一一〕疊　《廣記》、《歲時廣記》、《豔異編》、《綠窗女史》、《俊婢傳》作「茵」。

〔一二〕可于東廳裏東南角佇立相待　原作「可于東廳裏東南留佇相待」，明抄殘本「佇」下有「立」字。按：據下文，「留」字必是「角」字形譌，今改，並據明抄補「立」字。《廣記》、《豔異編》、《綠窗女史》、《俊婢傳》作「可於庭中東南隅佇立相待」，隅亦角意，《廣記詳節》「庭」作「廳」。《綠窗新話》作「可于東廳裏東南留佇立待」，「留」字亦譌。

〔一三〕候常侍郡君　「候」原作「僕」，據明抄殘本及《廣記》、《豔異編》改。「郡君」《廣記》、《豔異編》、《緑窗女史》、《俊婢傳》作「堂前」。按：郡君乃李庚妻封號。《新唐書·百官志一》：「四品母妻爲郡君。」《緑窗新話》作「僕侍郡君」。

〔一四〕取綺褥　《廣記》、《歲時廣記》、《豔異編》、《緑窗女史》、《合刻三志》、《雪窗談異》作「復取茵席」。

〔一五〕可于東廳裏東北角相待　「裏」字原脱，「待」原作「守」，據明抄殘本改補。《廣記》、《歲時廣記》、《豔異編》、《緑窗女史》、《俊婢傳》作「可於廳中東北隅相待」，《豔異編》「隅」譌作「偶」。

〔一六〕取青氈　《廣記》、《歲時廣記》、《豔異編》、《緑窗女史》、《合刻三志》、《雪窗談異》作「復取茵席」。

〔一七〕可于東廳裏西南角相待　「裏」下原有「面」字，據明抄殘本、《緑窗新話》删。《廣記》、《歲時廣記》、《豔異編》、《緑窗女史》、《俊婢傳》作「可於廳中西南隅相待」。

〔一八〕五郎　《緑窗新話》、《歲時廣記》作「四郎」。

〔一九〕取練毯　《廣記》、《緑窗女史》、《俊婢傳》作「亦取茵席」，《廣記詳節》、《歲時廣記》、《豔異編》作「復取茵席」。

〔二〇〕可于東廳裏西北角相待　「裏」下原有「面」字，據《緑窗新話》删。《廣記》、《歲時廣記》、《豔異編》、《緑窗女史》、《俊婢傳》作「可於廳中西北隅相待」，《歲時廣記》「於」作「以」。

〔二一〕人　《廣記》、《豔異編》、《緑窗女史》、《俊婢傳》作「郎」，《廣記詳節》乃作「人」。

〔二二〕延禧　明抄殘本前有「時」字。

〔二三〕門　此字原脱，據《廣記》、《歲時廣記》、《豔異編》、《緑窗女史》、《俊婢傳》補。

〔二四〕比比　原作「比」，據明抄殘本及《廣記》、《歲時廣記》、《豔異編》、《緑窗女史》、《俊婢傳》補。

〔二五〕趣　《廣記》、《歲時廣記》、《豔異編》、《緑窗女史》、《俊婢傳》作「趨」。

〔二六〕聲　《廣記》、《豔異編》、《緑窗女史》、《俊婢傳》作「發」。

〔二七〕燃蜜炬　《廣記》、《緑窗女史》、《俊婢傳》作「密燃炬」，《廣記詳節》作「燃燭炬」，《歲時廣記》作「燃密炬」，《豔異編》作「密燃燭」。按：蜜炬，蠟燭。《全唐詩》卷五五七鄭畋《酬隱珪舍人寄紅燭》：「蜜炬殷紅畫不如，且將歸去照吾廬。」

〔二八〕廳　原譌作「所」，據明抄殘本卷。《廣記》、《歲時廣記》、《豔異編》、《緑窗女史》、《俊婢傳》作「廳事」。

〔二九〕乞兒　《廣記》、《歲時廣記》、《豔異編》、《緑窗女史》、《俊婢傳》作「貧兒」。

〔三〇〕却要大咍而回　《廣記》、《歲時廣記》、《緑窗女史》、《俊婢傳》作「却要復從而咍之」。

〔三一〕自是諸子懷慙不敢失敬　此十字原無，據《廣記》、《歲時廣記》、《緑窗女史》、《俊婢傳》補。《緑窗新話》作「自是諸子不敢失敬」。

〔三二〕人　原下衍「情」字，據明抄殘本删。

按：今本無此篇，《説郛》選録，題《却要》。《廣記》、《歲時廣記》所引，删末節作者所述。《豔異編》卷二五《却要》、《緑窗女史》卷一一《却要傳》（作者署闕名），均據《廣記》輯入，《豔異編》止於「掩面而走」。《合刻三志》志奇類及《雪窗談異》卷五《俊婢傳》，題吴楊萬里輯（《雪窗談異》無「輯」字），中有《却要傳》，文字全同《緑窗女史》。馮夢龍《古今譚概》顔甲部亦取之，題《李庚女奴》，粗陳梗概而已，亦止於「掩面而走」。

玉匣記

皇甫枚　撰

故鄴都之西北隅[一]，曰芳林鄉。齊村民王敬之，編户中尤貧者，常以樵蘇爲業。丙午歲秋九月，因掘一株銅雀臺下，其地欻[二]然小陷。隨而鍤之，三尺許，得一蒼石，大如盆。遂力索之，石忽破爲二，若摧殼然。中有蒼[三]石匣，長尺有咫，厚三寸，廣四寸。敬之駭，内諸畚中以歸。潔之以水，則温潤昭爛，真奇寶也。四傍及背，隱[四]起龍驤鳳翥及花葩之狀，雕鏤奇詭，殆非人工。徐啓之，中有白玉板，上刻大篆六行，文曰：「上土巴灰除虚除，伊尹東北八九餘，秦趙多應分五玉，白[五]竹木子世世居，但看六六百中外，世主留難如國如。」

於是敬之持以獻魏帥樂彦禎〔六〕，彦禎賚以束帛，而蠲其地征焉。亦無能洞達其隱詞者。

噫！當曹氏、石氏、高氏之代，斯則鄴之王氣休運所鍾，於是〔七〕諸賢衆矣。焉知不有陰覩後代，總括風雲，幅裂山河之事，而瘞玉以識之。今石既出，其事將兆矣。（據中華書局版汪紹楹點校本《太平廣記》卷三九二引皇甫枚《玉匣記》校録）

〔一〕隅　原作「門」，據明鈔本、孫校本改。

〔二〕歘　孫校本作「欻」，通「坎」，坑也。

〔三〕蒼　明鈔本作「磬」，孫校本作「盤」。

〔四〕隱　原作「引」，據明鈔本、孫校本改。隱，暗花紋突起。

〔五〕白　下原有「絲」字，據明鈔本删。

〔六〕樂彦禎　「禎」原作「真」，乃宋人避仁宗趙禎諱改。樂彦禎於僖宗中和三年（八八三）至文德元年（八八八）爲魏博節度使，見吴廷燮《唐方鎮年表》及郁賢皓《唐刺史考全編》。今改，下同。

〔七〕於是　明鈔本作「於時」，《會校》據改。按：於是，當時。《左傳》隱公四年：「於是陳、蔡方睦於衛。」

按：《廣記》標目曰《王敬之》，末注皇甫枚《玉匣記》。《太平廣記引用書目》中亦有《玉匣記》，則曾單行。《三水小牘》成書時，當亦收入，若《非煙傳》然。

竇玄德

闕　名　撰

竇玄德，河南人也。貞觀中，任都水使者。時年五十七，奉使江西。發路〔一〕上船，有一人附載。竇公每食余〔二〕，恒啗附載者，如是數日。欲至揚州，附載辭去，公問曰：「何速？」答曰：「某是司命使者，因竇都水往揚州，司命遣某追之。」公曰：「都水即是某也，何不早言？」答曰：「某雖追公，公命合終於此地，此行未至，不可漏泄。所〔三〕以隨公至此，在路蒙公余食，常愧於懷，意望免公此難，以報長者深惠。」公曰：「可禳否？」答曰：「頗聞道士王遠知〔四〕乎？」公曰：「聞之。」使者曰：「今見居揚州〔五〕。王尊師行業幽顯，衆共尊敬〔六〕，其〔七〕所施爲，人天欽尚〔八〕。與人章醮，有厄難者，天曹皆放〔九〕。公可屈節咨請，或能度斯難〔一〇〕。幽冥間事甚機密，幸勿泄之。但某在船日，恒賴公賜食〔一一〕，懷愧甚深。今不拯公，遂成負德。明晚當奉報臧否〔一二〕，公宜即訪之。」言訖而隱〔一三〕。

公既奉敕，初到揚州，長史已下諸官皆來迎。公未暇〔一四〕論事，但問〔一五〕官僚見王尊師乎。於時諸官莫測其意，催遣迎之。須臾，王尊師至，屏左右，具陳情事。師曰：「比内修行正法，至于祭醮之業，皆所不爲。公銜命既重，勉勵爲作，法之效驗，未敢懸知。」於是命侍童寫章，登壇拜奏。明晚，使者來報公曰：「不免矣。」公又求哀甚切，使者曰：「事已如此，更令奏之，明晚當報。仍買好白紙作錢，於浄處咨白天曹吏，使即燒却，若不燒，還不得用。不爾，曹司稽留，行〔一六〕更得罪。」公然之。又白師，師甚不悦。公曰：「惟命是遵，願垂拯濟。」師哀之，又奏。

明晚使者來，還報云：「不免。」公苦問其故，初不肯言，後俛首答曰：「道家章奏，猶人間上章表耳。前上之章，有字失〔一七〕體，次上之章，復草書『仍乞』二字。表奏人主，猶須整肅，況天尊大道，其可忽諸？所上之章，咸被棄擲。既不聞徹，有何濟乎？」公又重使令其請託，兼具以事白師。師甚悦，云：「審爾乎？比竊疑章表符奏，繆妄而已，如公〔一八〕所言，驗若是乎？」乃於〔一九〕壇上取所奏之章，見字誤書草，一如公言。師云：「今奏之章，貧道自寫。」再三合格，如法奏之。明旦，使者報公云：「事已諧矣。」師曰：「此更延十二年。」公謂親表曰：「比見道家法，未嘗信之，今蒙濟拔，其驗如茲。從今以往，請終身事之。」便就清都觀尹尊師受法籙，舉家奉道，春秋六十九而卒。（據中華書局版汪紹楹點校本《太平廣記》卷七一引《玄門靈妙記》校録）

〔一〕發路　明鈔本、孫校本作「發落」。

〔二〕余　明鈔本、孫校本、黄本、《四庫》本、《筆記小説大觀》本作「餘」，下同。余，通「餘」。

〔三〕所　原作「可」，據明鈔本、孫校本、《四庫》本改。

〔四〕王遠知　原作「王知遠」。按：《舊唐書》卷一九二、《新唐書》卷二〇四有《王遠知傳》。王遠知揚州人，梁時事陶弘景爲道士。貞觀九年，太宗詔於潤州茅山立祠觀以居之。壽百二十六歲，高宗謚昇真先生，武后改謚昇玄先生。據改。

〔五〕揚州　下原有「府」字。按：唐代揚州非府，據孫校本删。

〔六〕王尊師行業幽顯衆共尊敬　孫校本作「王尊師行業，天人共仰」。

〔七〕其　孫校本作「凡」。

〔八〕尚　孫校本作「向」。

〔九〕放　原作「救」，據孫校本改。《四庫》本、《筆記小説大觀》本作「赦」。

〔一〇〕「王尊師行業幽顯」至「或能度斯難」　此節原在「遂成負德」下，據孫校本改。「或能」原作「得」，據孫校本補。

〔一一〕但某在船日恒賴公賜食　孫校本作「但賴公十餘日之飡」。

〔一二〕明晚當奉報滅否　「滅」原譌作「滅」，據黄本、《筆記小説大觀》本改。孫校本「滅否」作「也」。《四庫》本改作「明晚奉報。旋滅去」。

〔一三〕公宜即訪之言訖而隱　此二句原無，據孫校本補。

〔一四〕暇　此字原無，據孫校本補。

〔一五〕問　孫校本作「諭詢」。

〔一六〕行　明鈔本、孫校本作「令」。

〔一七〕失　明鈔本、孫校本作「不」。

〔一八〕公　明鈔本、孫校本作「俗」。

〔一九〕於　明鈔本、孫校本作「呼從」。

按：《玄門靈妙記》未見著録，《太平廣記引用書目》有此書，列於《神仙傳》等十四種神仙傳記之後。作者、時代不詳，今姑繫於唐末。杜光庭《道教靈驗記序》云「始平蘇懷楚《玄門靈驗記》十卷」，不知是否同一書。蘇懷楚不詳何人。